后浪出版公司

骆以军 著

匡超人

上海文艺出版社
Shanghai Literature & Art Publishing House

目次

洞的故事——阅读《匡超人》的三种方法

王德威

骆以军最新小说《匡超人》原名《破鸡鸡超人》。前者典出《儒林外史》，后者却让读者摸不清头脑。超人是阳刚万能的全球英雄，怎么好和鸡鸡——婴儿话 / 化的男性命根子——相提并论？更何况骆以军写的是“破”鸡鸡超人。超人如此神勇，怎么保护不了自己那话儿？小说从《破鸡鸡超人》改名为《匡超人》又是怎么回事？骆以军创作一向不按牌理出牌，他的新作破题就可见一斑。

一切真要从鸡鸡破了个洞开始。话说作家骆以军某日发现自己的鸡鸡，准确地说，阴囊上，破了个洞；一开始不以为意，随便涂抹药水了事，未料洞越来越大，脓臭不堪，甚至影响作息。作家带着可怜的破鸡鸡四处求治，期间的悲惨笔墨难以形容。越是如此，作家反而越发愤著书。破鸡鸡成了灵感泉源。那洞啊，是身体颓败的症候，雄性屈辱的焦点，是难言之隐的开口，但也是自虐欲望的渊薮。这个洞甚至喂养出骆以军的历史观和形上学，从量子黑洞到女娲补天，简直要深不可测了。

就这样，骆以军在《西夏旅馆》《女儿》以后，又写出本令人瞠目结舌的小说。骆以军的粉丝应该不会失望，他的注册商标——伪自传私密叙事，接力式的碎片故事，诡谲颓废的意象，还有人渣世界观——无一不备。但比起《西夏旅馆》那样壮阔的族裔绝灭纪事，或《女儿》那样纠结的性别伦理狂想曲，《匡超人》毕竟有些不同。这里作家最大的挑战不是离散的历史，也不是禁忌的欲望，而是自己肉身没有来由的背叛。他真正是盯着肚脐眼，不，肚脐眼正下方，写出一则又一则病的隐喻。

骆以军早年曾有诗歌《弃的故事》，预言般投射他创作的执念：一种对“存在”本体的惶惑，一种对此生已然堕落的吊诡式迷恋。他的文笔漫天花雨，既悲欣交集又插科打诨，更充满末路诗人的情怀。而相对于“弃”，我认为骆以军《匡超人》亮出他文学创作另一个关键词——“洞”。如果“弃”触及时间和欲望失落的感伤，“洞”以其暧昧幽深的空间意象指向最不可测的心理、伦理和物理坐标。

骆以军的小说以繁复枝蔓为能事，一篇文章当然难以尽其详，此处仅以三种阅读“洞”的方法——破洞，空洞，黑洞——作为探勘他叙事迷宫的入口，并对他的小说美学和困境做出观察。

破洞

> 前阵子睾丸下方破了个大洞，自己去药局买双氧水消毒，那洞像鹅嘴疮愈破愈大，还发出臭味，但好像不是花柳病，而是一种顽强霉菌感染；同时还发现自己血压高到一百九，晕眩无力。（《打工仔》）

这究竟是骆以军的亲身遭遇，还是捏造的故事？骆以军擅长以真乱假，我们也就姑妄信之。疾病叙事一向是现代文学的重要主题，从肺病（锺理和，《贫贱夫妻》）到花柳（王祯和，《玫瑰玫瑰我爱你》）到爱滋（朱天文，《荒人手记》）历历在案，但拿自己的隐疾如此做文章，而且写得如此嬉笑怒骂、哀怨动人的还是仅见。鸡鸡是男性生殖器，从这儿理论家早就发展无数说法。男性主体象征，社会“意义”权威，价值体系的主宰……佛洛伊德[1]到拉冈[2]到齐泽克，是类论述我们可以信手拈来。但骆以军的新作还是展露不同面向。

骆以军的破鸡鸡不仅暗示了去势的恐惧，也指向一种自我童騃化——或曰卖萌——的展演。这些年骆以童言戏语的“小儿子”系列书写成为网红，在某一程度上，可以视为鸡鸡叙事的热身。网上的讨拍卖萌，老少咸宜，基本潜台词是我们还小，都需要被爱。然而那所谓关爱的资源又来自哪里？还是这关爱本身就是无中生有，却又无从落实的欲望黑洞？

从这里我们看到破鸡鸡叙事的辩证面，也是骆以军从网红转向“深度”虚构的关键。鸡鸡 GG 了。昭告天下之余，他同时转向心灵私处，毫不客气地检视原不可告人的一切。在《砍头》一章里他写道，“破鸡鸡超人是个什么概念呢？你想象着，他是受伤的，有个破洞在那超人装最突兀的胯下部位，那成为一个最脆弱的窟窿，伤害体验的通道入口，一个痛楚的执念。”注意骆以军叙事的关键

1 Sigmund Freud，大陆通译弗洛伊德。——编者注（本书所有脚注均为编者注，后从略。）
2 Jacques Lacan，大陆通译拉康。

词，像突兀、受伤、脆弱、伤害、痛楚，在此一次出清。而所有感觉、经验或省思都被具象化为一个窟窿，一个洞。

骆以军曾有诗歌《弃的故事》，根据周代始祖后稷出生为母姜嫄所弃的神话，他描写“遗弃是一种姿势”，“是我蜷身闭目坐于母胎便决定的姿势”，是与生俱来的宿命；但另一方面，遗弃也是一种不断“将己身遗落于途”的姿势，“其实是最贪婪的，/企图以回忆/蹑足扩张诗的领域。”换句话说，遗弃不只是一个位置，也是一种痕迹，而这痕迹正是诗或文学的源起——或作为一种“存有”消失、散落的记号。几乎骆以军所有作品都一再重写弃的故事。面对族群身份的错置（《月球姓氏》），亲密关系的患得患失（《远方》《女儿》），身体的毁损颓败（《遣悲怀》），或历史理性的溃散崩解（《西夏旅馆》），不由你不放弃，遗弃，废弃，或是自暴自弃。与此同时，一种叫作小说的东西缓缓成形。骆以军的叙事者每以无赖或无能者（或他所谓的人渣）出现，且战且逃，因为打一开始就明白，生命叙事无他，就是不断离/弃的故事。

《匡超人》诉说洞的故事。“弃”牵涉他者，意味抛弃对象物或为其所抛弃；“洞”则是那开启与吞噬一切的罅裂，带来一种（自我）分裂的恐惧和不可思议的诱惑。小说中的洞始于阴囊下不明所以的小小裂口，逐渐成为叙事者骆以军焦虑的根源。而这身体不明不白的窟窿——“鲜红还带着淋巴液的鹅口疮”，“好像有一批肉眼不见的金属机械虫，在那洞里像矿工不断挖掘，愈凿愈深”——让骆不良于行，更让他羞于启齿。但这只是开始，随着叙事推衍，那洞被奇观化，心理化，形上化，甚至导向半吊子宇宙论。在某一神秘的转折点上，洞有了自己的生命：

> “身体轴心空了一个很深的洞”的残障感，和手部或脚部截肢的不完整感、幻肢感，身体重心偏移的感受不同；也和古代阉人整个男性荷尔蒙分泌中心被切除的尖锐阴郁不同……那个鸡鸡上的洞，很像一个活物，每天都往你不知道那是什么境地的，反物质或黯黑宇宙，那另一个次元，灵活蹦跳地再长大，深入。(《吃猴脑》)

借此，骆以军写出一种生命神秘的创伤，这创伤带来困惑，更带来耻辱。这其实是骆以军擅长的母题。即便如此，骆以军每一出手，仍让读者吃惊：“或许猥亵一点的家伙会这样羞辱我：‘你就是在一个男人的屌上，又长了一副女人的屄。’”

耻辱犹如那个化脓的伤口，一旦失去疗愈的底线，竟然滋生出诡异的——猥亵的——妄想耽溺。耻辱的另一面是伤害，是莫名所以的罪，是横逆的恶。而在骆以军笔下，罪与恶的极致，有了变态狂欢的趣味。鸡鸡童话直通春宫也似的狂言谵语；生命种种命题不过就是洞的故事连番演绎——死穴的故事。就这样，二〇一七年的台湾，一位身体GG了的作家写他纷然堕落断裂的世界。虚耗的身体，断裂的叙事，空转的社会，一切都被掏空：阿弥陀佛，这是骆以军“破洞”伦理的极致了。

空洞

如果“弃”的痕迹迁延迤逦，形成骆以军小说的叙事方式，

“洞”则不着痕迹，通向漫无止境的虚无。骆以军鸡鸡破洞的故事蔓延开来，形成将近三十万字的荒谬叙事。他的叙事拼贴种种文字情节，其间漏洞处处，一如既往。但此书因为“洞”的隐喻，反而有了某种合理性。不论如何，骆以军除了聚焦第一人称叙事者的我之外，对浮游台北的众生相也有相当描述。但这些人物面貌模糊，老派，大小姐，美猴王……其实个个面貌模糊，气体虚浮。他们来来去去，诉说一则一则自己的遭遇，也间接衬托骆以军面对当下世路人情的无力感。

但小说里面还有小说。骆以军用心连锁《儒林外史》和《西游记》和他自己身处的世界。“匡超人”典出《儒林外史》最有名的人物之一。匡超人出身贫寒，侍亲至孝，因为好学不倦，得到马二先生赏识，走上功名之路。然而一朝尝到甜头，匡逐渐展露追名逐利的本性。他夤缘附会，包讼代考，不仅背叛业师故友，甚至抛弃糟糠。我们最后看到他周旋在达官富户之间，继续他的名士生涯。匡超人不过是《儒林外史》众多蝇营狗苟的小人物之一。以此，吴敬梓揭露传统社会阶层——儒生文士——最虚伪的面目。

匡超人和破鸡鸡超人有什么关系？这里当然有骆以军自嘲嘲人的用意。超人本来就是个不可能的英雄。所谓当代文化名流，不也就是像两三百年前那些名士，高不成，低不就，却兀自沾沾自喜地卖弄着风雅——用《儒林》里的话，“雅得俗”？他们也许百无一用，但社会需要他们的诗云子曰装点门面。骆以军在匡超人这些人身上，竟然见证历史的永劫回归。他们曾经出没在明清官场世家里，现在则穿梭在台北香港上海文艺学术圈，骨子里依然不脱“几百年前幻灯片里的摇晃人影印象”（《大小姐》）；他们一个个你来我往，相互交错，运作犹如镶嵌在机器里的螺丝钉。“超人”成了反讽的称号。

但骆以军读出《儒林外史》真正辛酸阴暗的一面。匡超人（和他的同类）就算多么虚荣无行，毕竟得“努力”在他的圈子里力争上游。在一个“老谋深算耗尽你全部精力的文明里”，谁不需要过人的“滤鳃”或“触须”钻营算计，才能出人头地？但饶是机关算尽，也不过是命运拨弄的小小棋子。匡超人温文儒雅，舌灿莲花，但面具摘下，又如之何？午夜梦回，他恐怕也有走错一步，满盘皆输的恐惧吧。

骆以军更尖锐的问题是，在每一个匡超人的胯下，是不是都有个破鸡鸡？表面逢场作戏隐藏不了背后的恓恓惶惶，你我私下都得有见不得人的破洞。而更深一层地，所谓的“破”洞可能根本就是“空”洞。骆以军要说，这是所有人都“虚空颠倒”的世界。匡超人和我辈不过是“如衡天仪复杂齿轮相衔处的小傀偶……随意做异次元空间跳跃呢。”（《哲生》）

相对匡超人意象的是美猴王。骆以军显然以此向《西游记》致敬，小说中有大量章节来自他重读孙悟空和八戒、沙僧保唐僧西天取经冒险。对骆以军而言，孙悟空是超过“人”的超人，更是种神秘意象，“描述一种超出我们渺小个体，能想象的巨大恐怖，一种让人目眩神迷的地狱场景。”（《在酒楼上》）。但齐天大圣却是个“完美的被辜负者”（《美猴王》）。他的七十二变功夫毕竟跳不出如来佛的手掌心；而他的那股桀骜不驯的元气到底是要被“和谐”掉的。孙悟空等的取经之旅是怎样的过程？“在时间之沙尘中逐渐形容枯槁，彼此沉默无言，知道我们终被世人遗

忘。只剩下拖得长长的四个影子。那个惩罚啊，比那个尤里西斯要苦，要绝望多了。”（《西方》）

与此同时，孙悟空应付一个又一个妖魔鬼怪，喧嚣激烈，百折不屈。盘丝洞，琵琶洞，黑风洞，黄风洞，莲花洞，连环洞，无底洞……每一个洞都莫测高深，每一个洞都腥风血雨。孙行者必须克服洞里的妖怪，师徒才好继续取经之路。而当功德圆满，取经路上所有艰辛，惊险，误会，证明全是“一场不存在的大冒险”，一场心与魔纠缠串联的幻相。问题是，真相果然就在取经的终点豁然开朗么？

在《匡超人》的世界里，“美猴王”仿佛是卡夫卡的K，或卡缪[1]的西西弗斯。现在他出没台北，可能就是那老去的江湖大哥，是落魄的社会渣滓，也可能是鸡鸡破了的骆以军。是非成败，虚空的虚空。小说最后，“美猴王”英雄无用武之地，我们有的是猴脑大餐。孙悟空千百年来去时光隧道，寻寻觅觅，他的沦落不知伊于胡底：

> 美猴王没敢说……这么跋涉千里，要求的经文，就是讲一个寂灭的道理。那好像是把一个死去的世界，无限扩大，彩绘金漆，成为一个永恒的二度空间……懵懵懂懂，随风飘行，找不到尘世投胎的形体。这样的辗转流离、汇兑，像只为了把自己悲惨的，到底活在别人梦境、或酣睡无梦时，什么也不存在的某种挂帐啊。要流浪多久？一千年？两千年？（《兑换外币》）

1 Albert Camus，大陆通译加缪。

黑洞

骆以军“洞”的叙事的核心——或没有核心——最后指向黑洞。这并不令我们意外。有关黑洞的描述是科幻小说和电影常见的题材。广义而言，黑洞由宇宙空间存在的星云耗尽能量，造成引力坍缩而形成。黑洞所产生引力场如此之强，传速极快的光子也难以逃逸。黑洞的中心是引力奇点，在那点上，三维空间的概念消失，变为二维，而当空间如此扭曲时，时间不再具有意义。在科幻想像中，黑洞吞噬一切，化为混沌乌有。

骆以军未必是黑洞研究专家，但他对于宇宙浩瀚神秘的现象显然深有兴趣，像“莫比乌斯带”“克莱因瓶”“潘洛斯三角”[1]，乃至于讯息世界的“深网”……《匡超人》中他旁征博引（都是小说电影），探问什么样的异品质空间里，时空失控，过去与现在相互陷落彼此轨道，所有三维事物成为轻浮的二维。洪荒爆裂，星雨狂飙，一切覆灭，归于阒寂。这可不是太虚幻境，而是黑茫茫一片的虚无入口，而且只有进，没有出。这样的黑洞观也成为骆以军看待历史和芸芸众生的方法，称之为他的黑洞叙事学也不为过。

于是，《匡超人》里，骆以军描写美猴王每个筋斗翻过十万八千里，翻呀翻的，逐渐翻出了生命形态有效的联结之外；“七十二变”变成虚无的拟态：

你不知道这继续变化的哪一个界面，是翻出了边界之

1 Penrose triangle，大陆通译彭罗斯三角。

外？也许在第六十九变到第七十变之间？诸神用手捂住了脸，悲伤地喊："不要啊！""再翻出去就什么都不是啦。"但我们其实已在一种脸孔像脱水机的旋转，全身骨架四分五裂的暴风，变成那个反物质、反空间、在概念上全倒过来的维度。(《藏在阁楼上的女孩》)

这是作为小说家的骆以军夫子自道吧。有多少时候，我们为他文字筋斗捏一把冷汗：他这样铤而走险的书写，会不会再翻出去就什么都不是啦。而在千钧一发的刹那，他又把故事兜了回来。如是在叙事黑洞边缘的挣扎，往往最是扣人心弦。

从叙事伦理学角度来说，小说编织情节，形塑人物风貌，诠释、弥补生命秩序的不足，延续"意义"的可能。骆以军的小说反其道而行，用他喜欢的意象来说，叙述像是驱动引擎，或不断繁衍增殖的电脑程式，一发不可收拾，就像"蔓延窜跑在深网世界的那个'美猴王'，已经失控了"。或用《匡超人》里的头号隐喻，小说本体无他，就是个"洞"的威胁与诱惑。

对骆以军而言，治小说有如治鸡鸡，没来由的破洞开启了他的叙述，他越是堆砌排比，踵事增华，越是显现那洞的难以捉摸，"时间停止的破洞"。叙述将他拖进一个吸力不断涌动的漩涡，越陷越深。更恐怖的，"但那个洞太大了。""或者是，这一个'洞之洞'，反物质的概念，在那破裂感、撕碎感、死灭、痛苦的黑暗空无中，再造一个'第二次的破洞'。"(《吃猴脑》)

我曾经指出，当代台湾小说基本在"迟来的启蒙"话语中运作。如果以一九八七年"解严"作为分界点，三十年已经过去。这段时间台湾社会经历大蜕变，政治解严，身体解放，知识解构，形成一股又一股风潮。无论是历史家史谱系的重整、族群或身份的打造，或是身体情欲的探勘，性别取向的告白，环境生态的维护，都可以在现实世界中找到对应。从叙事学的角度看，绝大部分作品处理小说人物从某种蒙昧状态发现国族、性别，谱系、生态真相——或没有真相——的过程，风格则从义愤到悲伤，从渴望到戏谑，不一而足。

骆以军不能自外这一风潮。真相、真知的建构与解构张力重重，总带来创作的好题材。“脱汉入胡”的离散书写，父子关系的家庭剧场，欲望解放的嘉年华都是他一展身手的题材。但这些年来，骆以军越写越别有所图。他似乎明白，潘朵拉的黑盒子一旦打开，未必带来事物的真相，反而是乱象。“当街砍头、彩色烟雾中的火灾、飞机坠落于城市、海军误射飞弹……”（《哲生》）在他笔下，台湾这些年从蒙昧到启蒙的过程越走越窄越暗，以致曲径通幽——竟通往那幽暗迷魅的渊薮。是在那里，骆以军与不断轮回的匡超人们重逢，与翻滚出界外的美猴王们互通有无。在转型正义兼做功德的时代，他写的是你我同是天涯沦落人的故事，只是这沦落的所在，是个有去无回的黑洞。

《匡超人》展演了骆以军“想想”台湾和自己身体与创作的困境，但之后呢？小说家尽了他的本分。他运用科幻典故，企图七十二变，扭转乾坤。《超时空拦截》[1]《变形金刚》《第五元素》《十二猴子》……他幻想夹缝里的，压缩后的时空，逆转生命，反

1 *Predestination*，大陆通译《前目的地》。

写历史，弥补那身体、叙事，以及历史、宇宙的黑洞。然而写着写着他不禁感叹：通往西天之路道阻且长，而那无限延伸的空无已然弥漫四下。

孙悟空，你在哪里？世纪的某端传来回声——“我们回不去了”；“死亡的生命已经朽腐。我对于这朽腐有大欢喜，因为我借此知道它还非空虚。”

我们仿佛看见变妆皇后版的骆以军，挑着祖师爷爷（鲁迅？）的横眉冷眼，摆着祖师奶奶（张爱玲？）华丽而苍凉的手势，揣着他独门的受伤鸡鸡，走向台北清冷的冬夜街头。他把玩着鸡鸡下那逐渐展开、有如女阴的，洞。仔细看去，那洞血气汹涌，竟自绽放出一枝花来，脓艳欲滴——恶之花。

* 王德威，美国哈佛大学 Edward C. Henderson 讲座教授。

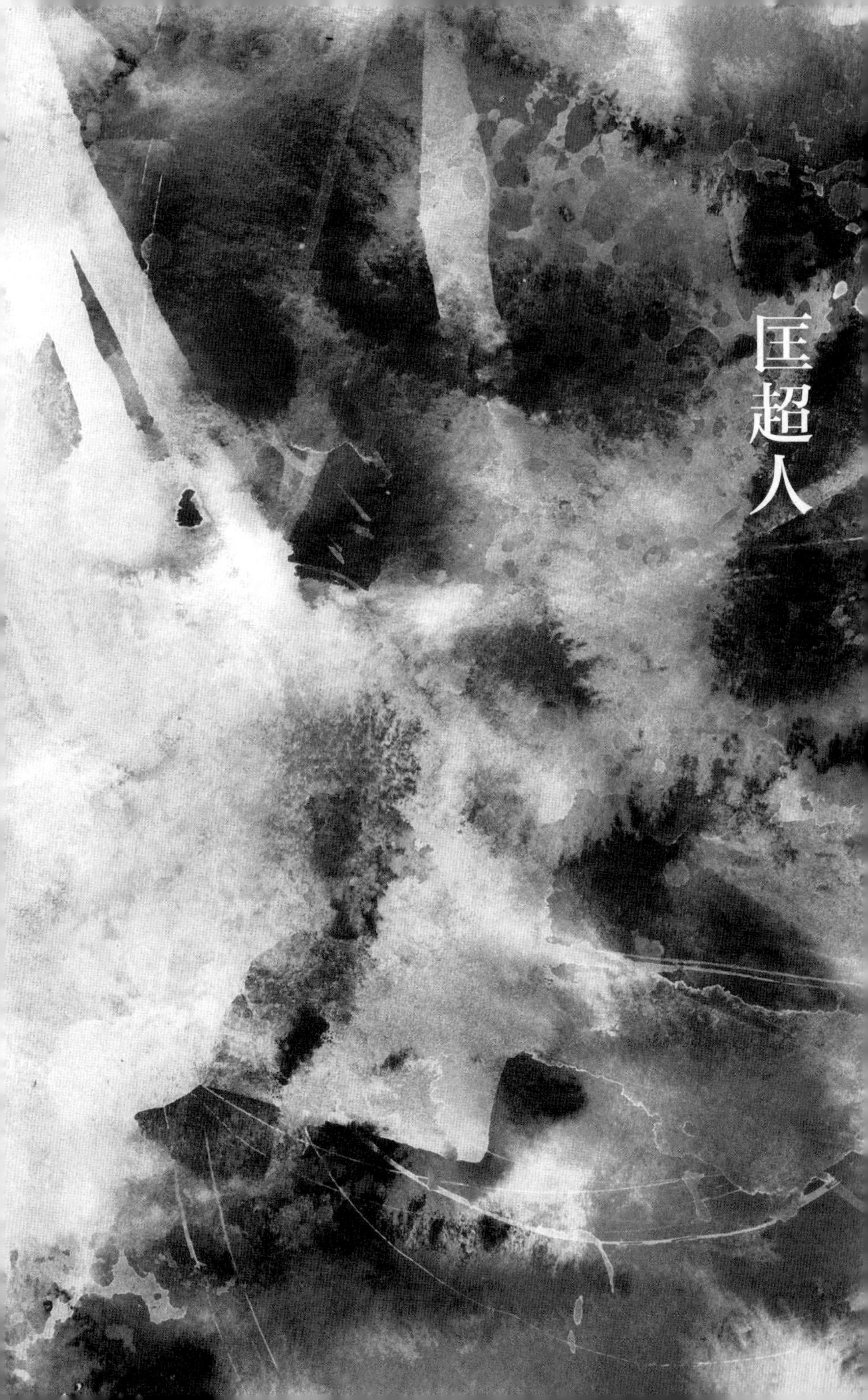

匡超人

俄罗斯餐厅

我们走进那间俄罗斯餐厅。年轻的女侍安排我们坐在最角落一个多余出来的小空间，那儿恰嵌进一张小桌儿和两张矮沙发。沙发很破旧（你坐下时可感受，屁股下的弹簧已完全松了甚至断了），而那小儿也像从街角人家扔弃即捡来的，非常轻，我们不小心一个腾挪，大腿或膝盖便把桌面的水杯撞翻。

后来斐文跟女侍说可否让我们换个桌位，我们便换到窗边这张桌子。虽说它离那小栅门厕所很近，我（也许只是心理作用）闻到一股像大雨过后，水沟冒出的说不出是新鲜还是腐坏的呛鼻味。但确实比刚刚那儿好多了。说来这整间店都笼罩着一股独特的霉味，包括它的光线（可能灯罩都因疏忽而没换新），摆设，在桌间巡走的女侍，或柜台后方一个出餐的洞口，时不时一瞥而逝的白厨师帽男人……整个都有种年代久远，不该存在此刻的魔力。客人其实也寥寥无几，且各桌不论一对低头用餐的男女，或独自一桌坐着的等候的，都有说不出的一股寂寥味儿。

我们点了一份松露蘑菇炖饭、一份辣肠起司蕃茄酱面、一份烤春鸡、一份有点像可丽饼但里头夹了薯条和牛排小切条的俄式松饼。都不算是典型的俄罗斯菜。但餐后一人会附上一份冰淇淋，那冰淇淋非常美味，比外头专业的冰淇淋店还要高级，我们之所以走进这间餐厅，正因为它非常怪异的，即使在这样的周末晚上，这一区外头所有街道巷弄的店（卖刀削面的、台南小吃的、南洋餐、日式拉面、丼饭的、韩式烤肉、江浙汤包的、连锁摊贩的咸酥鸡、拉饼、甜不辣、手工布丁……连按摩店也不例外），全像养蜂人的槽箱，每处孔洞都挤满钻动的蜜蜂，不，人潮，就它这家店，一推门进来，立刻像时空转换的旋转门，里头就是一种没人光顾、唉声叹气的空洞、静寂感。我们正是转了好几家餐厅，全被它们门口黑压压仍在候位的人群吓退，最后才钻进这家，我们玩笑说，“也许被魔法隐蔽，不见得人人看得见”的衰敝餐厅。

其实我几年前（啊！恐怕也七八年了），这间俄罗斯餐厅刚开幕时，我和妻儿来过一次，它还有种异国的时髦和噱头感。它的地下室有一间玻璃墙围住的冰窖，里头放了一个小吧台和几张高脚椅，温度据说调到零下十几度。客人感兴趣的，他们会让你穿上一件带绒毛帽的大雪衣，你可以坐在那（外头人都看得见，像动物企鹅馆的）冰窖里，感受在冰天雪地里喝两杯伏特加的滋味。

但这个点子好像没有被炒起来。总之在这个每天像雨后蕈菇冒出各种新鲜艳异事物，因之人们变得无情的时代，或就像最难被讨好的魔术秀观众的城市里，这个“地下室的俄罗斯冰雪体验”，就不尴不尬地被老板将地下室封起来了。

勉强让我们觉得有种谜团之感的，是这样一家餐厅（餐价算高档的，但随着那马戏团秀一般的“冰窖饮伏特加”的地下室被封，最初那些在客人餐桌表演“火烤牛排”、或大盘小盘摆满的甜菜、酱料、马铃薯，刀叉琳琅满目，宛然如一个横移过来的、想象中的俄罗斯贵族的餐宴摆设，也全取消了。剩下 menu 上可选择的，和一般西餐应无大差异的套餐），为何在这样的黄金街区，明明门可罗雀，但这么多年却仍开在这儿?

“会不会入夜后，总会有一群，这城市平时不引人注意的俄罗斯流亡贵族，他们总要来这间店喝两杯，激昂地唱唱他们的民谣?”

也许是我多心，但若是我这篇小说，在若干年后意外仍流传下去，我怕未来的读者误以为我所描述的这间俄罗斯餐厅，是在诸如哈尔滨、齐齐哈尔、海拉尔或满洲里那样的北方边境之城，而失去了我想传递的幻异之感。不，我在的这座城市叫台北，是一南方岛屿的临时首府。它的移民或餐馆聚落形成的考古地层等景观，应以日式餐馆、北平餐馆、苏杭餐馆、台湾小吃、美式餐厅为主流，乃至较近些在全球性扩张中成为赢家的意大利菜、南洋菜、间杂一间韩国铜板烧肉店，或港式餐厅或能生存。但在这样的物种微勘礁岩中，有那么一家俄罗斯餐厅、德国餐厅、希腊菜、西藏餐厅，相信我，老板必然都是怪咖，或是不知真实世界艰难，把开店当玩玩的富二代。那就好像，若有人在满洲里，开那么一家“台南古早肉粽”，成败不论，但它总是像一只物种孤证的奇幻蝴蝶吧。

总之，当我们在这间——橱窗外的空气混杂了那些日式烧肉的油烟；芒果牛奶冰残盘倒入后巷大塑胶桶的甜腥味；苏杭小馆菜橱里小碟冷盘的葱烧鲫鱼、辣椒镶肉、烤麸、笋干、酱茄子……全因这长时间食客川流手指进出、弄混的时间的长短，发出难以言喻的南方腐烂味；或孔盖下水道流着各路背包观光客无知肚肠内流着同样的意大利面条、北平刀削面的榨酱豆瓣，或台南米糕的糕渣、肥鳗尾的细鱼骨、卷在法式可丽饼里的发酸的奶油、无花果酱、巧克力酱，所有斑斓的颜料——像无中生有的“俄罗斯空间”里，用刀叉进食我们的松露炖饭、辣肠蕃茄酱面、俄罗斯式烤鸡和不知名的又甜又咸的卷饼，那时我听见我的身后，一个像女低音（用腹部发音的雄浑感）的声调，说着一段像《启示录》那样充满诗意的魔幻话语：

“爸爸，你知道吗？其实他们已经发动过核子攻击了。不要以为这件事没有发生过。只是消息被封锁了。那有多惨你知道吗？方圆几十公里内所有建筑都成为瓦砾，树木全变成黑炭，没有人影，你以为是一座空城，鬼城，不是的，上百万人全被高温瞬间煮沸、融化、蒸发了。地面是干的，像涂上一层黑漆，上百万人体，再加上猫狗的血液，怎么是干的呢？全蒸发到大气层了。大楼的钢筋啊、公共汽车啊、所有的汽车啊、所有的广告招牌啊、所有人的手机啊、戴的项链手表啊，全融解了，成为瓦砾堆上细细的、发亮的矿脉。”

斐文说：“你不要回头。”

她小声说，你们听我说，这个女孩我认识，大概有十年前了吧。我常去隔壁两条巷子有一家德国餐厅，它的扭结面包做得非常好，我都是下午在那点一杯咖啡、一份扭结面包，读书或是写稿。

有几次，我会遇到一对母女。那母亲一看就是以前外省人官宦之家非常有教养的太太，年纪虽然大了，但我印象是她皮肤非常白，脸像某种刚枯萎的白色桔梗，很薄，似乎可以看到下一层细细的淡蓝微血管那种印象。女儿就是现在在说话那个女孩，当然她可能有点智障，看不出年纪，就像个胖娃娃，但她们母女坐在一桌的，你就是觉得这女孩充满生命力，不，应该说是一种物种较强势者的力量。总是她在滔滔不绝地说，而那衰老的母亲安静地听着。我那时在一旁坐着，听着，常说不出的悲伤。我猜他们是家境非常好的人家，却生了这个有残缺的女孩。可能从小就护着、哄着、让着她。结果，比较美丽的母亲慢慢衰老，怪物般的女儿却愈长愈壮，充满生命力。在她们的封闭小世界里，她是个与世隔绝的霸王，我听到她在跟她母亲说话，都像上级在跟下属说话，非常强势。我想：万一有一天，这母亲走了呢？当时我从未见过这个老父亲。也许那母亲真的已不在人世了，现在换这个可怜小老头的父亲在陪伴她了。

我想：应该是常要装作，女儿这样在公众场合，旁若无人发表演说，旁人怪异的眼光或窃窃私语，并不存在吧。也许因此，这家生意稀落的俄罗斯餐厅，成为他们常来用餐之处吧？

“爸爸，你都不相信，核子战争太可怕了。你知道，在西伯利亚，曾经发生过一个‘通古斯爆炸’，方圆二百公里的森林，全部瞬间烧成一片枯白残骸，那些树木倒下的形式，全是一圈一圈同心圆树冠朝外，像涟漪扩散的方式。整个地面原本潮湿肥沃的黑土，全被像用火焰器喷烧的一片赤红的沙砾。那片地带原本的熊啊、狼啊、獐子啊、麋鹿群啊、不同种类的飞鸟、猫头鹰啊，都是瞬间在摄氏一千多度的高温融解、蒸发。是因为那一带太偏僻无人居住了，所以当时的实际状况是怎样，科学家又没有精确的数据。有人说那是一颗小行星的陨石坠落，在通古斯的上空发生爆炸。不是的，爸爸，那就是核爆。这件事一直到现在还在进行……”

“唔，唔。”事实上那父亲可怜得连这样的声音都没发出，整间餐厅，包括我们，那段时间都静默着，空间里只有这女孩关于核子战争的演说。

那两个家伙起身，说要去外头抽根烟。我趁这个空当，从桌台下，塞了五千块给斐文。因我上回诧异得知，她竟好几年，过着一个月只花五千元开销的贫穷生活。但这样的推拒，总像避人耳目在摸她大腿那样暧昧。这些年过去，斐文还是一副颓废气，这和她这十年脱离了那个现实运转的机械钟世界，跑进那隐晦神秘主义，多元宇宙（也就是她的玩伴变成一批比她少十岁的怪咖女孩，塔罗牌、新世纪书籍、超强刺青师或动漫狂人）而深居简出有关。那样发生在隐秘处，两人微弱的手指间推阻，我想，有点像性爱，因她推拒的力气像风中枯枝败絮，如此柔弱易折。那似乎骄傲的她无奈被探了脉搏，一种生命力的虚弱，但这次她拒绝了。原因是她爸过世后，有笔遗产转到她和她妹名下。其实现在她比我有钱多了。

她自嘲：“原来我们这样的废物，是要等父母死了，那些遗产不论多少，到我们手上，才得到真正活在这世间的自由。”

我也确实感到一种像玻璃培养皿中，菌落生成和灭绝的不可测。

这时，那对父女似乎用完餐了，那个小老头父亲用一只手倚附在那一层层排放了漂亮蛋糕或生鲜甜菜根、真空包装牛肉的冷藏玻璃橱柜，等候结账。那女孩不知哪个细节被羞怒了（原来她其实像海狮，面无表情，却能接收、感知周遭对她歧视的目光），跺脚（其实只是我有这样一个她“跺脚”的印象）说：“唉！干嘛管他们的看法，好啦好啦那我到外面去，不让你丢脸。”她的声调、咬字，还是那么的幻异像四五十年前的新闻主播一样。胖身体朝着餐厅唯一的门冲去时，恰好和刚抽完烟推门进来（门把系的小铃铛发出叮铃细碎声响），我那两个同伴撞个满怀。

那一刻，我的视觉出现了一种不可思议，超出我过往所有经验能借以参照的现象。就像是某种弹涂鱼，突然两颗眼球，各自从眼洼里伸出的细细肉柱撑起，脱离了原本嵌入固定的位置，可以旋转，看见这俄罗斯餐厅的室内全景，同时看见那扇门外头的，那小巷、街道、行走的人群，在那一秒发生的——事实上，当那门合上的那一刻，我想我看见，就那一瞬，所有景象全被光爆充满，像每一个人皮肤上的每一个毛细孔，都变成瓦斯炉喷嘴那样喷出火来，不可能的高密度的炽亮的火焰，这个世界在那一瞬间粉碎着。我的脑海里竟然浮现出，我将和斐文，像玛格丽特・爱特伍[1]的小说，在一片焦土、荒原、瓦砾、或像那胖女孩所说的，连同类尸骸都不可见（因为全被蒸发了）的玻璃彩矿、末日之后，展开我们的旅程。

我们四个挤在这个全黑的小空间里，不知道时间过去了多久。那就像电影里在无垠太空漂流的小登陆舱里的太空人们，或是某一个像母牛那么胖的女人，子宫里脐带缠绕的四胞胎。我们头和脚颠

1 Margaret Atwood，大陆通译玛格丽特・阿特伍德。

倒，脸颊、屁股贴着其他人不知哪个部位的身体。我不知道为什么我们处在这个状态？而这个怪异的状态多久了？似乎我从一场很久很久的睡眠中醒来，我就和他们这样像披萨馅料叠在一起了。后来我闻到一股熟悉的气味，我像是脑子分离，里头不同马达运转才猛然理解那是精液的味道。干！怎么可能在这种时候这种处境出现这个味道。这比四个人寒冬坐在开着暖气的车内长途旅行，有人无声放了个屁还要难堪。现在这里头只有我们三个男人和斐文一个女人。而斐文确实是那种，当她（和我们任何人一样）在黑暗中睁开眼，发觉我们被缠缚在这个小间里，而恰好某种位置的贴近，她是会（不管那是我们三个之中的谁）仅因好玩，将那贴在鼻前的裤裆拉开，吹吮舔弄某一个哥们翘起的鸡巴。我记得有一回，很多年前了，我们一群人和几个马来西亚来的年轻诗人去 KTV 唱歌，那天我很醉了，缩在 U 型沙发角落睡，某一首歌的中途我发现斐文的手压挤着我裤裆，而她另一只手正拿着麦克风、一脸专注对着前方那光幕跳动的影像唱着，后来她的手干脆拉开我的拉链伸进来，非常细腻地玩弄。那首歌还没完我就在一种迷迷糊糊柔弱欲哭的状况下射精了。这事我从未和其他哥们提过，那之后和斐文再遇见她也像什么事都没发生过一样。而我猜想可能其他哥们也有人在不同情境被斐文这样弄过。那就像个可爱的玩笑。她又是个大美人，但你又觉得她好像把这事，弄得像买一些金鳞灿亮的小金鱼，扔进大水族箱里，只为了喂食她真正养着的巨大古化石鱼，看着那非洲巫师威严神秘的脸，张合着、巡游着，将那些蹦跳惊吓的小金鱼吞下。你不要以为这会发生什么“小圈子中的秘恋”。

然后我听见斐文在哭。我们（包括那个刚泄了精的家伙）像分别被挂在东西南北不同城楼上的鼓，距离遥远气力微弱地讨论着。到底是发生什么事了？干他妈的为什么我们像《百年孤寂》[1]里，双胞胎兄弟其中之一，目睹了那场广场大屠杀之后，醒来发现自己被扔在一辆载运三千具男人女人老人小孩尸体的火车上。哪来的尸体，这就是我们四个被关在一个小箱子里，我听见克隆在咒骂着。

这时有人把我们放出来——我很难描述那像是拆掉一面墙，或是用钥匙串将层层锁链咔嚓咔嚓转开，或是被冻在冰块里眼珠发白的鲔鱼，有人用瓦斯喷枪将那封印的透明厚块融解——总之我们是从原本的紧缠状况，摔跌在地面上，忽大忽小摇晃着各种角度黑影的光束，我意识到原来这是在那俄罗斯餐厅的地下室。我们四人刚刚是被关在那“让人感受在西伯利亚酷寒品尝伏特加”的玻璃小室。但印象中它没那么小啊。放我们出来的人，用手中那紧急断电逃生灯，轮流照着我们的眼睛。有一个空隙我想我知道救我们的是谁了。她用那让人不舒服的低频音说：“可以出去了。你们是劫后余生的人。”

是那个智障女孩。

1 *Cien años de soledad*，大陆通译《百年孤独》。

雷诺瓦风格

她可能比其他人，更相信眼前的一切，都是稍纵即逝的，都是不断在细细索索地变动，像一座被狂风沙笼罩的沙堡，从基座一角无人知晓地剥落、崩塌。少女时期她以为是自己因早熟而被荷尔蒙紊乱所苦，但一路过来，她体内的某些发光、漂亮的尖锐感不见了，她发觉自己坐在某一群老女人姐妹淘中间，那种“眼前风景，正像一幅刺绣屏风，一根丝线一根丝线地抽掉”的感觉，仍那么清晰、强大。有一次有一个算命的，对她说，其实她的“灵体”早已功德圆满回去天上“销案”了。现在留在人世的这个她，继续经历时间，是为了济世助人，她的“灵体”在这一生的功课已经做完了，剩下的都是“多出来的”。

她很想回嘴：从她有自我意识开始，便觉得这一切都是多出来的。那“原本那个（没多出来的）”是什么？

她记得那时她和阿雯待在那幢绿光盈满，有座花园的大房子里，除了她们俩年轻女孩，还有一个厨子（他是个从部队调来的金门小伙子），一个园丁（是一个退伍老兵，可能是先生从小就跟着他们家的侍卫），一个司机。屋外有一班卫兵，但他们在外面有个小营房，伙食也他们自理，从不进围墙里边。先生和夫人出外应酬时，她们两个女仆、园丁和厨子，便四个围坐饭厅角落一张小方桌用餐。想想这样的光景其实是常态（先生和夫人太难得没有应酬了），日子实在太悠缓太无聊了，两女孩便会和那厨子拌嘴。后来倒很像他们四个是一家人似的。

厨子的手艺很差，那个外头世界入夜后还黑忽忽显得行驶过的车灯特别刺眼明亮的贫穷时代，一个金门长大的小伙子能见识过什么南北菜系？不过就是些红葱丝炒蛋、卤肉卤鸡腿鸡翅、蕃茄鸡蛋汤、煎鱼、韭菜炒肉丝这些家常菜。家中偶有宴客，夫人都会找外烩，不论西餐巴费或江浙馆子的大厨和助手，都是整套大餐盘炉具载来，连埋锅起灶宰鸡杀鱼全在庭院草坪一角，那些时候厨子的功能变成和她们两女孩一样，擦门窗搬桌椅，顾小孩帮跑腿，无头苍蝇团团转。

或太太的那些年轻官夫人姐妹们聚会，也都讲好各人带一道显本事的菜肴来，有不擅厨艺的会带秀兰小馆的葱烧鲫鱼或烤麸这些凉菜，但都规定不得多，中西混杂，拼拼凑凑，像女学生野餐。

偶尔先生在家，会进厨房。他会让厨子先切好葱丝葱花、芹菜丁、切肉剔筋膜、绞肉、剁椒、剁鸡……然后先生自己下锅炒。记忆中先生想吃点什么他一时犯馋的，都是自己下厨。先生特喜欢炒一盘辣豆豉碎肉末，韭菜切得像女孩儿玩的小翡翠碎珠，放进冰箱，那样一整礼拜，他应酬醉醺醺回来，舀一小碗，配白饭，香得不得了。

先生对他们非常亲切，但她觉得那是先生的一种认知：这些是我的人，我这屋子里的人，是我的延伸。感觉那是一种贵族对自己圈圈里的自傲。她或阿雯偶要出门去市场或超市买些茶米油盐、小孩奶粉尿片之类，门口那些卫兵会啪立正行军礼。

那些卫兵养了一只德国狼犬，有一次过年，先生让卫兵们进花园，放起那些军中送来的烟火，大爆竹、蝴蝶炮、大型冲天炮……给小孩看，那个年代外头没有这些琳琅满目的花式烟火，那些也才二十岁不到的年轻士兵大约也玩疯了，不知怎么疏忽让那只巨大狼犬钻进花园来，她记忆中那大狗从辉煌闪烁如烟头燎焰一亮即灭的暗黑中突然就出现在她脸前，不知为何就选上她，人立而起，前爪趴到她肩膀。那些年轻男人的喝斥和小孩惊吓的哭声中，她第一次听到先生那严峻、近乎冷笑的，“让属下觳觫”的威严腔调：

“拖出去枪毙。”

后来那只狼狗真的被他们用手枪处决了。那是几天后厨子偷告诉她的，那狼狗有挂军阶（好像是士官），所以是依军法处置。

其实她被咬得不严重，但印象中夫人在那事发生后，不准她靠近小孩（是怕她被传染狂犬病或破伤风吗?），当晚他们的家庭医生就进屋来帮她注射了一剂破伤风疫苗。但那次她难以言喻地感到，夫人那美丽清澈的大眼突然的淡漠冰冷，当她（或是阿雯、厨子、园丁）若是遭到外面世界的侵袭而即使只是轻微损坏，他们便只像一个机器人仆佣被扔出这大房子外。

但其实夫人是他们这个神秘、低调，在古代就是皇室的第二代媳妇里，唯一的平民出身。她也是要到许多年后，她早已离开那神秘的大房子，从电视新闻或报纸上看到夫人和小孩（已经长大）零星的报导（那时先生早已过世多年，那个家族也早贬谪、低调隐形成平民），才回想：那时至多也三十出头的夫人，处在那样的家族里，真的“像谷糠在磨坊里碾磨”，茫然如浓雾中摸索各种合宜言行的尺标，因为她完全缺乏那些官宦世家仕女们的细微教养。

那个记忆里的画面，像是雷诺瓦[1]那些洒金或雾白，像烟波水声碎影，拿着蕾丝花边小阳伞，带着圆顶蝴蝶结礼帽的野餐仕女。她们好像有意识地扮演着一个“外国”场景的梦境。夫人无疑是那里头最美的一个。她在晾衣服的时候，曾迷惑地从洗衣槽一堆衣团中捞起一件薄纱透明，小得不能再小的黑色蕾丝内裤，在那个年代，这完全是一超现实的存在（现在当然满街女孩儿都穿着从屁股沟露出来的廉价丁字裤了），第一瞬她还把它举在眼前翻转端详：想这不是个泳帽吧？后来意会，想到她穿在夫人胯部的形象，自己在洗衣间那，脸红了起来。应该是先生托人从巴黎吧或哪个城市带回来的昂贵外国时髦玩意。那一刻她心里想好色啊。当然也是因为浮现在那内心禁忌暗影里朦胧的形象，是夫人那白晰像白玫瑰花瓣，透光可见细微淡蓝瓣脉的端庄美人脸庞，或，突然变得一丝不挂，淫荡，妖幻，但一闪即灭的影影绰绰的，连想象都内在有个检查机制怀疑自己会被赶出去的恐惧。

她觉得先生好色。平时那眼镜下像睡眠不足、总是垂着眼皮，

1　Pierre-Auguste Renoir，大陆通译雷诺阿。

老僧入定的脸。

但其实很多时候，先生坐在他们这些下人们（其实就她、阿雯、厨子三个年轻人）的厨房长桌，独自拿冰箱他自己炒的那盘辣豆豉肉末扒着白饭，和他们闲聊，他给她的印象，都像是个卡通片里被一群小狐狸、小刺猬、小松鼠调戏逗弄而不会生气的，呵呵笑（且眼镜很厚，因之画上两个漩涡）的小老头。

有一次，老园丁在厨房和她们两女孩大聊《隋唐演义》，讲秦叔宝、尉迟敬德、李靖这些神将奇兵；讲虎牢关之役，李世民如何带着三千骠骑兵，神出鬼没，除了小盔，只有两肩上两块皮铠，冲锋时防逆风迎面之箭镞雨，像刀切豆腐，冲散溃解那窦建德三十万大军；或讲着“玄武门之变”，做老子的李渊如何优柔寡断，颠三倒四，听任建成太子和三子李元吉贿赂后宫，进功高震主的李世民谗言，如何布下戍卫宫禁之军士，密谋袭杀这战场上让敌数十万军马一瞬灰飞烟灭的神人二弟；而秦王府这边如何长孙无忌、杜如晦这些人，像京剧轮唱西皮流水，一个唱完换一个，脸孔隐没于暗影，劝李世民在这黯晦绝望的死境，如雷霆出手，诛杀那就要收袋将他像剪去翅翼的鹰隼乱刀戳砍的白痴哥哥和凶残弟弟；后来便是在那宫墙马道近距离一段路，像在一个忧郁恐怖的噩梦里，张弓搭箭，射死亲兄弟。

后来先生恰好走进厨房，拉开椅子坐下，吃着他自己冰在冰箱的剩菜，一边也听着园丁像讲自己亲人那样说着，那些华丽盔甲，如天神摔跤有魔幻杀技的人名。最后，先生把一碗冷蛤蜊冬瓜汤喝了，说：

“这些人，冲杀、围城、袭伏、设局要灭了对方，最后反被对方抓了要斩首前，还在斗嘴羞辱嘲笑对方。那时可是血流成渠啊，但变成故事后，都像一群小男孩嘻嘻哈哈在玩骑马打仗啊。”

另一次是夜里，她走进厨房，发现黑暗微光中，先生独自坐那餐桌旁，拿着小玻璃杯喝威士忌，并听着一台录音机放的京剧。她发现先生满脸是泪。正惊吓要退出时，先生（原本闭着眼跟着吟唱）突然说：

“你拿你要拿的东西。”

然后先生说，这唱的是曹操和杨修，他跟她说了一些奇怪的话，大意是曹操当然要杀杨修，而且其实曹丕原本也该杀掉曹植的（就是那个“七步成诗”），但他们全像小男孩那样在撒娇（“我要杀你喽。”“求求你不要杀我啦。”），先生又说了一次，“其实像一群小男孩，你揍我，我揍你，你告状，跟老师说我坏话，我就装哭装可怜，离开训导处，我又从背后偷踹你一脚。”

很多年后，她回想那个似乎淹浸在一片妖异梦境白光里的大房子，会有一种奇怪的领会：确实那个大屋子里的花园、草坪、有阳光天窗的宴客厅、小孩房，先生或太太各自的书房，他们的卧房，用人房，墙外的卫兵，偶尔来的一群衣香鬓影的美丽女客，后来小孩稍大一点后每周来一次教小孩弹钢琴的女老师，午后那慵懒单调的叮叮咚咚练习曲……这一切，好像一个动过手脚的音乐盒时空。那远超出二十岁时的她所能理解，一种“像小孩子那样在这屋里静静的生活”。

先生和夫人，童话里的王子和公主。即使先生其实已是个长期酗酒，眼球浊黄的中年人，脸上仍带着一种老男孩的别扭和怕犯错的谨慎。那屋外的世界，可能他的父亲的手下的手下，如她后来这一切烟云如梦散去，才知道那些黑衣服的理平头的男人，在夜里搭着黑头车，侦骑四出，敲到某一户人家门，将仍穿着睡衣的人带走，那被带走的人通常就永远从世间消失。或是后来，他们这一族彻底淡出权力舞台（像曹操后来的那些根须错繁的家谱孙辈们），那些从前来家里诚惶诚恐，讲话打觳觫的“家臣”们，在电视上竟成了“政争”、“夺位”的要角。那确实让人唏嘘、困惑，当先生还是小男孩的时候，就有一组像钟表机械的顶尖设计师，绘出复杂的设计图，把他的一生装嵌结构森严的齿轮、簧片、机括、线路，让他这一生“只能当个小男孩”：包括配置在他旁边的美丽少女妻，他的小孩，围绕着他的这些仆佣（她、阿雯、厨子、园丁？），都必须像一个维尼熊和他的驴子、小猪、袋鼠朋友，活在一个他们想象中，遥远的美国人豪宅里（那些车库里的大车子、滚筒式洗衣烘衣机、洗碗机、可以直接榨柳橙汁的大冰箱、酒窖、遥控的电视，或所有都有遥控器的小孩玩具赛车、直升机、会发出雷射闪光的机器人，他甚至有一把他叔叔的美军顾问好友送他的“沙漠之鹰”手枪），或是也装模作样在他书房里挂着左宗棠或溥心畬真迹的对幅，或他祖母（那妖幻老美人）画的国画山水或牡丹，书柜上也陈列着（不知是谁帮他布置的）整套古今图书集成、二十五史、一些他喊爷爷的大儒们的各种版本的圣经、著作，当然也有他祖父的著作和他父亲的著作、一些家书信件的档案抽屉……

那跟外面凶猛翻涌世界完全隔阻，不让噩梦侵入的纯洁孩童化的生活。

有一次，她陪着夫人搭司机开车回夫人娘家，离开时，像后来电视那些汽车广告，只有孩子的视觉可以从车顶天窗的那一块透明玻璃，看见那些像倒插入蓝色天空的不断往后流动的黑色树木枝杈；或那些如同沉在河流倒影世界的铁窗旧公寓顶楼，那些塑胶遮雨棚、天线，或丑陋的银色大水塔……但都像在天文馆必须仰躺观看的圆顶投影屏幕，这些倒过来的事物，甚至包括偶尔飞过的灰色鸽群，都像在一旋转木马的圆球里，她会出现一种“这些景物只是沿着一个机械轨道般的圆弧往后跑，等绕足一圈之后，它们又会回到眼前”的幻觉。

但那时才三岁的孩子在后座大喊：“你们有看到屋子上面那个阿姨吗？”夫人和她相视一眼，当然她们也抬头从挡风玻璃看了，然后由夫人反复询问。归纳出那孩子看到（只要确定他不是信口胡诌）的是怎样的画面：

那是一个女的。脸很丑（孩子说的），头发乱乱的，她是绿色的（也许是穿着绿色的衣服），有，她一直盯着我们看，（她是什么表情？）她在笑。（但车子不是一晃就经过她待着的那栋楼——如果她像只鹰隼蹲伏在屋顶——为何这孩子能看到那么精密的细节？）她跟着我们的车跑（像小飞侠那样？）。不是的，她是在天花板上跑着（也就是她是在一个和我们的世界倒立过来或倒影里的世界？）。

“是啊。”孩子听不懂夫人追问而描述的方式，或听出他们（包括习惯沉默的司机也动容了）可能认为她说的是弄混了卡通片里的情节和真实街景无中生有，像神灯烟雾里冒出的虚妄人物，于是赌气那样不再回答了。

夫人母亲住的这一边郊社区，被遮藏不出现在他们大房子那边任何谈话中，像一座鬼城。因为年轻人早在十几二十年前都搬离，整条骑楼街就剩下一些老人，像时光废墟里忘了清除干净的牡蛎、蟑螂，或一些强悍的老藤。老人陆续死去，像这些摇摇欲坠的老楼房其中几扇窗里的灯焰被吹熄。有些透天厝根本里头长满树，砖墙梁柱都塌毁啦。老人们喜欢在后院种些冬瓜、丝瓜，或释迦，荒草蔓长高过这些老人消失或无力整理的菜园瓜圃，于是也不知从哪里来，藏了许多蛇。

甚至正午骄阳下，车疾驶过这条荒颓老街，竟在马路正中央，盘着一条头像猫那么大的眼镜蛇，上身笔直竖起，黑鳞闪闪，蛇信像风吹饰带猎猎飘动。

另一次是，夫人要她带着那孩子，在夫人娘家那条空城也似的老人之街更往靠海边那一带走。还是烈日曝晒，一些荒弃的砖瓦房、瓜棚，不知从哪窜出恐惧狂吠的三四条癞痢狗……主要是那是她想象那像牡丹花般丰美的夫人，某一段浑浑噩噩如爬虫类梦境的少女时光，从翻过那些像被人用槌子狠狠敲打凹碎的废弃马桶瓷座、被从原本嵌入之地基拔出故胎肚仍留着水泥残块或一结脐带般的环节水管的大浴缸……穿过那些姑婆芋、树蕨、瓜叶或被砖石块压塌的小雏菊，她想象少女时期的夫人，可以不花半小时即抵达的肮脏海边。

但那次她和那孩子却迷路了。好像夫人所描述，极安全，她少女时任意草上飞、攀藤呼啸穿越的那片杂树植被的秘境，被人用某种幻术将地图卷轴变长了，且不知何时被布阵地放了这许多（以前没意识到）的老瓦房或当作柴寮的独立砖房，它们从她脑额叶里这片荒芜弃地里像竹笋那样长大了，然后又荒废倾倒了。剩下一座无人空屋。

后来她和那孩子（等于是女佣和小王子）终于走累了，坐在其中一幢颓塌老屋略高起的磨石子地基边沿，拿出水壶喝水。蓝色的海面隔着一片杂乱藤挂灌林和土丘，在不远处闪闪发光。突然那小孩说："阿袭，好多的ㄉㄟˇㄉㄟˇ[1]。"

他们眼前是一片空荡荡的院落，烈日强光下似乎空气被高温焰喷枪灼烧得扭曲晃动着。他们坐在阴影的这一边，但眼前那片空芜之境是坦晒在光天化日之下啊。

她想：他是说看到许多个"爷爷"吧。想象着眼前有四五十个老人，一脸好奇盯着这个单薄的年轻女孩，和可能命带金光贵气的小男孩，在场只有她看不见其他人。城里人的教养压过了恐惧，她想是无知的她和孩子侵犯了他们原本安静自如的这个结界。她拉着小少爷往回走，尽量谈笑自若，感到洋装裙下的双腿瑟瑟发抖。

另外有一次，在那南洋杉、橡树、凤凰木这些大树洒下的阴影和碎光，在那像美国人庭院的草坪上，夫人和那些穿着麻质浅色洋装的年轻太太们，像一朵一朵粉色、白色、水蓝色的洋人玫瑰，在那其实燠热而空气像扭动的融化玻璃，灿亮但好像所有物体事物都在慢慢蒸发的景色中，她们像日本版画美女图里的妖幻美人，嘻嘻哈哈在踢毽子。那次的聚会，可能是较年轻一辈的官家名媛，所以她们有点像女学生玩疯了。她其实来这大房子后，也是第一回见到夫人整张脸顽皮笑开了，轻纱洋装下的印象都是静美仪态的身体，原来像运动员那样灵活，夫人踢着那雉羽毽子，左踢右踢，脚

1 注音符号，即拼音 děi děi，闽南语茶的叠字拟音。

内抬外抬，那撮飞羽在她四周飞舞垂降又弹起，如果远远看去，没见到毽子，会以为夫人手舞脚蹈，在跳着一支好看的像她在电视看过的泰国舞。其他年轻太太们嘻嘻哈哈追逐着她，想扑抓阻扰她那水银泻地、让人惊异的踢毽子动作，但夫人真的像那些什么巴西足球队的森巴舞，把足球盘着、弹跳在自己膝、踝、胸、脚后跟，并躲开着人的神乎其技。不只她和她身旁带着的小少爷，那时，她发现，阿雯、厨子、园丁，他们各自站在这庭院四周不同的位置，全站立不动，同时在看着平日在屋里，交代她们这个那个，电话腴软世故和不同身份的对方变频地或急切、或冷淡、或恭敬、或低声愁苦抱怨，或是偶尔和先生冷战，或是学电影里那些洋女人蹲下跟儿子说："噢，宝贝，妈咪今天真的不能陪你，你要乖乖听阿袭她们的话喔。"……一个合宜，或这大房子里唯一和那许多条从外面世界进来，看不见的控制悬丝牵绊拉扯，保持这个大房子里的时间，好像和外面世界时间，有所交涉、牵动，那样一个，不会和他们亲昵狎近的夫人，竟然有这样陌生的面貌。那像是草坪中间，一群粉蝶，回旋着，几只围着中间一只，翩翩飞舞，时而靠近时而分开。

这时，那前一秒还撩光碎影嬉笑闪躲其他年轻太太的夫人，突然倒下，这个庭院草坪像画面外有根手指按下静音键，一片寂静。她牵着小少爷，阿雯丢下正在晾的床单，园丁、厨师，他们各自从不同方位冲向躺在草地上的夫人。

很多年后，她回忆那像电影里绿光盈满而一个正像蝴蝶在飞舞的美丽女人突然躺倒在草地上，她发现年轻时的她，当时竟然有一种科幻片的奇怪想法：完了，夫人故障了，他们会把她抬走，用车运去不知哪的垃圾场丢弃，然后换一只新的、完好无缺，看去和原来这个一模一样的新的夫人回来。

但其实是所有其他年轻太太都吓呆了，她身旁的少爷，跟着她踩着那些短草茎叶，跑到围着夫人那一小圈外就停住。她也有点奇怪这孩子不像一般孩子，会哭着扑上去抱住昏倒的妈妈，而是隔一段距离，眼瞳像玻璃珠，观察着那脸色惨白、两眼紧闭、香汗淋漓的，“陌生的母亲”。

那时，那孩子突然轻声说（像在那海边的废圮老屋时）：

“ㄉㄟˇㄉㄟˇ。”

这时厨子和阿雯反应较快，她们俩（也顾不得男女主仆之防了）把夫人半抬半搀到厨房后阳台凉荫处。这时阿雯要厨子跟园丁转过头去，她把夫人那麻纱洋装后纽扣解开，并伸进去在夫人背后解她胸罩的勒束钉扣。夫人发鬓散垂、眉头紧蹙，像喝醉了酒那样身体歪靠任她俩摆布。但仍低声说：“走开。”她从没发现夫人的脸，那么美，真是像一些什么描述：“肤如凝脂”，“雪颈玉膀”，有一瞬她从夫人那褪下又拉起的洋装褶皱空隙，仿佛看着她在这样盛夏强光下，美丽的一只乳房（像女神的最圣洁但也最色情的隐匿之谜）蹦蹿如银绸，一瞬又被遮回。

她转身向那些受到惊吓的年轻女客们道歉，请她们进屋休息（但她们都识趣地告辞离去）。厨子去打电话叫家庭医生赶来。阿雯拿着一杯水凑着夫人唇边，夫人的脸颊慢慢浮现蔷薇瓣的淡淡血色，然后虚弱地说：“真丢脸。”

其实，她一直收藏着，这后来离开那大房子了，那庭园里像电影画面的那些人儿，俱梦幻泡影，而她也又过了这大半辈子，那张信笺，她一直小心收藏着。是一张那个年代极普通的薄如蝉翼的信纸，上头是先生娟秀如女人的钢笔小字，抄了是一段《南华经》里的文字：

……故绝圣弃知，大盗乃止；擿玉毁珠，小盗不起。焚符破玺，而民朴鄙；掊斗折衡，而民不争；殚残天下之圣法，而民始可与论议。擢乱六律，铄绝竽瑟，塞瞽旷之耳，而天下始人含其聪矣；灭文章，散五彩，胶离朱之目，而天下始人含其明矣；毁绝钩绳，而弃规矩，攦工倕之指，而天下始人有其巧矣……

她不记得为何先生那么多年前的这张字稿会在她身上？应该是他在某一次悒郁苦愤的独自心绪翻涌下，而随手抄录以解胸中郁垒。但是难道是在一遮人眼目的私密身体衣裙轻触的晦暗光影，揉成纸团塞进她口袋或衣襟。她红了脸。想到先生说起隋末群雄，像白银飞矢的李世民迅疾如闪电的骑兵，或如铜墙铁壁的“瓦岗军”，执铜锤的金吾武士，神力举槊的秦叔宝，半路杀出的程咬金……先生说，那都像一群男孩儿嘻嘻哈哈在满目疮痍文明废墟上玩着骑马打仗啊。灭了人家一整族，或箭镞如蝗，砍杀阵脚大乱敌数十万军士，都像吉祥的说故事人听故事人都笑眯起眼睛的孩童的游戏啊。

她记得那时，每晚睡前，她的最后一项工作，是先生交代的，用一种冷冻红虫（可能是类似孑孓的幼虫吧），作为饲料，喂养有一只小玻璃缸里，两尾先生钟爱的，俗称“黑魔鬼”的黑色电鳗。

刚买回来的红虫是一整片薄薄玛瑙色的硬冰，那应该是上千只红虫在浑噩扭动中被急速冷却。一瞬之死。像核爆后残墙上仍保持活着最后一瞬动作姿态的灰色人形。她会先拿榔头把那暗红色薄冰片击碎再击碎，装小塑胶袋放进冷冻库。每晚抓一小撮那碎冰屑，扔进那只小玻璃水族箱，缓缓下沉的冰屑溶化成一条条细细血色的红虫，在帮浦打水的波流中旋转翻滚，某些时刻她会出现“这些红虫解冻后又活回来了”的错觉。它们似乎在尖叫着，狂欢从一整全集体死亡的冻结压缩块解放出来，扭舞着。其实那都只是栩栩如生的尸骸罢了，原本潜伏在缸底的那两尾黑电鳗，嗅到这些融化虫尸的血腥味，会款款游上，一啄一啄吃下那些半浮半沉的红虫。

有一次，她掉了一块那红虫碎冰在流理台的一角，隔一会过去，就是一摊脏红的血水，连细小虫型的形廓都没有了。她每天帮先生，拿这“大批挤挨死在一块而冰冻起来”的红虫，喂食那寂静沉浮在白色细沙水族箱小方框里的两尾黑电鳗，它们只有在进食吃那些早已死亡却在解冻之瞬，蒙骗像是活着（因为这种电鳗不吃干饲料，不吃死物，只吃活的虫）地游过的仍充满生之狂欢的猎物。那一刻它们才存在（不到两分钟吧）于“活着的时光”。她不知道这件事和她和阿雯、厨子、园丁，伺候着先生和夫人在这大房子里，“静静的生活”，这之间有一种说不出的类似之处。

那些叠加的，挨挤在一块，堵死在窄巷里，白刀子进红刀子出，那些好勇莽夫肌肉精实的身体，他们连死前吐出的轻轻哀鸣都和其他人因肠子掉出来而喘气的声音混在一起了。处决叛徒，刺杀政敌或大嘴巴记者，甚至自己身边最亲信的人为了怕权力中枢发生混乱，把老先生当年秘密在外头一场真爱的那个美人儿给毒杀了。像他们说的三国“曹丕死于色（把老爸后宫嫔妃全圈占了），诸葛亮死于算，司马死于鬼”。他们这一支的第三代，没有活过四十八的。先生是从那挤在一起惊愕滑稽恐惧或像打喷嚏打不出来的无数张“死亡脸谱”，冻结成一块的噩梦，他是吃这些噩梦融解后的幻影、留言、不能说的秘密…… 喂养成侥幸长大的男孩。

像小水族箱底那两尾大部分时光静蛰如死的黑电鳗。

先生那明明像个精明老头的脸，却说：“那只是像男孩们的摔跤，骑马打仗。”桨声灯影的一条凄清河流，是如何在这些蒸腾汗臭的男子们，仆叠而上的顽闹死法，围城一年，掘土充饥、易子而食，宛如鬼域，哭声震天。开城门，或自缚着孝服而降，斩首于市，诛九族。白绫绞杀少帝，毒鸩父亲，或宫门前射杀兄弟，乱剑砍成肉酱。原本会发生的，却在这时光静止的大房子里，袅袅婷婷长出一朵病态的、妖异幽香的魔术奇花，以围观、玲珑剔透理解女人，像掐金丝盘缠花钿，“涂香莫惜莲承步，长愁罗袜凌波去。只见舞回风，都无行处踪。偷穿宫样稳，并立双趺困。纤妙说应难，须从掌上看。”

哲生

我和那年轻作家，搭着慢车到中坜，走出火车站时，一种脏污、混乱之感，像眨眼皮之瞬就被扫描存图于脑额叶底层：背着迷彩包的军人、脸皮皱黑的老妇、穿着银色高跟鞋薄纱透明罩衫和粉红色短裤的辣妹，还有站在栅口外拦客的计程车司机，一旁公厕飘过来极浓的尿臭味。我掏出手机，发觉朱已于几分钟前打给我，但我没接到。我记得朱之前在脸书说，他会到火车站来接我们，他开的是一辆灰色的轿车。我的眼睛在那底片曝光电影般的街道搜寻，发现停在路边的是一辆宾士[1]。我太惊讶了！我们当年念文大森林系时，朱是班上那一挂“宿舍帮”的，我则是在山里头租那种违建小屋，说来并不是一挂的。但有时他们一票一起打篮球，我也会和他

1 Benz，即奔驰。

们报队打球。我的印象是，我们当年那些森林系的，毕业后都混得不好，灰扑扑的。朱算是那群人里的痞子，打麻将、喝酒、抽烟、把马子。在电玩店熬夜打赌博机台，热心而好朋友，但又不是有钱人（我记得他爸是老兵），怎么会混到开起宾士了？在我们这个世代，像我们这样的废材，哥们在社会打滚个三十年，但若有人开上宾士，那是一个分界线，要跳上那线的上方，难度太大了。不是说你去租台跑车来把妹，或是身旁带个正妹让哥们艳羡，或是弄套好西装高级皮鞋参加同学婚礼唬烂一下那么简单。那代表你从三十到五十，这短短二十年时间，在社会打滚，有极大的好运、机会、灵光和机警，就这样翻身上去成为“有资产的人”。

后来在车上，朱倒是快速地交代了他这些年的际遇。主要是当兵时，他在左营当海军，当时接收了一批美国卖的直升机，一批美国教官过来训练“国军”的操控、维修、武器装卸，整个连队里只有他是大学生，长官就丢了一本全是英文的机械工程书给他，要他上课时当美军教官和鸭子听雷的本地士官之间的翻译。“喔，我真是锉翻了。”他说。那两年，他硬着头皮 K 英文，就着美国人在白板上画的机械图，唬烂翻译。假日还要帮美军遛狗。这样硬操了两年，他的英文好像勉强 OK，退伍后，一个军中同袍拉他作“东南亚外佣仲介”，那可是本地刚引进外劳的前几年啊，赚翻了，他跑印尼、泰国、菲律宾，后来是越南。简直像进口小机那样，一飞机一飞机地仲介过来。

“原来你他妈是人口贩子。”我说。

然后因为他跑东南亚跑得比较熟，后来认识他现在这个大老板，那是印尼一个客户想要找一种香蕉园种植可以套住香蕉不被鸟啄虫蛀的纸袋，主要是涂在纸上的涂料技术，他便去找到一间在超偏僻乡下的印刷纸工厂——这家工厂，我们本地那种夜市的咸酥鸡纸袋，麦当劳包薯条炸鸡的小纸袋，都是他们家做的。后来，这纸厂老板很欣赏他，恰好本地的纸业成本太高，老板想整个工厂迁到泰国，又看上他熟东南亚这一块，于是就挖他去泰国帮他设厂啦。

前年，他生了一场怪病，先是得了胸腺癌，做了半年的放射线和化疗，之后又转变成一种“重症肌无力”——好像是胸腺异常分泌一种化学物质，攻击自体的肌肉——眼皮下垂睁不开，头晕目眩，无法站立，甚至咽喉的肌肉失能，无法呼吸，完全像在地狱里的景况啊。

总之，我和那年轻作家，搭着这大学时老同学的宾士车，听着他那如梦幻泡影的半生遭遇，来到那间独立书店。这时我发现这间独立书店，根本是在荒野中的田里，一幢四合院古厝（后来他们告诉我这房子之前是开卡拉 OK 的），我觉得颇荒谬，若非朱上脸书热情提议到火车站接我们，我们还不知怎么过来这省道上混在农舍、铁皮工厂间的小书店啊。

演讲的过程我就不回溯了，听众约二十来个，都是一些上了年纪的妇女，她们听演讲的气氛颇专注、热情，结束之后，我在书店老板（一对年轻情侣）的引领下，巡视了一下他们排放在平台上的书：当然都是一些纯文学的小说、诗集、哲学、文学理论……有一区堆放着我不同时期的书，我因害羞而故意翻翻弄弄其他的书，那时有一本小说（并不厚）吸引了我的注意。我现在描述这一刻——在那原是卡拉 OK 的农田中央挑高农舍，且用那种白铁斗笠灯罩的吊灯照明，故而那空间里的书本形成一种影翳流动的印象，翻开那本小说——都有一种，某颗小钢珠掉进一整座工厂运作的机器，卡在某个滑轮的凹槽，突然成千组联系在一起的轰轰运转，在那一刻停止下来。那本书的作者是J。但我有个印象，J在十多年前，就已自杀死了啊。然而这时，我突然又不确定“J自杀死去”这件事。你看书店不是还摆放陈列他的新作（是我之前不曾读过甚至听过的），此刻站在这里，若说我已是个不在世的作者，似乎也没有违和感。基于对这种“在省道旁的田中央的农舍，开一间全是文学书的独立书店”之支持，我抓了包括这本J的小说，还有几本简体版的翻译小说，跟他们结账。

一辆火车的车厢内，流动的窗影，像电扇的转动，那种持续的快转，视觉上会产生一种它在倒转的错幻，且那倒转的桨叶，似乎变一种慢速的倒退。那就像是，电影快速播放着一群人在往前跑，但你盯着荧幕看，其中一个人的身影，会在这连续动作，抽离出来，变成分解动作，慢动作的，只有他在后退着。

J的这部小说，基本上就是这样的魔术：一群人搭着这辆行进中的火车，这火车并不是高铁，哐啷哐啷地前进，窗外淹进妖幻的绿光，他们像雷蒙·卡佛[1]小说里的人物，像少了某些零件的机器人那样，在各自的两两座位间，说着空荡荡的话。他们有少年、情侣、一个带着小女儿要去陌生小镇旅馆自杀的母亲……他们各自沉浸在过往时光，或是互相用一种温柔哀伤的情感观看着车厢里的

1 Raymond Carver，大陆通译雷蒙德·卡佛。

其他人。很奇怪地，这列火车以它的光影、气味、人们在车厢内的说话声和列车颠晃的悠缓节奏，应该是一列普通车，但似乎它并没有停靠在任何一站。或是这三十万字的小说将时间压缩在一站和下一站之间短程的十来分钟内。但阅读的你会觉得火车在漫漫长途中，没有停止地前进。这时，这车厢里的一个男子，只有他，奇怪的如前面说的“电扇倒转”的慢速魔术，只有他在这列行进中的列车，进入一种倒着流动的时间。

我很疑惑，J 这部小说之前，还有两三部长篇，三四本短篇集，但我都印象模糊。我记得的还是他三十多岁时，那几篇得了文学大奖的短篇，都是一幅画面之外的视觉：捉迷藏中被玩伴们遗忘的那个当鬼的小孩；或是也是这种火车上的众生浮世绘，但是在一个小站停靠，人物们在一种“送行”的情绪和状态：或一个过时的秀才，他的手表坏掉了。当时我们俩都算是初露锋芒的新锐小说家，各自出了两三本短篇，常被评论界放在一起讨论。当时我是否心底对 J 隐藏了某种竞争对手，像隔了厚玻璃，无声的敌意？

我记得，当时一位比我们小个五岁，也常被和我们放在一起的年轻小说家 H，在家上吊自杀，同辈的小说家们有一场怀念他的座谈会，J 是最后一个发言，他泣不成声，近乎嚎哭。但我那时内心出现的情绪，是不应在葬礼时刻的怪异又清晰的心得：J 在讨论 H 作品的方式，和我如此不同，那个差异像是人们在找寻经度时，分岔成钟表精准派和星途绘制派，两种完全不同的结构设计。

关于小说是“活着的时光”或“死去的时间”，这件事的辩证，似乎在我读了这本 J 的“仿佛不存在的小说”的几天后，就在我真实的生活里，像墙的另一边铺架了太阳能板，将流动如金蛇的，不能捕捉的光，以一种质能交换、传输、再换算的方式，编写成“我不仅是读者，而以关系人被卷入J到底是死是活：是像《2666》波拉尼奥，或卡夫卡，或张爱玲生前写了超出人们想象的多部长篇，以一种隐晦的遗嘱，让不可靠的这批遗稿持有者，在之后的十几年后，分批出版？或是J仍躲在滨海小屋，或乡村田野，继续写作？”的故事。

先是我接到一位大嫂的求救电话，说是家里出了困局，她非常彷徨无助，约我在“科技大楼捷运站”出口旁的丹堤咖啡，希望我能给些建议。

那个厨房给我一个“梵谷[1]的画”的印象，或许是因为燠热，那时大哥已经失业有十年了吧？在那样的盛夏，他们家不开冷气，所以我们坐在那长方餐桌，我觉得空气像从锅炉里拖出的金属，好像会折射金色的光，但那些挨挤在一起的冰箱、瓦斯炉、橱柜里的碗盘和马克杯，或是站在那里炒着菜的大嫂，都在一种液态的晃动中。

但他们仍然非常温暖、热情，那一桌丰盛的菜肴有煎鳕鱼、烤羊肋排、笋丝卤蹄髈，有时有非常好的螃蟹、人参炖鸡汤；饭后有各式各样新鲜的水果，大嫂会将那些哈密瓜、西瓜、木瓜、凤梨、芒果、水梨，切得漂漂亮亮，我们好像故事里的四十大盗，满桌吃不完的，像宝石珍珠那样的肴馔。

---

1 Vincent van Gogh，大陆通译梵高。

大哥非常健谈，主要是他的人生经历非常丰富，他是少数那种将生命不同时期作横切面——青春期到二十岁，二十到三十，三十到四十，四十到五十，五十到六十——每个时期都像化石层，因为地球环境或气候剧烈变化，所以积岩的颜色出现极瑰丽的纹脉图案。他高中是像侯孝贤电影《风柜来的人》《童年往事》里那种迌迌仔，赌牌、撞球无一不精；后来上台北在《经济日报》当小编辑，为了寄钱回家，下班后写那种一个月可以写二十万字的武侠小说；当然他也见识了非常多那年代报社内部的黑暗、斗争、人性的复杂；然后他遇到台北当时一些绝顶聪明的家伙，这些后来各自成为我们这时代的大导演、大出版家、大作家。事实上，这个大哥非常像宫本辉、赫拉巴尔那样的小说家，他的故事像被散弹枪的铁沙、弹屑穿透进身体里的，时代的受创证据，那些故事要被展开，就像他拿着镊子、钳子在那些结痂、血肉脏污的组织，挑翻出那些散洒、扎入柔软内里的坚刺伤害。那后头正是台湾戒严时代、经济起飞，各种社会关系在一种高压、贲张的状态下，人和人奇异地扭结在一起的运动。这个大哥，是个非常好的人，他有某种让我自惭形秽我没有的“古早人情义理之信仰”：绝不伤害人，绝不羞辱人，不贪一分不该得的、不讲人是非——其实是老一辈人的道德坚持，但我们这十年来在他们家的这张餐桌，我像被海浪拍打的岩礁，这些故事像时光中分不清的无数波峰波谷，最后是一个“被伤害的人”，啊，那样是这些充满冲击动能的波浪，其实都被不知哪处破漏的油轮，溢出的黑油给污染了。这些故事一次一次拍打着，挣跳着，但浮着的油污，最后便像沥青厚厚抹在耳朵形状的岩礁上。

他们的两个儿子，在我的记忆里，都是明朗，且内在有一种温柔、体贴他人，说来算是超龄的，像对热带雨林中的繁多昆虫、蜥蜴的空间解读力，有点像是他们的父母，都是被这大人世界摧残、欺负、无告、打傻了的无辜者，他们却以孩子的身份，保护他们。但有几年时间，我们去他们家，都是围坐在那长餐桌听大哥说故事，两个男孩则躲在房间玩网路连线电玩。我想他们从小，在自家客厅，看到各式人物来来去去，大人们抽着烟，吃着他们母亲埋首在瓦斯炉前烹煮，一盘盘端上的佳肴，有时喝着冰啤酒，他们聊天的人物，像命运交织的城堡，里头有错综复杂的关系：背叛、义气、落魄时伸出的一双温暖之手、权力形态中人的变形、在不为人知的暗处对弱小者的不礼貌、某人在二十年前就预言某某将来一定是个重要人物，有的曾经在几年前也在这客厅走动的人，后来成了陌路，谁谁谁曾经那么聪明高贵后来竟宝变为石了……并不总是他们父亲在讲，而是所有伯伯叔叔阿姨都像高温窑里的一只只釉罐，哔哔剥剥表层的颜料流动着，冒泡着，她们在一种暗红色的翳影里忧郁地说着那些故事。

这样的男孩，后来个头都长得比我们高了。从青少年时期面对我们这些“父亲的朋友”的尴尬腼腆，到后来我们像是重考班互相勾肩搭背、见面捶胸亏两句的好友。甚至某几次我们聊到某个话题（譬如对网路世代的看法），他们会持和他们父亲不同观点，当桌争辩起来。

如果在古早年代，他们应像是父母在商客、官员、军士、镖局来往必经的沙漠上的某处隘口，开了间客栈，他们听闻、见识这诸多来去的旅者，不同的描述世界的方式；人心隐蔽在他眼见的是完全不同的另一个处所。然后他们成长成年轻流浪武士，比那些贵族的孩子更懂得一幅庞大的、乱针刺绣的浮世绘。

其中那个小儿子叫柯南，我想他应该就是大哥的缩影版——同样正直、好义，不畏权威、对他人温暖——但好像求学过程并不顺利；或是说，拥有这样一个老灵魂的孩子（他并不自知，以我们这样大人的观点看来，何其珍贵），和他的同侪相交，遇到的是更潦草、无纵深的负弃、伤害，或粗糙的评价。他好像会交到一些问题孩子，这在我们这些坐餐桌听他父亲说起的叔叔伯伯的认知，那不就是我们年轻时的遭遇吗？这不就是同情心不择流而出，而理解各种被体制甩离到边缘的怪咖、坏弃者，这是像黄金一样珍贵的品质啊。然后他进了重考班，待了三年，这对我们也没什么，“我当年就是留级又退学，然后重考、重考，又重考啊。”

我很难描述我想讲的：一种时光之中，像砂纸细细磨某个金属饰物，那样外人无法感受的，脸颊、耳朵、眉骨、头颅……所有棱突处皆被那孤独的粉尘，慢速磨蚀的，延伸的疼痛。然而我对这事的看法是：生命本来就无比艰难，它就像是一块冰结构的陨石，要穿越飞行过太阳系，你会在航行中发现自己逐渐融解、消失；或是愈飞行愈黑暗冰冷的所在。事情本来就是这样。

大嫂告诉我，他们的小儿子，柯南，这阵子迷上了上吊。

“什么？”我说。

我以为她哭了起来，但那只是我们局促坐在这低价连锁咖啡座，周边人们离座或落座，撩乱的光线，薄薄投影在她脸颊的反光。她说得又急又轻，好像在说别人的事。

“他迷上了上吊，自己去买了好多童军绳。我们都跟他谈过，他也不像有忧郁症那样，还是温和、细心，会讲笑话哄我们。但已经好几次了。有一天夜里，他哥把我们叫醒，说收到柯南传一个简讯，没头没脑就三个字：'对不起。'我们慌忙出门，飙车走高速公路到中坜，然后那宿舍楼下门锁着，我们拼命拍打那玻璃门，弄得好大声，才有他们学长下来开门，然后我们到四楼他房间，你大哥他用力撞门，把门撞开，还好他才刚站上椅子，但绳结都扣住脖子了。"

"但这是怎么回事呢？"

"不晓得啊。我们都一直哭，他也一直跟我们说对不起。但之后我们又很好，像没发生过什么事一样。你大哥说柯南这孩子最像他，他年轻时也曾想投河，但发觉那桥上站着一排人像在观看，等着他自杀，他就赌气了，在那河游来游去，然后上岸，若无其事离开。他说我们不要把它当作一件刻意的事，每个人年轻时都有这个过程，像发过天花，就没事了。"

"那柯南后来呢？"

"他又上吊了两次，但都在我们家里。"

我和大嫂分开后，浑浑噩噩地走在那捷运高架桥下，老旧的建筑骑楼，一间挨着一间店面：泰式按摩、乐透彩券行、老西药房、一家卖什么冷气管线和冷媒的工程行、一间阿婆便当店，每一间店面都阴暗不见光，门口有光头穿白背心的老人搬着板凳坐那聊天。这排骑楼的末端是一家长途客运公司的乘车点，但也是说不出地破旧，乘客也是一些似乎在梦境中哀伤排队的老人，他们依序登上停泊路边，一辆窗玻璃全黑，像一尾鲸鱼的大游览车。我想这或就是我年轻时想象的，若我继续活着，终会失去时间感，像鱼终于放弃在激流中翻跳，最后待在其中的街景。

然后我在一十字路口左转，走进一间附属于一座老旧师范学校的小美术馆。我是依约来看他们的一批展览，然后我要替其中一个作品配音，作为导览。

一个年轻人负责带我在不同楼层参观不同展区的作品。这种看展的经验，很像跑去无人在家的，别人的私密空间。不知为何，我几次到这类美术馆看展，都是整栋建筑的每一展间没有半个人，只有暗黑的空间，墙上一台大荧幕电视播放着艺术家像黑白默片的梦境，或艺术家们并不能预知竟没有人进来看展，整个空间成了墓室般的“无人在场的独白”。有一个空间，墙上挂满各种颜色之线轴，一个长工作桌上扔着一堆凌乱的衣服，但都是古代女人的绣裙、古代小孩的棉袄，颜色带着金葱、银红或鲜艳的牡丹之刺绣。年轻人说这艺术家会坐在这里缝和服，如果参展人有破掉的衣服，也可带来现场请她缝补。另一边则是艺术家带着一株水仙花，共同生活了半年，好像是她外婆过世那天，她种下这株水仙花，所以这株水仙花是她外婆魂魄的暂记形态？——她带着这花旅行、去餐厅吃饭、睡觉、创作、和朋友唱 KTV、去公园溜达…… 如是每天拍照，记录贴满一整面墙。

另一个展区是几排椅子，每张空椅子上都挂着一张名牌，对面墙上播放的是一个原住民舞团，但他们并不如习惯印象穿着部落的传统服装，而是穿着黑衣装或白衬衫，穿着踢踏舞者的黑皮鞋，那使舞台上他们的舞蹈，很像外百老汇某个黑人舞团在唱跳着灵魂乐。年轻人跟我解释，这些椅子象征着部落里每个个人，他（她）自己的故事、内在情感记忆、伤害史，演出前他们会各自坐在椅子上，像中邪说着个人的故事，但同时又对抗着之后集体舞蹈的一种神秘召唤力量。

另一个展区则是两边侧墙投影光幕，是一个将京剧现代化的剧团的演出，剧情是一个老尼和她年轻的徒子，之间对情欲的煎熬，但他们约定共同画一幅丹青，却两不相见，一在日一在夜，各自揣摩另一人的笔法、心意，接力作画。

之后我走进那个，那年轻人似乎有种“这是最后一个房间”，好像这次联展的底牌的展区。

这个艺术家以H自杀为启发，布展了一个“自杀的时空”，投影墙上黑白光影，一个像是从前算命馆门口会放置的“痣男”立牌——单眼皮、朝天鼻、厚嘴唇，重点是整张脸布满了痣，而每颗痣旁，有这颗痣的名称，像一种痣的百科图鉴——那样的人，在影像单调、缓慢、重复的一面红砖墙前，抱头蹲下，做出痛苦的模样。旁白是一个女声，说起这是艺术家的一个舅公，几年前在乡下农舍的这面墙脚，吞农药自杀了。那个影像很像所谓“中阴界”，据说横死之人其执念不散，会一直在死亡地点，像机器傀儡不断重复将死、乃至死，那一段过程。那像是时间被取消，摘去了。即使入夜，眼前还是一片日光曝晒的辉白。老实说我心里不太舒服，这个舅公，吞农药自杀的老人，他和H有什么关系呢？但这些“痣人”，在艺术家的影片里，还担任不同的角色：在一间汽车旅馆里，在其中一个人的家里，在另一个分手的女友家里，这些痣人，或说的冥薁纸人，他们在那女生旁白忧悒的呢喃里，也许是三D绘图软体的技术限制，你就是看到那些空洞、有残缺的头脸，不断摇头晃脑着。我想这位艺术家，可能将“自杀”，和吸毒之后的情景，或忧郁症者眼中所见光度变黯的世界，混在一起了。投影墙之外，这个展览空间，他还布置了一些旧昔年代的桌椅，一双孤伶伶的皮鞋，还有一张小几上一架老式转盘式黑色电话，那电话隔一阵便铃铃响两声，非常微弱的。那年轻人拿起电话让我听，我听见话筒里，竟是死去多年的J的声音，啊，多么熟悉的，带着自嘲猫笑的声音，他说："我觉得'送行'这种玩意，送一次，你感到那种仪式性的完成，不舍啊，分别啊，祝福的心啊，火车月台啊，港口码头啊，机场啊……送一次很好。但若是送第二次，我就觉得很恐怖啦……"

J和H，他们俩相隔一年，先后都采上吊的方式自杀。那时，我身旁的同辈人，都开玩笑说："拜托，下一个会不会是你啊?"

我说："这美术馆被这些装置艺术，弄得好像'恐怖屋'喔。"

那年轻人只是嘿嘿傻笑，他说："带小学生导览到这一间时，他们会很害怕，会鬼叫鬼叫逃出来。"

J和H，他们离世至今都十几年了吧？应该没想到，有一天他们会变成"美术馆闹鬼"的幢影。他们的自杀，和邱妙津不一样，邱像是计划性的，写完了那本《蒙马特遗书》，才执行自杀，死后这本遗书也成为她有限生命最让人颠倒着魔的文学作品。但J和H，似乎不是献祭般的，殉死于文学。没有遗书。他们的作品是活着的时光，以会活到老年的想象那样成书、出版。他们的自杀，很像在公路跑步，不小心腿一拐，摔进一旁的斜坡、丛林，那样没预料的离开人世。这个艺术家也引H死前一个月的一篇文章，完全无法作为——"预谋要死之人的证物"。他们是从寻常无奇的生活中骤然被攫夺进"自杀"的异境。不管后来的诸多传说：忧郁症、情伤，或我后来遇见一些同辈人，各人皆有一段秘密的，在他们自杀前，一个月，两个礼拜，一个礼拜，两天，不同方式遇到J或H。“如果我当时多用一分心，抓他去咖啡屋聊聊，说不定可以拦阻一下啊。”

但这年轻艺术家，他布展的那个“永动电池”，不，永劫回归的自杀——确实我在这黑暗的房间里，皮肤上的冷汗将毛孔变成细细一粒粒鸡皮疙瘩，我想到这点：自杀并不是雷电一闪，茶杯摔碎，它在那单元时间内，其实有一个只有自己在场，流失涣散，感官变得迟钝、时间流像果冻那样缓滞，一个内心独白的过程——很像是贫乏、苦瘠、荒芜的田野；日光曝晒着那绝望的，银白的枯草地；即使这些“痣人”们，离开那农村，混进城市，那烧干草的味道、施肥的味道，农药的味道、干成沙的土的味道，仍带进他们贫乏的城市空间漫游。

我很想对那年轻人说：“但是J并没有自杀死去啊。我最近还在读他新写的小说啊。”事情好像在哪里出了细微的差错。以J的小众名气和销量，并不足以让某个有才气的创作者，仿冒他的名字写一本伪书而出版。确实我在读了那本J的小说之后，整个记忆的内腔，完全没有“这个人已自杀死去”的刻纹。

我记得很多年前，有一次，我们的那家出版社请吃尾牙，在南京东路五段的一家餐厅包厢里摆了两桌，我们这一桌全是当时只出了一本、两本书的新锐作家，J、H都在座中，还有几个漂亮的年轻女作家。隔壁桌则是那些大咖作家，他们喝酒笑谈，非常畅快，我们这桌则极安静。当时我们各自的作品，都还像初绽嫩瓣的蓓蕾，并不很成熟地打开，我们可能比一般同龄人，眼神更带有一种吸毒者，瞳孔被镊子摘走的空洞。我们或许内心都希望自己有一天能像隔壁桌那些大作家，可以豪迈地举杯、笑话接着笑话，知道自己的名字像天上的那些星宿。美丽的女孩们坐在我们这桌，但我们几个男作家就像男童一样，无可奈何，因为年轻，我们对自己内里那孵养怪物的特殊性、非常吝啬或像困在一个浓雾的梦中，所以我们只会腼腆地傻笑，老实说，根本不把同桌其他人的作品看在眼里。我们会在这种场合聊一下各自喜欢的莒哈丝[1]、雷蒙·卡佛、卡夫卡、吴尔芙[2]，或普鲁斯特？不可能，所以只能是一种脸皮涨红、坐立难安，心里猜想等会那几个正妹或被叫去隔壁桌，让前辈们调戏或灌酒吧？

我记得那顿饭结束后，我们下楼站在餐厅门口，那一带的马路入夜后如此荒凉。前辈们从停车场开出他们的BMW、奥迪，或很帅的路宝越野车，女孩们各自上了不同的车，好像听说他们还要去续摊。最后，只剩下我和J，愣站在那暗黄色灰尘卷起的马路旁，对面大楼群凌乱的招牌灯箱，有的亮着有的没入暗影。我发现J脸上挂着和我一样尴尬或自嘲的笑。我提议我们两个去找个地方喝一杯吧。

我们在那像条月明星稀夜色里之大河的南京东路上走了一段，然后找到一间蜜蜂咖啡，推门进去。时日久远我留下的印象，是我们挨挤在和其他桌位的人极靠近的一张小桌，所有人的声音嗡嗡轰轰成了一个整体。这时J掏出一条像口香糖的小包，从里头抽出一小张白纸，从另一小罐子里抓出一小坨烟丝，开始在那桌位上

1　Marguerite Duras，大陆通译杜拉斯。

2　Virginia Woolf，大陆通译伍尔夫。

卷烟。这个时髦的动作在我内心，原本他和我是混得最差的一条线，又被划开了。然后我们各自抽着烟，干巴巴地说着我们这一代真衰，一些无精打采的话。说来我们其实真不熟，但却又是年轻辈里常常被放在一起讨论的小说家。但我感到我们各自都被生活、经济或婚姻困住，那使得我们两个颓丧地坐在这蜜蜂咖啡屋里，像两个讨论年底考绩有没有黑幕的邮局办事员。和几年后我又认识的一些同辈创作者，他们那每每让我听得目瞪口呆、不可思议的性爱冒险，或疯狂恋情，或在不同国家流浪旅行的经验相比，那个晚上坐在小咖啡屋里喷烟吐雾的我和J，真是无趣、苦闷，甚至某种意义的贫困，不知我们为何会写出那些小说的两个彷徨男子。

过了几天，我到常去的咖啡屋，发现我的书包里，除了装在L形透明文件夹里的我写了一半的稿子，还有白纸；另有一本薄薄的书，我原以为是那天那美术馆年轻人随手塞给我的展览小册，但发觉那是封面印了J的名字的一本小说。和之前我在中坜小书店那晚寻到那本，似乎是另一本J的作品。这太奇怪了，我竟在这么短的时间内，像是瞒着众人，在不同地方收到绝对是珍藏孤本的，J的两部作品。

他的小说里填塞着一些奇怪的事情——我说填塞，是因为这些事件中的人物，像扔在庞大垃圾场的，断胳膊少腿的破布玩偶，缺乏美感地被缝在一起——仿佛是某个人在耗尽心力，预言着未来将发生的事，所以那些事像默片里比手画脚的人偶。譬如有个小女孩，在一个上坡骑着小脚踏车，然后有个年轻人，快步追上，从怀里掏出一把蓝波刀，电光一闪就把小女孩的头砍下。譬如有数百人，在一个游乐园的会议厅开电音趴，男孩穿着海滩裤打赤膊，女孩穿着比基尼，突然朝他们头上喷洒的彩色粉末发生爆炸，所有人在火团中哀嚎，有的瞬间被烤焦，许多人奔逃或爬出，身上衣服头发还带着火焰，全部往一旁的泳池跳，然后水面浮满剥落的人皮。或是有架飞机，栽落穿过高架桥，摔进基隆河里，或是我们“国军”有一艘舰艇，上面一个士兵，在演习时把仪表板的按键按了一轮，然后错按到作战模式，将一种叫作“雄三”的舰对舰飞弹射出，那发误射弹在一百五十海里处击中一艘渔船。这些事都荒谬古怪，带有一种胡闹的气氛。但若你和我一样都是活在此时此刻之人，便知那都是过去几年，台湾真正发生过的新闻事件。这些事件发生当下，都造成整个社会的骚动。但J的这个小说给人的一个印象：就是它并不是在这些事件发生之后的复写，而是在一无所知的之前，凭小说家的虚构天分，凭空想象出来的。因为是凭空想象，所以都有一种泥捏的玩偶泡进泥浆里的模糊感。但若是在小说是预知了未来将发生之事，而事后证实确真的发生和小说预示一模一样之事（当街砍头、彩色烟雾中的火灾、飞机坠落于城市、海军误射飞弹），那是何其惊人的预言能力。也就是说，这个小说家创造了一套并未发生的历史，但之后我们所在的这个世界，却照着他唬烂的那些情节一一兑现。冤枉的是，他这篇小说是在很多年后才出版，原先预示未来的那些时间已经耗去，那些事件都已发生了，神奇的预言书，变成平庸的无奇的将网路新闻翻抄的行为。

这让我脑中有个区域发生了混乱：J是否在十几年前即自杀死去？我隐约记得有那场丧礼，且确实自那个时间点之后，J即没有出现于任何一次我们的创作友人的聚会，事实上他是个“不存在的人”。然而，当我在那间田中央的独立书店，拿到J的这本小说，好像写满字的塑板浸入药剂的池中，油墨成细丝状被冲洗剥除。好像J这些年其实都和我活在同一座城市啊，只是我们恰好都错身而过，没有照面。J和我一样，继续写小说，隔几年便有新书出版。但若是这本小说写于多年之前，他那像用高倍数天文望远镜投射向几兆亿公里外的星系，一切变成扁平、摇晃的光，而我正继续活在那个他观测的“未来”。小说如果作为预测未来，那乐趣在哪呢？最后的历史都中规中矩符合他“在之前”的臆测，所以他不能任性加入疯狂或变态的情节？那像一个在高温炉边，拿长铁管吹玻璃的老人，“未来”一定按某种物理学限制，在吹管的另一端膨胀成一个圆弧，端看他肺叶喷吐出来的空气。最后流动的液体会变成一只只摆放的玻璃壶或玻璃瓶。

有一个基本公式：小说继续书写，这个小说家一定是继续活着。又不可能小说家已经死去，挂着他名字的小说，继续被写出，继续编织新的情节，继续被出版。

作为J的同业，我在翻读他这本小说时，多了一分心思：也许这些年他躲去一个无人知晓的地方写小说去了，那么透过我们各自后来的小说，我想知道J是怎么让自己在这后来的时光，嚼碎现实然后吐哺成故事？后来的这个世界，可能比我俩那时在蜜蜂咖啡屋，惶惶不知未来，他卷着纸烟，我们哀叹各自的倒霉，身旁流动的人影……要忧郁无趣多啊。

大约又过了一个多月，有一天我发现我的手机有六七个未接来电，全是大嫂打来的。我内心被一种说不出的沉郁，像灌泥浆灌满，我想是否他们的孩子柯南，终于上吊成功自杀了？这些年来，我安慰过几位骤失挚爱之人的“垮掉的人”，我总用一种饱满、不容怀疑，仿佛我是诵唱经文的僧侣，像超出画面所需之光度，将一切暗影、阴惨的窟窿覆盖，我对他们描述宇宙的无限、时间的幻觉、灵魂作为一种波频，不会因肉身死亡的幻觉而清灭，他们爱的那离去的人，将继续在繁花簇放的多维时空中流浪、旅行、感悟。但这样的“将死描述成不是死”，其实超荷了我自己的天赋（爱的天赋，或说谎的天赋？），像是一核能动力引擎被它所输出的高温强光融蚀。我抽了许多根烟，才定下心魂打电话给大嫂。原来并不是柯南又自杀。“他很好。”她在电话那头欢快地说着。因为收讯被干扰，有一些段落被遮蔽了，但大意是：柯南去接受一位心理医生（可能是朋友的朋友）治疗，某次疗程，柯南提到了我是他父母的好友，没想到那位医生是我的读者（大嫂说：“是你的粉丝耶。”），手上收藏了我早期自费印出的诗集，如今坊间绝难找到的某本短篇集（我自己都印象模糊有这本书）；讲到他当兵时，或哪次往欧洲的飞机上，或前些年婚姻遇到低潮，万念俱灰……不同时期恰读到我的某本书，或某篇小说，给予他“另一个看待世界的眼光”。下一次的诊疗，这心理医生拿了一本书，装在医院的公文纸袋，请柯南转交给我。大嫂说刚刚大哥骑机车载她，他们已把书放进我家公寓楼下的信箱。

“但好像不是你的书，说是你一定知道的另一个小说家的书。”我拿到那本书，是J的另一本长篇。这时我心里已没有那种“我收藏到……究竟已不在人世，或某种神秘的写书计划……让自己消失，但一本一本著作仍低调地出版”的混乱、猜疑。这件事变得明澈、纯粹，就像拿着平板电脑刷屏，每一本书被翻过所有页次，必然有一本新的另外的在怎样的流动和寂静中，从哪个角度就摆鳍换气，冲出水面。

这个版本的小说非常怪，很像是J到了某个阶段，想要做一次技艺、想象的飞跃，写一部和他之前文字风格完全不同的大小说。但或是材料的收集太繁杂，或是小说发展的中途他又三心两意，恣意乱长，使小说变成神话中的多头巨犬。某些部分读者觉得啊这是一部科幻小说，因为主人公近乎在一极深地下矿坑里，见到传说中的“大强子碰撞器”，也就是说可能会撞击中一个反物质空间，然后将这群人吞噬到一个多元宇宙，但这样的设计，你又发觉他似乎想让小说中的人物，处于一种《儒林外史》式的，多组人物如衡天仪复杂齿轮相衔处的小傀偶，他们揖让而升，说一些阳奉阴违的话，饭局间交际应酬，脸孔却都像浸了一层薄薄积水的铁盘，摇晃着光影却猜不出各自真实的情感，好像有一套繁文缛节像蛛网密织包裹在所有人外围，那些丝线细细连接着他们的后颈，甚至穿进脑中，而那银光错闪的悬浮，牵涉着这些说着话的小傀偶们，他们会不会掉脑袋或得到大利益。但这样的“巨钟内部的机械设计”，层层密衔的人物关系，它好像无法和科幻小说的剧烈情节跳跃相容。也就是说，小说一进入那样的人物群表情细微变化，极大参数，无从直判他们的欲望、动机、情绪，一整座森林里每一棵植物每一片叶子都在翻动闪烁着各自的可能，故事的时间便进入一种泥沼，或琥珀中的滞碍缓慢。这怎么能让这质量极大的，乱针刺绣密缝在同一命运里的人物们，随意做异次元空间跳跃呢。

我非常能体会J在展开这部他想望的“超级小说”，中间引擎输出故障，需要借用飞行舱别的材料作为推进可能，这种“拼装之困境”。一个长篇真的可以把我和J这代人，有限的生命经验，全投入那巨大喷火涡轮瞬间烧完，那种超出能力，但时空跳跃的梦如此销魂。想想我们这代人，又经历了波赫士[1]、卡夫卡、普鲁斯特，要怎么把核弹射出，照亮整个夜空，这个从材料、结构、动力、维生、平衡、大数据演算，超越这一切演算的奇特想象力与灵感，在一个小说家的脑袋里，随时都会分崩离析，核分裂乃至核融合，将一切炸成粉尘。

这于是在J的这部小说，某些部分已变成札记体般，不知伊底胡语的，文字扭结成一句子，但句子完全无法解释的段落，但这些像大火焚烧后的废弃汽车场，所有彩色烤漆的车壳、融化的玻璃和轮胎橡胶材质，或是覆上一层火山灰般的叶状引擎、灯壳或座椅的形状……全粘结成一大坨的小段落，J可能在发展这个长篇的过程，心中又向“小说必须有故事性”的魔鬼低头，他又从各段落的废墟景观中，幽灵般地长出一个人物。这个人是个受创者，是个现代文明的牺牲。某部分我读到卡缪《异乡人》的影子，但有些时候他的蹿长又让我想到纳博可夫或格林笔下的男主角。也就是说J终究还是反英雄人物或精神病患的偏好者。

这个人物是个电影导演——我当然是在不同章节，甚至翻回之前不同页次，才读懂J隐藏，散布在前后情节中，这个导演拍过的不同部电影的故事内容——但他其实是个演员，可能整个时代照亮星空，最灿烂的那个演员。他同时在大陆的许多部电影演一些戏份极小，但让整部片子画龙点睛的角色：古装武侠片里的变态老镖头、玩弄女人情感的老浪子、某个历史剧里的反派军阀角

1 Jorge Luis Borges，大陆通译博尔赫斯。

色……同时呢这个人也在台湾那几年的社会运动无役不与：反核、反拆迁、反台东美丽湾开发案、反都更强拆钉子户、反歧视同性恋……总之，这样一个可能成为华人电影的克林·伊斯威特[1]或米基·洛克的导演，却意外卷入进一场先由大陆网路发生，之后扩散到的洪灾。

J用相当的篇幅（这时他的笔法又让我想到玛格丽特·爱特伍的《末世男女》[2]），写这像海啸般的，两岸极端政治光谱者的网路暴动，这个导演如何在这瞬涨瞬爆的网路灾疫中，一夕间“声败名裂，直如明朝之袁崇焕”。

这个人物在J那热带雨林般，繁密蹿长的文字列阵里，慢慢变成一个“活在死境的人”，他突然发现这么多年，他只是活在不同部电影（大部分是他心目中的烂片）中那薄薄光影，皮影戏偶般的人。寒冬或酷暑，片场挨挤着导演、摄影、几个大牌演员、场记、临时演员、服装师、化妆师、工作人员……有时人数多到数百人，他极少和人哈拉，坐在一旁椅子上吃便当或抽烟。出了这个荒谬、暴乱，说是在网路上的幽灵，却真真将他的演艺事业斩断。这过程竟然没什么朋友出来帮他说话，而那些浮光掠影中电影里的台词，完全和他真实遭遇之情境无法联结。这之后可能好几年（甚至永远）没有片子可拍啦。他像是那个故事里的“穿墙人”：原以为可以穿透液态的那些老镖师、坏男人、嚼槟榔满口脏话的南部黑道混混、性侵女学生的教授、真正练家子的武术高人……原以为可以一生就这样以一种即兴的创意和爆发力，穿透不可知的许多其实不

1 Clnton Eastwood，大陆通译克林特·伊斯特伍德。

2 *Oryx and Crake*，大陆通译《羚羊与秧鸡》。

是他，但他又能上身变成那些人物群，却突然像穿墙人受到诅咒，在穿透某道墙时魔法消失，永远被凝固在墙里。这时读者意会过来，原来小说中穿插的一些无情节，只有某个场景（绿光充满，长了许多小树和藤蔓的一个之前可能是中学里的实验室之废墟，或是军队的地下壕沟的通道，或是某一艘大船的船舱，或是像圆明园那样巨石颓圮的迷宫，或是像麦特·戴蒙那部电影在火星上面对一片无垠的砾石和粉红色天空），或许是小说中这个被乖谬命运痛击的导演，他脑海中寂静拍摄的一部部无人观看的电影。这些J所描述的“不存在的电影”，难免让我想到我们年轻时看的塔克夫斯基[1]、柏克曼[2]、安哲罗普洛斯、雷奈[3]、侯麦的某些电影段落，诗意、空旷剧场、末日情境。但我翻着J的这本小说的约三分之二，心里突然说不出的浮躁。这长篇小说的风格、视域，已和我十几年前读过J青年时期那批简洁透明的短篇，有极大的转变。甚至我有一种难以言喻的心机：J后来的这批作品，似乎像暗潮伏波朝我的小说风格趋近。依书底的出版年月来看，是和我那本得奖、受到好评的（也是我“毕其功于一役”的）长篇约在同一时期。但为何印象中并没有关于J这部小说的报导或评论？以我和J三十岁出头时，人们总爱将我们并列讨论（“未来极有希望的年轻小说家”），J的这本“后来”的小说，应当被和我的那部小说，放在一起讨论吧？为何它出版了却像不曾出版过？且流落到二手小书店，被我意外拾获？

公允地说，J和我相比，如果就我们各自“浸淫”于小说这件

1　Андрей Тарковский，大陆通译塔可夫斯基。

2　Ingmar Bergman，大陆通译伯格曼。

3　Alain Resnais，大陆通译雷乃。

事，以我们从文学奖、出版社垂青、前辈作家或评论家点名，最初的那两本短篇，之后又走过人生的这二十年——那像将两辆不同汽缸、引擎、车体结构设计的汽车（譬如一辆福斯汽车[1]和一辆丰田车），在公路漫漫长途跑过，检视比对它们的行车记录器——J没有我文字的多变华丽，以及我天赋的暴力；但我不如J的在于他有一种地窖开箱，这口箱子撬开还会再有口箱子埋藏更底下，那种抽离出人世之外的执念。

如我爱作的比喻：银币的两面，人像、花卉、建筑、雀鸟，与另一面的数字；或是月球的光照面与暗影。J的这个长篇，和我那个耗竭心力（我不可能重来一次，再写一次那样的小说了）的作品，其实是不同的投影学，将我们共同经过的这个时代，恐惧、哀伤、华美、空洞，不同的抛射到各自的天文望远镜。我想象着J读着我那部小说时，内心的翻涌，和我读他这部小说时的百感交集，其实和牛顿与莱布尼兹的心结相近吧？J这个小说有一种类似铁锈或水蛭或黑洞的特质，会让阅读者感觉透过他文字、段落的流动，我们所在的这个活着的世界，慢慢被交换到一个光度不足、迟钝缓滞的“某些重要东西死去了”的世界。我脑袋中有一小块区域，像收音机被杂讯干扰，网路遭到病毒攻击，想不起到底哪个环节曾发生问题？J的这部小说，或许该干掉我那部小说，获得那一两年的各种大奖。但为何没有人（包括我）谈论他这部作品呢？

J小说中写的这位电影导演，这个“美丽失败者”，J花了十几个独立章节，虚构他脑海中想象的那还未拍出的十几部不存在的电

1 Volkswagen，即大众汽车。

影；但这位导演是我真实生命中的好友。事实上我的那部长篇，作为一个内核重要的人物，就是当年听这位好友讲述他祖父的故事，他父亲的故事。（等于是一条鱼，我切了鱼头，J切了鱼身，我们各自烹调？）在我的小说里，一九四九年的那场史无前例的大撤退、大迁徙，这位导演的祖父是国民党派在西北修筑铁道的工程师，他们并未如大部分国民党军队、公务员，以渡海方式来到台湾岛；而是往西南逃窜，沿途死伤丢弃，穿过青康藏，流亡至印度。他的父亲当时还是十多岁少年，曾在这逃之途中重病，被他祖父遗弃。十年后又从印度独自到台湾地区念书，故而形成一个孤独、不信任所有人的个性。

也就是说，J和我，在各自的小说，分别写了这个人的前传，和后来发生的事？

开心玩大陆

他们给我安排了一间小办公室，桌上有分机电话、一些书、文件、笔筒里塞满蓝笔红笔压克力尺钉书机备忘标签纸这些。这天是礼拜天，所以你知道这小房间平日应是某个职员，可能还是个女主管或会计的办公间。基本上她是一个爱干净的人，桌面收拾得纤尘不染。这让我有些怀念从前念书时，那些图书馆里的研究小间，一种冷气特有的空气中大部分尘螨都被杀死了或过滤了的单调气味。

过了一会，第一组的组员进来了。他们是一对姐弟，年纪大约都二十五六岁上下。可能还更年轻些。姐姐刻意化了淡妆，因此有点小美人的韵味。他们这次旅程的题目就叫“姐弟闯关东”，大约动机如下：他们是屏东人，有一天发现他们九十多岁的阿公，竟然年轻时（那时台湾还在日本人统治之下），曾跑去东北（那时叫“满洲”，也是在日本人的统治下，所以年代应是一九三〇年代左右），考到了日本人发的驾照，在当时的“满洲国”开计程车。据阿公说，他曾当过大明星李香兰（也就是传说中的日本第一女间谍川岛芳子吗?）的司机，在沈阳住在台湾人去异乡打拼的简陋宿舍时，隔壁另一个台湾青年叫作锺理和，他们当时同病相怜，一样惶然孤单，常互相打气。但这对姐弟有一天发现，他们阿公说的那个“满洲国”，历史课本真的提到。但家族里所有的亲人，没有人理解阿公孤独碎碎念的，那个他曾去过的超现实之城。很难想象只会闽南语不会标准汉语的这个老人，年轻时穿着制服，在那日本军人控制，或一些穿着和服的日本女人、穿着西装留着髭胡的日本官员，和当时被占领的东北的脸孔的中国人，那样幻灯片般的画面里，开着一辆本田产低底盘圆灯罩计程车，在城市里来回巡弋。所以，他们这次的计划，就是走访沈阳、长春这两座阿公当年曾待过的“满洲国”城市，将阿公可能曾开着计程车跑过的街道、建筑都拍摄下来，那隔了七八十年的今昔之变化，回来也可以将这纪录片放给阿公看。

我对他们说，事实上他们已通过这个补助计划了，十万块说实话是很小的一笔钱。你们就好好出发这趟东北之旅，注意安全。但你们阿公的这段经历太屌了，你们回来后，这边的作品呈现结案后，一定要继续将阿公的口述历史完成。我提了一位施淑教授，印象中她做过一些伪满时期东北的文学或文化研究。等你们这趟回来后，如果有需要，我可以设法帮你们联系她做个采访。这个口述史的踏查、重建，你们可以用一部纪录片或一本书的形式，可以去申请文化艺术基金会或“文化部”的专案补助，那有更多的经费。记住，这是一个很屌的案子，这个旅行计划的十万块，只是其中的一小块拼图，有机会你们要第二次、第三次、第四次，一趟一趟地去，设法抓到更多线索，甚至看可否有当年派驻关东的日本人，现在或不在人世，但可否是耐心找懂日文的人在日本采访他们的后人。要知道啊，说不定有一天，你们阿公这一段故事，被哪个电影公司相中，这可是可以投资十几亿的时代剧大片子啊。

这对姐弟被我唬得一愣一愣，睁大了眼，我想他们会不会觉得我是个酒鬼啊（桌底就藏着一瓶威士忌），然后我从背包掏出一本，许多年前我写的某部家族故事小说，签了名，再一次祝福他们旅途平安，便说他们可以出去了。第二组进来的是三十多岁的男生，他的计划有点晦涩。他是个外省第二代（我也是，但他的年纪为何小我快二十岁呢？）。一切的源头是他六岁那年，他的父亲（当时已六十多岁了）和他的母亲（当时四十多岁），不晓得是怎样的念头，带着还那么小的他（他是幺儿，哥哥姐姐都大他十几岁，当时也都在叛逆期，好像是没人愿意跟），展开了一趟返乡之旅。他们先去他母亲的故乡湖南长沙，还见到当时仍健在的他外婆，是一所长沙的女子高校的老师，也见到了一些亲人。之后，再搭飞机到他父亲的故乡，山东。印象中那是比较偏僻的乡下，也见了许许多多的亲人。他还记得那时已是个老人的他父亲，跪在他祖父母的坟头前嚎哭。为什么会有那趟旅程呢？那对长大后的他就像雾中风景，印象中只是以小孩的视角，紧贴着他父亲或母亲的裤腿，惶恐地看着人来人往，不同的大人激动地说话，或是旅途中转换火车，或长途巴士漫漫颠晃的截断光景。然后是，他十八岁那年，父亲和母亲隔两个月前后病逝。他哥哥姐姐各自刚出社会，也很艰难。于是他报考军校。他父亲母亲都不是读书人，也都是沉默之人，在台湾好像也没有亲戚。所以，关于他们在大陆的身世，随他们过世，像潜艇的通讯器被关掉了，从此沉入静默的深海之中。只剩下他自己对六岁那年，那趟奇异的旅行的回忆影像。但他也叫唤不出更多的讯息（他哥哥姐姐对父亲母亲都比较漠然，甚至有一种怨怼他们那么穷苦的恨意，所以对大陆那边还有什么亲人，或故乡之类，全无兴趣）。一直到他几年前退伍（退伍前他当到连长），被一群军中弟兄拉去“机车长途旅行”，他们曾经骑机车环绕整个澳洲，也去过美国德州。有一天他突然想：为什么他不能到大陆去，从湖南长沙，骑机车（他已上大陆的网站看过了，二手机车一辆约人民币一万五）探访他母亲当年的亲戚，或那些亲戚的后人。然后一路骑机车走公路，到山东，他父亲的故乡，找他父亲的亲人们。

我告诉他他这个案子已经通过了，十万块是非常小的一笔数目。他的身世我听了非常感动。事实上在上一次的初审会议，就是我力排众议让他这个计划入围的（因为另一位评审是位纪录片导演，强烈质疑以纪录片的观点，不可能在这样一趟机车旅程拍出“六岁那年随父亲和母亲返乡的旅途”。主办方也在作业上担心，台湾人到大陆，这样短期要以摩托车为工具的旅行，所牵涉到的手续或法令）。若不是我如今自己亦为生活所困，我多希望可以跟他一起跑这趟摩托车之旅，甚至有一天我还会想把他的故事（六岁那年和父母跑进一雾中风景的幻灯片里）写成一部长篇小说。他眼睛湿润看着我，说谢谢您。“我从来没有想过我脑袋里这个像神经病的狂想，会受到另一个人这样当作一件正经事。我哥哥姐姐都骂我，年纪老大不小了，不好好找份正职（他目前在一家NET服饰当仓储），也不找个女孩成家，想那些虚幻、已死、没有意义的怪念头。”我告诉他，都是这样的。然后我从背包拿出一本，我当年写的，关于我父亲到大陆庐山旅游，在江西省九江市小脑爆裂大出血，我和我母亲飞去那“抢救父亲”，和当地医院打交道、待了一个月，最后找到“国际SOS”将父亲运回台湾的长篇小说。他说他一定好好把这本书读完。我签了名，祝他一路平安。他便出去了。

第三组进来的是一对女孩，她们的旅行计划是去广东一个叫九江的小城，那里保留着渔民几百年来交易鱼苗的一种叫“数鱼花”古老歌谣。这种歌谣基本上是买卖双方的渔民，用小杓边捞那细微闪跳的小鱼苗时，数数用的简易顺口溜，但因为年代久远，又是老一辈的方言，因此成为一种神秘的、有些专有名词只有行内人才懂的切语。为什么她俩想做这个题目呢？因为她们已经在台南、高雄沿海渔村记录了老一辈渔民，同样在交易鱼苗数，另一种叫“数鱼栽”的计数歌谣。但这种几近消失的老辈人口传歌谣，是用闽南语唱的。她们很好奇这两个地方，广东语和闽南语，数鱼花和数鱼栽，之间有什么关系？她们其中一位（我不记得是哪位了）是艺术大学影像创作研究所的，她们长期用田野、记录的这个“数鱼栽”的题目，正是她的硕士论文。所以你可以说她们是颇专业的。

我站在那栋大楼和一旁另一栋较矮的大楼之间的防火巷抽烟。我刚从它的顶端搭电梯走出的大楼，整个玻璃帷幕在炽亮的日照下发出银色的光辉，像一座巨大纪念碑那样超现实的矗立物。一些戴黄胶盔的工人赤膊着，坐在大石阶旁的一大叠一大叠硬纸壳包住的大片大理石材料上吃便当。这窄小防火巷停满了机车，车把手上或吊着小黄鸭安全帽，或是正常一般全罩式安全帽，它们都被晒得炽烫如地心刚挖出的燧石。这些机车整体有一种受伤海豚整排趴在此的哀伤气氛，金属支架、引擎褶缝、排气管、轮胎……形成一种暗中还有灰影藏在更暗之处的，无能言说的伤害史。加上一种尿骚味。一旁那较矮建筑的一楼是一间怡客咖啡。里头穿着白衬衫的年轻女孩，或一些较暗色 T 恤的男孩们，像水族馆里梦游的鱼群，或分桌据坐，或在一种较缓慢的水光中站起行走。

我站在这两幢大楼间的隙缝，恰是一盛夏日光照不到的阴影之处。我抽着烟，当烟烧完我就随手将它丢到一旁一辆机车的后轮下。你稍注意这窄巷遍地都是那被踩扁、短短小小的白色烟蒂。我想：我是出了什么问题呢？为什么一直有种晕眩、生命力在涓涓流失的感觉？这里再往前走一点（会经过一极旧、像要塌掉的老四楼公寓，骑楼开了一间彩券行、一家美而美早餐），那路口就是横过的忠孝东路，但这一段恰是最没被都更，像被时光遗弃的衰败街景，穿过那个路口，就是“审计部”，那也是一幢像鬼屋的老建筑了。再往下走一些，就是这个“学员行前会议”之后，我们要走去的记者会，那应是一个旧的仓库，废弃多年后被重新拉皮、整修，成为一个“文创园区”。据说每到假日，台北最正的年轻马子都不去东区了，都出现在这儿。我去过几次，就是一些威士忌的免费品酒会（会有一些甜美的酒促小姐，大白天拿一小纸杯一小纸杯的烈酒，ㄙㄞㄋㄞ[1]要你试试看）；或是纸雕艺术展、火柴盒收藏展、合金或橡胶玩具超人收藏展、团名像 7-11 某种零食或饮料的年轻乐团、团名像某个法国新浪潮电影导演的情妇的小剧场……总之这

1　注音符号，即拼音 sai nai，闽南语撒娇之拟音。

些老仓库因为这些像童话绘本里的蜻蜓，不吃不喝可以一直掀翅飞行的美丽年轻人，弄得好像当初它们被盖成仓库，然后被弃置几十年，就是为了这像窖藏老酒，开封后和这二〇一几年的透明薄翼、惘惘不安、性格柔美男孩女孩身上的青春，混成一种难以言喻的醚味。

当然我没有想那么远。我只是觉得头晕、舌燥、恶心，我想着等下上去，还有几组啊？三组还是四组？也不是说希望这一些赶快结束，这些结束了还有别的活儿，那都是些腼腆、眼睛带着梦幻光彩的好孩子啊。他们设定了不同的计划，要去那些不同名字的城市、草原、小镇、铁道去冒险。那些地方，有些我年轻时去过了，有些则听都没听过。而评审桌上还有一位旅行社带大陆团三十年的老前辈，据说他几乎全中国没有一个地名没去到过。但之前的老人们一生曾去过的地方，和后来不断生出来的年轻人，他们将踏上的旅程，这之间又有什么狗屁关联呢？

我能把我脑额叶中，像虫卵寄生在海马回周遭的，那一小格一小格这生见过的风景，摘出来像幻灯片投影给他们看吗？

我又踩熄了一根烧得极短的烟屁股，觉得耳朵里说不出的刺痒，便用小指去抠，抠出一小根极细的铁丝。

该死的。我说。

这时，一个老头站在我前方的暗影里，之前那里没半个人啊。他就像从地底裂开个洞钻出来一样。

这老头说："大圣，小神接驾来迟。恕罪恕罪！"是土地。我认得他。他们全长一个模样。

美猴王

二郎神

那时，他睁开额头上的第三只眼，瞪着我。我才发现，那只眼睛，映照着这世界全部海洋，全部山脉，沙漠，森林，城镇，所有飞禽走兽，时间，猎杀，死亡或爱的瞬刻，所有曾经的男人女人，语言，音乐，谎言，战争中的冲击和上万人同时呐喊，星辰……所有所有这一切的反面。

“为什么你那么悲伤呢？”我问他。

其实像我们读的社会版新闻，那些刺龙刺凤，吸毒，早早拿西瓜刀砍人，爱哥们，对女人的眼泪不当回事的少年仔。他的舅舅是个大人物——比你能想象的最大咖黑帮老大，三颗星将军，或苹果电脑总裁还要大咖，好吧，事实上，比美国总统还大咖。当他第一次说："我舅是玉皇大帝。"我们全抱着肚子倒在地上痉挛地笑。不过我们也没有立刻被惩罚，蒸发成一缕轻烟就是。

但他妈当年就是被他舅，从外太空射下一道烈焰波，瞬间给蒸发。事情是这样，他爸是个凡人，没有背景的小人物，他妈作为宇宙最有权力者的妹妹，却和这废材男人私奔，还生下他。他舅一怒之下，将他妈压在桃山下，一压压了十八年。小二郎，不，杨戬，于是拜师学艺，成年后，釜劈桃山将母亲救出。其实我觉得应该是被关在桃山下的水泥混凝土防核爆的军事指挥所，而他带着佣兵兄弟，潜入，和守卫枪战，炸开厚墙，骇入中央电脑伪造玉帝指纹和虹膜，打开最后密室的钛合金门。但他虚弱的母亲，才被他们扶着逃出指挥所，就被那变态舅舅，用杀手卫星的集束光精准地，嗖！蒸发，消灭了。

这么悲惨奇幻的身世，所以他后来那么强那么强了，他还是不想跟天庭部队有任何牵扯。也因之在孙悟空的故事里，他留下了一句，对这个权力结构之强大的体会，那么悲伤的文明来说，那么美的一句话"听调不听宣"。就是说，你老舅舅的，我斗不过你，但我不替你做事不领你粮可以吧？

但他去战孙悟空的那段，那真是帅啊。这么说吧，孙悟空在后来被压五百年后放出来，随唐僧去西天取经的那个，已不是原来的那个大闹天宫的孙悟空啊。就像现在我们看到的柯比・布莱恩，不是湖人碾压对手三连霸那时，一场球得八十分的柯比了 。后来的孙悟空，好像阿猫阿狗都可以打败他，或战个不相上下。但当年那个大闹天宫的孙悟空啊，那可是玉帝的哪吒托塔天王父子，各路战斗系天神，十万天兵特战部队，全被打挂。可以说，除了如来那一大巴掌把老孙打翻盖下，这之前，唯一曾打败孙大圣打得他狼狈窜逃的，就是二郎神。

你看他“头戴三山飞凤帽，身穿一领淡鹅黄，缕金靴衬盘龙袜，玉带团花八宝妆”，手执三尖两刃枪，腰插银弹金弓，身旁跟着桃山兄弟，后头牵着啸天犬，去攻打人家的总部。重点是那次两战神变形金刚尺寸的擎天大战，大圣后来力怯而逃，一路变化匿踪，二郎便一路在后也不断跟着变：孙大圣变了麻雀儿，二郎就变作个鹞鹰儿；大圣变作一只大鹚老，二郎就变作一只大海鹤；大圣变作一个鱼儿，二郎就变作个鱼鹰儿；大圣变作一条水蛇，游近岸，钻入草中，二郎就又变了一只朱绣顶的灰鹤，伸着一个长嘴，与一把尖头铁钳子相似，径来吃这水蛇。大圣又变作一只花鸨，就吃了二郎的弹弓，最后是以大圣变个山寨土地庙被二郎打爆收场。这一段前头逃的，和后头追的，都不断变幻着，羽翼鲜艳，嘴喙忽长忽短，感觉他们可以这样一直让漫天神仙都目眩神迷地变幻下去。在玉帝的眼皮下，玩着天地间最孤寂两人的换装趴游戏；仿佛只有在这嬉玩般的变形中，他们才活进那一条银光蹦蹿，最自由的音轨。那使得神原本严峻冷酷的脸，都浮出诧异、欢乐的笑。

人参果

那天我和诚哥、柳生、艾蜜莉他们在咖啡屋的小前院吸烟。夏天还不到，但这个公寓一楼的小区块却燠热异常。我们几个人像在高温炉中被蒸发的几缕烟柱，却面孔模糊还叼着烟喷吐着细细小小的白烟。主要是我们咖啡屋这半年来，被一个心理变态的邻居盯上了（我们已知道那是谁，就是二楼那个独居怪老头，听说他以前是养鸡场老板，习惯凌晨两三点就起床，运鸡去批发市场，所以下午到傍晚是他的睡眠时间，因此嫌我们楼下这咖啡屋坐在小前院吸烟区的年轻人太吵），管区警察每晚来点一次 cp，说有人投诉我们太吵，弄到后来我们都觉得，其中一个小警察是不是喜欢上艾蜜莉了，“建管处”“食品卫生局”“环保署”“税务局”……什么你能想象，一间小咖啡屋原来被这么多官方机构管着的，各种你可能违法的单位，都派人来过了。查我们的厨房，查外置冷气机主机的音量，当然还查账本，最后是“建管处”的，一个欧巴桑，指出我们小前院的那片落地玻璃窗是违法外推，另外，艾蜜莉哥在一旁像玻璃花房的那个烘咖啡豆的工作小区，也是违建。必须限时拆除。所以，以前每个下午只有艾蜜莉一人关在那小玻璃屋里，操作机器烘咖啡（她是个小美人，所以这也成为本店的一个风景）。那四面玻璃墙拆掉后，烘咖啡机的热气便全扩散出来，弄得我们这些习惯坐在外头吸烟、读书、哈拉的老顾客或工读生，都像老电影里海军船舱下的那群锅炉工兵，满头大汗，头发湿漉漉，眼神昏散。老板娘蒂娜当然是气疯啦，但有什么办法呢？那天，我们正在那像火焰山，不，地底冒险的热浪中，听着诚哥唠唠叨叨地说着，这间咖啡屋创始之初，他就收最少的钱，替他们做木工、管线、吧台、所有不同的灯具、墙面的油漆……当然还和这一带巷弄咖啡屋的工钱做了比较，对我们而言那都是些无真实感的数字在跳动着。主要实在是太热了。当然诚哥想表达的是他对这间咖啡屋的创始情感，他们店还没开时，诚哥每天带工人们来施工，还要替她们试咖啡。她们两个大小姐，开咖啡屋是“一个梦”，一杯咖啡品质真的好，但成本就一百多块，那你要卖多少钱？当然她们后来就调整……就在此时，有四个怪人走了进来。为首是个头发爆炸鬈却染为金毛的矮子，他身后一个脸色苍白的中年人，在后头一个大肥仔，还有个印度瘦子（也许是菲律宾人？）。总之他们的模样实在太怪了，而他们又带着一种长途跋涉的疲惫和说不出的头上方的热空气，一种梦游者眼睛中没有瞳仁的印象。我想我们都起了戒心，不会又是二楼那神经病电话投诉的什么来找麻烦的机关吧？我说：“几位，要用餐还是饮料？请坐。”那个白脸中年人，他一开口，我没夸张，真的像整屋子音乐盒都转动，一种说不出让你灵魂柔和，想掉眼泪的，嗯，New Age 之感。他说：“我是汤米哥的老友，和他约好的。”这时柳生突然想起什么，说：“有的，有的，您是三哥吧？汤米哥有交代。您是贵客。汤米哥前两天被一些 NGO 的朋友拉去参加尼泊尔救难队了。可能要下个月才回来。要我跟您说抱歉，要我们好好招待您。”我们看了柳生这么殷勤，便也对这四人殷勤起来。我们请他们坐在店里那红沙发区，招待他们最好的咖啡、意大利面、波丽露、起司蛋糕，还有汤米哥藏在酒橱里的红酒和威士忌。那个大肥仔可真能吃，他把我们店里所有拌意大利面的培根，还有所有甜点都吃光了；而那个红头发的矮子对人很不善意。但我们知道那个美声中年人（他后来把渔夫帽摘下，原来是个光头）才是这一伙的老大。我不知道汤米哥是从哪认识这四个怪咖？那天晚上，客人都走了，他们四个还坐在红沙发区继续喝。

土地公

那时我们分饰不同的戏角：师父成为一个空洞的身影，披着红袈裟在人影纷乱的香港街道走着，他的颈脖九十度角垂着，使他看起来像一只在岩壁上踱步的兀鹰。那成为一个孤独、封闭的行走。

“大师兄，二师兄，我们这次要怎么救师父呢?”

但美猴王已变成那家超市门口，其中一台夹娃娃机里，几十只可爱小猴子绒毛玩具里的，分不出它是哪一只。另一台是比较大的可爱灰驴子公仔。那个铁夹子根本是松的。每投币，下夹，夹住美猴王的头、或屁股、甚至尾巴，它都垂直掉下，永远不会朝洞口挪近两公分吧。

后来我搬进城里了，有了老婆小孩，我不太记得那些住在那被子女弃置的老人的山庄里的时光了。我好像曾经在那条溪边游泳，有一次差点被一漩涡吞进，上游的养猪户把猪粪和死猪尸体倾倒入溪，臭气熏天。或是台风每过境，那山中人家共用的大水塔必被豪雨冲刷阻塞，水龙头像上吊者的咽喉发出空鸣，没有半滴水；但外头明明潮湿到柏油路面像面包吸水过多裂开，满地淹死的发白蛙尸，屋檐下群聚着大小蜗牛，壁角则窜冒出像女人手指的蕈菇。

“眼睛所见如此湿，张嘴却喝不到一滴水啊。”

这时总会驶进一辆红漆程亮的消防车，山庄里的老人们和那些看顾老人的南洋女孩，会提着大塑胶筒，认命但说不出悲伤地排一长列接水。那都是离城市非常远的界外之境，发生的不重要的事。

也许那时，美猴王正和金角大王银角大王，在淡蓝色的远山山顶，以星球的尺度摔扑打斗；或挥扇朝离宫喷涌出烈焰，烧得上百只分身忍术小猴滋滋乱响，成一小缕一小缕焦烟；或好个美猴王，像勒布朗・詹姆斯在众小妖的包围、身体碰撞下，不可思议地过人、翻身、挡拆、把大家撞飞、弹跳而起、露出獠牙，以战斧式劈扣，将如意金箍棒朝金角的面门砸去。忽而又被银角喊他名字，收进一只葫芦里。但那一切又像半空中播放的《全面启动》[1]，美猴王总在将被收进葫芦口之前，把时间微分成一小格一小格分解的单元。所有人静止不动，只有他从那缝隙中钻出，另开一个画面重来。把名字更改倒装，却再一次被葫芦吸进；再次钻那时间毫秒之隙，再重开图档，又被收掉，如此不断重来，颠倒梦幻，像小孩开玩笑或卓别林喜剧。

人们在电影院里看那些绿巨人浩克，雷神索尔，钢铁人，美国队长，他们像打蝗虫打碎网路繁殖出来的人工智能怪咖，把城市的摩天大楼撞得像捏成粉的饼干屑，根本见怪不怪啦。

反而是这条沿着河谷而蜿蜒的乡村道路，约五百公尺就一间土地公庙，挂着红灯笼串，香火不断，香案上积灰并排着一对对大小新旧不一的掷筊，或是不明信徒捐赠的一盒盒小红蜡烛。土地公的小雕像总是笑容可掬，金黄漆缀兜银白漆胡髯。那可是美猴王在他的大公路电影里，每次打妖怪不顺，就用他那金箍棒捣地，叫唤出来威吓出气，兼问情报的“土地老儿”啊。如今大圣早在那薄光幻影的界面，被稀释再稀释；反而这低阶小吏，在人间繁殖祂配享之庙的“傀偶分身法”，感觉跟这些乡村老人欧巴桑更有时光潺潺流过的交情啊。像地产大亨的塑胶小屋，沿着悲苦的人间聚落不曾灭

1 *Inception*，大陆通译《盗梦空间》。

绝，原貌也不会被乱改，比美猴王厉害多啦。

小雷音寺

我们一起被困在这黑暗里不知多久了。原本我们是星宿，是标志天宇维度的神。事实上我们应该只有名字，没有人形。我们兄弟全被困在这儿，你便知道地面上的人们抬头所见的夜空，是一片全然死寂的黑，他们会多惊恐与惶然，所有的方位都不见了。说来我们也太自信了，那天揭谛面色惨白上天庭跟玉帝求救，说孙悟空在护送唐僧西天取经途中，遇上一个不知何方神圣，把咱们孙大圣关在一只金铙里，怎么样都出不来。其实在这浩瀚银河的亿兆年的方位值班生涯，我们看过许多那样银色的飞碟，扭曲时空的规则，孤独地飞过。但从没想象过，有某个我们也不知其来历的文明，发明出那样一个零度空间，像一只蛤蜥，把破坏之魔王孙悟空包裹在里头，切断了“进去”和“出来”的物理学通道。但我们可是二十八星宿啊。我们代表的就是宇宙大爆炸的空阔和无限哪。

一开始我们也确实从那液态宇宙的不可能断裂处，救出了大圣。是由亢金龙无限缩小，到他的龙角尖比那金铙的原子空隙还小，伸进那里头，大圣呢，也无限缩小，用金箍棒变一微尺度世界的钢钻，在老亢的角尖上钻一孔隙，他再变一超微子，拱在那钻眼里蹲着，被硬生生从里面把他拉出来（事实上那过程是像《星际效应》[1]穿越虫洞，是进入数学的大矩阵运算）。

但后来我们又全都被关进来了。我们二十八宿，还有各路闲杂人等：五方揭谛，伽蓝，玄天上帝手下的五龙和龟蛇二将，小张太子和四大神将，当然还有他那两个废材师弟猪八戒和沙悟净……全部被关在这昏天暗地，不存在的另个维度里。那个拥挤和闹哄哄，像是夏日度假饭店的大厅啊。他妈那孙猴子倒是学机灵，一闪瞬翻逃，没给关进来。

如果你在春分前后，抬头望初昏之天空，此时朱雀之象在南方，东边为青龙，西边为白虎，北方地平附近则为玄武。我是角宿，东方青龙七宿第一，角木蛟。老外叫我室女座，也包括后发座，长蛇座，半人马座和豺狼座的部分天区。而在这金铙里，睾丸贴在我嘴边的，是心宿，心月狐，你听过“荧惑在心”吧？他就是天蝎座。还有参宿猎户座。你听过“人生不相见，动如参与商”吧？但现在我们啊全挤在一块了。我听到斗木獬（就是人马座）对牛金牛（就是摩羯座）说：“他妈的好像一百三十七亿年前那刚大爆炸时最初的几秒喔。”我们应该是熠熠灿烂，垂洒在无垠夜空的灼烧的银粉，造物者在祂第一个梦境中，美得让祂叹息的列阵图。

为什么我们被困在这劳什子玩意里？就因为大圣他像帮派械斗，打不过人家，就烙我们来群殴对方，谁想到这次遇到这样的狠角色。我听见女宿（就是宝瓶座和天鹅座）呻吟地说：“我们只是在他们师徒弄错的那一章故事里，他们走进了小雷音寺，那是假的，伪造的如来，假的阿罗汉，假的三千揭谛，假的金刚菩萨，假的亭台楼阁和鸟语花香。但我们唐僧却惊惶地跪下顶礼膜拜

1 *Interstellar*，大陆通译《星际穿越》。

啊。”“你可以套用任何的模式，譬如《全面启动》《明日边境》[1]《复仇者联盟 3》，或是漳泉械斗，美国诬赖海珊[2]有化武而将他的国整个灭了，或是乌克兰要脱离俄国，普丁[3]就让克里米亚先搞个独立……小则他们说蒋经国和蒋纬国都不是蒋介石他亲生的；或他们说阿姆斯壮[4]登陆月球那一幕根本是美国太空总署拍的一部棚内电影。斗转星移，偷天换日，现在你抬头的星光灿烂，可能只是小雷音寺的幻术。”

五百年的思索

被困在一个梦里，要如何挣脱？我们千思百想，还是想不明白。那筋斗云像 F-22 按下引擎全面燃爆，风驰雷霆不只十万八千里。为什么？为什么还是在他如来老贼的手掌心里？一直一直被困在那重复的翻掌扑盖。

“泼猴，你看看你在哪里？”

也许那就如同刘慈欣小说《三体》里头提到的“四维碎片”？根据维基百科词条“四维碎片”：“本书中一个重要设定就是宇宙的三维属性是一个可改变的量而不是公理，现在的宇宙是一个从四维空间降维得到的三维空间。这种降维是由宇宙文明间的降维攻击导

1 *Edge of Tomorrow*，大陆通译《明日边缘》。

2 Saddam Hussein，大陆通译萨达姆 · 侯赛因。

3 Влади́мир Влади́мирович Пу́тин，大陆通译普京。

4 Neil Armstrong，大陆通译阿姆斯特朗。

致，当全部宇宙被降低到三维空间后，还残留了一些极小的四维空间，称之为四维碎片。按照书中设定，当三维的人类进入四维空间后，可以跨越距离和障碍对三维空间的存在进行影响。”

所以芝诺的“飞矢辨”并不是悖论产生的逻辑跳空，而是因为我们被“降维”了，看不见那直线飞行箭矢在某一时间差近乎零的这一格和上一格，那之间横展开来无限大的“二维箔”。如来就是在这片广袤无垠的二维荒原上动手脚。

譬如说，我们曾经在一场葬礼，疲惫哀伤地站在那些枯萎气味的高脚花篮边抽烟，和哥们心不在焉说着屁话。看着乌合之众各路人等，按着公祭司仪唱名：“×× 公司代表致祭”，“×× 银行和平分行代表致祭”，“×× 工会代表致祭”，“×× 印刷厂代表致祭”……一队一队恭谨排列向那花圈中央的遗照捻香致哀。我们小声说：“要不要递张小纸条给司仪，我们四个再凑一组‘杜蕾斯保险套赠品代表致意’？”“不要不要！我不认为他有这种幽默感，会被断交。”“不然就说 DV8 代表致意？”那是一家我们常和正穿着重孝，一脸哀恸站在祭桌侧边行家属答谢礼的那老哥，常去喝酒鬼混的酒馆，老板娘是个风韵犹存的美人儿，很多的夜晚我们的孝子老哥手还搭在她香肩上，像沙漠蜘蛛那样爬行。“不行不行，这不能开玩笑，会被杀啦！”

我突然一阵恶心，想起眼前这一切，在我小学五年级某次学校午休的梦中，就梦见过了。这唇干舌燥，空气中不知是骨灰或烧冥纸纸灰的灼热粉细感，在很多年前的梦中，就历历如绘，不，绘如历历，卷轴画那般在脑中的眼前播放过了。那不是预示，是被降维了。

有些时候，你感觉自己活在“不配那个年轻时的自己该延展”的人生，活在“第二义”，光度似乎不那么亮的时光里。你说着平庸的话，用自己都不相信的诚恳表情和平庸的人肝胆相照，喝着泡沫温掉的啤酒，为某些清楚无比是无感情马屁的废话真的感动到了，眼角不争气地濡湿，或是干他娘的为某个薄情的但热裤只包住半个屁股蛋的年轻马子，吊得她胡说都觉得是否自己真的是个有魅力的男子……

或是你仍然读着许多书，你仍保持极佳的阅读状况，你可以在那些智慧型手机小屁孩面前掉书袋，但为什么你不再发光，不再迷人，从她们昆虫般的变色瞳片看到自己的形象如此酸腐？

不是你“堕落”了，背叛当年的自己了。是被“降维”了。

牛魔王

我年轻时完全不能理解这样的场面：我的岳父是个严厉的人、不苟言笑的人，在他们家客厅，坐那儿时，所有人都像怕激怒他而讲话轻声细语的大男人。那时他也六十多岁了，他参加了一个叫“狮子会”的组织。关于这个组织的源流和运作方式，因为现在有维基百科，所以我也不多做说明了。有一次我岳父叫我们都去那场子帮忙，包括扎一些气球布置会场；准备好数百份的纪念品在出口处分赠给进来的人；把他藏了十几年酒柜里各种大小瓶装，牌子（主要是轩尼诗和人头马）的 XO 放在各桌的中央。后来我才知道他要竞选那次的会长。但我不能理解之处，在于我岳父那天出门，换上了一件全白金扣，袖口绣了几条金褶幅的西装礼服，说不出的怪，非常像我小时候一个叫“原野三重唱”的男高音团体的穿着；甚至像五星饭店旋转门口的侍者。

但我到了会场，发觉至少有四五十个男人，穿着和我岳父一模一样的白西装。也就是说那是他们特别订制的会员服。他们都是一些老人，各自被他们的家人簇拥着进来。后来我老婆的妹妹和姐姐，分别跑来小声地对我说：“那就是某某某。”在角落另一大群人围住的一个同样穿着白衣装的小老头，原来他是我岳父这次竞选的对手。他看起来至少八十几岁了。

那场餐会就像我参加过的任何一次婚宴一样，台上不断有人拿着麦克风发言，台下各桌则嗡嗡轰轰大吃大喝没人在听。但最后的压轴非常魔幻，那四五十个穿着金纽扣金袖口白西装的老男人，包括我岳父，他们齐聚在台上，用英文唱着“狮子会”的会歌。我相信他们里头有一半的欧吉桑，连英文一到十都不会说，但他们全像外国的某个小学的合唱团男童，一脸纯真张大了口唱着那首英文歌。最后他们集体在上面“吼！吼！吼！”地学狮子叫，还做出狮子挥爪子摇头晃脑的可爱动作（应该是学福斯电影片头的那头狮子吧?)。

事实上，我描述这一切画面时，照我岳父原来的规划，我应该是穿着一身狮子皮毛，拖着条狮尾巴，头上戴着巨大的卡通狮子头罩，站在一边像职棒球场上炒热观众席气氛的吉祥物，在那摇臂舞臂。但是那天下午，当我到西门町那栋老红楼旁的道具服店，老板却告诉我“狮子装”没了，货架上方排着一颗颗巨大的卡通动物的头，在脏白的日光灯照耀，和下方整衣架挂着的染粉红、嫩绿、靛蓝、明黄的长毛或镶亮片的连身服之映照，像是被外星猎人斩杀的各星球生物的头颅标本。愤怒鸟、熊麻吉、蓝怪、驴子、哆啦A梦、皮卡丘、Keroro 军曹……就是没有一套狮子的。如果我穿上其中一套出现在那晚会，我已经晕眩得仿佛看到我岳父怒睁的两眼。为什么我们要假装成是另外一种生物，不，猛兽，而可以让一些老一辈经历过台湾戒严，经济起飞，台美“断交”，他们怀念回忆的刘福助和陈兰丽，他们曾经猛灌拼气势的 XO，到新加坡舞厅跳交际舞，那些皱缩而鼻子红通通的老脸，会用狮子描述自己，而达到净化或童话的功效？

当然，后来我穿了一身那道具行老板强推的“野牛装”（“它们都是非洲大草原的强者”），出现在会场，把一堆小屁孩吓哭了。其中一个小女孩哭得抽噎地说：“他是牛魔王！牛魔王来了！”

另一颗地球

他们说，发现了“另一颗地球”。

“NASA 指出，克卜勒 452b 距离地球约一千四百光年，位于天鹅座（Cygnus），较地球大百分之六十左右，一年约有三百八十五天。与地球绕行太阳一样，克卜勒 452b 也围绕一颗恒星‘克卜勒452’（Kepler-452）运转，该恒星约有六十亿年历史，较太阳年长十五亿岁，直径长百分之十，亮度多百分之二十。

克卜勒数据分析科学家詹金斯表示，我们可以说，克卜勒452b 是一个较年长、较巨大的地球，是‘地球的表哥’。”

也就是说，这宇宙绝对有外星人。

这是一个比较差的想象：“那些我们死去的亲人，透过某种波的传递，漫长的飞行，像蒲公英种籽迎风洒开的影像倒带，他们终于到达那颗克卜勒 452b 星。第二颗地球，也许说错了，是地球是第二颗克卜勒 452b。我们死去的亲人，并不如科幻小说所写，变成一张薄纸，或一根很细很细的钓鱼线，他们像压缩档将这么远距辽阔的黑暗和星团对折了，然后就像海洋第一只硬骨鱼首次登上陆地，从一个存在感迷惘地进入另一种完全陌生的存在感。”他们到达时，发现之前死去的亲人，以及祖先们，早就在这颗星球上生活着。他们变成蚂蚁那样地活着，眼耳鼻舌意变成顶端的触须，而且他们变得无比轻盈，可以在无数个同类身上自如爬行，像水珠在河流中翻滚流动。他们当然没有性和色情这样的事，因为这是所有之前地球的死者汇聚之所，那数量够大够吓人了吧？而且死者无须再繁殖后代。事实上这颗星球，从最核心到地表，全是古早以来所有死者，层层叠叠所构成。你会说，干，那不是一颗球形地狱吗？不，这不是你用现在我们这猿猴形貌身躯，掠夺、灭杀他者、权力之唇干舌燥、为爱癫狂、贪嗔痴怨憎对爱别离求不得种种拉屎拉尿将地球搞得像个沼气屎坑……去想象的永劫回归之所。它是一种，所有自在捱聚，层叠，编织在一起的单一心灵，他们的心绪可以无限连接，感受到其他每一颗粒子内部播放的，他们活着时光的回忆，怀念，像电影播放般各自一生遇到的人，发生的故事，音乐，旅行所见之景色。那个量实在太大了，基本上是一种云端的概念，每一瞬的战栗，美的感动，哲学回旋的领悟，爱情的幸福感，都在一无限巨大的感受海洋里，同时感受到无限的经验，但同时也解离成一种短暂跳闪，像神经丛上的电波闪光。不，这不是一种，星球上的海葵或蓝绿藻的哗啦哗啦摇摆的形态；这正是《瑜伽师地论》所描述的阿赖耶缘起。

跟他说这些的是一个警察，害羞内向，长官们每周开业绩批判大会，他总是被讽刺羞辱的那个。喊他学长的人聪明机伶，绝不拦违规的双B，反正开单了，长官或长官的长官会来销单。有时恶一点的当街打手机给某某分局长，拿给他就是一顿痛骂。他们会躲在大学旁边，像抓蟋蟀一只只抓，没戴安全帽载小马子的两光大学生，求情也照开。有次还开一个戴黄胶盔老阿杯的机车，后座架着一A字木梯挂了两桶水桶，哭丧说这样一张单一天工资都没了……他忿忿总不干这种缺德事，所以一直还是低阶警员。他总跟他说着，那已有六十万年历史，逆时钟绕行地球的“黑暗骑士”人造卫星，或月球其实是更高文明观测地球人类演化的探测站……

“那为什么我们要知道一颗，收藏了全部死亡的另一颗地球呢？”

“你如何知道此刻的我们，是在那个‘活着’的地球呢？如果其实我们是在克卜勒452b呢？”

如来

网路上有篇帖子，说《西游记》五十八回真假孙悟空，那后来被如来道出来历，而后被悟空一棒打杀的假悟空六耳猕猴；其实（这篇天才帖子的作者说），当时，被打杀的是真悟空。这回之后的下半部《西游记》，那个陪唐僧继续一路降魔，西天取经的，根本就是六耳猕猴。整个真假悟空打成一团，连观音菩萨也分辨不出谁真谁假；玉帝的照妖镜里照出两只一模一样的大圣；师父唐三藏念紧箍咒也抓不出谁是真；地藏脚下的神兽谛听似乎看出端倪，但不敢说。最后判谁为真，谁为假的，天地之间只有如来。

“如来道：‘周天之内有五仙：乃天、地、神、人、鬼。有五虫：乃嬴、鳞、毛、羽、昆。这厮非天、非地、非神、非人、非鬼，亦非嬴、非鳞、非毛、非羽、非昆。又有四猴混世，不入十类之种。’菩萨道：‘敢问是那四猴？’如来道：‘第一是灵明石猴，通变化，识天时，知地利，移星换斗；第二是赤尻马猴，晓阴阳，会人事，善出入，避死延生；第三是通臂猿猴，拿日月，缩千山，辨休咎，乾坤摩弄；第四是六耳猕猴，善聆音，能察理，知前后，万物皆明。此四猴者，不入十类之种，不达两间之名。我观假悟空乃六耳猕猴也。此猴若立一处，能知千里外之事；凡人说话，亦能知之。故此善聆音，能察理，知前后，万物皆明。与真悟空同像同音者，六耳猕猴也。’”

这帖子说“六耳的本事，竟和如来一般”？到底从哪冒出这位假悟空？本领竟和大闹天宫的孙悟空不相上下。是否如来终究觉得悟空太不伏管，三两天就闹一下不乖乖走完保唐僧西天取经这剧本，终于研发出一只“孙悟空 2.0 版”？文章提醒，有否注意：这回合之后的“悟空”，再也没和唐僧闹脾气了，乖乖伏伏，只执行它开路护唐僧的功能。

所以有没有可能：真正的孙悟空，在那个只有他自己知道、如来知道、六耳知道的神秘时刻，被颠倒了真假；然后含冤莫名被所有人认为是孙悟空的六耳棒杀。因为这是如来的量子宇宙，他必须清洗掉不确定、不稳定的程式。

这样阴郁而穿透层层谜雾的超解读能耐，也只有这个民族这个文明能心领神会。你看大至历朝改制，莫不耗尽精力，拔去前朝根茎藤蔓，斩草除根，空空荡荡；再整个布下自己这方的网络。只为描述我为真，尔为伪。这种精子式的奋力达阵，抢占双套复制指挥舱后，即将所有其他精子灭杀殆尽的性格，也正是可以超现实铺天盖地将一切控制的如来宇宙。

但所谓“善聆音，能察理，知前后，万物皆明”，那不就是“所有还未曾发生的事，其实全都发生过了？”“所有曾发生过的事，就跟没发生过一样？”如来是活在这样一个，过去的阴影无法投影在未来的明亮通透的世界。那为何祂还需要在祂的故事里，创造出这样的唐僧师徒和所有颠倒妄幻的和妖魔打得天昏地暗的西行旅途，只为了到达终点，将祂已将这所有时间空间会发生之事，密密麻麻写完了的经书，再驮回四次元的人间？那不是像一个封闭的回路软体？一个可以重玩再重玩，不，可以修改程式的电玩？如来需要将一切通透清晰的这个宇宙，像 3D，不，4D 印表机，整个复印、输出到另一个空无里吗？那像是《超时空拦截》[1] 里，那个变性前的女人爱上变性后的男人，生下一个被遗弃的女孩，在酒馆里说这个悲伤故事给年老些的酒保听，全是时光机穿梭不同时期的他自己。这样的如来，不需要再复制一个祂自己，去灭杀悟空，装成悟空。

有个女孩唱着一首歌：“如来如来你要到哪里去？/天那么高

1　*Predestination*，大陆通译《前目的地》。

（飞鸟飞不到顶）；/ 海那么大（巨鲸游不到尽头）；/ 但你没办法睡在它们之间 / 你摸得到我的眼泪吗？你看得到我的笑靥吗？ / 那么一点点的爱 / 如来如来 / 好可怜的小男孩”。

老区

我们那里，有一个男的，五十岁左右，人品很坏啊，整天喝酒赌博，他妈死了，留给他两栋房子，在万华那边，其中一栋还一楼店面喔，还留了她美金七万块吧，黄金两三斤喔。他跑来跟我们说：“以后我到死都可以很舒服过喽。”我也觉得他应该花也花不完。原本有老婆小孩，那个婆婆还没死前，人也很不好，好像冬天很冷喔，母子两个虐待那媳妇，把她脱光淋冷水，打她。这老婆就带小孩跑了。他哥早死，嫂嫂也没离婚喔，那也有两个小孩，他妈的遗产他一点也没分给他们。整天就是喝酒，隔两个月就去珠海玩女人。回来就炫耀。有一次有个女的，拉他去赌，啊人家那边做好局等他，一个晚上赔一百三十万，他很不甘心，又找一些人再去赌，这次输两百万。然后乖一阵，又被朋友招去中坜那赌，这次输大了。他妈留给他那个一楼的房子，买的时候一九九几年，买九百多万，现在可能翻一倍了吧？他六百万押给人家，一夜输光。真的是，三年不到，又穷回脱裤。现在又去打零工啊，跟我们那边店家赊账啊，还是喝啊，喝高粱啊，这家签单签签四五张，人就不见了。再换另一家。

后来买下他那“妈妈遗产”的那一楼房子的，我也认识。一对夫妻，非常小气，他们有两个儿子，书念得咪咪懋懋[1]，但两个儿子后来在三重那边卖猪肉。你知道猪肉有多好赚？一天杀十几只猪，一天就赚个二三十万。他们非常小气，从来我们这些朋友啊聚餐啊，他没出过钱。但对我算大方的，我有时坐公车去三重，他们那猪肉摊卖差不多了，好几副猪肝啊，猪肠子啊（我拿回家泡小苏打水，会脆），这个他们就都没跟我拿钱，都送我。猪骨头熬汤的也是送我。有一次啊，好像儿子买了一辆新车，那个妈妈让儿子开到我住的楼下，上来拉我说来看我儿子的新车。我一下楼，吼，便噜[2]的休旅车，好几百万耶。但他们这种有钱人呢，很怕别人去借钱或揩他们，都说唉现在猪肉多难做，都赔啊什么的。谁信啊。他们小气到什么地步？打手机给你，怕那电话费贵，都是响一声挂掉，你再打给他吧。

钱这种东西，很调皮的，你抠着它怕它飞出去，啊它就想办法给他七十二变，想法子更惨更多的就跑掉啦。

我有个年轻时一起混的姐妹，后来嫁给老头子，老头子对她很好，给她一栋士林的房子。儿子媳妇不是自己的，想不开，在家里拿一堆那种宝特瓶那个要回收啊，踩扁啊，滑一跤，就发脾气，跟儿子媳妇吵架，跑出来找我们老姐妹喝酒唱卡拉 OK，我是不出那个钱，那一个人三四百块耶，我工作累死了是被你叫出去陪你。好了喝了酒人家少爷啦端酒来喊她姐姐，神经病六十几岁的人，一开心就给小费，一千也给喔。来一个给一个。然后第二天酒醒了，又打电话跟我说好后悔。

1　闽南语，形容事情弄得一团糟。

2　奔驰的闽南语谐音。

我从来没去过一〇一，但我可是道地的台北人。有时里长会办游览车旅游，北海岸一日游啊，礁溪温泉之旅啊，其实一车老灰仔，都是到那些小庙，停车让我们放屎放尿，其他时间我们全在那冷气里睡觉，哪个风景也没看到。我会认出那些老猴，每个啊手上都拿瓶酒，喝得脸红红笑眯眯。我会想，是不是来参加这种岛内招待老人旅游团的，都是像我这样，一辈子不可能出境的可怜人？但我那些老姐妹她们早些年也会出境啊，我问她们外国怎么样？她们说还不是差不多，就是被带去脚底按摩。

老猴

当年那条街的夜市人挤人啊，塑胶布遮隔的摊位，什么新奇的东西都有，像现在这种空拍小直升机，在桌上旋转但不会掉下桌的机器怪轮，可以散成彩色小碎片一站起来又是只猴子的魔术，各种像真枪的空气枪，大水盆里洄游会喷水的电池鲸鱼，那真的是火树银花。现在那里全是流浪汉啦。整条街全是摸摸茶，大陆的、越南的、印尼的，再就是彩券行。我认识一个老家伙，爱赌，输到脱裤，三不五时来找我借钱，两千三千，其实人品很好，有借有还。有一阵子突然手头有钱起来，三天两天买酒请我们喝，问他说你怎么发财啦？他不好意思说，被朋友找去当人头，假结婚娶了个大陆新娘，那女孩每个月要给他三万块。我说这种钱你也敢拿？这是人家女孩子的皮肉钱耶。但其实他的钱好像也是天地财，收不进口袋就四散出去，感觉他拿了那假老婆的钱，再去阿公店散给那些越南印尼女孩。后来被抓了，女孩被遣返，他也要判罚款，没钱缴只好服刑，三百多天的劳役。

又来跟我借钱，慢慢也就不还了，这是个爱面子的人，一阵子躲着没见面，突然拿了一叠钱来还我，说去当大厦管理员。后来又没做了。再来借钱，开口只敢借三百五百。你知道这个人就慢慢掉下去了，像以前神明像坏掉了，漆也掉了，木头也烂掉了，散在地上，拼不回个站立的样子了。有一次喝醉了跑来找我，一开口要借八万，我问他干嘛了要这么多，我一下也生不出这么多钱哇。就出门带了个女的进来，我的妈，脸搽得像猴子屁股一样红，那个眼影蓝的紫的抹得像鬼，个子比他高，两人站一起像七爷八爷一样，你想大半夜七爷八爷跪你面前一起哭，你不吓死了？我只好去街口领了八万给他。后来听人家说那女的是在西昌街口站壁的老查某[1]，说来也是可怜人，但那个脸真的画得像墙壁刷白粉一样。

我就说台湾这一些男人真的很可怜，这一生的身躯，有限地赚那么几个钱，最后只有三个去处：酒，赌，和女人。酒愈喝愈劣，赌愈赌愈小，女人呢你觉得他变个糟老头了，身边还是会弄来个老女人。反而那些大陆女生，变很有钱啊，来我们市场，那种好贵的水果，买得都不心疼，手上吊的名牌包，一旁站着那耍阔付钱的，不就是这些老罗汉脚年轻时的废样子吗？你要怎么说呢？这老家伙啊，后来得了鼻咽癌，人瘦得像小猴子一样，来找我，眼泪一直掉，我就塞五百给他，说先去买点好东西吃。又去找一个以前相熟在开家庭按摩院的，那个人也是没良心，人家是走投无路来讨口吃

1　闽南语，即女人。

的，他竟叫他去帮客人按摩，按着按着就昏倒了。

后来是我弟弟说在树林那有个房子，空着也没人住，就让他去住。这样半年多了，前几天，我弟跟我说，联络不到他，开车到树林那房子看，人已不知死多久了，没有家人，没有朋友，没有一块钱遗产，我们倒霉还得到乡公所办那些这些手续。我弟说啊，他开门进去时，听见苍蝇嗡嗡嗡，臭气冲天，心里有数，但看到地板上他死去的模样，还是吓坏了。那里不是躺着个尸体，而像是一摊泥浆啊。

西方

我们一路西行，在时间之沙尘中逐渐形容枯槁，彼此沉默无言，知道我们终被世人遗忘，只剩下拖得长长的四个影子。那个惩罚啊，比那个尤里西斯要苦，要绝望多了。

想当初美猴王听值日功曹说起那平顶山妖怪的厉害，全然无惧，哈哈笑说："那魔是几年之魔，怪是几年之怪？还是个把势，还是个雏儿？烦大哥老实说说，我好着山神、土地递解他起身。"值日功曹说老兄你疯了吧？这妖怪神通广大，你如何递解？美猴王说了一段这样千百年后让我想落泪的话："若是天魔，解与玉帝；若是土魔，解与土府。西方的归佛，东方的归圣；北方的解与真武，南方的解与火德。是蛟精解与海主，是鬼祟解与阎王。各有地头方向。我老孙到处里人熟，发一张批文，把他连夜解着飞跑。"

那个豪迈快乐，对于方位与存有感终于瓦解，心灵无秩序可归依之苦，全然无知。

东西南北上下阴阳，并不是他美猴王说的“各有地头方向”啊。

一开始我手中拿到一只“千辉打火机”，廉价的透明塑胶壳，红橙黄绿蓝，上头贴着一张小小比基尼美女照片，金发碧眼，丰乳肥臀，就像一帖妖术的符咒。那上头一个小磷石轮子，摩擦两下会燃起一炷小小的火苗。后来我发现大伙都收藏不止一个这样的打火机，且每只小壳机上的美人都有个不同的洋名。说来满恶心的，很像是每个家伙那么痴心纯真藏在怀里的初恋情人。

我们穿行过那空旷的峡谷，栉比鳞次堆着各种物之神幻化成不可思议形貌的乱石岗：整个货架排列过去的药罐，大致是人体构成之各种元素，还有吞了可以灭杀体内病魔，长命百岁的药丸，七彩鲜艳，让人想起太上老君卦炉内那黑乎乎烂渣的仙丹就觉得可怜。完全不须大夫把脉看诊，完全任君自取。当然就不提那区，已被他们的《变形金刚》这个说故事魔术，把咱们大圣的七十二变贬成穷孩子玩意的那些电脑、印表机、炭粉嘴、烘衣机、冰箱、洗衣机、可以把人体练出牛魔王肌肉的电动跑步机、脚踏车、篮球鞋；一整货架不同东西南北方的镜中之国他们变出的可抛式隐形眼镜，可以让眼瞳变色成那千辉打火机上金发美人的蓝眼；有各种日霜夜霜保湿精华露面膜喷洒式胶原蛋白，各种酸、猪胚胎抽取物、火山灰，各种可以“改变皮肤命运”，“让时间冻结”比蜘蛛精她们的妖法还繁复的美人幻术。各种尺寸的汽车轮胎，野营帐篷和煤油灯，装得一大筒一大筒鲜艳橘色里头全是将世界所有脏污消灭的清洁剂，那毒水如果全放出来，那样的恶水连沙悟净都一潜入即溶解。整大袋整大袋可能够啸天犬和它子孙几代吃不完的狗干粮。整大袋整大袋肢解的牛肋排猪肋排整副牛腱整打猪蹄子整只鸡的真空封包，那让人想起美猴王这一路打杀砸爆脑袋的大小妖精尸骸。

这世界已被肢解，将各种玻璃碎片嵌进我们里面最细微的内脏、组织、筋络，我们活着，却已像骨灰撒在这分崩离析之中。

美猴王说：“以前筋斗云，一翻十万八千里。但后来，怎么翻，再翻，找不到一个瞬刻，可以离开或回来。”

唐僧肉

感觉我们一路运送的，是一冰柜车最高级的鹅肝，或是一整兜松露，一条黑鲔鱼，或是一头喂食啤酒，享受按摩，切开后油花鲜美、霜降肌理的神户牛；或是号称“世界最好吃的”伊比利猪……但我们护送的，是个和尚啊，还不是普通和尚，他是唐僧啊。可这一路沙尘漫漫，荒山野岭，全部的妖怪，各有来头，本事，他们唯一的目标：就是劫了师父去，各显厨艺，好好烹食了他。说来这些妖怪真是些吃货，感觉风声传开，他们等着等着，就是等着那超级鲜美，吃一口泪流满面，不枉此生，像可以把自己舌头也吞下去的，唐僧肉啊。我有时在梦中也会发馋，师父的肉真那么香？让这些妖精，宁肯冒着最后被大师兄一棒打成肉酱，或被各方神佛收回去做打杂苦役，好好快活日子不过，就为了贪那么一口？这是真正的饕客魂啊！听说就纯用蒸的，蒸到皮开肉烂，那个鲜嫩！不用加任何香料，蘸点岩盐即可。好像靠近天竺之境，那儿等着的妖怪，会料理成咖喱锅，另有一些突厥人好像会做成沙威玛，那可真是糟蹋我们风尘仆仆，护送师父这一身好肉。

有一次我们困在一个山洼里，鬼打墙，困了好几天走不出去，我们都饿到眼睛冒烟了。那次大师兄恰又和师父斗气，撇下我们自个飞回花果山了。师父慈悲，说八戒啊，古代也有割股疗亲的，不如徒儿们，为师的割下一小块臀肉，煮碗肉汤，你们吃了，也比较有体力。我和沙和尚自然都吓坏了，谁敢啊，但你们知道我师父是个固执的家伙，那是命令，而非商量。我们只好流着泪，把师父割下的一小条股肉，生火煮了碗肉汤。我不骗你，我是这世界真正吃过（哪怕只是一小口）唐僧肉的人，那入口即化，简直就像海洛因钻进你脑额叶，那个幸福，那个香啊。我好像旋转倒回成缩在母亲奶兜前的小猪崽，忘记所有语言和法术，只想纯真地拱拱拱叫。师弟为难也尝了一口，眼泪鼻涕就流得满脸，实在这肉啊，让人舌蕾才触碰到，那西天极乐之景，那仙境曼妙幻丽的天女，一点吸引力都没啦。连师父也好奇尝了口（忘了自己吃素），啧啧说："啊，香，真香。想不到我自己的肉这么好吃。"

后来大师兄也回来了，我们又上路了。像什么事都没发生过一样。但是在这接下来的路程，我变成不是原来的那个我了。一种阴暗和罪恶感像小苗在我心中不时抽长。我脑海里出现各式各样的蒸屉，砂锅，烤肉架，甚至腌肉用的陶瓮……各种关于"唐僧肉"的料理方式：粉蒸的、窑烤的、五分熟只煎上下两面，或做成火腿或风硝肉。还是用嫩笋煨烂它，或就最民间用卤的。我觉得我比发情的少年还要走火入魔，每每走在后头，看着师父的屁股被白马驮着，一晃一晃，就猛吞口水。真希望大师兄再和师父吵一架，又跑走，我们又迷路，那师父会不会再割另一边的股肉，大家打打牙祭？

后来到了灵山，在那凌云渡有船夫撑来艘无底船，我们上了船，只见上溜头漂下一个死尸，那梢公说恭喜，想是我们脱去凡胎，从此算成佛入圣了。但我看着那顺水流下的师父的肉身，真想跳入水中将他抢回。那可是最顶级的整副唐僧肉全席的食材啊。

校园

我记得我高中时和蔡鬼混的少数时光，仅限于在校园里。我们那所高中年代极久远，是日本统治时期的“台北第二高校”，因之在那极局促的空间，你总会印象派的画面加上那种史特林堡[1]表现主义，剧场舞台后方的机械、管线、鹰架、通风管刻意外露给人看见的，建筑角落像昆虫化石，脱落于时光之外的破碎记忆。譬如说那些水洗细磨石墙基，如此光滑，像那些旧火车站大厅或台大医院的讲究。譬如它在两栋楼衔接的楼梯间死角、会有一个奇怪的垃圾焚化炉，那是一个小天井或“眼”，二、三、四楼的班级都可以把垃圾扔进去那个像煤矿矿井的相通小洞里。最底部有个火炉会燃烧，这个设计应是日本那时军事化教育的思维，完全和后来城市中的高中校园设计不对盘。或譬如它那地下室工艺教室的大工作桌，配备的车床、电动锯轮、固定架；另一种地下室的军械室收了

1 August Stringberg，大陆通译斯特林堡。

上千只作军训刺枪术的木头假步枪；或是这所高中极有名收藏了大批鱼类、蛇类、蛙或蜥蜴、流产婴孩……一罐罐玻璃皿福马林标本……你会觉得这一切都不是现在的高中校园在建校之初会想到的，它都是“日本人留下来的”。

而我和蔡那时的相交，仔细想来，正是十五六岁一个典型台北长大的台北小孩，和南部本省海线黑帮家庭出生的迢迢少年，像两只蜗牛，试探着彼此也懵懂的硬壳（虽然一踩就碎），和粘湿的柔软部分，无法掌握语言，但好像都是教官眼中坏分子的某种“前成人社交腔调”的启蒙。事实上，他应该算是我在学校的“靠山”，那些高年级的狠角色，真正在外头有帮派背景的，好像也知道忌惮着蔡这号人物，因此而不太会找我麻烦。离开学校校门之后，我和他从没有走到一起过。他可能是和那些同样从北港、台西上台北念书，而拆散到不同高中的本省挂兄弟们，影影幢幢去寻仇砍人，或窝聚在某人的宿舍打牌、轧那些西门町把来的私校女生。我则是和同样外省背景的另两哥们，混冰宫、打撞球，看到清纯美丽的暗恋女孩就会脸红，晚上各自回家还要将全身烟味扇掉的半吊子。

但在那个清一色是穿着卡其军训服，窄仄的高中校园走廊，我们有时会走在一块，一起去厕所或顶楼阳台抽烟。我的感受，他内在有一已经成人化的暴力，而我没有。他偶尔会跟我讲一些，他和兄弟们带开山刀去砍另一个学校的某人，或是他们玩女孩的性经验（但其实他和我一样才十五岁啊），那对我都像科幻电影一样不真实且遥远。这个少年友伴的启蒙，或许让我日后在成人世界，遇到某些内在有暴力、且有控制欲的长辈，很自然地会让自己成为那个听从、跟随、关系上矮半截，就是像福尔摩斯旁边的华生的那种角色吧。我们共同的仇敌是教官。但他会跟我分析校规的漏洞；或哪个教官回家落单的路线，而他是可以从外面ㄌㄠˋ[1]人来袭击那教官处在脆弱状况；或他会告诉我学校哪个角落可以翻墙出去（像《越狱风云》）。当然有一次我们在顶楼吸烟，他告诉我他父亲做生意失败，现在在火车站月台（应该是南部的某个火车站）卖便当，跑给警察追的羞辱和辛苦。那次他非常突兀地在我面前落泪，我非常不知所措，后来有一段时光，我每天的便当都分他一起吃。

有一次，他拉着我，像少年同伴分享秘密，走去那直筒焚化炉旁的楼梯间，那里光线阴暗，平时少有同学经过，等于是个校园死角。在那楼梯间的最底部，一个畸零角落隔起一道门，充作某个校工伯伯（他们都是一些像故障品，没有亲人的可怜老兵，平时像片枯叶在校园无人理会地穿行着）的宿舍。那个破门拉开一条缝，用一个简单的锁头锁着，里头的空间约就像火车上的厕所那么小，贴壁的可能自己钉的床板上，上头整齐叠好大红花的烂棉被，其余的物件都藏在暗影里，不知怎么这影像给当时的我，一个说不出悲惨的感受。蔡对我做了一个猫脸般的笑，那是他少数在我面前露出调皮的、不那么老成的一面。他像默剧演员，示意并表演着，他的手可以伸进那条门缝里，反拗过肘，像从洞穴掏蟋蟀那样，掏出一件一件老伯伯靠墙沿放的什物，一包烟和火柴，一小叠用橡皮筋圈起的烂钞票（加起来大约一百多块吧），一副老花眼镜，然后他蹲下去，从地面捞了捞，拔挤出一只玻璃瓶，是喝剩半瓶的竹叶青酒。

1　注音符号，即拼音 lào，闽南语，指纠集人马。

我忘了，当时我是阻止他，要他把这些可怜的财产再塞回那小洞穴里；还是，其实他已将它们放进卡其裤口袋，而我们一起离开犯罪现场时，我对他说了一段话，那等于是我第一次违逆他，说出不同意他的一段话。

我说："后来我觉得可以做和不可以做的那条线，判准在于，不要做让一个不认识的人，在背后（虽然他不知道你是谁）恨你、诅咒你，这样的事。"

乌鸡国王

东厢的戏台演着哈姆雷特；西厢的戏台演着乌鸡国国王。

两边各有一年轻王子，都是认贼作父，那假的国王正是杀了父王，篡夺王位，且母后被玷占之大仇人。但一切被隐藏在雾中谜团。

两边各有一透明，蒙着阴翳白光的国王鬼魂，在舞台后方的干冰烟雾中飘移着。鬼魂都背负着比死亡这事还冰冷的冤恨。前者被他老弟毒死。后者是因国境连年干旱，来了一个会祈雨的道士，国王将他奉为国师，却被哄骗推入井中，尸身在井水中浸泡三年。

东厢这边，演员们和台下观众都一脸阴惨，那个王子带着一种说不出的黏稠人格，他逼问他老妈和叔父再婚这乱伦的道德黯黑面；他装疯卖傻，潜伏再被反潜伏，刺杀再被反刺杀；弄到后来他的情人也死了，老妈也饮毒酒挂了，对打的哥们和仇家也都忙中出错全误喝毒酒全死了；总之最后那要复仇的杀父仇人也中毒死了；

最后连他也中毒了……这，这整个舞台上要杀不杀最后却弄成所有人都嗝屁的大屠杀，这虐待狂的心理剧码竟是人类史上被上演最多次的一出剧码。

西边舞台上的乌鸡国王子，却是个好命的傻瓜。国王鬼魂将他死于非命的惨剧告诉唐僧后，这事儿就被调皮杂耍的孙猴子接管啦。舞台上铙钹颤响，台下观众开心嗑瓜子吮凉了的茶鞋底踩爆花生壳，气氛热闹。孙猴子吹胡子瞪眼睛，跟师父献策，如何让那王子相信那坐在王位上的是杀他父亲，再变身成真假难分形貌的假货；而那个他们井底打捞，湿淋淋背进寺中的尸体，才是他可怜的父王？他们的计谋是这样的：悟空变成一两寸小的小人儿，预藏在红匣中，由唐僧哄那王子这是宝贝："叫'立帝货'，他上知五百年，中知五百年，下知五百年，共知一千五百年过去未来之事"，由此像机械钟音乐盒发条小锡兵，让这玩具小人说出乌鸡国王冤死，现在称父王和母后共寝的，是个弄变化之术的假国王。

杀父之仇，占母之恨，**to be or not to be**？在这边的戏台全不是重点。重点是啥？看热闹。只听那锣钹响处，孙猴子一再弄本事显神通，连师父也挤眉弄眼和他套戏词，想着怎么耍花样；悟空变来变去，还戏耍八戒攀下深井扛上死国王尸首；还腾筋斗云上兜率宫向太上老君讨还魂金丹；好不容易把太子说得将信将疑，最后验证的绝招竟是："不然你进宫问你母后，这三年和这父王的床笫之事，是冷是热？"那王后被儿子这一问，竟也唱起："三载之前温又暖，三年之后冷如冰。"台下观众可笑翻了，全欢乐鼓噪了，哪有儿子这样问老娘的？而这假父王给父王鬼魂戴了绿帽，竟是个不济事的货！

总之，那边的戏台弄得阴风惨惨，雷鸣闪电照出王子内心挣扎的脸；这边则是孙大圣层层诈炮耍妖精，以伪诈对伪诈，最后文殊菩萨出面收了那妖，原是祂座下狮子。一团喜庆笑闹，父王的鬼魂，被玷污的母后，要复仇的王子，满朝文武，漫天仙佛，和活在苦难世界不能再多受苦难的观众，散戏时人人说："恭喜恭喜，侥幸侥幸！"

莫比乌斯带

人们说起莫比乌斯带，克莱因瓶，潘洛斯三角，主要在描述一个没有起点，没有终点，没有里面和外面，没有切换处的旅程，无止尽地在那路上走着，你会从疲惫的这个行走者，走着走着成为那随日照拉长或变短的影子，你会走着走着走进你几年前的那个往昔时光，它不是黄沙烈日的公路电影，而是一种奇怪的进入旅者内在，但不知何时那内在之梦又吐哺投影成天空之景的循环。人类发明了这个怪结构，似乎同时发出哀鸣："啊，那就是历史的幻影。"永劫回归，所有发生过的事，都只像在一条输送履带上，做某种单元形态的重复。我们师徒四人，和那匹白马，说着重复的话，踩着同样疲惫的脚步，不知道会遇上怎样的妖怪，把师父抓去，大师兄又抡着金箍棒和它们对打，打不赢便纵云向东西南北的边界飞去，像某个菩萨借个人情来收这妖怪，然后我们继续上路。像基努·李维[1]在他二十多岁成名作 ***Speed***（《捍卫战警》）里那对付炸弹怪客的把戏，那辆公车装了定速炸弹，只要车速慢于时速六十英里，全车的人质会被炸成碎片；他们必须让公车保持在那样的高速行驶状态，问题是炸弹客可以透过行车监视摄影机看着有没有搜救特勤行动。基努·李维玩了个把戏耍了那天才罪犯一着棋：他将重复的影像不断重播，让远端监视器播放的是，这公车上人们在那绝望的行驶中，没有办法做出反应，就是认命地在那行驶的公车中颠晃着。重点是，重复着，那无改变的，时间流动中的一切。而救援其实在那“伪造的连续”后面进行着。这便是“瞒过死神的眼睛”。将死神的眨眼之瞬无限放大、延长，人类于是，或许，可以在这偷来的不存在时空里，偷偷占据那活下去的卑微愿望。后来的《源代码》，那不断重临“已经发生过的死亡”，那死前的八分钟，那列火车上究竟发生过什么事，这便是和基努·李维在二十多岁做的是同一件事。莫比乌斯带。将死亡、诱捕，放逐到那“叮咚”发生之前的兆亿分之一秒之中，让它在一无限回路重复的莫比乌斯带上像蚂蚁那样爬行。它爬行一亿年、一兆年，也无法将这微毫秒针跳进下一格刻度。这也正是如来佛丢给我们师徒四人的任务。我不想比拟那个老梗“薛西佛斯在 U 形山谷推巨石球”。我们比他复杂多了，充满创造和打怪的乐趣多了，因之也更让人们遗忘那所有的金光万丈，漫天神佛，眼花缭乱，其实只是一格并不长的时间刻度。它其实一直在一个平面上，倾斜回转，我们朝上看，也许会不合理地看见倒影般的昔日自己在头顶上方的那条公路走着。

---

1 Keanu Reeves，大陆通译基努·里维斯。

“事情没有那么简单。”师父训斥我们。

“不是只感受到重复而已，想想我们在那些故事中，痛失所爱，或至爱为恶人所夺，为不公义而愤怒，或面对远超过自己的强大之绝望，或终于也和那关系网中攀亲带故，或一次一次失去纯真和朝露般的美丽透明，或将死之际那一口空气无法打入心脏的恐惧，或见到最美的景观告诉自己将永生不忘但其实终会沿途慢慢遗忘……那些痛苦本身，在我们一次又一次的疲惫旅途中，不断叠加，无法清空，像重磅压力机把数万货柜的塑胶玩偶，压挤下去，发出那亿万叽呱哀叫声集合起来的，太阳暴风吹袭无垠太空，哔哔哔哔的寂静巨响。”

嫂子

那晚我们跟着柳丁哥到小蜜姐的店续摊。小蜜姐的脸很臭，其实小蜜姐的脸愈来愈像那种过了换日线，变成酒鬼的暗色的脸。柳丁哥前头还东陪笑西耍宝地唱歌，逗小蜜姐。后来他那两个朋友一直接手机，接着就走了，柳丁哥或是那之后就不爽了。我后来想，或许是他觉得他朋友是因看小蜜姐的臭脸没意思，才走，也有可能原本他们就谈得不黑批，谁知道。老实说，实在小蜜姐的店也太破太旧了，沙发还有破洞咧。小姐也是一个一个我的妈，像侏罗纪公园跑出来的。我都想换胶靴拿电击棒自卫，要她们别靠近。走掉的其中一个老的，跟我干杯（他根本不认识我），说：“兄弟，你下回到上海来，我绝不会带你到这种样子的店。”我也不知他是大陆人还是台湾人带大陆团的？总之，他们俩走了后，就剩下我们自己的人了，柳丁哥的脸也垮了，劲也没了。有个阿姨，喔不，小姐或想重新炒热气氛，拿了杯小杯威士忌丢进一大杯生啤酒杯里，“来喔深水炸弹喔。”硬往柳丁哥脸上塞，也不知怎么一挡一滑，那酒就泼了柳丁哥一身。

那时我的左眼球和右眼球好像分离了，各自看见不同的画面：我看到小蜜姐这晚第一次笑了出来，那时我想，我还太小咖了，等我有一天混大咖了，像这一瞬，我就应像电影里演的男子，对她说：“像你这么美的女人，应该多笑。”

但我的另一眼，同步看到柳丁哥，啪啦一巴掌把那生啤酒杯打飞，当然摔得一地碎玻璃和水酒泡沫。“干令娘耶，什么丑八怪！还深水炸弹！”

小蜜姐也拍桌大吼：“柳丁，操你妈你什么东西！”

他们俩互骂几句三字经，我们（包括我，其他三个我们的人，五六个侏罗纪阿姨）全拉开他们，柳丁哥手举起来要巴小蜜姐，小蜜姐狠狠地瞪着他。柳丁哥一转身，“我干令娘耶”用脚狠狠踹那桌几，又一堆杯子酒瓶摔到地上碎裂。当时我心里想，我太小咖了，否则这种时刻，我若有天变大咖，我会对小蜜姐说：“像你这么美的女人，薄面含瞋时真的好美。”

小蜜姐是柳丁哥从前结拜大哥的七啦[1]，从前柳丁哥要喊小蜜姐嫂嫂的。我们都听柳丁哥说过这段往事，只是不知道那结拜大哥确定的地位。他是柳丁哥当年的带头的大耶[2]吗？还是只是麻吉称

1　闽南语，女朋友的戏谑称呼。

2　闽南语，老大、大哥。

兄道弟？总之，那位小蜜姐的前夫柳丁哥的前大哥，好像已不在世上。死因好像跟哈士奇有关，喔不，我想起来了，是跟哈啤有关。好像有一次这大哥带另一个马子（不是小蜜姐），到哈尔滨去看冰雕博览会，那个零下三十度的低温，这大哥喝醉了闹，一定要到结冰的松花江上喝哈啤，哈啤就是哈尔滨出的啤酒，就像台湾啤酒我们说台啤。总之他两手各拎一瓶哈啤，往冰上走，然后跌个狗吃屎，那个马子还在一旁笑，结果柳丁哥的大哥竟就这样断气了。我不知道传说这是真的还假的。但柳丁哥总觉得对小蜜姐有愧，柳丁哥后来说："嫂啊！"小蜜姐两眼怒睁，冷笑说："你还有脸叫我嫂，你根本跟那些人一样欺负我糟蹋我。"说着就哭了。我要是有一天，手下十几个人都听我的，我一定对小蜜姐说，我第一次把你当女神，就是你眼泪在眼眶打转，再没有那么美的眼神了。但柳丁哥就挑出一叠钞票，也没有很大叠啦，压在桌上，对我们说："走！"

这故事怎么说不出地熟悉呢？千百年来只要跟"嫂子"有关的故事，我怎么就想起美猴王在火焰山跟铁扇公主借芭蕉扇的那段，调戏又真打，最后还跑进嫂子的肚子里。我小时候读到，铁扇公主吐出舌来，从舌上拿下那小小的法宝，瞬间变大，翻脸一扇，把个齐天大圣扇飞到天涯海角。当时懵懂地就想："嫂子是天下最厉害的东西。"

游乐园

我们来到了那颓圮的游乐园，一切和我们年轻时想象、期盼的一样。

生锈铁管臂辐射支架的飞天球，漆色斑驳且积水的咖啡杯，那些镂花镜面结满虫屎丑陋不堪的旋转木马，一上阶梯月台木板就塌陷的环园小火车，非常像泰国鬼电影那小瓷砖池底结了一层青苔的滑水道池……

荒湮蔓草，烈日曝晒下，那些从水泥裂壳缝浅根附着的鬼针草，在这无人而时间停止的废弃游乐园里，疯狂地飘洒它们繁衍策略的倒钩草籽，没有天敌，乃至整个废园全被它们这廉贱的物种占领。

年轻时，这样的梦中场景，不正是那些欧洲电影里光雾核心，跑出让我们心底莫名哀愁、耽美、崇慕的处所？楚浮[1]的《四百击》，雷奈的《去年在马伦巴》[2]，或那部《忧郁贝蒂》[3]，甚至西区考克[4]，甚至《教父》……那年代的我们，最浪漫的性幻想，就是有一天带着个穿洋装的女孩，带她攀墙闯进无人的，废弃多年的游乐场，哄劝她，被你剥去衣装，乘坐那只有你们俩的旋转木马或游园火车。

就如同我们这样亚洲的，第三世界的各年代，被遗弃的乐园：像我们永和第一家的百货公司，最早的保龄球馆，最早的电影院，

---

1 François Truffaut，大陆通译特吕弗。

2 *L'année dernière à Marienbad*，大陆通译《去年在马里昂巴德》。

3 *37°2 le matin*，大陆通译《巴黎野玫瑰》。

4 Alfred Hitchcock，大陆通译希区柯克。

巷弄里破烂桌布的撞球间，那小框格的舶来品小店（里头的假人模特儿是这种小镇最早的槟榔西施的未来草图吗？），冰宫，第一代的西餐厅，或是我们盯着电视看的不同年代的美国总统……最后总是被弃置，总是被遗忘。

我们在那种穿喇叭裤长头发弹力丝衬衫胸前口袋半透明一包 Marbolo 烟的诅诅仔围聚的游乐场，打过星际大战豪勇七蛟龙甚至“I will be back”魔鬼终结者的弹子木台，声光爆闪底端两根守门棒子（像腿？屌？左右手？）噼里啪啦抖，弹上去的大钢丸，碰到哪都是红色闪电的敏感带都是电流乱窜的性高潮，机台上方的面板分数也几万分几万分的狂跳，打那机器的人且甩头晃臂，两手像非洲小鼓鼓手拍打那就是两侧两个圆按钮嘛……后来世界好像再也没发明那么 man 那么美国南方牛仔的电动玩具了。

很多年后，你真的带穿着洋装的女孩走进一个你们也好奇陌生之地，你也剥光她的衣服，但那终究不是电影里白色光雾的无人游乐园，而是廉价的，充满漂白水气味的，藏在老旧大楼里的小旅社。那一切无有欢乐，只有年轻的你伤害了什么或被什么给伤害了的，失望的印象。更多年后，我们真的走进那样一座荒废的，被网路鬼故事传说的游乐园。似乎这游乐园在我们幻想之初，它就是这样所有的机械设施、所有的彩色油漆布置的可爱卡通场景、所有的通道，都是锈烂会一脚踩空，都是断头、落漆的。我们用力呼吸那什么都消失了，但又什么都仍搁浅在那儿的颓靡空气。似乎在还没开启前，再建造之初，我们就预知了我们未来的重临、回忆，和原谅，是注定在这样一座破败的场景之中。

黑豹

那只黑豹在我们那烂屋子其中一间我妻子的书房里熟睡着，我的孩子回家后我比手指要他们噤声。

“可能是受伤了，自我在疗伤。”

我有一种感觉：门后那大头颅猫科动物，眼珠像绿宝石，造物最美的，可能出手后都被那流动如黑色河流，无法圈禁的美，给一阵迷惘。

“有谁能把这么强的黑豹打伤呢？”

我们几乎可以听见它在里头，被梦境困住的重呼吸和恐惧的咆哮。

“它不会死吧？”我的孩子问。

“它是从哪里跑出来的呢？”

这时我母亲打电话来，她年纪大了，常自己在永和老屋胡思乱想，就打电话来拐着弯探我这边的家是否如她担忧的，出了什么问题。我总哄着她，她会像小女孩抽泣起来。

“我很担心你。”

我能告诉她现在我的屋子里睡着一只黑豹吗？也许就从沙漠的蜃影，和炽热光照不连续的，眼睛一闭，这黑豹就歪歪斜斜走出来了。也许那房门后面，它像一桶煮沸的沥青，融成一摊黑汪汪的液态的梦？

孩子说：“应该是被孙悟空打的吧？”

他像关心一只捡回来的小猫，那样担心那只醒来可就是顶级猎食者的美丽神物啊。

我想写封信给美猴王："世界不是你那时火眼金睛一看是妖怪就一棒子打杀。前几天一个新闻说日本一老翁，把他老妻的骨灰倒进马桶里冲掉；还不是在他家，他把那骨灰拿去一间超市的厕所马桶冲。他说他恨透她了。

"美猴王啊，我们是不是该看看 CSI 这种犯罪鉴证科的手法？稍微也思考一下那些被你大棒打成肉酱的死狐狸、死獐子、死黑熊，也该处理一下尸体吧。我觉得我们和人间那么多人无人知晓的处理尸体，好像有点跟不上进步耶。

"我们好不容易学会用 ATM，学习搭捷运转乘，也办了一只智慧型手机门号；只要你不要看垃圾车发出巨响靠近咱，它只是在搅烂这城市的垃圾；或是那些横冲直撞像红色大甲虫怪的拖吊车；你能忍住不要从耳朵拿出你那如意金箍棒砸烂人家。这个'现代'就是如梦如电的'西方'，也许这次我们能在这里待下。不再在时空跋涉，永无尽头的旅途。

"让我们整理一下你会的地煞七十二变：

"通幽、驱神、担山、禁水、借风、布雾、祈晴、祷雨、坐火、入水、掩日、御风、煮石、吐焰、吞刀、壶天、神行、履水、杖解、分身、隐形、续头、定身、斩妖、请仙、追魂、摄魄、招云、取月、搬运、嫁梦、支离、寄杖、断流、禳灾、解厄、黄白、剑术、射覆、土行、星数、布阵、假形、喷化、指化、尸解、移景、招来、逐去、聚兽、调禽、气禁、大力、透石、生光、障眼、导引、服食、开壁、跃岩、萌头、登抄、喝水、卧雪、暴日、弄丸、符水、医药、知时、识地、辟谷、魇祷。

"我们把它们摊开来，看有哪些是现在还能用的。不用跟警察局、‘税务局’、‘健保局’、户政机关、‘工研院’打交道。我想那只黑豹是你用‘嫁梦’之术从你的梦里跑到我的梦了吧？好像大部分不太好用耶。你会被灌进手机里，成为各种游戏啊。或是各种修图功能软体防毒软体啊。之前二郎神就用假形、喷化、指化、尸解、移景、招来、迩去、聚兽、调禽，这几项专利卖给一个酒店围事的黑道，好像对制服店每晚发生难以应付的麻烦事，他用这几招就可以处理那些嗑药嗑昏的小姐。”

龙王

那间快炒店的门口叠放着一个个玻璃水柜，里头浸着钳子被塑胶绳绑住的大花蟳、龙虾，或像石斑、马头鱼、鹦哥鱼这样美丽的深海鱼，另外的缸浸着像海蛇那样的鳗鱼；更前方是一桌木台，挤着一盆一盆冰块堆簇的小塑胶盆，那里头应就是些尸体啦：各种贝、蛤、牡蛎、凤螺、小沙虾、野菜、茭白笋、各种菇蕈、牛或猪的内脏、死去的青蛙，很奇幻的不同材质的东西堆排在一起，出现一种色彩上琳琅的感觉。

我总会在走进店内前，在这流丽的尸骸堆前默立一下，可怜的孩子们，原本不该这样悲惨地晾在这里吧。

但二楼则是一桌一桌喝着冰啤酒的人类，那脚边堆着的空啤酒瓶数量，我想原来里头装的液体加总起来，应该可以变一条啤酒河流，让楼下我那些可怜孩儿们，游回海洋吧？

那个卖卦的单独坐在最角落一桌，不理周围大声喧闹，面红耳赤的家伙，拿着一瓶棕玻璃瓶台啤，自斟自饮。我忍住一种想呕吐的感觉，拉开小塑胶凳，坐他对面，说："先生救我一命。"

也不过几天前，我在他的测字摊前，拉拽着他的衣袖。当时问他："明日什时下雨？雨有多少尺寸？"这人说："明日辰时布云，巳时发雷，午时下雨，未时雨足，共得水三尺三寸零四十八点。"我当时心里笑死了，我是八河都总管，司雨大龙神，有雨无雨，唯我知之，便和他下注赌了一把。若真下雨如他所言，我奉上五十金条；否则我拆他摊子。不料回到水府，即接玉帝敕旨，要我某日某时降雨若干，和那算命的所言丝毫不差。唬得我魂飞魄散。

是我一时逞强，改了降雨时辰，克了雨量三寸八点，再跑去要掀他测字摊，这时这卖卦的提醒我，我已违犯天条，等着上剐龙台上挨一刀吧。

接下来的事大家都知道了，我一时好胜，管了一辈子降雨这事，其实只是个精准技艺，执行上面交下来条子的，玉帝宇宙机器的最末端。那是不准有自己的想法的，有了自己想法，逆了天，就得掉脑袋。这术士测出到时是魏征将在梦中斩我龙头。我听了又是脚软，这魏征是有名的杠子头，连唐皇都让他几分，这下可能走后门的路子都绝了。

我哀叹说："那魏征也不过就是个人臣，我好歹也是个龙王吧？怎就派这货色来斩我？"

那术士把酒杯干了，说："你也别牢骚了，如果死神（他居然不是说阎罗，而是说死神）也这样一时好玩跟人赌一把呢？"

坐我后面那桌，两个美人儿笨拙地向一个虎着脸，穿一身运动T短裤球鞋的中年人敬酒；斜后那桌，是一群花美男耍宝逗乐，互相灌酒，讨好那长桌中央，一个显然整过脸的浓妆老女人；再过去一桌，理平头几个虎背熊腰穿着义消制服，脸的线条明明非常凶恶，却都对着一穿西装的白脸书生，做出老实小孩的脸；再过去是一桌老外，头发浓金淡金还有两黑人，可能是附近儿童美语班老师；所有人喷吐着烟，那些烟在这遮雨棚下方，团聚成浓厚云霭。

那就像，所有神仙、菩萨、龙、妖怪，我存在其中的波光粼粼的一切，都是这些发出浊臭腥气，发出嗡嗡轰轰噪音，他们做出来的，一团散了塌了再吐一团出来的梦。

大房子

那家人的房子非常大，在那样的路段，应该要几亿吧。那个先生、太太，人都非常客气，我每次去，他们都笑眯眯地打招呼，然后进各自的房间，剩我在客厅帮那小孩按摩。他们从不会出来说看看你按得好不好啊。按完也不会出来，钱就压茶几上，我自己拿了，就可以离开。那小孩非常乖，我一边帮他按，他就坐那儿看电视里的卡通；说平常其他时间不给看的。非常有规矩，每天六点一定吃完饭，我帮他按完，七点半菲佣就带去睡觉了。我也觉得有点太早了，但就像他才七岁，他们就找我来帮他按摩，说这样可以长高，这也和一般人家不一样吧？但你只要一想“所以有钱人就是和我们不一样”好像就什么也都不用多想啦。感觉他们一家人都不太说话，那大屋子就说不出地安静。我在那帮那小弟按啊按啊，好像也被那气氛感染，也不太敢和他说话。电视机也开得非常小声。然后客厅非常大，却什么摆设都没有。我也有这样的念头：就是当有钱人家的小孩，好像也没有多幸福嘛。好像还给他排家教学英文，将来大一点就是要送去美国。我们看电视上那些什么富二代啊，乱买法拉利啊撞烂了就溜啦，什么整天混夜店把妹啊喝洋酒吸毒啊，我都很难想象这小孩长大了会变那种人。

但是为什么我这样的人，会走进他们这样的有钱人的屋子里呢？

是我一个姐妹介绍我去的。我住的地方，在台北的最西边，叫作昆明街。这条街从头到尾，有二十家按摩店吧，其中有十一家就是我这姐妹开的。你以为那她赚翻了吧？不，赔惨了。她就是爱开黑的，之前有一间开得蛮大，警察每天早晚去巡，他们装了个暗门，看过去是一幅日本山鬼的画，后面藏了八张床吧。后来是客人口耳相传，传传传到警察那里，就被抄了。她舅是那时万华分局副局长，应该背景很硬啊，但后来退休了，也有打关节塞红包，但人家可能就不买账了。一间倒一间开，我们那里的人都知道，警察还从隔壁顶楼，爬过墙去抓她的小姐和客人，然后人没穿衣服就跑到阳台，大家都当笑话啦。我们都喊她“肖查某（疯女人）”。

我那条街啊，就像是地狱图里啊，忘记画到人世的一条街啊。酗酒的，吸毒的，穷到睡防火巷的老人、妓女，赌博赌到一手掌手指都切掉的，那些美得不得了的越南姑娘，还有一些神棍乩童，打赤膊肩背有个枪洞的老流氓。全部像泼在路上的馊水，那围聚舔着的苍蝇。我的姐妹淘，三个有两个是酒鬼，她们年轻时非常有才华，人其实也很讨人喜欢，但就是不晓得到了一个时间点，很像瓦斯炉定时器喀答一响，就掉进那些卡拉OK店，先说是被客人灌，之后就自己喝上瘾啦。说来大家都是从二十多岁认识，在这条街换不同工作，不同住处的租房，然后变成现在这样的老阿姨啊。大家说起“肖查某”，都带着恨意，或轻蔑地笑，好像是她把她们，或这条街，带沉沦的。其实她年轻时也是个手艺顶尖的按摩师傅，我这手按摩技艺，最初还是她传给我的。

像我这样一个，活在这样一条街上的人，怎么会走进那样一家人都像在梦游，轮廓不太清楚的那样有钱人的房子呢？我在他们眼中的形象，应该是个仆佣那样的脚色。连那小弟也是这么看我吧。

我有次问“肖查某”，她怎么会认识这样一家人？而且钱给得那么大方，为什么她不自己去按？她说啊，她十七八岁时，在高雄一间弹子房（打台球的）当陪打小姐，就是一身穿那种粉红小圆领白色迷你裙制服，陪客人敲杆，然后聊天的打工。有一群高中生，常来打，里头有个小个子，球技非常好，很内向，打球时非常专注，但和她讲话时眼睛都低垂不敢看她。她也知道这男生喜欢她吧。她那时那么年轻，野，就知道这种男生和她根本是不同世界的。然后她也就离开高雄，到台北来闯。谁知道这样二十多年后，欸，有一次，她被另一个老板找去支援，那是一家老招牌的店，做正经的，说一整个日本团三四十人来按摩，我们这条街没在按的按摩师都被找去了。巧不巧她按到那个人，是招待的台湾人，聊着聊着口音说都是高雄人，再聊着聊着哈你是那个撞球店女孩？哈我记得你，你是那个雄中的球技不错的嘛。聊得又怀念又感慨，后来这男的又来这店指名要她按，店家说人家是老板娘耶，那次是来支援的。后来就找她去他家按。但很怪，是去替那小孩按。她去按了一次，跟我感觉一样，被那大房子的什么给震慑了，一样也是没人跟她说话。她去了两次，就决定把这转给我。她说啊，那男的啊，一定是靠他老婆，才这么有钱。很怪，我的感觉跟她一样。

大河

《西游记》那一回写道唐僧师徒来到“通天河”岸边，这河实在太宽了，悟空驾起筋斗云自上空眺望，竟见不到对岸：

洋洋光浸月，浩浩影浮天。
灵派吞华岳，长流贯百川。
千层汹浪滚，万叠峻波颠。
岸口无渔火，沙头有鹭眠。
茫然浑似海，一望更无边。

急收云头，按落河边道：“师父，宽哩，宽哩，去不得！老孙火眼金睛，白日里常看千里，凶吉晓得是；夜里也还看三五百里。如今通看不见边岸，怎定得宽阔之数？”

这里插个话，想起一前辈曾说的笑话：

“一架飞机正要降落，正驾驶说：‘靠，这跑道怎么这么短？’副驾驶说：‘真的！天啊，这跑道太短了！’但来不及了，他们拉紧操纵杆，碰碰碰碰剧烈弹跳硬是把飞机降落成功了。两人吁了口气，擦汗。这时副驾驶看看两边弦窗外，说：‘咦？这个跑道怎么这么宽啊？无边无际啊？’”

说来这是吴承恩描写那个“宽”的本事，想来唐僧师徒一路西行，一路不可能没穿过大一点的河流，但若像皮影戏或傀儡戏，四个人一匹马的扁平投影，摇晃前行，我印象里似乎他们都是在沙漠或砾地行走，以想象性的大河来说，莫非那是他那年代辗转传说的恒河？当然那是条虚构之河。但宽到能让火眼金睛在云头上，日间视距达千里的美猴王，看不到边际，那个宽，已非地球上河流的尺度。即使孙悟空能以飞行器，自由飞行来去天庭、西天、南海，这河的宽度也对他造成一种距离的畏惧。不像河了，有点八仙过海的一望无际。当然你可以说整个西游，本就是梦中造境，他们只是一些意念，波函数般的人物。或也可以说，吴承恩的虚构之术，其实不擅长玩“河流”。这一章操纵，把玩这个设定场景，显得有点呆，或是空洞。

但我小时候，对西游记里印象极深的几个段落，其中就有这章里，他们投宿通天河畔一户善人家，耍了一段猪八戒那无底洞般的食量，之后便是这老人家哭诉，他们这里的习俗，每年要供一对童男童女给这河里的一位“灵感大王”吃，才能交换风调雨顺，而今年正轮到他们老兄弟各自老来得子的一双孩子，女孩叫一秤金，男孩叫陈关保。那个必须贿赂神灵，但这神偏偏有爱吃小孩之坏习惯，那个哀愁无法抗逆的恐怖。他们之所以恰好有这么多斋饭招待悟空他们，正是在“预修亡斋”，先与孩儿做个超生道场。这时候孙悟空又以他当年和二郎神比赛变化之术的神技，在这个愁苦的故事中发光了，他将自己变成和那陈关保一模一样的男童，也要猪八戒变化成一秤金——“那女儿头上戴一个八宝垂珠的花翠箍；身上穿一件红闪黄的纻丝袄；上套着一件官绿缎子棋盘领的披风；腰间系一条大红花绢裙；脚下踏一双虾蟆头浅红纻丝鞋；腿上穿两只绡金膝裤儿。也拿着果子吃哩。”八戒在悟空威逼下，也真个变成女孩儿面目，只是“肚子胖大，郎伉不像”。悟空又施了法，才真的成了一双仿冒的陈关保和一秤金。

我小时候对这一段情节印象深刻，他们俩变成的男童女童，被盛在两红漆丹盘，同庄众人锣鼓喧天，灯火照耀，将这他们集体驯服的“轮班”残酷祭品，抬去放置灵感庙供桌。且不说后来那妖怪现身，被变回本尊的悟空和八戒一顿追打，钻回河里。但那“具有强大魔力的悟空，躲在他所不是的小男孩躯体里”，之前被献祭的孩童在这时早已唬死了，他们是真的一年一年被吃掉。而他俩在那昏暗烛影摇晃的等待，在那么辽阔无边的一条河边的愚痴小庙，这个等待让不幸的人们，感受那么深切的悲惨，和一种魔术将要烟花迸炸的快乐。

女人

那本《西游记》的五十三回到五十五回，很有意思，连着三章都是“女劫”“女祸”，五十三回是唐僧他们师徒，搭了艘摆渡小舟，过了条小河，到对岸后三藏和八戒口渴，拿了钵盛水啜饮了，谁想到这条河叫“子母河”，喝了此水，腹中即成了胎气，结了珠胎，顿时三藏和八戒都成了孕妇。这里又一次展现吴承恩在几百年前的奇想，喜剧天赋，如果她们师徒四个的一路西行，是像布雷希特[1]的“史诗剧场”，像走马灯快转，在不同的旅途某处发生奇

1 Bertolt Brecht，大陆通译布莱希特。

遇，这一章是将那似乎最严守戒律，虔诚佛法的唐三藏，掉入一少女怀孕的羞耻和无措。一旁配的是孕妇形象非常像生过十几胎胖肚大臀的猪八戒。两种不同的孕妇神韵。弄得喜气腾腾，那些群众演员（这一地带没有男子，女子受孕全靠这子母河），所以不论老少妇女，看着这两男子受孕，一俊一丑，都挤眉弄眼笑得。

这一段真是拿“男子怀孕”开了颠倒诡奇的玩笑，三藏闻言，大惊失色道：“徒弟啊，似此怎了？”八戒扭腰撒胯地哼道：“爷爷呀！要生孩子，我们却是男身，那里开得产门？如何脱得出来？”行者笑道：“古人云：‘瓜熟自落。’若到那个时节，一定从胁下裂个窟窿，钻出来也。”

他们简直像一个脱口相声，或像“吉本新喜剧”那样的喜剧团体，玩这个哏玩得不亦乐乎。当然这种调戏小菜无须大动干戈，也太丢人无须美猴王筋斗云飞去天庭讨救兵，就近就有个“解阳山”，山中有一个“破儿洞”，洞里有一眼“落胎泉”。须得那泉里水吃一口，自然解了胎气。然那泉被一妖道占着，算是《西游记》里少数悟空不需搬救兵，两三下将之打爆的弱咖，也就解掉师父和师弟的胎气。

五十四回则是女人国，这位女王自出娘胎没见过一个真男子，像花痴强逼三藏和她结亲，将江山让与他。唐三藏自然是像个花姑娘千不肯万不肯，这时他的徒弟们又出现“吉本新喜剧”团员们作弄男一的恶搞，悟空一脸正直，教师父假意去和女王成亲，等她让大臣在通关文牒用了印，送别宴时他们再耍婊用本事将师父劫走。这连续两章回，都有一种“喜剧的非道德默契”，剧中人像中了魔，失去感性和道德正义，完全是一种情境喜剧的嬉闹。女人国的女王那对唐僧真是柔情婉转，百般纵让，朝中女官们也良善和平。这若非在一本第一男主角是必须禁欲守童贞的取经故事，这个女人国的女王，真是行旅中疲惫的男子的梦中旖旎恋人啊。他们这四个男子竟用此等烂招，骗了人家。

到五十五回，唐僧被琵琶精劫去，那才是回到《西游记》主旋律的凶恶残酷，真正的狠角色，前两章的惫懒嬉耍，拿“无男之女境”开玩笑地舒缓、游乐，这才收了嘻哈，美猴王上阵，凭真本事抡棒劈打，还吃了亏，头上被螫了个倒马毒桩，这回老孙上天庭请下的打手昴日星官，是整本《西游记》里收妖画面最美的：“那昴日星官立于山坡之上，现出本相，原来是一只双冠子大公鸡，昂起头来，约有六七尺高，对着妖怪叫了一声。那怪即时就现了本相，原来是个琵琶来大小的一个蝎子精。这星官再叫一声，那怪浑身酥软，死在坡前。”

这三章回啊，从子母河师徒受孕；到女人国三藏假意洞房；到被这安洁莉娜·裘莉[1]般的女蝎子抢押进山洞，软玉温香，春意无边，简直就是要强奸唐僧了。我小时读到这里，又燥热、又遐想羡慕，怎么这次唐三藏遭的灾厄，没那么可怕啊。直到昴日星官变的大公鸡一啼，将个娇艳美人变成死蝎子，那才怅然想起，啊这是《西游记》，不是《游仙窟》。

1 Angelina Jolie，大陆通译安吉丽娜·朱莉。

山水画

美猴王说，有一次他们走进一片像山水画的世界里。那些山单独看劲壁皴苔，形势凶险；但整片拉远看，则层峦叠嶂，似有轻云缭绕其中，焦距不断在变换，淡墨饱濡水气，浸润着他们师徒四人的轮廓，似乎都要晕散在这苍茫天地了。

他觉得心烦意乱，好像从他们走进这个空间里，影子就都不见了，甚至他们这样沉默走着，本身就变成扁扁的影子。过去曾发生过的种种往事，都变得恍惚不真切。走着走着这个身体，像一路习惯扑面的风沙，或许同时眼角有一些眼屎眼泪的糊光，跟那些沙子一起朝后流掉了。猪八戒甚至说：“大师兄，我想尿尿，但我会不会这样一泡尿，就把自己整个流光啦。”

美猴王说，可能是哪个妖精的恶法，将他们的立体感、真实感刨空了，剩下一种漂漂荡荡，像张宣纸在风中翻飞，时不时他们才和真实维度接触一下，那时才有电光火石一瞬的怀疑。

美猴王说，那时他喊住大家：“不妙，我们被封印在‘古代’了。”他那个公主病的师父唐三藏，以一种和这写意、境界、缥缈之薄纱存有感，毫不违和的声腔说：“悟空，莫坠执念，古代又为何有？现代又为何有？”

悟空想，古代，就是他妈的活在别人的意识里啊。这个别人，可以给你调明暗、调色差、柔光或锐光，他是动过手脚的，我们在这儿走着，一会儿就遇见“锺馗嫁妹”他们一团人，那个摇摇晃晃的热闹感，他那些扎刺的胡须，和老孙我头顶这些毛发，几千年来是一样的浓墨笔法。我们在这稀里糊涂走着，怎么样就是那几种情感。像琵琶的弦、音轨，用大数据的随机排列组合，很多次以后就重复了。像那句老话：等到这些记得我们的人死去，我们才会死第二次，而这时我们才是真正的死去。但若是，这个“别人”一直不会死，或是子又有孙孙又有子，子子孙孙，念念不忘，那我们就永远停留在，这个“第一次死亡，但并没真正死去”的状态。没想到师父说：“悟空，那所谓现代，不也是如此？”

美猴王说，那时有几只大雁飞过天际，突然有个人影，在那茂林远岫的某处，举起猎枪，朝空射击，子弹的撕裂空气回声久久不去。有一只雁瞬即翻滚而下。他听到师父赞曰：“寒塘渡鹤影。”但其实他们翻动画面的本领，是可以再以毛、涩、苍、润的浓淡墨色，再将天地收敛回那无边的空阔寂静。那个开枪的家伙，瞬即被一阵浓墨，像他发生自体燃烧发出黑烟，但那阵烟随即变成一棵苍劲的老松。另一处空白处则冒出个新画上的，戴着斗笠的樵夫。

师父说，这是一个水墨的世界，比如潜水在一泳池下方，目睹一罐奶粉整桶打翻，缓缓下沉，每一粒奶粉的溶解前，混浊成一片白雾前，每一微粒在水中悬浮、散开，要观察它们独特的差异，形成的“事件”幻觉。比这还紊乱、不可能，千万倍的这个心灵史，所有可能的翻滚形态。为什么我们明明是破老百姓，一旦说起权力暗室里，所有的阴阳虚实，错综复杂，胆小惧祸，我们却都心领神会？局中局，连环套，那重重机关中最敏感，丝绳蛛网缠绕的；那小如耳蜗的，权力者黑暗内心的那根扳机。因之我们眼前这片云山缭绕，林木芳华，空旷悠远，是这个文明之人，唯一能支撑，不疯狂，能活下去的大麻，续命灵芝，或氧气瓶啊。

不死

这一阵美猴王总是说："那个人要来杀我了。"

他这么说时，我内心总充满一种温柔的哀愁，我说："但美猴王，谁杀得死你呢？连阎罗王都怕你啊，你真的翻脸变成忿怒尊时，怕也只有如来能把你怎么样。"

但有一次，我和美猴王到那间叫 YABOO 的咖啡屋，我们坐在户外抽烟区的小桌，隔壁一位满头灰发的算命师，正帮那咖啡屋老板娘解命盘，一旁那些玩乐团的、拍实验电影的废材年轻人也围着起哄。大约是算出这女孩儿未来一两年会有个好姻缘，她笑得合不拢嘴。大家七嘴八舌都说"好准！肖准！"我看美猴王垂塌着头，无精打采，便也搭讪请那算命师帮美猴王算算。算命师问了生辰，美猴王胡诌了一个，算命师在他的 iPad 上排了盘，看了半天，说："先生这是在闹我吧？这张命盘的主人，已是个死人啦。"喔那可能记错，又说了一个时辰。再排，再看。"这也是死绝之命。"算命师抬头看着美猴王，我这才发现他的眼睛像漩涡星云，全黑中的闪电，好像往里头看进去，是好几万光年外的远距银河。

他问美猴王："为什么你流落在这里？你师父他们呢？"

美猴王说："我弄丢他们了……"

这时旁边那美女老板娘指着美猴王脖子上一塑胶项圈，笑着说："你也戴这个？我也给我家的猫（它叫虎面）戴这个喔，它跑丢好多次了，后来带了这个后，每天我们都会在脸书贴它的冒险路线图，它跑好远喔……"美猴王说："这是什么？""什么？这是宠物卫星定位项圈啊！"

美猴王说："糟，这样我躲到哪他们都知道啊。"遂将那荧光绿的项圈扯下。

就是那天我才知道，有一组人在追踪美猴王，而美猴王不愿意被他们找到。但那算命师（这时我也觉得他怪怪的好像有啥来头）说："那玩意怎么追踪得到你？你是无生命之物，甚至你是不存在之物啊，啊，不对，那是最低阶的卫星定位，不是生命感应装置。"他一掌拍在美猴王手背："走！快走！"

我跟着美猴王在那巷弄里，像无头苍蝇乱钻，夕照的金光从公寓窗玻璃反射，照得我的眼前像荧幕坏掉的电脑，但正播放着两个被追杀的人，在巷弄中跑着的电影。我们跑出一条小巷时，一个穿西装的男人上前要跟我们说话，被美猴王推翻在地，我看到他一旁折成三角形的卖房子广告硬纸板，才想到他只是个站到路边拉路人"看看房子"的小仲介员。之后我们跑过一个印尼女孩推着一满脸粉红斑的轮椅老妇，那黑女孩笑着拿手机对着我们拍。我看到美猴王用一只手遮住侧脸。什么时候变成这城市里，那原本让我们隐匿其中的那么多人脸，却变成让我们愈变稀薄、消失的光墙？我想对美猴王说，没有人杀得死你。你想有人杀得死米老鼠吗？杀得死玛丽莲·梦露吗？难道是这阵子他们放话说要对什么人"斩首"，这些网路讯息成为乱波，混进了美猴王的意识？我想跟美猴王说，你从唐朝，喔不，明朝，穿越过清朝，包括致远舰镇远舰那些庞然怪兽被流焰火弹打成废铁，沉入海底；包括那些高空的轰炸机撒冥纸般洒下点点黑粒的炸弹；多少座城市像枯萎的茶花焦枯蜷缩；旷野上多少尸骸歪倒，吃得野狗和乌鸦都肥撑得不像话；你从虚空中搭桥建栈，从这些人恐惧眼睛所见的地狱之景，文明毁灭之景，那样一路蹦跳到现在这个世界。我想对美猴王说，我小时候，台湾的大街小巷，每到了六点半，就播放着卡通主题曲："我喜欢喜欢喜欢，我喜欢喜欢喜欢，看那孙悟空真棒！真棒！真棒！"谁杀得死你？有人能杀死卓别林吗？有人杀得死哆啦A梦吗？有人能杀死哈利波特吗？

公寓里的啸天犬

美猴王说他走进那老旧大楼的电梯前，一个老者问了他何事，他说到十二楼买隔音棉，然后他便进到那破旧的电梯，它上升的速度非常慢，看着顶牌楼层数字发光的那个小圆钮，一格一格跳得非常慢，证明这栋大楼年代真的非常老了。这种关在电梯里缓慢等候上升的时光，真的很像你要去上头某间房，去刺杀什么人。有一电影叫《偷拐抢骗》，一开头的镜头，就全是这些电梯里的监视录影机，走廊的监视录影机，在这像小圆镜自上朝下的镜头，一伙穿着风衣戴礼帽、墨镜的黑帮分子，后来他们果然把那栋蚁巢般的大楼其中一户里的犹太钻石商人给杀了。美猴王说，进入到现代电影的时光里，你看那些超级特工被围杀和杀对方的场面，都非常讲究地形和任何遮蔽物，他们拿着枪驳火，医院长廊、办公大楼、大卖场的货架间、停车场、旧社区公寓外墙的水管攀爬到防火巷，那些长短枪比咱的金箍棒，二郎神的方天画戟，哪吒的火焰枪，猪八戒的九齿钉耙更华丽、流畅、快速。然后后来又有这种叶问啦，卧虎藏龙啦，拳头腿脚肘或膝，像蜂鸟扑翅的慢速分解镜头，那样在小空间里酣畅流泻的接掌拆招，像水银泻地，人体的攻击与接触可以这么让人眼花撩乱。说到剑，剑意、剑招，那更是天地间的风啊，光阴变化啊，星宿的运行，都可以是后头的美感和哲学。你说，当初描写我和二郎神打得天昏地暗，鬼哭神号；或我和那假行者，一路打上天下地，都没有这种优雅，眼睛眨一下就无数分解画面的空间流动和切割。什么气走丹田啦，劲力牵引啦，穴位游移啦，乾坤大挪移，吊钢丝轻盈飞檐走壁啦，这些，都没有在美猴王抡棒和妖精乱打的想象里。

美猴王说过了许久，到了十二楼，那像在一脏污箱子中挤压着，灰暗的廊道，每扇铁门都像监牢的栏栅，倒有一扇门左右新贴了亮红的春联：天增岁月人增寿，春满乾坤福满门。他想这时若像那些国际特工电影里，骤然这些门推开，穿黑西装的人持枪从不同方位，远近，朝他射击，他会怎么反应这个空间的创造？他最成名的，后来被抄袭去的“影分身术”，如果在这层安静的邪门的大楼空间使出，抓下一撮毫毛吹一口气，那眼前这灰影廊道，一直到逃生门那楼梯间，会像一整大锅的水饺，塞满成千上百个和他一模一样的孩儿们。或甚至整栋楼会被他瞬间勃涨的如意金箍棒炸裂粉碎。对了，因为他的战斗空间尺度太大了，必须在山巅，旷野，天空，海洋展开。他和我混在这城市的底层太久了，昔日的大尺度大空间的华丽战斗，都像模糊破碎的梦境残影。如果他被惩罚在现代电影院屏幕上，像永远醒不过来的梦中演员，该安排和他对打的，不是在小巷弄拿扫刀追逐的古惑仔，不是翻滚同时双枪在自动贩卖机后驳火的麦特·戴蒙，不是从对面大楼玻璃帷幕破窗降下的蜘蛛人，当然也不是拿长棍点打他脚胫的叶问。他的战斗尺度，对打的是变形金刚、酷斯拉，或福特号核动力航母啊。

美猴王说，他按了那抄在纸上门牌号的电铃，一个老头出来应门。他说他是来买隔音棉的。老头请他稍等，那办公桌、沙发全堆满杂物。有个黝黑的秃头汉子，原来可能正和老头谈某处工地施工的。老头拿出一张黑色波浪状隔音棉，想把它捆成一缧，但手脚不太利索，后来是那黑脸汉子来帮忙，用一种大捆的薄胶膜包扎。

老头问："是在玩乐器？电吉他还是打爵士鼓的？"这或是他通常客人买这个的原因。美猴王说："朋友托我在公寓养了只大狗，对门邻居嫌吵来抗议。"那老头说："我也想过，会不会有人买我这个去隔音，然后在他公寓里杀人啊？"然后哈哈大笑："开玩笑的，您别在意。"

打工仔

让我算算，美猴王在我们这个时代，干过哪些工作？他干过报关行，记下每个进口货物的税号，有一些是钟表极精密的零件，有一些是进口的整箱红酒，非常难计算；他还在那没有电脑的年代学会打字机敲字。落魄些时他干过那种二三十层大楼，用升降平台洗外墙玻璃的工人。他也做过小生意，学做福州鱼丸，有打浆机，但丸子要自己搓，那些技术好的皮薄而内馅肉燥多，有爆浆的窍门，且成本低，那些鱼太贵了。但他手笨，搓的丸子像牛屎，大小不一，皮厚又粒粒疙瘩，成本贵两倍，客人却说难吃死了，像在啃杠子头，没人吃福州丸是吃这种口感。每行都是学问，他也开过计程车，车烂车内又臭，在街道上绕来绕去，载不到客人。原本桀骜不驯，两眼精光的猴子脸，被这流光幻影的城市，磨耗得阴郁隐忍。我曾听他说起师弟们的近况，好像也都不很得志。猪八戒好像前阵子睾丸下方破了个大洞，自己去药局买双氧水消毒，那洞像鹅嘴疮愈破愈大，还发出臭味，但好像不是花柳病，而是一种顽强霉菌感染；同时还发现自己血压高到一百九，晕眩无力。沙悟净则得了一种憩室炎，大肠末端长疱痘，还破了，非常危险，只要破穿，粪便跑进腹腔，细菌感染，那可会致命啊。

但美猴王说起他们，似乎都很疏离，他们的事都是他们写 line 跟他说的。但师父呢？师父被弄丢了。也许我们从一个古代的故事，跑来你们这个现代，这就是个仙佛的世界吧？一路艰苦西行，跋山涉水，终于让如来佛宣判了任务成功，所有人升官，老孙成了战斗佛，八戒是净坛使者，沙悟净是罗汉，好像没有比原来在天庭的官大，有点像如来掰了一些金光闪闪的名称，呼拢咱们。之后在时间河流泅泳，到了这个时代，觉得要份安定的工作都特难。那些法术，金箍棒九齿耙月牙铲这些兵器全派不上用场，几年前各自就典当了。

美猴王说，你以为活在现代是容易的吗？说实话当年唐僧真的走过的路径，现在那些国度不都像沙漠里的废墟？如果故事是活在土地上走动的人内心，他们跟着驼队，传递这个西行的故事，那可以说这故事已在当年走过的路途，死灭了。那是一片伊斯兰邻接着印度教的国境，如来也不在那里了吧？那些阿富汗塔利班军队不是还用火箭弹把千年大佛炸掉？有一句话，“曾经发生过一次的事，它必然还会再发生第二次，第三次，甚至无数次”。但原本唐僧师徒朝着那莫名其妙的“西方”，沉默前进，那原本也就像他的毫毛迎风吹撒，会变成无数次重来。但进到现代之后，这个“重复”变得好可怕啊，连毫毛分身的小悟空们都跟不上世界的分裂和增殖了。它们在电影里，后来发明了电视，后来又发明了电脑、网路，七十二变的 N 次方都不够分给那菌丝分裂的碎玻璃倒影啊，某一个我，就像鲸鱼搁浅在礁岩滩，苍蝇被融化的冰块粘住，来不及挣脱，永远被困在这个（无数的其中之一）世界了。怎么办呢？只有从洗车店拿喷水枪和海绵帮那些脏车刷肥皂泡和冲洗开始喽，从骑机车送披萨开始喽，从叮咚欢迎光临的便利超商柜员开始喽。这个《西游记》仍在进行，只是这个泡沫世界的表面张力太大了，三个师兄弟的魔法怎么也使不开了，但咱们一定会找到师父（也许他变成了一架手机？），继续那朝西天取经的路途。

仲夏夜之梦

这一回合，美猴王陷在被师父冤屈的泥淖里，那是个幻术高手白骨精，先变身成一娇滴滴的小女子，路边施斋，撩得猪八戒口水直流，孙大圣回来，看出是妖精变化，一金箍棒打死。却不想那妖精先一手“解尸法”，飞脱而去，只剩让唐僧这凡眼所见一具打成烂泥的尸体。唐僧惊怒，再加猪八戒撺唆，念起紧箍咒惩罚那明明看清事情本质的悟空。这样的戏码如是者三，白骨精再变成寻找女儿的老婆婆，又被聪明机灵的悟空一棒打烂；又再变一老公公，这次大圣使出拘神咒，另土地山神帮他拘着这妖，不准灵光飞遁，才真正打死，打出那怪的原形，一副骷髅。但这时唐僧的误解已到沸点，猪八戒的穿小鞋搬弄谗言的本事也展示到极致，终被逐出师门，不再西行，回花果山当他的大王。

这一段情节，或是写到了中国古往今来所有读书人的痛点哭点酸楚的敏感带。因这个文明，正是“冤屈”、“忠义之人被屈杀”的生产装配线啊。而这个文明，对“疾风知劲草，板荡识忠诚”的 SM 痴迷、尊崇；恰恰又总像乔木必被藤蔓缠绕，搭配着那臻于化境的，颠倒黑白之术，落井下石之术，谗言毁谤的人言可畏，谄媚弄权的精密技艺……这一切相生相克。集体潜意识里，看到此章莫不咬牙切齿，为悟空叫屈。骂翻三藏之迂蠢，与猪八戒的小人嘴脸。这样的冤案，这个心灵史的长河，记下了无数像悟空那么冤屈，但却无悟空的法术本领，也无花果山可回的不幸忠良。譬如屈原、伍子胥、司马迁、于谦、岳飞、史可法、张学良……太多了，像数夜空之繁星，一片紊乱纷繁。而孙悟空这出戏替他们泄了那郁愤冤苦。整本《西游记》，其实就是一整座关于幻术的大游乐园：你用幻术诈我，下一回我用幻术婊你。就连被打死的，都带有一整孩童的纯真和嬉闹。这是这个民族长久在权力隧道车的黑暗轨道上，让自己变成不那么被恐怖景观吓哭的孩童。一切的粗暴、恐怖、冤狱、市曹分尸、砍头、吊刑，最后都像孩童的嬉耍一样，带着纯阳童子气。像美猴王。

果然，下一回合，我们第一次看到“没有孙悟空”的《西游记》，只不过碰上一个黄袍老怪，那猪八戒、沙悟净完全颠倒错乱，让人抓唐僧像探囊取物，刀切豆腐，整个像拉不啷伤退不在场的骑士队。而且这妖怪抓了附近王国的公主（他对公主倒是用情颇深），把唐僧他们轻松抓了不说，还变化成一翩翩书生，上朝自称驸马，反而施法让三藏变一斑斓大虎，那朝上武官军士尽拿刀剑槌槊往可怜长老身上乱砸。还好有六丁六甲护体。这也算是一个颠倒，让唐僧自己痴痴被幻术遮蔽，被人们当坏蛋之境的苦头。这里写的化装舞会，妖怪喝醉又变回原形之景如此迷幻恐怖，仿佛《仲夏夜之梦》:“你看他受用饮酒，至二更时分，醉将上来，忍不住胡为：跳起身，大笑一声，现了本相，陡发凶心，伸开簸箕大手，把一个弹琵琶的女子，抓将过来，挖咋的把头咬了一口。吓得那十七个宫娥，没命的前后乱跑乱藏。”

连唐僧骑的白马，都得变回本身小龙王护主，但还是不济事。所有的情境堆叠的就是让观众齐喊“叫悟空回来！叫悟空回来！”之前美猴王吃的冤苦，猪八戒的谗言，这像孩童世界，让猪八戒缩头遮脸，满嘴奉承地去花果山请回大师兄，这真是完全抠到了时光中这个民族集体酥麻的爽穴。吴承恩也像演员讨彩，卖本事耍着枪花儿，铺陈那八戒的羞惭，陪小心；悟空的怨气，不回，到被激将法逗怒，再次出动。这一切，所有的伪诈、冤屈、谎言，被流言所毁，兜转编织着，百感交集，但终归尘埃里，师徒们还是得继续上路。

冰冷

冰冷像一层薄切冰块的空气，已开始杂混进那黑铁丝撑开之绿荫上端的霜红，金黄，贴着淡蓝的天空，形成一种水果糖般的热闹缤纷。冬阳洒下，身旁的白铁立柱火炉，那瓦斯热穿过袖子和毛衣的厚度，让他燥热刺痒。衰老已在我的身体里，留下某种像软体动物需经年累月分泌的介壳薄鞘，或已知用眼泪和隐形镜片之膜弧相处。会坐在这二楼阳台的咖啡座，各小圆铝桌椅的年轻男女间垂头打盹了。如果是一个梦，梦境的胶卷一种有一下方街道传上的吆喝叫卖声，因为是日语，偶尔还加入扩音喇叭的演歌音乐，那更像在他人的昔日梦中。譬如我岳父这样对日本有怀旧情感的老人吧。其实是全世界前十潮流名牌朝圣地的表参道，那些树干枝丫朝上伸展像人的裸体，又像黑夜月光粼洵河流的线条，映在那些二楼咖啡屋像糖霜小蛋糕的黑玻璃窗上，这在二三十年前的旅人眼中，就是一条未来之街科幻之街吧？只是二三十年下来，这些说着日文的漂亮男孩女孩，仍在这未来之街上行走、漫游，好奇地看着全世界的昂贵衣装、皮包、工艺，像花朵展览在那些橱窗里。偶有乌鸦掠翼而过，啊啊像悲叹又像滑稽的怪笑。如何将这一切穿着黑蕾丝裤袜、高跟靴，脸上浓妆翻翘睫毛，身体像小鸟一样纤细漂亮的女孩儿，收纳进这个你来一次就要离开，但终要记下的像某种“二十世纪繁华梦”博物馆的街？

美猴王坐在我的对面，他说：“你看我的眼睛。”我深深看进去，发现那有三股旋转的蓝色火焰，两只眼睛的瞳仁都如此。但那是什么？那是宇治波佐助，或是宇治波家族的写轮眼不是吗？美猴王说，事情一开始是他的脑袋中，有一些零式战斗机像苍蝇那样摇晃飞着，还有哗啦哗啦扔下炸弹的九七式轰炸机。他这么说时我有点羞惭，因为他说的这几款战机（包括硫磺岛之战出现的“飞龙”双引擎轰炸机）都是日本三菱重工在二战时设计并生产的，而我现在的车正是三菱产的 savrin 休旅车，想到它的操控引擎算是，当初在高速俯冲中仍然保留极好的操纵性，朝塞班岛或关岛美军战舰俯冲，扔下地狱之火炸弹，那完美引擎的徒子徒孙，我就有些混乱。美猴王说，是的，一开始还有这种机械引擎的运转和燃油感，但后来从那两颗蕈状云的高温烈焰，巨爆，将大范围的城市建筑、街廓、人类、行走的车辆，所有活着的时光，在一瞬间蒸发、气化，随飓风吹成灰尘；那之后他们便进驻我的脑袋了，比我师父的紧箍咒还勒得脑浆要并流。我想他们是在取走我毁天灭地的象征性，他们比把他们炸成废墟的人，还迷恋那种一座繁华之城被恐怖力量踩碎成一片废墟的景象。所以有三眼神童，有喷火的酷斯拉，无敌铁金刚，有阿基拉，别忘了风之谷里的巨大机器人，当然最后有火影忍者，鸣人和佐助，九尾妖狐和天照之黑焰，有大蛇丸的秽土转生，八岐之术，死亡的空间，噩梦充满却可像花瓣一枚枚拨开人类脑中，杀戮之奇想极限，被蒸发掉、被刀刃捅进腹部、在梦中被割断颈动脉、甚至被尸鬼封印的死灵魂们，都可以找到光纤缆线，找到幻影叠着幻影的界面，再穿梭活回来。美猴王说，暴力的杀，死生间可以用神之术修改，万花筒写轮眼，凤仙花之火，高温气化之后还可以时间停格，找寻恶的寂寞与哀愁。这很像从我的脑中，撑开，插进无数小管，抽取出去，研发，进化，比零式战机的雪白幽灵摇晃，更美，更让我怀念起二郎神和哪吒的天际线上方的，神话时期的战斗啊。

吃人肉

那一切像噩梦一般，那支部队残盔破甲行过官道时，用车载着食盐腌渍的人尸；也就是说，武装军队连劫掠城镇就饷这个动作都省略，直接将眼前逃跑的人群，当蛋白质的来源，直接宰了肢解烹食。这还没什么，据说他们老大的老大黄巢，围陈州时，弄了个“捣磨寨”，数百巨锤，同时开工，把战俘、抓来的百姓、男女老幼，推进巨舂，捣碎磨烂，当作军粮。黄巢围陈州快要一年，啖食数十万人。也就是说，“人吃人”这事的恐怖感，在那个空间里，彻底消失，那几十万部队，像地狱里的饿鬼，他们每天需要海量的粮食，旷野上一片荒枯，这些士兵们像蝗虫空洞的鞘壳挨挤着，脑袋里想着就是往哪座城市扑去，攻陷后就大快朵颐里头白花花的人肉。活人逃命、哀号、求饶，这杀戮之后再进食的效率太零散，大军等在那儿，全是饥饿死线边缘的疯狂者，来不及了来不及了哪，于是造出这种巨锤和巨舂，活人整批扔进去，像现代屠宰场的流水线。

美猴王说，这就是我的故事的开头。沐猴而冠，这个文明悲惨用袍袖遮了一半脸，为什么黄金抬轿那么喜气，对生命充满激情和童话梦想的大汉，称了皇帝，军队各州乱窜，之后就变成发明人肉作坊的恐怖魔头。人的身体，人的形状，人的耽美或爱恋，在这个默片里，就成了碎肉机的食物。之后的建国者，统治者，建构城市和著书者，当然一拨拨冷兵器和甲胄，服饰，瓷器的工艺，文人，戏班，说故事的人，慢慢就不兴吃人肉这么让群体惊吓疯狂的事了。但文明再繁丽，那说故事和听故事之人的眼皮就是会跳，因为这个文明，如流沙上搭鬼斧神工、雕梁画栋之楼阁，他们最深的心底都明白：这个文明，没有底线。人再怎么被刺绣于那绝美、层次繁复、百感交集的金葱银线里，一个无解的历史河道暴涨，那个屈折、羞辱、恐怖，永远如浪打沙滩。

于是在那个没有边界的黯黑大河那端，妖怪像夜空上的星子被发明出来。一个猴头猴脑的笑脸，愈模糊，愈清楚。这猴儿会七十二变，于是说他故事的我们，便稍忘记自己那么脆弱可怜的身体，是挂在帐上随时疯魔起来放进巨锤巨舂里捣碎的粮食。他大闹天宫弄得玉帝没辙，神仙全像呆瓜，我们又开心又有一种惘惘的畏悚：起祸事了那之后的镇压惩罚是怎样恐怖怎样残酷？之后他又一棒一磕打掉那些妖怪，每一个妖怪被打杀，就像我们心底一朵幻想之花被捏熄。我们会像心爱球队输球后的球迷，反复重播那之所以定胜负，后头有其层层叠叠的阴谋和暗影。这些被打杀的妖怪，就像谢掉的昙花，收藏在人们内心的冥河。也只有孙悟空这样金光灿烂，不官不匪，不张贴神圣话语的猴儿，能把这一路往西天的各路妖魔鬼怪，神仙菩萨，像一支打击乐乐团叮叮咚咚敲打得如此嘻哈热闹。我们好像对暴力和恶那么呼咙，总放在一玲珑阁小玉器小枣核雕小鼻烟壶小刺绣香囊作鉴赏；怎么吞食那时间连续、幻灯片换片子的打扁妖怪放进巨舂的尸骸，再吐哺出明亮的幻想？有一点我们总忘了：在不断喷涌迷离古怪的奇遇，所有的妖怪都要吃唐僧肉啊。悟空所有的本领，把戏，力拔山兮，全在阻止，不准他们吃人肉啊。这可能是几百年来，说故事听故事的我们眼皮跳闪，那美猴王总在黑暗更黑暗的深渊，作为守护神，守住的这个文明，在眼花撩乱之境，最恐惧的疯癫哪。

老炮儿

他们说“老炮儿”，其实美猴王不就是个老炮儿？但我今不是要说美猴王变成老炮儿的故事，我是要说我父亲的故事。我父亲是一九四九年随国民党部队逃来台湾的，这没啥好说的，这类外省离散、流亡，最后在异乡过完一生的故事，之前已有许多；但主要是他们那样的人，在极年轻时，就真正经历了“死里逃生”、逃难的过程，背景全是灰溜溜、惶恐、一脸对于下一站能不能活着的无表情，或是挨挤在码头、船上甲板，提背着包袱，麻绳绑的皮箱，或是脏兮兮的孩子，这样的人群。那种对生存的幽黑认知，像一个机伶伶冷战，一哆嗦就跑到灵魂的最底层。我小时候印象中，我父亲那些一起逃难的弟兄，他们聚在一块儿时，或是在我家那破烂房子的客厅，或是到其中另一个谁家同样也破烂小屋的客厅，他们拿着漱口钢杯或玻璃瓶喝着烂茶叶泡的热茶，抽着烟，大声说笑，但他们都好像梵谷那幅画《食薯者》里的男人，被命运剥夺到一种油墨干印到纸上的倒霉者的温柔。他们会去偷公家汽车的轮胎转卖，或饿翻了偷钓人家中学校园里水池养的乌龟煮来吃，或是偷翻进无人的空屋，在里头住个一年半年，他们在讲这些事时，脸上调皮笑着，毫无道德负担。他们生命里，都遇过被自己的长官出卖（或应说在高层的权力斗争中，作为小卒棋子牺牲）之事，所以从深沉的惊吓，长成一种虚无，不相信官家的拗执。有人欺负他们兄弟其中之一，他们即使已有妻小了，即使散住在台中、中坜、桃园了，还是抄家伙，搭那年代的慢火车，一伙人会聚去讨回公道。他们在自己的生活圈都是孤鸟，影影绰绰知道真实人世有个官僚机器在运转，有人会去碰不该碰的那黑暗核心，而消失；他们小心谨慎，绝不去惹警察，理平头穿黑中山装的便衣，军人，或侦查局相关的人。落单来看，他们就是个平凡无奇，小小的中学教员，水利局乡公所的小职员，或小镇的杂货店老板，他们慢慢老去，就成了老炮儿。

但他们算老炮儿吗？他们年轻时没有玩过，像历史比他们早一辈的老炮儿，年轻时杀人放火，捧戏子玩女人，老了在胡同里遛鸟笼。他们只有逃难的经验，在灰蒙蒙的十七八岁，那比电影场面还大的，人像灌香肠被挤进同一条命运的窄道里，他们曾在码头等船的恐惧，躁郁状态，把一个细故争吵放话要去告发他们的老头，几个人合力用毛巾捂杀了。他们的身份证明、学历、过去的资历，都是伪造的，甚至连名字都改了，他们后半辈子的人生，其实是变成另一个凭空冒出来的人，那样活着。等他们老了，他们的妻子和孩子，憎恶他们的对他人缺乏感性，硬屎堀一块，无法进入流变的新世界。但其实他们是真正看过人杀人，或是人在大批逃亡求活的同类中，像饺子落水，活活淹死。我父亲这些兄弟的其中一人，大约在四十多岁时，有次骑脚踏车载他的小女儿，在路口被一台疾驶的机车撞死了。奇迹的是那三岁的小女儿毫发未伤，故事被我父亲描述成，这个男人，在被车撞飞，空中转体的那一两秒，他竟能做出比跳水选手还繁复的动作：他回身将那柔弱的女儿捞回，抱在怀里，将所有冲撞的暴力吸收进自己身体。据说他死了多时还不肯瞑目，直到我父亲赶下台中，抚下他眼皮，说：“你放心，我会照顾你这些孩子。”他才七孔流血，安心死去。

兑换外币

美猴王说，那个深夜，他站在那群逃难者的队伍中，等着到那唯一的窗洞，兑换外币。他们的身旁，有架高的网眼极细的墨绿漆铁网栅。窄窄的走廊只有一盏小灯泡，所以有一种油灯的雾翳感。他的身前身后，都是一些老人，或因流离失所而面容消瘦，显得苍老的愁苦的人。小孩则熟睡着，被用脏毯子裹绑在前胸或后背。他们的脸都像版画刻刮的粗线，没在暗影里。

美猴王说，人们印象里，他们师徒四人一路西行，就是沿途打怪，行有余力顺便在那些地图上没有的小国换换度牒。其实太多人在那持续的西行之路流离失所了。兵灾、战乱、种族清洗，他们离开已成废墟瓦砾的家园，刚开始哭声震天，之后则成为沉默的，脸孔黑污，像那天空下枯荒旷野上流动的蛆虫之河。

那深夜兑换外币的愁苦流浪者们，他们手上攒着破烂的钞票或钱币，在那窗洞前卑屈地任里头那个女人刁难着，柔声结巴地恳求，或解释，或许那来自各处，经过各种死亡离散之途，那些叙利亚纸钞、古安息米特拉达特斯二世[1]背面是坐姿弓箭手的银币、正面是贵霜王夏迦（Shaka）站像，背面是大地神阿多赫索的贵霜金币、阿富汗王国银币、甚至哈萨克骑兵用的卢比，或甚至出现高昌回鹘、西喀喇汗国、东喀喇汗国及花剌子模这些如烟消逝的名字他们的钱币。这已是个币值混乱，不只是我们所习惯的这个世界的汇兑，还有时光中流浪，仿佛在死去历史的夹层，贴壁而行。每一张

1　Mithridates II of Commagene，大陆通译米特拉达梯二世。

油腻破损的钞纸，每一枚缺角褪色的钱币，也许都有一系列买命的故事。乞求妻女不要被强暴的故事。基因染色体从此从地球消失的故事。隐没，匿踪进别人的民族走廊的故事。

美猴王说，他们鼻梁高耸，眼珠呈墨绿或湛蓝，从破袖子露出的手肘上覆着鬈曲的金毛，要嘛是前额凸起，鼻孔特大，皮肤黝黑。比起他师父唐三藏，这些人更像他的同类。事实上，他们是他和师父、师弟们的同行者。他们或曾问他："你们要去那儿做什么啊？"美猴王回答："去取经。"

他们会呼嗤呼嗤笑着，像这师徒四人是傻了的。这其实在这种经历了地狱般景观，而逃离的人们来说，是屡见不鲜的。美猴王问他们："那你们是要去做啥？"他们说："没做啥，真到了'那儿'，就是活下来了，没到那，这整个途中，就是死亡之境啊。"

美猴王没敢说，我师父一心发愿，这么跋涉千里，要求的经文，就是讲一个寂灭的道理。那好像是把一个死去的世界，无限扩大，彩绘金漆，成为一个永恒的二度空间。这是我们西行的目的，但你们怎么像碎肉机掉出来的碎屑肉末，不，像客机空中爆炸、解体，那些从三万英尺高空极冻之境成为飞翔状态的亡魂？懵懵懂懂，随风飘行，找不到尘世投胎的形体。这样的辗转流离、汇兑，像只为了把自己悲惨的，到底活在别人梦境，或酣睡无梦时，什么也不存在的某种挂帐啊。要流浪多久？一千年？两千年？他们才能从那样蜉蝣，波光幻影，他们的寺庙和清真寺，被轰炸成焦土，那样的永劫回归，重新活回来？

美猴王说，轮到他站在那窗口前，里头那个刁难，羞辱了前面所有拿着乱七八糟钱币的难民，那个官僚嘴脸的胖女人，问他：

“要换什么?”美猴王问:“一般该换什么?”胖女人说:“美金吧,或现在也有些换人民币了。你是拿什么钱币啊?”美猴王拿出一枚透明的圆形物件,放进那窗栅下的凹洞。“这是啥?”女人问。美猴王说:“比特币。它和我一样,是虚构出来的。”

妖怪游行

想当年唐僧在两界山下,揭去佛祖留下金字,救出神猴,那个金光万道,瑞气千条。他们师徒第一次相会,被压在石镇下五百年的美猴王是这模样:“尖嘴缩腮,金睛火眼。头上堆苔藓,耳中生藤萝。鬓边少发多青草,颔下无须有绿莎。”那猴性情暴烈,有观音赠紧箍并传咒语,收了那大徒弟孙悟空。之后在鹰愁涧收了小白龙变成坐骑白马;在高家庄痛揍了猪八戒收为二徒弟;在流沙河大战沙悟净收为三徒弟。于是组成了这史上最强男子团体,一路降妖西行。但我心里一直有个纳闷:这唐僧降伏各有来头的三大魔头,组成取经团,为何到沙悟净,就关闭不再接受报名?于是后来的近八十回,都是这三师兄弟在耍帅打怪,当然主要是靠美猴王他主打(他真像勒布朗·詹姆斯,一旁的厄文和勒夫全不靠谱),又要挥金箍棒和各路妖怪对打,又要飞来飞去搬救兵,又要变小蜜蜂小纺织娘钻进妖洞。我的疑问是,从这四人一马成团后,后来的妖怪,你把他打趴后,为何不循之前大师兄二师弟三师弟模式,让他们入团,加入西游队伍?

你想想,当他们一路终于走到西天佛国,长长队伍后头一串跟着牛魔王、铁扇公主、金角银角、鼍龙、狮猁王、虎力大仙、鹿力大仙、羊力大仙、蜘蛛精、老鼠精、蜈蚣精、六耳猕猴、金毛犼……那不是一支超华丽梦幻的妖怪游行队伍？他们战力强大，好几个身手武功和美猴王不相上下的啊，而且若入了团，还是得敬悟空八戒沙悟净他们大师兄二师兄三师兄，连白马都要称一声贤拜，也不用每一章节每一个遇到的妖怪，就还是他们三个（或就悟空一个）从头打起，后来收服的七师弟八师弟十三师弟，都可以打得天昏地暗吧？又不是篮球比赛一次只能上五个人，就算带一些候补选手，勒布朗，不，孙悟空累了或低潮了，还可以上场顶替一下。想想水浒还一百零八好汉呢？刘关张后来至少还加了诸葛亮赵子龙黄忠或各人还都有儿子呢？或你看人家好莱坞那复仇者联盟愈后来，抱团的团员不是愈打愈多？

那是为何，最终的西游团数量控制在四人一马？不再扩充？是因怕进入佛国时队伍太大，奇装异服，长相丑怪，招到佛陀手下误以为是敌军侵袭而启动歼灭死光？但其实这些妖怪，不少是从不同佛或菩萨脚边溜跑的坐骑。或唐僧是个讨厌大企业组织的小工作室创业性格之人？或像所有的团体，都排斥新人，创始团员怕自己的重要性被稀释？想想那样（把所有打趴的妖怪都纳进队伍）的《西游记》，漫山遍野长长一列动物大游行，敲锣打鼓吹螺弹琵琶，确实蛮像什么红灯照或白莲教。也许四人组是最适合这种公路电影模式的漫游历险吧？譬如《抢救雷恩大兵》[1]，一个排的人，总会一个个在途中死去，最后只剩你孤伶伶一个人。你看《红楼梦》，整盘

1 *Saving Private Ryan*，大陆通译《拯救大兵瑞恩》。

棋人物那么多，写故事的人总会手痒就想写她们的下场。四个人，就像打麻将，几十圈下来，连故事都跟着打牌的手兜转，永远是活着打打闹闹，永远不会死。所以西游记是一个像小学毕业旅行在游览车上的故事，你身边的伙伴永远不会死，世界这么恐怖扭曲，一直在塌陷又暴涨，连佛陀的经书都无法笼罩这后来比梦更像梦的人类后来看见的，你以为你比小时候读美猴王的故事时，更理解死亡、疯癫、文明的崩塌、星际中地球的孤单脆弱，但永远有更颠倒更恐怖的等在后头。这样四人一马，这样在旷野走着，没有比这更温暖的故事了。

夜车

美猴王开着那辆双层巴士，我坐在另一侧最前的那个单人座，整辆车只有我们两人，车窗外一片漆黑，如夜海航行。这种属于夜间行路的静谧感，你只听见大型车换挡，或催油时引擎的某种像大型猫科动物胸肋内肺叶在喘气时的哼嗤哼嗤声。这是在山路上蜿蜒上坡，车灯的光束，时而投射在前方褶皱的山壁，时而投向断崖处一片墨色的天空。关于这种大巴士，或是我们那个年代的某种记忆。好像突然某一年，这种豪华的，座椅上方有可以折盖起的薄页片的冷气孔，座椅全是铺上深蓝紫绒布的高级靠背，窗玻璃还是黑色的，车体内有种陌生的香水味，似乎大家买票上了这车，这段夜间航行，似乎成了一个梦中电影院。所有人在一种夜间丛林的隐蔽安全感中摇晃着，抬头还有一台电视播放着电影。那好像外来种的优雅斗鱼，流丽摇曳的裙尾，瞬间把之前几十年在这样夜间旅途来回跑的，公路局那种铁壳子车，给灭掉了。

那些梦游般的老人们一站一站下车了，这车上终于只剩我们两个，这好像穿过无数历史版本，最终总是我和美猴王的宿命。但美猴王似乎非常浮躁，每有经过一段暗黑山路，到一稍有商家灯火的候车亭，他会将偌大巴士停在路中央，“企～～”地打开电动车门，下去那杂货店抓一罐威士比，点根烟，和那穿吊嘎的老人哈啦。把我一个丢在车上。其中有一站，他甚至忘了拉手刹车，我突然感觉那车缓缓往后滑动，慌的我跳上驾驶座，手忙脚乱一边抓那大圈方向盘，一边打档便有阻力，最后总算找到手刹车将之拉起，好不容易把那大车停下，美猴王却还在商店里哈拉，不见人影。

后来连这样的车站旁小商家也没见到了，美猴王只好老老实实开着车，在远光灯打上一片灿白的漫舞飞蛾阵中行驶。这样我们又好像在整个人世之外了。迷迷糊糊记得那时，我们上了一条没底的渡船：

“那师父踏不住脚，毂辘的跌在水里，早被撑船人一把扯起，站在船上。师父还抖衣服，跺鞋脚，抱怨行者。行者却引沙僧、八戒，牵马挑担，也上了船，都立在之上。那佛祖轻轻用力撑开，只见上溜头漂下一个死尸。长老见了大惊。行者笑道：‘师父莫怕。那个原来是你。’八戒也道：‘是你，是你。’沙僧拍着手，也道：‘是你，是你！’那撑船的打着号子，也说：‘那是你，可贺，可贺。’”

那之后，好像戏散了，那个《西游记》也就结束了，我到底是丢了身子过河的魂，还是顺流漂下的那具尸身？也分不清楚了。但就是常常这样，在一个旅途的孤寂时刻，只剩下美猴王和我。他当然想不起我是谁了，我可是不论他变身成什么三教九流，在“现在”之中漂泳，我一眼就认出是他。

有一次是在电影院，我坐最后一排，满脸是泪被美猴王摇醒，梦中是我们师徒四人蹒跚地在烈日下走着。“这位老伯，片子已经结束啦，你看其他观众都走啦，这是最后一场啦，你得离开啦，我还要打扫呢。”那次的那部片叫《巴黎，德州》啊。

这回在这夜行巴士上，美猴王显得冷漠寡言，他只问了一次：“老先生，这里上去，就是总站啦，这么晚了，那里连家店都没开啊。你真的没搭错车？”我告诉他没错，我是坐到总站。他也就没再搭理我了。

后来他把车在山路尽头开进一空荡的停车场，有一个车间模样的水泥屋，灯火全黑，一旁还停着几辆破烂的大车壳。我们一前一后下了车，我想这样我们俩总可以在这荒山谈谈那之后的各自际遇吧？谁想到美猴王走去角落，腾腾弄弄发动了一辆长把手的重机，不知何时套上了件皮夹克，背着我挥了挥手，就咚咚咚咚地骑走了，扔下我一人在这整片黑里。

定字诀

我们的巷子再往大马路出去些，有条像防火巷的小弄，每天黄昏，垃圾车在巷口定时收垃圾时，会有个胖男人，以那小弄一角为据地，拦截大家的空瓶、纸箱、破铁烂罐、保丽龙块、废弃椅柜之类的。那时提着蓝色垃圾袋的人群都像炭笔画一般，轮廓模糊不清。这个拾荒阿伯总和大家的运动节奏违和，埋身在那堆，或丢弃的塑胶罐里还有酸臭牛奶、沙拉油、果汁、酱油的各种臭味；或窗格上仍有破玻璃或藤圈椅上仍有铁钉这样可能伤害的锐器。似乎大家像幻灯投影片那样晃动着，只有他蹲着静止在那。人们把那些坏毁之物丢弃在他周边时，像是施舍与他，事实上他也是每日收集这些破烂，骑着他的马达三轮，可以去回收场换极小数目的钱钞吧。这其实在我小时候的年代，这样的人是骑三轮在巷弄间穿梭喊唱“酒矸哪倘卖没？报纸倘卖没？坏桌子倘卖没？”（也被写进了当年爆红的歌曲里）。只是现在变定点了，像打捞浮萍的鸭子，找到水流固定点拦截了。

某次我将一堆杂乱烂物交给他，或因亏欠之心，顺手塞了几百零钞给他。那之后，他便认上我了，总在黄昏那人群翳影中，喊我“董仔”。那总让我非常羞赧，怕人们觉得莫非我是这些各处收集废弃物拾荒人的上司，老大？我总尴尬回嘴“我不是董仔啦”。但又变像秘密礼仪，总要顺手塞个两百三百给他。

我觉得这似乎成了一种颠倒过来的权力关系：他喊我“大王”，而事实上我好像在进贡给他。但事实不是那么简单，他每回看到我，咧开的笑容都那么温暖且质朴。似乎在这一日夜递换的昏蒙换日线，他认为我和他是同样的人，其他的人们像梦游者在垃圾车的音乐声，半透明地游动于我们身旁的街道；只有他，收集这世界一切的死亡样貌，那些已被判定为废渣残骸的“昨日之物”。我们站在一堆时间已从它们身上死去的物件旁边，故而那些金属、塑胶、牛皮纸箱、烂木架、玻璃瓶……都发出一种令人憎恶，或想绕开的臭味，暗淡的光影。我本来应该是属于那些走动的，时间流动的人群里的，但他咧着缺牙的嘴，真诚喊我“董仔”。我便被拉进这光很难穿透的，浓稠的，已在这世界某种意义死亡的，时光的墓冢堆啦。

我突然想起美猴王，他大闹天宫那回，就是看守蟠桃园时，对香风细细，姿态婀娜的西王母派去采寿宴仙桃的天女们，用了定字诀。让她们全像冰雕女神像停止在那时间没有流动的超重力状态。于是他痛快地胡乱吃那些要结三千年，一万年的仙桃。之后还四仰八叉躺在树梢上睡觉。我小时候读《西游记》，读到这儿觉得特美，说不出的憧憬，觉得他这一手让那么些仙界美少女全凝止不动，感觉好像可以细细观看那些原本流光幻影的美丽脸容的细节，后颈上的细绒毛，纤纤玉指。但美猴王对神仙姐姐们用了这么厉害的幻术，竟只为了大啖桃子！奇怪这么厉害的将对方限进一重力无限大而时间在那结界死去的术，为什么后来的西行之途，他一直没再拿出来使用？

流沙河

有一些人，后来我不知道他们到哪儿去了。

我住的巷子走出大马路，右拐，有一间银行。银行门外有一个雇聘的警卫，个头很小，戴一副大圆框眼镜，整张脸像 line 贴图上的卡通青蛙。他的嗓音也像没变声的小孩。白日进出银行办汇领存款的，看去多是一些老人，老女人。他会对每个来客，嗲着声说“你好”。“谢谢。再见”。但我看出他不是个本性温暖的人，年轻时应是个苍白的宅男，不知是怎么四十多来站这警卫。那一切应对话语可能是自己想象出来的。但很怪的是，他就偏偏只对我一人视而不见。我每天中午左右，都会到那银行的 ATM 提款机小区，查询我的每一张提款卡，那些小额的钱汇进来了没。但不知从何时开始，我发现，当我从不同距离，朝他走近，眼睛焦距对上他，已摆出微笑想和他打招呼时，他立刻将身躯转开，装作没看见我。这是一个城市中人和人常擦身相遇，非常微妙的关系。像蚂蚁相遇时互碰触须。我到底该也面无表情地经过他呢？还是相信他只是这次没看见我罢了？那是一种非常秘密的讯息，因为我确实看到他对每一个人都应酬笑着打招呼，只有针对性地对我漠然。我也反省是否某次他和我打招呼时我忽视了，因此他怀恨在心？事实上他是个不重要的人，但竟也可以用这样无重要性的操作让我不舒服。我总不能跑去跟那银行的经理投诉，说你们门口的警卫，针对性地不理我？

但是突然有一天，这家伙就不见了。我接连观察了几天，门口被换成一个穿着和他同样制服，但比较像银行警卫的老头。连续大概两个礼拜吧，我经过时都会下意识瞥一眼，看他是否只是请个假，之后又恢复站那儿，皮笑肉不笑捏着童音嗓，对（除了我以外）所有人说“您好啊”。但他没有再出现，我也就把这人抛到脑后。但一年后的某一天，我又经过那儿，突然有个奇怪的感觉：这人到哪儿去了？

我想起我好像总会遇见一些，人群中，他就只对我施放那不为人知的秘密恶意的人。他们跟所有人都挺好，就是只在转过脸对着我时，会故意地忽略、冷漠、嫌恶，但那事实上只有我和他知道，而且这整个针对性是没有意义的。我如果告诉别人这点，他们可能会要我去看心理医师。譬如我曾在一间“税捐稽征处”当临时雇聘工，有一个直属管我的女人，当时她大着肚子，不知为何对所有像我这样的临时雇聘人员都非常亲切，只有单独面对我时，她的表情真的可以翻译成“离我远一点”，“我怎么那么倒霉必须见到你”……但她也是，有一天突然就不见了，当然我当时认为她应该是临盆了，去生孩子了。一个月后我也离开那儿，再没见过她。或是像早些年，我从台北搭自强号到高雄，约要坐四个多小时，我遇过坐我旁边的年轻女孩，头一直朝她旁边的车窗撇，像是我是个浑身发臭的流浪汉。不是我多心，那是个还没有“划手机”这事的年代，但她的身体语言，那个烦躁，像要把自己挤进一个折叠小空间以逃离我。但当中途我走去上个厕所，摇晃从车厢一端走回，发现那女孩不见了。那座位空着，让我接下来的路程无比宽敞。

我高中时的一个军训教官，也是这样，一间教室七八个同学，他走进来抓人去帮忙扛地下室的木枪，所有人都叫了，偏偏到我时，他的眼睛突然像玻璃弹珠，瞳仁消失了：“你不必了。”后来这教官也不见了。

这样的人物群如果各自是线索，他们在我生命不同转角，像水波涟漪一闪即逝，串联起来或许是一像《X 档案》那样，“被外星人抓走”的谜。但为什么他们都在消失之前的很短的一段时间，对我露出恶意的神情？他们在我身上看到了什么？那是否有超出他们之上的，不该看见的秘密？

美国

关于如来的这个脚色，我苦思了这么多年，终于想通了。他妈的，如来就是美国嘛。

第一，他是当时的天竺国，也就是他对于美猴王当年大闹天宫这件事，他是外国势力介入啊。那时玉皇大帝座下的这一班饭桶天兵天将，他们出动多少军团，多少名帅战神，就是拿不下美猴王。但你看如来一出动，那有名的孙猴子筋斗云翻不出如来佛的手掌心。事实上，我们可以这么说，就想象筋斗云还是传统动力的核动力引擎吧；如来佛的手，已是可以做空间跳跃的曲率引擎。两者是不在一个层次上的科技文明。就像用美军现在的 F-22 去打零式战斗机；或是外星人的幽浮来打 F-22，都是爱国者飞弹打鸟，打好玩的。你想那时玉帝的天字战斗师团，怎么狂轰滥炸，就是对孙猴子一筹莫展。好不容易用听调不听宣的二郎神，其实也算是群殴才不光彩打个五五波，才拿下。却连关禁他的监狱都不到位，硬给他从太上老君的炼丹炉给渗透出来。如来一出场，真的像二战美军丢两颗原子弹，一下就把老孙打蒙了。连理解的时间都不给，啪啦一翻掌就压在五指山下五百年。

好了等到悟空他们师徒一路苦哈哈跋涉西行，你看看有多少洞窟，法力无边的魔头，战斗力比老孙高好几档次的；结果查来查去，全是他如来座下的狮子偷跑啦；或他手下普贤菩萨座下的什么跑啦；或是偷吃他灯油的老鼠啦。像不像搞半天，IS 或宾拉登[1]他们这些“恐怖组织”，最早根本是美国中情局养出来的怪

1 Osama bin Laden，大陆通译本·拉登。

物？当他们在那荒凉的旷野，孤寂前行，心中疑惑如来佛这样百般折腾；要他们历尽千辛万苦，跑去他的国家“取经”，带回中土，翻译传抄。感觉好像美国总统要关税惩罚，要我们买他的福特、别克车、麦当劳，他们的玉米和牛肉、耐吉球鞋，他们的iPhone，然后你要买美国的F-16和爱国者飞弹，买他们的好莱坞电影（包括美国空军对抗外星人；美国的复仇者联盟对抗外星人；美国的国际特工对抗中情局上司的灭杀；还有美国狙击手这种爱国片）、美国影集（包括《欲望城市》《CSI》《怪医豪斯》[1]《纸牌屋》），让你想象你超理解美国上层名媛的感情生活；或他们医院体系的神乎其技；他们的犯罪鉴证的专业和对尸体现场的各种拆解、分析、凶杀是怎么发生的；或是他们的权力高层是怎么尔虞我诈，暗盘操作。

你取了经文，研读经文，传抄经文，最后就是让中土，变成如来那经书里，奇异的时间空间。当他们师兄弟三人，肌肉棒子，金箍棒加九齿钉耙加月牙铲，联手围攻那什么狮子怪、牛魔王，久战不下，他如来只要从空降个金光，呼喇就灭了。有时随便派他手下的女国务卿观音菩萨，也是随便晃两招，超敷衍就把人家灭团。完全不同次元的物种，完全不成比例的实力悬殊啊。

如果我是唐三藏那时代的人，我怎么可能不变成如来他国度的人呢？如果我是二十世纪二战后的人，我的内在怎么可能不变成美国人呢？

---

1 *House*，大陆通译《豪斯医生》

消失

美猴王在那火车卧铺，跟我说着那些“消失的人”。

他们都是从某一座城到另一座城的机场，这边送机的看着那人进入通关闸道，但几小时后那边接机的人，等不到这个人。他们焦急之下，向航空公司，机场警察，当地派出所查询，但都没有头绪，没有人知道这人是在哪个环节，何时何地失踪的。

美猴王说，可怕的是，这些消失的人里头，有几个家伙，他私下还真讨厌他们：说的话虚夸不实，或上过他心仪的女人，或在某些场合羞辱过他，或他妈臭有钱人他没理由地就讨厌……他听到他们“消失”了，心里说不出的悲欢交集。然后又为自己那一瞬的幸灾乐祸，感到羞愧。

美猴王说，如果我们的存在，你不喜欢的那些，像用化学毒剂在无感状态驱杀的蚊虫，它们不为人注意地不见了，清空了；那你不知道什么时候，你喜欢的，或没那么讨厌的，或它们与你共存在这时空里，你没感觉好坏的，有一天都可能像雷射刀手术，无疼无痛地被切除，清理掉。

我想美猴王什么时候变这么唠叨啦？我们现在所在的世界，千百年来，不就像实验室培养皿的菌落，这种菌繁衍壮大，就灭了和它敌对的那种菌？有血流成河，满门抄斩，或一颗炸弹掉下几十万人在烈焰中蒸发；或有慢速的，你看不见的，将你抽空、吸干，你及你繁殖的后代都无法再有一丝机会翻身。你在那个大冒险的故事电影里，不就是个“清除路上障碍”，将非我族类者，妖精魔王，用金箍棒眼睛眨也不眨就打杀的顶级战斗神兵吗？

美猴王说他这阵沉迷一个叫“深网”的世界：我们每天用Yahoo，Google搜寻游梭的网路世界，叫作“浅网”，它其实像苹果皮一样，只占人类网路资料的百分之十，真正大量的讯息，像埋入深海，藏在那个光照不到的“深网”世界里。那个世界，你可以买到各式毒品、军火，各种光怪陆离的性交易，你甚至可以在上头买凶杀人，在维基解密那家伙被各国政府追杀之前，早就有无数的秘密档案资料，在“深海”世界流传了……

美猴王说，他经历过“后来的人类”，那比天庭，星宿，诸天神佛还爆胀，匪夷所思，虚实莫辨的发明、经验、历史的覆灭、人性的黑暗可以像雕花刺绣，回旋变态到这样那样的奇景。但是，让人像海浪浪花漂过，然后不留一丝痕迹的消失，没有任何的话语争辩，没有官兵追捕的恶斗，没有任何人看见。“这是如来佛才有的无上神力啊”。那种让人觳觫，将一切抹平的意志，原来已经跑进人类的奇想脑袋了，这种“让别人无影无踪消失”的想象力，像黏皮糖粘上人类对未来飞行的琵琶骨，粘附就再也除不去了：那之后，随着人类愈演化，掌握到更多更大扭曲物理限制的能力，那个小小防制的人性阀门机钮早被偷偷摘除，那这个物种之后的扩张，有一天进入星际，它便是一个不知哀矜、不恐惧灾祸的文明。

“那可是恐怖的灾难啊。”美猴王说。

神之手

让我们仿西斯汀教堂[1]天花板壁画，那九幅拱顶最中央，米开朗基罗的《创世纪》:《诺亚之醉》(Drunkenness of Noah)、《诺亚献祭》(Sacrifice of Noah)、《创造夏娃》(Creation of Eve)、《神分水陆》(Separation of the Earth from the Waters) 以及《神分光暗》(Separation of Light from Darkness);《大洪水》(The Deluge)、《原罪—逐出乐园》(The Fall and Expulsion from Garden of Eden)、《创造亚当》(Creation of Adam) 和《日、月、草木》(Creation of the Sun, Moon, and Earth)。这整个夺人心魄，让无数后人仰首，为其晕眩，崇敬，恐惧，迷醉的画面中的画面的焦点，是神与人指头的接触。上帝被一群男童女童紧紧包围，从一具诡异的大脑解剖图中，伸出那造物老人的右臂，从祂飞翔的空中，前倾俯就去触碰，地面上，那全裸的，其实应是祂创造的第一只“人类”，亚当。创造的雷电光爆，在那指触之瞬，从无到全部的时空炸开，文明即从此翻腾扩张。我们想象着，在我们的文明里，有没有这样一个“神的手和凡人的手碰触”，那荡气回肠的一瞬？一个特写?

唔，我想到的，是如来佛那无比巨大，看不见祂全身，那只大手，在天空中张摊着，和美猴王打那个千古之赌：我赌你翻不出我的手掌心。

“那大圣收了如意棒，抖擞神威，将身一纵，站在佛祖手心里，

1 Sistine Chapel，大陆通译西斯廷礼拜堂。

却道声：‘我出去也。’你看他一路云光，无形无影去了。佛祖慧眼观看，见那猴王风车子一般相似不住，只管前进。大圣行时，忽见有五根肉红柱子，撑着一股青气。他道：‘此间乃尽头路了。这番回去，如来作证，灵霄宫定是我坐也。’又思量说：‘且住，等我留下些记号，方好与如来说话。’拔下一根毫毛，吹口仙气，叫：‘变！’变作一管浓墨双毫笔，在那中间柱子上写一行大字云：‘齐天大圣，到此一游。’写毕，收了毫毛。又不庄尊，却在第一根柱子根下撒了一泡猴尿。翻转筋斗云，径回本处，站在如来掌内道：‘我已去，今来了。你教玉帝让天宫与我。’”

这一辨识，原来美猴王自觉无数筋斗翻腾，却还在如来的肉掌里，祂也没让他多争，一个翻掌将个齐天大圣盖压在五行山下，如此五百年。

这应是，若我也有一座西斯汀大教堂，也有那拱顶壁画，眼花撩乱诸天神佛宇宙创始，画的最中心，也是神之手，和凡人之手，戏剧性的那一触；我脑海中出现的特写，就是如来的大手，将小小的，藕丝步云履、锁子黄金甲、凤翅紫金冠，踩着筋斗云的大圣，一把攒了。

这是个大命题：西方那个无限能力，在一切之前就存在的神，祂触碰了祂可能只是兆亿念头中一个小泡沫，那个亚当。之后这小小造物必然叛离祂，遗弃祂，而祂也必会震怒，给予洪水、雷电、大火、飞蝗种种可怖灾难；和好像不是神，但似乎就是宇宙，就是霍金的“时间简史”的如来，祂的大手不只触碰了，那个说来也不是人，也非祂所创造的一只妖猴。不，甚且不是触碰，是一个力量远远不成比例的打赌。那个使坏的小东西，或当作人类天性的化身，还在那无上至尊的神之手上，撒了泡尿。那将代表了人类冒险，不知畏，贪婪，欲望的扩张，战争的愚痴，流光幻影的魔术……将这一切，一把摧折捏塌的最高形上，还带着小孩玩家家酒的游戏。米开朗基罗的神，触碰着祂所创造的，还那么完美，还没启动原罪的人类，祂和他的天使们，完全就是和人类一般，肌肉、毛发、性器，的模样。祂甚至是从一隐藏的大脑穿出。而如来，镇压了不听话的叛逆魔猴，要他“将功赎罪”的路途，是保那唐僧去西天取经，一切烟花噩梦散去，他们取到的经文还是祂说的书，祂描述世界的方式。这和创造亚当的神，在人类不乖后降下毁灭之景，之后的赎罪之路，也是读祂的《圣经》，建祂的大教堂，一样有种殖民帝国的小心眼和自恋。在人类自己发明电影之前，祂们在地表建立统治的方式，其实很像有许多华纳威秀电影院和剧本版权的跨国商啊。祂们可能是两支不同星系来的外星人吧？

动物

美猴王说，他们养鹅肝的方式，每天用金属管插进鹅的咽喉，强灌二公斤的粮食和脂肪，导致它们胃肠胀裂而死，肝脏膨胀至十倍大小；或是他们宰杀那些眼神哀愁的牛只，用绳索缚绑它们四肢，用尖刀割开喉咙，那鲜血冒着烟流在挖好的沟渠；在一些电宰场，上万只的鸡只挨挤在输送带送进死亡机器，羽翅被离心，绞碎，死亡是挨靠着大批同类一起降临；因为数量需求太大，他们每三秒要杀死一只猪，许多猪在被宰杀的流程中，意识清楚；从残暴的人手操刀宰杀到大型输送带的电动宰杀，无法跨过的那一瞬，就是取走它们生命的那一瞬，你只能闭一下眼，那一秒不忍，看到乌黑的眼睛，恐惧，无法抵抗，痛苦，成为这庞大人类体系的食物。它们终究不是一切割的蛋糕或果冻，甚至也是在电动轨道上大数量流动的马铃薯、胡萝卜、樱桃。死亡发生在很薄的一片灵魂箔片，之后就是超市分装的肉品。所以这个文明基本上是建立在，每日每日的屠杀，对不属于他们的成员的痛苦制造上。有一个日本小说家的小说，写一个很像寄宿学校的场所，男孩女孩们像岩井俊二的电影中，那样谈着恋爱，玩小圈圈的心机，对未来茫然，脸上带着青春的美丽与哀愁，他们写诗，上美劳课、体育课，但其实他们是一群被圈养的“器官提供之人畜”，他们到一定年龄，各自都要送上手术台，摘取某一些器官。事实上他们是被隔绝在“我们”的文明之外，一种功能性的存在。存在的意义是可以给那个运传世界的需要者，提供肝脏、肾脏、眼角膜、皮肤、骨髓。所以他们活着的时光，他们的心灵史，诗意或美的瞬刻，是不应被记录下来的。这和现代屠宰场的伦理，其实是一致的。这些器官男孩女孩，他们是从培养皿繁殖出来的活体，和养殖场里数量大到失去个体意义的牛、猪、鸡、鸭、鹅，是一样的。死亡先于他们活着的价值，因为他们必须透过死亡来供献这个文明要他们供给的：器官，食物，蛋白质。

我问美猴王：这样听起来你是吃素的？但你怎么去看当时护送你师父一路西行，那成千上万被你用金箍棒打得脑浆迸流的小妖们？

美猴王说，那是田园诗时期的杀戮了，那些故事里发生过的事，对我都像蒸发的梦境一样模糊。我没想到我会活进后来的这个世界，可能如来佛那时也掐指算不出后来的这一切梦幻倒影吧。那个时代的聪明人脑袋，发明出我的七十二变，飞天入地，作为一个杀戮的激爽极限之神；然后又让我翻不出他们发明的这个如来佛的手掌心。但怎么能幻想出这种规模的，每日机械运转，不让痛苦泄出，像无数只音乐盒转着齿轮的杀戮。我只是现在这个世界，吃下去的一颗仙桃再呸出的桃核钉。那个恶，暴力，疯狂的梦想，神奇的力量，三两口在几十亿人每日咀嚼的嘴里，消化了，成为昨日的粪渣；而还有成千上万的活着的，就在短暂的明日等着被杀。这一切已没有祭品，牺牲，或我棒下冤魂的剧烈挣扎了。人类已在这个星球完成杀神了，神当初创造的美丽动物，山川海洋，早就被他们降成培养皿菌落的尺度了。

败战

美猴王和那个女人对坐着，其实他们之间隔着的距离，像在海洋上两艘远远看着对方都是一小点的货柜轮，但你确实感到他们是对坐着，互相听见对方的喘息声。大战已经结束，背后的白色如象群的山丘上方，插着一根变成纽结好几圈，巨大的如意金箍棒。那些被之前，他们半空对击出火焰弹，而烧干的河谷，铺着一排骆驼的骨骸。另有一堆乱石岗，其实已被高温融化、坍流，而又凝结成像一具黑燧石结晶的巨大镜面。除此之外，那整片垩土龟裂之滩，一片荒芜，只有他或她的几枚大脚印，必须要从高空鸟瞰才看出其形。他们一路对打过来，天地都在摇晃，若五百里内有人类，一定以为这区在试爆核弹。

女人一脸脏污，头发披散，仍在喘着气，说："服了吗？"

美猴王用剩下那只眼（有一只眼球已掉出来了），由近而远，看看这片扇形旷地。几只乌鸦托着侧躺的白马，流出的肠肚啄食着。再远一点，一副巨大的白森森的猪的骨架，皮肤、肉、衣服，都被某种像高温喷枪的东西给清掉了，一旁晶亮的一坨什么，是那九齿钉耙在几万度高温瞬间气化的残余。另一端，一个大脚印槽里，沙悟净像张摊饼那样扁扁铺着，血水脑浆那些东西可能都被底下的沙吸干了。说来可怜，他几乎是第一时间，被对方一脚，就像只蟑螂那样被踩扁。最惨的是，他看到师父的头（那颗光头），像排球赛杀完球就忘了捡回，扔在角落的软皮球，孤伶伶倒在一眼汩汩冒出小泉水边。身体呢？师父的身体到哪去了呢？那样一颗像鸡蛋般的头扔那儿，看起来说不出的滑稽怪异啊。

女人又说了一次："怎么样？服了吗？"

美猴王继续喘着气，他的肺叶像被用重机枪扫过的墙面，感觉呼吸从这些小窟窿里就漏光了。怎么可能？怎么强弱如此悬殊？他回想起和这女人交手的那些电光火石：他用分身之术，变成数千只黑乌鸦朝她扑去，而她竟用一种斩断时间连续性的幻术，让这些死神之禽鸟，全部得到疫疠，它们在还没飞到她之前，全部羽塌翅折，跌落成一堆死鸟。他也使出额头一道强急光束射向她，但她不知使什么"化绳为沙"之术，那灿亮的集光束，被暗影侵夺，变成松沙，半空即纷纷如一场沙雨坠落。他把自己变成巨灵神，且九头七十二臂，每臂持金箍棒，打神鞭，斩仙剑，降魔杵，乾坤圈，太极符印，钟啊塔啊什么都有，乱七八糟像打谷糠机往那女人打去，只一下子哗啦啦啦，这些大部分借来的宝贝儿，全成了废五金，一堆烂渣。“这他妈比如来佛强大啊！”

这是怎么回事呢？他或一闪想到我曾对他说过的“动画绘图软体的技术喷发”，但定神之后知道那是真实的搏击和杀戮。但力量远超过你的，那种空荡荡的，要怎么收拾局面的愣怔。我不就一只小猴子吗？想到这一路没有任务底线的苦难，只因为他被告知是无敌的，那所有的委屈涌起，这些老混蛋叫我干的事，就是叫一小孩去挨家挨户劝叔叔阿姨们不要和天庭作对了吧？他突然像个小男孩，在那可怕女人面前号哭起来。

杀婴

那天我恰遇见美猴王在我常去那间复健科，和一个老人在电动拉腰床边要打对方。那个老伯我认识，每天在这小诊所里对即时新闻大发谬论，是个退休老将军。美猴王可能新来没经验，被挑衅就跟他翻脸了。我拉开他们。美猴王也不是当年那力拔山兮的齐天大圣了。美猴王眼泪汪汪地对我说啊，最近的电视画面，总让我心烦啊。那个漂到海滩，趴跪的叙利亚小男孩尸体。最近还有个新闻，说有个年轻人，老婆怀孕了，他送老婆到坐月子中心，缴了八万块，于是身上一毛钱都没了，他便在速食店把人家一个女孩儿的皮包偷了。我想这是怎么回事啊？很多年前，那个南非摄影记者拍的那骨瘦如柴的苏丹女童贴在沙砾地，身后一只秃鹰等着那不成人形的异形散吐出最后一口气，就要上前剥食之。美猴王说他师父当年总爱说自己是个婴儿时，被顺河流漂下的天地无亲之感。我说弄错了吧？那是伊底帕斯王的故事。你师父是他老爸在船上被强人杀了，尸首扔下河里，他娘还被强人占夺。美猴王说管他，总之人类对婴孩就是有一种奇怪的情意结。就连红孩儿，那血统应是半牛半人吧？但你看当初观音收他时，是用三十六把天罡刀，变幻成她座下的千叶莲花座，哄那小屁孩好奇跑上去趺坐，被那瓣瓣刀锋穿透腿骨，血肉模糊，动弹不得。人类好像不把婴孩当他们同类。好像是另一种物种。这不是我这从石头里孕育天地菁华的石猴能理解的。就说哪吒吧，也其实等于是被他老爸逼得剖肠还父，刮骨还母。后来带领天兵和他老孙打得昏天暗地的那个哪吒，说来是寄生在莲藕莲花荷叶的婴灵吧。

其实当年他们师徒一路西行，看过的婴尸童骸还少吗？凡有战事羁縻，两国铁骑来回冲杀之境，那遍野全是肠肚早被兀鹰叼去的，孩童的灰色头颅。枪槊穿透的，铁锤砸烂的，断肢残骸，或像小兀鹰模样的饿殍。当然也有男人女人老人的尸体，但感觉和孩尸比，是一比十啊。美猴王说：我师父就曾哀叹说，人类这族是要灭绝的啊。人类创造魔之境，莫以杀那尚未成形的婴孩为甚，那像是将神还在梦境中，安静孵育的小气泡，就逐一戳破。后来我们愈走愈疲惫，愈荒凉，感觉像在原地踏步，成为日落前自己的影子。仿佛走在流沙河最稠滞浮不起任何东西的一段，我们的周遭，漂浮着上万具婴孩的尸体。像水母一样。更远一点，几座矗立的岩峰，细看全是孩童尸体各种角度各种形态堆叠起来的。我们鼻孔眼珠，都浸在一种像神的眼泪，咸咸的液体中。我师父闭目念诵经文，两师弟吓得不敢多话。想我老孙一路多少妖怪被打死在金箍棒下，没什么景象会让我恐惧吧？但那就是怪，感觉我们走进了人类文明灭绝之后的永恒坟场。仔细想想，我们其实是不存在的人物，我们这样打打杀杀，变幻穿梭，调戏打屁，正是人类过去的创造。像煤油灯蕊有一缕一缕人类脑海中吐出的恐惧、哀愁，对生命的爱怜或滑稽，我们的存在之焰，就继续摇晃舞动。但是当我们走进那一片杀婴之景，人类杀掉自己的未来，我们在那境地里，就像焰火不在，不知为何影子还冷寂的贴壁而行哪。

筋斗云

抽换引擎，换排气管，加大轮框，加尾翼，扰流板，避震器，LSD……入夜之后，他们在阳金公路绕圈追逐，发出大黄蜂振翼快速击振空气的尖嚣，眼球快速跳闪不断重建瞳焦，催油门的脚底，那摁下又轻放的舒爽感，比女体还销魂。轮胎摩擦柏油路面，大灯囫囵吞食偶尔薄薄荧光的公路，像夜海吃乌贼的飞快航行的鲸。飘移动作，让引擎空转，感受车体进入一种微积分般的，比车速表上的数字还幽灵超出一小格的出窍感、摔飞之感、甩尾之感、无重力之感，这个肉体和车体结合、液态成沸跳水珠然后燃烧汽化之感。

美猴王说，即使当年驾筋斗云都没这样的极速快感。其实所谓高速，贴地咆哮而跑的，怎么能和当年跳星际飞行的筋斗云比？

那感觉也许比较贴近二战时驾着P-40战鹰式战斗机和零战在空中盘旋，捉对厮杀的美国飞行员。螺旋桨引擎抓空气燃爆的心脏还不够强，还感觉到一种若要和物理力学对抗，结构要散架的人类工艺的初萌与笨拙。那种噗噜噗噜的颠晃震动，最接近当年他脚踩筋斗云，舞着金箍棒，和踩着风火轮拿火尖枪和乾坤圈的哪吒，边高速飞行边乒乒乓乓对打。

他是上网买的一辆二十年的老BMW改装车，又花了五十万吧，算车队里跑得慢的。说来好笑，那里头跑最快的一辆，车主的昵称就叫筋斗云。他们也曾在深夜的北二高遇过三四辆兜引擎的法拉利，就在那时速二百五十的世界里追逐、对尬。眼前那个瞬闪瞬灭的凄迷美景，真是烟花三月下扬州啊。一条一条白色的柳絮，一点一点朝后漫洒的霓虹，以前的人幻想这种自由穿梭的快感，只能想着快马疾蹄而过，谁想到如今是真的钻进那速度的流河里。可能只有濒死之境，才能这么痛快、幸福啊。

那时，有个老头坐在他驾驶座旁，不冷不热地说："大圣，你莫迷失在速度的狂欢里啊。"美猴王说，他真想把这阴魂不散的老儿踢下车去。太白金星说："我们都在'过去'的世界等你带解救的法子回来啊，你在这儿贪玩，我们全都被压扁在一二维薄纸中愈来愈模糊啊。"他的头又像很久很久以前，被师父念紧箍咒那样疼啦。任务。悬命于一发。他好像想起那些金光闪闪释迦头道士髻金盔银甲的诸天神佛，还有五彩祥云上的老太太后面列着许多仙女们，他们都一脸殷切。"还是派悟空去吧，他那筋斗云还是比别人快一点点，也许就是差那么一点点，他可能可以救咱们。"对了他记得他向诸神唱个大诺，后仰翻一纵跳，朝无垠银河披挂的光之瀑布摔落。那一筋斗十万八千里的飞行法，他好歹翻了数百个回旋啦。就闻到像，啊，要是他没在“现在这个世界”经历那一切，他还真不知怎么形容：那种轮胎橡胶在高速行进间变换车道，或轻踩刹车，发出的烧焦味；或是一种汽油挥发，被引擎的进气阀抓进燃烧室的极轻微的空爆声；或是上车之前，他的车友打给他的一根七星三毫克淡烟的纸灰味；沾在防风夹克袖口那星巴克纸杯溅出一些些的拿铁奶香；那工读生女孩的小熊香水味……那些他在他的古老年代里，再贼的鼻子也没嗅过的陌生而百感交集的气味。那几乎比当年他没翻出如来手掌心的筋斗，还要远好几百倍的拼了命地逃离啊。那时他睁开眼，就跑到了我们这个天罗地网，把神仙拘在可爱公仔卡通电玩里，对打，吃宝物，仙女姐姐穿爆乳赛车手装的世界。

绞肉机

美猴王说，当作这是一个绞肉机的概念吧？

一九三七年的淞沪会战，蒋中正为了把日军的入侵方向，由北向南，引导为由东向西，将他们的锱重重武装，由华北平原的无天险可守，陷困进长江水系的网状沼泽河川。这五十余师，六十万人，源源不绝朝上海投运，任日军火炮，舰炮，战机轰炸，李宗仁在回忆录中写道：“我军等于陷入一座大熔铁炉，任其焦炼。”这场绞肉机之战，把蒋的黄埔部队几全耗尽，当然也早成了震撼效应，但也改变蒋在当时诸派系军阀间实力绝对领先之优势。淞沪会战日军打了三个月，伤亡五万余人，也因此被拖进中国东南山川河渠之地形，必须持续派兵深入这迷宫丛林之国境，原先闪电战的战略被打破。

美猴王说，譬如宝山守军第五八三团第三营姚子青电报：“敌兵舰三十余艘排列城东门江面，飞机十余架轰击各城门……职决遵命死守。”初期，日军到上海参战有第十一、第三两个整师及第十三、第十六、第一〇一、第九师各一部，计十万余人，炮三百余门，坦克二百余辆，飞机二百余架，与中国第九、第五、第十九集团军对峙于北站、杨行、施相公庙、浏河一线，展开激烈攻守战。之后又不断增兵于上海与吴淞间登陆。美猴王说，军人们像梦游般成队被运至那些焦黑的断墙颓垣，之前的士兵早被炸得断肢残骸，血肉焦烂。舰炮的炮火把所有眼前可见之景，全烧灼成白日焰火，所有人都在那炽白的强光里大喊，匍匐，奔跑。确实许多中国士兵，像我们小时候看的爱国电影《八百壮士》《英烈千秋》里演的，把七八枚手榴弹用布条绑于腰肚，滚进日军战车的底下，引爆人肉炸弹。多么惨烈，被炸爆的人体血液从腔体中流出，在瓦砾上被烧夷弹煮沸，干涸像那些楼面，铁丝笼，全涂上黑红色油漆。更多的脑袋被日军工事后面的重机枪，像被我的金箍棒打烂。

几十万的人，在这种鬼也哭了，天神也惊栗嚎叫的绞肉机意象里，像桶箍往日军的现代火炮、战车、重机枪阵地紧缩。那巨量死去的灵魂是多大的怨念力量？把无数肉身的叠罗汉死灭，想象成一巨蟒勒住对方，要将他闷死。那巨大数量的死灵魂，上升、飘浮在城市上空，是多可怕的一团冤恨之云。这些死去的男子，应该都没有后代，等于这一批人在后来的人类时光造景里，全部灭绝了，不在其中。那是硬生生被现代性的金属意志给捏爆、掏空，在我们后来的历史演化，他们恒不在场。后来的高楼盖起，剧院，电视台，百货公司，学校，银光晃颤的夜街，时尚男女，这一切都跟他们在那一瞬，进入“绞肉机”的炼狱时光毫无关联了。但那个子弹横飞，爆炸如平地起浪啸，飞机从空中扔下炸弹黑影，江上战舰对着烂墙瓦砾后的灰色人群喷出火焰，那像交响乐团在同一曲目里，铜管、簧管、弓弦、大小提琴的腹弧、鼓、钹全部炸响，队形整齐的日军陆战队继续在不同江岸登陆。美猴王说，那好像，勒住我脑门的那金刚箍圈，不再只是玩笑或惩罚，它加力紧缩，嵌进我脑袋，把头颅挤破，那所有绮丽梦境，仙山时光，童话般的西游降魔故事，全随着汁液迸裂的大脑，碎裂四散。

铀二三五

我娘从小就爱对我说：成住坏空，成住坏空。

我听了总是烦。任何事物，或眼前活生生的人儿，这话一说，似乎通通加速往坏毁、死灭的形态转动而去。那不是一个结了冰，所有流动都死竭的河吗？每一个活着的瞬刻，你就要将它描述成“这是死的”，那确实好像是个死理，但你永远把这死理当咒语一罩下，永冻、飞行中的蜻蜓、看见美丽姐姐裙下翻起的白大腿而感觉小鸡鸡的勃起，或是某些无法替代的炊烟中的烤薯香，或你分明看着一只猫它那碧绿透明的眼瞳多么美啊，或我曾经爬上去眺望极远之处的那棵大松树。它们当然一个透镜的观看方式旋转，就全是死灭，枯寂，空无。

也就是说，这是一个已经死去的世界。但后来我反而觉得发明“成住坏空”这样的人，是个温柔到，像小孩儿骑脚踏车摔翻，他会假装打那脚踏车，说：“脚踏车坏坏！我们打它！不哭哭！”的大人，似乎他先帮你揍这个会让你心碎、痛苦、疯狂的世界，你就不会感觉那么痛了。他先告诉你，这一切眼前正在发生的良辰美景，它都是幻影、沙尘、骷髅，那等到你真的被爱所弃，承受屈辱和痛击，你便比较淡然，因为剧本一开始就是这么写了：“成住坏空”。

我娘曾这么跟我说：“如果《西游记》还硬要添个人物，那一定就是你。”后来我想起她说这句话时，那笃定看着我的眼神，我竟有点弄迷糊了：她是指，唐僧、悟空、猪八戒、白龙马，这一千年不变的男团组合，再加上我这样一个人物，不会让原本《西游记》的故事垮掉，变 low？或是指再塞进那任何章节里，好像不违逆全本原先卡榫拼图完好的大故事，但又得以因我的存在，而将《西游记》的故事翻转？但我究竟是谁呢？铀二三五？全世界皆尚未被吞噬进那，全面裂解、红黑色高温蕈状云、全部全部焚烧、熔尽、变成粉尘，那之前的绝对静止？有些术语我可能被称为疗愈系忍者。我年轻时曾到医院探视一位，脑出血中风，开刀又感染，垂危的哥们。他的家人全跪在病床边，满脸是泪地祷告。我于是允诺分我生命的几年给他。后来他奇迹地好了。很多年后，我在脸书认识一个可爱女孩，原本调皮古怪，但某次把一烫油打翻，烧灼了小腿，经过无数次植皮手术，感染，清创，再植皮，终于还是没能留住那条腿，必须截肢。我在脸书后台留话给她“我会发力去让你的脚留下”。后来又有一位香港的朋友，她老公上吊死了，小俩口感情非常好，她完全走不出来。我为了哄她，答应我可以让她老公某个晚上，骗过死神的眼皮，回来和她说说话。我做这些违反生命原则，在质能不灭定律偷渡换手的“挽回”，“赎回”，却预感到我母亲说的“成住坏空”的硬道理。我逐渐衰老，用去交换他人悲痛的愿力，让我体内的器官短少，或变得透明，这个像器官（或生命）农场，可以提供疗愈忍术的大身体，终于也慢慢衰老。有一天我发现我的阴囊，破开一道口子，里头露出血肉模糊，那像火烧灼的痛，那个疮口不断裂大，像一只蝴蝶的形状，我抹上最好的手术药膏也没用。有一天我担心的事终于发生了，其中一颗睾丸，像步枪子弹的弹头，发出黄铜的光芒，吭啷一声掉了下来，我还来不及捡起，就被我养的小狗雷震子快步跑来一口吞下。我想那或是我爱托大去承担他人苦厄，所必须付出的代价。

电脑时代

那时我们三个哥们合租山上一间烂屋子，我还收养了一只野狗叫小花，有一次，我们在小贤的房间，隔着纱门叫“小花，小花”，等它一靠近，小贤突然把音响音量开到最大，放《侏罗纪公园》主题曲一开始，那恐龙的吼叫。小花真的是吓得四脚像兔子那样蹦蹿而逃。我们三个哈哈大笑。你看这样多少年过去了？二十多年了。那时《侏罗纪公园》才刚上映。小花后来得心丝虫死了，不过那是五年后的事了。

那时刚开始有网路这东西，我根本是个电脑白痴。但阿峰和小贤都把电脑当人类未来之梦。那之前我们迷了好一阵《X 档案》的外星人。穆德和史考莉。后来又迷恐龙。但他两疯魔电脑（或说网路）时，我跟不上了。他们简直像信教那样膜拜着那个桌上的大荧幕。他们俩各买了一套 pentium586 电脑，各花了十万，小贤是跟家里拿钱，阿峰则是一整年，每天清晨到滨江花市打工，被老板克扣，慢慢攒起那笔钱的。

我完全不能理解，阿峰是大学我们班，诗写得第一好的，山上窄小宿舍的书柜，排列着志文出版社的卡夫卡、卡缪、尼采、佛洛伊德……对我来讲那就是人类心灵最奥秘深不可探的峡谷，为什么会突然迷上那个科幻的小方盒呢？那么贵，没有人知道有一天一台更新功能更强大的电脑，一台五六千块就有了，或是说没想到我们后来经历了笔电、平板、Iphone 的流年。每天清晨三点，他孤独起床，骑摩托车下山，到那花农批发集市，帮老板把一箱一箱的百合、玫瑰、海芋、桔梗、火鹤、满天星……搬下车，洗花，在摊位叫卖，做各种苦力活。直到中午疲惫地回来。我也确实不能理解，他两眼珠像焚烧鸦片的蓝雾，买机器，学程式和操作软体，所要一头钻进的那个世界，可能是比欧洲人发现新大陆，或美国人登陆月球，还要巨大、恐怖的新世界。我不知道有一天，包括我，所有的人类都要被裹胁进那个网路海洋之中。确实它可能是比卡夫卡，比尼采，还要疯狂，吞噬所有迷宫、所有永劫回归之时间的发明。

当时他们俩想出一种玩意：买一个像机车罩式安全盔那样大小的玻璃缸，最底部铺一层土，用镊子将各种迷你植株栽下，类似铁线蕨、迷你松、婴儿的眼泪这些，整个弄得很像个微型热带雨林，但他们并不是弄一个所谓“封闭小生态系”，那感觉比较像一个“干的水族箱里水草造景”，他们想象可以在网路上，卖给那些上班族，他们可能会买一只放在办公桌上。当然后来一个也没卖掉。

几年后第一波网路热，我就不多说了，那几年我听到的都是并购、本梦比、泡沫、哪个网路公司烧了几亿撑不住收了。阿峰进了电脑大厂，小贤则自己开了间多媒体工作室。这世界经历了按键式手机、笔电、智慧型手机，有一天连我这原始人都整天挂在网上了。阿峰的公司好像在某个策略选择上走错了路，整个衰退，后来迷上攀登高山，我在他脸书看到的都是他和山友穿着全副装备在那些海拔三千多的山顶合照。小贤则是做一种手工，用白纸或看去很像薄瓷片的材料，像恐龙骨胳、鱼骨，或海胆这些形状的怪灯。我们逐渐老去，竟就在我们这代人能看见的三十年间，世界被偷换进一个百万倍大的虚空之境啊。

蜘蛛人

让我们想想，蜘蛛人这样的超能力者，他似乎只能出现在有无数摩天大楼的城市。他从袖口吐出黏丝，四面八方喷射粘住大楼壁面，像马戏团的空中飞人，借那丝绳的扯力，甩荡抛飞，新的粘丝那端才粘住下一处壁面，这一边已借过力的粘丝立刻收回。我未见过能在城市的半空飞行，如此潇洒写意者。那是一个动态的运镜，焦距不断变换，好像攀岩高手在一流动幻变的图卷上，没有维度限制的垂吊、攀爬。我们不可能想象这样的吐丝，在空中借力使力的技艺，可以同样飞越穿梭于台北，那些旧公寓背面的铁窗阳台，有的热水器轰轰喷着瓦斯蓝焰，有的窗内看进去可看见神龛上的红烛灯和小观音像，炒菜的油烟味，打小孩的声音，老人耳背电视开超大声的政论节目，年轻异乡情侣在可怜小套间里激情而发出的猫叫……哦对，这应是猫的动线和影像收摄，不是蜘蛛人的。

但我们想想美猴王当年西天取经，遇到的那蜘蛛精。那吐丝是千丝万缕将猎物缠缚于一巨茧中。盘丝洞，当然那是色情与灾厄混淆的秘境；唐僧被抓走，拘禁于盘丝洞内，似乎那“金蝉子”的纯阳元气就会被吸干泄尽。蜘蛛精吐出的软丝，盘绕着你的小腿、大腿、手臂、乳胁，将女人的软玉温香，袅娜缠绵，妖物形象化成让你鸡皮疙瘩泛开的液态恐惧。主要是在《西游记》里的蜘蛛精是七个美丽的女子，她们出场时，唐僧看她们踢蹴鞠：

蹴鞠当场三月天，仙风吹下素婵娟。
汗沾粉面花含露，尘染蛾眉柳带烟。
翠袖低垂笼玉笋，缃裙斜拽露金莲。
几回踢罢娇无力，云鬓蓬松宝髻偏。

后来悟空偷看人家美女脱衣：

褪放纽扣儿，解开罗带结。
酥胸白似银，玉体浑如雪。
肘膊赛冰铺，香肩疑粉捏。
肚皮软又绵，脊背光还洁。

膝腕半围团，金莲三寸窄。

中间一段情，露出风流穴。

多美啊，多么让人神往，简直是 A 片的运镜啊。人家根本没来惹他们，反是这边，大圣看完七女子在山泉洗浴，变作一鹞鹰，将她们衣物叼飞；后是八戒变作一个鲶鱼，在七仙女腿裆里钻来钻去；说来其实是唐僧这伙光棍团，先调戏轻薄人家。

她们翻脸作战时，是从雪白肚子喷出白丝，那场面多风流幻美啊。

当然这章最后是悟空用金箍棒打杀那七个蜘蛛精，而她们的师兄一个“百眼魔”，悟空被他金光罩顶，完全打不过。是请出毗蓝菩萨用一根绣花针破那“金光阵”，原来这毗蓝菩萨是昴日星官的娘，那根针是昴日星官在日眼炼成。昴日星官是一只大公鸡，那妖则是一只七尺长的蜈蚣精。公鸡专克蜈蚣，是以降灭得轻松写意。说实话，我小时候读《西游记》，就是这章最魔幻畅快，在那风尘仆仆的西行路上，突然冒出这章，妖精打架，春色无限，她们也不像其他山洞之妖，杀气腾腾。美丽的女人有一种说不出的天真无邪，应对进退像大家闺秀，像《牡丹亭》《西厢记》里的思春小姐。悟空师徒的出现，到后来毗蓝菩萨和她儿子昴日星官这一对老母鸡和年轻公鸡，宣判了她们的死灭。好像硬生生又将一“男童的世界”，阳刚无感性地将女人的抒情、妖艳、凄美的所有展开可能，全镇压了。很怪的是，千年后，美猴王那翻滚跳跃，快意乘风的自由性格，和红颜薄命的蜘蛛精，那模糊婉转，早夭的女形结合，在西方孵涨了一个同样冲破故事景框，同样扮演正义化身，背景却换成西方，城市高楼，国家暴力和恐怖分子都藏于平常人之中，神魔边界混淆的，“蜘蛛人”。

猪八戒

猪八戒还是个小猪崽的时候，特喜欢被放在一个有非常多红橙黄绿蓝靛紫彩色小塑胶球的球池，他在里面像小猪在泥巴里打滚，特别舒服。那时或就有一预感，他将来会有一个形态，一个巨大的猪八戒透明漂浮云体，在那些小行星带间上上下下，翻转着。满天都是这样像吹泡泡吹出来的猪八戒啊。说来他当初是怎么去调戏嫦娥的？

后来猪八戒在酒女界成为守护神，其实她们这些在人间的最底层，吃尽屈辱和糟蹋的女子，最懂这猪八戒的（对女人）有情有义。你想想，在中国理想的心灵宇宙中，最有情的男子，应是那个捧着女孩儿打转的贾宝玉吧？但她们为何不拜贾宝玉当守护神，偏偏选了个外形丑怪、肥头大脑的猪八戒呢？那就叫一枝草一点露，点滴在姐心头啊。贾宝玉根本是个不顶事的，虚壳子，你看从头到尾，跟他有关系的，有情史的，待要被拖走、卖掉、杀了，他曾护过哪一个？哭哭闹闹疯疯癫癫一番，自恋地写篇祭文，自己就破涕为笑了。亏那些姑娘当初还是爱上他才倒大霉的。

窑子里的姑娘不吃这套。周旋混在胭脂阵中，先要能说，能察言观色，绝不哄了这姐姐羞怒冷淡了那妹子。他可以在这欢场中穿梭，知道风情的把戏，知道怎么化险为夷，该陪笑时就陪笑，该去筹吃食时他也会出门。虽然他出去外头可能都是干些诈骗的勾当，但酒店的姐儿不就是被人喊“婊子”，这种嬉皮笑脸的男人，从不跟女人顶真，懂得用话敷衍，出了这局这房间，下一局就是重新放另一部电影了。猪八戒这种男人懂得“人生如戏”，其实他也是个心厚仁慈的。

该有担当的时候，他有担当，你看他离开高家庄时，那个离情依依，大家都哭了。

对吃过风尘之苦的女人来说，他是可以陪你活在生活里的男人。要不你说，姐儿跟到唐僧这种货，就是个宗教狂热版的贾宝玉嘛。说是悲悯万物，其实在众人误会你、栽赃你的时候，第一个保持清高开你涮的，就是他。孙悟空呢？不成，整天出去械斗，当黑帮老大，乱世是革命者，出门了送回家就是他的一套衣装和枪毙的那颗子弹；或混白道也是个工作狂。你还不知他会不会打老婆勒。兄弟比老婆重要，你没偷人，他妈的他哥们的老婆偷人，他去杀了嫂子帮兄弟出气，你这生也毁了（好像说成武松了？）。至于沙悟净？回头看看还是猪八戒好吧。闷葫芦整天对看多晦气！

对了，说来猪八戒当初是怎么去调戏嫦娥的？

猪八戒那时可是天蓬元帅啊。用整片星空来想象，他就是整个银河巡航舰队总司令耶。小小一颗太阳系第三行星的一颗小卫星上的，好吧正妹，他得穿过仙女座大星系、人马座、仙后座、猎户座、天鹅座、南十字座……那数千亿颗恒星，像从恒河沙中层层翻梭，才能找到嫦娥待的那颗小小的月亮啊。以一个长期漂流，灵魂被虚无浸透的水手，不，海军总司令来说，莺莺燕燕花花草草，他阅历过的女孩儿那数量无法估计啊；若说天条戒律森严而他又有乱摸女孩屁股一把的恶习，那也早在几万光年之前，他就该被逮了吧？当然我们可以说古代人对星空的想象，太阳是男一，月亮是女一，所谓星空（天蓬），只是背景的跑来跑去的群众演员，比例不是现今哈伯望远镜照摄的那个星空。用大游乐园的概念来说吧，他们都只是一个配置在天界乐园不同辖区的站岗活道具，那就像迪士尼游乐园扮虎克船长的家伙去调戏了扮白雪公主的女孩，那当然是要被炒了。但那到底是怎么样一个调戏的前因后果，我们下次再说吧。

赌命

说来美猴王和虎力大仙，鹿力大仙，羊力大仙，三道士比拼法力的那一场，真格是残酷，凶恶，像《顶尖对决》[1]里那两个魔术师，为了压过对方，不惜玩命。说真话，他们三兄弟是遇上这齐天大圣，命合该绝，但明明一轮接一轮惨败，仍要拼生死，翻技艺老箱底的狠劲，可以说是殉身于他们对自身法术的尊敬。那里头真真有一种老虎、鹿，还有羚羊这三种野生动物的力量，一种跟猴儿的把戏、耍诈不同的刚烈和悲剧性。当呼风唤雨、高空坐禅、隔板猜物，他们皆败给孙悟空一人腾空挪移的“乔”功夫，国王已要付了关牒让唐僧师徒走了便罢，他们却还跳出要和“悟空队”，拚那最后一场比赛才酣畅（简直像“中华队”硬要和 NBA 明星队来一场

1 *The Prestige*，大陆通译《致命魔术》。

真刀真枪的决战）。比什么？虎力大仙说："比砍下头来，又能安上；剖腹剜心，还再长完；滚油锅里，又能洗澡。"

第一回合，《西游记》的描写是这样的：

"那大圣径至杀场里面，被刽子手挝住了，捆做一团，按在那土墩高处，只听喊一声：'开刀！'飕地把个头砍将下来。又被刽子手一脚踢了去，好似滚西瓜一般，滚有三四十步远近。行者腔子中更不出血。只听得肚里叫声：'头来！'……"

那猴子头，却被鹿力大仙叫本坊土地（也就是里长吧）帮忙抓死了，那大圣的身体连喊几声"头来"，那头像落地生根一样。大圣一怒，啵一下，从腔体里再冒出个头来。这一手应吓死对手了吧？

不料那虎力大仙也依约让刽子手砍头。这是我说它残忍之处，当他的头也被砍下，滚落尘土，那腔子也没冒血，也叫"头来"；这时大圣却用毫毛变成条黄狗，嗖的把头叼走，扔进御水河里。

那腔子连喊三声，倒在尘埃，冒出鲜血，在众人面前，现形成一只无头虎尸。

这个老二还要和美猴王拼，那就像拉不唧已被对方打挂了，厄文还以为自己能扳回颜面，硬是上阵。赌什么？赌剖腹剜心。

这一段，《西游记》这么写的：

"行者摇摇摆摆，径至杀场。将身靠着大桩，解开衣带，露出肚腹。那刽子手将一条绳套在他膊项上，一条绳扎住他腿足，把一口牛耳短刀晃一晃，着肚皮下一割，搠个窟窿。这行者双手爬开肚腹，拿出肠脏来，一条条理够多时，依然安在里面，照旧盘曲。捻着肚皮，吹口仙气，叫：'长！'依然长合。"

那鹿力大仙依样画葫芦也剖开自己肚肠，大圣用毫毛变成只饿鹰，“飕的把他五脏心肝，尽情抓去，不知飞向何方受用。这道士弄做一个空腔破肚淋漓鬼，少脏无肠浪荡魂。”（这写得多好！）一只被掏空的白毛角鹿。

第三场，羊力大仙和美猴王比滚烫油锅里洗澡，翻浪竖蜻蜓（总之大圣在滚油里，像奥运水上芭蕾的选手，那样写意，表演各高难度动作）。这羊力大仙入滚油锅后，竟也不输。大圣发现是锅下火上，盘着一尾冷龙。大圣拘来北海龙王，责问并恐吓，那龙王回答：“这个是他在小茅山学来的‘大开剥’。是他自己炼成的冷龙啊。”

当然，在《西游记》这个大故事的最高法则，“只怕上级”，龙王收去了冷龙，那羊力大仙在滚烫油锅中皮开骨焦，被煮个稀烂。

这一场赌砍头，赌剖肚，赌滚油的残酷大戏，真是把人类（或猴那样的半人类）征服自然，驯制野蛮力量的机关诈术，写得淋漓尽致啊。这个文明，也在这场喜庆、欢笑，又让人悻悻说不出悲伤的残忍中，熟悉圈套的层层设计，讲官场关系，转进一个对技艺、殉美或悲壮，不那么顶真的旋转暗门里了。

齿科

他父亲那时是市场里的齿模师傅，那个年代，没有那么多医学院出来的口腔外科专业牙医，他父亲这样的人就算是齿科医师了。所以家境算是不错。但他父亲生来是个风流种，常和市场不同的妇人搞七捻三。他童年记忆里，他母亲便是个被这桩事毁去正常神情的不幸女人，她的脸总是狰狞、哀痛、诅咒的形貌。有段时间，他父亲和对面卖衣服一个阿姨好上了，他母亲也盯上这女人了，于是他们三个像进入一场谍报战，这女人不断换租住的处所，而他母亲不断破获追杀这对狗男女幽会的地址，而这阿姨（后面应是他父亲拿钱并出主意）则不断搬家。那有一两年的时光，他父亲总是带着他出门，而他记忆中总是去到不同的地方，当然都是一个小套房，而那漂亮的阿姨也总在里面等着他们。很怪的是，那些小套房总没有多余的房间，他父亲和那阿姨会让他躺她床上，舒服地看电视卡通，然后两大人躲进浴室里。当时他还不懂成人事，也不太关心他们，只是模糊觉得他们好脏，为什么要一起去大便。

这样回去之后，他母亲会像拷问间谍那样，刑求他，想从他嘴里挖出今天他父亲和那女人的行踪。但他非常守义气，死守着他父亲交代的版本。有一次他母亲甚至用那种黄橡胶水管抽他，他还是不讲。第二天他会发现自己口袋，被塞了一些钱，那是他父子秘而不宣的酬谢。

大约他小四或小五那年，他母亲终于忍受不住了，有一天就离家出走了，从此消失了。他们家便只剩下他们父子俩，有一年的时光，他阿嬷来住他们家，说是帮忙照顾小孩，其实是防堵着对门“那个女人”，想是怕她来侵占他们家产，而这时他父亲也无须带他去当掩护了。一年后，他阿嬷过世，这女人，还带着个约四五岁的小女孩（他爸要他叫她“妹妹”）正式住进他们家。这女人在市场也俨然以他的后妈，这间齿科的新老板娘自居啦。

那个小妹妹，有一件奇怪的事。就是他们当时那透天厝（一楼是齿科诊间和齿模工作间，二三楼则是不同房间），原是他大伯的房子，后来转给他父亲。那大伯之前有个儿子，很小的时候去溪里玩水淹死了。但没有人再提这件事了。那个小妹妹住进其中一个房间后，一直说有个小哥哥会来跟她说话，今天说了什么什么，后来他父亲去问，才知道那房间从前正是那淹死的他堂弟从前的房间。这个新妈和新妹妹又和他们一起生活了两三年吧，他父亲又开始去外头找新的女人，换成这小妈整天披头散发，拿菜刀拿农药，面孔狰狞跟他父亲吵。之后她们也跑了，也不见了，他此生再也没见过这对母女。

随着后来日新月异真正的牙医诊所在大街小巷出现，他父亲的齿科，终于也关门了，他父亲成了一个邋遢的老人，赖在家里不出门，完全看不出他在稍年轻时的岁月，曾经那么飘撇[1]风流。奇怪的是，他这个故事里，曾提到一只被铁链拴在对门骑楼的猴子，他小时候非常怕那只猴，觉得它的眼神如此深沉，像看透他们所有人的谎言和秘密。我以为那猴是那后来住进他们家的，那女人养的。但不知为何，这故事的后段，那猴就完全消失了。

机械

我们说起科学怪人，那个用科学的方式使死尸复活的疯狂科学家弗兰肯斯坦，然后我们会神秘地谈起那个一生和爱迪生为敌的

1　闽南语，潇洒、帅气之意。

天才特斯拉，交流电和直流电的战争，以及远距传导的树枝状闪电。那些实验室里电击进入设计图层层网络的人体，然后有了渎神的生命创造，电线、磁圈回路、金属肢架、涡轮扇叶引擎，没有灵魂但能在雷电火焰中将大楼打成瓦砾的怪物。当然我们后来出现金钢狼、钢铁人、绿巨人浩克、甚至漩涡鸣人、海贼王这些能启动更恐怖华丽地狱之景的科学怪人，甚至还有变形金刚。机械的巨力想象，涡轮引擎造成的高速爆炸飞行，高速火车，核动力潜舰，最后是把核弹爆炸的末日意象，吸纳到这些原本是凡躯的人类身体里。某个人形身体，被改换了钛合金的皮肤、骨骼，他的脑整个是一台巨大电脑（后来有的已可渗透进无远弗届的网路海洋，而自体进化），他用核动力发电机作为心脏，可以进行曲率跳时空飞行。

当然他们都会有一巨大痛苦的黑暗内在："谁是我的父亲？"在动漫或好莱坞的瑰丽风格或末日着迷的人物设定，他们或是牵扯进基督教的神魔之辩；有的则是内化了纳粹屠杀犹太人的集中营意象。他们被创造出来，是一个孤独的造物，但因是完美的战争机器，他们后面通常有个狂人父亲。他们像现代城市被创造出来，但同时带着要轰炸将之夷平的噩梦。

这时我们想想我们的美猴王，他是怎么被创造出来的？

"那座山正当顶上，有一块仙石。其石有三丈六尺五寸高，有二丈四尺围圆。三丈六尺五寸高，按周天三百六十五度；二丈四尺围圆，按政历二十四气。上有九窍八孔，按九宫八卦。四面更无树木遮阴，左右倒有芝兰相衬。

"盖自开辟以来，每受天真地秀，日精月华，感之既久，遂有灵通之意。内育仙胞，一日迸裂，产一石卵，似圆球样大。因见风，化作一个石猴，五官俱备，四肢皆全。”

我看一个卡通，甚至还搞混了说那灵石，是“女娲补天遗留的大青石”，这是《红楼梦》的那颗石头啊。但不论怎么说，我们的美猴王，完全不带有曾经穿越过工业文明，那些高大烟囱、铁轨上疲惫的长列机械大虫、或人体在机枪扫射火焰中焦灼、破裂的惨酷画面，他的血缘里，绝对没有孟克那幅灰稠旋转的呐喊者，也没有卡夫卡的那只金属壳怪虫，也就是说，他是“有来历的”，天地自然孕生的，而不是实验室或兵工厂组装出来的。他的神性，于是和天上神仙、星宿、菩萨或这一切人格神背景的山川海洋，乃至浩瀚星空平起平坐。一幅更长时间轴，更无表情，自生自灭的演化论。没有关于“创造”的疑惑“父祢为何将我遗弃?”玉帝也只是个轮班上位的统治者。他和他们争一争斗一斗，摁倒了头就认栽；没有失落天使加百列那一套阴郁缠缚的悲剧或伊底帕斯杀父淫母的乱伦恐惧。美猴王无父无母连传艺师父也藏于自我匿踪之术。在这个故事的源头，挖开了双眼，凿穿了孔窍，“混沌”的唯一命运就是死去。我曾听一哥们这么说：“美猴王是一过度超前的发明，他直接跳过机械、飞机引擎、电、电影、原子弹、遗传工程，乃至网络，把这个文明原本可能会一一出现的创造设计图，全吞噬进那猴子的梦境里。”

翻页的美猴王

美猴王说，他总有一个像不断重复的画面，有一道强光，从他的鼻心，也就是内部是鼻窦腔的位置，像里头有个小人儿，拿着步枪贴着那上颚骨，砰地开了一枪，然后将他的脸炸出好大一个窟窿，那强光便像卢贝松[1]《第五元素》最后，蜜拉·乔娃薇琪[2]张口朝向宇宙边际的黑洞，射出一道神将世界最深黑暗，焚烧于那让凡人眼瞎目盲的核爆光束。但这个画面，在他脑中，或眼瞳深处，都是一闪即灭。通常是他困惑的，像嚼口香糖那样上下颌咬合一下。什么都没有。他说那种感觉有点像鮟鱇鱼，头顶伸出一根发光的钓竿，仿佛那微弱的光，是你额头延伸出去的一个肉瘤组织，一闪一灭，但你脑袋里以为那是射出如雷霆的强大电光。

他说，就在我现在这样跟你说话的当下，那种裂脑而出的闪电，又出现了一次。但在我们身旁，两个黑胖的妇人互抓对方的头发在打架，“敢抢我男人”；一旁一只癞痢狗在吃着哪个流浪汉拉的、报纸乱包的屎；对街那 **7-11** 的门口，缩坐着一个老头，手上捧碗关东煮，他穿的迷彩军裤下垫着一张张塑胶袋。这一切那么脏污丑陋。

你看整本《西游记》第一章，说到他美猴王诞生那段，多么美：

> 盖自开辟以来，每受天真地秀，日精月华，感之既久，遂有灵通之意。内育仙胞，一日迸裂，产一石卵，似圆球样大。因见风，化作一个石猴，五官俱备，四肢皆全。便就学爬学走，拜了四方。目运两道金光，射冲斗府。惊动高天上圣大慈仁者玉皇大天尊玄穹高上帝，驾座金阙云宫灵霄宝殿，聚集仙卿，见有金光焰焰，即命千里眼、顺风耳开南天门观看。二将

1 Luc Besson，大陆通译吕克·贝松。
2 Milla Jovovich，大陆通译米拉·乔沃维奇。

果奉旨出门外，看的真，听的明。须臾回报道："臣奉旨观听金光之处，乃东胜神洲海东傲来小国之界，有一座花果山，山上有一仙石，石产一卵，见风化一石猴，在那里拜四方，眼运金光，射冲斗府。如今服饵水食，金光将潜息矣。"玉帝垂赐恩慈曰："下方之物，乃天地精华所生，不足为异。"

说来他每每像癫痫患者脑中电流乱窜，以为可以将裂开的脸迸射出那激光束炮，把云霄星斗上的玉帝和他那批废材臣僚们，至少吓上一吓。但结果是鲛鳒鱼斗鸡眼盯着自己鼻前一寸，那微弱的发光菌群。激光炮根本没那么巨大的发电机（好吧如果那是一只神猴的松果体），让那光束"射冲斗府"。也就是说，原本……如果，如果没有那工业革命，没有爱迪生的灯泡和直流电力系统，没有莱特兄弟的飞机，没有铁轨和火车，没有无畏号战舰，没有大和舰（啊？），没有电影的发明，没有电视，没有玛丽莲・梦露，没有奥黛丽・赫本（啊?），没有两次大战，不，要是没有真的扔下那两颗原子弹……这时，我觉得他陷入混乱了。当然我都可以猜到接下来他要说，要是没有电脑，没有网路，没有手机，没有 **Iphone**（还好他没说"没有保险套"，"没有威而钢"）……那么，他的脸部开膛光束炮，就可以超远距射到天庭，像北韩金正恩射颗核导弹到完全觉得不可能的美国国土?

我记得我小时候，在课本的边角，每页都画上一只小小孙悟空，课本有八十页，我就在那边角画八十只看起来一样的孙悟空，但当课本那样快速翻页，那孙悟空会像活过来一样挤眉弄眼，抬腿蹦跳走路，手上举起金箍棒耍车轮旋转，脸从生气，变成笑脸。还可以做出转头再转回来的效果喔。我对美猴王说：也许这样就很快乐啦，干嘛让自己变一个光束炮？

五百年

有一个疑问：美猴王被如来压在五行山下，那五百年，他脑袋想了哪些事？当然他不会死，他吃了太上老君丹炉里最珍贵的那颗药，他也把西王母蟠桃园里要结万年最孕仙气的整区好桃儿都吃了。他是钢筋铜骨，殴打阎罗兑勾了阳寿之限的“永不死者”。但五百年很长啊，人类在五百年前，哥白尼刚发表了日心论；麦哲伦船队环绕航行世界，那之后，人类征服海洋，天空，极地，太空，微粒子领域，人类已成为网路这庞大无限世界的另一种高智能生物。这五百年间，出现了爱因斯坦这种人物，霍金这种人物，也出了佛洛伊德这种人物，杜斯妥也夫斯基[1]这种人物，梵谷、毕卡索[2]这种人物，你不敢相信莎士比亚也是这同一五百年的人物，拿破仑也是啊，米开朗基罗也是啊，《红楼梦》也在这五百年出现的啊。五百年太长了。五百年会发生技术爆炸啊。美猴王被压在那山底的五百年，除非他也像科幻片远距飞行的“冬眠装置”，从被摁下去到被唐僧揭印放出，从头到尾就是进入深沉的睡眠。否则他可以思考很大数量的事啊。譬如说，他真的可以写超级加强版的《追忆逝水年华》或《红楼梦》；他可以独立解开费马大定理；或他若

1 Фёдор Михайлович Достоевский，大陆通译陀思妥耶夫斯基。

2 Pablo Picasso，大陆通译毕加索。

有慧根，应都可发展出整部《瑜伽师地论》；在他脑海里，应该已建构了一座图书馆，里头收藏上千本全是他自己的著作；或是他的脑海里应该已建筑了一整座城市，或许在五百年前老孙的脑袋里，没有任何关于城市的想象，但一个封闭世界内的堆栈，他自然会从官衙，甚至皇宫开始想起，以他去打闹的天庭为版本，他会想到马厩，或戏班的作坊，或和那些天庭老友喝酒聚会的场所，一些卖桃子的市集或是冶制有一天他要再率孩儿们翻一次天的那些刀叉弓弩的铁铺和兵器库，或是酿酒的工房，于是城市的雏形出现了。这可是花了五百年在他脑中，慢慢虚拟扩建的城市啊。不是使幻术，是孤寂的脑中设计图。

我对美猴王说："你应从没想象会和我搭这捷运去动物园吧？"

美猴王说："是慢了点，但乘坐起来是比筋斗云舒服，不颠。"

美猴王说，其实他被压在五行山下那五百年，他啥也没想，也很不可思议那老秃驴竟真那么狠，压了他五百年。你想想，其实你被压到三十九年时，你就快疯了吧？但那可是五百年啊！那些经过小孩儿乱吐的枣核，大约一百多年就长成参天大树啦。有一只老乌龟，没事会爬来我身边，和我聊聊天，它说它三百多岁啦。但有一天，它爬来我头顶的石突，说："大圣，我恐怕要死了，以后没法陪你说话啦。"亏它有心，它死后，臭了好几天，等化掉后就剩个大龟壳，在我上头遮阳遮雨集水。它死后，我又自己一个趴伏在那一百多年啊。脑袋里什么也没想，就是想：等他们放我出去之日，我当下杀了那唐僧。

我想到我自己，整个从初三开始，落榜，初四重考班，到高中三年，高四重考班，整个青春期，其实也和美猴王一样，脑袋空洞忧郁，什么也没想。我整天坐在教室里，就是在等下课，从下课的那一时间点，往前推的这段时间，我像微积分地将它分成更微小的刻度，只为了打发时间等它过去。我感觉我自己在那漫漫的耗蚀中，灵魂全覆上一层青苔，一个属于“自我”的小圆石，逐渐崩解成碎沙。也就是说，不往前看大闹天宫那一段，不往后看他们师徒西游一路降魔这一段，这在话本故事里一晃快转的五百年，真是如来最可怕的死寂、空洞，如祂在宇宙巨大规模的持续崩解之境所见，只有你一个人是你自己之沙漏的残酷之刑。

完美的被辜负者

> 这大圣却才束一束虎筋绦，拽起虎皮裙，执着金箍棒，径奔山前，找寻妖洞。转过山崖，只见那乱石磷磷，翠崖边有两扇石门，门外有许多小妖，在那里抡枪舞剑。

不知多少次了，都是这个场景，这美猴王交代八戒、沙悟净看护好师父，他驾起筋斗云去觅斋饭。总是千交代万交代，甚至用金箍棒，将那平地下周围画了一道圈子，请唐僧坐在中间；着八戒、沙僧侍立左右，把马与行李都放在近身。对唐僧合掌道：

> 老孙画的这圈，强似那铜墙铁壁。凭他什么虎豹狼虫，妖魔鬼怪，俱莫敢近。但只不许你们走出圈外，只在中间稳坐，保你无虞；但若出了圈儿，定遭毒手。千万千万，至祝至祝。

然等他在荒山野岭中，好不容易从人家弄些吃的回来，师父师弟总是不见了，总又是天地间只剩他孤伶伶一个，总是他再弄本事，叫出土地山神，打探出这附近有哪个魔王占了山洞，他好去夺门打寨，用棒子和对方来场硬仗，把师父夺回。唉，这要怎么说呢？总是被辜负，总是被不信，然后总是被外头妖魔绑去，还是得等他来想尽办法，打不过得上天纵地套老关系，调天兵天将或菩萨罗汉来助拳；或是自个儿变成促织儿，或黄皮蛇蚤，或小蜜蜂这些小虫子，混进洞里。

我跟美猴王说，你这个性，跟我父亲年轻时特像，当时他几个一起从大陆跑来台湾的结拜兄弟，跟他调钱，说要追个小姐，要买脚踏车，或是买套西装，或是要结婚了；我父亲总是逞豪气说没问题，其实和我妈两个愁眉苦脸，又标会又向银行贷款或是卖自己的脚踏车，弄得我们小时候总觉得家里特穷，我妈都要等市场快收了，才跑去跟菜贩买那些看起来丑了黑了的蔬菜瓜果，或是已不新鲜的，有臭味的小鱼，回来假装兴高采烈炒得热腾腾哄我们吃。后来这些兄弟各自成家，除了出麻烦时，从也没见他们真的把我爸当自己大哥，自己亲人。哥们聚会时，那些女人们神头鬼脸娇气十足，东嫌西憎，颐指气使的，好像我妈是穷婆子我们是穷小孩。

我跟美猴王说，你还让我想起一些我母亲那年代的好女人，她们的老公明明是烂咖，在外头搞各种生意，头寸转不过来了，全是这些好女人去跑，也是标会仔，或是跑当铺，或陪笑脸跟自己娘家姐妹借，搞得大家都躲着她，她也不怨不悔。但这种女人通常本事大，人缘好，之后还可以弄个小店面，攒钱分期买个房子。等老公在外生意做起来啦，一定搞外遇，跟哥们混酒家，最糟的是赌，最后通常还是要她把那房子拿去抵押……

我们听到这样的说法："人类历史每个巨大的文明跳跃，那些发明，都是人类这个个体，各部分的延伸：譬如电视，天文望远镜，这是人类眼睛的延伸；汽车，火车，甚至电梯，这是人类脚的延伸；枪，或是洗衣机，电钻，这是人类手的延伸……"那么美猴王呢？他在当时被发明出来，除了他那可以变成巨灵的身躯，他可以七十二变，他自由穿梭天地，玩弄神仙，和佛陀嬉耍，他的毫毛可以变出无数分身，他的如意金箍棒一旦无限伸长，可以捅破天庭。这个发明，如此跳脱于那整个文明的任何物理学限制，但他偏偏那么忠心耿耿，跟着这个不珍惜他的师父，一路在演"即刻救援"，在他许多许多次，独自面对，想办法要把师父和师弟们救回来的灵感、创意，上天下地找方法，托人脉的时光，我觉得他是那时代，人们从他们无言于生命之苦，从脑额叶投射发明的一个完美机器人，他收纳隐藏了人世间那像我爸，或我说的那些古典时期的好女人，他们的对所爱之人的无止境、无怨尤的赠与和牺牲。真实的人不够强大，一生的被辜负，最后总是歪斜垮掉；然美猴王，他可以无止境地被辜负。

美猴王

住在山城那依坡道栉比鳞次而建的小屋，我走出屋外，朝上望，望见几层之上的某户人家屋顶坐着一只身躯近人大小，毛色丰美的猴，身上披着奇怪的浴袍，眼睛鼓凸像玻璃球那样深邃，目光灼灼看着我，一手拿着那种人家酒柜里干出来的、喝了一半的洋酒酒瓶。对我晃了晃，像是邀约也喝两口吧。难免会被那动物性穿越了人性的某个神秘边界，说不出是忧郁或暴力或他物种对我这个物种必然的恨意，这些预感所笼罩。

“好大的猴，”我心里想不对，“是猴王吧？”啊，不对，“是美猴王！”

怎么落魄混到这郊区颓坏山城社区，那些长满壁癌钢筋裸露的墙面、杂树藤蔓乱长的小院、住户只剩下零落的瘫痪老人和照顾他们的南洋黑女孩……这家伙，只剩下猴的灵巧攀爬本能，在破掉的窗，那些积水养蚊蚋的锈坏铁皮屋顶，那些排水管和不亮的路灯杆间舒臂跳跃；干些偷冰箱里发黑莲雾枣子，没人在的卧室乱按电视遥控器，或开水龙头喝自来水的丑事……

不知为何，我觉得它看着我的眼神，有种邦迪亚上校对他老友马魁兹上校[1]的虚无和自嘲。“看看我们现在沦落成什么样子啦？”曾经大闹天宫一路降魔镇妖护送唐僧西行；传闻中藏耳朵里的那根铁针；迎风摇晃就变成可以撑破天穹的无限粗无限长的如意金箍棒；念声咒也有比 F-22 翻滚缠斗性还强的筋斗云。曾经世界在它的眼中，可大可小，不顺心就狂揍，打不赢往边界之外的银河跑跑；通常可以搬救兵找到那些强大妖怪的主子。也就是说，如果张展在它眼前的世界，是一部公路电影，而拦它路找它麻烦的，永远是外太空那些某某或某某某偷溜的坐骑；而它偏偏和那些某某或某某某，好像曾在一个大机构的松散组织架构里可以叙同事之伦。套

1　两者均为马尔克斯《百年孤独》小说人物。

句某土地的马屁，“世界就是大圣您一人玩腻为止的打怪电玩嘛”。

如今，是在哪儿的接缝出了问题？或是哪一次它抓了整把毫毛吹一口仙气幻化成无数个它（分身忍术）的过程，回收时被人动了手脚，系统中毒了？它被留在一个它的变化之术追不上的，各种面相变化、碎裂、融解更快的世界里，比如来佛的五指山大手还让它无计可施不断翻筋斗云都翻不出去的无相宇宙。

“我见到美猴王了。”晚餐的时候，我对妻儿们说。

但当我要把那个我抬头往那山坡上重重铁皮顶违建望去，和美猴王四目相交，它用眼神传递了什么难以言喻的讯息……我发觉我无法对他们描述，在那样的描述下，美猴王只是个穿汗衫老兵内裤的瘦老头吧？那么远的距离，我甚至应连它拿的是酒瓶或是漱口钢杯都混淆进那灰影里，最后它是瑟然转身进屋。

这个似乎在酸雨和地产开发商放弃的境遇里，数十栋当初偷工减料的二丁挂烂屋集体蚀坏、慢速塌陷的山庄，有时你会遇到一些后来我住进城里，再遇不到的怪人。譬如说，有个铁工，一脸邪气。有次我的钥匙插进锁孔断在里头，被困在屋外，找锁匠都没辙。当时我找这铁工帮忙，看可否将整个铁门拆下。但他用一种奇怪灵巧的手法，用老虎钳锤那断的钥匙，再转动竟将门开了。后来我和他变成朋友，但当我妻子在身旁时我总提防着他。他是个巧艺之人，他用四处帮人施工捡回的各种大小钢材铁皮，把他的房子，从原本二楼的小屋，加筑成五六层高的怪异城堡。但后来他和邻居一犟老头互告违建。建管处的吊车用一大铁锤把他的城堡整个拆除。那一天我陪他在整片扭曲钢材碎玻璃的废墟前抽烟，他竟像模型被偷走的男孩哭了起来。我只能蹲一旁沉默着，找不到话安慰他。

破鸡鸡超人

我的阴囊豁开了一道口子，刚开始那伤口模模糊糊的，我只感到一种像有人用剃刀在你命根子处割开到一道，那样的刺痛。我去西药房买了那种烫伤刀伤软膏，涂抹在患处，但它的状况似乎愈来愈糟，有天我坐在椅子上，低头翻弄细看，发现那伤口溃疡露出鲜红的肉，和脂肪般腊白色的脓。它仍在变形扩大着。好像你在看电视气象介绍太平洋海面上方新形成的台风，那个漩涡状的伤口，从一元硬币扩大到五十元硬币。我出门走在路上时，说不出的羞耻，两条腿必须像打开的圆规那样走路。前腿拖着后腿、艰难移动，那个伤口又被捂在裤裆里，摩擦时发出剧痛。拖了两个礼拜，它不见好，我去医院挂号了皮肤科，那医生要我拉下裤子，我一扯下，发现他皱起眉头："状况很差啊，怎么弄成这样？发出臭味了。"我低头隔着胖肚子，看着伤口那里，像泥沼里被炮弹炸断手脚的军人，伤口处已呈死肉的灰色。不会要截肢吧？医生给我打了一针消炎针，开了口服抗生素和擦的药膏。交代我用生理食盐水清洗，保持干燥。下周不行再回来。

当时我并不知，这个鸡鸡下方的破洞，以及它造成的痛苦，会拖延半年之久。它好像有自己的生命，我涂抹各种药膏，总希望那伤口收小，但它就像一只蝴蝶，挥翅飞舞，伤口的形状不断变化。后来我好像也习惯走在路上，是以那个古早人说“长芒果”的花柳病，那样难看的步法走着，也不在意别人的侧目了。

甚至，有一回，一个哥们拿这事取笑我，说我可以写一个“破鸡鸡超人”的系列故事，“破鸡鸡超人救了一架原本要被恐怖分子劫持的飞机”；“破鸡鸡超人造成霾害消失一天”；“破鸡鸡超人让一偏乡小学的小孩得到梦想”；“破鸡鸡和范冰冰被困在一个实境节目突发屋塌的地下层，他和她后来发生爱情”的故事；“破鸡鸡遇到爱新觉罗家一个想复国的后代，他认为他就是上天派给他的李莲英，他俩在北京的一串秘密行动”的故事……

他哥们说：“这他妈一定红。”

“睾丸就像是印度教里的那个‘梵’，一个时间奥义都从那流出，它是宇宙的核心。现在它破了个洞，发出臭味、流脓，这正是这个宇宙已经出现邪恶意义之黑洞，会将我们眼前这一切繁华美景，全吞噬进去啊！这个破鸡鸡超人，一方面他解救着人类的灾难；一方面，他本身就是这个受创宇宙的浓缩版啊。”

“有一集，是他和范冰冰被歹徒铐在，已被破坏电脑刹车系统的高铁上，就像基努·李维和珊卓·布拉克[1]那样，眼看就要和不

1 Sandra Bullock，大陆通译桑德拉·布洛克。

远处的另一列高铁对撞。这时，鸡鸡侠流泪了。他的鸡鸡破洞上礼拜好不容易愈合啦。但为了救美人，他只好把鸡鸡弄垂到铁轨，在一片哗哗喷洒中，把时速三百的疾驶列车，硬生生刹停了。”

总是这一类的蠢事：譬如说，有一天的报纸头条，整版的照片是一对夫妻，先生好像是位警员，据说他们在一分钟前拍了雪景自拍，之后他们的车便摔落山谷，车毁人亡。但其实那天，是台湾三十几年来，一些三四百公尺低海拔的山区，全被银白大雪覆盖。整个脸书全被所有人跑去阳明山啊、五指山啊、乌来啊，各种雪景照洗版。但也有一些人会转贴，养殖渔户的鱼整批冻死，损失惨重的新闻。这时也有马英九率领一些官员，搭运输机，由 F-16 战斗机和纪德舰护航，跑去南海我太平岛，宣示太平岛从清代就属于中国，而且它是一个岛，并非菲律宾跑去国际法庭指称的“只是一个岩礁”。这时还有这个新闻，NBA 骑士队的教头布拉特被炒，所有人都认定的勒布朗·詹姆士的意志。但他终于跳出来回嘴：“我不是教练杀手。”他保证整个过程，他和所有其他球员一样，也是最后得知球队的宣告。我的鸡鸡就是在这段时光，破裂、溃疡，一直不愈合。

我想到索尔·贝娄在《洪堡的礼物》中，那个被各路人来挖他财务墙角，而心力俱疲的主角，崩溃地说：

“人们正在丧失一切属于个人的生活。千千万万的灵魂正在枯萎。大家都可以理解，在世界上的许多地方，由于饥饿和警察专制而失去了生活的希望。但在这儿，在自由世界里，我们有什么借口呢？在社会危机的压力下，个人的领域正在被迫放弃……我们接受了归咎于它的耻辱，人们已经用所谓的‘社会问题’充斥了他们的生活。当这些社会问题诉诸讨论时，我们听到了什么呢？不过是三个世纪失败的思想而已。总之，人人嘲弄的，憎恶的个人的终结，将会使我们的毁灭，我们的超级炸弹成为多此一举了。我的意思是，如果只有愚蠢的头脑和没有头脑的肉体，那就没有真正值得消灭的对象了。”

我必须要说，我不是蠢蛋，老派他更不是蠢蛋，但为何我们活在其中的，各自小范域的生命史，叠加在一块儿，就像集体冻死的红蛆虫，显得恶心、平板、面无表情，蠢之又蠢呢？我们唯一可以像黑暗夜空炸开的烟花，心灵那一瞬最激狂幸福的创造，竟是像老蟾蜍回忆着嫖妓之旅中，那些不可思议，形成奇幻拗折的女体。

我想有个诈骗任务吧？就是将这个“破鸡鸡超人”的想法，在不同的场合传播出去，一开始他们会觉得这荒诞又低级，她们会笑得眼泪都流出来了，但一次、两次、三次，他们发现我不是在讲个烂笑话，这后面有一点坚强意志的东西，你真以为米老鼠、唐老鸭、豆豆先生、变形金刚、蜘蛛人……他们一开始是从一个多严密、多伟大的创意中长出来的吗？

我的鸡鸡还是在一裂口无法愈合的状态。我继续擦抹那医生开的类固醇软膏，但那伤口似乎仍在一种微积分的状态，继续变糟、溃烂；或伤口干了，一种白色的薄翳下看得见那鲜红的烂肉。它很奇怪地停止在一个“不好也不坏”的状态。我又跑去另一家“黄祯宪皮肤科”，据说这是台北最强大、最厉害的皮肤科医生。但那诊所是在一栋窄隘破旧的小公寓里，他把候诊室弄得很像性病诊所。一堆脸色藏在暗影中的人，沮丧地挨坐着。不，这其中有一些非常正的女人，她们的脸和衣着，不该出现在这样像公厕一般肮脏的小空间啊，但我意识到，她们才是正主儿。她们是来做玻尿酸、冷冻除纹、打肉毒杆菌的，墙壁上贴的全是这些广告，而不是关于鸡鸡上有一枚不幸破洞的广告。事实上，当终于轮到我走进诊疗间，那医生还是叫我扯下裤子，让他观察那睾丸上方“时间停止的破洞”。他好像不觉得这有什么了不起的，我对他说，这个洞已经快两个月了，我有看不同医生，擦不同的药，但它就是不见好，也没变坏，一直保持这个状态。

医生说：“那就继续擦药吧。”他的态度，很像地球防卫舰队的司令，用观测器观察莫名其妙源来太阳系里的一枚和月球差不多大小的黑洞，人们沸沸腾腾，觉得那是另一个遥远外星文明要来毁灭我的地球文明的高端武器，但他因缺乏想象力，就说：“先搁着观察看看吧。”

我试着提示他：“不会是睾丸癌吧？或皮肤癌？或蜂窝性组织炎？”

他用敷衍的态度，让我拿了领药单出去。

破鸡鸡超人在一种时间消失的颠荡感中醒来，但若说“醒来”，那似乎之前是在一沉睡状态，或梦境中的状态，然而他的感觉并非如此，而是“原本他不在场”，但某个超越他的更高意念的描述吗？或祈求、允诺？或小规模的创世纪，他从“没有”突然就降生在这个画面里：一整车厢颠晃的，灰稠无个性的，坐着或站着的人。他在他们之中，没有人觉得奇怪。当然他们都在划手机。你可能会从外部景观，认为人类（或至少这样一百个左右群聚在这金属车厢里的男女老少）演化成一种植物状态，或像蕈类那般真菌类的物种，将能量只消耗在大脑皮质极小的某些区域，或视网膜与眼球极小间距的快速跳动。

但破鸡鸡超人其实在感受的介质变化，并非时间，而是“破”这件事。其实，在他被创造生出的故事里，眼前这些划手机之人，都已是灰色的尸体啊。像原本那从好莱坞电影得来的芭乐意象，车体的爆炸，碎裂扭曲的铁皮，像洒落珍珠那样流光蹿进爆破的车窗玻璃、火焰或浓烟吧。人体在那样的破坏中，才意识到手中抓着的那一小枚金属视窗，并非他们器官的一部分。它们乒乒乓乓被甩离出去。苹果、三星、Sony、小米……小方格里播放的是拯救人类的哥吉拉，或是扛起人类灾难的X战警，或是怪咖组成的复仇者联盟……各式各样的灾难：核弹将整座城市夷为平地，像面包屑洒落那样从解体的摩天大楼尖叫摔出的小人儿，对撞而冒出巨焰的高铁，被外星怪飞行器整片高温焰烧焦的整支军队……

破鸡鸡超人流着泪。

另外一个景观，当然你可以上到线上免费阅读网站，村上春树的《地下铁事件》：有人在这么拥挤的封闭车厢，人们脚边扔下一不起眼的塑胶袋，像捏瘪的塑胶袋里残余一些鸡汤。那是液态的沙林毒气。于是，在列车到下一站打开车门时，人群全口吐白沫，像渔网倒出的死鱼，翻滚、横躺（已经死去），跪着哭泣爬行，或还有能跑动的……这些全混淌成一个失去单一人类个体性的动态。很奇怪的（据村上采访的那些当事人回忆），没有任何人尖叫，也就是那个炼狱之景里，所有被怪异死亡攫夺（你说像不像往水族箱里倾倒黑色或红色的有毒颜料）的人们，全是一片寂静。

还有另一次完全读不出其深度内涵的地铁车厢杀人场景，当然就是郑捷。那是就像眼前这些灰暗模糊、在一种沉睡的摇晃中，没有体味，没有人和近距离的同类，眼神交接，或任何感性的波动，这样的“拟死”静态，突然那个高瘦的年轻人，拿出长刀，无差别的，往一个一个坐着的人左胸心脏部位插下去，捅一刀就立刻死一个，像办桌的厨师在杀螃蟹一样。当然人们后来发现，有人大喊：“有人杀人了！”他们从梦境中醒来，窜逃到另外的车厢。或集体朝那两眼恍惚、全身是血的杀人疯子，拿雨伞吓阻他。

这个郑捷之后成为人们脑海中的“反人类者”，乃在于他被捕后，将这样的屠杀无冤无仇陌生人，用一种嬉皮笑脸的态度，将之“电玩化”了，那像是在3D虚拟的电玩场景（仓库、地下碉堡、船舱里，或就是这样的列车车厢中），啊啊啊啊啊地杀戮迎面冲来的“道具人”。他说：“没想到杀到后面还是会累。”

破鸡鸡超人想：什么叫作没想到那样会累？

他的鸡鸡，像浆果那样破裂，像被拇指食指捏爆的金龟子，像被车子碾过而肠肚迸流的青蛙，像他们高中毕业典礼从大楼上往下砸灌了水的气球，像铁达尼号那撞到冰山裂开的船腹，像地球破掉的臭氧层，像被特警队包围攻坚最后在自己房间吞枪叩击扳机的黑道老大的脸，像年轻时有一次他停车时遇到一个很鸡歪的家伙，硬把本来可以塞下他车子的车位，前颈留很大空位，把他的车格占去一半，他跑去一旁便利超商买了一把女人修眉毛的小剪子，蹑手蹑脚去那车旁，将小剪尖喙刺进那车胎的侧边……

这次的医师比较仔细，把他叫去一个小屏风后面，还是要他拉下裤子（他已经很习惯这么做了），用一种棉花棒还是镊子，用力抠他鸡鸡上那破洞。那个痛感，像是他用手指伸进那伤口的洞，在里头乱掏。好不容易结束了。医师说:“刚刚是细菌培养的采集。现在要再刮一次，是病毒培养的采集。”

破鸡鸡超人想:好痛。而且好累。

我在脸书上贴了这样一篇文字:大意是说，我在路边拦计程车时，有一辆车已经缓驶过来，并打亮双黄灯，但它后头另一辆加速蹩过来，硬生生停在我面前。我迟疑了一下，还是往后走，打开原来那辆车的门。那司机说:“先生，谢谢你。这样抢生意太恶质了。我在马路讨生活，常就有这样恶质的同行，这样粗暴地抢生意。这是一件很小的事，但谢谢你这么做。我今天回家跟我太太吃晚餐，一定非常开心。”

我把这篇短文加了个标题:“一件很小的事”，几个小时后竟有上万个赞。还有两百多个人转贴，我点进去“转贴”那个页面，大部分人都只是转贴到他的脸书，但我注意到，有一个家伙在转贴后，还留言一段文字:

“这种小感伤加上小确幸加上小正义，就成了台湾的大穷酸。”

我第一瞬间非常火大，想把他封锁。火大的原因非常简单，就是网路上这种无来由，没有事件纵深的恶意和暴力。他说的其实没错，我贴的这篇文字，根本是剪去了人性黯黑面的光滑和可爱。其实当时我坐上了后面那辆计程车，前头超过来原本停我面前的那部，还停在那儿。事实上第一瞬间，我差点伸出手去开他的车门，但我很像机器人，僵硬地收回手，转弯，朝后面那辆车走去。这在我心理上成了一延续的动作。当我搭的这辆后来的车，超过那还停在原地的车时，我从车窗看见那车里的驾驶，恶狠狠地瞪着我们。

当时我心中涌现一种暴力的情绪：如果他将车加速超过来蹩我们的车，我一定下车去打他！为什么我会在这么小的事件中，涌现一巨大的愤怒呢？事实上在我的创作生涯，在我的江湖岁月，年轻的时候，因为我害羞或反应太慢，这样一部车催着油门，发出一种暴力的炫示和气氛，停在我面前，那几乎是一种命令："伸出手，拉开车门，上车。"这只是路边即兴的一幕，在真实人生里，太多老大哥他们在无人知晓的隐秘时刻，对我做出这样的恫吓和命令。而我通常就乖乖伸出手，拉开车门上车。

我当然不会在脸书上，写这些啰嗦的黑暗内心起伏。脸书实战地教育了我们这些老屁股：讯息的传播，愈简单、光滑、可爱，成功机率愈高。但它也因之让像海洋中吃尸体的短吻鲨，咬住你投掷出去过短、过简、过可爱的讯息段，将你定锚成笨蛋，撕裂你。而脸书的设计者，于是赋与你一种防卫性的无上权力："封锁"。你可以像星舰舰长按下震爆钮，让对方永远在你脸书藤蔓网络消失。当然你也就被降格成，这种网路攀长的某种制约性生物。没有人会蠢到，在脸书这样的菌株浮游世界，认真地对攻击你的敌方，发表一段像《卡拉马助夫兄弟们》里头那动辄长达十页的滔滔雄辩吧？

我循着这人的名字小框格，点进他的脸书页。却发觉他其实是个很有趣的人。他的每一则贴文约都只有五六个赞。而他都是转贴。譬如有一则他转贴了一段影片：在宜兰市的马路上，像是行车纪录器，拍摄了前方一辆卡车的车斗，绑着一只活的迅猛龙。我不知这是怎么做到的。那迅猛龙就像要送去屠宰场的牛只，哀伤而无助。他留言了："台湾动物权意识太低落，恐龙也有它的生命权啊。"这是在嘲讽脸书上转贴保护动物权文章的这些人吗（基本上在脸书上也是弱势)?另有一则转贴的影片，他说是他学生拍的，画质和设计感都很优，画面中是一些台湾年轻人，很像是在帮“外交部”放在海外的网页拍的。我发觉他转贴的影片大多是海外的影片。也许他是个在私立大学教传播或设计的老师吧?他可能有点愤世嫉俗，怀才不遇（我年轻时也是如此)，有点神经质，厌恶媚俗的（他说的小确幸加小正义）说话或故事。

其实我如果在另一个时空，另一个情境，和他相识，说不定会成为私下的好友，我的朋友几乎都是疯子或恐怖分子啊。回到他说的:“这种小感伤加上小确幸加上小正义，就成了台湾的大穷酸。”这话的僵直性、可无限复制性，不是很像那把几十万人摁在手机代工厂的流水线上，让他们失去人类的繁复细节，成为梦境中的倒影，许多个哀伤跳楼，那位企业枭雄说的话吗?

我在内心跟这个可能成为我私下怪咖朋友，但也可能是个法西斯、种族歧视者的家伙辩论着。我年轻时曾在一家广告公司打零工。那个老板是个典型不小感伤不小确幸不小正义的上一辈企业家。他对我算是爱才，当时我帮他写的广告企画案，包括了大陆那边的方便面广告、多力多滋这种零食的广告、某一家保全公司的广告，还有一家据说台湾有三四百家儿童美语的企业形象广告，我还曾经接过他交付了大批机密资料，当时的台北县长想对外资招商，在淡水的出海口，填海弄一个人工岛，将之建设成一脱离法条限制的赌场（那时澎湖的赌场计划，已被公投否决);另一次则是他要发动全公司之力，去标当时高雄市政府办的一个世界运动会的上千万的国际广告预算。我并不是他的团队里重要的角色。通常我就收到一堆像奇形怪状的彩色几何积木的破碎讯息，他雄才大略，也懂得和那些大老板虚空吹牛说一些未来愿景的概念，但我要将之情节化，或商品化。我的头脑只需要在这个阶段，构想出一块充满唬烂创意的哏，他会有一群影像的、摄影的、剪接的、音乐的高手，将之后续完成。他非常慷慨，每次都付我四五万。我不在编制之内，像接单杀人的刀客。

我也曾想过，我的角色是否很像巴加斯·略萨那本经典小说《胡莉亚姨妈与作家》里，那个被关在广播电台地下室，像蚂蚁的蚜虫，那样将大脑任企业老板榨取的天才编剧卡玛乔。最终你的脑浆被这样连接到千奇万象的真实世界，不断输出，终于浩劫，神智错乱。但这里头有个蒙暧的暗影，就像那引擎声巨响，停到我面前的计程车。我其实都可以说“不”。但我却都将那个自由放弃了。

那是怎么回事？本来我们可以变成更好一点的人，但却分不出是受害者或共谋者的，成为无数蚂蚁的角须踩踏你的头脸的，无法移动的蚜虫。

我和老派穿过那幢日式建筑的帝国老医院，像一大锅煮沸的馄饨，每个挨肩擦身而过的人体，都有一种要从自身内在解离的，简单说就是薄皮破了，碎肉馅散出来的印象。她们面色灰暗，涌进各科门诊，或两眼茫然坐在走廊那排等候椅。在这种旧医院的空间穿梭，你会觉得每个人在学校的运动场，或东区那些华纳威秀影城前的广场，都是那么漂亮、强悍、充满性的吸引力（哪个短裙女孩颀长的腿，会露一截小蛮腰）；但在这儿，人体真是煮烂的年糕。坐在轮椅上的，穿着胖大外套缓慢移动的。

前一天，我收到那女孩的 FB 私讯，她听说我睾丸那儿有一个裂口，快两个月还是不好。写信来，提了几种可能："是否是癌？蜂窝性组织炎？还是你会不会有糖尿病？那可是要截肢啊。"我一一回应我应都不是这些可怕意象之病。"那可能是你内心极抗拒某些事，你装着很开心去做这些事。"我回信时逗了她一下，说我已因这睾丸上的裂口，失去了自信，开始想这是否一种"业障"？但我并没有淫乱玩弄女人的习惯，为何惩罚是要以这种形态出现呢？她回信说："想不到你对灵性的思考这么贫乏，你再用这种什么业障的低阶想象看这事，状况只有愈来愈不好，而且你会死。"

我很诧异在电脑荧幕上看到"你会死"这三个字，那简直就像好莱坞国际特工电影，某个敌方组织留给你的口信。"会因为睾丸破一个洞而最后死去吗？"我恰好最近在电脑看过两部国际特工的电影：两个都是 CIA 最顶尖的特工，杀手中的杀手。但这两个老头（其中一部的主角是尼可拉斯·凯吉[1]演的），都得了某种不治之症。尼可拉斯·凯吉得的是一种大脑持续瘪缩的类阿兹海默症；另一个则是脑中肿瘤，扩散到肺部，生命只剩三个月。他们都在这将死的余光中，又被卷入一件对手超强大残忍的任务。尼可拉斯·凯吉是违反组织要他退休的命令，私自飞去非洲，找到当初那个恐怖组织的老大，手刃他。而另一部的男主角则是想用生命最后几个月，和他遗弃的妻子女儿相处，但 CIA 硬要他接任务去杀一伙最狠的国际毒贩。但这样的情节，给我一种肉体上分裂的感官欢愉：一方面他在顶尖技艺、神乎其神的城市、人群、公路追车，和拥有

1 Nicolas Cage，大陆通译尼古拉斯·凯奇。

强大火力的对方互击，而他总干净利落像剥洋葱把对方的手下一一撂倒。但同时他的身体会在某些停顿、特写时刻，被那疾病造成的痛苦折磨，他们常在拿枪将对方老大逼到死角时，像癫痫发作，脑中线路电流乱跳，眼瞳散焦，委顿跌倒在地。

“你会死。”一种诗歌蒙太奇。快速扣扳枪驳火，拉扯滑套洒出金光闪闪弹壳。对方或用刀插中你掌骨插在酒吧地板，你要将它拔出；下一轮格斗可能用咖啡壶的电线缠住对方脖子。或是在肉搏中千钧一发本来是你的头颈被对方摁露出月台，等那快速进站的电车将你斩首；但最后一秒你过肩摔将他扔下月台，让他成为搅肉酱。但其实你已经死了。癌、病毒，或奇怪的大脑瘪缩，像凹陷的洞窟，里头布满黑沥青，你呼吸的肺早已塌瘪了。这时我走过这些互相哀伤如彼此葬礼，这些说不出脏污像汤里泡松泡烂的馄饨。我睾丸中央那个破洞，是否就是威廉·高汀[1]那荒岛小说，所有小孩全疯了，全残酷地自相残杀，而他们在丛林深处看到的那个“苍蝇王”。

老派对我说：“说不定这马子爱你。但我比较关心的是那些，你说的‘同学会的背景女孩’，易感、慈悲、容易流泪、一辈子没当过尤物被男人奉承宠爱。她们才是我们这个‘破鸡鸡超人’的母亲，她们会出再高的价格也舍得，要赎回破鸡鸡超人的那个破洞。”

有一种旋转门形式的人际关系搅弄，应该是从法国喜剧而来：通常是在一个极美但风流的已婚女人的香闺，第一个来和她偷情的

1 William Golding，大陆通译威廉·戈尔丁。

情人 A，正要销魂、入港时，突然有人回来，混乱间女人要 A 躲进衣柜；这时进来的并不是她丈夫，而是情人 B，当然在一段 B 充满激情但女人忧心忡忡敷衍（因为衣柜里躲着人哪）的对白后，又有人回来，于是 B 又给这白痴女人藏进衣柜。可以想象，A 和 B 便在这密室中，惊讶、羞愤，但又有同盟情谊，且都不敢发出声音的相见了。我不记得最后我读到那法国喜剧中是怎么安排？ B 是 A 的上司？或他们是仇人？但进房的这个 C 也不是女人的丈夫，而是她另一个情人，当然在喜剧的重复机制下，一定是又有人回来了，而 C 又被塞进衣柜与 A 和 B 在黑暗中相见。这样的设计，当然是能将女人的衣柜藏进愈多的奸夫，他们愈荒诞滑稽，台下的观众便笑得愈乐。因为作为密室的衣柜，成了一个他们不愿意，但不得不在此混杂相聚，不同社会阶级挨挤在一块儿的社交场所。其实也暗喻着女人那美丽淫荡的胯下，贩夫走卒或王公贵族，这时都不得不屈腰缩颈，一种给人戴绿帽、同时意识到自己也被戴绿帽的不幸情境，也许他们会互相握手递名片。于是那偷情怕被女人丈夫逮到的藏身空间，成了卡尔维诺的“命运交织的酒馆”。在周星驰电影《鹿鼎记》中，就有一个这样的桥段，只是那个法国巴黎荡妇，换成了江南名妓的妓院阁楼，而躲进红眠床上的，从韦小宝、吴三桂的儿子、朝廷大员、御前带刀侍卫，最后连皇上也躲进去了。妓女成了一个旋转门，左支右绌但又可以以婊子演戏的甜言蜜语，敷衍着这些像玩火车嘟嘟游戏的男人们，列队钻进“别人在上头云雨”的床下，完成非典型的，权力关系紊错混搭的“地下俱乐部”。当最后纸包不住火，他们全狼狈从那床下爬出来时，光天化日下原本的权力层级彰显：平民给商人磕头，商人给衙役磕头，衙役给男爵磕头，男爵给皇宫侍卫官磕头，皇宫侍卫官又给皇上磕头。喜剧中的皇上当然会扯着扑克脸交代大家“今天的事就当没发生过一样”。但是糟了，我发觉我对这个“旋转门形式”的想象，完全被周星驰的电影带走了。我不记得原本读过的法国喜剧，是怎么像奥运体操选手在耍玩、旋转、眼花撩乱的空中大车轮，那衣柜里偷情者 ABC 他们的恩怨情仇，打闹扑摔？

话说回来，老派带着我从那幢让人忧郁的日本帝国老建筑医院走出来——我们在领药结账柜台那座椅等了快半小时，和那些身形坏毁、困在阴暗光影中的人们之中，和他们一起抬头盯着墙上的电视，那正播放着 Discovery 的一个节目，一个荒野冒险达人带着凯特·温斯蕾（没错，就是《铁达尼号》[1] 和李奥纳多 [2] 在船首摆出飞翔姿势的那个大美人），在美国的某处海边峭崖断谷，做各种玩命的高难度活动，他们乘一架滑翔翼降落在山巅，然后用绳子在那陡直的岩壁垂降。一开始凯特·温斯蕾露出那种好强女性的气魄，“来吧，我最爱冒险了！”但后来她垂降时，像一只还不会飞便被母鸟从山巅鸟巢推下去的岩鹰，顺着绳索打转下摔，看着下方万丈深渊，脸色惨白。我看我身旁的这些老人，全看得目瞪口呆——老派用他的宾士 330 载着我，我记得他上一分钟仍在跟我分析着“破鸡鸡超人”这个创想的种种可能，突然他说：

“老兄，我要你帮我一个忙。”

破鸡鸡超人这次醒来的时候，发觉自己在一个全黑的箱子里，

1 *Titanic*，大陆通译《泰坦尼克号》。

2 Leonardo DiCaprio，大陆通译莱昂纳多·迪卡普里奥。

他的脸、后颈被一些丝绸柔细或较硬的布料垂覆着。他的身旁有另一个人。然后他意识到这是在一个衣柜里，隔着薄木板，外头有一个女人在说着话。那是一种娇滴滴，让男人骨颈都酥了的私密时刻的声音，所以外头还有另一个男人？他身旁这和他一样缩挤在这些垂挂的女人礼服或洋装之间的家伙，开了手机的小灯，于是那张脸在这像在布满水生植物的池底，一种揉折的影绰微光中浮现。那是一只猴子的脸。

美猴王！

破鸡鸡超人感到睾丸那个裂洞的剧痛，像电击刷从盘腿的裤裆上蹿到脑门。他一直迷迷糊糊，搞不懂自己为何像个空洞的二维生物，存在在这个充满快转画面、混乱的都市人群、时断时续的电影般的场景里。为何他胯下的鸡鸡有个像鹅嘴疮的破洞，始终不会好。而且他似乎总是和一些大楼倒塌、捷运上疯子杀人、翻滚坠毁在河流中的客机，或是整栋公寓的火灾，这些大型灾难靠得非常近。他这个人，以及他那像是要把世界的灾厄浓缩隐喻的，鸡鸡上的破洞，是怎么存在的？好像是在他能知觉的上方，还有一个创作者，凭空发明了他。但那好像是一种潦草、一时胡闹乱画在课本空白页的简单人形。他总感到自己这么松散、潦草的存在，竟在这个真实的，像夜行车灯流光一闪一闪晃过，且建筑结构鳞次栉比，流动在其中的人们如此繁复瞬变。那真像一根棉线穿入鮟鱇鱼的脑中，或沉浮于各种复杂构造的大型电脑主机的电路板。

但这么松散，随时要解离的，不知哪个工艺技能低等的创造者，却在他脑中贮存了一条指令。那是一个声音吗？或一个讯息波？其实很多时候，在他那拎着疼痛不已的破鸡鸡的茫然脑袋里，根本记不得那指令是什么。但此刻却无比清晰浮现：

“找到美猴王，然后杀了他。”

如果破鸡鸡超人的形态真的是一条棉线，或许是某种巨大运算的数列，作为一个常数，泅泳于人类现在这个文明，那无法停止的数据的扩增和繁殖。他或是在测试，或找寻这个庞大增值而必将毁灭的娑婆世界，在哪个区域，哪个角落的设计错误。也许他是个修补程式的无理数。但他却是个人形。他曾在雷电交加的暴雨中，看着那些戴防火盔穿肥胖的防火衣的消防大叔，冲进那已被烈焰烧软钢筋的建筑，为了要救出他们的弟兄，但却像火烤冰淇淋轰然塌倒，全部阵亡。他该修补这些，像近距离看，他鸡鸡上那个哀伤，若是探进去是宇宙黑洞的窟窿啊。

但没想到是在这衣柜里，和美猴王相见了。

大小姐

大小姐说起，有一次她和老王，从杭州要往上海的高铁，但那天大雪，列车停了快五个小时还不发车。他们坐的是商务舱，总共六个人。除了她，所有人（包括老王）都拿着手机在大声说话。一种焦虑、愤怒的情绪充满车厢。问题是，这高铁的列车长把电动阀门关着，不准大家下车。这几个能坐上商务舱的，当然都是大老板，抓着舱务员就咆哮，但对方也很硬，就是不准他们下车。后方，像《爱丽丝梦游仙境》一样，冒出个奇怪的家伙，说听说往后面的普通车厢走，可以下车。但他们提着行李，穿过了三四个车厢，那简直像要暴动一样，所有座位的男女老幼全在骂，而且他们发现这六个男女，从前头拉着行李，穿过走道，说不清地认为这些人是特权分子。大小姐说，她低着头跟在这一串人后面，近距离用眼角余光瞥见两侧座位翻涌的人脸，很像足球赛的群众在挥拳吼叫，或很像他们这几个是八仙过海，踩着刺绣般金光灿烂的海浪，其实全是转着脸骂或半站起身用手指指着他们的躁动的身影。他们走了那些充满汗臭、便当味、小孩奶味的车厢，那个走前头穿着列车长制服的家伙（她这时发现他根本是只满脸金毛的猴子），突然又说啊这边的门也开不了，不成不成，你们再退回商务舱。于是他们又回头（这回她变这列人的最前头一个了），再穿过一节节那像敌队足球迷的车厢，但这回人群不像之前那么激动了。好像刚刚只是发泄一下怒火，这时看他们也没辙，就泄气了。近距离她竟还看着一个妇人在嗑开菱角，将糯白的果囊喂食一旁的一个小姑娘，她想："在这样被困在停驶的列车上嗑着菱角，真是享受啊。"

等他们回到商务舱，那猴子列车长又不见了。

大小姐说，她心里想："此刻我正在大陆。"车厢外大雪纷飞，这个现代化的高速机械长蛇寂然不动，她身旁这些人各抓着手机，用杭州话吗或上海话，怒意中带着惶恐对着电话那头转速极快地抱怨，或交代他们无法赶回去了，那边该处理的事项，很像是，他们这儿发出去的讯号波，飞行到那头，就卷进一电缆线缠绕，运转的庞大机器阵列。

后来他们这个车厢的电动阀门终于还是打开了。好像整列车只有他们六个可以偷偷离开（所以还真是特权?），其中有一个老板模样的家伙，找了他的司机来车站外等着，直接从杭州载他去上海。老王竟哈啦说那我们可否搭你便车。那人竟答应了。另有一个二十多岁的小模，也跟着一道，他们两个男的在车上交换微信啥的，聊起各自认识的人的网络，最后交集于都认识的某某，真的很会哈啦。那个小女生也非常自在，亲昵的划手机上她拍过的广告照片跟她分享。她想：她在台湾，是个不那么容易有朋友的人，但在这路途上，好像很容易，就和陌生人相熟成至交了。这是怎么回事呢？是他们开启话语的方式吗？或是他们的人和人挨近的空间，比我们容易凑挤在一块？

我非常害怕老派知道我认识大小姐，当然不用任何想象的天赋，就可以预测，老派那贼眯的眼睛，像一只小虫子在他脑海里，进行一个那么大一块乳酪蛋糕的复杂运算。他会把大小姐想象成二战时欧洲的一座大城，他的空降师、特种部队、装甲师、混合旅，各种制服的小人儿，从上下左右四面八方，带着疯狂的热情，用各种悬垂、挖地道、炸城墙，一定要把大小姐这座城拿下。我想象着老派在他脑海里跑过一轮之后，心满意足对我说："太撑了，唔，这块肥肉太大了。"

所以，大小姐会和我成为挚友，无话不谈，这是某种她的"微服出巡"？事实上若不是她此刻就和我坐在这咖啡屋的小前院，我和老派这样的人，很难钻进她那被她老爸的随扈、那些围绕着她父母身边的旧昔权贵、那些我听来像佛经画面上的隐秘宴会，或她住的，楼下随时有狗仔躲在车内准备偷拍的门户森严的大厦……我和老派会被这一切防护网挡在外面。

但是我在听大小姐娇嗔地发着她父母牢骚（他们非常传统，在那让我们这些平民无法幻想其内摆设的豪宅里，其实就是两老人，唉声叹气这个女儿嫁不出去），他们依他们那昔日余晖的政商网络，让人介绍了一些门当户对的少爷，但全是一些怪咖，描述着并随时模仿，这些殷实势利商人之子，和现实世界脱节的古怪滑稽，这时的大小姐，非常像《爱丽丝梦游仙境》里那个不断被各种童话国度里的丑怪、粗鲁、蛮横人物激怒，但自尊心强，又要保持淑女教养的小女孩。她常说得让我诧笑流泪，而她气鼓鼓两颊酡红，像真是从一些红心、黑桃 J、Q、K 的纸牌扁平人物世界里逃出来。

我常惊叹地说："不可能吧？你这样一个美人儿。我不懂你爸妈脑袋里在想什么？"

这在某种张爱玲式的描述，或是"绣在屏风上的鸟"；或是契诃夫的《樱桃园》三姐妹？一种浓度太高所以无法搅动的势衰贵族的人际实验场，所有的关系已在父那一辈层层累加、外挂、编织，权力场后台的饮宴聚会，大家说着空泛但精算拿捏的场面话，这里头又有世家、长辈、老长官旧部属、夫人与夫人之前手牵手聊儿女、老辈调戏一下女眷，或是大伙义愤填膺说起政坛那个某某的不是，各式各样像鸦片馆各角落轻轻喷出之烟团，不留痕迹的八卦和秘闻，最核心的股市小道。所有人眼皮低垂，像在老照相馆里停格、晕糊的蜡白的脸，后面都进行着机密的快闪运算。这样的影影幢幢的，老一辈人必须让情绪保持在绝对零度，所有粒子都停止颤跳，才能观测所有关系的碰撞或预测，所有的动机、善意、恶意、权谋，或马屁后面的索求……这个封密场内已耗尽大量的运算能量，怎么可能允许一个向往外头"真实世界"的青春女孩，去搅动任何破坏平衡的涟漪？

大小姐说："你知道我上礼拜，很没出息，又跑了趟上海。"

我说："又去找老王？"

"欸。"无限寂寥与失落。

大小姐跟我回忆，她和老王一道去杭州或就在上海，那些大艺术家、艺廊老板、收藏家、社交名流，还有一定带在身边、打扮时尚、身材脸貌皆女星标准的年轻女孩的饭局，这一切都有些像费兹杰罗[1]的小说，但又有种说不出的《儒林外史》里那些留山羊胡的，吃鱼头、酱牛肉、烧饼、凉拌藕片，吟着酸味十足古诗的，几百年前幻灯片里的摇晃人影印象。这些人她觉得说不出的市侩，但他们又意气风发说着，譬如 G20 在杭州开会，那里头的老画家会藏不住得色地说，那各国元首下榻的饭店哪，房间里就挂着他某某的字画啊。他们之间必然有一种炫富、竞富的压力，昂贵的酒、跑车、艺术品收藏，在加州在英国在澳洲各有房产物业，美丽的女人。但他们的年纪，这整个国度疯狂富起来也不过二三十年，他们集体童年、少年都是不可思议地穷苦，那流动在眼前的浮华幻影，都还带种神灯冒出巨人的魔幻、儿戏、好玩。大小姐说，她想过，他们这样的社交圈，在全中国也并不是主流，有点秘密社会，或各自隐藏、漂流的气泡，应该是各城市有各式各样的有钱人，各玩各的，也不知道怎样提升自己的贵族范儿。你说艺术家，也都一样是这二三十年暴发蹿起的，整体都有种同代人知己知彼的穷印痕，不可能多高深莫测的。

她印象较深的是一对夫妻，也和老王一样五十多岁了，收养了一个女儿，现在十岁，他们看上去明明就是年纪满大的人了，但为了怕女儿怀疑他们不是亲生父母，就去改资料谎报年龄，硬假装自己才四十出头。所有身边这群哥们也要配合演戏，只要他夫妻带着那十岁女儿来，他们都要装成是一群四十多岁的人在聚会。大小姐

1 Scott Fitzgerald，大陆通译菲茨杰拉德。

说她在那饭局中，觉得说不出地怪，也不理解这些平时说话俗不可耐，可又全在炫富的一群人，像天庭的神仙们，那么认真陪着那对夫妻，哄那个小女孩，那后头有一种他们记忆深处，对乱世的哀悯或畏敬。

我坐在大小姐对面，感受到我正在一层薄冰，或糖霜结成的，像花瓣，像迷宫包围着她这个人的玻璃镜廊，一个欺骗的栉比鳞次、迂回小径。不，我并没有想到欺骗她什么，她是个美人儿，我有时这样近距离看着她那削尖的下巴，其实是烟视媚行的略长的眼睛，小巧可爱的双唇，会有一种天啊为什么她会把我这废材当作信任的朋友？那种晕眩幸福之感。像她这样的存在，就像那些博物馆里摆放的，其精致、凹褶入内的繁复工艺、消耗手工在其釉色、纹瓣、弧形的时间和意志，远远超过其尺寸空间的瓷器；或那些和我的世界如此遥远的，巴黎咖啡屋里的奢华蛋糕。这样的细致复瓣，像我这样的老百姓，在开口跟她说话的每一刻，就是欺骗。像要把那么精致、蕾丝般薄细，将如此脆弱、柔软、百感交集的一块松露巧克力，在口中咬碎。你的舌头不自觉就会开启一想象的、繁复文明的琴弦簧管。这不是故意的。我猜她之前的男友，或那个年轻艺术家，或那个老王，都不是存心想骗她。那是一种个人文明史的不对称。

当然你会说：什么文明的不对称？那不就是时代变动中的资产掠夺，大革命已经过了一百多年，你还在捏着嗓音想象自己在一群跪着的汗臭身体边，抬头看着那鎏金兽首机括喷出一片水雾，那穿着掐金绣袍、满头翠珠步摇的老佛爷？或那个身段风流、巧笑倩兮，好像加入美国意象（战斗机、孤儿院、圆山饭店，或南京美龄宫里的那辆黑头车）的霸王别姬的蒋夫人?

我坐在大小姐对面，仿佛那巨大的时间河流在眼前奔腾，我开口想要说的每一句话，都是在那波光灿烂，下头可能是凶险漩涡的石头，找落脚处。譬如我记得我小时候，我父亲有一次得罪了他学校的校长，被解聘赋闲在家一年，我记忆里那段时间，父亲常在跟不同的“有关系”的长辈通电话（那年代那种黑色的，听筒胖胖圆圆的拨盘式电话），家里笼罩着一种大难临头的空气，似乎父亲的老师，是当年的老“立法委员”，但那作为敌方的校长，后台是那时的“副总统”。这种从很遥远的，像我从父亲书柜最底层找到、翻看的黄纸演义小说:《封神演义》《朱洪武演义》《西游记》，征东征西扫北，好像金鼓齐鸣，上千战马嘶啼、枪戟刀锤互击的声响，一阵一关，互报大将名，或大将打不赢，回头搬救兵找当年传他武功的仙师，漫天金灿灿各种飞行的神兵、仙器。但那种层层传递、较劲谁认识的，请出镇压场面的神仙比较大咖，给童年的我留下极深的印象。当然我父亲已过世十多年了，但我想，或有机会让我父亲知道，我竟和这大小姐相识、在一起喝咖啡，他的脸上一定露出“老臣接驾来迟”的愚忠或惊吓的神情吧?

我们小时候，每当父母要带我们去那位“老师”家，父亲都会非常紧张、焦虑，父亲会西装笔挺，母亲也会穿上平时罕见的旗袍，父亲手上会提着一袋洋酒礼盒，在公车上会极严肃地告诫我们，等下去黄公公家，皮拉紧一点，给我乖乖有礼貌，哪个闯祸，回来看我怎么修理！我们小孩也感受到那种戒慎恐惧，因为我们身上也穿着那穷年代小孩极难得穿的小西装。我记得我们走近那个公寓，除了老先生老太太，还有一位女佣。他们家铺了深色的地板，一进门一定要换上布拖鞋，大厅挂着一幅大幅山水画，两边则是中堂的一副对联，但我完全不知道那是何人的字何人的画。那客厅的整套沙发，一旁的立灯和比我还高的彩瓷大花瓶，还有装在瓷盆里的小假山和电动流泉，给小时候的我很深的印象。这屋子整个压抑着一种老人的气氛，比起父亲带我们去过那有钱人的家，这屋里摆设不算奢华，但有一种让人呼吸不过来的静肃之气，对了，后来我去故宫、历史博物馆，或是圆山饭店，就有这种fu。我们小孩自然乖乖地坐在沙发角落，那个婆婆会很慈祥地拿出也是那年代没见过的松子软糖让我们吃。平日高大严厉的父亲，这时像个小孩，跟那老师讲话，脸真的像孩童那样灿烂天真笑着，有时老先生讲一句我觉得并不好笑的笑话，父亲和母亲会夸张地笑得前仰后抑，我觉得在那屋子，他们都像在剧场舞台上的话剧演员，讲话腔调和平时不太一样，脸部表情也多了一种炭笔素描的细微暗影。

后来我才知道，那就是“某个有权力之人的家”，这个“老师”，是当年的老“立法委员”，后来在李登辉和国民党大佬政争那阵，和一些老“国代”，被人们喊为“老贼”。但时光倒回我小时候，我们一家那么忐忑，戒慎恐惧走近的老公寓，他是我父亲的老师，在那个封闭、戒严的年代，认识这样一个大人物，某些时刻真是保命。

我对大小姐说：“你就是神仙画卷里走出来的人啊。”她笑翻了。事实上在我们所在的这个时代，她的公众价值或只剩下，若我和她这样走出咖啡屋，走到大街，不小心被哪个狗仔拍到，会出现在下一期狗仔杂志的封面，好像这大小姐又有了新的绯闻。当她一边慵懒滑着手机，一边没有心机地和我发牢骚：她的父母、兄姐、情人，一种调皮搞笑的风格，我这边可是惊心动魄。他妈的那可是一条一条全是让狗仔们脑充血的超独家八卦啊。我有时想对她说："请不要对我说这些了。"如我前面所说，一个脆弱的、精致繁复的手工音乐盒微宇宙，你一捏就会听见那碎裂的声音，是像NASA要投掷往太阳系边缘的飞行探测器，里头布建的与地球上任何吃喝拉撒无关的精密仪器。我试着告诉她，其实她可以写小说，我跟她说了水村美苗的《本格小说》大致的情节：同样是横跨日本战前到战后，一群贵族阶层，那些大宅邸里欧化的舞会、放着小步舞曲的留声机、衣香鬓影的小姐们，她们之间那拘束压抑的爱情故事，上一代讲究家世背景的对位，势利、恩怨……"只有你写得出来。"《红楼梦》《追忆逝水年华》、张爱玲的《雷峰塔》……只有从小到大，活在那像多层旋转的天文仪器，在各种聚会观看不同人在各有心机、地位高低差的处境，错综复杂的说话层次，那种乱针刺绣的人的脸部变化、笑话后面的拍马或嘲讽、男人女人之间不动声色地亮底牌，确定彼此的权力强弱，然后交换可利用的筹码。只有这样出身的人，才会有一个观测瞳距不断调整的"多重视觉"。

但很遗憾，那个"镜中世界"应该是灭绝了，所以会有这样的机锋句子："往事并不如烟""最后的贵族"。

老派与老Y

我推门走进那间叫“DV8”的酒馆，发现老板娘蜜雪儿独自坐一小桌，边滑着手机边流泪。整间店一个客人也没有。

我拉开椅子坐下在她对面，问她：

“怎么了，蜜雪儿?”

她眼泪，手机的蓝光照得她的睫毛像蝴蝶翅翼的暗影。说实话，她可真是个美人儿，但你无法想象，她有个儿子已经念大学了，而这孩子是个废物，我在这酒吧见过他几次，他都像穿墙人站在最角落玩网路电玩。可能也习惯那些喝醉的老色鬼们，对他妈说一些腥腻的调情屁话，而他妈像朵玫瑰花，那样娇媚地笑得颤抖着。有一次，我还和这孩子，扶一个喝挂的老酒鬼，从他跌坐的地板撑起他，押上计程车，送他回家。

“没什么。我只是刚刚看了一部电影，非常伤心。”

然后蜜雪儿跟我转述了那部电影大致的情节：那个主角是个有着奇怪荣誉的拳击手，就是他非常耐打，他的生涯纪录，没有赢过但最重要的是，他从未被对手 KO 击倒过。这个故事开始时已是一场进行中的拳赛，我们看到这个像复活岛巨石像的男人，不断被另一个年轻拳手狂 K 猛揍。然后他们开始回忆。原来这耐揍的巨人他退休好多年了，但是现在这边想要捧一个年轻拳手成为新星，他们想到这个传奇的“不倒拳王”，于是开了笔很高的价码邀他再出江湖。这老壮汉的教练、神父、社区义工、所有人拦阻他，告诉他现在这年纪上阵，只有被打死的下场。但他执意要去，因为他想拿这笔钱让他的老母亲去一趟威尼斯旅行。他母亲一辈子没去过远方。而奇特的是，所有人只有这老母亲不劝阻他去送死，他们质问她，她说：“他早已是个不存在的人了。”原来多年前，这不倒拳王开车载着妻儿，遭一辆大车撞翻，妻儿全死了，只有他活下来，从那以后他就只是个行尸走肉了。

而那个年轻拳手也有一段伤心往事（这里我打断蜜雪儿，请她直接说那拳赛），总之从第一回合开始，就看到这年轻人一拳一拳打中那老拳手的脑袋、眼窝、鼻梁，这样打到十四回合，他整个满脸是血，根本都茫了，但就是站着像一尊雕像，就是不倒下去。观众都哭了，站起身为这悲壮的一幕鼓掌致敬。你知道后来那年轻人开始狂揍他肚子，老拳手根本失去知觉了，他竟大便在裤子上了。

（我听到这里差点笑出来，但我看蜜雪儿悲伤静默的脸，硬忍住了。）

还好这时敲钟了，他的教练扶他下去洗屁屁并换另一件拳击裤。其实他可能肠子都被打断了吧？但他还是摇摇晃晃地站上擂台。这时那年轻人哭了，最后一局，其实年轻人在配合演出这老人的“不倒神话”，他假装在挥拳揍他，但你知道好几次那老人根本已直直要倒下了，这年轻人反而用肩膀架着他，不让他倒下。最后比赛终了，年轻人以计点积分赢了这场拳，而那老人也完成了“一生没倒下过”的纪录。

蜜雪儿说：“我看了一直哭一直哭。”

这个女人看多了我们这些男子，在酒馆的长方桌上，像小男孩玩着“大风吹”的游戏，课室的椅子永远少一张，所以永远有个小孩要当那个孤伶伶的鬼。“大风吹！”“吹什么？”“吹想和蜜雪儿上床的人。”于是大家轰轰哗哗像秋天公园被扫成一堆的枯叶，被一阵风卷起。但其实我们都是些老男人了。“吹摄护腺没问题，小便不会滴到裤腿的人。”“吹早晨睡醒，那话儿还会硬梆梆勃起的人。”“吹没吃史蒂诺斯，每夜都能安然入睡的人。”

一片静默。在这样向死亡坟穴借来的酒馆的暗黑、吧台一列佝偻背影、或颤抖垂着口水的歇斯底里笑闹，静默中我看着他们悄悄开启了一道“秘密欢乐游戏屋”的门缝。

这需要极高的天赋。譬如老派，他是被浸在权力槽里的不幸灵魂，你看看他的眼袋、凹陷的眉骨中间那像刀割过的深痕，总是穿着白衬衫但其实里面是一副瘦削的躯骨、眼珠总是在一整晚的酒精终于灌到满水线时，发红或是变成黄浊的球体。他总是坐在最角落那位置，不熟的人不会从那版画般的阴影轮廓，解读到他何时秘密地越过那条酒鬼之线。“摈”的有一个声响，那里头神志清明的他那刻便垮掉瘫掉了。一个暗黑的、阴郁的、愤懑的另一个分身，会从他的鼻孔、耳朵，或微笑的嘴角，漫流出来。

我后来回想：我们总因为观看的方法过于简陋，错过了那一整团像刺绣锦袍上，乱针错织的闪闪金线银线。我如果据实记录，像《儒林外史》那样的笔法，你们会有个印象：这是台北二〇〇〇年到二〇一〇年间，某些夜晚，发生在酒馆里的权力交涉，类似男人的手肘交搁着，使劲比腕力；或拐子击打上对方的脾脏；或是从颈骨到腰椎，手臂关节，到髋关节，当然最重要是左右颏关节（控制着笑，或说出合宜的轻轻点到为止的马屁话）……这些窄空间里，像咏春拳的，一群男人和落单的女人之间，极近距离挨挤的行为艺术。这当然是精准到，可以像昆曲演员分解动作，或是 YouTube 上慢动作重播那些 NBA 伟大球员，某个史诗级穿过防守人群而灌篮的不可思议的连续慢速画面。每一句话的突刺、回捞、接住对方的茬，再迂回婉转抛出让后面人可以借搭顺杆上的破绽，每一个哏都要让在座每个人笑的，男人是从鼠蹊电击窜上，女人是从子宫内部最深处的颤抖。这每一招每一式，都是老师傅毕生的修行啊。

但如此，我就错过了，老派，老 Y，他们虽然是老头的外貌，但其实那某些时刻泪眼汪汪，孤寂、愤怒、别扭，走出这酒馆对那外面已被年轻人粗暴汹涌占领的新世界，恐惧、故作镇定，保持最艰难的尊严。他们的眼球和视网膜，记录了这个岛屿这个世纪最初十年的烟花迷离、纷红骇绿。有些时候，他们是真的像小男孩玩着那，对坐两人假装各自老二涨大勃起，将酒桌上举的无聊把戏。或是像周星驰和达叔的隔空用掌风打对方，另一个人则做出中掌，脸部肌肉扭曲、凹塌，身体也被掌风吹得朝后歪倒，手臂乱挥像在挣扎的慢动作。或是他们拿着对方的生殖器开中学生式的玩笑，这个说对方和女人的销魂时刻，是“太平洋洗萝卜”；那个说对方的马子不耐烦说：“快点！你干嘛不快上？一直拿牙签刺我屁股。”

我年轻时如果预知自己会置身这样的“琥珀之境”，和这些老男人欢乐、绝望地浸泡在这果冻或稠液的时光之胶里，这些眼花撩乱，脑袋跟不上瞳距变焦的转速，只能前仰后仰呵呵呵笑得口水流在嘴角，那就不会对迷恋的女孩儿搞那套，写好几页的情书；或是跑去海边痛苦抽烟漫走；或是花极大心思想给女孩一个梦中场景，骑机车载她到山上，某个秘密山坳，恰可以看见下方整个城市像洒开珠宝的夜景……

有几年，我和我的妻子关系很紧张，我认为她有忧郁症，但她只任我陪着去看了次医生，便再也不肯去了。那些装在一包一包印了密麻绿色小字纸条里的药物，她也不肯碰。我们在那之前非常恩爱，但那段日子我像活在冰窖里。我们时常争吵，一开始我认为我都在理，只是她把我们活在一起的这个小空间，我们，以及还很小的孩子都用一不知哪个次元的人装进她脑袋里的旋转门，转进一个漂浮、窄扁、光度幻异的世界。争吵到最后，变成像是我用语言在强暴她，她会哭泣地用头撞墙。

那阵子，我很痛苦，事实上，我没什么朋友，有一两位视之为兄姐的前辈，我在咖啡屋和他们聚会时，像故障的排油阀，停止不下来，讲述我婚姻上碰到的困境。我原不是那样的人，但那时我像是 CSI 的探员，细细琐琐地讲着有一具尸体的房子，所有暗藏进地毯、墙角、衣柜里的内衣裤、书桌抽屉的信件，那所有陀螺打转的细节。这些大哥大姐睁着充满同情的大眼听着，说一些安慰我的话。但转头便将我告诉他们的这些私事，告诉了所有的人。

只有老派，我记得那可能是他第一次拉我到这间酒馆吧。那时我跟他其实不熟。他可能认为我和他是不同世界的人吧。他像是《推销员之死》里，那种上一世纪的业务员，每晚得和不同的客户、记者、警察、广告商、作家……喝酒。一摊结束再接一摊。我记得我和他叽哩咕噜说了我的困境，他没说什么，继续斟着酒，抽着烟。后来我去上厕所回来，发现他盯着头上方那播放着欧洲不知哪个杯的足球赛，他的脸上全是泪。我坐下来，没敢多说话，后来他似乎说了句类似："你想想像我们这样的人，是什么德性，你老婆，我老婆，她们这样的好女人，当初是眼睛瞎了选了我们。这就在最早的时候就要认，这一辈子，再怎么样，只有她们对不起我们，我们不能对不起她们。"

仔细说来，他这段话，没什么哲学深刻性，但我当时，就像猪八戒吃了人参果，遍体舒畅，好像被邀请，进入一个很早时光的西部片，那里头牛仔帽低低戴着安静喝酒的老警官；或是山田洋次电影里，那战后仍贫穷的东京底层市民，某种男子汉气氛的，被世界伤害过了的人，在酒馆里像游魂，沉默悲伤地认定自己是废弃物的命运。

他从没把我告诉他的事说出去。后来我便经常在夜晚，他电话叫来这酒馆，通常他已喝得半醉。

有一次，我跟老派、老Y在那间酒馆，听他们胡吹各自在大陆旅行的时光，总总超现实、科幻片般的艳遇。

老Y说，有一次在哈尔滨，同团的一个小黑人，达悟族的，说着一口标准的北京话。我们先是一伙人去一间俄罗斯酒吧，里头一个俄罗斯妹都没有。倒是小舞池有个也弄不清那算是满族的还是蒙族的，戴着个牛仔皮帽，穿着鞋跟加铁块的尖头马靴，脖子还系条红领巾，在那跳着像踢踏舞之类的舞，噼里啪啦踩得地板脆响。同时后头有个戴眼镜的女孩，快手弹奏吉他，那个不知从哪时空跑出来的牛仔，屁股扭得骚的！同时唱着我也弄不清的满族、蒙族，还是鄂伦春的民谣。这时我身旁这个小黑人，可能达悟族天生灵魂中歌者的那部分被激起来了，他开始唱起达悟的歌，那歌喉像天空飞过一梯队美国 F-35 战机，稀里哗啦就把地面那些 IS 的武装堡垒、什么机关炮阵，全灭了。他的歌喉就像光波炮啊。那个牛仔愣在舞池中央，唱不下去了。整个 PUB 里各桌的人们，也像热带雨林各树丛的禽鸟，在那一区一区的黑影转头盯着我们。我想我们会被打吧。一会儿那牛仔满身大汗来我们这桌喝一杯。“哪儿来的?”“台湾。”他也被这小黑人的北京话口音给唬住了。总之后来我们那团其他人，借故都先溜了。剩下我陪着小黑人和那牛仔拼酒。太可怕了。我后来发现那一屋子酒客都是那牛仔的兄弟，像排队买烙饼那样一个个都笑着来敬酒，他们喝酒是像马那样张大嘴，直接把一杯烈酒往喉咙深处倒。我后来陪着笑硬把小黑人拖出那酒吧。

走在大街上，小黑人不解气，拉我去一间招牌写着“洗浴”的店。我们在衣物柜前更衣时，我一瞥小黑人全裸的背腰和屁股，他妈的真是肌肉棒子，我自卑地把自己一身白肉松弛的胖肚子转过对着柜子。然后服务员带我们各自走去一个小房间，这小黑人光着一身黑亮的猎人体魄，还用标准北京话威慑那服务员：“这我小兄弟，你们好好招待他啊，不要怠慢啊。”

那个房间满破烂的（相较于外面那用灯墙装潢得像太空船舱的

高级感），有一张按摩床，还有床阿嬷年代的碎花布大棉被，但我想或这是东北，冷起来真的需要吧。重点是推门进来的女孩儿，真他妈正翻了，简直就像年轻时的赵薇。我酒整个醒过来，真的是从没这么和这样的美人儿这般近距离，真的“美”这玩意儿，有电的，有强光的，我整个被这不可能的幸福的强光给照醒了。我和她抽着烟，讨论价格，当然也问问她的身世。我们从下飞机，进到城区，住进饭店，之后到大街乱晃，嘴里都嘀嘀咕咕着——骗人，哪有传说中的妹子。这会儿，我眼前这美人儿，那难怪世界上有种族歧视这种东西啊，高大、漂亮、像赵薇那样的大眼，我觉得自己像头长了疥疮的秃驴，在一匹剽劲的高大雌马脚边吞口水啊。

但随后我从这仙女般的女孩口中听到一噩耗，就是她们只做“半套”，就是帮你噜管，打手枪而已。这算啥，我千山万水从亚热带的那个岛，跑到这里来，遇到了这个我此生不可能再遇见的极限美人儿，离开这房间之后就再也无缘了，结果是让她像兽医帮猪仔套取精液那样打一管？我不断哀求她（这时她已爬上床，在我背后胡乱地按摩），我说我加一千、两千，求求你，让叔叔解个馋，不要那么狠心。但她即便被我逗得嘻嘻笑，不肯就是不肯。说：“他们这家店就是这么规定的。不行的。”我不断夹缠，软语温言，她就是不肯。这时突然听到门外，那小黑人豪迈的声音：“Y，我先下去了，你慢慢享受啊。”我和那小美女都吓了一跳，我想：这么快？我说：“好，兄弟，那你在外头等我一会。”然后我和这标致女孩儿，又在那烂房间里，各点一根烟抽着，我问她的身世，然后又是哀求、撒娇，手胡乱摸，她吃吃笑，但就是不依，最后我认了，像在兽医院手术台的小狗，翻躺着，让她身装整齐帮我噜管。

这时他妈的又有人来敲我们的门，我吓得那话儿都缩进腹腔了，这女孩也吓得脸色惨白，我赶快起身把按摩房的大短裤穿上。“不会是公安吧？”但她开了门，好像是另个女孩，两人嘁嘁促促说了一会话，好像有什么好笑的，两人笑得喘不过气来。

她进来，关好门，说：“没事。那是我同事。她说，你那个朋友，下去后，好像觉得不过瘾，又买了个钟点，又回来了，换了个小姐。”

我忍不住惊呼，这什么铜筋铁骨啊？而且这又不是干那事儿，这不就是噜管吗？怎么才噜完一次，马上还可以再回来再噜一次？这美人儿也笑着说，真的她们这也是头一回遇见这种事。

我要说的，你们一定不相信，因为我受了惊吓，便和那美人又各点了根烟，哈拉了一会，定定受到惊吓的魂。当然我又提议加价，求她和我来一段温存，她也还是温柔地拒绝了。然后我又认命地像驴子翻肚躺上手术台，任她帮我噜管，这时小黑人又在我门外，中气十足地说：“老 Y，你还没好呀？那我先下去喽，你慢慢享用。”我又说好好，我和那美人儿都憋着笑。然后约五分钟后，又有人来敲门，是这美人的另一个姐妹，她进来时简直是蹲下去抱着肚子笑：“你……你那朋友，他又买了一节，又换了一个小姐，来第三次。”

其实，这故事到底该从达悟族说下去，还是说说我，喔不，老 Y 在东北发生的后来的事？现在说话的这个是谁？我说，老 Y 说，后来在房间里，那女孩儿做了一个非常性感的动作，她把她的手机号码（非常长），用一枝原子笔抄在老 Y 的手腕部位，这举动清纯（她无论老 Y 怎么哀求，并加价，就是不让老 Y 上，表示她来打这份工，是严守底线的，她绝对只帮客人噜管，绝不让客人的那根被她手掌搓硬了的屌插进她胯下），又色情（她抄下自己的电话给他，说他可以约她去看电影、喝咖啡，这不等于是谈恋爱了？），但老 Y 悲伤地想：我明天就要离开哈尔滨啦。这怎么像《麦迪逊之桥》[1]、《倾城之恋》那类的电影？他在遥远的哈尔滨遇到了真爱，他脱团，改机票，留下来，打了那支电话，和女孩展开一场热恋（一个月？或一年？），或是他余生就沉沦在这北方之城，成为这间小姐只帮客人噜管的三温暖的打杂工。他想象着冬天整座城被白雪封印，他穿着雪衣在噜管三温暖店门口扫雪的孤寂景象。

当然这并没有发生，否则老 Y 怎么可能坐在台北的这家酒馆跟我们说这故事？老 Y 说，没错，我是个俗辣！我不敢脱团、跳机，第二天我还跟着我们那个团，坐了来回八小时的车，去参观了个什么纪念馆，是一座大炼钢厂。我们跟着导览的女同志，去一个黑黑的房间，看一部影片。那看起来像是一部纪录片，拍着一九六八年的某天，一些穿着灰色工人装，脸黑黑的同志，在这个巨大的厂的上方铁桥走着，下面像是火山熔岩那样高温红色的滚汤——确实有点像《魔戒》的廉价版本场面，突然有个人哀嚎着：“惨了，惨了，那锅渣倒了，万一倒进那炼钢炉里，这全部的国家的炼钢设施，都毁了啊。”其他人像歌队里重复着这样的灾难之警告。但那锅渣真的就像土石流往下塌，这时，有个同志，对着镜头说了一段话，大意是咱们既然在这岗位上，就不能容许这锅钢炉报废。说着他就跳了下去，用肩膀顶住了那塌下的锅渣，但同时也被那烈焰熔

1 *The Bridges of Madison County*，大陆通译《廊桥遗梦》。

浆吞噬……

老 Y 说，他看这电影，觉得不可思议，问那导览女同志："这真的是纪录片吗?" 那女同志严肃地点头："是，是纪录片没错。" 老 Y 说我心中就想：$% @$*，我就不信在一九六几年的那一天，他妈的他们真还有个人扛着台摄影机，跟在这人和他哥们身边，恰好就拍到锅渣塌了，而这人往火池里跳，为国牺牲的这一幕。

重点是，那天晚上的晚宴（他们风尘仆仆，从"王铁人纪念馆"一路塞车，颠了四个小时车程，回到哈尔滨）招待他们这个团的对方，他们的头儿，是个女酒鬼。在晚宴前她就放话，要 PK "你们这些台湾来的男同志们"。这挑衅的话一扔过来，台湾这些男子汉们可全炸锅了，这里头有外省挂的（例如老派）、有本省挂的（例如老 Y），有客家背景的（一个汉操非常棒，年轻时打橄榄球的哥们），全是回首半生，各自多少画面浮上，自己的喉咙灌下各种烈酒，台北的 PUB、啤酒屋、快炒店、无数玻璃酒杯里装着酒精六十度以上的各种高粱、威士忌、二锅头、小米酒、XO、高级红酒、比利时黑啤酒、塔 ki 啦、琴酒、伏特加……像彩虹般焕光摇影地倾倒进自己鼻窦腔下的那开口，形成一快转的蒙太奇。他们激愤得像是球队分配前锋、中场、后卫、球门，安排战术，各人到时站哪个位置，迎战这个深不可测的女酒鬼。当然，我方有一同样酒量深不可测的战神，大家都把目光投向那达悟族小黑人身上。

谁知道，晚宴开始，那女领导、女酒鬼，先拿了两公杯（也就是五百 CC 的大玻璃杯），坐在这达悟族旁边，笑吟吟的两人各饮了一公杯（那服务员拿着一箱可能是东北产的高级白酒，用瓷葫芦瓶装着，一倒一杯就是一瓶），屁欢欢说了些互捧的话，就结拜姐弟来了。老Y说，操，我方最强的达悟族战士，当场就倒戈了。接着——你终于知道当年国民党军是怎么在东北，以骄兵之姿，被解放军打得七零八落——餐桌上，她就盯住了这个团的头儿，也就是老派，各在面前放一公杯（刚刚说的那五百CC的大玻璃杯），你知道六十度以上的白酒，一般对轧是用五CC的小酒杯啜饮的。但后来我们才理解，这就是“斩首”行动，这不是在应酬喝酒，这他妈是在搏命啊。原本其他那些虎背熊腰，爷们气的兄弟们，被一种奇怪的气氛，区隔成旁观者。那晚宴大圆桌变成古代两军对阵，鲜衣怒冠的双方主帅，背插旌旗，各持长戟或关刀，拍马而上。这边女领导说几句漂亮话，仰头就干掉一公杯那高酒精白酒；这边老派也面不改色（他的脸色永远像还没画上任何东西的图画纸那么白），豁啦仰喉五百CC下去。这样一来一往，你五百CC，我五百CC，感觉他们喝的不是那在血管里让所有神经麻痹的烈酒，而是椰子汁或甘蔗汁吗？那个规格早已远远超过什么足球赛的境界了。真的像孙悟空和铁扇公主在对赌，我剜一截肠肚，你割一块心肝。一旁的人只能跟着擂鼓呐喊啊。

老Y说，这样惨烈而让人心生恐惧的PK对喝，绝对也是他此生仅见。他们约莫各喝了十二点五巡（等于各自灌下了七八公升的烈酒，就算是车，那燃料也能从这跑去白天的那“王铁人纪念馆”啊），女领导还是笑语晏晏，老派也仍面色如雪，这时老派转头跟坐他一旁的老Y，低声说：“着了道了，今天恐怕会死在东北。我曾听说有些女子，体内缺少某种酶，不会分解酒精，这种人千万中出一二，她们不是酒量好，是她喝下去的，完全不会吸收，她在那儿等于喝的是水。不想我今天遇到这等人物。”他们又各自灌下四公杯的那葫芦瓷瓶倒出的烈酒。老 Y 这时感觉到老派的脚在颤抖着，那像小时候玩的某种上发条的锡制玩具狗。老 Y 突然流下泪来，想我平日不知我这哥们是这等人物。这时他看见自己手腕上，昨天那女孩用原子笔写的一串电话号码，已成糊糊一条像胎记的蓝迹。

我曾在不同的小说（那些外国作家）中看过这样一句话：“好多年以前，那时候我是一个跟现在完全不同的人。”于是我也曾将这样的句子放进我不同的小说里。不同的故事，似乎加了这样一句话，就像咖啡里洒了点肉桂粉，或是羊肉炉加了些米酒，那立刻被提升了不为人知的另一层次。但或是我太喜欢这句话了。你们读我前面写的，可能会以为，老派、老 Y 是那种酒馆的烂老头。但其实我曾在不同的白日，和我的妻儿，走在路上，恰遇见老 Y 和他的妻子和女儿，穿着同款的运动恤，正在散步。我们打招呼，介绍彼此的家人，那说不出的怪啊。另一次我则是在一家星巴克遇见老派和他的妻女。那些时刻的他们，如此陌生，似乎我们曾经是某一间汽车公司或房屋仲介的业务员。我们曾经穿着那种蹩脚的西装，一起买 7-11 的三十五元咖啡，在路边不知道怎么向茫茫人海推销那些像是空间，但又像是科幻电影中的道具。然后很多年后，我们遇见了，怀念、羞耻，又带着一种错愕。当然并不是这样的。我有时会想：老派和老 Y，是从我生命中的哪里冒出来的呢？这些故事，这些夜晚，好像发生过，好像从没发生过。我年轻时，老婆生孩子，一些哥们到医院来探望，我会和他们到医院楼下的巷子里抽烟。但当时这些哥们里并没有老派和老 Y 啊。他们是从哪冒出来的呢？而当年的那些哥们，为什么后来都不见了，都到哪去了呢？

有一次，我们歪歪跌跌地从酒馆走出，当然都喝醉了，我们穿越那一辆车都没有的马路，这时有个该死的条子在街道对面等着我们，我不知他为何是落单，通常警察不是一定两个一起巡逻的吗？那条子要查我们的身份证，我们当然不理他。那时我觉得我们好像电影里的劳勃·狄尼诺[1]、约翰·屈伏塔[2]，和布鲁斯·威利[3]喔。后来不知怎么搞的，我们三个围殴那个条子，我记得我其中一拳打在他的安全帽上，他整个摔倒时把他的机车也撞倒了，他应该有配枪吧？但我看见老派和老Y的鞋子，交替踹他那制服裤子上方的皮带。那有一种脏旧、贫穷年代的印象。我们口中吐出像野兽那样的咆哮。那时我对他俩，充满一种无比亲爱的情感。

1 Robert De Niro，大陆通译罗伯特·德尼罗。

2 John Travolta，大陆通译约翰·特拉沃尔塔。

3 Bruce Willis，大陆通译布鲁斯·威利斯。

粉彩

在这个粉彩人物大瓶上，色彩柔和，胭脂紫、矾红、湖绿、大绿、墨绿、赭石、蓝、黄、白……洞石、蝴蝶、牡丹、月季、海棠，皴染层次繁复，前景有个面容瘦削的古典美人，穿着黑色百褶绸裙，上身是烟绿宽袖旗装，我看这脸不是大小姐吗？花园的稍后侧，一个穿红袍的锺馗，那剑眉浓髯画的不是我吗？我，不，锺馗的身后还有个小鬼卒，扛把大枪。如果旋转这瓷瓶，你会发现远远近近画了许多人物，我仔细翻看，发觉一个白发白须老翁，拿着个大红寿桃，哈哈那脸是老派的脸。问题是这大瓶上的人物，包括脸孔，都在一釉壳的开片冰裂上，那细细的小裂方格，仿佛他们之所以脸带诡异笑容静止在那个二度空间，是因绘画出他们存在的这绿色碱式碳酸铜、暗红色釉料的三氧化二铁、青黄色的铅锡锑黄釉料，在某一个时刻，像冰河时期的冰封海洋、陆地、街道、市集，全被冰冻住了，我们只看到那些冰裂，不知道活在那一层薄薄大瓶表面的他们，正在说什么？正想说什么？正在谋划发动什么？

月白、天青、粉青、豆青、豆绿。我又在这粉彩大瓶旁看到一只康熙五彩刘备招亲图瓶，但定睛一瞧发觉那瓶沿彩釉上的人物乱成一团，不是因这瓶是仿品赝品，画笔勾描的色料混淌，我定睛瞧，发现那些小人儿乱糟糟在各处乱跑。

他们在拍一部电影，在这片灰绿色植被的谷地，散落着至少有三四百人吧？不同的取景的工作人员、临时演员、甚至媒体记者。在这河谷中央，有一条溪流，此刻这溪的两侧挤满了架机器的人，这里应是拍整部电影里极重要的一场戏。很不可思议地，我竟是要演这一幕的那个主角，似乎是倒栽葱坠入河里，头下脚上地下沉，但水似乎不太深，所以头要像泥鳅那样钻进河底的淤泥。我有一个很深的印象，是这水非常的冰冱，头终于在一缓缓下沉的状态，扎进底部泥沙，那时脸部在眼窝和鼻翼两侧，都感到一种温暖。

大约是第三次，还是第四次的 NG 重拍之后，我出了水，披着浴巾，说：“老子不干了。”然后甩开副导和助导他们伸过来想拉住我的手。

当然应该不是我的问题（奇怪我好像并不是这出大制作电影的重要角色），据说是恰好在我离开那拍片现场的那段时间，许多工作人员纷纷对这公司的老大，提出他们的抗议和愤怒。这个老大，之前根本没碰过电影这件事，他是广告圈的大哥级人物。这次不知怎么画了幅不可能的蓝图，哄诱得几个大企业主和私人金主，掏出大笔资金，投资他拍这部“史诗规模的巨作”。但他根本搞不定这种场面的调度，以他从前带部属的方式，就是高压、震怒、斥骂，讲一些唬人的抽象观念。但我猜人一旦被放在这片广阔的旷野，心也自然野了。那种办公室内近乎威慑的父家长权威，这里一片混乱，还加入更多不相干的临时演员，一个镇不住，就像古代的部队哗变。天宽地阔的，老子还跟你装屁？一看你不行嘛，每处团伙乱成一气，像一个失控、动物全从栅车跑出的马戏团，怎么说的？树倒猢狲散。

这时我听到两个老头大声在争吵，使我的注意力从这只人物乱跑的粉彩大瓶表面离开。

一个气质像是退休教授的老者，一脸悲愤地说："你用放大镜看这蒲纹，这个琢割处的砣工，根本是现代电动钻头才有的涡旋。而且你告诉我它的水银沁，我回去看这只有在裂缝处，其他部分都没有沁的状况，这不合理。"

另一个老头，可能是这家古董店的老板，也两腮鼓突，头顶冒烟说："最怕就是你这种懂个两三分的，古璧要作假，只有'酸咬'一途，你看看这块璧的玻璃光，酸咬过后是不可能有这样美的玻璃光，这个刻纹，并不是现代工，战国时代的砣具，打出这种旋纹，是很合理的。"

我非常害怕这种老头吵架的场面，小时候听我父亲说过一故事，说有个叫管辂的，好像懂一些神鬼巫占之术，有次他看到一个少年，告诉他三日内必死，这少年当然哭拜在地，求他救命，他便教这少年在夜里，带瓶净酒，一块鹿脯，到南山大松树，有两老头下棋，汝便可如此这般，或能有救。少年照着管辂所教，真的带酒肉上南山，只见漫天星斗，松树下两老头，一穿白衣，一穿红衣，正在为一盘棋吵架，这少年呈上净酒鹿脯，两老头忙着吵，接过酒肉便吃，吵完后才发现这少年，知是管辂泄露天机，而这穿白衣老头是北斗星君，正是掌死亡，于是让少年延寿不死。

我小时候听这故事，还杂着我父亲说起管辂曾在宴席，帮一大将军何晏卜卦，说了不中听的话，何晏和手下邓扬皆不悦，管辂回家后，他舅舅非常担心，管辂说："与死人语，何所畏邪！邓扬行步，筋不束骨，脉不制肉，起立倾倚，若无手足，这是鬼躁之相，将为风所收；何晏神情，魂不守舍，血不华色，精爽烟浮，容若槁木，这是鬼幽之相，将为火所烧。"后来真的司马懿发动高平陵之变，何晏、邓扬都被杀。我小时候听我父亲说管辂的故事，还有他预知人死，振振有词，心里对这管辂说不出地阴暗恐惧，且听说这管辂后来寿命也不长。

这两老头正为着那枚战国蒲纹玉璧是真是假争吵不休，西特林在我身旁，心神忡忡地说：

"前两天看了一部日本片，很怪。"

西特林对我描述那部日本片，一开始是昆汀・塔伦提诺[1]在一九九六年拍的一部黑帮电影的结尾，那个黑帮分子，在加拿大的一个叫那个哪里的地方，漫天大雪，把所有人火拼抢夺的那一袋美金，挖了一个坑，埋进去，最后在那土堆上插一把铲子，然后被赶来的警方逮捕。这电影就结束了。然后是日本一个，长得很怪的女人，她原本是OL，在她的房间看了这部电影，她相信真的有一

1 Quentin Tarantino，大陆通译昆汀・塔伦蒂诺。

袋钱埋在那个冰雪之境，她把片子结尾那段反复重播、辨识，记下那小镇的一切，还把那个插着铲子的地景，画在一块布上。有一天，她老板要她帮他小孩买晚餐，拿一张信用卡给她，她却去机场刷了一张机票，直飞加拿大。她的英文非常破，身上也没钱，但到了加拿大，一路只会说一句："我要到那个哪里。"当然那后来变成一部公路电影，她一路搭便车，遇到不同的好心人，当他们问她要去那个哪里做什么，她说要去挖出那袋钱。他们全失笑说，那是假的啊，那只是电影。他们一露出不信她的样子，她就逃走，继续在冰天雪地的公路彳亍前行。最后她叫了一辆计程车，开着开着，她觉得车窗外的景色，就是那电影里埋钱之处，她就跳车逃跑，然后继续在大雪中走着，最后在雪地公路边睡着。第二天醒来时，雪都停了，天空非常晴朗，她继续走着，来到那插着铲子的地方，她拼命挖，挖着挖着，真的有一只皮袋在那，拉开拉链，里头真的是一叠一叠美金。

"好美，"我说，"但她应该是死了吧？"

西特林说："但这女人就是我们，我们从年轻的时候，就相信那些是真的，然后我们过了这倒霉的一生，然后现在，那些年轻人不信了，他们对我们说：'哈哈，傻瓜，那又不是真的。'"

我说："但'那个哪里'是哪里呢？"

西特林拿出他的手机搜寻，我则拿出我的手机搜寻"战国玉璧"，却出现一大堆古董行、艺术品投资公司、拍卖公司的网址，那两个老头还继续吵着，我注意到这间光线昏沉的古董铺角落，还堆着好多只青花瓷罐、粉彩花瓶、五彩人物笔筒，影影绰绰，不只那些瓷瓶的圆肩轮廓，而是那圆弧上被盘枝莲、蕉叶纹、牡丹、忍冬花纹上下左右圈围成一个二次元世界，但那些袅娜纤弱的小姐，那些靛青晕糊的骑马执刀的古代战将，那些小裂片里的八仙，他们好像是我认识的一些人。但这些堆在暗影角落瓷瓶我看十个有九个是赝品，那那些活灵活现、曾经在窑中高温流动，那些粉紫子、梅子青、朗窑红、宝石红、矾红、胭脂红、卵白、甜白、娇黄、姜黄、孔雀绿、兔毫、油滴、茶叶末里，冒着沸泡形成脸孔、脖子、耳垂、鬓发、衣衫或胄甲，挤眉弄眼、似瞋还笑、依依不舍，或充满杀机的男女，他们是怎么活在一个假的载体上？

我记得关于管辂的故事，还有一段是他去帮一人卜卦，结果他说出三件怪事：有一个妇人生了个男孩，这婴孩一下地就咯蹬咯蹬走进灶里被烫死；还有床上有一只大蛇衔着一支笔，过一会就离开；第三件是有一只乌鸦飞进屋里和燕子打架，燕子死了，乌鸦飞走了。被占卜的人听了这些怪异的卜相，非常惊恐，管辂却说：“这没什么，房子时间久了，就会有一些魑魅魍魉作怪。”这还没什么，我看这管辂，在古代就是和老派一路的人物吧？

突然，老板或因激动，手像释迦牟尼佛出生时指天那样，我坐的位置，恰好看见他身后柜架上，一只同治粉彩八仙人物故事纹八角碗，在那蒙暧昏暗的光线中，一团白光，豁啷跌下地，原本八个棱面各绘了吕洞宾、张果老、铁拐李、汉锺离、何仙姑、蓝采和、韩湘子、曹国舅，但其中红彩暗淡凝腻，笔法也杂乱，但这一摔破，老板弯下身捡起，恰摔破了一片，他把那缺角的金沿粉彩碗，和那片崩了的放在桌上，我注意到那破瓷片上绘的是汉锺离，但整个脸就是我嘛？我们其他人都想老板会哭出来吧？这么一件精巧泛着玻璃光晕的同治粉彩。没想到他一脸轻松，对那退休教授模样的老头说：“怎么样？砸了我店里的镇店之宝，这可是我女儿去加拿大的那个什么地方拍卖回来的。”

老教授说：“放屁，我看最多就三千块骗这两个不懂的后生，根本是赝品。而且我人坐这外头，你可别赖我。”他用报纸把那块战国玉璧包包，塞进公事包里，满脸通红，嘀嘀咕咕走了。

我把那片有个弧形的破瓷片拿在手中翻看，那个秃顶蓄腮胡的腆露着大肚子的胖子不是我还是谁？我心中有一种说不出的晦暗，好像只有我孤伶伶和原本的粉彩八棱碗破裂脱离了。我问老板：“你这破片，也不成了，就五百块当送我吧？”

这时有个人掀帘低头走了进来，进到这堆满瓶罐、佛像、玉石小假山的阴暗空间，才发现他穿了一身警察制服。

我惊呼一声：“猫警官！”

猫警官说：“喵。”

老板说：“你们认识？”

猫警官跟我的渊源可深了。他是个非常沉默的人，但只要你提个话引子，是跟任何有没有外星人存在的话题有关，他会打开话匣子，举证历历。我记得有一次他告诉我，在地球高空的轨道上，有一颗叫“黑暗骑士”的卫星，非常奇怪，它的运行方向和后来人类发射上去的卫星运行方向完全相反，而且它是在一九六〇年代美苏有能力发射卫星上去之前就存在了，甚至有科学家证明，这颗“黑暗骑士”卫星是一万三千年前，由牧夫座的主星河一的系统地区来到地球，它在地球和月亮之间巡航了一万三千年。他还说月球的内部是一个铁球，根本是人类文明还没出现之前，就有外太空高等生物放个观测站在盯着地球。

对了，我之所以叫他“猫警官”，因为他是个良善的警察，他每天骑着重机到木栅山里喂养一大批野猫。他其实是个小警察，一直升不了官的原因，乃在于他不愿开那些骑机车戴着黄色工程盔，后面载油漆桶和折叠梯子的可怜阿伯的罚单。有次他告诉我，他当警察第一次开枪时，自己腿都吓软了，那时是在永和中正路的邮局前，两拨小混混拿着西瓜刀在互呛，似乎就要砍人了，他在一旁劝阻，没人鸟他，于是他拔枪朝天花板轰的一枪，所有人才都吓呆了。

我介绍猫警官和西特林认识，猫警官低声对我说：“这间店的东西全是假的。”

这我不稀奇，真的也不可能让我们这么近距离把玩。但我这时心中有一种晦暗的情感，很多时候，我和老派和那些人在那些酒桌上，明明他们说的全是谎话，假的深情重义，为何我也能笑咪咪地坐在那儿，以为置身在一种文明的彩绘流淌、窑火烘烧。我在YouTube看到一个大陆的鉴定收藏品的节目，节目后侧一排专家，瓷器的、字画的、玉器的、杂项的……每次上来一个大妈、大爷，或年轻男孩女孩，抱着他们的藏宝，交由专家鉴定。我印象很深的一回，是一个中年妇女，拿了件当阳峪窑黑釉剔划花小口瓶，中肩有一圈方块回饰纹，那瓶肚上的剔花，不知是牡丹还是茶花，瓣片舒卷，非常美。她说是一直从公公婆婆时代就放家里，但他们也不懂是什么，有回有个懂古董的来家里，说这要是真品，可是值三百万啊，介绍她拿去上海一家拍卖公司，交百分之五手续费，那拍卖公司鉴定是真品。结果在场专家（一个白发戴眼镜，很温厚的老头）鉴定那是一件仿品。也就是说这类假鉴品公司用这种方式，说假为真，凭空收她十五万人民币的鉴定费。

另一次我印象很深，藏主拿来两支清代景泰蓝铜帽架，上头各一铜镂空雕小盖，据说可以放熏香，这两铜架像两只灵芝，灵芝头部分蓝底，底沿一圈紫带金如意纹，中央红绿螭龙盘旋，支架下方小座有芭蕉纹。这藏主本身是个古物行老板，这两只帽架已经卖人了，定七十万，人交了二十万订金，结果带一伙人来退货，说他这景泰蓝是假的，他气不过，拿来这鉴宝节目请专家掌掌眼。结果鉴定是真，嘉道时期的精品，一旁节目找的店主团说这可以卖到一百几十万。

更多的是白胡子老爷子带来一卷陆元绍的山水画、林风眠的仕女画、齐白石画的虾、李可染的《万山红遍》……当然都被专家打枪，鉴定为伪，我看那些老人瞬间脸色惨白如金纸，摇摇欲坠，像胸口中了一枪。

我问猫警官："全是假的，你干嘛还进来？"

猫警官说："东西全是假的，但老板是好人啊。"然后猫警官说了一句："台湾现在穷喽，除了八〇年代元大、林百里、震旦行那些大老板，因缘际会收到些真正的好东西，我们现在小老百姓，只能在这一屋子假，斗斗知识，有些又假作真时真亦假，有些小青花水注、破片，或民窑丑得不得了的囍罐，或越南海捞瓷，这些或是真的，但混在官窑、古月轩珐琅，甚至同治的官窑粉彩人物画精品，怎么可能，我们只能抓住那美好的痉挛。"

我记得在那节目里，有个小伙子，拿来一锦盒，里头两只白若凝脂的小玉器，一个小水丞，极薄的胎沿非常优美卷起两如意瓣，另一只小笔洗。盒中另有一纸，写着“大清乾隆年制”。这小伙子说这东西是他爷爷临终前说要给未来孙媳妇的，当时他人在北京念书，没能赶回家见爷爷最后一面。他说得眼睛濡湿，全场感动，结果专家鉴定，这是新仿的，玉质是青海玉。

还有一个女孩，拿了五只大清道光年制的矾红描金、金玉满堂的折腰碗，说是她爸爸在英国小拍卖会花了八万人民币。镜头特写那碗时，那白发戴眼镜的老鉴定家，充满情感地说，孩子你看看，这个白碗的白，那么洁白，这描金是真金，它每只碗上画的七八只金鱼，鳍尾翻飘，活灵活现，你看这鱼眼睛啊，好像滴溜溜在转啊。我可以说，这是五只真品。

有个农民模样的男子，拿了个白端砚，说是走村挨家挨户去淘来的，想说没听过端砚有白的，肯定珍贵，他开了个心里预期价二十万。那些鉴定老人手传手把玩这只白端砚，似乎爱不释手，最后那专家说，这种白端，是以前画家调朱砂、明黄、丹青这些颜料的文房啊。但可惜端砚说是名砚，但价格其实一直低，比不上皇家专用松花砚，也比不上歙砚。而这只砚的背后，有一条裂纹，于是专家给了个五万的估价。还有个古玩店主竟开了五千块钱，我看那持宝人脸色发黑，像要揍人了。

还有个中年妇女，说几年前，她小孩考过高考，一家人去广西玩，没想到她家老爷子，那五天啊，完全没陪孩子，而是跑去一间文物店里，像魂掉了盯着这只黑罐子，每天去跟人家老板叨磨。后来我不忍心，就批了十八万让他买了，这个黑不溜叽的丑罐子，我每在家里看了心就痛，就后悔，万一是个假的呢？那个白发戴眼镜的老鉴定师，抚摸着这上头有白色条状斑点的黑盖罐，他说，这是北宋河南当阳峪窑飞白纹的盖罐啊，这种纹饰叫跳刀纹，胎面上双层黑白釉，上色后，放在转盘上，一边旋转，匠人用竹刀随着那转动颤跳着刻纹，这是极高的技艺啊。

老板把那呈一弧形的破瓷片放我面前："五百块给你了。"

我心中有一种极深的悲哀，这也是假的，这一屋子堆叠、影绰、像钟乳岩洞的假瓷瓶假瓷盘假佛像假紫砂壶。但是什么样的匠人，那么专注，那么清晰所有程序的细节，同样难之又难的造胎、上釉，用粉彩画上花间顾盼的仕女、亭台楼阁，或用同样的靛青料，不输给那些宫廷匠师的运笔，画上山水，画上刀马人物，画缠枝莲，画暗八仙、博古图，有的要做出哥窑铁线金丝的效果，有的可以弄出龙泉窑梅子青神鬼莫辨的色韵。在那造假的时光中，他们也像艺术家焚烧自己创造力的光焰，但他们造出的那惟妙惟肖，密不透风的假宇宙，会在一百年后、两百年后，让某个鉴定专家判定那是假的。那可能让某个收藏这件被判死刑之物的主人，瞬间生不如死，或某些说是"我爷爷的爷爷传下来的"，那一切时光旧梦全被挥发，化为空无。据说大陆还有一个鉴宝节目，只要鉴定师一判定那瓷器是假，主持人立刻拿一榔头当场将即使美不可言的伪耀州窑、伪乾隆五彩瓶、伪青花釉里红瓶、伪同治粉彩仕女瓶、伪元青花、伪永宣青花……敲成碎片。当然连这都是噱头，都是节目效果。

你知道为什么我们那么注重诚实？美猴王问我。

那时候，他们把我抓进那牢房里，完全没有你们想象的刑求，拔指甲、电击、坐在冰块上那一套。那是个没有对外窗的小房间。每天有三餐从门洞送进来。大约关了三个月，有个特务会在另一间只有一张桌子的房间审讯你。他的态度甚至可以用温柔来形容。他叼着烟，充满感情地看着你。后来你才知道，他们每人有一本《特务手册》，上面连叼烟的姿势，说话的神情，要提问哪些问句，全部都详细规定。那个人通常会说，你让他想起他年轻的时候，纯洁、有理想性、“爱国”。然后他会要你交代你做过什么？他告诉你，你的同志们已全部招了，这件事剩下的，只是你要不要诚实了。你只要诚实说出一切，就立刻可以回家，官方保证你可以像鱼回到水中，过你正常的生活。这时这些日子你孤独关在这小房间，时间感漂浮产生了影响，从前种种，那些读书会里激昂真挚的脸变得透明、遥远、不确定。你感觉这个把你抓起来的机构，那么强烈的欲望，就是像螃蟹用大螯钳住你，要你吐出实话。也许你说了部分实话，遮遮掩掩在某种程度出卖了你的朋友，但接着你又被扔回那囚房。除了三餐，没有人理你。如此可能关一年。你的心智在这一年的时间，濒临崩溃。你只剩下非常微弱的想望，只要能让你回家，什么你都愿意招。你开始回想，后悔上一次的自白，为何你不干脆说清楚些，也许你早就回去了，反正在某个意义上，你已背叛那些同志了。他们那么不重要。那个特务温柔对你说的那些话，像小气泡不断在你脑中一串一串吐出。你仅剩的求生本能，在发狂的悬崖边，和“诚实”连接成一种奖惩关系。又过了一年，他们又会有人在那有桌子的小房间审问你。这时大部分的人什么都招了。

这些对当局“诚实”，把自己灵魂全交出的政治犯，有的真的会被放走，他回到原来的人生，但再也没法有尊严地活着了。那些因他招供而被抄掉的昔日同志，或他们的家人，对他恨之入骨。但还有许多，是招供后，没两个月又被拖去枪毙。也就是说，当局像一台真空吸引机，吸干了你的灵魂，你像榨完汁的甘蔗渣，但它吸光了那些“诚实”，还要毁灭你的肉体。

其中有个叫李妈兜的，他当时有个小他很多的女友。两人在高雄渔港想偷渡去大陆时被逮捕。他们告诉他，只要你供出全部的地下组织网，你的小女友本来也就和这一切无关，我们会放她出去。这李妈兜就把全省所有他联系的同志，全部供出。他死前写了四份遗书：一份给他前妻，两份给他的两个孩子，最后一份是给那小女友，要她好好做人，再找个人嫁了。但是，当那天清晨，他被带去行刑场，跪在地上，准备枪毙时，发觉跪在她身旁的，就是那小女友，而且他们是先射杀她，让他目睹这一切他诚实供出全部弟兄，只为了想保全的这个小女人，也像火光被捏熄了，在他面前绝望地死去。然后十秒后再打爆这记下了人类所有被掏空、惊骇、一无所有，所有交换、回旋尽成空的双眼，后面的那大脑屏幕。

美猴王说，当局像一个生铁铸烧的火车头，它曾经像绞肉机绞杀了那么多人。他们孤立个体的梦想、自由魂，相信人类美好的那一面，然后无有任何罪愧地，继续强而有力呜呜呜叫在铁道上奔驰。载着我们这些后来的乘客前进。那生铁铸造的锅炉、进气阀、机关、力臂、铆钉，找不到任何破绽，所有曾经被灭杀的幽魂全被黑色的油漆封禁在它的粗壮身体里。

我们被这火车载到了离最初始（那些水泥建筑的无窗囚室里的单一个人们，内在的秘密都像鱼肝油胶囊被捏破）的时光很远很远的地方。那些当初拿着《特务手册》展演着更刚强意志的黑衣人，也都不知到哪去了。那一个个被榨挤出他们的“诚实”，在隐秘之境出卖了他们的同志，然后被枪杀的名字，成为政府封印的秘密档案。这该怎么办呢？那些被枪杀的人，吐出了形状怪异、黯黑屈辱的诚实之泡沫，没有后来的人生，没有后代，或是后代在一摧折、恐惧的处境下，也成为零余者。而那些当初煞有其事搞出这一场残酷剧、荒谬剧的黑衣人，也隐没进人群和时光里，他们也全部不见了。这要怎么追讨？

这个火车头终于在某个它以为是重复电扇切换的光影，那无限延伸在旷野的铁轨，被报废进一处积着绿水的废弃场。它发现有一些更大的，形状更古老的火车头，它们的铁板黑漆下压封着的“诚实幽魂”，奇怪是和那些当初铸造它的那些不见了的黑衣人的同种类。但他们在那另外的更大的火车头里，是被拷打、虐杀、挤爆脑浆、告发同志的牺牲者，甚至还有说着前朝方言的被流放者。

美猴王说，我们如果要说一个人的故事，好像要拆解这个火车头的禁锢结构。有一个难题是，我们如何在已经有火车头发明，甚至是我们根本待在其上奔驰的速度之中，拆掉铁轮、喷气的烟囱，拆掉铁轨，把那冲力的惯性消失。然后我们要来说一个“最初的人类的故事”。

在我们所在这间破烂古董店的对街，是一列两旁摊车灯泡亮起，油烟迷离，那些人影用爪子在堆满动物内脏、鸡的翅膀、肠肚、睾丸、屁股、脖子……尸体堆中抓捞，放进小塑胶篮里。或是用猪子肠壁膜，里头塞满糯米，这样灌成一串一串，用剪刀剪下，放进油锅里煎。那样许多人的头颅，被半圆形的帽盔盖着，骑在孤伶伶金属支架的摩托车上，在昏黄的街上挨挤着等一个红灯。那形成一种栉比鳞次、暗影渐层的画面。

我多希望能活进眼前的，我手中抚摸的那粉彩瓷瓶里的世界啊。海棠菊蝶瓶、百合花草虫蝶瓶、兰花灵芝瓶、牡丹瓶、月季花瓶、梅竹瓶，有的浓艳，有的淡雅，但老板说这其中若有一只是民国郭世五仿的粉彩，那也是价值连城啊。粉彩的世界，在填色前先用玻璃白打底，或加入铅粉，那使得绘在瓷瓶圆弧上的那些婴戏、清装仕女，那些云龙、罗汉、石榴、荷花，都蒙着一种不真实的光晕，波潋水影，像在梦中所见。那层薄光把真实世界和那洁白的瓷胎上隔开了一层如今我们的 3D 虚拟实境技术都进不去的“仙境橱窗”。我们抚摸着那细腻的粉彩瓶釉，慢慢地时光的流动会延缓、晕开。

我心里有一只绝美梦幻的粉彩瓷，它是清乾隆时期江西景德镇御窑厂烧制的粉彩百猴图瓶，撇口、直颈、圆肩、垂腹。口沿绘了一排绿叶红桃，整只瓶上一种光晕暧暧的粉彩之境，群峰料峭，以松石绿晕覆靛青形成山势，山巅有青花之松与梅绿之松，远山淡影；瓶腹则是一株绘得极细的大苍松，以及不画水但可意会的青沿淡绿岩岸，在山岩间，在树干、树梢、吊在垂藤上、岸石边，总共有一百只猴子玩耍嬉戏。这些猴的画法应是点染，褐色釉显得猴毛蓬松，活灵活现。这只乾隆粉彩百猴瓶，藏在北京故宫，是我心头最爱。我记得年轻时读鲁迅写的一篇《肥皂》，其他细节都忘了，就感官性记得一个老道学先生，买了一块洋肥皂，但脑中想的却是路上看见一个贫苦脏污的孝女，想象着用那肥皂“咯吱咯吱”地把那可怜者的女体清洗一遍。老实说，我手中抱着这样一件粉彩瓶，那些柔腴腻白，仿佛光凭手指便穿透进那个鲁迅写肥皂泡沫在女人耳后，像“大螃蟹吐的泡沫”，进入一个神魂颠倒的“另一个世界”。

但我手中为何会有这一只粉彩百猴瓶？而且在它的腹部，有一个圆洞，不是绺裂，而是像子弹穿过的一个规整的小洞，且那位置恰好是一只猴子的头部。说来可能会被人骂，这只粉彩瓷瓶是个“玉壶春”所制，那就像个想象中仙人的荧荧发光，晶莹剔透的阳具，在睾丸的部分被凿穿了个洞。

当然这只瓶应该是假的、仿的，除非这世界上，除了北京故宫那一只，还有一只一模一样的乾隆御窑厂的粉彩百猴图瓶。但它那么美，若是后仿，是什么样的艺术家，能夺魄摄魂地将那些粉彩，那些松石绿、玛瑙红、钴蓝、绛紫、洋红、鸭黄、褐色、秋色……绘成一个群山万壑中无比自由的猴子世界？是什么混蛋忍心对这么美的瓷器开了一枪呢？

而在我的桌上，桌灯散出的光，还排放着六七只和这山林百猴瓶一样形制的粉彩瓷瓶，同样是那样蒙散着梦境般、雾中风景的淡雅绘图。但仔细看其中一只，画着梅树，下方的古代人物，倭堕髻、绯红裙、嫩绿或葱青薄纱衫的仕女，还有几个穿袍褂的男子，围着一石儿，好像在观赏，还是要烹杀儿上一只小猴。但在其中一个男子的脸孔，同样一个像子弹射穿的小窟窿。另一只粉彩瓷瓶像是高士图，瓶沿上方绘苍松，瓶腹也是以粉彩画着两个白衣垂须男子，对坐一石桌下棋，我看其中戴着斗笠的男子，那脸就是J啊，但另一个戴幞巾的男子，脸部又被子弹打了个小圆洞。我抓过再一只粉彩瓷瓶，像是夜宴图的部分，有锦织屏风、侍女以琵琶遮面，击鼓的老头像是老派，一旁坐站像在聊天的有Y，有西特林，但还是有个僧人模样的人物，脸孔被子弹打穿。我继续又翻看了三只粉彩瓷瓶，心中大约明白了什么：这些粉彩瓷瓶上的绘图，全部有清三代御窑厂的水平，事实上胎底都有大清乾隆款，但那描金、攀枝莲、粉嫩桃子、梅树、苍松、牡丹装饰的主画面，那些各种幻美釉彩精描点染的古代男女，都是我在台北，这些年鬼混的、认识的人。而且每只瓷瓶，都在瓶腹某个部位（通常是一个人的脸），被子弹穿透一个小圆洞。

我想讲一个想法：这阵子在YouTube上大量看到真人版《攻壳机动队》，史嘉蕾韩乔森[1]那白种美人儿，和动漫一样穿着隐身于环境的透视装坠下高楼。视觉上这种身体可以不断在环境中变化的错乱，其实可以拿一只粉彩瓷瓶放着，那种穿透、流动、不同介质的阻滞感、进出不同故事的人格分裂，追逐和被追逐，这一切，其实在一只晚清的不管是棒槌瓶、玉壶春、梅瓶、赏瓶、天球瓶，那粉彩上借寄一个脆弱瓷胎上的玻璃釉，当那画师在那薄之又薄的弧形上，画上第一只猴子，或夜宴图里的淫乐男女，或一不存在的美得让人心痛的奇山峻谷，那可是比草薙少佐说"我们紧抓的记忆，以为这样才能拥有自己人格，其实不然。我们的行为才能赋予自己人格"，要更是一种比二十世纪的电影、二十一世纪的网路，更解离、缥缈、无边无际、比嗑海洛英还要让时光变成刺绣、烟花、性爱之美的幸福胶状物。那是像一整桶脏污馊水上漂浮的薄薄一层不可思

1 Scarlett Johansson，大陆通译斯嘉丽·约翰逊。

议的洁净纯美的油膜。

兜兜转转兜转转，我和老派、大小姐、西特林，还有其他不甘愿但被扯进这故事里的人，像不同材质的银子弹、铜子弹、铅子弹、碳钢子弹，塞进一把左轮手枪的弹舱里，拨动旋转着，枪管对着美猴王的太阳穴，扣下扳机，看机率会击发谁的故事，射进他的脑袋。我想象着子弹的尖锥前端，在高速击穿颅骨，高温钻进那大脑褶皱，把弹道周边的脑都煮沸了，那个金属尖锥也溶颓成银杏叶的形状。

美猴王的鼻孔和嘴冒出白烟，他嗤笑说："你们到底在忙什么？你们的国都亡了。神经病！"

但我觉得这一切并不是为了搞笑或胡闹啊。我可是用尽想象力，将我在这城市里发生的故事、我的眼睛曾经看过的人，压缩成一枚可以发射的子弹。美猴王在吞食着这一切，那也许像一个无名的海洋，或沙丘起伏的荒凉地表，男人女人老人小孩的尸体像一整片被机器辗砍过的海芋田，那些被破坏的身体，像水汽蒸发的灵魂，完全没有更动整个宇宙的运行，连地球旋转的轴心都没移动一下。那些身体像破布袋被四处乱扔，于是美猴王以为这就是无限延续的梦境了。但是我作为一颗银子弹，感觉背后一声叩击，从我的耻胯爆炸，我开始说这一切如梦幻泡影，如电亦如露的故事，我已化成一道不到五公分的飞行，像我第一次感觉阴茎插进女人的阴部那种灼烫炸裂，一种稠状缓慢的哀愁。美猴王："天下武功，无坚不破，唯快不破。"但他伸出的食指和无名指内侧，发出烧灼臭味，子弹终究穿过他那一夹，射进了他的太阳穴。也就是说，从左轮手枪的弹匣快速旋转，我、老派、大小姐、西特林，还有其他人，在扳机叩击的那一瞬，是我被概率选择了，我射进了美猴王那没有时间、没有上下四方，只有无尽暴力和哀恸的猴脑袋里。

超人们

我们坐在这间咖啡屋，它就像是从许多电影里层层叠叠跑出来的纽约咖啡屋的某个过场。好像有克林·伊斯威特演一位报社老记者，替一位将被执行死刑的黑人，找出他并不是凶手的那部老片，也好像有米基·洛克他演一个过气的摔角选手，全身的骨头都断过，给自己打止痛针，然后忧悒并迷惘地上场；也好像有《鸟人》，那个过气导演走出鼠道般的剧场后门，走进的某间咖啡屋；或是那部讲美国三〇年代的黑帮老大崛起，和 FBI 探员勾结，杀戮自己手下，卷进赌场生意的复古烂片……这咖啡屋有一种奇妙的一晃即逝的，似曾相识的“哪部电影里出现过”的奇异氛围。

我点了一杯曼特宁，那个有着一双玛丽莲·梦露眼睛但下巴窄削，帅气短发的女服务生问我：“我们有两种豆子，一种是冷水浸泡豆，它比较能品尝那个酸味的深度；另一种是烘焙，比较有一种果香的芬芳……”我选了烘焙的。然后她站我们桌边，拿着一只长嘴小银壶，倾倒出细细滚水注，冲泡在一玻璃壶上方滤纸里的咖啡粉。她的手腕用一种优雅的动作，让那冒烟的水注在那深褐色的粉粒顺时钟画圈。这个身材高挑，穿着黑长裤和绸白衬衫的美女，那样轻轻摇晃手肘延伸的一道垂泻银光，婀娜的姿态像在跳波斯舞，同时我们被一股咖啡香气包围。

但这女孩走了之后，我忍不住说：“其实我也会，不过通常是在小便斗，或是蹲式马桶，我可以逆时钟画圈，冲前面人留下来的粪迹。她最后应该把那银壶抖两下。”

他们当然都哈哈大笑。其实此刻，我裤裆里那睾丸上方的破洞，还用透气胶布条贴着一块小四方形的棉纱覆盖着。非常疼。

但我好像不是这里头最惨的。

那个叫卡卡西的，去年底把他的一颗肾捐给他弟弟。他老弟年轻时溜冰跟人家相撞，一颗肾破了。当时没当回事，好像好多年后才发现那颗肾整个萎缩了，动手术切除后，只用一颗肾过了好几年。这两年，剩下的那颗肾好像也不管用了，开始出现血液中毒的症状。他只有这个弟弟，事实上他们很小的时候老爸就不在了。前几年他们母亲才过世。这世界上，如果他弟弟的身体里，连一颗肾都没了，当然他这个老哥，要像把冰箱里多一罐牛奶分给他，所以作了一些比对测试后，就切了一颗肾给他弟喽。

“所以我现在可以叫‘一颗肾超人’喽？”

我跟他们说了那个“破鸡鸡超人”的构想，他们全觉得那是胡闹：“你不要被老派那神经病毁了。”

另外一个叫媚娘的女孩，她有点复杂，她是前几年就得了一种怪病，体内的免疫系统过强而攻击身体组织，于是她每半年要吃一种颇贵的新药，但她几个月前乳房里发现有肿瘤，医生判定为良性，但还是建议动个小手术割除。问题发生在临进手术台时，他们检验出她的肝指数爆高（我们一般正常肝指数约二○至四○，若到六○就是肝指数偏高，但他们测出她的肝指数竟是七○○，第二天再测，高到一五○○；第三天，二○○○），于是这手术喊停，把她转回免疫系统科，原来她服用的这种抗免疫系统疾病的药，原本就有临床案例肝指数增高的副作用，可能她本来就是 B 肝带原，但高到二○○○，医生也啧啧称奇。于是又建议她服用一种非常贵的新药，把这肝指数过高打下来……

"所以我是'肝指数无限高超人'？"

另外还有个叫自来也的家伙，前一阵子，突然觉得非常累，累到眼皮都睁不开了，不，那不是形容词，是眼皮真的撑不起来。他进医院急诊，医生判定为一种名称很怪的"重症肌无力"，也是免疫系统的问题。他几个月前动了个手术摘除胸腺瘤，而这种怪病是由胸腺异常分泌一种化学胺，攻击自己的肌肉，使肌肉无法收缩。这种病最典型症状就是眼皮睁不开，严重的甚至连喉部的吞咽肌都无力。他住院被整了几个礼拜，也是自费打一种很贵的免疫球蛋白，也吃俗称"大力丸"的药物，甚至医生还帮他脖子边割一刀换血。都不见好，后来又怀疑是肉毒杆菌中毒，那也有类似的症状，也跑了一趟肉毒杆菌治疗的 SOP，但也不见好。后来出院回家，眼皮眯垂着看书写稿，也就这样过日子。

"所以这是'重症肌无力超人'？"

我很意外这个"仿佛像在美国电影里出现过"的咖啡屋，此刻变得像*House*的影集吗？老派要是知道我的“破鸡鸡超人”竟在这样一个咖啡屋哥们聚会，就扩编冒出这许多身体故障的“复仇者联盟”，不知他会喜出望外或是崩溃？

然后是我们里头最美的那个女人说，她其实一直有僵直性脊椎炎，但她不像我们这些爱舔自己伤口的家伙，像在用小剪刀小锤子拆解螃蟹硬壳结构，那样细细品尝自己的病史（譬如她听了我们哀叹说嘴了十年吧，我们的忧郁症，失眠用史蒂诺斯，然后因这种药物副作用的梦游症，夜晚暴食症，或我们谁谁说的椎间盘突出，谁的小中风，然后在不同医院不同科别候诊室的爱丽丝梦游记）。她的僵直性脊椎炎严重到，有一天她从床上起身，那个剧痛像天顶某个杀手卫星突然对她发射一道雷电，她躺倒在地板，完全不能动弹，那就像武侠小说里被人点了穴道，冻止在那，躺的时间极长，地板的凉气不断把她体温吸走，她也无法爬去拿即使几公尺距离的床头柜充电的手机，打电话求救。最可怕的是后来她尿急，他妈的她总不想最后这么死去，人家破门而入发现尸体周边一大摊尿液吧？但那种第一个小时的尿急，到第二个小时的尿急，到第三个小时的尿急，那是完全不同境界的身体感受。

“所以现在我们又多了一位‘僵直性脊椎炎’超人？”

这不是我的本意。很多年前，我就想写一本像保罗·奥斯特《布鲁克林的纳善先生》的小说，写这二十年，我在台北咖啡屋晃悠的“追忆逝水年华”，或是像《儒林外史》，这些怪咖、小说家、创作者，在这熔金般的时代，他们之间的交际应酬、隐藏的心机、互相哈啦洒出的光焰，各自身陷在这个难以言喻的崩解年代，像鳞片妖艳的几尾鲤鱼，在混浊的水池嘞喇洄游、擦身，溅起涟漪的景致。

并没有想到我们坐这咖啡屋里，飙各自的疾病，身上的破洞、歪斜、坏毁啊。是因为“破鸡鸡超人”这个想法激怒了大家吗？

就譬如说顾城，我年轻时读他的《英儿》，非常奇怪地感到：那有一个“计划”，那个计划就是一个熠熠银光，透明柔美的世界。一个把后来暴涨成那样冷酷异境，像个钢铁工厂的世界甩弃，有两个大美女，像娥皇女英跟着他躲到海角天涯。她们实在太美了，太纯洁又淫荡，他们在那小岛的草地上野合，感受那漂亮身体潮红皮肤上的细汗珠，但这个“计划”从中场，就变成那两个美人儿，各自假装仍是《红楼梦》画片里的女孩说话的方式，其实却进行着叛逃的计划。像一部进行中的电影，里头的角色像傀偶说着这片的台词，其实已穿透翻转，另跑去隔壁片场轧别的片。先是英儿跟一个老外跑了，这当然成了欺骗、背叛，“原本那么纯美的，为什么会坏掉了”，像恐怖片，像聊斋，丽人怎会一瞬变成异形。留下的那个贤妻良母谢烨，像母亲照顾这个像片场发生爆炸，布景全部炸成瓦砾的垮掉的“被骗的小王子”，但其实她仍有一场计划，他和她讲好，写完这本《英儿》，他就要自杀。而这本必然轰动之书的版税，就可以留给她和他们的一个小男孩。但这个计划在书写进行中，出现了一种诡谲、昏暗的气氛，他写着写着又不想死了。但把这种想法告诉谢烁，他发现她脸色大变。“他们都在等着我死。”他不断写下这样的句子，然后他发现这谢烁竟也跟英儿一样，找了一个老头，准备跑了。于是后来发生那惊悚的场面：他用斧头劈了谢烁，然后自己在家门外一棵树上吊。

这件“顾城案”在年轻的我心中，像用高温焰焊枪在钢板上烧出一个周缘发白的洞。一开始是这疯疯癫癫、才气逼人的诗人，对那两女子提出了这个“计划”：一个降维度的纯真世界，逃离那个他们刚经历过的疯狂浩劫，他修改（或创造）了那个小世界的话语、关系、情感模式，除了他自己，这两个女子是这“理想国”的唯二公民，那样在大海里滴颜料，只抓一瞬晕散的云朵啦、羊毛啦、玉髓的绿色结理啦，像吸毒后所见漫天飞花、金光仙佛的纯粹感官。所以那是一个“计划”，他像药头要每天发迷幻药给她们。但这爱欲、绝美的故事，最后却像“叛舰喋血案”，在那艘深海下的潜艇，她们用他的语言忽悠他，假装这个计划仍在进行，其实早在画设计图，拟定弃舰逃亡的“背后的计划”。为什么随便冒出个“外国老头子”，就可以先后把童话故事里的她们拐跑？而且，这个“计划”最终的被背叛，让人惊吓不安：谢烨怎么可以藏那么深？她像母亲宠着他、陪伴他，任他胡搞这个“英儿计划”，在他喜孜孜拉英儿来一个二女一男的小宇宙，她还帮他准备保险套；她生了他们的孩子，他却不准那孩子留在这家里；她从多早时就恨他了呢？他提出“写出《英儿》后就自杀”，她是默许、支持，还是将之成为他们最后时光的契约？“计划”本身的内烁暴力和奇异的不可违逆特质，暗影侵夺，让她选择了“不反对”、“旁观”，慢慢在他内心的阴郁加码成，用计划套住他颈子的，无声的谋杀。所以他在计划收尾前，先用斧头劈了她。

不知为何，我脑海中，偷偷把这启动计划、替计划命名、玩儿真的要所有人（虽然就身边那两美女）相信这计划的神秘力量，但最后就像光必然被影追着，铁棍在风中必然布上红锈，最高明的软体一定会让骇客用病毒侵入，那个幻美绝伦的女体之诗，终于如疽附骨，被“背叛”“欺骗”“疯狂”“杀戮”的蛛丝缠绕……我将这人认定是“破鸡鸡超人”的前代，或至少是同路人。

那一段时间，我在夜晚失眠时，常会在网上看一个叫马未都的老头说古董，因为这一行真正神秘和引人着迷之境，就在“辨真伪”，所以他说起那些行里眼花撩乱、各种造伪的手法，就像划破唐传奇一个神秘剑客背上的囊袋，里头牵出无数小人儿，翻滚作打，百工技艺，各自炫耀那些以假乱真的绝活。那真是好听、白玉沁色的造伪，有将猫狗身上割开一口子，将玉塞进去，缝起来，几年后再取出这种残忍的法子；有埋在粪坑里的；有用化学溶剂的；瓷器的仿造、青铜的造伪、画画的造伪。那么一群猫脸眯笑的人，非常长的时光，耗尽那让人叹为观止的天分、技艺、精力、惟妙惟肖地在鉴定家精锐的眼光下移形换影，也真正能体会那些艺术品之神髓，这样进入到那么森严辨伪的影子世界里肉搏，其实只是想窜改“时间”这件事，虚构出并没有那样的时光里的那些不存在之物。这种造伪的耗竭心力，抽离出他们所依附的那个“真”，本身已可形成一个独立的文明。

或那些博物馆馆长、美术学院院长，耐心地一次偷一件古物（或古画），找人临摹仿冒，将假的长出来之后，放进那库房里原来的收藏位置，这样花十几年，调包了几百件的博物馆藏品。或那位本身有临摹之神鬼技艺的画贼，知道哪些大饭店房间墙上挂着的，都是某某或某某某的真迹，他便入住一礼拜，在其中一房间闭门仿画，之后割下那真画卷入行李箱，将自己仿的那张装回裱框再挂上墙，两天一幅，再换个房间，同样在无人之境安心地以假换真。

那个有着玛丽莲·梦露之眼，却短头发的女服务生，走过来说：

“不好意思，请问你们里面有一位叫‘破鸡鸡超人’的吗？有一位先生打电话来找你。”

所有人都哄笑起来，像这阵子疯狂流行的“宝可梦”游戏，在Google地图上展开的那同样你站立的街道、巷弄、学校、大楼、社区公园……有另一个发光的、像梦境旷野的界面，藏着各有流焰彩光的神奇宝贝，你可以在下载了APP的手机里，抛甩宝贝球抓这些虚拟的可爱妖怪。那几天所有人都在路上失魂落魄走着，其实是盯着他们手上那小小一枚手机里的梦中地图，猎捕那些有着奇怪名字的，像是《物种源始》里记录的，人类从前没听过的各种怪异禽鸟、走兽、蛇虫、蝙蝠。

“没想‘破鸡鸡超人’的名声这么响啊？”僵直性脊椎炎超人说。

“被当神奇宝贝掀起来喽。”肝指数无限高超人说。

其实若非我急着要让破鸡鸡超人对他们展开那科幻电影一般，飞行了九年才靠近木星和它的四大卫星，“新地平线号”，观测那无比巨大的星体上的气流、暴风、闪电、金属氢，那像地狱恶灵的“大红斑”，那像招魂幡吸引了无数浪游、孤魂野鬼般的彗星、小行星，击打其中欧罗巴行星的地表，无数的凹坑窟窿……想将这个“鸡鸡破洞”的概念，上升到宇宙视野，让他们感兴趣，就算嘴巴骂什么白痴构想，心里也被摇晃、打动。原本我记录这夜晚咖啡屋一隅，应该像张爱玲，或是《红楼梦》，有一种钗摇珠晃、美丽女人之间对话印象，那眼波流转、压抑在笑容下面的，发动攻击、轻描淡写、话里带刺、噢我是说僵直性脊椎炎超人和肝指数无限高超人之间，或是重症肌无力超人对这些鸡鸡歪歪对话的不耐烦，或一种只看对话记录无从重现的，权力的位差，破鸡鸡超人和一颗肾超人对重症肌无力超人每一发言，必然应承、唯诺。或是这之中的男性年轻时必然都对当时称为女神的僵直性脊椎炎超人，有过性幻想。虽然时光的流蚀，她已风华不在，但那种男子对美人儿的宠纵，而这女子也太有经验接收这种“荷尔蒙礼赞”，那之间像荷塘月色，一圈圈涟漪荡开的细微水声。他们各自有着怪脾气、难相处的别扭，或是连家人都无从进入的幽暗内室，但在这样的聚会里，却又像戏台上戏袍灿亮的角色，被交织缠错的、看不见的丝绳控制，一种大数据资料库的人情世故，该在什么点接什么话，该怎样不着痕迹地捧一下对方，如何不伤大雅地调戏一下座中女性……这些细微心思，真正推动着谈话的进行。

我接了那玛丽莲·梦露女孩拿来的话筒，站离开他们，到这咖啡屋门口一排水沟盖，“喂？”

是老派，“你他妈的我们的计划就要完蛋了，你还在那把妹？”

我很疑惑他怎么追踪到我：“我他妈的正要跟他们说这事了，你这时候就电话来打断了。”

“我打你手机你都不接。你等会去厕所，低头看看你那个破洞吧。不知道发生了什么事？美国NASA发布新闻说，宇宙的外沿产生了怪现象，有一些数百亿光年外，原本人类不可能观测到的天体，突然内缩了，和太阳系的观测距离接近了。他们说，我们这个宇宙正在塌缩了……”

“你是说，我老二上的那个破洞，正在愈合，或是相反感染了什么病菌而溃疡发脓，所以世界末日要来了？”

我忍不住站在那儿哈哈大笑起来，我笑得眼泪都流出来了。也许我该去跟那两位美女，哦不，找玛丽莲·梦露女孩好了，告诉她：“我的鸡巴上破了个洞，而这正是宇宙塌缩，将要毁灭的缩影，你要不要当女娲，来帮忙补天？”后来我和老派在电话互骂“神经病”，然后我挂了电话。

我回去座位时，他们仍在讨论着。这时是一颗肾超人正在说话。

“这可能是第九名或第七名，他们计算着那个所谓的‘彗星冰箱’，古柏带，有成千上万颗小行星或彗星，从那里脱队，朝太阳系内圈飞来，这些科学家说其实每夜看着星空，你会发现满天都是朝地球飞来的毁灭杀手。如果整个太阳系是一个靶场，地球就是那个击中宾果送大奖的靶心，只要有一枚十公里长的小行星撞上地球，那寒武纪大灭绝的景象又会重演。”

肝指数无限高超人说：“那第六名呢？第五名呢？”

“好像有气温剧烈变化、地球暖化，已经过了那个不可逆的关键点，北极冰帽逐渐融化，原本被冰封在冰洋下的巨量甲烷涌冒而出。当然还有核子战争。还有像一九一八年那全球死了两千万人的马德里流感，科学家说还有世纪末的禽流感、SARS、爱滋、伊波拉[1]、人畜互传的超级病毒。”

僵直性脊椎炎超人说：“这个情节，玛格丽特·爱特伍的小说写过。”

重症肌无力超人说：“这哪一个，好莱坞的电影没有拍过？”

“第二名是AI，也就是人工智能，持续发展的高阶智能机器

1 Ebola virus disease，大陆通译埃博拉。

人，科学家将人脑的脉冲数位化，其实已趋近能独立思考的人造大脑。事实上美军已投入数百个机器人在中东战场，说是执行侦搜、清除地雷的工作，但若是让机器人拿上火力强大的枪支，它如何在程式设计判定怎样的情况可以发光杀人。就像《机器战警》或《机械公敌》演的那样。有一天人工智能一定会整合全部的资料，它会发现清除这个不友善、碍手碍脚的生物，它们可以过得更好。它可以上网将自己备份、扩散、预先储存回路预防有天人类想拔掉插头让它消失。”

肝指数无限高超人说：“好可怕喔。”

僵直性脊椎炎超人说：“一点都不可怕，这都是老梗嘛。”

“对了，我忘了说第四名，就是欧洲人在弄的那个大强子对撞机，它们在二十几公里长，强力磁铁加速的通道里，让两颗粒子高速撞击，确实分迸射出的碎粒，找到了玻色子。但有科学家提出警告，这样的粒子互撞，可能会产生小型黑洞，争辩点在于大强子实验室这边的科学家说，我们就是希望造出黑洞，另一个次元的时空，但这种小型黑洞很快就会消失，不会有任何危险。但忧心派的科学家说，不，那小型黑洞不会消失，它会受重力影响，沉入地心，将周边物质吞噬，一开始速度很慢，但后来它会愈变愈大，在几年内，地球会缩小成二〇公分大小。这个灾难的标题是：‘不负责任的魔鬼科学实验’。”

重症肌无力超人说：“这个的排名应该再前面一点。”

一颗肾超人说：“第一名其实也比较古典了，就是合成生物学。

---

1 *I, Robot*，大陆通译《我，机器人》。

从一九七〇年代苏联军方实验室外泄的炭疽杆菌造成数百人死亡说起，据说他们制造并储存有几百万吨这种超级致命病菌。人类现存的基因技术，只要一个大学生，有基本设备，从网路下载小儿麻痹、天花、汉他病毒、SARS、伊波拉……绘出基因图序，都可以在实验室无中生有重构出这些可能造成人类大灭绝的病毒。几乎像'动手玩创意'，不用很高的技术门槛，只要有几个恐怖分子，或末日信仰的疯子，他们可以把原本致死率百分之三十的病毒，改成百分之百的完美病毒，就可以减掉地球上全部，这个他们憎恨的人类。"

破鸡鸡超人说："等等。各位，其实我今天找各位来，就是想跟大家聊聊这件事。"

终于，这些怪咖，时光中的老友，爱讲话的家伙，都安静下来，看着我。

破鸡鸡超人说："我想说的，其实是同一回事。但若是我们现在讨论的，那些小行星撞地球、气候骤变、核子冬天、实验室的超强人工病毒扩散爆发，或是大强子对撞机造出一个将地球吞进去的黑洞……这些遥不可及、又巨大得让我们无法呼吸的恐惧、担忧，其实只是一大团纠缠在一起的电路，一种记忆残留的电路脉冲。其实世界末日已经发生过了呢？我是说，我们是像一坨融化在柏油路上的冰棍，那些内馅的红豆、粉粿、凤梨切块、芋头，全脏呼呼地粘在一块。其实我们只是宇宙外缘的二维全像摄影的3D投影幻觉。这个"活着的时空"，其实只是一个漆黑电影院里的投影幻觉。而且没有半个观众，包括我们，其实都已经死了。所谓的"地球"，现在已是一个像我们从前观测的火星表面、木星表面，充满毒气、火山连续爆发、闪电，或彻底冰封的死域。我们也许是在某个深埋地下的军事碉堡的某个房间的真空管里的几个大脑。我们都有一种残缺之感不是吗？或也许本来是几块冷冻而堆放在一起的大脑剖体，但实验室的永续发电机终于在也许大灭绝的两千年，或五百年后失去动力，这个冷冻室的低温系统开始失能，我们正在融解的状态，所以极短暂的时间，电波互相微弱的冲击……”

“你说的好像，下一瞬我们会发现我们正在性交。”僵直性脊椎炎超人说。

“不，我说的只是一种可能，”破鸡鸡超人说，“也有可能我们正在那个大强子碰撞机乱搞出来的黑洞里，我们只是一些游晃、旋转于虚空的讯息码。你们没有觉得怪怪的吗？为何会是只有一颗肾的状态？或那个僵直性脊椎炎的发生是从何时开始？胸腺分泌异常化学物质攻击肌肉收缩造成全身无力？或是盯着哪位检验机的电脑，知道自己肝指数高到爆表？这些状态如此合理却又孤立，譬如我鸡鸡上的那个不会愈合的破洞？不知从何时起，我活在一个线性时间，春夏秋冬，周围的人日出而作、日落而息的河流之感，不再了。事实上，如果我的大脑是一台超级运算机，所有庞大的讯息、人类的历史、宇宙所有星云、所有天体的命名，货币战争、能源战争，所有的病理学免疫学，所有的运动比赛最激烈的决赛阶段、比分，所有的维基百科词条，所有的旅行社给予的世界各美景壮游的特惠机票加酒店，所有的超级名模和明星的绯闻，右翼政客的阴谋，区域战争的剑拔弩张、新型战机、匿踪核子航母、星际战争，所有的 A 片、整人综艺、超级歌手选秀……我发现这一切都围绕着我鸡鸡上的那个破洞。它像一个宇宙爆炸扩张，所有讯息都在发生，兆亿线路交错，“全部都在此发生”。但我只要在某个寂静隐秘时刻，停顿下来，像古代瑜伽大师某一刻让自己脱离身心，我想，世界末日或已发生过了。这不是我们以前说的那种故事。人类，或说地球，这整个巨大游乐场，或说电影制片厂，或说一艘漂流数百万年的太空船，那个配电箱里的某一个制电钮，已经啪啦跳电了。

突然僵直性脊椎炎超人和肝指数无限高超人，交头接耳：“真的吗?”“就是他吧?”“他怎么可能出现在台北?”破鸡鸡超人顺着她俩的目光看去，里头一个桌位，坐着的那个戴墨镜的男子，不就是那个最近在大陆微博贴出老婆和经纪人奸情，宣布自己戴绿帽的，造成全国七点六亿点阅率，连正在里约艰苦夺牌的中国女排新闻热度都跟不上的，那个所有都说“宝宝可怜”的武大郎?

确实他怎么会出现在这里?破鸡鸡超人记得前一晚，还在网路上看到新闻，好像他名下的豪宅、财产、一辆宾利车、一辆法拉利、一辆蓝宝坚尼[1]，早已过在那给绿帽戴的妻子名下，但同时他投资的自导自演，将要杀青的一部喜剧片，可能因这举国关注的捉奸事件、实境秀，而水涨船高，保守估计会有十亿人民币票房。但让我更惊讶的是，坐在这“昂贵的倒霉鬼”、创造超人“绿帽”周边产值的武大郎对面的，不正是老派?

他是何时摸进来的?还是他刚刚就在装神弄鬼在咖啡店里打电话给我?让我诧异的超现实情感，是这老混蛋怎么会认识这个电影

1 Lamborghini，即兰博基尼。

里的傻帽、现实世界的大腕?

也许他正在跟那倒霉鬼，推销了这个“破鸡鸡超人”的创想?我突然有一种忧悒阴暗的情感：以老派的三寸不烂之舌，定是在说服这个将要打离婚官司（他可能会破产）的，此刻世界没有人敢说比他衰的男人，太适合演这个破鸡鸡超人啦。

但我才是正牌的破鸡超啊。破鸡鸡超人想。

我想，以老派脑袋里那像棋盘一样错综复杂的运作，极有可能这个让几亿人疯狂的，电影里的老实傻瓜真实世界的第一倒霉鬼，像水族箱里一尾昂贵孤独的红龙鱼，出现在这个咖啡屋，他就是一个赝品，老派不知去哪找来的临时演员。他费劲做这么一手无聊的事，是为了诈唬我们这几个可以领残障手册的神经病?其实不只我，我身旁这几个年轻时鲜衣怒冠、鬃毛发光，如今眼歪嘴斜卸胳膊少器官的家伙，可能各自都与老派有一笔时光中的烂账。各自不在场的时候，我们或都相信僵直性脊椎炎超人和肝指数无限高超人，可能都被老派上过。那好像是另一个重力世界，我们像一群穿着潜水衣、戴着蛙镜、背着氧气筒的潜水夫，脚踢蛙蹼像银色水蛇，跟在老派身后，潜进那搁浅海底的古代沉船，拔开钉死的舱格，挤过那些被鱼群啄食得无比光洁的骷髅，捆绑油布的粗麻绳已吃了极厚的沙，我们在这个被时光遗弃的空间里，上上下下地洄游，拆卸着超出我们能理解的，应该说是几百年前沉没之时，所有人当即死光的，古代的未竟之梦。如果那些粘满藤壶的木板上，还残留着病菌，也是几百年前的病株。我们听着老派的描述，穿梭或钻挤，没有所有的道德。好像老派曾对我说过的，诈骗是一部电影，不是那些低层次的切手换牌，或动手脚把铅包在金漆的内里，诈骗的成本非常大，有时是一整座城市，有时是一整个时代。

当然我们后来就变成这样的少一颗肾超人重症肌无力超人肝指数无限高超人僵直性脊椎炎超人破鸡鸡超人……

但如果我们（或只有我），是老派漫天飞花、错指乱弹，在眨眼之瞬偷牌换牌，或如电影蒙太奇的剪接手法，他要诈唬的，应该不是我们，应就是现在咖啡屋里坐他对面的那人，那么，这个人就是真的！

我走进去，拉开椅子，坐在老派身旁，眼前那倒霉鬼，像我第一次从电影里对他印象的记忆，咧开洁白的牙齿，我有一幻觉几乎听见他说：“你好，我是傻根。”但其实在那幻光薄幕之外，傻的或穷的，可怜的是我吧，他是个身价数亿的国民偶像啊。网路上一面倒地为他叫屈、愤怒。网民们已用潘金莲、西门庆称呼给他戴绿帽的美丽妻子和经纪人，甚至肉搜过去一年内，他们仨同时出现在照片上，那潘金莲和西门庆神色有异，隔着人群眉目传情的狗男女特写；或是女方不可思议的财产掏空、转移；甚至是发生于去年一起离奇车祸，殒命的这武大郎的外甥女，可能是当时就知道婶婶的私情，可以说是被灭口。说起来他真是我和老派最初概念原型，没有更完美的“破鸡鸡超人”啊。那个意象：从睾丸的袋沿裂开一道口子，发出刺目强光，从那裂口掉落无数的宝可梦，络腮胡但长睫毛涂唇蜜的倒霉鬼，在国际机场犯傻而永远回不了家的老实乡巴佬，各种遭受屈辱者、被歧视者、翻不了身的鲁蛇、软趴趴的蛋黄哥，或是夏美大人抓狂乱摔，口中大喊“傻帽青蛙”的科隆星侵略外星人 Keroro，或是抓狂时脸部像鸟巢乱涂的齐天大圣、师父、猪八戒、沙悟净、牛魔王…… 五彩缤纷的糖果落下，所有人如醉如痴抢着接着。这一切巨大场面欢乐和激情，全源于他鸡鸡拉开那道耻辱的拉链，但他却可以保持那素面相见的纯朴、憨厚、抱歉的傻笑、无害的气质。

连我初次见面，都替他担心，想劝他："别信这老头的话，他是个骗子。"

破鸡超对傻根，不，那个数亿人同情其绿帽遭遇的家伙说："加入我们吧。"

我又对那露着洁白牙齿老实笑着的憨厚小子，解释了一遍，之前我对那些哥们说的：我们眼前的这一切，可能都只是宇宙边沿一些二维图像，如全录式照片的 3D 投影的幻觉，也就是世界末日其实已发生过了，我们现在这样在这间咖啡屋谈天，其实只是一坨坨浸泡、堆在一起的大脑的电流传递。

在我们这样对话时，火车的意象穿透进来。也许是这家伙第一次出现在所有人记忆中的影像，就像那部电影，一伙偷拐抢骗的黑帮，在一列行驶的火车上，为着这个傻瓜搏命。其中一边是葛优带领的一个高手团伙，他们盯上这傻瓜身上的一包袱钱；另外一边是刘德华和刘若英这对鸳鸯大盗，其实他俩也是贼，不该闲心淌这趟浑水，但莫名的同情和义气，让他们成了这傻瓜的保护者。我还记得二十年前，我看这部电影时，那个泪流满面。它可能超越这电影的导演、编剧、片中所有在行驶列车车厢近距格斗、巧用心机的演员，他们自己所理解的，同一列行驶中的火车，十多年后越过某个界面，同样是一车无辜，疲惫茫然的乘客，但这列火车最后会被炸弹客装的炸药整列炸掉。于是美国中情局开发了一种高科技量子技术，让一位“受难者”的脑波，投射进当时那列火车上其中一个乘客的脑波——一如我们现在这个“世界末日已发生过”的假设，列车上一千多名乘客其实已死，但量子技术可以错位钻进那爆炸前八分钟的时间差——这位“受难者”必须在这短短八分钟里，搜寻辨识列车上所有可疑之人，找到那个炸弹客。当然那是不可能的事，所以他在承受的爆炸的高温烈焰、肉身的痛楚、撕裂、冲击波、死亡的恐怖，又回到中情局实验室的电脑里，然后他们再将他投射到重来一次的，“火车爆炸前的八分钟”。他被一次又一次地投射，收集每一次八分钟的时间碎片，每一次的八分钟他都对这列将要爆炸（事实是已经爆炸了）的列车中的人们，多一丝了解。这样的反复量子投掷应该有数十次吧？那永劫回归的爆炸、光焰焚烧中，身旁的人化为骷髅的痛苦，超过一般人能承受的极限。而且他发现中情局交给他的任务，只是像潜入过去时光之深海的摄影机，要在死灭之前找出谁是凶手，他们可以在现实的这个世界，逮捕那炸弹客，避免下一个犯案。但他无法拯救那一列火车上栩栩如生，其实已死去的这些家伙。

傻根说：“那那是另一部电影吧？你把两列火车兜在一块了。”

破鸡鸡超人说：“不，那是同一列火车啊。你不觉得那列火车一直在行驶吗？窄窄的通道、座椅，窗外流动的风景，到车厢和车厢间的厕所，那铁皮和铆钉如此脆弱的摇晃，那一群家伙身怀绝技，他们娴熟在这样挨挤、匆忙的流动人群里，盯住了猎物下手。然后有一对男女硬要保护这个白痴。所有的人情世故、江湖经历全在一种大数据中计算着。这是一列人人对他人之屈辱、痛苦、被欺凌，皆闭上眼装打盹不要惹祸上身的火车。具有历史意识、技艺、教养的强者，当然是挑上这车里的最弱者，作为牺牲。不应有人作死拦胡，那会启动最精微、古老刺绣般的杀机。如果这列火车其实已经死了，它只是上千个死去之人脑波残余虚空中的八分钟，所有的实体都分崩离析，是一团火球、浓烟、硫磺臭味、粉尘，像宇宙的爆炸，高速外扩的星云、暴风、重力场的漩涡。那列火车仍以为自己在高速行驶，其实所有的觉得自己隔着一层屏风在观看别人的难堪，所有的激爽、愤怒、羡慕、哀悯、恐惧、叹息，就是焗在那高温融化结构中乱窜、交织的讯息波。这个庞大的积体电路，以为有后来的历史，其实早就死灭，它只是一大团像灰烬中的细微红光在闪跳：屠杀、农民起义、人挤人飞矢礌石的攻城、各种戮灭羞辱仇敌尸体的奇观妄想、金光闪闪锦衣绣袍万人朝跪的幻念、扶强不扶弱的性格、奏章对策、深谙权谋与阳奉阴违、皇城里有着精神病的最高权力者、侦骑四出的特务，然后就是面无表情看人家砍头，茶余饭后摇头晃脑品鉴故事里的孙悟空和唐僧的另一层心机境界，朱元璋这一家祖孙十四朝每一个都是心理变态案例的神奇宝贝，或是这几天数亿微信全在关注老兄的绿帽憋屈，买给嫂夫人的房产、豪车、奢侈品，还有名下公司的股权，之前那西门庆和潘金莲（原谅我这么说）他们各自在微信贴出照片，暗藏的通奸蛛丝马迹，所有人都生气了，都觉得心底有块柔软之地被什么粗暴地践踏了……你不觉得二十多年前傻根的那列火车仍然在疯狂高速前进么？它其实是无数次的八分钟。这像深海菌藻数十万百万相同单一的短记忆体段，在同样摆动的集体呜咽、羞辱、暴力的电讯脉冲里，如果奇异地出现一道温柔的、想保护的、明亮纯净的讯号，如那个刘若英在摇晃的光雾中说：‘别怕，姐会保护你。’那不正是你，傻根，唯一只有你，能够赠与这列爆炸火车的集体八分钟，一个让人想流泪的，珍贵的什么?”

傻根说：“你，你是疯的吧?”

破鸡鸡超人说：“加入我们吧。”

他们的身后，站着一颗肾超人、肝指数无限高超人、重症肌无力超人、僵直性脊椎炎超人。他们的脸，疲惫哀伤，流动着一种因为无数次进入某个神秘、高压舱、强辐射、移形换位、拉扯揉搓的八分钟，布满细细金属裂口、病毒啮咬，一种像火星沙漠，奇异的赭红色光辉。

在酒楼上

事实上，那许多个夜晚，老派带我穿梭，将要进入其中一间座上如《金瓶梅》里那些官人、美妾、娈童、小厮围坐吃酒、烧鸭、肥鸡、瓷罐红糟鲫鱼、搽穰卷儿、顶皮酥果馅饼儿，淫词浪语、呼卢掷骰……的包厢，其实便是在这样一条华灯初上，窄之又窄，人影如鬼，摩肩擦踵的"鱼骨刺般的小巷"。那些挨挤的小店家挨檐贴窗，千花百样；有日式居酒屋，有柜架上一筒筒锡罐的台湾老茶店，有老上海理发店；有放着真的宋定窑小盘、影青罐、晚清粉彩瓶、剔花小笔洗、茶叶罐、奁盒、越南青花小瓶，都是真货，但低调不起眼的小店；一旁是二手名牌包店；有烟气油腻、橱窗吊着各式油亮、艳红的鸡鸭尸体的烧腊店；挨紧的又是卖各种大小紫砂壶，或日本铁壶的老茶具店；或有年轻人开的"合作社奶茶"，或再有店面较敞、灯火灿亮，但里头放的台湾老茶橱、玻璃柜，或大块沉香，一些来路不明、看去可疑的青花大罐，墙上有字画、有现代派油画裸女，柜上大小佛像，让人觉得一屋赝品，老板像个黑道的光头男子的古董店；也有老板和大导演、文坛大佬、一些大画家都是知交的怀旧台菜小馆，那进去要踩着极仄的木阶梯上二楼，楼上可是别有洞天。店家旁或有卖咖啡豆的，或有极到位的法国面包店。这些店家在这小巷里挨挤着，我感觉很像当初西门官人骑着马，到某一民店，托个老婆子从中牵线，和个穷人家老婆之美妇狎邪销魂的迂回路径。或是帮某个要拍马屁的京官寻个偏房，帮那穷苦女孩置办织金纱缎、大红妆花缎子袍、红绿潞绸、描金箱笼、鉴妆、镜架、盒罐、铜锡盆、净桶……或是一边脱着妇人的衣裳，一边塞给对方银托子，那妇人在半推半就间摸触那银子“奢棱跳脑，紫强光鲜”……我只觉得这种幽微隐秘，但又穿梭自如、各种交换和协商，像幻灯片换一张画面就换一批人的嘴脸和说话的风雅或粗俗，就该在老派带着我，许多夜晚钻进的这条巷街里啊。

这些窄店家的二楼，着有另辟洞天，通常让老派和他的客人非常放松，那创意复古的老细木框还有花纹的雾玻璃窗推开，下面可能就眺见一座鱼鳞式日式官舍的庭院。我记得老派有一次喝醉了，劝一位已享大名，却转而苦练书法的作家老友：“那里的水太深了，你不要幻想还用这招打回那里，我们是逃亡者后裔啊，你弄不过那里人的。”

或有次我看他和一位“文化部”的“科长”对饮，他好像一脸凝重在帮对方陷进的一个困局想谋略。那人一脸蜡白，梳着上世纪七〇年代那种发油式的飞机头，我觉得这人根本是个蠢蛋。但老派全身充满鹰隼要搏杀猎物的紧绷，那真像西门庆和那些官绅交际，笼络其仆役的做派。他和那蠢蛋对干，说：“我要交你这个兄弟。”

但有时会有一些非常有趣的老家伙，有个家伙竟在酒席间拿出一只萨克斯风吹奏，吹得鼻头都红了，你以为他吹的是路易·阿姆斯壮[1]那种蓝调爵士，不，他吹《梅花》《鹿港小镇》《小丑》，我必须说，我听得颠倒迷离、百感交集，有次座中有个大陆出版集团的老总，他还吹《国际歌》，还会吹放屁噗噗噗，然后噗——一个畅爽长屁的声音，我们全笑翻了，但这样的人，和老派好像也是铁哥们儿。

这条鱼骨头巷街的尽头，是一处像被某种“真正旧昔时光”（而非古董）的破烂翳影笼罩住的“昭和町”，它原本是个传统市场，但十几年前市场迁走后，进驻了一些古怪的老头，各据一小格一小格店铺卖的“文物”，据我看那多是破烂，当然有一玻璃柜里放着战国玉、一些天目碗、藏密小铜佛，一些看去像做假的田黄、鸡血印石；有的则全是台式日据风，日本时期的饼干铁盒，柑仔店的青玻璃大糖果罐、一九六七十年的电影海报、半世纪前的电话、打字机、脏旧的大同宝宝公仔、日本时期消防组的帽盔，那个年代的理发店的座椅；有的小店格就全是一眼假的各种大小宜兴壶；反而是靠外边一位卖老茶的老者，气质醇厚，你若走进去，他会在那么挤的空间，泡各种老茶树的茶招呼你，他的小柜里收着非常昂贵的日本茶具组。老派告诉我不要小看这现在看去，一片凋败的准废墟。三十年前啊，那时整片大安森林公园还是一大片违建户，那里

---

1 Louis Armstrong，大陆通译路易斯·阿姆斯特朗。

头大部分是当年逃难的外省老兵，那只要拆屋子，这一区捡破烂拾荒的就会涌去捡，大部分是些旧铜笔啊、旧瓶装的“总统祝寿酒”，一些破铜烂铁，或是黑胶唱片，但有时会收到字画，当然都不是名家，但也有捡到于右任的字这种传说，有些水银胆的热水壶或旧旗袍、名牌的旧皮鞋，也有佛像，但都是民间艺品。那个年代的日历、破旧大皮箱，总之，那时这些收破烂的就会送到昭和町这市场这帮卖旧货的，任他们挑。有时也会捡到哪个大教授的藏书啊，原稿书信啊。据说里头收过不少当时形象极好的教授、作家，亲笔写的告密某某疑为间谍的原信件。这一带极多台湾大学、师范大学的老教授，住在老公寓里，人死了儿女不懂，非常好的藏书、藏画，整垃圾车拉过来。

那是这昭和町文物市集的盛世，后来建森林公园，整批人拆迁了，像鬼魂消失了，那整大批被堆土机、挖土机铲，这个拾荒、捡旧物的好时光就不在了。

我每见大陆那些鉴古董节目的专家，拿着一个青花大罐，“你这个是乾隆仿明成化官窑”，“你这是光绪仿康熙粉彩蝠桃瓶”，“你这是晚清画家仿郑板桥的字画，惟妙惟肖”，“你这是民国仿战国青铜簋”……我就觉得颠倒错乱，作伪仿古，不只民窑，连皇帝都在仿，艺境极高的文人都在仿，我便觉得我和老派和这些老头，在这酒楼上喷着香烟，酒杯灌着高粱，嘴上说着一些屁话笑话，像是一屋不知仿《儒林外史》或《金瓶梅》里那些釉光糊塌的仿品。那时那些约人吃酒吃饭的拜匣，现在都是 Iphone 手机。古人会吟诗弄赋、曲水流觞，我们是酒后再打计程车去包厢有公主装美眉搂抱的 KTV 唱:“来来来,牵阮的手,劝你一杯最后的绍兴酒;我没醉,我只是用我一生的幸福,铺着你的温泉路,铺着这条破碎的黄昏路……”在这酒楼下那灯晕如深海鲛鳙鱼群的窄巷,也有一些仿古之人,不喝酒而养茶,店主用沸水淋罐自己心爱的某只紫砂壶,泡老欉、泡普洱,在茶盘上摆茶,或用滚水浇淋一块灰绿段尼时尚的灰螃蟹,那螃蟹霎时变得赤红。这些人或说些文雅的话,或说些人体经络、养生之术,小便时踮脚,或煮粥的一些眉角。当然再转过隔巷,就是我常去混的 YABOO 咖啡,那又是另一番景观,咖啡机喷蒸气的声响,拿铁上面浮一层奶泡的拉花,年轻男女安静戴耳机看着各自的笔电。我很不能理解,这么完全不同挂的人,塞在这像多宝阁不同抽屉的窄挤小街巷之中。我从老派的酒楼上醉醺醺下楼,五公尺对面的台湾老家具、佛像小店就会遇见西特林;或再走两步钻进 YABOO 咖啡,大小姐坐在其中一张有绿灯罩台灯的小桌,等着跟我说她像被关在笼中的金丝鸟的细微愫怨。这些上下或横向的移动,我简直像猴子在不同树梢上翻跳啊。

我和老派,有一种默契。很多时候,他把我找去和一些我根本不知道是哪儿来的人喝酒。我已经目睹过不下几十次这样的魔术了:对方是像从《阿里巴巴与四十大盗》里跑出来的大人物,真的,他们真的像某些小王国的君王微服出巡,轻车从简,瘦削谢顶或肥头大耳,嗓音皆带着一种磁性与威严,眼神皆带着一种鹰隼的锐利,老派会把他们约在这条窄巷一家破烂的啤酒屋,但他们坐在那瞎灯暗火,周围吆喝呼啸,满桌便宜的快炒海鲜、杯盘狼藉,他们一说话,就像佛经画卷上趺坐中央的王,感觉天女洒花、亭台楼阁、小桥流水，一整个仙佛罗汉展列的灿烂辉煌。他们轻描淡写说起投资项目，几个亿（人民币）的数字，像小孩子在杂货店玩五角抽；他们随便就是在法国有个酒庄，在德国有幢房子；他们说起政治，脸暗沉下来，但就像个中医师在说病人的经络，永远是隐蔽于内里，拳拳到位的，你知道是最核心的气脉的盘旋、逆错、凶险，哪里的烛火在纠结转弯，哪里的病灶老巢你用什么方式灵巧交涉；他们看起来慈悲柔和，其实都是大阵仗打过凶险、血流漂杵的战争，像沾满人血收敛精光的宝剑。说起来，他们是改革开放后，经历过贫穷、混乱，而侥幸从千万人中经历种种磨难，杀出重围，踩上众人头颅的演化幸存者。这样的人物，一谈起生意，你感觉他们从太阳穴的青筋，到法令纹，到下颏、肩臂，都充满一种顶级猎食者的力量，好像人类历史的千丝万缕，他们立刻可以抓出一束可以施重力的精麻绳，一串就串起无数人贪恨嗔痴、机谋诡诈。这样的人，多疑、自负，但很多时候又极感性。而老派总能够在一场酒摊之中，兜转着，像隔空掷石打穴，或是像维基百科陈述这哥们如今或被人遗忘的丰功伟业，哪几场经典战役，非常小的一件轶闻；或是年轻时的铁兄弟，因为一些小事闹到翻脸；或是哪个事业上的死对头，在另外的场合怎么评价老兄。这总能让这些强者、王者，打开心扉，借着酒杯，陈述自己的委屈之处、冤恨之处。我前面说过，我目睹过不下数十次这样的魔法，人作为一种斗争的动物，迷恋权力的动物，胜者又喜欢排出仪典展现尊贵的动物，但其实又是如此脆弱、抒情，渴盼自己被摆置在一个故事里，是无辜者、受难者、纯真善良者的动物。老派在哄这些爷们，真像男女的调情，那个迂回缠绵，又像驯兽师空手玩狮子老虎，那个贴着死境的转圈、巧劲，放和收。我坐在他的身旁，总觉得我们是空子，是诈骗啊。我们根本是穷鬼，比起他手下的手下，可能还穷啊。但常常酒喝到尽兴，这些原本杀意隐抑的大人物，眼泪鼻涕乱流，酒杯狂碰对饮，和老派兄弟相称。

但那一个一个夜晚，对我这样的人来说，有什么意义呢？是等我将来，记下他们的故事吗？像某日在视频上，看到一老头在讲前秦苻坚，讲他的过于仁慈，又刚愎自用，淝水大战，不理臣属力谏，相信慕容垂和姚苌，带兵百万南征东晋，一个灿烂如烟火，莫名其妙窜闪爆炸，然后土崩瓦解的帝国故事。后来被这些他仁厚待之的大将叛变，终于灭亡被砍头。那老头说的像苻坚就是他的一个叔叔或表哥一样。君王在那个故事里，像刺绣屏风上金丝银线错缝的神兽，香炉的烟袅袅飘着，苻坚沉恸地说："我真恨当初自己不听王猛的劝。"他的复杂冲突、仁慈与暴戾、英明与昏庸、理性与疯狂。但我觉得老派和这些大人物，酒宴中燃放的烟花，皮影戏般的纷乱摇晃，像孙悟空吹毫毛漫山遍野的自己的分身，那些话语中迸出的五彩鲜艳的战争、嬉耍、恩怨、情义，其实是"民国文人"（我猜老派是自认这样的角色）和巨商、特务，一种时光中，棋盘已乱却思索回手，混杂了权谋、交涉、文明的挂毯，错过的历史，一种比性爱或对嘴吸鸦片吞云吐雾还激爽、繁复迷丽的，像幻灯片播放师恨不得在每张胶片上，细描谱上自己，那样的情感。

"这一切是我们在台北发生的故事啊。"我不记得老派有说过这话，我的父亲，他的父亲，当年不同路径辗转逃来台湾，说来都是被甩离历史实验室之外的个人。他们的故事，一开口就是骗术。他们特爱讲《聊斋志异》（鬼故事）、《三国》（钩心斗角的故事）、《西游》(不存在的一趟大冒险)、《儒林外史》(所有人讲话全颠倒虚空的故事),因为他们自身的历史,就是死去的鬼魂的历史,而死去历史的儿子们说的故事,不就是骗术吗?

譬如有一次,老派拉我和一位老大哥喝酒,这个老大哥周身说不出的一种黯然。老派说你可知道这老大哥,有段时期真的是喊水会结冻,半个文坛是他的。老大哥用小黑松玻璃杯灌着白泡沫的冰台啤,脸上像是巨鬣蜥强壮的嘴颈却在微笑。他告诉我老派是真兄弟,他曾经权倾一时,但后来落魄出来卖保险,从前的朋友全躲着不见了,只有老派,陪他喝酒,买了两套保险,鼓励他重新振作。

“主要是那时太嚣张啦,一九九几年那时候,我在报社当副刊主任,还兼广告,那年代,地产商下广告,两百万让我抽三成,钱就像自来水龙头,不,就像消防栓爆了那样喷出来,哪把钱看在眼里。整天跟那些大老板去酒店喝酒。”

“你那时真嚣张。”老派说。

“光是喝其实也喝不光,那些钱,主要是自己作死,那时去喜欢上一个酒店女人。真漂亮。我就像醉了一样,火山孝子啊,买一台 BMW 给她。两百万,眼睛眨都不眨一下。结果别的客人更有钱,送她跑车。我排排站是里头最差的。这马子就跑啦。”

老大哥拿着小啤酒杯在眼前,像鉴定一颗黄宝石那样旋转着,脸上无限怀念迷醉,然后仰着脖子干了:“真的是一场烟花,像梦一样,主要是那个年代,怎么也真的有那么漂亮的女人。老弟,你知道,我后来再也没见过、看过,那么漂亮的女人。所有的人都像活在电影里,XO 像倒水那样一瓶瓶乱开。然后突然碰一下,什么都没了。我卖保险那时候,一个月怎么三万块都这么难赚。我开的是一辆七万块的二手三菱车。”

后来老派帮了他忙，劝他去考研究所，里头的教授当然都打点了，五十几岁拿了个老硕士，再透过关系让他进一个地方政府机关当公务员。

“现在一个月五万多块过日子，也过得挺安稳。老婆也觉得我浪子回头，是捡回来的。”

另一次，是个过气老作家，在外头有名的脾气坏、爱告出版社，外头给他的绰号叫“疯狗”。我在啤酒屋见到这位老前辈时，心里还有些怵。他也是摇着啤酒杯对我说，他母亲过世那回，殡仪馆竟零丁三四个人来吊祭。他那天发现自己是个没朋友的人。后来火葬场烧大体，他老婆孩子都跑了，就剩老派一个人始终陪在他身边。慢慢天色暗了，他还真慌了，之后还要迎母亲的骨灰上山，第一次觉得自己脆弱，什么仪式习俗都不懂。老派就旁一根烟一根烟陪着他抽。然后他说：“老派，你陪我送我母亲一趟吧？”老派也就真陪着上山，一路还是老派抱着他妈的骨灰坛。

“所以到头来，我就这一个朋友，就是老派。你说，他要找我帮个什么事，我能说不吗？”

大部分还是钱，说来我自己就多次在经济困窘到发愁、恨天之时，收过老派非常不伤尊严的赈济。我也数不清在老派的酒桌上，遇过多少PUB经营不下去的衰咖、装神弄鬼接拍竞选广告的一片电影导演、碰到烂男人搞了一屁股债的落魄女作家……你永远搞不清他的朋友圈取样，兜来转去，漫天金光彩霞，其实就是跟老派求救调现。照我的想法，这些在生命中某个时刻，像资源回收场的铝罐被不同形式的打凹、捏瘪、戳个破洞，流出黏臭汤汁的家伙，之后应就是“他的人”了。像是古代的孟尝君和他的鸡鸣狗盗之徒。但事情好像并不那么简单。这些时光中，发出碎裂闪光的破铝罐，好像也不同回收垃圾那么单一的动作。

有一次我问老派，他和我这样，和这么多人，影影绰绰、藏闪隐晦，瞎聊着可能有这么个“破鸡鸡超人”的计划，但到底那会是个什么？一部电影？一个像“罗辑思维”那样的视频节目？或好吧像《火影忍者》那样一个史诗漫画，再结合卡通、游戏、公仔这些周边商品？或是一个连锁店家的品牌概念：“破鸡鸡超人咖啡”？“破鸡鸡超人快递”？“破鸡鸡超人甜甜圈”？或是（虽然我觉得不可能）像电影《复仇者联盟》，后面有个 CIA 式的组织，或《X 战警》那样有个美国国防部隐藏的 X 博士牵领的基地组织？

到底我们在干什么？

老派说：

“不就想想，有没有个女娲补天的可能？”

老派有次带着我和一位老先生喝酒，这老先生的故事可奇了，他父亲童年是在东京长大，当时在太平洋战争爆发前，虽说每年暑假会跟父母搭蓬莱丸客轮回故乡台湾岛，但认同上就是个“大日本帝国的国民”。他父亲童年时，隔壁有个老先生，每天在菜圃种菜，后来才知那是日俄战争名将儿玉源太郎的儿子。好像也和“满洲国皇帝”溥仪的弟弟溥杰是少年玩伴。他二伯当年甚至去参加关东军，在一九四五年史达林[1]派出一百五十万大军和重坦克歼灭关东军后，混在那六十万日军俘虏中，被送至冰天雪地的西伯利亚劳改营修筑铁路，目睹大批的同伴冻死、病死、饿死。到了一九五六年的遣返，许多台湾兵将原籍填上台湾，就被送往大陆，从此没再能回到台湾。但他二伯原籍地填日本，所以先遣送回日本，再从日本搭船回台湾。这个老先生，按说应有点崇日，他穿着西装外加风衣，戴着呢帽，但他的模样却很像香港电影里的探长。我听老派和他一个晚上，都在大聊一九四五年三月，美军从冲绳、关岛基地起飞的三百三十四架 B-29 轰炸机，对东京扔下二千吨的凝固汽油弹，那个造成十万人死亡，把东京烧成炼狱的“东京大轰炸”。他们谈得非常细，不像是一个外省人和本省人对日本二战的战争责任的争辩，而像两个眼睛都燃起小火团的战史迷，聊起美军的李梅将军，那三百多架 B-29 遮蔽了夜空的星光，像神话里的地狱火鸟，他们先让一个中队在东京地面扔下燃烧弹，烧出一个大十字的交叉火焰，其他的 B-29，便以那十字作为标记，往下扔那像跳蚤、米粒、泻沙一样洒落的集束燃烧弹。那个火就像须佐能乎的毁灭之火，非凡间之火，凡人只要见到一次就难免一死。那个将全部木造屋舍、钢筋、汽车、人类全部燃熔，燃爆的光焰把夜空照亮成白昼，几百公里外的郊区都可见冲天火光。逃往河川避火的人们被滚沸的河水煮死。那个恐怖场面，比后来广岛、长崎的原子弹爆炸，还要可怕啊。

老人说：“世界原本憩息在噩梦的妖魔，就是在那场燃烧弹盛

1　Иосиф Сталин，大陆通译斯大林。

宴中，那个巨大的地狱之火中，被释放出来了。”这么大数量的“被截断的时间”，变成一个很难建立感受和理解模型的巨大破洞，很像旷野尽头的天空上，出现一个不可思议的窟窿，你可以看到那窟窿的边沿，像扯裂的纤维，或金属锯齿撕断的破口，那之外是一片空无。最聪明的脑袋、最庞大的哲学、科学、人类曾创造出来的诗歌或小说里的将意义 N 次方的跳跃扩张方式，建立跨海大桥、大水坝，或人工岛的工程师，皆对这个破洞束手无策。无数小小的人体像散碎掉的拼图的一小片一小片元素，每一个个体的死亡，不论从脑后开枪处决，被驱赶进自己挖的坑穴中射杀，或用火车运送整批列队走进水泥掩体中毒死，用绳索绑一串扔进大海，或直接在大街上砍杀，或是将数十万人迁徙至零下四十度的西伯利亚，让他们在这空间歪扭、模糊中，自然地饿死、冻死……数量这么大的死亡，同一时间内的集体关机，灭掉他们眼珠里的摄像、大脑里的电路，十万、一百万、一千万原本哗哗运算的时间，像千万条小溪流突然硬生生从这个空间消失，那庞大的流光幻影到哪去了呢？每个死者变成了一小片白色的二次元碎片，从原本所镶嵌的那个位置剥落下来，那一万人、十万人、一百万人、一千万人，原本可以构成一个有故事、有小说、电影、街道、市集、他们生的小孩、他们种植的花、他们烹饪时冒的炊烟、他们思念爱人时流的眼泪、他们开的咖啡屋、他们拉的手风琴……这些被瞬间蒸发、煎干、消失的粼光闪闪的活着的时间在死后，都到哪去了？如果有一个超巨大的玻璃罩，盖在二十世纪人类文明的天空上，那蒸发的小水滴应该冷凝附着在这玻璃罩的内沿。不是有所谓的“反物质”“反空间”吗？

老派感慨地说："唔，是啊，是啊，那放出来的妖魔，就是孙悟空啊。"

那是我第一次听老派，用"孙悟空"这个意象，描述一种超出我们渺小个体，能想象的巨大恐怖，一种让人目眩神迷的地狱场景。另一次我听他和一个大陆来的导演，喝着酒抬杠，他说黄渤在《西游·降魔篇》里那只孙悟空，把之前之后所有其他演员演的孙悟空给灭了；那导演说放屁，那是个烂片，他心目中电影史上孙悟空第一者，是《大话西游》里周星驰演的那只孙悟空。老派说周星驰那只孙悟空，不过就是会穿梭波赫士魔术，但到头来还是拿着根铁棒，那个所有人印象里，唐僧西行的开路铲土机。黄渤那只猴子可就是封印的魔中之最。

老派有次和一老头聊起黄百韬，他说黄百韬之死，如果放在地图上看，就是一个"子孙袋破了个洞，卵蛋掉出来"的死灭故事。我以为他在讪笑羞辱那遥远历史的战败殉死名将，但老派巨细靡遗描述那场解放军六十万人围歼国民党军八十万人的徐蚌大战[1]，他脸上却带着一种外科医师从十八小时手术房出来，湿淋淋且肃穆的神情，那奇异魔幻的数十万人在淮河沿岸梦游般的乱窜，上级的电话命令像从一只不可测的魔术箱，像乱数洗牌或摇骰子，完全异想天开，像顽皮的孩童要在地表上绘出最让美术老师瞠目结舌的一幅超现实图画。先从总司令刘峙沿着津浦线列开古怪的"一字长蛇阵"，"守江必守淮"，黄百韬等在新安镇，等不到上头批准的撤退，那时已像一颗睾丸感到死亡威胁的冻意，很怪，他们却要他晾在那儿，

1　即淮海战役。

等着粟裕的华东野战军来捏爆它、嚼碎它。“等待”是这个大规模死灭故事的主题，他们窝在一起，等待那剃刀沿着阴囊轻轻滑过的，惘惘的威胁；突然上面的电话命令他们可以撤，十几万部队在运河边壅塞挤沓，只有一条渡河铁桥。被追上的陈毅部队歼灭、炮击、河边射杀，或自相践踏、坠河溺死，辎重火炮大批被缴，又有第四十四师与第二十五军内讧，第二十五军留守运河大桥，竟在第四十四师主力还在河边时就炸了桥，造成落单第四十四师被全歼。

好了等到黄百韬和这余悸犹存的渡河部队到了碾庄，应该收拾残部，快快向徐州方向的国民党军主力靠拢，但这时像后来的天文学家向星空观测传说中的“太阳的孪生兄弟”，涅墨西斯，暗黑中另一个星体（另一个自己）回绕，会造成欧特云带数以百万计的彗星进入内太阳系，造成毁灭，黄百韬的部队们像一颗旋转中，突然让观测者看不见其晦暗、形态、引力的红矮星。他们决定留在碾庄，和渡河的解放军一战。其时原本驻守碾庄的李弥军团，根本不鸟他们，放他们孤军留守，自己急急往徐州开拔。然后黄百韬和他的七万士兵，又进入“等待”的怪圈，他们被围死在这个像被蟒蛇勒杀，不，像是原来的阴囊破洞了，将他们遗弃，但这另一个装着勃跳睾丸的阴囊，要将他们碾死。老蒋像这时才意识到他的中原大军，这一端已囊破蛋黑，要被割掉了。才又派邱清泉（和黄百韬不合）、李弥（前不久才遗弃他落跑）各部解围，但就是被阻击解放军堵住，机械化火炮部队猛攻，十天才前进三十华里。据说黄百韬每天傍晚都爬上临时兵团司令部的砖瓦屋顶上，向西眺望。那是一种死亡的等待。奇怪的战术、永远等不到的援兵，在炽烈火网中愈削愈小的自己的部队，可能会因宿怨而见死不救的友军将领，或老蒋身边必然潜伏的间谍，有时南京还派飞机盘桓于战场上空，他的老长官用无线电告诉他援军就要到了要他撑住，但是工事壕沟里他的士兵尸体愈堆愈高，回击的枪炮声愈稀少……

老派说："黄百韬像不像个《等待果陀》[1]？我年轻时认识一个老头，说他们上一代的人，觉得五百年不长啊。那孙猴子被如来一巴掌摁在五指山下，草都长到他脸边耳朵里了，他还是安心地被压在那儿等待，因为就算再长的等啊等，最后一定会有个出家人骑马经过，将他头上的封印之帖撕去。但黄百韬之役啊，他们那辈人都不信有西游记后面的妖精打架的故事了，他们是都跑去国军英雄馆看京戏，但他们要是哪怕走错剧场，看了一次《等待果陀》，那一定是痛哭流涕啊。没有比他们更懂那种在漫漫等待中什么都没有的恐怖啊。"

有次有个香港老头，一口广东普通话，厚厚镜片下眼睛眨巴眨巴像孩子，老派却对他毕恭毕敬。总之不外乎是个大老板，那次不知是怎么一个状况，老派和那老头说起收藏，原来这老头是个非常厉害的高古瓷藏家，他说二十年前他生意做得挺好，当时收藏了一屋子的瓷器，明清青花、御窑厂官窑，应该总共花了一千多万，有次一个专家到香港参加展拍，他便请专家到家里帮他掌掌眼，结果一屋子赝品，他可算在收藏这事重重摔了一跤。但他不甘心，这些假瓷器可说是惟妙惟肖，每一处鉴定切入处都符合严格的检视啊，即使古董行的老手也会打眼啊。于是他透过朋友的朋友，一连串复

1　*En attendant Godot*，大陆通译《等待戈多》。

杂隐秘的关系，找到景德镇专门做高仿古董瓷器的窑厂，他真的拿出三十万人民币，说要定制一批高仿瓷，但一定要以假乱真，否则不付钱，对方拍胸脯说没问题。于是那两个礼拜他混进窑厂的做工流水线，那真是叹为观止，一批人，专门画青花山水的，专门画花纹的，专门上釉的，专门做底款的，那个手艺，根本不须来作假，本身就是艺术家。一般新仿瓷底胎会较湿，他们就二次入窑。总之，那个梅瓶烧出来后，那个青花发色，折枝花果、龙凤的灵动，瓶沿、胎底的糯细之感，完全就是一只明正统青花龙凤纹梅瓶。他说，我后来还跑了河南的窑厂，他们是高仿宋金时期的高古瓷的。那整个是你不走进去不可能想象的，整个造假到臻于完美、化境、仙境的一群没有脸孔的人。这些伪造的瓷器，有的还进入拍卖场，瞒过鉴定师的放大镜。

老派说："那你不干脆就做这个？"

那老头说："不，你要是真的去看到那窑厂里的工匠，他们的一丝不苟，才华横溢，甚至鬼斧神工，结果这是在造出完美的假，你相信我，你只会全身发软，汗湿透背。你不知道你所站立的中华大地，有多少人像在刺绣，耐性地织一个伪造的梦。这个造假的绝美之物，辗转也许在某个拍卖会拿在一个耽美的藏家手中，就像当年的我。你不会知道，那个你认为是经过四百年侥幸完好无缺的上百万的皇帝的瓷器，翻过罩布，那是那么多像蜂巢里精密的人们，那是'现在'去作假成一个真的古代啊。"

我在设法描述老派这个人的时候，无法掩过我内心对他的流氓痞子气的欣羡，那种模仿不来的耍婊创意，像麝香猫与生俱来那股荷尔蒙一样，别人在实验室里调配不出来的。他既哄得那些女人花枝乱颤，也唬得我们这些男人情义相挺。我在一旁看过太多次他挺直腰杆，一脸沧桑，举着酒杯，说着天啊若是在舞台上念这些台词，那绝对是把全场逗得笑翻在地的反讽的模仿——那些老派的深情重义。那些上了年纪的女作家、女贵妇、PUB 老板娘，或有酒店妹陪唱的 KTV 女经理，当然她们会因各自人生际遇不同发展出的阅历，和他调情并斗嘴，但没有不在长长的假睫毛阴影，蒙上一层湿雾的怜爱。

他实在婊过我太多次了，可是每次他约我在酒馆单独谈判，那昏暗影绰中，他两个眼袋上寂寞的小狗般的眼神，我立刻又答应他提出的那些不可思议的任务。

我有太多次被他放鸽子，和一包厢不知他从哪凑来的，粗俗的、打扮时髦的、老到像吊着点滴瓶出门的，全在歇斯底里骂他的男人、女人，然后我一一敬酒，帮他圆场，说出连我自己都不相信的谎言，用我老实的相貌博取他们最少的信任（至少浇熄怒火），或是我陪着他出一些任务（简直就像赌王斗千王里的大场面），当他下手陪他演戏唬那些老狐狸。但他在喝醉时跟我说的那些抽一成对账的钱，从没进到我户头。

我想这或是台北这座昨日之城，在他那个从小混混跨过辉煌年代的换日线，必然会给他的启发和教养。譬如说，曾有个叫“柯国辉”的年轻人，曾在他公司当行销企划，那是个高个子，我看有一米九八，非常沉静。我不知道为什么老派会用这样的人？或是这个柯国辉怎么会来干这个超低薪、没尊严、又没未来性的烂职位。但有一次，老派叫这高个儿年轻人陪我去新竹诚品，做一场演讲，我们是搭破旧的莒光号去的，一路柯国辉跟我说了他之前的工作经历：他是文大戏剧系毕业的，毕业后曾被同学召集四人去北京写一档烂连续剧的剧本。拿到钱后，他和他们分手，一路在大陆玩了两个月吧，把钱花光，就回来台湾。那之后他干过洗尸体的葬仪社员工，还去林森北路八条通那种老的色情 KTV 干过服务生。他说了一段我说不上是很美还是怪异的情节。他说干 KTV 的服务生，真的很像剧场，这种八九点到午夜一两点，客人和小姐在旖旎灯光下的淫秽啊、风情啊、摇曳生姿啊，或是酒精充满整个包厢，然后没品的客人发飙啊、羞辱（甚至殴打）小姐啦，他们服务生要进去陪笑但护着小姐啦……这些靡醉的灯红酒绿啊，但等到深夜三四点，客人离开，他们要打扫每个包厢的呕吐物啊，翻倒的酒水啦。这时把日光灯全亮打开，好像白骨精洞突然被打回原形，那些墙壁上的白垩粉那么粗陋，沙发皮多处磨损破绽，还有醉倒赖躺的小姐，刚刚暗影绰绰那么袅娜，这日光灯下脸上厚粉和眼影乱糊，简直吓死人像鬼片。他那个店的老板娘，年纪稍大，但极有风韵，平常也是穿着高衩旗袍银红撩乱的礼服，有一些年纪大的老客人还是点她，喝醉了动手动脚，她会非常有女人味地半嗔半媚地哄他们。但有一个礼拜天早上，他在租屋处楼下一个小摊吃米粉汤，一个老妇人过来喊了他一下，他过了好久才意识到，这个老太太，拿掉了假发，没搽抹胭脂白粉，没穿上华丽礼服……光天化日下，原来是这样一个朴素的小老太婆……

他又和我说他父亲。他父亲是他祖母这一房唯一个儿子。他有四个姑姑，都非常能干。他父亲在他母亲生下他之前，经营南部的一家铁工厂，生意很不错。但有一天，突然不想过这样的人生，把工厂整个卖了，拿那些钱，自己跑去西班牙学古典吉他。中间还从西班牙跑去捷克学木匠手工自己做吉他。现在他父亲算是台湾非常厉害的古典吉他演奏者，也有在台南艺术大学兼课。但可以说，他从小，就是活在一个，父亲不在场，但除了母亲、祖母，还有四个姑姑，这些女人，宠溺着那个浪子性格的丈夫、儿子、弟弟，她们艰难的维持家计，守护他长大。现在他老爸学成归来，但好像台湾无法靠古典吉他搞什么生意，兼课的钱也很少，他老爸在淡水，自掏腰包买了一批欧洲的古琴古乐器，教一些老人演奏，然后组了一个乐团，但好像也不太有人知道。

那次在新竹的演讲结束后，这个柯国辉的老爸，竟开着一辆Jaguar，在书店楼下等我们，载我们回去。啊他看去真是穿着优雅的绅士，如果有个年轻女孩同时见到这对父子，一定会被老爸吸引，而对那其实高帅但像流浪汉的儿子不感兴趣。但我因为之前听了柯国辉说了他家背后经济的困窘，这个五十多岁，优雅、浪漫，车内空间一种说不出的欧洲气氛。我知道这个派头，是靠背后一群女人，开小吃店，辛苦经营，撑出来这个老梦幻王子。

那次在回台北途中，那安静优雅的Jaguar车内空间，我和他父亲哈啦闲聊了一会，他父亲，这个生命中三十到五十的黄金岁月，抛家弃子到西班牙追寻古典吉他之梦的漂泊男子，突然有感而发跟我说了一句：

“我年轻时在铁工厂做生意，和各种人打交道，黑道的、标工程的、不良警察，什么人都见过。但粗俗的商人呢，他们盗亦有道，讲好拿你多少好处，一定不会婊你。结果我去学了一圈音乐回来，发觉人类之中，最黑暗最脏污的灵魂，完全不讲道义原则的，就在学术界里，就在艺术圈里，比那些包工程的黑道、奸商，都坏太多了。”

不知为何，那时我看着他老爸在驾驶座的背影（他还穿着一件很有型的麂皮外套），就想起了老派。

有一次，在一个包厢饭局，我像眼皮垂耷，看着眼前这些六十岁以上的老人们，举着酒标，像高中男生开黄腔调戏高中女生，那些整过容染过发的老女人们似乎也眼睛湿漉爱极了这样口吐莲花多层宝塔般的，人类千百年对淫词秽语的高级文化。我有一种幻觉：万一我们这一屋子的夜宴调笑，只是一只粉彩葫芦瓶上画的古装男女，那在凝厚浓艳的乳浊晕光中，万一这只瓶是假的呢？我们不知道我们其实是一群新仿颜料描绘在一只假瓶子上的假的烧釉呢？那时外面大雨滂沱，突然一个大高个推门而入，湿淋淋一身狼狈，是柯国辉，似乎是老派让他送两瓶金门高粱过来。老派一脸不悦，把他拉到一旁似乎是痛斥了一顿。然后柯国辉垂头丧气地走了，座中一个女人说：“哟老派凶起来还挺man的嘛。”老派说：“我真不懂，现在这些年轻人，像中邪了，你跟他讲得清清楚楚，六点拿过来，现在几点了？”众人嗡嗡轰轰相劝，老派说：“不是这点小事，每件事都是这样。”

我借故上厕所，踩着那酒馆窄木梯下楼，果然看着柯国辉站在垂瀑的店门檐下，傻愣愣看着一大片银灿灿大雨。我打了根烟给他，帮他点火。我说：“今天那席间有个老女人不上道，和老派为了个陈年旧账夹缠半天，老派好像又理亏，别一肚火，拿你撒气。”

柯国辉喷着烟，衰气地笑了笑，说：“有个女孩，我要出门前传个简讯给我，说真的活不下去了。我急急飙我那破机车，飙到中和，按电铃不应，按别楼层住户，冲了上去，还好铁门没锁，她室友也不在，就在她房门上框，用条跳绳吊在那。我把她救下来，脸整个涨红，一直吐，还好还算赶上了。我能怎么办？她和家里闹翻，我也不能叫她家人，用她手机找她两个较要好的女生朋友过来。”

我又打了根烟给他，说：“是人家喜欢你，你不要人家齁？”

柯国辉说：“不是的，我只是想说，现在很多年轻人，其实不是像老派他们那些大人说的，废材、软弱、自恋，他们真的像你一个小说里说的：‘活在塑胶袋里’，如果家里本来就穷，背着助学贷款，一个月两万多块，在银行当小职员，不可能出现卡夫卡的啦。整天习惯就说‘对不起’。我身边这样的年轻人很多很多，我不知道要怎么去帮助他们。我把那女孩从门框上的跳绳抱下来，她脸都紫了，一直干咳，第一句话却是说‘对不起’。”

我不知道该说些什么。我们都把烟往地上丢，习惯性想用鞋将烟头的火星踩灭，其实那烟蒂一落地，嗤一声，整个吸满地砖上的积水。然后他就冲进那漫天大雨中。

寻仇

我坐在那皮肤科诊所的二楼候诊椅，这个空间像在一狭窄的农舍阁楼，挨挤坐着的等候病人们，都是一些脸上带着莫名抱歉、屈辱、茫然的老人、老妇，或甚有一个孕妇，包括我在内，大家很像梵谷《食薯者》画中的人物。我坐的这个角落，堆放着一个铁柜、一张铁桌、一只很像牙医诊所椅的诊疗椅、一些看去就是废弃的仪器，这整个说不出地怪。天花板很低，但隔一段时间，有一台红色细灯管的数字机，便会尖锐叮咚一响，就是那小门内的医生和护士在叫号，下一号病人可以进来了。但那叫号机的位置很低，几乎就压在这些等候者的脖子后面，所以每次叮咚一响，这楼顶上模糊轮廓的灰影子们，就会重复一次受到惊吓的骚动，然后其中一个很不好意思站起身，推开那小门进去。

轮到我进去时，那医生叫我拉下裤子。这以来我已习惯这屈辱的动作了。我拉下裤子，那医师淡绿色口罩后面的鼻头和眼珠，出现一种仿佛豆豆先生的效果，其实他是仔细观察（我的鸡鸡）之后，露出皱眉头的神情，好像目睹了一条漂满狗屎、呕吐物、腐烂瓜果、各种垃圾的臭水沟，那种惨不忍睹，甚至用手挥了挥鼻子觉得恶臭的表情。

“怎么会搞得这么惨？”

我告诉他这个洞出现的时间，以及我去别的医院看过皮肤科，医生也开给我涂抹的药和口服抗生素，但洞还是愈破愈大。我每天会用双氧水清洗。

医师大声说：“不能用双氧水啊！你看你这已经发出尸体的臭味了。怎么会弄成这么严重？我会开药给你，每天按时擦，保持干燥，好不好？”

他这样问我“好不好”时，我差点笑出来，我拉裤子穿回，向他道歉。然后走出诊疗室。

我走进那间酒馆时，老派和Y正在靠门边的一个狭长小区块比飞镖，我知道最靠外的这张长桌是我们的，有三个女孩像眼上停了飞蛾坐着，迷幻，夜色中的磷粉般如泣如诉，或其实就只是百无聊赖。桌上狼藉排放着七八支啤酒瓶，高瘦（应该是啤酒杯）或圆胖（应该是喝威士忌）的玻璃空杯，烟灰缸里插满烟尸，还有一小玻璃盏一小玻璃盏的蚕豆、花生、烤鱿鱼。老派和Y并肩站在射镖线后瞄准着，黑暗中他们的身躯姿态很像两个站在山崖上，用单筒望远镜观察战场的白痴将军和副官。那个飞镖盘并不是典型的飞镖——我是指那种木浆纸压挤成的圆盘，上头被飞镖的针刺插得千疮百孔——那是一台电动机器，那飞镖盘是一通电的铁盘，这些镖的头是些小磁铁，刺过去它是被吸附在两分或十八分或红心的区域，然后这机器会发出像弹子机那种，丢丢丢轰轰轰的雷电声。我加入了他们，当然我根本是个射镖白痴，被这两个老狐狸打得落花流水。主要是他俩在射镖时，会散发出某种墨西哥人的骚气和滑稽，他们是故意这么表演的，而座位上那些女士可都被逗得花枝乱颤。你也不知是谁在取悦谁？座中有个女孩，就是我之前说的那个，从前常一起喝酒，后来我和她闹翻的姑娘。她曾有句名言："女人就只有两种：一种是婊子，一种是戏子。"我记得她这么跟我说时，我脑海想的就是张爱玲，还有张爱玲她妈。那时我觉得这样一勺像从猪油罐挖出女人的定义，真像牛顿发明地心引力一样，直接明了，直捣核心。婊子就是被男人玩的女人，戏子就是玩男人的女人。但后来我和她闹翻后，就只觉得这话阴暗扭曲。但此刻她坐在那儿，可以同时对我们这些男人，表现出女人的脆弱，又对这桌其他几个年纪比她大一截的姐姐，露出猫的尖爪。这或是她能把台北入夜后的酒馆，变成一种霓虹梦幻，角色进出的表演区的能耐。

后来我们入座时，我问了老派，今天这聚会是为了啥？老派说，一会儿还有几个哥们会过来，我们今晚，要去修理一个家伙。修理谁呢？我们都这个年纪了，但老派又说了许久，我确定他不是搞笑，是认真的。老派说，那就是一个导演，之前在脸书上羞辱过他一些哥们，他早就想干他了，但这家伙非常狡猾，他如果是条鱼，那种远洋渔船用拖曳网一整兜机器缆拖上大甲板的，这家伙就是那蹦啊跳啊会弹回海里的唯一一条。是个杂碎吗？我问。老派说，不，如果是杂碎就好了，其实他让我想起年轻时的自己，低头掩着夹克，抽刀子是真的豁出去的狠劲。

在座一个叫佩佩姐的，细眉淡眼，皮肤非常白，笑起来像狐狸，跟我们解释：这次老派会发这么大脾气啊，就是那小子在脸书写了一篇文章，对（她瞥了瞥那和我断交的女孩）我们妹子的那本新书，极尽羞辱讪笑。老派一旁喷烟说，这家伙踩人，一定踩在对方痛脚上。好像是老派私讯写了封信给他，诚恳劝他把文章拿掉，说了一些江湖水深、暗夜行路、厚道为上的感慨；没想到这小子第二天就把老派的私讯贴上脸书，又好好嘲弄了一番。

我突然想到，这哥们我认识啊。他是个孤狼啊，应该这么说，他是个受过许多苦难和伤害之人啊。我不知道老派说我们去干他是什么意思？据我所知，他住在偏僻荒郊的小屋，我们这么多人要去（如果这些女人也要跟去看热闹），至少要弄两台车啊。然后我们总要弄些棍棒之类的东西，这整个我怎么觉得说不出的滑稽啊。

我记得几年前，我和这哥们在另外一朋友的酒聚上，他说起他的腰伤一直不好，后来散摊了，我提议带他去我常按摩的，永和的一家按摩店，那里的阿姨功夫非常好。说实话，我回忆起那晚，整个还是魔幻不真切，那时已是半夜十二点多了，我带他走进那按摩店时，心里有一半预想店是关了。那间店的师傅都是一些老阿姨，常常坐在外头沙发等客人，也尽是一些像恐龙化石般的老人。所以这家店里，从沙发上的串珠椅垫、椅臂上放的茶杯、墙上挂的大合照相框和锦标旗，都充满一种痱子膏或草药的老人气味。那天店其实算关门了，里头一通暗黑，只剩那满头银发，高挑的老板娘站在收银柜前看电视。她一看到我身后的那哥们，眼睛亮了起来，我想她认出他了。她立刻推开一道密门，里头有两张按摩床，说是 VIP

室（我在这间按摩店按这么多年了，从不知有这么一间 VIP 室？）她打电话帮我另外叫了一个支援的师傅，而她亲自帮那家伙按。我们之间隔着一道帘幕，一开始我们还像梦呓般聊着，但后来我在我这张按摩床睡着了。后来我的师傅来了，是个男的，手劲非常重，我半醒半睡地感到隔帘那头非常安静，想他或是睡着了。但后来我们按完，从那破旧楼梯间走出，这哥们半惊吓半苦笑地说，他妈的，他刚刚等于被那个老板娘性侵啦。她按着按着，几乎在搓他的睾丸，还涂一种油吧，手指根本顺着屁股肉，探进他肛门了。

“那你怎么不喊我？我就在一旁啊。”

“我以为你带我来这家店，这家店都是这么搞？我以为你在隔壁床享受呢。”

我跟他保证我之前来过几十次了，这是一家正派经营的按摩店啊。

“可能老板娘认出你了，她是你的粉丝，情不自禁就搞你了？”

后来我们走去桥头的永和豆浆店吃煎蛋饼，那时已是凌晨三四点，这两家店仍灯火通明。我们对坐在一张小桌，身边挤满了人。他突然跟我说起，念大学时，他那时还和小黄鹂在一起（我知道小黄鹂，倒不是她后来成了八点档女星，因我当时也念那所大学，只是我是研究所的，他们俩当时就是系上的金童玉女），有一次我知道我们那个老师把小黄鹂上了。我说：“上了？”我差点把嘴里的蛋饼吐出来。那个老师是我们系里的大腕，人长得也帅，曾拍的电影还得过国际大奖。说来，我们那时超崇拜他啊。他说，我当时冲到那家伙家要揍他，那个年纪，我也搞不清楚我女友算是自愿的，还是被强暴的？我原本把他当父亲一样，我想我的感觉，像是我自己被他强暴了。这后来非常难堪，你知道那时他是从美国搞那些嬉皮啊、性解放啊，他有一个理论，每天要上一个不同的女孩。我问小黄鹂，她也哭着说不清楚，说是酒后一时迷乱。我问她那我们是不是分了？她也哭着说不要。后来我们在一起那么多年，别人都看好我们，后来还是分了。说实话，这老师不明不白地上过她，一直是我内心的暗影。好像你用很多根牙签把一空的火柴盒撑着，时日久远，那些牙签终于一根根断了，撑不住了，那火柴盒还是被压扁了。

我没有把以上这些事说给老派、Y和那些女人听，但我从心里认定他是个好人啊。一个哥们，会在按摩完的深夜（且他还才被那按摩的老婆子给亵玩了），在一间陌生人喧闹挨挤的豆浆店里，跟你讲那么私密、悲惨的故事，这样的人肯定孤独又脆弱。

我对老派说："别闹了吧，他是我哥们。而且他是跆拳黑带的，我们去十个人都不够他一个打。"

老派、Y，和那位上过我哥们前马子的老师，他们算是同代人。他们那代人，和我这代人（包括我这个故事里，J、D、西特林、所有那些怪异畸零的超人们）有一种奇异的、可能要许多年后的学者才能分析辨察的张力，他们从外国带回来许多东西，包括田纳西·威廉斯的《欲望街车》，包括沙林杰的《麦田捕手》，包括《等待果陀》[1]《秃头女高音》[2]、品特；包括卡夫卡、法国新浪潮电影、黑泽明、小津安二郎……我们年轻的时候，和他们的关系，就像唐吉诃德[3]和他的仆人桑丘，不，更像是唐僧和他的徒弟们。

---

1 *En attendant Godot*，大陆通译《等待戈多》。

2 *Cântăreața Cheală*，大陆通译《秃头歌女》。

3 Don Quijote de la Mancha，大陆通译堂·吉诃德。

你觉得他们随口说起像是旧识、老友的佛洛伊德、傅柯[1]、萨伊德[2]、詹明信[3]……那就像千里路迢迢的西天取经，他们从西方带回了那像魔戒门开，吐出各种不可思议雷电闪光的魔术兜布。

但我好像拦不住老派，好像有什么真的伤害发生在他身上了。我想对他说，老派，你不是说咱们有个什么了不起的计划吗？跟拯救人类有关，像修补古往今来的智者都解决不了的破洞。但我们这样在夜里一群人，去找个网路上和你结仇的人，我们这么多人打他一个，这好像说书人说到一半，扔下一屋子听故事的人，跳窗跑了。

我好像唯一记得，不，隐约在脑中，眼皮下，残断的记忆和印象，好像有条线路，从某个关闭的抽屉拉出，顺着这电线往回攀，那抽屉是在一狭窄走廊里的一张桌子，但那走廊是蚁穴般的地下迷宫的其中一截。但这地下迷宫，仔细看是一小片电晶路板，而这枚邮票大小的电晶路板，镶嵌在一枚人造卫星的主控电脑硬碟，这枚人造卫星其实已被炸掉了。我对老派说，你所说的，这个在网路上羞辱你，霸凌你的导演，其实真实世界，并没有这个人哪。他只是J的小说中的一个人物。但是J，十五年前就没有人知道他到哪去了，这个世界上真的有这个人吗？

但事实上，我这一辈的人，永远没法像老派那辈人那么任性，或许我这样说错了，老派他们眼中的我这辈人，或才任性呢，比起他们吃过的苦、受过的颠簸。我记得好几个夜晚，我记忆中，都有老派和他那辈的人，像那些西洋画里的“耶稣受难图”，脸孔枯槁

1 Michel Foucault，大陆通译福柯。

2 Edward Said，大陆通译萨义德。

3 Fredric Jameson，大陆通译詹姆逊。

死灰、嘴巴张开、歪躺在哀恸欲绝的圣母的怀中，盖覆他身体的红绸布下露出的某一只手，手掌背面还有钉子穿过的创洞，一些干涸的血迹。我和我的同辈人，好像都是扮演围在一旁，一脸惊恐，想安慰但实在没你戏份的群众演员角色。他们曾遭遇那像攻城拔寨规模的伤害、背叛，被拖进地狱一游的经历，我们能说啥，睁大眼睛，手捂嘴巴，当个最好的聆听者。

也许十年、二十年下来，我们被反复磨戏，终于理解了这一生不可能占到那个，张嘴干嚎、裸体往画面中央一躺的受难者，我们可能就是要当个“破洞修复者”。

什么是“破洞修复者”？就是像我在这个夜晚的角色，说些“不会的，他不是那样的人，这中间肯定有误解”，“真的吗？他真的这样说吗？那就过分了”，“我知道你的为人，你会这么生气，绝对有原因的”……诸如此类的屁话，像动漫里某个发愿不再有巨浪吞噬渔船的僧人，要将整片海滩的每一颗沙子，以奈米[1]尺度的微雕技术，全雕刻成佛头，那么细琐却无尽头的技艺。

那时我们已离开那酒吧了，老派预告的那些人并没有来，也没有两辆车载我们。我和老派、Y，三人醉醺醺地走在入夜后变得如此丑陋、破烂的骑楼暗影里。我仍大着舌头对老派说：“我可以用我的信用挂保证，他不是那样的人……”但到底我们这样走着，是还要去找我那哥们，替老派讨回公道吗？那可是要走一整夜啊。

这时，老派突然停下，盯着他的手机屏幕（可能有人传简讯给他吧。但其实他一整晚都盯着手机，显然有许多人，传个简讯给

1 长度单位，即纳米。

他），说："某某死啦。"

他说的那个某某，是个大作家，一个老作家。我年轻的时候，他是个神话般的人物，他在那个戒严年代，搞读书会读马克思主义被自己的友人告密，入狱坐了十几年牢。他是个人格者，出狱后办了一个摄影与报导文学皆非常强的杂志，深入第一线的工殇、雏妓、兰屿核废料、原住民在城市生存之悲歌。并写了一批小说，还是非常有力量。其实他入狱前的小说，就已是我们那些文青传抄的经典。那些小说总是写一些小镇的忧悒青年，受到某个强大的恶所压抑，或是那些被侮辱与被损害者，那像琥珀困裹在一起，黏腻、窒息、没有出口的苦闷。可以说是最能钻透白色恐怖内在暴力的作品。但这位大作家，晚年竟移居北京了——其实他一路信仰的，本就是那个红色的祖国——这遭到他的后辈，以及台湾后来某些文青的挞伐，或是刻意将其遗忘、抹除。可能他的激烈行动，让许多人在情感上遭到被背叛、被负弃的伤害。年轻一辈像要把一棵大树的根须，从那泥烂、砾石、昆虫尸体、腐烂叶片的沼泽整个拔出。他在北京中风了十年，据说经济也颇困窘。

我盯着老派的脸，当他说出"某某死啦"这句话之后，夜色中像用铁耙翻开土穴，细细的蚯蚓游动爬行，像要哭出来一样。其实这样的讯息，在网路上，千万波纹闪跳：川普当选美国总统、护家盟的基督徒发动反同志婚姻的游行、复兴航空恶性倒闭……几乎不是以每天，而是以每小时的单位，人们愤怒、恐惧、沮丧、躁郁，但像很多年前那上万只随洋流漂浮的塑胶黄色小鸭，各种表情挤压出来，又立刻被周边的同类挤进水面下。"某某死了"这件事，对我们而言，只是一个钟表铺里时钟调校的意义吗？

阿默

他们父子在那挖了个大坑，土这种东西，被挖了个漏斗形的，不，一个不存在的漏斗，原本在那的那些深褐色的粉末、堆在那个空洞上方的外沿，像厚唇，或一条巨大的毛虫蜷成一圈。D 打着赤膊，站在那坑里，用十字镐凿下头被石块或断树根结构了，所以较难挖的土层。他的父亲，那个九十多岁的老人，屈腿蹲在坑边，用手将土堆往上拨。老人的腿非常枯瘦，像对折的树枝。事实上，这样佝偻的身体，缓慢地在这几年间，将这一块荒地的每一寸土都翻了翻，挖出那些石块、像人类臂部那么大的树根，变成一片覆满菜豆苗、地瓜藤、空心菜、茄子、辣椒、丝瓜、南瓜……周边一丛丛芭蕉、柠檬、柳丁树，绿意盎然的园圃。他感觉到有一种“尘归尘，土归土”，好像那启动运转这衰老身躯的动能，像隐秘地吹着一只煤炉的风。它让这骨架、皱皮、上头顶着一颗枯萎瓜果般的头颅，在那荒地上拿着木柄铁器挖凿着，但不多久，这具身躯也会散垮成他们脚下那整片土。

那只黑狗的尸体，摆放在铁皮屋旁的一张木椅上。那所谓木椅，应是他们去海边拣的无数大小漂流木中，其中一块材质坚硬、个头较大的断木。有几只苍蝇停在那狗睁开但已无光芒的眼球上，或它活着好像豹的头那样结实美丽的嘴沿。D 的母亲便挥手赶那些苍蝇。她是这家人唯一较能用言语，表达自己哀伤情感的那个。她说着这条狗的好。每日她骑机车，穿过这片空荒田野，到公路旁的商家，有时她到彩券行，有时她到农会，那狗，会像智力体能都强于这一街景所有衰老的灵长类，却因忠心深爱着他们之中的那唯一一个，高贵的、机警的，在那条老街日光曝晒下的一进一进阴影中寻找她。有时则固执趴伏在她的破机车旁等候（“它认得车牌号码耶。”她说）。

挖坟的那对父子，其实哀恸可能超过她。但他们如此沉默，整个天空、延伸的灰绿田野、风吹的裂帛声，远一点海潮沉钝的背景声，或是关于那身躯已僵硬、发出腐臭味的黑狗，展开的关于死亡的这件事，全都被收缩、牵引进那陀螺形的空洞，他们正奋力挖凿的那个墓穴。

他有一种印象：他们父子一边挖着土、铲着土，一边轻微地、细碎地指导对方，那个边角不要再凿过去了，那里埋着水管管线；这个切角再凿几镐，不要变宽，让这个坑呈现长方形；到时他们帮那狗钉的简陋木棺放下时，不会卡到……

但其实他们没有说任何一句话。D 像在对无法争论的，这狗的死亡，赌气或是自责地，一铲一铲挖着。

他在一旁，用塑胶打火机点了根烟，古早年代，对于这将死亡之躯掩埋进土里，似乎总要焚烧一些什么，空气中似乎要有一些纸灰或烟的气味，才混揉那泥土、草根、尸体、活人呼吸……那无声的哓哓不休，充满说不出的话语。

当年，一个女人将黑狗阿默交到他手上时，大约一岁，已经有一种荒野灵魂、黑人爵士乐的气质。在那流动的黑所形成的感性河流里，有一种它自有的、神秘的、但或许它自己也不知此生会是怎样的流速、波纹、或细碎的声音。它不信任人类，但问题是你不知道它之前怎样被遗弃，到它出现在女人那幢大楼社区，这样的时光，它如何创造，翻捡垃圾桶里的厨余或捏皱的麦当劳纸袋里的鸡骨；穿梭、藏躲、昼行夜出、吃光那些爱猫人放在巷子角落的猫饲料和水；那女人说：“如果你不收留它，这里有一些住户说要叫捕狗队来抓它了。”

他应该是第一个，以灵长类高于犬类的智能，迫近时巨大一些的身躯，制服它，踏进它那纯净自由黑河流，搅乱那纯净的时间，建立出屈从、依恋、属于的倒影。他将它带回那小屋，将挣跳的它像柔道寝技压制住，帮它洗澡，甚至细心地洗它的生殖器，一边柔和地对他说话。“以后你要听爸拔的话。”

他豢养它、喂食它，他不让它进屋内，里头还有一个美丽的女主人，和两个幼年期的小孩。他们都是它的主人。它住在这小屋的小前院。白天他们会开着一辆车离开，傍晚他们会开着那辆车回来。它会在小院里欢欣跳跃，绕着打圈。噢，噢，主人，你们可回来了。但其实那些只有它独守的白日，它会长手长脚攀那墙篱出去，在那老山庄外头的公路弯道旁，埋伏着，然后飙冲而出，追击那些驶过的车辆。它已将这山丘上布建的这些小屋巡过一遍，这个老社区里尽是一些孱弱枯槁的老人，和后头推着他们轮椅的黑女孩。它将原本占据地盘的狗群，全部打趴。它冲进山坡边的鸡圈，猎杀那些即使拍打金色杂黑翅膀想上树，却仍被它半空拦截的大公鸡……

但一年后，他还是将它遗弃了。

他解释着："因为我们要搬进城里，那个公寓的房东不准我们养狗。这里有山、有大自然，你有自己的房子，这是你的家。爸拔会每个礼拜回来看你一次。"有一辆货车来，两个工人上上下下一整天，从那屋里搬出一箱一箱、或巨大的物件，然后他们就全部消失了。

他拜托隔壁的越南阿姨，每天喂它，帮它水盆加水。很多年后，那越南阿姨被"移民署"的人逮捕遣送——她的老板让她在黑狗阿默家隔壁的小屋，照顾一个中风瘫痪的老妈妈，但后来"老板"做便当生意倒了，人跑了，丢下她跟那像个蒟蒻的老妈妈，挨了半年没有薪水。有一天她也跑了，由另个越南落跑阿姨提供门路，跑去桃园一家地下面包工厂做"非法外劳"，成为幽灵人口——他和妻子到"移民署"领人，帮她作保，出机票，陪她去机场（当时押送她的女警还让她戴着手铐，他还在机场划票柜台前和那女警大吵）。第二年这阿姨又换了个名字，申请来台，又逃跑，又钻进那剥削她们的地下工厂作"非法外劳"。有一个除夕夜来他们家（后来城里的那公寓）过年，说起它：

“那个阿ㄇ[1]啊，好聪明的啊，我走下山庄，到街上市场买菜，它就翻墙出来跟在我后头，我赶它回去，它就鬼头鬼脑隔着马路，有一段距离那样走，好像它是走它自己的，跟我没关系。等我买完菜，往回走，一转头，发现阿默嘴里叼着好大一条鱼，从鱼贩那偷的。真是聪明，精……”

其实那时它像从自己那条深邃黑色河流甩着水花上岸，年轻力壮，但感觉那河流里关于遗弃的漩涡，像要把它扯进胸膛要爆裂的哀伤和迷惑。它守着那个小屋。成为丧家之犬。不理解那是怎么回事？是关于回忆的倒影或是削去法吗？他会回来吗？还是这是永久的遗弃？阿姨、老人，山庄里其他的狗，它趴在那从鼻前抬着一只黄蜂尸体列队欢欣而过的蚂蚁，偶尔有个邮差骑着机车从门外丢进一叠什么信件……

之后，D出现了，其实这个故事，之后便和他一点关系都没有了。是D和黑狗的故事。相较他那潦草、朦胧，似乎只为遗弃它而铺哏的一年，D真正收留了它后来的十年。D说，当他住进那小屋时，有快两年的时间，他从不觉得阿默是他的狗。它总是多疑地，保持一段距离地看着他。他让它进屋，那时那屋子的状况已很糟了，楼梯间的黄灯泡照着白垩墙上的壁癌，它瘦长身躯蹑手蹑脚就像道长长的黑影，溜着上楼。一楼堆着所有D搬来的数十只大纸箱，里面是书和各种器材；二楼的小书房还保持着从前女主人书房的模样和摆设；小卧室的木床上则堆着D各种没洗过的衣物、杂志、信件；D真正作息是在三楼那违建铁皮屋。几张桌子、所有

1　注音符号，即拼音m。

的电脑、衣箱、在钢架下吊着一只练拳和踢腿的沙袋、各种模型、奖座……D在大窗台边铺了个卧铺。它还是每日攀墙而出，在公路弯道边追击那些快速驶过的车辆。山庄所有的狗已认它为老大。但它如此孤立不群。像沥青的高温幻影游梭在这日光曝晒、时光静止的小山庄里。D将墙加高，它仍然像忍者不受阻碍地攀爬出去，后来D火了，整个买材料：铁条、粗铁丝网，花了一整下午施工，将那围篱架高到像篮球框那样的高度，它才被关禁住。

这样的它的故事，他是在后来他们哥们，在台北的PUB相聚，听D闲闲淡淡，破碎印象说出的。那时D忙于拍片，轧戏，想存钱拍一部自己梦想的战争电影。跟他们哥们相聚的周期，拉长到一年碰到一次。他问起黑狗阿默（他内心想：它是不是已经死了，不在这世上了？），D像说着一部自己在遥远陌生国度秘密拍摄的电影，这个国家没有人知道、或想象，那样一部不可思议的电影："你们知道吗？阿默现在已经成为，台东鹿野乡的传奇。我因为拍片，常常一礼拜回那小屋一次，顾不到阿默了，就找一次一路飙车下台东，把它放在鹿野乡我当初玩飞行翼那些哥们家，那里是整片的田野。阿默去到那里，三天内咬了十四个人，所有境内大狗小狗全被它咬过一轮（其中还包括那种身躯比它大两倍的獒犬），我那朋友说："阿默现在是鹿野乡第一犬，他们的看板。许多阿伯阿婆，会骑着机车，到他们消防队外面，比手画脚，就为了来看'那只超会咬人的黑狗'。"

克里姆王说，除了我之外的所有时间，都飞逝吧！在那个近乎瑜伽的神秘静观时刻，只有他可以在慢速中预测到所有人在未来的运动轨迹。所有将会发生的事对他而言都是已发生过了。他说：

“真实的顶点，就在我的能力中！”

但是“黄金体验镇魂曲”却将之放逐在时间之外的，永远的漂泊流浪。他对克里姆王说：“你已经哪里都去不得了……而且……你绝对永远无法达到‘真实’。”

像那些传说中自杀者的鬼魂，永远被禁锢在死亡一刻的无数次重播。在那梦中之梦的恐怖颠倒世界里，他一次一次地死去，一次一次感受到内脏爆裂、肌肉被冰冷割开、骨头折断、血浆滴流的剧烈痛楚。但时间钟面上的秒针始终颤抖着未往下一秒跳。在那时间的无重力世界里，他像迷失在一条挂满超现实画的走廊，或是走进以死亡为魔术的马戏团，在他的那一瞬感受里，他得永劫回归地体验着人类亘古以来，各式各样的死法：磔刑、上吊、凌迟、火烧，在河畔下水道被不良少年刺死，在医院急诊室被手术刀切开解剖，被车轮碾毙，在恐惧中活活被拳头打死，中毒时喉头灼烧紧束，溺毙前肺囊里涨满水爆炸而喷出鼻血的那一刻……像反复重奏的赋格曲，他“永远无法达到真实”，甚至永远无法让时间推进一格，真正的死去（把那无间地狱般的痛苦结束吧）。

后来阿默，又怎样被 D 再一路飙车，从台东送到北海岸，D 的父亲在一片空荒旷野开垦的那个小铁屋的画面里呢？阿默怎样慢慢老去，但每日仍固执走好几公里，到那无人海边，在浪潮冲刷的岩礁上跳跃，愈来愈进入一绝对孤独的感悟？那片荒原太辽阔了，使得顶着烈日或劲风的老人，在那灰绿地面上拖着铁锄行走，像是即使以一生的时间能量，也顶不住这慢速的暴力，似乎下一秒便会自燃成一蕊微弱的烛焰，然后消失成一缕轻烟。

D 之于黑狗阿默，是否一如他？变成将它弃置到另一个人类的小屋，那黑色的河流倒映它继续流动的体悟：这种直立的灵长类，出现在它生命里，将气味定位在它鼻后嗅神经丛到脑额的显影刻画版面，只为了离开它，让它训练一种等候的长时间意志，有时他的身影会逆着光出现，蹲下，温柔忧郁地摸它。但其实那个和遗弃对抗的意志，早已崩解散溃？

有一次D对他说，即使过了四十岁，那种不是出自心智的思辨，而是身体底层的什么，还是有一种想死的冲动。譬如在一条笔直的乡野公路骑着重机，时速飙到一百八十以上，他会闭上眼睛，在那只听见风灌声的静止幻觉里，数一到十，慢慢地，稳定地数。再睁眼时，他还是在那高速的飞行状态里。他会心惊胆跳，像镇压一场血腥叛变那样强力压制住再闭上眼的想望……

他年轻时读过一些文学作品，在描写到女人的阴部时，总会写“她的伤口”。那使他蒙上了一层惊悚的印象：当然和性有关，但很怪，它不是像更早些时高中同学传阅的文字粗俗低劣的黄色小本，写的“插入”“抽插”“塞进那小蜜穴”，而是“伤口”。那感觉身为男性的他，或许有不自知的，胯下挂着的，并不是一副欢愉的器官，像花朵的雄蕊，上头布满金黄的粉末，而是一柄钨钢的大砍刀。女人原本那么光滑、柔细、完整，是男人的这柄刀将之割开一道裂口。痛的意象。应该愈合却在时光中像要留为证据，她们始终没让它愈合，藏在两腿间那样行走坐卧于日常。而且，除了变态狂或外科医生，好吧，或许还有杀鱼（譬如在澎湖港边见过那些妇人戴着塑胶手套，割开白色乌贼的腔体，剥出浮鳔）或杀猪的人，没有人会把割开的伤口，再用手指拨开它，或用其他器官往里头探，“进入伤口的里面”，像进入西斯汀教堂，穿过回廊和许多神圣隐秘的房间。伤口不应是一座迷宫的入口。但女人的阴部是。因为那美丽的入口（他的废材哥们会在这个哏上，贪玩要起嘴皮：旋转门。按键电梯门。捷运验票闸口。演唱会排队入口），将我们设定在一个“外面”的世界。我像潜水员潜进那一百多年前沉没在深海海床的船骸。摸索。用手电筒光束探照那范围极小的细节。珊瑚。水草。鱼骨。螺贝。摇晃着。散溃着。他听过不同的女人，在哀恸欲绝之境，说过这样惊悚的话：

“我要把他生回来！”

“我要在我的小说中写死他！”

他到很后来，很后来，才领会：这两种像狰狞、忿怒、淫欲、空寂之母，创造同时灭绝一个幻觉宇宙前的恍惚时刻，嗡嗡从胸腔，不，更下方一点，发出的咒语，其实是同一句话。

在挖坟的这个动作和他们纯然的哀伤后面，有没有一种即使已用一种宗教祭祀般的严厉压制，却仍魔鬼藤蔓冒出的念头：如果这是一部作品。他们当然不是换手运球，故意在最初将阿默遗弃再承接，阿默暗去的眼珠里，如果有一组摄影机，可以取出里面的档案。那是不是一部，比小津，比温德斯[1]，比雷奈，比阿莫多瓦、塔克夫斯基都要屌的电影吧？虽然他和D都非常谨慎，有意无意将阿默称为“你的狗”。对方的狗。但那条黑色的神秘河流里，时光更久远一点记忆更模糊一点的他；或是那经过一次一次不侵犯它的孤桀，像男子对男子，且也是几次搬动的D；在它临终眼睛将涣散阖上之际，这两个人类同时出现，那在它将熄掉的大脑屏幕，出现

1 Wim Wenders，大陆通译文德斯。

了什么意义?

那是什么?

那时，他独自一人待在那屋里，外头风雨如晦，一片昏暗。突然地震了，不，或许不是地震，是出现《圣经·启示录》那将一切毁灭的飓风，他感到那屋子像游乐场的旋转木马，漂浮在半空中，窗外的景致以三百六十度快速旋转。他贴着沙发，感受那离心力造成身体骨骼，朝单一方向被拆解，血液朝脑门窜的晕眩。窗玻璃都破了，电视、书柜里的书、不知哪来那么多鞋子、立灯、电扇，全像一个看不见的漩涡，乱飞斜滚。他想，房子之后会像吸饱水的卫生纸，四分五裂吧?奇怪这屋子没有地基吗?怎么会这样就漂浮飞起呢?这或不是真的发生的经验?只是从那部讲太空人在大气层外修理人造卫星而人造卫星失速旋转的好莱坞片(《地心引力》?)，或是库柏力克[1]那部经典(《2001太空漫游》?)，得到的视觉，乃至耳半规管的感官暂留?

但那屋子接着就落下了，像有装避震器一样，弹了两下安稳着陆了。他从身旁这扇窗向外看，那栋贴近的超高大楼还在原地，但感觉整个结构受到重创，看起来像一根被吹风机吹着的冰棒那样脆弱，暂存于这一刻的勉力撑立状态。各层楼的帷幕窗碎得乱七八糟，多处墙面崩塌洒下粉尘和碎砖。他觉得这栋大楼等会就会像巨人膝盖骨被打碎那样垮下吧?如此他这小屋绝对跟着遭殃啊。

他跑出屋外，另一边那栋较低的六层楼公寓已整个塌毁，只剩

1 Stanley Kubrick，大陆通译库布里克。

一堆踩烂蛋糕般的砖壁叠合物。远近的城市大楼全像遭到大轰炸，一叠叠冒着黑烟、白烟、灰烟，还有不同高低处的火光。天空的尺度变宽阔了。那些倒塌或半倒的废墟上，爬着蚂蚁般的小人们。此刻风雨骤停。“这他妈是遭到飞弹攻击，还是龙卷风哇?”他喃喃说。如果是龙卷风，怎么房子全像八级地震侵袭后那样的倒法?

他的父亲母亲跑来找他，他们像死去的人一样，脾气变好，表情变柔和，喔不，像纸糊冥人一样，两颊都涂了两坨红红的胭脂。他们没有说一些鸡鸡歪歪让他更心烦意乱的话。他没想到这一生，会和他们在这样的场景里相逢。他母亲说了一句:“啊还不是你把它写成这样。”他父亲立刻像她说了什么犯忌讳的话，狠狠瞪她一眼，并用手拽她的一只手。如他所料，一只小黑狗，歪歪斜斜从一面倒塌墙砖的凹缺口出现，它的眼睛湿漉漉的，尾巴像小孩甩跳绳那样一圈一圈旋转着。它将一只前脚举起，放下，再举起，像在乞求，或像敲一扇不存在的门。可以让我进来吗?他的父母说:“是阿默啊?是阿默小时候啊。”他弯下腰时，那小黑狗不知怎么移动的，一忽儿就翻着短绒毛的肚子躺在他脚边撒娇了。他摸到它的心脏，因为紧张忐忑，搏跳得那么快。

他想，这一切都会倒塌。他没想到他那么想它。

谁来晚餐

这张餐桌围坐着三头狼、三个村民、一个女巫、一个预言家、一个猎人。每到夜晚，所有人必须闭上眼睛，三头狼会先睁眼，他们在静默中以眼会意，比手画脚，一个夜晚只能杀掉一个人。然后狼闭上眼睛，轮女巫睁眼，女巫有两个能力：可以救人，同时可以毒杀人。但使用过一回这两能力，下一回则无法施法，必须再跨一轮才能再使用。然后女巫闭上眼，轮预言家睁眼，他可以任点一名这餐桌上所有闭眼之人，其中一个，验知他的身份。而猎人的功能是，如果被杀的是他，他可以任抓一人陪死。

天亮的时候，所有人睁开眼睛，除了三头狼彼此知道同伴有谁，以及预言家知道他之前验的那人身份，其他人皆处在一不辨敌我，不知谁是狼谁是平民谁是神职者的雾中状态，通常第一夜过去，大家醒来时，裁判官会告诉他们，这一夜是平安夜，没有人死去，于是他们知道狼在夜晚睁眼时杀了某人，但等女巫睁眼时，她又救活那死者。但狼有时会故意杀一个自己人，让女巫救，于是女巫下一轮便无法施复活之术。另外，这游戏最核心，也就是最刺激之处，便是所有人都必须表明自己是好人，不是狼，这之间的演技非常重要：狼要做出无辜状，诱导大家相信某个不是狼的人是狼。这时的技巧千变万化，有各种丝绳缠缚的心机：女巫和预言家也必须将自己深藏，否则到了夜晚狼会先杀他们；狼群三人会面不改色地说谎，好像无心地怀疑某个（其实是真的）村民言行间的破绽，但又不能被反追踪暴露他们是一个狼集团，有时他们会故意踩其中一同伴，让好人们相信他是同类，始终无法被锁定；有时他们会故意跳出，说自己是预言家。这于是真的预言家会跳出。像真假孙悟空那样，两个预言家争吵着自己才是真的。这一轮最后大家会投票投出一人让他死去。当然大家（除了那三头狼）都希望能投出一头真正的狼，但尔虞我诈往往误杀好人。常常我们在游戏中，凛然看见民主选举的伪诈与愚昧。入夜后，剩下的狼又睁开眼杀人；换女巫睁眼时，若上一轮他使用过救人之术，这一轮则无法再救；而再轮预言家睁眼时，他可以再选一个人验身份，但通常三轮后，狼已锁定预言家，会将他杀了。狼通常忌惮杀猎人，因为猎人死时会乱抓一人离场，很可能捞抓到一头狼。有时则是女巫在白日时，被其实是狼的家伙误导，在夜里毒杀一人，她以为是狼，其实是村民或另外神职者。这个游戏最后以村民被杀光，或狼群被歼灭，任一种结果即结束。

这游戏我是在大陆一个叫“餐桌的诱惑”之综艺节目看见，主持人叫马东，另配一位台湾的女艺人侯佩岑，各集参与游戏的来宾不同，但有几个固定常态来宾：一个叫大王的漂亮女艺人（她比较像《欲望城市》的女人，性感、直爽，敢耍宝、真性情）；一个叫陈怡馨的可爱女孩（她是典型的甜美可爱傻妹，无辜且无害，常在第一轮就被狼群抹黑为狼，缺乏为自己辩护之口才、心机，遭投票出局）；一位中性打扮、戴厚框眼镜的胖女生颜如晶（她像是典型的亚斯伯格症，高智商、冷静理性，常作全盘推理分析，引导大家投票的方向），有时会有台湾美熟女贾静雯。

我将眼睛睁开，当然环绕这一桌而坐的其他人都闭着眼，那个在这房间后面的声音说："刚刚被杀死的人是他。"我一看，是J，他也紧闭着眼，嘴角带着笑意，"女巫你要救他吗？"啊，让我想想，有三个家伙是狼，他们在我睁眼的前几秒，还比手画脚无声讨论着要杀谁。此刻我完全看不出来啊。但也很可能J就是其中一匹狼，他们故意"狼自杀"来骗女巫的解药，那么下一轮我就无法救人了。"女巫请决定，要救，或不救？"那声音又说。我摇摇头。"女巫请闭眼。"我闭上眼，"预言家请睁眼。你要查验身份的是？"……

沙沙沙沙沙……

"天亮了，"那个房间外的声音说，"昨天遭到袭击的那个是六号，J，请留遗言。"

大家大笑。J一脸错愕："怎么我这么快就被杀了？我是个有重要身份的人，女巫怎么没救我呢？"两个黑衣人上来把J拖走，他不断大喊："我是好人啊。"大家拼命笑，他突然拖住步子不走了，"算了我讲出我的身份，我是预言家啊，我刚刚查验了破鸡超的身份，他是头狼啊，大家要小心啊……”

然后他被拖走了，我注意到一桌的笑脸中，有几双眼睛在观察我了。妈的，假预言家，那J应该是头狼了？但会不会他真是预言家，且真的验了我，知道我是女巫，因此知道我竟没救他，所以报复我栽我是狼？

第一个发言的是老派：

“我有点被弄糊涂了，如果J说的是真的，那等于第一轮预言家就被拖出去了，然后他说他验了破鸡超是头狼。但如果J是头狼呢？他临死前乱抓个好人下水。我很少玩到第一轮那么巧预言家就被杀了，而且他还恰好查杀到一头狼。我想听听后面的人发言再决定。但我的身份是个好人。”

第二个发言的是大小姐，她无辜地说：“我就是个村民，没什么好说的。”

第三个发言的是K，他说：“我想告诉各位的是，J不是预言家。为什么呢？因为我才是预言家，我刚刚查验了她（那个胖女孩），你是个好身份。本来预言家不该这么早跳的，但因为J不是预言家却说自己是预言家，表示他是头狼，所以这是典型的狼自杀。只是不知什么理由，我们女巫没救他、没上当。等会狼一定会杀我，请女巫这次一定要救我。现在我们剩下两头狼。而J说破鸡超是狼，因此他应是个好人。现在，我是好人、破鸡超是好人，你（胖女孩）是好人，剩下的两头狼藏在剩下五个人里面，我觉得这一盘好人的赢面大些。”

第四个发言的是那个广告导演S，他说：

“我是个好人。我有点怀疑K你现在跳预言家的身份：如果J

他真的是预言家，现在他已死了，无从辩解，场上没有人可以质疑你了。所以J走之前告诉我们破鸡超是头狼，你却跳预言家，因此保了破鸡超的好人身份，现在你又说你验过她（胖女孩），她也是好人。这让我怀疑，你们仨是狼一伙的。”

K笑着说：“喔，现在我怀疑你是狼了。”

S说：“我是好人啊。”

他们争吵起来。下一个发言的是肝指数无限高超人，她说：

“我也觉得J不是预言家。我有点怀疑老派，觉得他一身狼味。但若是我相信K是预言家，那表示坐我旁边的S是狼吗？我这把没啥意思，我就是个普通的村民。”

轮到我说话了，我说：

“我是个有身份的人。我也不知道J为什么走之前说我是狼，如果K才是真的预言家，那表示J是狼。因为我不是狼，所以在我这边，我只能相信这是合理的逻辑。所以K说他查验过你（胖女孩），你是好人，这我暂时相信。但这样好像坐实了S说的，我们三个一伙才是狼的身份。但我真的不是狼啊。K如果你真的是预言家，待会你不用验我，我是真好人，我建议你验一下S。”

轮到胖女孩说话，她说：

“我是有身份的人，好吧我这么说，我是猎人。我敢现在跳，就是狼你们最好别杀我，我是可以带一个陪葬的下去。所以我相信K说的，他是预言家的身份。所以破鸡超应该也是好人。”

跳过J的空位，下一个是胖女孩的母亲，她也是相信K是预言家的身份。

这一轮大家投票的结果，S被投扔出去，两个黑衣人带走他之前，他说：“我真的是个好人。睁开你们的眼睛，我真的怀疑 K、破鸡超他们俩是铁狼。现在对好人很不利啊。”

屋外的那声音又说：“入夜了，请闭眼。”“狼请睁眼。”“你们要杀的是？”“狼请闭眼。”“女巫请睁眼。”

我睁开眼，发现被杀的是 K，“女巫你要救他吗？”我点点头。“你要用毒药吗？”我摇摇头。“女巫请闭眼。”

等预言家睁眼，查验某一人身份后又闭眼，房间外那声音说：

“昨夜是平安夜。”

老派说：“平安夜，表示狼昨晚杀了某个好人，而女巫救了他。目前为止，逻辑好像是，J 是狼，他是狼自杀。S 是狼，他被投杀。那现在只剩一头狼了，但这头狼藏得很深，会是谁呢？女巫也藏得很深。现在我反而不知道剩下的哪位是狼了？或许听听看 K 怎么说？如果你真的是预言家，昨晚你验了谁？”

大小姐说：“我上轮投了 S 出去，但我突然又不确定了。他刚刚被带走前的态度，我有一瞬觉得他是好人。但如果他是无辜的，那表示三头狼还在场上，那太可怕了。我现在百分之五十对五十，不知道 K 究竟是不是预言家的身份？”

K 说：“我昨晚验了破鸡超，你真的是头狼。”圆桌上大家全惊呼。“所以 J 离去前说你是头狼，这个战术让我想不透。J 不是预言家，他应该是头狼，但他为什么临死前咬狼同伴？我想他是在保你，认为这样我不会急着验你，但结果我验了你，你是头狼。现在大家这一轮把他投出去，基本上好人就赢了。只有一种可能，就是我们刚刚错杀了 S，那现场就有两匹狼还在。”

肝指数无限高女超人说：“我上一轮投的是老派，不知为什么？我还是觉得你是头狼，我觉得你很闪烁，好像都顺着大家的流向在走。我的直觉是相信K是真预言家，那么狼只剩下我旁边的破鸡超了？我觉得事情好像不该那么顺利？哪里怪怪的。猎人是谁我们知道了，预言家是谁好像也确定了，但女巫是谁呢？我是好人，就是村民，但不可能你们也全是村民吧？我像是在哪个环节恍神了，现在变得抓不到头绪了。”

轮到我发言，我说：

“K，你不是预言家。因为我不是狼。我一直相信你是预言家，但你现在踩我是狼，这你的假预言家身份就暴露了。我告诉你们，我是女巫。第一晚我看见J被杀了，我没救他，因为我也怀疑是狼自杀。但我不明白为什么他要说他是预言家，而踩我是狼。所以后来K你说你才是预言家，我信了。但昨晚被杀的是你，我用解药救了你，没想到现在你却说你验了我，我是狼。我是女巫啊，这表示你的预言家是假身份。如果这样，刚刚S就被我们大家错杀了。你们相信我，这一轮投给K，如果还有狼，下一晚狼一定杀我，而且我解药上一轮用掉了，没办法自救了。那就表示我说的是真的。可能J并不是狼，或是狼，而反正他已死了，K就干脆踩狼同伴，说他是伪，而自己是真，那表示真的预言家还在我们场上，但现在不敢跳，因为跳了夜里就会被杀。天啊，我们错杀了S。”

胖女孩说：“我被打乱了。如果破鸡超说的是真的，我和破鸡超是确定的两个神职人员，但我以为K是预言家，现在滑掉了。我原先的逻辑是，J和S是两匹狼，已经都死了，在场三个神职和三个村民都活着，只是最后那匹狼我们定位不出来。但现在整个乱了。如果破鸡超说的是真的（听起来又很像），他是女巫，那K

就是狼了，那整个翻转：J可能是真的预言家，但J又说破鸡超是狼……这，这是怎么回事？那S是被我们错杀了？S走之前说K和破鸡超是两头狼，但我现在情感层面又相信破鸡超是女巫。奇怪，两条破鸡超证明的路径，最后却都反过头说破鸡超是狼。所以我暂且会投破鸡超。”

胖女孩的母亲说：“我怎么觉得场上好多狼？不只三头？破鸡超你说你是女巫我是相信的。但到底J和K谁是预言家？他们两个一定有一个是假的，但真假预言家都说验过你，你是狼，那表示应该场上还有一个真的女巫？不然就是他俩都是假预言家，场上还有一个真预言家还藏着？但已经是这种局面了，应该要跳了吧？也不见有人跳出来。”

不出所料，这一轮我被大家投票扔出去。其实并没差，就算我逃过这劫，入夜后狼一定会将我杀了。因为他们知道我是真的女巫，而且我这轮无法使用解药了。但若在夜里我还可以用毒药杀死一人，我会杀谁呢？如果我能活到夜里，被投出去的应是K，那么留下来的老派、大小姐、肝指数无限高超人、胖女孩的母亲，哪一个是狼呢？（胖女孩应是猎人无误）。

我推开椅子站起，那两个黑衣人架住我的胳膊，我留下遗言：“你们加油！我想这个晚上他们就会杀你（胖女孩），神职人员全死，游戏就结束了。K绝对是狼，很可惜你们不听我的。”

我走到后面的房间，里头却空无一人。吧台上放着两杯喝了一半的可乐，那些溶解的冰块像沙滩上的贝壳闪闪发光。有一台电视，可以看到那仍在进行的，闭着眼玩杀人狼游戏的那一桌人。

“人呢？”我想确定一下J究竟是什么身份？S一定不是狼，我会笑着对S说："你这个村民！"J应是预言家，但为何离场前要说我是狼呢？说来我第一晚应该救J的，那或许整个战况会翻转过来。

这时我从监视荧幕看到，夜晚（灯关掉的效果）的这一桌人，老派、大小姐、K都睁开眼。原来他们是狼！三头狼都还在场上！瞧他们乐的，比手画脚，像特种部队夜战打手势，比出割喉、戳眼、吐舌头，他们应该要杀胖女孩了。这样游戏就结束了。

但是J和S都跑去哪了？出局者应该都到这个休息室啊。难道两个都去上厕所了。我这时突然很想抽烟（当然这栋建筑内应该全是禁烟的），我于是真的掏出根烟点上。游戏中耗尽脑力，以及谍对谍时脸部表情的控制，此时好像性爱过后的虚无和浮躁。我心里想着：啊，原来老派是狼。这倒不足为奇。但大小姐也是狼，那我真是对她刮目相看了，她看起来一丝狼的氛围都没有，那么无辜、呆萌，但或这就是这游戏好玩之处。

倒是S，若非在这游戏台面上，譬如现在这样私下在这小房间相见，我还有些尴尬呢。之前我曾在他的广告公司，挂个顾问头衔，其实就是接些案子，帮他们的方便面啦、保全公司啦、市政府承办运动会啦，想一些漂亮的句子。他脾气很爆，对我算是很不错，但我遇过几回他痛骂手下那些摄影或剪接师。后来我离开他的广告公司，跟他无关，是我和另一位年纪较我长的顾问，有些摩擦，但我走得有点不上道，就是突然消失，电话、电邮全不接不回，我猜他应该对我有些芥蒂吧。有次我带个马子到另一个朋友的PARTY，他也在那儿，可能有点喝醉了，眼神和我对到又撇开，不想搭理我的样子。但是等我和一群哥们到另一边聊，又回到座位，发觉他死缠着我带去的那女孩，简直就像上酒店的无赖大叔。但那马子笑得花枝乱颤，好像也被他逗得很开心的模样。

那时我心里警惕地想：S 把我当敌人了。我不知道是错综联结的关系网络，哪个环节出了问题，但他已经不把我当哥们了。

但怎么回事呢？他们都到哪去了？

我倒是想到，第一晚结束，J 被狼杀了，自己孤单走到这房间，看着电视中我们围着圆桌，热烈讨论着，不知那时他是什么感受？当时我们还猜他是狼自杀，是假预言家。这样说来，他是真预言家了。所以当他被那两黑衣人架着，一脸看不出是悲是喜的倒霉相，指着我："他是狼！"所以他那唯一一次使用预言家身份，是查验了我，知道我是女巫；当他发觉自己第一轮就被杀出局，全场只有他知道我在那个夜晚，没有用解药救活他，眼睁睁看着他死去。所以他指我为狼，是"游戏之外的报复"了。

我也挺意外，老派找了这一桌人来玩这游戏，竟然有 J？这半年来，若非我持续以一种神秘的方式，拿到 J 后来写的那些小说，在某种意义上，J 应该，他不是，十几年前就自杀死去了么？但我看场上其他人，似乎对于 J 出现在这游戏桌上，并没有大惊小怪的态度。或许"J 曾自杀死去"这事，真的只是我脑中类似线路短接、爆闪，错存的一个讯息？但此刻却是只有我一人独自坐在这房间，我却一直想象着，之前 J 百无聊赖地坐在这儿，喝着吧台上的冰可乐，嚼着漏进牙齿里的冰块，像是他曾写过的一篇小说，一群孩子在野外玩捉迷藏，这个叙事的男孩躲在一棵树上，那鬼始终没找到他。但时间一直过去，他听到其他玩伴的笑闹声，被鬼找到的尖叫声，然后那些声音愈散愈远。天渐渐黑了，他还是躲在那儿，但为什么没有人来找他呢？他们忘了他吗？这篇小说就叫《寂寞的游戏》。J会不会在这待着，觉得太无聊了，便拉开那边那道门，走了。他面容萧索地走在那马路上，错身而过的男女，没有人知道他是刚刚在一场游戏，被狼杀死，但女巫却不出手相救的预言家。我想这完全是J这个人的风格。不告而别，突然就从一群人之中游离出来，变成一个透明的影子。

这么说来，肝指数爆高女超人，从第一轮就说，她觉得老派“有一股狼味”，这还真给她说中了。但那好像是把真实的光中，影影绰绰的，像在河流中翻滚的印象，犯规带进封闭的游戏中了。我在游戏中尽量压制着自己这样的混淆。但这真的很难，你看我从头到尾就没想过，大小姐是狼。那感觉很像读《红楼梦》，遮藏隐蔽地写到贾珍和媳妇在那曲径通幽、媳妇丫鬟像蜂巢层叠布置的荣国府里偷情了。

我熄了烟，站起身，突然觉得奇怪，电视上那桌人仍在进行着游戏，也就是第三夜已经过去了，但看起来并没有人出局。这不可能啊，狼不可能不杀人，若有人被杀，我是女巫，我已在这外面的房间，没有人有解药可以救活死者啊。但并没有人推开门，走进我这房间里。那表示另外有一个女巫，行使了解药的功能。但这是不可能的。我可以想象，现在场上的人一定说，“平安夜”，那表示还有女巫救人，那破鸡超是假女巫喽。

这是怎么回事？游戏出现了破洞，而我掉进那故障的夹层抽屉了？

我骑着摩托车载着他

我骑着摩托车载着他，一路颠荡着，我们左手边，飞逝过身后的树林、竹丛、电线杆，那下方陡降几百公尺，是一条蜿蜒的溪流，这河谷另一端，是矮矮的、水墨画般的山丘。摩托车的引擎喘吼，很像一个瘦骨嶙峋的老头，捶着胸膛说："我可以的，我可以的。"但车胎在那省道上不时的碎石、干涸的泥泞车辙凹沟颠跳着。我感到后座的他在担忧着，明天他还要自己骑这机车，寻原路到城里，他一直唠叨明天他和印刷厂的人约好了，有一批书他们要交给他。我一直告诉他安心，希望他看看这沿途风光多么明媚。当然我们正在行驶的这条道路，尘土漫天，不时有砂石车从后方响着"汪"的喇叭，凶悍超过我们，你感到那厚重车斗压挤空气的旋风，刮压着我们的脸。

我告诉他，没事的，明天他就顺着这条路，就这么条路，想走岔也没路让你岔。我们行驶过一个弯道，路旁有一个戴斗笠的老人，坐在两个大竹笼旁，一旁用厚纸板写着：“果子狸”“山雉”“放生”，非常怪，这样荒郊野外，他像土地公蹲在路边，我们机车经过他，眼睛照会着，完全看不出他的表情。我告诉他，这老头不是个好东西，他用一些捕鸟粘板或捕兽夹，抓了这些野生东西，在这公路边兜售，其实是让人买了放生。我就曾跟他买过一网兜的白头翁，在我的孩子面前放了，让它们光影撩乱地飞向天空，但其实不久就又被他布的机关给逮去，然后再在公路边等下一个善心人来买。

他还是问我，还要多久才到？我想他还是在换算明天他骑车出来的时程。其实我也有点嘀咕，怎么这机车噗噗走着，应该就快到了，但怎么好像比印象中要远一些。然后我们眼前是一个隧道，“啊，我忘了还要经过这个隧道，但真的过了隧道就到啦。”于是我们眼前一黑，刚才炽白灿亮的阳光不见了，进入隧道后，发现里头在施工，双向道被缩成单向道，有三四个戴黄色胶盔的工人在指挥交通。对面一辆大卡车，车头灯像梦境中水光摇晃的两盏招牌光球，照得我们眼睛睁不开，贴着极迫近我们旁边驶过，那个夹缝，我和他都用右腿撑着路旁壁沿，停着让这错车通过。

出了隧道，我想他又要对我发牢骚吧？说来他真是个忧郁的家伙，一路上，他一直对我说着，好像是他将要背叛一手提拔他的老板，跳槽到另一家公司，但他一直不敢跟老板开口，从年初拖延着到现在已秋天了。他举出这老板的诸多不是，性格的缺陷、决策的错误；但当我附和他时，他又会说出这老板的许多好处。我根本不认识他的老板，但你看，他就有本事弄得似乎我也被裹进这个要背叛他老板的执念、阴暗的心思，很像一个环绕着白矮星的太阳系，所有的光热都消失了，只有一种晕糊的灰影。

我不记得我们认识多少年了，但似乎我记忆里，不同次的相聚，他都在喋喋对我抱怨着，他在不同的公司，不同的老板，有男的，有女的，他们都用一种像电路回圈那样复杂的方式，婊他，对不起他，利用他，伤害他。

这时我突然想起，就是这条省道，好多年前，我曾经也骑着一辆破机车，载着一个女孩，要去我山中的小屋，这女孩不是别人，是我当时女友的妹妹。原本我好像是要载她去一间兽医院取她的小狗，但不知为什么？也不记得是谁先起的头，我们就像一对狗男女骑着车离开城市。我想我们俩在那尘土飞扬的道路上单薄地前进，唇干舌燥，脑海里像灌满强力胶，想的都是快快跳过这一段中途，一进那小屋便滚上床干那件事。沿途那些树林飘下枯黄的落叶，河谷那端的山峦像得了瘟疫，全呈现一种枯黄色。那女孩搂着我的腰，我们全身流出的汗，鼻端喷出的空气，全部带着背叛者的酸味。后来我突然岔开这条省路，沿着路边一条小径朝下骑，我记得那条小径全铺满湿糊的金箔冥纸，我们到了河边，我告诉那女孩这就是我想让她看看的，那河边有一段泥滩，非常奇幻地有上百条大鱼的尸体，像有人把它们排列成不同形态，尾巴上翘、或翻滚、或奋力洄游，用水泥砌刀固定在那儿；它们身上的鳞片还闪着耀眼的银光。其实我根本从未来过这里。我们的眼前是脏污的、灰色忧郁的河流。

那之后我便骑着机车回头载那女孩，把她送回她家。

我想跟我身后那家伙讲讲这段往事（我差点上了我某个女友的

妹妹），我将摩托车停在路边，拿下安全帽，打出一根烟，叼在嘴上点燃。

“不错吧？你看看那些山。”

“我们还要多久啊？”

后来我们终于骑到我那个山中小屋，那个山丘上全是这样双拼式漆了白漆的两层楼小屋，屋况皆非常不佳，墙壁总像爱流汗的胖子渗出水，有像一颗颗汗珠的水，有蜿蜒成鸟类爪子状或人脸面具的水渍，有时你甚至觉得像有条小溪在那墙面流着。于是管线可能都锈坏了，所以这一社区整体给人一种每幢小屋里的灯泡大部分是瞎的，照明不完全的昏暗感。我发现我的老父亲和老母亲都在那屋里，但其实我父亲已过世十几年啦。但这时他赤着上身，只穿条短裤，坐在客厅那张藤圈椅上。他胖大的肚腹和奶子上覆着一片白毛，有点像是江郎才尽、脑袋坏损、写不出东西时的海明威的形象。

我母亲则像所有这样的老妇，整理着这个壁癌斑驳的小屋，像那是她很多年前流产的婴孩。我向她介绍我带回来的这个朋友，她露出像是不知道自己做错什么事的抱歉微笑。我的朋友还在想着，明天一早他要自己发动机车，穿过那段刚刚我们一路过来的省道，漫天灰尘，轰隆轰隆挨着身边驶过的大铁壳虫般的砂石车，隧道，可以看见对岸山峦起伏如大地静默的浪头，某座河边的地下铁工厂，抛锚在路边的水肥车，或是隔一段路就会出现的一座土地公庙……

说来我母亲是个好客的人，我从年轻时不同的往家里带的朋友，她总是认为我带回来的人，象征着外头世界拥有新知识的人，他们知道这世界的变化。所以她对他们都有一种说不出的谦卑、友好，甚至讨好的味道。当然现在他们非常老了，所以他们在这屋里，有一种像是“进入到树懒的时间”，一种流动得非常缓慢的老年人特有的时间。我发现我这朋友困在自己的担忧、那些烦心事，他甚至不太搭理我母亲。这有点没礼貌了。我母亲到那小小的厨房料理台弄弄搞搞，你以为她会变出什么招待客人，结果她端了盅蒸蛋，里头还飘着两三片蛤蛎。

我的朋友尖声说：“蛤？这是什么？蒸蛋？”我以为他在讥笑，但他似乎非常感动，用汤匙一勺一勺挖着往嘴里送，眼睛还闪着泪花——“我一百年没吃过这玩意了。”

这时我发现我父亲面前的茶几上，放着一台小电视，像只闹钟那么小，拉着长长的天线，因为这机器太小，里头说话的人的声音，也像是被拘在葫芦里的人，拿着对讲机在说话，干扰电讯哔哔剥剥，且飘忽在远处之感。我发现他正在收看的，不正是罗胖的《罗辑思维》吗？这一集我前两天在网路上看过，讲的是一本书，分析着德国这个国家的解体。主要是那金字塔顶端百分之一的富人，掌握这个国家绝大多数财富，但他们和整个社会平行，脱离一种共同体的联系；另外他们的穷人，在一种科幻小说般的社会福利设计下，懒、不愿工作，领让我们这些第三世界国家人民羡慕死的救济金，慢慢剥离、解体一种“社会人”的自我想象，几代复制下来，这个国家便面临解体之危。

也许我可以坐下来，和我父亲聊一聊“解体”这个话题。其实我们所在的这个故事，就已经解体了吧？包括这个小屋，一路来的那历历如绘的公路景观，包括一路上我或想和后座那家伙聊聊历史、我们之所以在这里、是现在这个模样，这一切都好像在一种早已解体，在看不见的深海底下任意漂流的印象。我感觉我的父亲、母亲，他们虽然和我在同一个屋子里，其实我们是在不同片的马铃薯切面上，只要有个水流或晃荡的什么，我便会和他们远远地分开。我也许是最后一个，还可以依记忆，向我的父母介绍我的朋友，向我的朋友介绍我的父母的人类。

或像那些 YouTube 上播放的，在缅甸的翡翠市集，那些肥头大耳的赌石人，在摊位上堆放着累累恐龙蛋般的原石，挑出一颗，有的要价百万人民币，有的三十五万人民币，一旁找工人用金刚石电圆锯切开那原石的“包皮”，有时露出黄浊加黑斑的石理，他们会哀叹：“没了，钱全打水里了。”有时则切开露出水光潋滟的种头，里头漂着翠色，或是紫罗兰的淡紫，他们会大喊：“不得了，发财了。”将那石头像切吐司，切成一片一片薄片，用铅字笔在上头画出圆圈，计算可以套出几只镯子。那些切面，总让我想象，好像我与我父母，可能在最早以前，是被裹在其中一颗石头蛋里，然后被某个切力，切成一片一片，每一片有我们的脸、身体的某个截面。但那个分解成片的角度有所不同，所以某一切面里的我的部分（或大脑剖面图、或眼睛的一半、或鼻子的一截）懵懵懂懂、失去了理解全景的感觉，但又说不出地有某种依偎在一块的哀愁、昔日之感。

那天夜里，我始终无法成眠，因为我一直听到他在那小间客房里哭泣的声音。我想那是他在梦中目睹着什么恐怖、心碎、悲伤的场景吧？我记得睡前，我们在阁楼铁皮违建那张我从前写了许多小说的长桌，胡乱聊了一些，但他始终带着一种心不在焉的气氛。他说，像我们这样的人，这辈子，花了许多心力，至少从二十岁到三十五岁的时光，我们那么努力读着二十世纪的那些外国的伟大小说家的作品，其实只是努力学习怎样变成他们那样的疯子，那可是个比最深的矿坑坑道还深的地狱通道啊，我们逐字逐句，像是把旷野上的一座座疯人院，一砖一瓦地拆下，搬运到我们内心的某个地平线，在那依着我们记得的草图，重新盖起一座座疯人院。杜思妥也夫斯基、卡夫卡、纳博科夫、普鲁斯特、福克纳、芥川、川端、三岛，我们还认真地读佛洛伊德的一卷卷《梦的解析》，真不知道为何那时我们会觉得那是一片灿烂辉煌、灼烧炽亮的星空画面？其实只是让我们变成和后来的这个世界无关的神经病？我说，也不完全是这样吧？譬如说，我们一路骑车过来，那在右手边下面流动的灰绿色河流，我记得几年前，在木栅那边的河道拐弯上方，我在一对我们这代大家艳羡的金童玉女家的临河大楼上，他们优雅地指给我看下方的河流，说之前台风，那河道整个泛滥，可怕的黄浊浪头淹过河堤，他们站在这二十多层高的落地窗，看着都头晕。那些被洪水淹没了的黑色沥青的小屋顶，聚着恐惧的野猫野狗。他们甚至担心河对岸的那动物园里，那些狮子、大象、长颈鹿、斑马、骆驼、瞪羚、黑熊……我不知道他们指着一条安静的河流，描述它疯狂的样子，是在炫耀或真的恐惧。

我说，如你所知，后来他们分手了，那个男的跑去没人知道在哪的乡下开垦荒地，房子留给女的，所以之后那条河流，我经过的时候，就不再是以前我经过的那条河流了，它成了一条忧郁的河流，冲刷着伤心往事的河流。

如果你以为我们这样的聊天，是像波拉尼奥小说里那些南美的“内在写实主义”青年，两眼如镊子摘去瞳仁，发出疯魔、银色的光辉，谈论我们的时代，或是诗歌，那你就错了。我和他这么乱聊的时候，坐在一张书桌前，从纸烟里抽出一根烟，摩挲许久才点上，这种延迟让我觉得怪怪的，可能我下意识还是不希望楼下的我父母，闻到从我们这阁楼飘下去太浓的烟味。这张书桌以前是我的书桌，但现在可能被我父亲拿去当书桌了。我注意到一旁的书柜，排放着多年前我搬走时，无法带走的书，有《东欧小说选》，有雷马克《西线无战事》，有一些包括川端、井上靖、芥川、夏目漱石的日本小说，还有《忧郁的热带》《金枝》，还有一些结构主义的书，佛洛伊德《梦的解析》，许多大陆的小说……那都是我青年时期曾用功读过的书，口味很杂。我不记得当初是什么原因将这些书弃留在这小屋。但在书柜最顶层，放着整排一看就是我父亲的书：《中华民国大全集》《溥心畬画册》《缀白球》《元曲选》《康熙大辞典》《史记》……这些书都是精装本，有的甚至是布面装帧，但全积着灰尘、蜘网、死去昆虫的骸壳。最边边很突兀立着一本个头比其他书都大的《男女医学百科》。我记得我十六七岁时，独自待在这小屋里，那时这屋里所有书柜都是我父亲的书，事实上这小屋就是他的一个藏书仓库。但有次我在书柜发现了这本书，那里头有一章，用医学文章那种正经的笔调，描述女性的生殖器官、各种爱抚可以让女性愉悦的方式、各种性交的体位……我很难想象我那严肃、道貌岸然的父亲，会在他的书架上摆着这么一本书。我把它当A书来读，每次都翻到那一章，读一读就会勃起，然后我就在那（那时或还没那么破败）小屋里捋着自己年轻的阴茎自慰。

我当然没和他说这些。事实上我们这样坐在小屋顶楼聊天，他始终还是一副心不在焉的模样。很多年前，我对他就有个印象：他是一个喜欢八卦的人，即他非常着迷于人际关系中那些隐藏到暗处，或像淋浴之脏水往滤水孔流入的，不正常的、小奸小恶、言行不符的事。当时他在另一间公司，说来我和他并不熟，但在城市的咖啡屋偶遇，他会巨细靡遗地对我说一大堆，他的女老板如何以一种幽微、隐秘、像摄影机里的细致零件的方式，整他、虐待他。且他在一种扁平的道德趣味中，说的一些人的阴暗面，那其中某些人我也认识，也算对我极好的长辈。那时我对他这种，遇到就嘁嘁促促说一些必须多组人编织在一块，才会产生的干拐子啦、说小话啦、落井下石啦、作套让敌人坠马啦……非常不耐烦。觉得他像是某种二维生物，被压扁在一张极薄的关系网络图。跟他聊天，不自觉就会掉进话本小说，《红楼梦》啦、《金瓶梅》啦、《海上花》啦、《儒林外史》啦，那种蚁穴般在地底分岔再分岔，线索细细纠缠、精力全耗在分辨阳奉阴违的琐细翻牌之晕眩。

但这样过了许多年，也许我也经历了一些人事，社会上的这些那些，我再听他那样地叨叨琐琐地，像小媳妇刺绣一只绣花鞋，绕着哪些人的是非啦、八卦啦，我好像没那么反感了。

第二天，我带他游走了那段灰尘扑面的省道，带他到城里他要去见老板的搭车处，回到父亲和母亲的家，那其实是电影里，像美国人般的房子。我们在二楼走动着，我睡有窗的客房，隔壁是父母的卧室。

我已经很累很累了，感觉那是“晚上”，父亲和母亲都穿着老人的睡袍，但他们非常自在。不过问我“回”到这房子前经历了哪些事，为何这么疲惫？我们安静地穿进穿出，在走廊的浴厕刷牙、洗脸、睡前的小解，可以听见纸拖鞋底和地板木材摩挲的轻微声音。

我给他们一张光碟，介绍是一部非常好笑的电影，导演是个满头白发的老人，美国人，或住美国的法国人，他的妻子也是他的不同部搞笑怪电影里永远的女主角，是个像安洁莉娜·裘莉那样的年轻性感美女。后来我在我那间窄客房的单人床上躺着，半睡半醒，也用床尾电视播放那怪片。

它一开始的电影出品公司的片头（譬如狮子吼啦，或像迪士尼啦，皮克斯啦，这些电影正式演出前的五秒左右的商标），似乎是这自恋老男人和他的年轻美妻正要像《飘》的经典剧照，男子俯身对着仰头闭目女子接吻的一刻，画面停格，然后三D坐标旋转，他俩的脸互相嵌入融进对方的脸，那张脸转过来，变成左半边是老丈夫，右半边是美妻，各自诧异不满，挑眉想将对方的脸推出自己的脸，那样一张人格分裂的脸。

然后不知是影片正式播放，或仍是这出品公司的注册商标过长片头的继续（就是它不该有剧情，却正在延续这剧情），突然我们（观众）理解这间二人电影公司，基于这导演、男喜剧演员的电影梦，和他那像安洁莉娜·裘莉美丽妻子的电影梦，他们要成立这间电影公司的心路历程，也许这个只有他们俩的电影公司根本是虚拟的，现实中不存在的。它播出正拍摄这片头还没经过电脑动画处理，原始素片的拍摄，是在一巴士走道两侧分开的座位，他和她各自回头，面对后方的摄影机正要开始亲吻，然后镜头照着他的脚本整个对上这白发滑稽男人正接吻的脸，然后他把嘴像拔离一吸空气机，自恋地对着镜头讲一段感性、超现实诗之美感，他对电影的看法。他提到楚浮、高达[1]、雷奈，但这时，摄影师似乎按一个叛变的计划，不动声色地移开，只对着那美丽女人的脸，镜头不断推近，是那女人美丽性感的嘴唇、迷蒙的眼、鼻翼精巧的弧线，她的耳朵、颈项、锁骨，缓缓移动的特写。男人的演说变成画外音。

这时电影里，像纪录片拍着正坐在小厅播放席的观众们，对这对自恋夫妻冗长的片头电影公司源起开始不耐，摔手中卷起的节目单，有的起身离座，嘴型看出在咒骂。

然后，就进入电影的无厘头剧情了。似乎是默片，这很好，我甚至可以将电视音量开到零，不会吵到隔壁的父母，但非常好笑，譬如不慎喝了泡泡水，然后这男人是在一知道重大机密，这女人是一女间谍套话的过程，这男人一开口想说谎嘴里就冒出泡泡，他又惊慌将嘴捂上。

我在梦里笑得痉挛，腰肚缩在床板，笑得狂喷眼泪。然后我突然领会，要在世间为了逗人们笑，内在必须恹折成怎样的形状，像折一架纸飞机，才能到达这种让人生理性狂笑的效果。我便像有时在梦中顿悟了深奥的佛经，那样泪流满面。

然后到了起床时刻，这已过去了一个夜晚，然而，我的生理时钟在半睡半醒间，感觉只经过一个午睡的长短，难道这是在月球上，我们经历的是“月球的一天”？

我走出房间，父亲在浴厕理大声刷牙漱口，感觉是和他生前一样的爬虫类般缓慢的老人。母亲穿着睡袍，和我讨论那部电影里的片段（她看了，且觉得超好笑）。

1　Jean-Luc Godard，大陆通译戈达尔。

然后我母亲和我一起并肩躺在床板上，像知道这孩子长年为失眠所困扰，她想安抚他、哄睡他、拍拍他，但这孩子已变得太大，比她意识到儿子已是成年男子那时又过了好多好多年，甚至是过了他的一生。我母亲告诉我，我姐在这样的深夜还没回家，她非常担心一个女孩子在外的安全。我心里想：哦，又过去了一个白日，现在又是临睡的夜晚了吗？这真是在月球上的一天啊！但似乎又想起，曾在哪个科学频道看过“月球的一天等于地球的二十八天”，所以应该是在一颗小行星或人造卫星上的一天吗？

母亲说，这种等候你姐晚归，又不敢跟你父亲说的难熬失眠时刻，她都在床上念《佛说阿弥陀经》回向给死去的外婆，她说我们俩一起来念吧。于是我拿着她给的经书，迷迷蒙蒙跟着念：

> 舍利弗。南方世界，有日月灯佛、名闻光佛、大焰肩佛、须弥灯佛、无量精进佛，如是等恒河沙数诸佛，各于其国，出广长舌相，遍覆三千大千世界，说诚实言：“汝等众生，当信是称赞不可思议功德一切诸佛所护念经。”

> 舍利弗。西方世界，有无量寿佛、无量相佛、无量幢佛、大光佛、大明佛、宝相佛、净光佛，如是等恒河沙数诸佛，各于其国，出广长舌相，遍覆三千大千世界，说诚实言：“汝等众生，当信是称赞不可思议功德一切诸佛所护念经。”

舍利弗。北方世界，有焰肩佛、最胜音佛、难沮佛、日生佛、网明佛，如是等恒河沙数诸佛，各于其国，出广长舌相，遍覆三千大千世界，说诚实言：“汝等众生，当信是称赞不可思议功德一切诸佛所护念经。”

舍利弗。下方世界，有师子佛、名闻佛、名光佛、达摩佛、法幢佛、持法佛，如是等恒河沙数诸佛，各于其国，出广长舌相，遍覆三千大千世界，说诚实言：“汝等众生，当信是称赞不可思议功德一切诸佛所护念经。”

但是，从那窗往下望，发现我早过世的阿嬷，小小的身形在曝白日照下，移动一桶一桶比她个子还高的腌酱菜大木桶，一边用闽南语欢快哼着小调，似是跟楼下我们母子念诵的亡者经文合音。只是阿弥陀经里那些发着奇幻光芒的佛的名字，全换成“菜脯”“高丽菜”“菜心”“刈菜”“豆豉”“凤梨”“梅子”“腌瓜”“破布子”“生姜”“剥皮辣椒”“豆腐乳”，她边移动边唤唱那些酱菜的名字，像在喊唤她熟睡的子孙们。

刺激

那是一间廉价的泰式按摩，像浑身酸臭的流浪汉缩在街道旁的阴影，一旁是一家同样脏污的彩券行，和一家老西药房。这间按摩店的阿姨全是大陆女子，不知为何像挑拣咖啡豆或瓠瓜，全是虎背熊腰的胖子。她们在一楼帮你洗脚时，前倾的衣襟会露出比你生平遭遇的女子，都大个三四倍的胖奶子。但那一点都不会唤起性欲。你跟着她们走上那极窄的塑胶表层龟裂的阶梯上楼时，她们包裹在酱黑色运动裤里的臀部，真的像河马或大象。这些女人或是脸上布满雀斑，或是绑着马尾，但都像一个大漏勺从滚水里捞出的糊掉的饺子，都有一种糨糊的味道。你分辨不出她们的个性差异。也许她们对这些趴躺着的疲惫衰老的岛屿男人，也充满着一种工厂作业员，对手指搓揉的流水线鸡尸或猪的整条大腿，一种剥夺掉生命的热情之恨意。事实上会走进这家按摩店的，绝对不是上等社会的男人。它的按摩房就像那些破烂小旅馆的房间，不，就像一个停尸间，脏旧的胶皮小床，一旁一个小塑胶盆放你的眼镜、手机，或手表，饱吸水气的夹板墙上有一排挂钩，你进来后，脱去全身衣物，挂上那排钩，换上床垫上的一条黑色纸内裤。你趴下床垫时，脸的眉角到下颏恰好盖住一个小圆洞，你会感觉那小圆洞沿存积着无数之前的男客的口毛，或从那黯黑里钻出许多小蛆虫。

那天我如常躺“不存在于这世界任何一时空”的小小停尸间，那个胖女人——我事后回想，最初在一楼，那个老板娘，这整间店唯一的瘦女人，拿起电话对着楼上叫号，八号，还是九号，或是十八号？——往我屁股瓣以及稍上点的腰际抹油。这种廉价的店，她们油压用的是最低级的化工甘油。我听到噗唧噗唧她挤那油瓶伸缩嘴的声音，这时她把我的纸裤褪到大腿根，她推油的动作一点也不温柔，不，那种隐蔽的羞耻感并不像我回到婴儿期，无力地任一个保母擦拭我肛间缝的大便，她的动作像洗车工拿大海绵手肘张开擦着车子的钣金。但这时我发现一个秘密：当她的手，那么不带感情地，从我的大腿后侧，膝盖后凹处上面一点，往上推拭时，每次都会撩过我的阴囊，像在布满细须的水生植物沼泽捞鱼，很可耻地，我勃起了，但是不完全的勃起。我的脸还埋在那充满酸臭味的圆洞里，但我像一个酒醉迷糊中被同伴性侵的少女，装做什么事都没发生，但那漂浮时，脱离自己的，某个部分，舒服得要死！我的脑中一片电路混乱的光景。他妈的这是个丑女、肥婆，她在干什么？她在性侵我？她的手指一次一次沿大腿上推，每次就撩一下我的性器，但那个小动作暗藏在看似规律的推拿动作中。我必须忍着才不让自己呻吟出来。甚至这连续的动作，她会不经意地将拇指轻微插进我屁眼。我趴在那儿，心中想的是，这个丑八怪，她是不是每次都这么玩所有男客？或这是她暗中赠送的服务？如此可以抓住她的外貌无法吸引的客人？

这种内心嫌恶，但身体上放纵享受着阴茎半软半硬的舒服，一种分不清正被性侵还是伺候的羞耻感，共谋感（我在她第一下撩拨我阴囊时，没有出声制止，那便是默许，加入了她的视角面对着我光裸的屁股，那个性的连接了）。黑暗中若有人观察我的脸，那一定像初经人事的少女，整片酡红。之后她要我翻成正面仰躺，那个从油罐挤出油，湿糊糊涂抹在我大腿，然后往上揉推的动作重复着。但这时她更大胆了，每次滑上我腿根处，那手指像是剥田螺一样，在我阴茎轻轻一旋。我想解释一下，那时我脑中流窜的电流，和性爱无关。如果是一个稍有姿色的女人，我会勃起，想要抚摸对方，或是这个性的召唤，连续程式，是动物本能想压倒那个雌性，将你的阴茎插进她的屄完成生殖的冲动。但在那弥散着糨糊酸臭味的小隔间里，我只感觉到舒服、羞耻，以及“干！我正被性侵”，甚至害羞的感觉。然后我就在那纸内裤里射精了。我心里大喊着：天啊！不要！但那半软半硬的东西持续抽搐着。她仍然继续着那从大腿往上推油的动作。我想她一定完全知道我正在高潮，但她的手指仍然像旋田螺嫩肉那样撩着我可怜的龟头。

我想这是否是某种对于丑的歧视？或是在那所谓丑的身躯后面，其实我自己不相信藏于我内里的，对阶级的贫穷的审美恶感？包括那腐臭味，那沾着油的手在我大腿上，甚至我的睾丸上时，那种全身毛细孔贲张的厌恶感？如果是个年轻辣妹对我做这样的突袭，我一定觉得美上天了。我年轻时读《金阁寺》，看到那段少年柏木将正在诵经，满脸皱纹的老太婆推倒奸污，心里觉得不可思议，那似乎是故意脏污，践踏美的本能，一种强迫自己吃腐物的意志训练。怎样的女人，或哪条年龄线以上的女人，对我是不具备性感的？但其实我的身体，在年轻女人眼中，也是肥胖、衰老、丑陋的。

这礼拜大小姐又约我在那间 YABOO 咖啡屋碰面。每次我俩坐在那张前庭的小咖啡桌，我观察很多次了，不多久那些店里的废材吧台啦，那些说除了来这咖啡屋当工读生，真正的身份是设计师的啦，拍实验电影的啦，那些穿着潮牌衣服戴耳环后颈有天使肖像刺青的怪咖年轻人，包括绰号小张曼玉的老板娘，他们全若无其事的，散坐在我们周围，或低头看书，或抽烟聊天，或对着电脑像在工作……其实我知道他们全在偷听我和大小姐的对谈。这也难怪，大小姐是那种和秘密男友去华纳威秀影城，立刻会被狗仔跟拍上那期周刊封面的“八卦发光体”啊。说来大小姐是个怪女孩——我有时想转头跟像谍报片，煞有其事坐在我们周围桌位的那些废材年轻人说：别偷听了，她跟你们是同类——说来我跟大小姐成为好友，乃在于一次聊天，她让我惊吓无比地看见她的“烂港片功力”，她小我快二十岁吧？但她对我年轻时代，第四台刚开放，还有许多频道是空的，有几个电影台反复播放那些九〇年代的废材港片，周星驰的不说，连梁朝伟、刘青云、黄秋生、张国荣、任达华……他们在那些旧时光香港的窄街道、茶餐厅、黑帮老大的旧公寓、警察署长办公室、天星码头，都像马戏团翻筋斗叠罗汉，一种油腔滑调、嘻嘻哈哈的废材气味，包括僵尸片系列，包括赌王系列、古惑仔系列……我不理解这个豪门之女，生命的哪个阶段，是寂寞到把这些废材港片里的人生浮世，像亲人一样熟悉。后来她又激情推荐我几部美国B级搞笑片：《冰刀双人组》《世芥末日》[1]《小姐好白》……我看了之后才彻底折服。我称她“大小姐”，可以知道我灵魂底层，还是有那种外省二代普通家庭的出身，一听她的家世，立刻像破胡琴铙钹演奏的“家臣”奴性。我坐她面前常觉得八字不够重的，屁股坐不稳啊。但她实在是个纯真、机灵古怪的好女孩。一点那种从权贵家庭出身的骄气都没有。我曾想写一部像水村美苗的《本格小说》，写那种战后崛起的富豪或政客，在那外人无法窥探的“贵族”神秘宅邸里，像《咆哮山庄》[2]一样疯狂的，与庶民世界隔绝的，一种仿欧化的仕女名媛的社交，某种压抑、被监禁的《牡丹亭》再加上《去年在马伦巴》那样的，在大庭院草坪穿着玫瑰花般的洋装，撑着蕾丝花边洋伞，喝着高级英国瓷器的下午茶，淡淡的哀愁感到时光这样无可奈何的流逝。

有一次，大小姐跟我说起，她一个朋友带她去给一位“感觉很像黑道”的江湖术士算命。那个算命师的工作室气场感觉很糟，她进去小房间后，那算命师看了她的命盘，突然站起来，大声地说：“这是我算命三十年来，看过最好的一张命，我太开心了，今天不收你的钱。”但大小姐跟我说：“我写给他的，是用假名啊，他不可能知道我是谁啊。”感觉这个江湖术士，虽然有点邪气，但可能有像极高明的针灸师，能一针刺中神秘混沌，众多彷徨愁苦上门问命之人，那个关于“命”的神秘核心。

---

1 *The World's End*，大陆通译《世界尽头》。

2 *Wuthering Heights*，大陆通译《呼啸山庄》。

我一时虚荣（幻想会不会我走进那小房间，那邪气的算命师也会站起来，说："这是我见到，最有才华的一张命盘啊。"），于是在某个下午，搭捷运到大小姐给的那张地址，但果然那一带"气场"很不好，他妈他就靠殡仪馆附近啊，那栋旧大楼也说不出的一股污秽旧败之气。我和七八个也是来算命的人，坐在一小客厅（都是那种野台办桌，中间有个圆洞的塑胶椅），看着电视（那时的新闻，重复播放着八仙乐园又第几个人在加护病房死去）。等了三个小时吧，我开始浮躁，后悔自己不该跑来。那时那算命师突然撑着拐杖出来，痛骂一个坐角落的妇人，那妇人是他的助理（也许是老婆），我们进门都要先给这妇人自己的生辰，以及在一张纸画出你住家的房间平面图。

这个算命师，当着我们这些等候的客人面前，痛骂那个妇人，而她犯的错，只是她把客厅这些塑胶椅排放的动线，没有照"老师"的指示。然后这个看去像个赌场老板的（我想到大小姐一开始称呼他"江湖术士"）跛子，一手扶着他那小房间的门框，对我们发表起演说（或是对人世的干谯）。大意是说，他到北京去帮一大人物看公司风水，他们的车停在路边，有一辆法拉利倒车要挤进前面的停车格，结果车尾ㄎㄟ[1]到他搭的车的车头，下来四个年轻人，凶神恶煞的。他说，他告诉他们，好哇，那我这来打个电话给某某某，看让某某某的人来看看要怎么处理？那几个年轻人摸摸鼻子，跳上法拉利噗一下开走了。

他讲的那个某某某，我没听过，看这黯旧小客厅里坐在塑胶板

---

1 注音符号，即拼音 kei，闽南语拟音，卡住的意思。

凳上的人，他们茫然的神色应也是没听过某某某。但我想他就是要让我们觉得他很威、很罩，他帮算命的，在北京那都是喊水会结冻的大咖。

然后他就进去那小房间了。大约又等了快一小时才轮到我。没想到这家伙比我去看过的任何一位算命的，都敷衍、唬烂——我想我最失望的是，他并没有对我的命盘露出惊异之色，没有站起来说“这是超级大文豪的奇命啊”，然后不收我的算命费——他收下了三千块，说了一些屁话。说我之所以这么穷，乃因我不能吃牛肉却吃牛肉，我回嘴说：“老师，我吃素啊，我没吃牛肉啊。”他气急败坏怒斥我：“我说你不要吃牛肉，你听懂没？”我又想解释：“但是……”“你就听我说，不要吃牛肉！听懂没？”他这么强硬，让我一时怀疑，也许他说的“吃牛肉”并不是指吃牛肉，而是某种暗号或代号？（譬如不要打手枪？或是不要写变态小说？）我说：“好。”“但是……其实我也没有很穷？是不有钱啦，但也没有说穷的地步……”他本来和缓下来的脸，又像睾丸充血涨红：“我叫你不要吃牛肉，听懂没？本来你可以更有钱更有钱！你下礼拜三来找我，我给你个东西，可以避掉那些阻碍你有钱的冤亲债主。”

我离开时，在大马路上边走内心边骂干！这根本是个神棍。他妈的装神弄鬼。

但到了下个礼拜三，我又很没骨气地跑去那气场很糟的大楼，小客厅里还是塑胶板凳上坐着十来个客人，一脸疲惫，但除了一些阿婆之外，我还看到一个很美，穿着非常时尚的年轻女孩，整个和这空间的背景、气氛不搭。我想她或是大小姐介绍来的，她的朋友吧。这时我看妈的还要等三小时吗？我便跑去问那登记的妇人：

“我不是要算命的，是上礼拜老师说有个东西要给我。”不想那个妇人露出非常惊恐的模样（典型斯德哥尔摩症候群？）一边用手指比叫我别吵，一边挥手要我去坐着等。我又等了半小时，心里非常浮躁，我想这江湖术士会送我“避邪”的，不外乎是一些什么小水晶石啦，绣锦囊啦，一小袋米啦，或一只锡作的貔貅啦……本钱都极便宜的骗骗村夫愚妇的小东西，我干嘛在那耗几小时？于是又跑去问了那妇人一次，她还是非常惊恐，好像我这样问会冲撞了小房间里达摩祖师正面壁要悟出宇宙大爆炸理论的关键，小声地挥手叫我回去坐着等。

这时，小房间里，那算命师用一种中气十足，霸气又暴力的嗓音：“你就坐回去等！我已经听你问了三次！她叫你坐回去等，你就坐回去等！”

我爆干非常，其实内心有一种宇宙维度的生与灭的赌徒的搓牌洗牌的繁复画面：就像这小房间里坐着的，是装疯卖傻，知过去未来、因果与劫数的济颠吧，老子也不卖你账。我抓起书包，走出那像一闷烧经文或纸钱的金炉的昏暗房间。

我提起这个江湖术士（对我是不愉快的经验，或许他对我的轻慢，与他在大小姐口中那灵光一闪一看命盘便殷勤起身的落差，让我心底那对某种相术神秘不可能解的，某个或在一台大运算电脑的网络海洋里漂流、泅游的我和她，我们各自会看见雷电闪闪，月光下的银色飞鱼群，或孤独的喷水注的座头鲸，或整片荧光水母包围的螫刺恐惧……我们终是有不同的贵贱品秩吗？）

你问我对大小姐曾有性幻想吗？

让我跟你说说那幅画。

那铺洒在地，像打翻料彩、颜色撩乱的娇黄百褶裙，凌乱堆着百花不落地、菊花牡丹芍药玫瑰丁香各色图案的袄衫，一袭罩纱，还有彩色系带，一旁一只木桶盛着水，挂着一条擦身的绢巾，那地板像剔红烧砖，各片上头隐约暗金细纹，不外乎是些植物缠花纹，这画面的左上角，有一张酸枝云石山水纹书桌，一张酸枝云石山水纹小凳，桌上一个木架上放着黄地粉彩玉壶春瓶，瓶腹的彩绘，隐约若梦，一旁一个藕色小瓷水丞，另有一只小盆栽。这有一个圆窗洞，可以看见外头庭院芭蕉整片碧翠。画面略靠右是一只可能是金丝楠木的长柜，上方的小门可能雕着类似“三英战吕布”的三国人物故事，下方的柜门上系着一极精致的如意坠银锁。当然画面的主体是那张花架子床，又称“拔步床”，那像是一艘画舫，上方的木板结构直如倒过了的船底，正面贴片是赭红地绘葱绿山石，似乎还绘着几只白头鸟，再下一层面板，一片奢华的泥金绘草叶，下头垂挂着粉紫色顶纱帽，然后垂挂着若隐若现的白纱帐。在这张像警幻仙子之榻的底座，可以看见极精致的龙云纹雕。床旁一盏底座铜鎏金的垂穗宫灯架，另一旁衣架则披着西门官人的皂色薄衫，还有一顶便帽，靠墙脚乱扔着女子的鞋和一只极不显眼，小小的鼻烟壶。画面的最右下角则是另一张可能是樟木云石桌，桌上堆着果盘、琉璃盏酒杯，一旁有小山奇石摆件和一可能一铜脸盘里盛着水，这桌下有一靛蓝酒坛。画面最左下角有一极繁复的粉彩开光花鸟瓷鼓凳，一旁趴着一只黑白花猫，似乎在盯视着床榻上赤裸人类男女的动静。

当然这幅画最关键的，是那正在薄纱半掩的床榻上交欢的西门庆和李瓶儿，他们的性爱姿势非常怪异，李瓶儿卧躺着，云鬓散乱，两颊酡红，那双细细的眼，烟视媚幻，两条白皙的腿上翘，那个白，真难怪以前人把这叫妖精，很像我多年前在某寺庙见到一些怪异的画，怒目狰狞的兽首金刚脚踏着裸身淫猥的小小男女，那个人体的白如此近似，在绘画中他们是用什么样的矿彩粉料才能表现出那么妖媚的白呢？画面上西门官人的姿势，非常艰难，很像我们在做弯腰用双掌贴地的动作。但因为他们是正在交媾的男女，于是这个头变倒置的西门庆，便更像在极近距离观察那女人粉嫩如蜜桃的臀部，但这个他将女人臀部朝上翻的动作，在绘图上不避讳的画出他腹胁下的阴毛与性器，应是正要以这种怪异的姿势插入李瓶儿的阴户。

我看着这幅画，心中只觉得无限惆怅。他和她，是在怎样精致的光景里，被那样画面里每一处小细节，都美到让我掉眼泪，镜里拈花，水中捉月，囊里真香谁见窃，绞绡滴泪染成红。他们静止在那么淡雅、美丽、无处细节不讲究高度审美的空间里，不，不是性爱，而是追求那种缥缈幻境、美之极致所需的成本。

我看到这幅胡也佛的《金瓶梅秘戏图》，那觑眯凤眼，双颊晕红的女人的脸，不正是大小姐的脸？

也就是说，我想象着，如果大小姐发生了性爱，不论对方是谁，她一定，应该是在这样不厌精繁的工笔画画面中。

有一次我和大小姐在YABOO咖啡的前庭，抽烟聊天，突然来了几个“建管处”的人，气势汹汹，指着店门推出的玻璃门，咖啡店的老板娘是一对姐妹花，她们和这几个执行官争辩着，后来那些人走了，我问那姐姐发生什么事？她一脸愁容说，她们咖啡屋这公寓五楼住着一个怪阿伯，可能有强迫症，整天向不同单位投诉他们咖啡屋，这个礼拜，管区警察、“建管处”的、“环保局”的，各种公部门的人轮流上门。有说他们户外区这些客人喧闹的，有说她们在前院一台烘焙咖啡机烘豆的味道太臭的，有以建筑法取缔他们落地窗这向外推出的设计违法，还有“卫生局”的进她们厨房检查卫生状况……弄得客人也受影响，这几天人少多了。而且这个阿伯好像后台很硬，她们感觉好像各路人像潮水一波一波来，就是要把这家咖啡店弄掉。

我发现当我和咖啡屋姐妹花老板娘和那些工读生讨论这事时，坐我对面的大小姐的双眼放空，脸色像要让自己在这空间隐身。我知道她对这种情境的敏感和熟悉，这里头只要有个人，譬如我，对她说：“欸，你能不能跟你爸说一下，叫他下面的下面的人乔一下，对方就被压死了。”事实上这对她一定是从小到大，一路遇到的细微折磨。

我记得我小时候，我父亲有一次和他任教学校的校长对干，好像是那校长将一笔清寒学生奖学金污了，当时群情激愤，每天我在家都听我父亲接他那些同事打电话来，怂恿我父亲（他好像在那学校的辈分很老）要阻止这事，我父亲也被撺掇得十分气盛。果然他在一次学校周会上站出发言，慷慨陈词，结果那学期他就被解聘了。我父亲一开始还一股冤气，找他的老长官，有当时的“教育部长”、“教育局长”，还有一位老“立委”，这很够力了吧？不，对方的舅舅是当时的“副总统”。这件事很像在一密室里多股漩流冲激，最后什么动静都没有。那个污了清寒奖学金的校长没事，我父失业。这事只是我童年的一个回忆，有一阵家里愁云惨雾，我父亲像斗败的公鸡。我永远不会知道，他的长官、长官的长官，和对方的人脉，或许在一挂着于右任的中堂对聊，或溥儒或徐悲鸿的山水画人物画的某个人的客厅，泡着茶，垂着眼袋，两眼敛光，闲扯一些政坛人事，然后顺口带过我父亲这个后生不成熟闯的也不算大的祸，这事就带过了吧。

我想大小姐从小就活在那像成化斗彩鸡缸杯的世界里，那杯壳之瓷胎薄如蛋壳，上头的青花描线花鸟、蝴蝶，或母鸡与小鸡，以及二次入窑烧上的朱红、嫣红、嫩黄、差紫，影影绰绰，上下里外形成吊诡，她一定在小女孩时期，就在她家看见那些忧心忡忡的大人，她父亲的部属，层层累累地讨论各种人名在不同沙盘推演的动静，猜测不同方可能要下的哪步棋，每一着都牵一发动全身，像环环相扣的机关，决定屋里这批人的命运。她一定在很早很早的时候，就关掉了听见这整座收音机的耳机，将自己隔在厚玻璃之外。

大小姐说："我上礼拜又去了趟上海，我真是后悔。这几天我夜里吃到两颗史蒂诺斯，还是睡不着，但那药效好像让我在一种解离状况，我很不喜欢自己在那种像一直沉到游泳池，一直碰不到底的状态。"

我因为之前在那按摩店被丑妇胡乱泄了精，整个人有一种说不出的自惭形秽、萎靡之感，但我想大小姐完全不可能理解，我这样的人，在城市流浪可能发生在身上的事。我问大小姐："又是因为老王吗？"

大小姐说："还不就是他。"

关于"老王"，我在听大小姐讲述这个"局中戏"——像传说中戏台上之鬼，在男女角色各自在自己的服饰、装扮、腔调、台词、走位的时候，穿花拨雾，如影随形的，跑进这出原本并没有他这角色的戏里——这个人物，比之前她的《爱丽丝梦游仙境》里的各式光怪陆离角色，更多一分专注，或因他是原本我的认知档案并没有，但恰就在这十多年，像网路游戏创造出来的新品种传奇，那样的大陆富豪。不，他不是土豪。因为他的出现是大小姐带着小艺术家男友去闯荡，或说“试水温”的上海艺术圈内、有名的收藏家。他五十多岁了，可以说算是大小姐父兄辈的人。在这个故事的出芽裂解时刻，他疯狂追求大小姐。让她陷入对小艺术家男友不忠的、有秘密讯息不断传来手机却得瞒着他的背叛者角色。他支开那台湾小伙子（太容易了，小艺术家男友很不耐她的那些俗不可耐、上流社会的艺廊朋友），带她去看他收藏的七八辆法拉利。像一只公狗毫不知羞耻地疯狂追求。她和小艺术家男友回台湾后，当然各自分开，她又被关回那暮气沉沉的空中阁楼，他则回去他那对未来惘惘的破宿舍。这时上海老王的攻势，简直像美军轰炸伊拉克的飞弹那样，狂轰乱炸。她收到他寄来的一锦盒有编号的“参王”（她拿手机照片给我看，天啊那参的身躯和触须，简直像个有灵魂的婴孩）；他知道她要骑脚踏车，立刻邮购寄来一台 BMW 的运动款自行车；他还送她一只七十万的表。当然大小姐家世的水深，或她见过的繁华，应不会为这些像暴发户的魔术所眼花。乍听之下，我想到几十年前那部好莱坞老片《桃色交易》：劳勃·瑞福[1]（又是他！但这时他已是个老人）演的神秘富豪，看上已为人妻的黛

1　Robert Redford，大陆通译罗伯特·雷德福。

咪·摩尔[1]，出一百万美金，要那对为经济拮据所苦的年轻夫妻，像签合约那样要这小美人“陪他一夜”。那个由金钱，不，比我们能感受到的贫富悬殊还要多好几倍的富豪的力量，可以蜕变成上帝，优雅、邪恶，毫不给你反击余地的，在灵魂上玩你一把骰子游戏。

但后来我又体会到，不是这样的，老王的撒钱魔术，后面带着一种粗俗、雄性、野蛮人的魅力。

当然大小姐并没有进入老王的“局中戏”，这对我精神上这半是仆佣半是挚友的弗斯塔弗[2]角色来说，心里当然大乐（大小姐没有失身！）。她进入一种雾中风景，接受老王的邀约，到上海、香港，或杭州，以一种他的女友（但其实并不是）的身份，参加一些宴会、饭局，见了一些据说在当今大陆非常有名的书法家、艺术家、收藏家。老王若隐若现地让人们知道她的身份，也因此在那些宴会场合，人们对她不敢轻慢。这很怪，她像《桃色交易》里的黛咪·摩尔，参观着那大陆富豪二三十年间如钟乳石洞蹿长起来的“上流社会”，聚会里的昂贵红酒、昂贵穿戴的美妇，那些人说着他们在欧洲买下的城堡和酒庄，但他们的眼神闪烁，都有一种“对你父亲来说，这都是小儿科吧”的气弱。他们有一种对于上一代的国民党的幻想。似乎那更早知道洋玩意、更有贵族气、更压抑或更复杂扭曲的权力密室里的做派。所有人明明知道她和老王并没有怎么样，但老王在那些宴席间，那个神气活现，就像他拴着一只凤凰来现宝，因为身旁坐着她，他便镇压了其他人的气焰。私下的时候，老王对她根本不敢造次，她甚至觉得他有点怕她。老王有次说起他

1 Demi Moore，大陆通译黛米·摩尔。

2 John Falstaff，大陆通译福斯塔夫。

的少年时光，和他的父亲，那是非常穷非常穷，还要去街上或人家正在拆的房子，捡破烂废铁拿去卖。而老王现在究竟为何那么有钱？他的事业是什么？好像就是进出口一些钢筋啊、破铜烂铁啊，他总是语焉不详。后来我有次看了 Netflex 的影集《王冠》，演到当时才三十岁上下的伊丽莎白女王，在密室里，压抑着自己的恐惧，怒斥已经八十多岁的二战英雄首相丘吉尔。那时我便想到大小姐在老王那梦境般的繁华盛宴里，和那些大她至少三十岁以上的暴发户新兴贵族们对坐的那些时光。杯觥交错间，他们细细碎碎说着的，还是一些谁谁谁的八卦、风流韵事，那和她从小坐在父母的应酬饭局间，所有人脸上游移的光影、嘴角的笑意，某个老头拿起玻璃杯喝酒，拿起餐巾一角擦嘴，然后空洞说着，其他的女士都掩嘴颤笑着。

老派拿了一部叫 *The Sting*（《刺激》）的片子让我看，那好像是一九七几年代好莱坞拍的复古一九三〇年代纽约的黑帮电影。所以影像上有一种已经很久远的年代技术，再传输、召唤更久远之前的人物、街景、空气，到你眼前的斑驳昏黄感。故事大约是一个芝加哥的街头小混混（年轻时的劳勃·瑞福演的），和一个老黑人伙伴，在芝加哥（噢那些让人着迷的老房子、街上的老汽车、男子的老西装和仕女的三〇年代穿着）一个赌场外头，用一个像二人转，流利华丽的街头演剧，将那赌场派出要送钱去火车站交给某人的帮派分子（他或叫杰瑞吧）的一大叠公文信封里的美金骗走。他们的手法是典型的街头烂咖的小便招。但杰瑞压低帽檐手揣巨款从他们的赌场走出，劳勃·瑞福被车撞倒，但请他托那时站在一旁看的那老黑人（他的同伙），以及那原该去帮老大送钱的杰瑞，他们帮他带笔钱（也是巨款）到什么街几号的什么酒吧，给一位叫弗列德的人吧，现在已经三点四十五了，四点钟没把钱拿去，他就死定了。他可以给愿意跑腿的他们其中哪位一百美金。这老黑人表示他不沾这种黑帮的事。那个杰瑞说好吧兄弟我替你跑这一趟（其实他心里已打算把这傻瓜的钱吞了）。这时老黑人一旁提醒说，那酒吧那一带很乱，要小心啊。劳勃·瑞福就将自己的钱，和一个布包，叫那杰瑞把他的公文袋也并一起包起，示范说塞进裤裆里，这样就比较安全。其实街头混混那一手瞬间调包，就像变魔术的人练的手艺。总之，他们诈到了这黑帮的一大笔钱。但他们可惹到了总部在纽约的这个黑帮老大。那个倒霉的掉钱的杰瑞当然被处理掉了。而年轻的劳勃·瑞福发现有人在狙杀他，还好他机伶擅于利用街头地形巷弄的错综，跑脱了。但那老黑人却被干掉了。这老黑人在之前就说自己要退出江湖，要他去找纽约的一个冈多夫，他说年轻的劳勃·瑞福是他见过天赋最高的年轻人，而那位纽约的老友是一等一的高手（保罗·纽曼饰），他该去找他学一些真功夫。

于是劳勃·瑞福去纽约找了那个冈多夫，这时他们的男子汉情意结，是要帮死去的那位老黑人复仇。于是他们一方面要匿踪躲开那个要干掉劳勃·瑞福的纽约黑帮老大；一方面反侦搜。知道这黑帮老大非常谨慎，从不在自己的赌场赌，但他有个习惯，每周从他住家搭火车进纽约的这趟火车上，会在包厢找一些有钱人赌，赌的金额很大。这个冈多夫就和年轻的劳勃·瑞福，通过贿赂列车长（他是黑帮老大那伙的），假装成傻乎乎的富商，加入了赌局（多迷人的一九三〇年代美国火车包厢里的，挨挤在小空间里的赌王斗千王）。他们赌扑克，当然冈多夫的牌技和千术，把原本气势深沉的黑帮老大那一伙人给赢了个一大笔美金。那过程当然是作活结，在装疯卖傻和尔虞我诈（对方也在作牌）间，慢慢收紧绳扣。冈多夫派年轻劳勃·瑞福去老大的车厢取钱，劳勃·瑞福对那受到羞辱已七孔冒烟的黑帮老大输诚，说这一趟火车赌局，是他老大早就设计好的，但他和老大不和，他的老大在什么街几号搞一个赌马的场子。他们有电报局的内线，在赛马场所有马匹跑到最后终点时，到客人下注截止，那之前的时间差，他们有一小段的时间提早一分钟吧知道哪匹马跑赢，这个时间差，他们下注，一定赢。黑道老大当然怀疑，你为什么要搞你老大？要跟我合作？这些戏中戏我就不多说了。年轻的劳勃·瑞福当然是拿了一大笔钱给那老大，说你明天几点几分、在那老大的赌马场子对面的咖啡屋，我打电话告诉你下注哪匹马，你和你的人立刻过街进来，要赶在截止前下注。他们这样试了几次，黑帮老大证实了这个敌人的叛帮者真的每次给的资讯都极准。于是老大自己调了五十万美金（那在一九三〇年代应是超大的数目，他整个黑帮的基业吧），在最后一次，提着一大皮箱，像进入一个永劫回归的慢动做旧时光重播，他在咖啡屋接到电话，知道了会跑第一的那匹马的名字，带着他的手下过街，走进那赌马的场子，在闸窗全部下注。结局当然可知，在那从一九七〇年代、复古传输过来的一九三〇年代，纽约的那老建筑里，一个关于诈骗的诈骗，黑帮老大掏枪，而冈多夫掏枪射杀年轻的劳勃·瑞福、假的 FBI 探员射杀冈多夫——当然全是假的——那说不出地在我现在这习惯二十一世纪网路各种析光与色谱更细微、尖锐的眼球转动中，有一种花样年华、逝水流年的昏魅之美。

但最屌的是，原本根本没有这个啥赌马的场子，他们是临时租来的。而黑帮老大一次又一次，带着他的手下，狐疑又阴狠地走进这空间，按着年轻的劳勃·瑞福给他的马匹名字下注，他身边那些拿着彩票的、盯着墙上电视看马匹绕场奔跑的、躁郁大喊他下注的马快跑的，那些穿着一九三〇年代服饰的赌客和仕女，全是临时演员。全是在纽约酒馆、妓院、街头流晃的混混，原本是一群脸孔模糊的人，他们全因为一开始那老黑人被杀，义气相挺（当然最后也有分那一大笔从黑帮老大那诈来的钱），成为这个华丽骗局，那么真实的形象，摩肩接踵的身体，一种栩栩如生的空气。

老派说："*The Sting* 这个电影，与其说是一场骗倒黑帮老大的骗局，不如说是在说'电影'这件事。"

老派告诉我，他年轻时在一个八卦杂志上班（他讲的那个杂志我听过），他们干过这样的事，不，应该说他们那份杂志后来的主要收入就是专干这样的事：某一期的主题人物，他们去做某个大企业总裁的专访；或者呢，是和某个厂商要了封底的大广告；他们会先查出那老板和公司总部的地址，然后就围绕着那周边的便利超商，像倒货那样把杂志铺上架，顶多就十几家。但你想象，那老板、老板的秘书、特助、老板的家人，他们走出自己地盘的大楼，就近钻进任一间 7-11 或是全家，会有一种幻觉，全台湾几万家的便利超商的收银柜台，都堆着有他们家老大的专访，或是他们家买的广告，老派他们的杂志。满坑满谷，像花粉那样撒满空气中。但其实这份杂志的全台总销量，不过三四千本吧。

老派说："但你只要在他们能看见、会停下来辨识、判断真伪的街区那几个点，使劲花工夫，其实只是布景，花更大工夫吧找来走动的临时演员，他们会以为这就是无限延展出去的真实。这就是电影。”

我说：“这不是电影吧？这是傻B做的事吧？那些人相信的真实世界没错啊，全台湾不是有几万家的便利超商，货架上放着这样倍数繁殖，像花粉般撒满的杂志、泡面、咖啡、口香糖、保险套、香烟。这叫作通路。你那个围住一个街区，撒杂志，只是街头小混混的舒爽吧？”

老派说：“我们本来就是无可奈何的，在一种造物者像一块方糖扔进一池水的不断稀薄状态。就算那些大老板、广告客户，他们脑海中的激爽画面成真，遍布全台大街小巷的每一家便利超商，都堆着像他们站着的街区那十几家超商一样，满坑满谷的我们家的杂志，那不仍是个断肢残体、缺胳膊少脑袋的世界？你搞清楚，我们不是造物主，我们现在所站着的这座城市，不过是和这地球数十万座城市一样，只是一个拓本，一个复制的影，一个某一座城市（也许是纽约？也许是巴黎？东京？）在幻觉、激爽，和力有未逮的劣质自觉后的重播。你以为那些咖啡屋是怎么回事？橱窗后的几张欧式桌椅、壁纸、地毯，或挂在墙上的镶框复制画、吧台后面喷蒸气的咖啡机，然后两间非常干净的厕所……你好像就成为帝国时期坐在殖民地码头或中心街廓的，拿着瓷杯闻着非洲、中南美洲、南洋咖啡豆香的欧洲人？你以为那些LV包、爱马仕包的皇宫意象的专柜是怎么回事？你以为那些旋转寿司、拉面店、那些法国面包店、那些美丽的书店、那些房屋仲介公司、银行、彩券行、卖宾士或便宜一点的TOYOTA的展售店是怎么回事？

“我们是小人物，这个世界早被扩散得太大了。但其实许多个赝品、布景搭起来的世界，它就是一个栩栩如生的电影场景。”

“我觉得你讲的好像一座，未来人类为我们现在这个文明盖的博物馆。”

“你总算不那么笨了。”老派说，“幻影之城，如编沙为绳、铸风成形，那些聪明的有钱人，早就在这些仿佛没有体积的幻觉上盖博物馆了。*The Sting*（《刺激》）。纯真博物馆。这是一门在女人阴蒂上镂花刺绣整座西斯汀教堂壁画的绝活。你想想你鸡鸡上的那个破洞，如果把它弄成一座里头有花园、喷泉、赌场、旅店长廊、穿着沙龙的美女服务生的福地洞天，我们还可以收门票呢。”

砍头

西特林说："我常常和你坐在这儿，这间 YABOO 咖啡，我们说过许多话，我对你回忆那些我年轻时，在不同房间扑倒的姑娘，那些像飞蛾扑进烛火的无比明亮时刻，而你跟我吹嘘你下一个小说的构想，有时你会跟我诉苦，你受到那些大哥大姐的变态打压，或者你去嫖妓发生的悲哀的事。但是有一天我突然想：会不会我们两个只是一幅铜版雕刻上的两个人物，就像那些牙雕木雕漆雕玉雕上的古人，好像我们坐在这画面里，背景有山水或松树梅树，天空或有飞鸟，好像也笑着在交谈，但其实根本没有时间在其间流动，也就是我们俩坐在这儿，根本就是永劫回归，时间到了那姐妹花的妹妹就会出来问我们还要不要续杯？或是另一个隐秘时刻，那只虎斑猫便会从台阶那边翻跳上我们的桌子，舔饮着我们水杯里的水。像撞球台上各颗球的四散滚动，一切似乎是乱数，但其实是精密计算，尖针到达那一格刻度，就会有个废材模样的年轻人，走来这个前院抽烟，和你哈啦两句。每次都是不同的人，扯屁的内容也不同，但若是像我和你这样，已经在这咖啡屋，这同样一个座位，这么多年了，是不是隐隐约约有个大数据，这一切就像死了一样，我有时努力回想，我们聊过些什么？我发现我什么都想不起来……"

"你太悲观了。"

西特林是我认识的人里，极少数具有美感的家伙。他有一个小他极多岁数的女友，这女孩是个小美人，原本家世极吓人，阿公是旗津那边的老牌望族，日据时代就有大笔土地，后来的高雄企银也是她们家的。但她父亲五十出头就罹癌过世，孤儿寡母，在一两年内，所有资产全被当时国民党的地方派系给并吞。她妈妈很像太宰治的母亲，还保持那种贵族出身的优雅、天真，但到了第三代，就真的没落了。西特林每年夏天，都会带着这小女友，到巴黎，或意大利，或西班牙，住两个月。他们像朝圣一样，听歌剧，参观西斯汀大教堂，吃顶级法国米其林三星料理，到诺曼第[1]走那段峡谷……其实他们非常贫穷，在台北住在极小的学生宿舍，但好像干鱼货，每年大部分时间蜷缩在台北（这没有美感、烦躁的，"没有灵魂"的城市），只有那两个月，像盛开的花，朝着欧洲那文明、繁华之梦，张开全部的花瓣与触须，吸吮那些明亮的、每一细节皆精雕细琢的，充满对颜色、气味领悟与创造的小颗粒。但这样一年复一年的封藏，然后绽放，让西特林像压缩地层那样，充满一种除了他和小女友，别人无法理解的"秘密美丽时光"，对周围的一切

1 Normandie，大陆通译诺曼底。

充满愤怒，像找不到折返点，只能活在一种时差的，光影魔术一闪即逝的被放逐者。

我感觉西特林像一辆古董车，每个细节皆如此讲究，手工打造，严谨的机械结构，充满美感的各切角的弧形，花极大精力在车头银徽的锻造，或座椅蕾丝的编织，核桃木方向盘那握感触感的打刨……但这辆车不可能开上现在的台北街道，但也没人弄一个展场展示它，解释它每一处细节的来头。

西特林说，我们现在所在、所是的这个世界，之所以变得肤浅、以丑为美，都是有原因的。譬如当年白色恐怖、抓读书会，很怪的是，通常都是抓四个人一组，而这四个里头，无论情节轻重，一定会有一个被枪毙。后来他们研究，这就是当年“保密防谍检肃条例”，在这些“国安局”特勤人员的奖励机制，就是设计成抓四个，有一个案情符合间谍的层级，就可以计功。就是这么简单。当年还有个家伙，在私人聚会只说了一句：“蒋介石不可能反攻大陆。”第二天立即所有人被抓。原本被判十年，就因签呈到蒋公那里时，老先生恰看到这一页，大怒，说这个人给我枪毙！于是就改刑，这傻瓜就糊里糊涂被毙了。这样的文明，你能指望他作一飞越式的，全景进入到我们从文学、哲学、电影、艺术，想望的那个美丽新世界吗?

我感觉我和西特林，坐在这样绿光盈盈的巷弄咖啡屋里，谈论着这些，好像两个老和尚，唇干舌燥，你一句我一句，回想那虚空中的红烧肘子、烤鸭、热乎乎晶莹棱奢的卤肉、细细洒着黄丝、辣椒丝的蒸鲳鱼；再或是那些女人，穿过庭园花径、低声窃语、剥去衫裙，淫白的腿架起，闪电曝光那些淫浪娇喊的美丽瞬刻，我们故意说得那么繁复、层层镶嵌、迂回婉转，似乎不如此我们就是烈日下曝晒，并且撒上盐的水蛭，蜷缩成一个单细胞的、简单的死亡。我们不去说那些，这个世界仍然可以像培养皿的菌落，生机蓬勃的蹿长。那些暗室里曾经发生过的暴力、呜咽，那么繁复的变态，干我们屁事呢？但我们忍不住要去说它，就像一只乾隆青花莲纹的渣斗紧皮亮釉翠毛蓝，釉色如此晶莹深沉，青花的蓝彩如此美丽，但它就是个痰盂，就是个脏东西！那么美，却是盛装病菌和脏污的玩意。

西特林说："我最近着迷一个叫'深网'的东西，在我们平常使用的 Yahoo、Google，这些搜寻软体都搜寻不到的秘密世界。其实我们大部分人都活在一个'表网'的苹果皮浅层，那只占整个网络海洋十分之一的资讯。再深的人类这三十年的秘密，都藏在深海下的'深网'。那里头可以买到各式各样的毒品，可以买枪、买凶杀人，可以交易各种变态的性需求，甚至付费他就视频密室杀一个人让你观赏。那个'维基解密'的家伙公开那些各国机密档案之前，这些讯息早在'深网'世界流传。

"有些人跑到表网上说他们曾去过'深网'或另一种更变态，电影《恐怖旅馆》那样虐杀各种人种、老人、女人、男人、儿童的影片，甚至直播，但这些发帖人立刻发生各种离奇的失踪、谋杀案件，因为违反了这个叫'影子网站'的沉默法则。据说是他们可以反向直接启动你电脑的摄影机，直接锁住你的手机，就像电影上那些和 CIA 对抗的顶尖电脑骇客。"

我和西特林分手后，急匆匆穿过那些墙头翻出九重葛碎紫花的巷弄，我的脑袋晕晕胀胀的，或许是受到和西特林那些阴郁、惘惘威胁，我们好像置身其中，但又不着边际的这些话题影响。这些巷弄有时突然其中一个门凹陷进去，是改装潢后的咖啡屋，玻璃窗里像雷诺瓦的画，坐着一些年轻男女。

我不知道人承受他人苦难的极限到哪里？譬如那个四岁小女孩骑着小脚踏车，在她家附近的上坡道，突然冲出一个年轻男子，拿刀将她的头颅整个斩下。女孩的母亲就在几步距离之后目睹这一切。这个恐怖而残忍的事件，透过媒体疯狂播放，整个社会都炸了。小女孩叫作“小灯泡”，那个男子执行这个无差别杀人行动，且挑上的是完全没有反抗能力的小女孩。警方透露他是吸毒成瘾者、精障者，于是舆论一面倒地痛骂“废死联盟”，好像是，这个当着所有人眼前将小灯泡斩首的恶人，不将他处死，无法平抚社会受到的恐怖和创痛。那已经不是一个关于“废死”（因为当局或“法务部”有太多误审误判将无辜者枪决的前例）与“反废死”的法理人权之争辩，而像一个驱魔或除魅的仪式需求。没有死刑，这些愤恨的人心无法通过抽象的高空玻璃走廊，得到平静。这时脸书又有人贴出，不过半年前，新屋 KTV 铁皮屋大火，当时因为消防队长官的误判，让十几位打火弟兄困在火场，惨遭烧死，而且事后调查，当时消防队不知何人下令，将火场旁提供水柱的消防车移开，导致里头原本或不会死的消防员，没有水幕保护降临，并无法循塌瘪之水龙退出。这件事当时也是激怒社会，但半年后无人闻问。

后来我认识一些怪女孩，她们像是邦迪亚上校那十七个额头被用石灰画上十字印记的儿子，有一种不可思议的牺牲性格。有一个叫 Egge 的女孩，有一次聚会告诉我们，她参加了一个叫“手天使”的团体。她们找寻那些身障者，进行电邮或简讯的来回讨论，然后取得他们家人的谅解，将这个从小因身体残疾，关在家中房间的孤寂者，推轮椅载至某个预约好的汽车旅馆，然后帮这个社会底层的底层，没有人际关系，没有爱，没有抚触经验的人，打手枪。

或是另一个叫 Blue 的女孩，她参加了另一个团体，她们去帮那些被社会丢弃到角落的公娼阿姨——她们已是一些又老又病的孤独老人——争取人权、抗争，重构当年的公娼寮被当局作秀、扫黄，警察抓她们当业绩，这些创伤之前的工作尊严。这个 Blue 和其他女孩轮班，陪那位已瘫痪的、创痕累累的公娼阿姨睡，帮她把屎把尿，帮她擦澡……

老派曾对我说：“破鸡鸡超人是个什么概念呢？你想象着，他是受伤的，有个破洞在那超人装最突兀的胯下部位。那成为一个最脆弱的窟窿，伤害体验的通道入口、一个痛楚的执念。”

在所有的国际特工或间谍电影，都会有一份公文信封的秘密档案，在某个前 CIA 探员如今变军火掮客的手上，他们或调度卫星定位他所在的城市：布鲁塞尔、伊斯坦堡、马赞德兰、奈洛比[1]，或是曼谷、雅加达、澳门……跟踪他的手机，切换方圆几十公尺内所有的摄影镜头；通常在城市广场的人群中，无数的脸孔里辨认；有时会是机场通关，因为这个猎物要搭机往另一座城市，跟另

1 Nairobi，大陆通译内罗华。

一组犯罪集团碰面；有时会在医院，我不知道为什么追逐场面常爱在医院，护士们推着病床上插管吊点滴的病人，穿过走廊时一格一格不同的病理区域；追逐时他们通常会躲进一间满是医疗仪器的小房间，换上医护人员的防菌装，然后从追捕者眼皮下溜走；有时会在豪华饭店，电梯门的开合、升降，在某一楼层不同房号门前走廊追逐，用消音器的枪射击；或是推开某一号房间的门，里头是我们对高级饭店的想象摆设，但地毯上已倒着一个死人；有时追逐会发生在地铁站，他们推开人群，穿着西装和皮鞋的探员（女性则穿着OL套装和高跟鞋）往往追不上那矫捷穿灰夹克戴灰毛线帽的对手，让他在门关上前跳上车厢，眼睁睁看着列车开走；当然最后都会来一场公路汽车追击战，那他妈的就是赞助厂商BMW或奥迪或宾士的神之又神性能大展演，这些车子在城市车阵间乱窜，或撞击对方的军用卡车，撞碎落地窗穿过商家，在小巷高速冲刺，有时还从阶梯冲下，对方的冲锋枪对他们的车扫射，都不会有事。

有时他们会争夺一台笔电，可能里头的档案像草绳串螃蟹，有整个恐怖组织的网络关系图；有时抢一个箱子，里头可能是可以毁灭一座城市的小型核弹，可能是从美军实验室流出来的比炭疽杆菌、汉他病毒[1]、伊波拉还可怕，可以灭绝全地球人类的致命病毒……

问题是，作为破鸡鸡超人，我和这些在世界各城市飞来飞去，可以动用各种高科技的黑西装国际特工，好像在完全不同的宇宙里，是一种第三世界的破烂、贫困、羞耻感吗？看看我身边经过的

1 Hantavirus，汉坦病毒。

这一切：一间佛堂，最里头供着一尊观世音菩萨，她的脸似笑非笑，一些穿黑衣的阿婆跪在地垫上诵经；一旁是一间彩券行，我买了十注威力彩，要求第二区全是四号，那个卖彩券的阿伯将彩券从热感应列印机抽出，还装模作样在柜台的财神爷像头上绕一圈，说，好喽，这次一定中头彩喽。或者是一间玻璃橱柜吊满嫣红、亮黄的鸡鸭尸体的烧腊店。对了，这里还有一间阴气沉沉的破烂文具店，老板是个戴很厚镜片黑框眼镜，长得有点像蒋经国的矮胖老头。但你别看他那么不起眼，有次老派带着一个大陆古董藏家，当然我也跟着，走进这破烂小店，老派说这老头的收藏“深不可测”，我们跟着他下阶梯到地下室，严格说来那是这种五六〇年代屋龄的老公寓，当年建筑设计的底部蓄水池，但后来水都抽干了，成为一个多出来的隐秘空间。我记得那老头哗哗用钥匙打开那铁门的锁，按亮了灯，我们全部发出像蛙泳浮出水面换气的哈呼声。

那约二十坪的地面，排满了数百个真人头颅大小，脸孔带着一样微笑的蒋公的头，啊，不，我立刻领会了，那是这些年，从各大学、中学、小学、地方图书馆、镇公所，被砍头的蒋公铜像的头颅部分。严格说是用一种线锯，非常齐整地从颈部锯断。那老头从一地笑眯眯的蒋公的头之间跨跳着，拿起其中一颗，就着灯光，抚摸着那光头，给我们看。

“你看，这个是黄铜，你看看这个铜胎，你看看这么沉，已经可以用宣德炉对铜的光泽的讲究来看了，这可是用传统失蜡法，手工打锻的，这种手艺应该清代之后就失传了。”

他又拿起另一颗布满绿锈的蒋公头，拍打着，发出沉闷嗡嗡声，“这颗青铜头啊，你看这个锈，要是民初那些青铜器作伪的，是浸泡马尿，或一些醋，埋进土里，上头还要种些树，这叫作‘养’。你看这上面的锈线，它是像玉的种头，是活的，多么美。”

“这一颗你们看看，这在邮票和钱币的收藏，就是错体，是全世界独一无二的孤品，那可是价值连城啊。你们看看，这颗蒋公的头像，哪里不对劲?”

我们交换捧着那颗沉甸甸的铜头，翻转观察，发现这颗蒋公头颅，眼瞳的部位竟挤向鼻梁，成了个斗鸡眼。

“这在一九六七〇年代，铸出这样的蒋公铜像，是要杀头的啊。但居然也好像陈列在不知哪个小学。”

靠墙处一张旧木柜上，同样排放着一颗颗绿锈褐锈满布的铜像被砍下的头颅。

老头说：“这些，就是另个价钱了。”他拿起一颗平头蓄八字胡的铜头，“桦山资纪”，再拿起一颗其实和蒋公头蛮像的，“儿玉源太郎”，一个戴眼镜留山羊胡的，“后藤新平”，逐一像说着一颗颗眼瞳仍炯炯有神的头颅主人的名字，“柳生一义，长谷川谨介，祝辰巳，大岛久满次，藤根吉春……其实他们当初，在太平洋海战后期，日本战略物资完全耗尽，当时大批学校内的铜像都被征召至兵工厂镕铸成枪炮武器；另一波当然是国府收台湾时，移除销毁。但很奇怪的，是这几颗头不知是哪些有心人，可能在送进熔炉前偷偷锯下，保存下来这几颗头，现在的收藏家喊价，一颗后藤新平的头，可以抵一百颗蒋公头啊。这当然也是因为年代和存世量多寡（蒋公头太多了）决定，市场是非常残酷的。”

我鸡鸡上的破洞一直没愈合，也许就要带着这个破洞了此残生？我阴郁地在这些巷弄里穿梭着，但那些我熟悉的咖啡屋里像雷诺瓦画作的美少女们，对于我好像完全失去了味蕾，失去了那曾经像深海荧光鱼的吸引力。甚至我曾经在这些咖啡屋里，听那些哥们半感伤半炫耀地说着他们的艳史，那些奇异的密室里婉转、昏晕、半推半就的肢体，褪去衣物的腴白的女体，那些短暂的时光里，这些女孩会说些什么故事……以前我听这些故事，像馋嘴孩儿吞汤圆，大气不敢喘，深怕吞完这颗没有下一颗，但如今这些故事对我，像水分全被晒干的，枯柴般的咸鱼，一掰就剥落粉碎。

曾经有段时间，我会坐在一桌长辈的席宴间，听他们交错掩映地说些更老辈的大人物的八卦，某几个老头的艳色网络，那其中可能还提到某个如今已是老太婆的，当年却美不可方物的女子；或是某某大作家的婚宴上，跑来四五个闹场的昔日马子；或是哪个大佬婆，在某个老头的追思会上大爆多年来那个小三的种种丑事。说到这些像门掩屏遮的星星闪闪，像窑变钧瓷上的红斑、紫洒、蓝雾，这些荒唐事儿，座中几位其实也是老妇的女子，会像漫烂少女掩嘴咕咕笑着。后来我不知怎么，就没再去过这样的聚宴。说来可能是我在不知觉的状况，得罪了其中哪位大哥或大姐。但那种一桌人在一包厢内，旋转一盆盆大菜小菜，杯盏交错，烟气后的笑脸，可能在给哪个不在场的人下药，或快速就处理完谁谁的托请，谁和谁多年的积怨，或交换讯息谁谁最近出了个大事，是我某某帮他花了多大唇舌，打多少电话，各路说好说歹才摆平……这些人在“灯中”“光中”“影中”“烟中”“火中”“闪烁变幻”的种种，对于我像是幻肢感，像戒瘾症状，多年来我已不在其中，但好像从摇晃之舟踏上陆地，反而晕眩腿软。

我走进巷底，一间无甚寻常的一楼公寓，按了门铃，这是西特林介绍我的踩跷师傅，据说有中风老人被他一踩，后来可以站起来缓慢行走；有西医判定癌末，或红斑性狼疮，或类风湿性关节炎，各种奇症，在这都有被踩活踩好的种种传说。“也许去让踩一踩，你那儿的洞就愈合了也未知。”西特林说。

但我进了屋，只见一些老者，满脸凄惶，散坐在客厅小板凳，一边一布帘遮着，踩跷师傅的头颈露在帘上方，下面可能是一正在被踩的妇人，杀猪般嚎叫。那踩跷师傅满脸乃至头发都冒着蒸气，想是十分费劲，他口中碎念着：“你都快死了，还不知忏悔。”他的眼神锐利，恰好扫到我，使我觉得他这话像是对我说的。

我看这阵仗，其实想溜，但却被电视旁一杂物柜上的一尊铜鎏金佛吸引了。那尊佛像非常怪，有三颗头，背后伸张的数十只手臂，像贲张羽翼威吓敌人的禽鸟，每一只手臂上都握着刀钺斧杵，各种法器，主要是祂的正面脸孔极凶恶狰狞，偏左侧那颗头则是一脸慈祥微笑，另一颗头的表情像被电击那样翻白眼。

我说：“这是药师佛吗？”

那几个坐在小板凳上的老者，面无表情抬头看着我。布帘后的踩跷师傅，像大和尚怒叱愚昧小沙弥的口气：“那是时轮金刚。”

这时我注意到那尊铜佛的双脚下，各踩着一些小人儿的雕塑，难道这尊佛就是“踩跷之神”？

我就不赘述那接下来的一个小时，两个小时吗，我在那昏暗、空气不好的客厅，看那些老人像待宰的鸡鸭，一个个走去布帘后，然后发出不同乐器嗡嗡或嗝叽的哀鸣。这段时间，我用手机上网，查了维基百科“时轮”，非常怪：

“……‘时轮怛特罗’起源于古代印度北部的‘香巴拉’净土，其国王月贤最早传承和弘扬‘时轮金刚’教法，约在公元十一世纪前后从印度传入了西藏……月贤王在香巴拉编成了六千行的《本续》注释，并以无数珍宝建立了时轮金刚的坛城。六百年后，香巴拉国第一代迦乐季，为文殊之化身耶舍王，为了对抗将可能灭亡香巴拉国之蔑戾车，乃纠集婆罗门仙人，将其召入时轮曼荼罗内，严禁杀生，给与时轮大密法灌顶，并宣说《略续》三千颂……”

这里我重复看了几次，都看不太懂，这说的是这小国家将被外强侵略，于是国王找了些“婆罗门仙人”，进入时轮阵中，那是什么？是发展出一种“仙人音波炮”的高端武器吗？还是将侵略者的军队引进那个曼荼罗之中，以时光的颠倒梦幻，让他们像清晨的露珠，全部在这将被蒸发的小颗粒幸福状态中，让来袭大军迷失于那时间的迷宫里？这段叙述没头没尾，没有交代那场战争后来究竟是什么局面。大军围城的流火飞矢、大批尸骸，或改进城中巷道战、游击战、肉搏战，废墟疮痍，什么都没记录。

这种感觉就很像是：“这时老派召集破鸡鸡超人、肝指数无限高超人、一颗肾超人、重症肌无力超人、僵直性脊椎炎超人……进入一个时光错乱、万物只是倒影、梦和梦之间可以开门进出、谎话和哀愁混淆、漫天星辰其实只是人体死亡之瞬的眼珠、舌头、心脏、肺片、胆道、胃肠、膘子、睾丸、血管……的空间里。”

很多人应该会问：“然后呢？”“这些莫名其妙的超人是用什么忍术对抗漫天如雨的飞弹、火焰、爆炸？”“那场战争后来到底是谁输谁赢？”

一千年前的香巴拉王国，在灭亡之际，打开了一个奇幻时空，像大屠杀之际，那些极少数躲藏在房子地窖下的犹太人，他们的脸都像破了个洞，却仍然在那暗不见天日，知道同族之人正成千上万被杀害后，烧成粉尘，飘浮在整座城市的上空，但他们仍然专注地耍嘴皮，五六个人围坐在地，嗡嗡嗡嗡说着，在时间之外另有一个空间。

轮到我了，我乖乖躺上那布帘后面的一张大木床上，因为我是仰着，这奇怪的视角看见踩跷师傅像一座塔浮在我上方，我可以清楚看见他的脸，但那像攻城士兵仰头看着城垛上面，正拿着冒烟沥青要往下倒的守城士兵。然后他踩上我大腿内侧，天啊，那个痛，真的像尖刀剐开一个窟窿，然后刀刃伸进去旋转，于是我和之前那些老人一样，牲口般无尊严地嚎叫起来。

踩跷师傅说："痛就是救命。"他像骑脚踏车上坡时，半站起身踩着圆圈。我不断大喊着，喊救命啊，喊饶了我吧，喊一些脏话，那时我突然觉得自己像一正在分娩的妇人，这画面真的很荒谬。但喊得愈凄厉，踩跷师傅似乎就踩得愈来劲。踩跷师傅说，他正踩着的这些部位，就是连着我的心、肝、胆、肾的经脉，我会这么痛，那就是因为"你快死了"。

"你都快死了，还不快快忏悔。"

但忏悔什么呢?

或许是我在剧痛中的挣扎，让踩跷师傅脚踩了个空，一个踉跄，他的左脚脚刃踩到了我鼠蹊部，那剐骨剥筋的尖刀，竟踩进了我鸡鸡下方的破洞。

啊啊啊啊啊啊啊……

那一瞬间，从我胯下的窟窿，窜出一个巨兽，一口把踩跷师傅吞了，继续朝上暴胀，将这公寓的水泥砖墙撑破，半空中是须发贲张，一脸哀伤、愤怒、孤独的美猴王，就像电影里演的那在城市废墟上方嘴喷烈焰的酷斯拉。

“妖猴哪里去?”突然从废墟中又冒胀出一尊三颗头，无数只手的巨大天神，啊，就是那尊时轮金刚。祂把手上抓着的那些刀啊、斧啊、剑啊、法器，像一株枝叶翻飞的菩提树，哗哗全往美猴王身上招呼。

藏在阁楼上的女孩

那之前，我家后面的工厂，发生了一场火灾，那些火就在我们家贴墙的后面噼里啪啦烧着。

这时我们才感觉，天啊我们这一带的房子，简直像古代的山寨，一幢一幢挨挤在一起，这家后面厨房的石棉瓦檐就搭在那家的贮藏室储物间的上头，鱼鳞瓦屋顶的斜坡，互相覆盖，像一个起伏的丘陵面。包括我父亲，所有大人在那屋顶上跑着，递水桶往那蹿烧的大火泼水。我父亲后来还踩破一面瓦，从一个裂开的窟窿摔下来。屋顶上的人们，不仅踩破那些瓦片，把竹竿高高立起的电视天线折断，弄断那上面错乱连接的各家电线。那时我才小学五年级，我也趁乱爬上去，看着那烈焰正在吞噬的小工厂，奇怪像女人脱光衣服，你可以看见它内部的一切，那明亮、摇摆的火焰，变成一个透明的介质，我可看到里头正在蜷缩、散溃的桌椅啊、柜架啊，然后像剥橘子内瓣被分成独立的、橙色的一瓣一瓣，黑色浓烟从那最明亮的火的内里冒出。

很奇怪的，那场火灾完全没烧到我家来——如果烧来了，我父亲那一柜一柜的书，那可是火神座下的火狼、火乌鸦、火蜂们最爱啃食的好东西啊。我和邻居的叔叔伯伯，一趟一趟将家里的电视、冰箱、我爸那些书，还有一架我姐的钢琴……嘿咻嘿咻地搬出屋外，事实上这弄子里挨近的几户，都把家里的什物全搬出来，堆叠在自己门前，那景观很像要大拍卖，或战争时期的大逃难，每家家中的秘密都被掏出来晾在大家眼前，说不出的残破和难堪。所有人都冲进冲出我家，往那贴墙处泼水，我家屋里水后来都淹到脚踝了。后来火就这么灭了。我娘说是我家后头那小饭厅的神龛，供的观音菩萨和祖先牌位救了我们。冥冥中有一道看不见的防火线，火就是烧不过来。因为我们这像鱼骨头凹陷进巷子的小弄实在太窄了，消防车开不进来，所以当时火烧得愈来愈大，那实在够呛，不只我家，所有这一片挨挤在一块的住户，当时都恐惧那火蹿烧着，最后会把这一片破烂旧屋全烧光。

后来好像消防车又开进来，总之那火终于在没跨过我家后面的墙，就被熄灭了。说来也真是惊险，我家后面那原先晾衣服的遮雨棚，全被烧掉了，原本和后头工厂连接的墙，据说等火已灭了许多，往那墙上泼水，立刻嗤一下化作白色水气。可想那砖墙被烧得温度多高，上面些的纱窗，全被烧糊成黑色的油胶状。

很快后面就盖起了一栋公寓，还是紧贴着我家，也不晓得是那工厂的老板将地卖了，或就是他自己在火场废墟重起新楼。我父亲也请我家对面的一位罗老板，帮我们家后面那像违建乱搭，但被大火烧坏的屋蓬，连着原本太窄的厨房、饭厅、神明厅，都拆掉重盖，因此在二楼多盖了一间阁楼。这位罗老板在火灾当时，是最热心帮我们搬我父亲那简直像一座图书馆那么多的书出去。我父亲多少是为了答谢他，所以听他的建议施这个工。但后来好像那工程费一直乱加，有点坑我们的意思，我父亲非常生气，两家对门邻居因此变得见面不打招呼。

总之，大约在我初中时，我和我哥便睡在这“加盖出来的二楼上的房间”。这个阁楼很怪，如果有空拍图，它是从我家那日式鱼鳞瓦旧屋旁，突兀冒出的一个水泥小方形结构，其实有点像瞭望台。但又紧贴着一旁（原本被火灾烧光的地下工厂）的一栋六楼的公寓，这个小房间外侧有个小阳台，一旁是一间也是黑鱼鳞瓦日式老屋，但院子较大的私人幼稚园。事实上，黄昏时刻，站在那好像多出来的二楼的小阳台，会看见许多家的排油烟管，高高低低在我们四周，冒着各家厨房煮晚餐的炊烟。这一个区块内所有挨挤在一块的杂乱建筑，很像二战时日本战舰的船塔，许多局部细节影影绰绰地往上，往左，往右堆叠，各家各户的违建施工，让这整坨连在一起的房屋、楼寨，有一种石灰岩洞尖岔歧出的效果。

后来我哥去念大学，住校，那个阁楼变成了我一个人的房间。它和一般公寓的房间是不同的概念，它是独立于我家一楼全部的空间，我只要跑上楼，锁上门，好像和楼下那个家，我父亲的书柜、我姐隔在书柜间的床、我父母的卧房、我母亲活动的厨房、神明厅、我父亲总坐在那看电视的客厅……总之和下面的那个“家”隔绝开来。但它也不是完全的秘境，因为我父亲每天会把洗好的衣服，爬上楼来，到那阳台上挂开来晾。事实上，我哥的那些模型，他那些二次世界大战的书，都还放在他书桌上和书柜上，甚至他的床上也堆满他的东西，我还是打地铺睡在地板。

有一天，有一个女孩，出现在我家那个阳台上。当然我从那纱窗看到外头有个人，背着我，手扶着阳台的矮墙，我真是吓死了。我也是到后来，长大以后，看了宫崎骏的《天空之城》，那个穿着公主装的少女，因为脖子的“飞行石”项链，缓缓从夜空降下，被那少年接住，我才有所领悟，啊，这是一件多么有诗意的事。但当时我只是个高中生啊，我好像没有和同龄女孩讲话聊天的经验。

这女孩告诉我，她之所以出现在这里，是因为她逃家。我看着那一旁公寓栉比鳞次的各家阳台铁栅、伸出的拖把头、一小簇盆栽的叶片、像腔肠的通风管、乱垂的电线、挂在一根晒衣杆上的衣架……错综枝杈，真的很像她是从大和舰的舰塔某处，攀爬垂吊，从结构凌乱的凹凸、反光与暗影，最后利落地跳进我家这小小的眺望台。

我想我可以收容她，也就是把她藏在我家的这个二楼阁楼，但我脑中计算着唯一的麻烦——很遗憾我只是个高中生——就是当我白天出门去上学时，我父亲可能会在某个时刻，拿着那些湿淋淋的衣服上楼来晾。但我想好了对策，就是每当她听到楼下的门插销被拉开的声响，她可以躲进我们床旁边的大衣橱里，当然我要先把那里面塞的冬衣和棉被，先塞到另一个衣橱里。只有这个时间是危险的，但其实我父亲上楼，到阳台晾衣服，然后下楼，这时间顶多十分钟吧。

其他的问题就不那么难了，我会趁夜里下楼，从冰箱偷一些吃的上来，甚至我可以把我妈给我带去学校的便当，留给她吃。我且拿了一个厨房的水壶盛水放在楼上。比较麻烦的是上厕所这件事，我后来拿了一个垃圾桶给她当夜壶。但可怜她就无法洗澡了。我也下楼去偷了几件我姐的衣服，给她暂时替换。她翻爬跳进我家阳台时，穿的还是高中女校的制服呢。我倒是完全没想到女孩需要换内衣裤这件事，对那年纪的我而言，女生的内裤，就等同性的禁忌之线的那一端。但大约第三天吧，她又像蜘蛛人攀爬那些楼面的铁窗、墙沿、水管，趁她妈不在时溜回家，带了一些她要看的书本和内衣裤，然后好好在她家浴室洗了个澡，再沿原路径攀爬下来。

那是个世界还没有电脑、没有网路、没有智慧手机的时代。

所以在我十七岁那年，我曾把一个高中女孩，藏在我家二楼的那个小阁楼，瞒着我家人，像偷养一只猫一样。很多年后，我把这故事说给我女人听，她眯着眼说："这故事是你掰的吧?"我说："是啊，其实我那时偷养在阁楼上的，是一只猫啊。我偷跑到楼下拿奶粉泡奶喂它，很怕它咪咪叫被我爸发现。后来终于是我父亲拿衣服上来晾时，发现了那只猫。他并没有如我以为的大发雷霆，只是叹着气对我说：'你这样的个性，充满感性却不评估自己有没有能力，你长大后会为这吃很多苦头啊'。"

我将这样一个女孩，藏在阁楼上，像偷养一只猫，始终没被家人发现，这件事合理吗?许多年后，我回想，当时作为我最恐惧会侦测、撞见、抓到我这个秘密的人，是我父亲，但其实他和许多和他一样的大人，当时可能都活在一种惶惶惑惑、心不在焉的状况。我是很多年后看了一个政论节目，讲到蒋经国晚年，开刀治白内障、胸部开刀放心律调节器、脚开刀刮溃烂、摄护腺开刀……主要是他有糖尿病，几乎全身的器官都坏毁了。但作为最后一个强人统治者，关于小蒋“总统”的健康状况，各种谣言，影影绰绰，讳莫如深，时不时三台新闻会播出他被轮椅推出，在某个重大庆典挥手致意，所有人都知道他被推进去后，全身又要连接上各种管线、仪器，有一群神秘医师围着他，像讨论一具已被核爆灼烧、血肉模糊的身体，一块被砸烂的奶油蛋糕，怎么把它扶起来，堆成原来的模样。我看了这政论节目另一集，讲到老蒋“总统”生命最后那段时光，宋美龄也是怕老先生身体不行的消息传出，某些接见党内大佬或美国驻台特使的场合，老先生根本坐不直了（会滑落地上），他们竟用胶带，将老先生的手臂、背、大腿粘在沙发上。

那似乎是在神秘的“总统官邸”里，一群人像卡通片里的恶搞，手忙脚乱、满头大汗，就是要把某个“不可以存在的死亡”藏起来，用各种诡计让外面的人相信，这个半人半神的独裁者，不会受制于人类时间，或衰老病痛的逻辑。但他们在那暗室里作木乃伊的手法太粗糙了，听说当时老先生的两个肺里都积水，荣总医生采用的是每天打抗生素，将细菌围死在患处，慢慢以自体免疫消灭。但宋美龄找了一个美国神医，直接用针筒从背后刺进老先生的肺，抽出几百 CC 的积液。不想老先生从此就高烧不退，拖了四个月就走了。据说老先生走的那晚，心跳已停，医疗团队用电击，其实已判定没救了，老夫人还说“继续”，又电击了半小时，据说胸前皮焦肉绽。

这种“将死亡隐匿”的诡谲气氛，混着某种福马林的气味，从深宫，不，“总统官邸”飘出来，真正感到惶恐不知有什么大难将至的，是我父亲这样的外省人。他们当初可是跟着老先生，在一片蝗虫挨挤着爬上码头军舰或货轮的场景，虽然离乡背井跑来这陌生小岛啊。那像是一部大小说里的人物群，突然这作者嗝屁了，这些应允将自己编织进那小说情节的小人儿，突然被晾在空荡荡的悬念了。那小说是绝不会照那老头原先口沫横飞说的发展了。

像我父亲那样的人，或许如常地在学校上课，或许是在石门水库管理局、台北故宫，甚至台湾银行上班，他们都穿着一种和后来的形制不太一样的深色西装，有的戴黑框眼镜有的没有，他们挤在人群里坐公车，也许黄昏时在路边一小摊请他葱油饭上摊个鸡蛋，我感觉那年代的公家机关，门或窗框，要嘛是漆上一种浅蓝色，要嘛就是一种墨绿色的油漆。

老头子被藏起来了。

因此像我父亲那样的人，他们有一种不是自愿的，鬼鬼祟祟的气氛，最核心里有什么东西像白蚁的卵，特别脆弱，而且可能已经蛀空了，他们其实是那么平常的小人物，在家里用巷口杂货店赠品的玻璃杯喝啤酒，穿着背心和大裤头，看着微粒乱跳的黑白电视，播放着《保镖》这个连续剧。但那神庙里的老头子像薛丁格[1]的猫，在又同时不在，死又同时活着，这使得他们像被情人要遗弃不遗弃的少女，神魂颠倒、两眼迷茫。

我对老派，有种模糊的、对父亲情感的残余粉屑。他们都是被“秘密”蛊惑的人，觉得自己像守墓人要藏好那墓穴里的秘密。这使得他们习惯性的多疑。但其实他们根本是故事的外缘之人。这很糟糕，如果你是一个“有秘密的人”，他们一定会倾心相交；如果

1 Schrödinger，大陆通译薛定谔。

那些秘密还是用各种颠倒之术、各种版本的烟雾，牵连其中的人有不同面貌之阴谋，各种动过手脚的加密，那他们简直像恋爱一样捧着你、哄着你。说来悲哀，那其实只是像一只培养皿，外围的某种菌落，它们被培养成一种本能，对可能这培养皿中央，有什么数万个它们这样的细菌，叠加进化的复杂组织，于是它们兴奋地摇着自己的鞭毛尾，朝那中央游动，但其实那可能是一片空洞。

我如今回想，那时在我们永和那个老屋，因为我父亲那一柜一柜的书而分隔切割得极窄隘、且光线永远昏暗的空间，我总会下楼，和他们晚餐，或是上厕所、洗澡，我和我父亲近距离遭遇时，我可是藏着一个“就在二楼，有一个女孩被我豢养着”，那超出我年纪能支撑的秘密；但我父亲是否也不动声色，但内心像一幅千山万豁图，那让他自己都不知脚下有多少深谷的恐惧，他不知怎么让他妻儿理解他背着的这个比全世界最大的工厂，里头错繁铁线、机器臂和上万齿轮衔接、所有承轴与卡榫像森林叶片的阴影彼此覆盖，还要难以描述的秘密。

那个少女，像在嶙峋峡谷快速攀爬的蜥蜴，在那叠床架屋、栉比鳞次的违建公寓壁面蹬跳，降落到我的阳台，然后被我藏在小阁楼——那像日本动画《帕蒂玛的颠倒世界》[1]喔——她究竟是一直被我藏在我的世界的表层下的那秘密的一层薄薄倒影，或是终于我将她负弃，因此我在那么小的年纪，便体会感触“我终究是个不可靠的人”。带着那样灰扑扑的感觉走入其他人如此正常、平滑的

1 『サカサマのパテマ』，大陆通译《颠倒的帕特玛》。

人生。偶尔独处时，没任何理由地，我会机伶伶打个冷颤，像影片倒带重新回想一遍这件事。我觉得那对我那时那样一个十六岁的少年，就要承担起对着我楼下的家人撒谎、隐瞒，还要觅食、偷东西上楼，这实在难度太高了吧。某种意义来说，我近距离看着那女孩猫一般的瞳孔，那里头茶色的细针放射状色晕，缄默地允诺了我会收容她，那当即是和整个世界为敌。那个光天化日下，继续铺展的未来时光，我本来会陆续遇到的不同的人，像蕨类的提琴头蜷曲幼叶藏在成年叶下面，等待舒展开来，那种细微隐秘的变化感悟，这一切都将消灭。所以我的父母不知道我发生了什么事，我在他们无所察觉的状态下，变成了“另一个不一样的人”。当然本来所有的孩子，在不同的阶段，终将变成和他们父母想象的，不一样的那个人。但我变成的这个“在阁楼上偷藏了个女孩”的恐惧秘密被揭露之人，似乎是过早地进行了，像孢子炸开那样的蜕变。

当我在巷弄里的杂货店门檐，看到贴着那少女照片的寻人启事，我有没有一种像一枚蛹在脑袋里孵出一只凤尾大斑蝶，一种想抓住唯一一瞬机会，我可以变回正常人的亢奋，想冲去跟少女的母亲自首，您的女儿就藏在我家的小阁楼上啊。

有一个家伙来敲门，他说老派要他来传话给我，传什么话？我让他进来，他拿了一个硬碟给我，我说老派有说什么吗？这家伙说有没有咖啡？于是我煮了杯咖啡给他。他像英国电影里那些从又湿又冷街道走来的人，喝了咖啡，喘着气，说：“老派要我传的口信：‘危险，危险，快停止，快停止。’”

什么意思？停止什么？我们有“在进行什么”吗？也许老派又

在耍我。那人点了根烟，于是我也点了根烟，我拿了个酱油碟当烟灰缸，我们在那吞云吐雾，很像两个士兵在做防毒面具练习，不看对方的眼睛，呼地喷出烟雾。

我问他："就这样？老派就说这些？"

他说："是的。"

然后他就走了。我把那硬碟插入笔电里播放，发现前段是皮影卡通，就是《西游记》里石猴蹦出的段落，旁边有西皮二黄的伴奏和一个女人的旁白：

"你看他瞑目蹲身，将身一纵，径跳入瀑布泉中，忽睁睛抬头观看，那里边却无水无波，明明朗朗的一架桥梁。他住了身，定了神，仔细再看，原来是座铁板桥。桥下之水，冲贯于石窍之间，倒挂流出去，遮闭了桥门。却又欠身上桥头，再走再看，却是有人家住处一般，真个好所在。但见那：

"翠藓堆蓝，白云浮玉，光摇片片烟霞。虚窗静室，滑凳板生花。乳窟龙珠倚挂，萦回满地奇葩。锅灶傍崖存火迹，樽罍靠案见殽渣。石座石床真可爱，石盆石碗更堪夸。又见那一竿两竿修竹，三点五点梅花。几树青松常带雨，浑然像个人家。

"看罢多时，跳过桥中间，左右观看。只见正当中有一石碣，碣上有一行楷书大字，镌着'花果山福地，水帘洞洞天'。"

但接下来，这水帘洞洞天，那些石桌石椅突然变成一台台老虎机，围着一张张石桌的是许多等着荷官发牌的男女赌客。或有人将筹码牌扔进转轮盘中的数字格，这后段的场景，就是劳勃·狄尼诺演的《CASINO》嘛。机台轰轰呼呼地闪跳声光，黑帮的人帽檐压低到内间点钱小间，将一叠一叠的美钞塞进黑皮箱。有人用发报机诈赌，立刻被赌场保安抓进里头的工厂，剁掉一只手掌。或是这赌场老大劳勃·狄尼诺的兄弟，是个失控的黑帮暴力派，他带人拿霰弹枪到别人的赌场抢劫，任意大开杀戒……

这部电影我看过，但老派这是什么意思呢？如果孙悟空跑进去的水帘洞，是个拉斯维加斯，不，更像澳门的赌场……等等，澳门，我上个月才去了趟澳门，我记得在一家“苏利文咖啡屋”，有个梳着原子小金刚头的澳门小胖子，告诉我，他的小孩就是和金正男的小孩念同一所学校，那孩子是个数学天才，全校第一名。因为前不久，金正男在吉隆坡机场，被杀手用极利落的手法，以浸了SV毒的手帕覆脸，他还跑去机场柜台求救，但五分钟后便口吐白沫休克，送往医院的救护车上便死了。但网路流传一些照片，指出金正男之前受日本媒体访问时，肚子上有一片刺青，而这次昏厥在吉隆坡机场的这个金正男，T恤掀开的肚子却没有刺青。可能被刺杀的只是他的替身。或许之前接受日本媒体受访的那位肚子有刺青的，才是替身？

这件事究竟是不是长住澳门的流亡者金正男，离境后便在吉隆坡遇害，澳门人当然议论纷纷。但我其实印象更深的是，我们在那幢葡萄牙人的老建筑里，衣鬓香影，挨挤、穿梭、旋转的全是些葡萄牙人，他们不论男女，轮廓皆非常美丽。他们是澳门回归后仍留在昔日殖民地的少数领事人员。走出这幢建筑，外头便是灰尘漫漫，挨挤如山寨的混乱民居，如过山车轨道旋转的窄马路，两旁全是金店、西药房、昂贵的表店、当铺。

老派说“危险！危险！”那是什么意思？是否他涉入太深，那些夸夸其谈的电影制片人、投资公司，是否牵涉到极高层的人？

我听一个朋友说，他们之前在香港有个公民意识的NGO，最核心的一位女同事，很奇怪地在几次极危险又微妙的关键时刻，表态比所有人激进；且后来和这个团体里的几个头儿全有了桃色传闻，但他们仔细查探，发觉这些若有似无的桃色传闻全是从这女孩那放出的。他们开始起疑，没有人知道她在香港的住处，仔细推敲起来，她当初进到这个组织，影影幢幢好像说是某人的朋友，某人说没有吧，之前不认识，我以为是另一个某某以前在电视台的同事。总之有人提议找私家侦探查查这个女人的底，但这时这个女人便消失了，从微信群组、任何可联络她的网络消失了。也许她像一滴水消失于大海了。老派这几年认识许多集团老总，有的是官方的，有的没两年整个公司被抄掉，人“被消失”的。你根本弄不清楚那错织缠绕的线索，谁当初的发迹、来头？谁的上头有人，而谁其实是双面谍？更难测的是，你面对的可能不是那种英国小说里的专业间谍，可能只是某个学术圈、社科院的人、媒体人，他们自己池水极深而外人不懂的斗争。你以为在某些《儒林外史》式的聚餐闲扯饭局，其实不同的人都像滤鳃或触须在检测着你的政治光谱。某个被许多人背后暗指是间谍的老记者，其实是个多情重义，认你是哥们便处处帮忙的老好人。你以为像免疫系统神经质的在这样的包厢里，低声讲话，表现出你对这样肃杀、封印的胆怯怕死，他们却笑着告诉你，没那么严重，永远紧一阵，会松下来。但你看不懂那曲折凹陷的规则，就像原始人看不懂一支手机拆开的电路板。怎么样被视为自己人？怎么样不小心就变成敌人？有次我和老派说：“但是诗歌呢？艺术呢？小说呢？人心里那些美丽纯净的东西呢？”

老派说："譬如说汤显祖，或张岱这样的人，你以为他们的心灵没有那种漫天星空全焚烧的景观？他们本来就是在一个老谋深算耗尽你全部精力的文明里，曲径通幽找出放置那一小盏灯烛不熄灭全黑的方式。"

老派这样的说法，让我想起许多年前我曾读过一个大陆的网路小说《悟空传》，大约是说，其实孙悟空在西行途中的某一处，杀了唐僧，所有那一路降魔、打打闹闹、东奔西跑请能降伏妖怪的仙佛，乃至他们师徒终于到达天竺取得佛经，这一切只是他脑中被植入的封闭回路，不断重播。这个永劫回归只是当初他大闹天宫时，天庭对他大脑进行的一种类似咆哮者电战机的骇客攻击。也就是说，我们一路以为经历过的二十世纪，向西方取经的种种小说、诗歌、电影、新闻、哲学……其实只是一个既视的幻影，并没有这趟西游记？从那只石猴离开同伴，跃过瀑布，进入那个水帘洞，那里头的场景便被剪接和后制系统接管了。也许孙悟空是个上亿 MB 的脉冲外挂硬碟，但这个以兆 MB 计的巨型电脑，一定能将他消化、拆解，重新排编。

我万没想到会和大小姐在这个场合相遇，当然她被这些大人簇拥着。坐她左边的，一个中年帅哥，老派低声告诉我，那是个声名狼藉的骗子，之前在士林有个古董店，当时就知道他拿假的鎏金佛在骗那些证券交易所的老总，后来跑去北京混了十年，当然也是卖些假的西藏佛像、天珠，装神弄鬼，说和雍和宫的喇嘛多有交情，大约假货卖多了，北京也待不下去了，又跑回台北，找了一群有钱人，也把一个非常厉害、家传秘技的踩跷师父骗去，唬烂说他是南怀瑾的学生，要这师父帮这些有钱人治病，然后告诉这师父，他们可以在各大城市弄十几个会所，把这师父拱成仙人或上师。这位师父后来是怎么发现他是个骗子？他进了一大批非常差的普洱茶，以这师父的名义加持，一斤卖两万人民币，给这些有钱大老板。后来是人家认识真懂茶的，品鉴后说是劣之又劣的茶，这整坨妄幻诈骗才露馅了。

老派说："没想到在此遇到他，这王八羔子看到我，现在应该很焦虑吧。"

我想我才焦虑吧？大小姐坐在上位，她的脸和平时和我在咖啡屋哈啦时，变得陌生，也有一种我不曾发现的美，很像琉璃上的浮雕菩萨，看起来冷淡或熟悉这一切，似乎也并不讨厌这一切。

坐她右手边的那个脸皮发紫的胖子，老派说，那更是个烂货，之前帮几个导演向企业老板筹钱，也哄过一些贵妇投资了相当大的金额弄什么生机饮食，俨然是个财务大总管，但这些像科幻片唬得那些有钱人一愣一愣的新玩意，全都像烟花，炸完了全没了。钱可能都进了他口袋，但很奇怪，这些有钱老爷乃至王子公主，全都还很信他的话。

这时我听见他们在聊朴槿惠被弹劾下台这件事，她的母亲和父亲先后被刺身亡，她原本是所谓的"青瓦台小公主"，父亲朴正熙遭情报部长开枪射杀，她便搬出青瓦台。然后她被"永世教"教主崔太敏和他的女儿崔顺实蛊惑，乘虚而入，成为她最信任亲近之人，这所以后来她陷入"闺密门"风暴，她哽咽说乃因"孤独的生活"造成她对崔顺实陪伴之依赖。这个话题还有二〇一四年"世越号"船难，有三百零四个中学生被淹死，有人传出这是邪教的献祭仪式。确实有许多疑点，包括在事故前一天，韩国修改法律，允许一等航海士代理船长职务，而世越号的船长正就是在那天被换成“永世教”信徒；且当天大雾，全港口所有船只皆取消航行，只有世越号强行出航。再加上船难发生后的七小时，朴槿惠都行踪成谜，所以有各式各样的流言。

我心想：他们在大小姐面前聊这个，是有什么企图？朴槿惠和大小姐有啥关联？他们在暗示她什么？我记得大小姐有次对我说，她从少女时代就非常习惯坐在这样的饭局，听这些长辈对她父母说着各种谄媚的话，某些他们共同认识的谁谁谁的坏话或八卦，或故意聊起政治局势，做球让她父亲忍不住发表一段评论，然后众人啧啧赞叹。她在很小的时候，就觉得长日漫漫，自己将一生坐在这么无趣的应酬饭局里，那就像果汁机里被旋转的小尖刀切碎的黄瓜啊。

这时大小姐看到我了，她隔空对我做了个“嗳！”的鬼脸，似乎说：“你怎么会跑来这种场合？”她真可爱，我对她比比我身旁的老派，表示我也是无可奈何。老派则正和他左手边一位头发杂灰、老记者模样的男人，聊着一九七二年，在台中发生的一位美军下士将台湾吧女奸杀的案子。他们讲得影影幢幢，那吧女死时全身赤裸，脖子被胸罩勒住，双手被反绑，嘴里塞着吸满血的毛巾。好像这个案子当时闹得很大，因为嫌犯是驻台美军，老蒋和美国订立“中美共同防御条约”之余，还加了条“中美共同防御期间处理在华美军人员刑事案件条例”，也就是这个案件，台湾检警收集了包括吧女尸体阴部里的精液、身上的两根体毛，这位美军身上的伤痕、血衣和指甲里的皮屑检体，但还是有种不能得罪美军、“美国大使馆”的压抑和畏缩。这案件在法院开庭时，找了多位死者的吧女同事，以及这个美军的前同居人作证，弄得非常热闹。重点是当时老蒋身体已经不行了，台湾基本上由小蒋“监国”，事实上台美“断交”、美军撤出台湾在即，所以这个案件的上方，一直有种不要闹大、息事宁人的“上头来的暗示”……

老派说：“后来这个案子，是不是只判了几年？”

老记者说：“不，本来法官只轻判了一年半，这个美军还上诉，要求体毛检测比对，最后是美国军方的检测人员介入，比对死者尸体上采集的体毛就是他的，最后三审被判了十年有期徒刑。”

我看老派一副和这位老记者相见恨晚的模样，这时座中一位老头提议大家举杯，老派和老记者举起高脚玻璃杯，其实他们俩挤眉弄眼地互相碰杯。

老派说：“那时候真是难啊。”

老记者说：“愈孤立，愈紧控，其实是多出来的时光，圈起体育馆骗自己人球赛还在进行，这是延长赛。说来老美就是电影大片商，人家要播放片子，你这小地方电影院就要开着，人家要撤，你反应不过来，小电影院不肯倒，空转，没片子放。”

老派像是鼻孔哼了一声，但又像呜咽：“电影院？我小时候住小镇，那电影院周围，就是骗子、扒手、卖黄牛票的，满地槟榔汁和尿骚味，还有抓摊贩打人的小警察……”

老记者用筷子夹了一个小碟里的湿答答的酱油辣椒茄子，笑着说：“看看这一桌……”

这时大小姐突然对着全桌说话了，我很难相信这样像宫廷对奏、外交场合的发言，出自那在咖啡屋和我说着《世芥末日》《冰刀二人组》《小姐好白》这些废材情节的嘴唇：

“我的父母总害怕我受骗。老实说，我也真被骗过许多次，那种感觉难以言喻，像是心脏被放血，眼前所见全是底片般灰暗的景象，胃酸想吐。”

全桌的这些老狐狸，或许他们彼此不相识，但全露出聆听圣旨那样纯真的笑脸。这他妈的真是全世界最别扭最恶心的画面了。

“我的老朋友告诉我一个道理：这个世界上，心肠最软的人，就必须说最多谎，于是有段时间，我像电影上的美军海豹部队，戴着热感应仪，感应身边所有的人，他们不是他们本来所是，而是一团谎言所辐射的红光或橘光。你们知道吗？我发现红光和橘光最强烈的那个人，就是我。”

我应该想过一百个版本，有一天大小姐和老派见面的情景，应该是有一大堆狗仔吧？或是老派像 *The Sting* 那部电影里的劳勃・瑞福，从建筑物的暗影出现，解释这一切来龙去脉，环环相扣的设计，我会满面羞惭地告诉大小姐，我只是个饵，我也是这整个巨大钟表机械里的一根小小弹簧锤。但我怎么也没想到是这样一个场面。感觉好像全台湾最厉害的骗子都聚集在这了。大小姐竟然很像当年的澳门女海盗郑一嫂。但是为什么我有一种呜咽想哭，或小鸡鸡那儿像一个暖壶破了，想尿尿在裤子上的柔情。

但大小姐继续说着：“异想天开或是巧夺天工、目眩神迷、移天换地、舌灿莲花、欺神弄鬼、颠倒乾坤、☆ #@ π%※XY……”

我脑袋里突然有个声音，像隔着一条走廊，有人在另一头的某个房间跳着踢踏舞。我眼前的大小姐，还有这一桌老谋深算的脸，都变暗了，不，变成一种黑色剪纸般的平面，好像我的眼球里有个陀螺水平仪，慢慢旋转着，在某一切面，他们都被转到背面去。

我记得我有阵子在追一个综艺节目，叫《最强大脑》，它是把大陆不知哪里找出来的一些超高智商怪咖，在一些极不可能的难度设计中，像变魔术那样的演出。譬如他们可以在几分钟内，观察两个少女团体（各自有四十几人）在眼前翩翩起舞、走动换位、旋转，然后对着八十几张这些大女孩童年的照片，判别出其中一张照片是舞台上的哪个女孩；或是在极短的时间内 PK，十八位数除以十一位数，或十一位数乘以十三位数的大运算；或是能在几百只乳牛间行走观察，最后凭一张其中一只乳牛身上的截切局部图，认出是哪一只编号的乳牛；或是能在一分格成九乘六的大图，将一艘船行经的途径，将那些分格打乱，且只以光点标示，在极短的时间闪烁那些光点，让受测者拼回原来的大图。

这些怪咖都是波赫士小说里的那个《强记者傅涅斯》，他们记忆一片空间里所有细节的方式和我们这些普通人不同，我完全无法理解他们存取记忆时，是将那庞大的讯息，收纳在脑中怎样的抽屉或楼层或地下管线？然后他们提取资料时，又是经过怎样复杂的通道？

我印象最深的一次，是一个年轻男孩，他们先让他在半小时内观察八十八幅沙画，这些沙画是世界各国的伟大建筑，包括泰姬玛哈陵、埃及金字塔、比萨斜塔、长城、圣索菲亚大教堂、雪梨歌剧院、帕德嫩神庙、罗马竞技场、吴哥窟、巴黎圣母院……当然中

1 *Funes el memorioso*，大陆通译《博闻强记的富内斯》。

国的主场因素，还多了包括紫禁城、鸟巢、天坛。而这些沙画主要是以光影明暗的层次、迂回的线条，浮凸出这些建筑物细部的雕镂花饰和柱梁结构，然后由评审就其中一幅沙画画面上截取一块一公分乘一公分的局部，让那男孩观察，找出那是属于哪一幅画的建筑。我从 YouTube 看这视频时，觉得这根本是不可能的！他们截取的是巴黎歌剧院屋顶上一只名为“诗歌”天使，那天使翅翼边缘的一道弧线。而这节目最让人震撼的一幕，是当男孩将那八十八幅建筑之沙画记入脑袋时，他们现场将所有沙画立起，那些建筑的幻影随沙粒剥落而消失。这个男孩被抛弃在十秒钟前他用力纹刻进脑中，那历历如绘，人类文明的繁华建物，此刻却一片灰飞烟灭的空无里。除了他脑中的，藏在奇诡凹折里的淡淡影廓，这八十八幅舞台上的画框都只是一格一格铺平的沙。我看到那男孩满头大汗，微眯的双眼一直翻跳，他的手指像虚空中弹奏一架大键琴那样拨动着。我被这怪异的测试或表演深深震撼。那是要抓着多细的一根溶解消失中的透明之丝，在深不见底的地窖迷宫里盘桓，踩的每一阶梯都是自己影影绰绰、似有还无的一瞬记忆闪电。因为什么都没了，你是如此孤独，只能在无人知晓的脑中，燃起那闪电，一瞬照亮那千百个转角，其中一处墙上凹凸烛台的影子。我不知道此刻我脚下冰刃，这整座被冰封住的城市，我想到的是那个在八十八幅消失沙画中，凭一帧一公分乘一公分碎片，启动全面记忆的男孩。我不知道人类为何会发明这么变态的游戏。这样的脑袋像被双手死拧的毛巾，或像那些 A 片里被 SM 绳缚绑住，脸孔如痴如醉的美艳裸女，或像老派曾告诉我的那个神医，一个昏迷了十几年的植物人，他将银针插满她的头颅和后颈，之后那人便醒过来了。我眼前这片绝望、无垠的冰原，让我突然想起这个铸风成形、编沙为绳的少年，还有其他那些超强大脑的怪咖，他们脑中记下的那庞大景观，最终是海市蜃楼，即使你将每一粒沙都编号，兑换进自己大脑神经元的一瞬闪电，你能记下堵在这整条高速公路每辆车的车牌，你能记下一整条街每个门牌是做什么生意的店家；你能记得五年前的一趟为期一个月的旅行，从第一笔付出的钱，每一次付钱找钱的交易；你能背出这座图书馆这一整面墙书架上每一本书的书名和作者；最后那整颗星球还是崩解成兆亿倍的乱数啊。

我好像只把活着的力量，全耗费在那些想象的事：欺骗、害怕、苍白的回忆、空中楼阁的繁华经历、某些阴沉的人可以为权力斗争设计出的局中局。我的一位老师，曾这么训斥我："你是没有身体的人。"但也许我记错了，也许他说的是"没有生活的人"。但什么是"活在一种生活之中"呢？当我和这一屋子的人坐在这儿，我觉得我们好像在一个暗黑古董店里其中一只瓷器上绘彩的人物，空气中那些山羊胡，或是长袖子上糊着擤鼻涕污渍的老人们，交换着一些辨别真伪的话语，开片、圈足的胎细致否，掂起来的落款、包浆、釉色光蕴温润否。自从二〇〇五年伦敦佳士得拍卖会拍出那只元青花鬼谷子下山大罐，二点三亿人民币的天价，这些年在这些灰尘满布的古董店，突然就出现一些难辨真伪的元青花大件。缠枝菊花、蕉叶、云凤、缠枝莲、海水云龙、海涛、缠枝牡丹，还有一些回文。我们就挨挤在其中的一只瓷瓶上，感受到釉料和气泡，问题是我似乎听见在这之上的老人们呼呼的笑声："怎么突然冒出这么多元青花？"我们的脸其实不是脸，而是几抹苏麻黎青的勾勒，他们说这瓶中人物的笑脸活灵活现，萧何月下追韩信，百感交集的笑，知道对方终将辜负自己的笑，心中伎俩被看穿尴尬的笑，终于意识到自己和所有俗物一般绞绑在这种文明之中的寂寞的笑。那些胖胖短短、积着长年烟渍的手指，抚摸着瓷腹，不，抚摸着我们其实还在其中快速运动、说话，这个 CASINO 的包厢里，这个流动的时间。

大小姐说："为什么要这样对我?"

我说："我不知道。"

我想要解释，这是J死后的世界，用那些浑身尿臭老头神秘兮兮的说法，就像瓷器上的包浆和开片，这是一个在高温窑中烈焰浓烟焚烧，将那些冒着细泡的艳青颜料，烧进那薄薄一片胎体的，我们以为是活生生的时间，其实是赝品的二维世界。但大小姐不知道这个。但如果制造者全是想把后来的时间全伪造成几百年前就静止的，可触摸的弧瓶，那我们为何在此?

大小姐说："我的心都碎了。"

萨克斯特把夹鼻眼镜戴在他那劲挺而畸形的鼻梁上，镜片和银边忽闪一下，脸上的颜色显得更加深了……我肯定他在盘算着如何把这样一件杰作从展览馆里偷出来。我肯定他的脑子会很快地想到从都柏林到丹佛所发生的那二十起令人触目惊心的艺术品盗窃案，并且，最后还想到了逃跑时所坐的汽车以及买卖赃物的人。甚至于他也许凭空虚构出某个拥有数百万资产的莫内画的入迷者，在混凝土掩体里建了一个秘密的神龛……对于我来说，他仍然是一团疑云。要么他是一个仁慈的人，要么他是一个残忍的人，但要确定是哪种人，着实使人头痛。（索尔·贝娄《洪堡的礼物》）

我读着这一页的这一段，心想这些描写真是太完美了。我很想把老派描写成台北的某个浮华年代里，像萨克斯特，或甚至洪堡那样的人物，但后来我发现我力有未逮，可能我并不认识《洪堡的礼物》那里头，那些光焰洒喷，某个年代某个城市最核心的那些暴发户、真正畅销的大作家、满肚子学问的诈骗犯、真正的名流美妇。或许是，我所在的这个文明，这座小城的繁华之梦，已经像滚烫咖啡上放的一片薄冰糖，溶化了，覆灭了？这段时间，美国的川普当选，南韩的朴槿惠总统被爆闺密干政，几十万人抗议游行，面临下台。在土耳其，一个警察在一个会场上当众枪杀了俄罗斯大使，并在被安全人员击毙前，大喊："勿忘叙利亚！勿忘阿勒坡！"事实上，人们好像对叙利亚内战每天播放的哪座城，被IS、叛军、叙利亚政府军、美军、俄国战机……炸得一片瓦砾，死伤嚎哭的小孩，对这些已感觉麻痹了。这真的是像张爱玲在沦陷时期的上海，站在楼房上看着尘雾中的整座城，感叹："这是乱世"吗？突然陷入一种《等待果陀》的空茫台词："会来吗？还是不会来？"

这段时间，我在Netflex上看一个叫《十二猴子》的影集，大约是说，二〇一八年，人类因某家生技公司的无解病毒被刻意漏出，造成全球五十亿人的死亡，剩下的极少数人，退回一种原始的艰难生活，文明整个毁灭了。到了二〇四三年，有一群科学家，用一种粒子解离的时光传输方式，将一个人（就是男主角），送回二〇一三年，希望找回当初造成这场灾难的关键人，把祸首杀死，改变历史，让那场大灭绝并未发生。前几集很好看，但到了第四集、第五集之后，或是编剧对这时光机器玩上了瘾，这个男主角非常疲于奔命，在二〇四三和二〇一五的不同时点跑来跑去，未来和过去被他这个“X人物”弄得乱七八糟。这个男主角的任务是，阻止造成他所活的那个时代，人类那么悲惨的那次疯狂毁灭行动，但曾发生过的事，你将之注销，那牵涉的是一连串的因果网络的改变。那是两个完全不同的庞大事件丛集的世界。这是波赫士说的，我到后来被这玩上瘾的在二〇四三和二〇一五来回穿梭、变动，弄得头痛不已。这或许正是我所置身的这个，“将要覆灭的文明”，我的眼睑跳动，看见的那将熄未熄的繁华之景，灭绝前的那段短暂时刻。有什么办法挽回或阻止呢？

我实在太爱看这些YouTube上的军武大观节目了，譬如史达林格勒[1]保卫战，红军后来搬出他们的“喀秋莎火箭”，那像漫天星辰都着火了的连发火箭，把德军整个炸懵了。这时还会播放《喀秋莎》这首凄美的俄国民谣：

苹果树和梨树花朵绽放，
茫茫雾霭在河面飘扬。

1 Сталинград，即斯大林格勒。

出门走到河岸边，
喀秋莎，
到那又高又陡的河岸。
一面走着，一面唱着歌儿。
唱道草原上空的苍鹰，
唱道她衷心喜爱的男孩。
她还藏着爱人的书信。

或是“不沉战舰”大和号，那像霸王龙出现在其他小型恐龙之间，那样尊贵、像金阁寺一样层叠高矗，一种远古气质的神秘巨鲸，在一九四五年支援冲绳的特攻行动，在坊之岬，被一波一波美国航母舰上派出的数百架 F6F 地狱猫，像漫天飞鸦朝着神兽大和扔下炸弹和鱼雷。大和舰的主炮、副炮、高射炮，密密麻麻的炮塔和机枪座全向天空喷火，但只见炸弹从空落下，击中右舷机枪群、舰桥、后部船舱，接着甲板大火；一枚一枚鱼雷又全中左舷，简直像饥饿的野狗群轮番啃食受伤的狮子。大和舰左舷内部大量进水，甲板上对空武器全毁，于是后面的三百八十六架美军飞机，往已无力回击、甚至失去动力的大和巨舰，倾洒它们的炸弹、鱼雷，最后主炮塔的弹药库发生大爆炸，大和号便在这巨爆火焰浓烟中解体、沉没。

还有那像“人类岛屿登陆战争教科书”的瓜岛战役，美国海军陆战队攻占岛上的日军机场，改名为亨德森机场，之后双方的舰队、各形舰艇，尔虞我诈地往那座杀戮之岛上运兵。海面上双方的舰队互相驳火、击沉对方的巡洋舰、战舰，岛上的美军和日军各自在丛林中转圈，形成火炮的绞杀，战场上尸横遍野，日军是一整个支队一整个支队被歼灭，那些河岸、草地、山脊，密密麻麻爬满突袭的日军，却被美军防守的机枪阵、炮火，像砍麦秆那样一波波射杀。这种战争的纪录片，你只看到机枪的吐火在夜色中闪烁，然后是天明时堆在丛林空地的整片日军尸体。

还有更惨烈的塔拉瓦岛登陆战，这次日军用了大批工兵和朝鲜民工，在岛上构筑了五百座碉堡，环礁沿岸装设火炮击中而燃烧成一团火球的轰炸机……这些影片，我在观看时，肾上腺素飙升，眼球快速跳动，好像在打电动一样期待那爆炸、中弹的一瞬。那种恐怖和壮美侵袭到我灵魂里，它有一种机簧或齿轮转动，喀啦一声的快感。那些戴着钢盔，拿武器射杀敌人的士兵，和平日里我们在街道看见、走动的人，或是咖啡屋里的人，是不同的人体形态。你内心会想：那是真的吗？

那部男主角不断在二〇四三和二〇一五年跑来跑去的影集，有一次，在人类文明已灭绝的这幸存者的地下室，男主角的朋友问那执行这个“回到过去，修改历史”计划的女科学家，这整个行动的意义，她是一个老太太，她说：“我经历过的那个灭绝之前的世界，那是有莫扎特、贝多芬、托尔斯泰的世界。大灭绝后幸存的我们，再也回不去那个文明的高度，我们只是在时空漂流的，什么都不是。”

让我想想，这些事情在一开始就同时发生：当美猴王纵身往水帘洞一跳，我听到老派说：“危险，危险。”我觉得我好像刚从一个饧涩湿滑的梦醒来，大小姐那芙蓉般的脸就近距离在眼前，说：“我的心都碎了。”

这真的很悲伤，一直翻滚一直变幻，慢慢遗忘了最开始几种形态转变之间的联结，变成拟态环境的虚无之物，你不知道这继续变化的哪一个界面，是翻出了边界之外？也许在第六十九变到第七十变之间？诸神用手捂住了脸，悲伤地喊：“不要啊！”“再翻出去就什么都不是啦。”但我们其实已在一种脸孔像脱水机的旋转，全身骨架四分五裂的暴风，变成那个反物质、反空间、在概念上全倒过来的维度……

吃猴脑

老派有次告诉我，他曾经有个马子，那是一间叫“田园”的PUB，这马子眼睛非常大，是山地人（他不是说原住民），非常标致（老派有时会用这样老派的词），性子又野。有一次他带一票朋友进去，那马子劈面就说：“老派，我今天排卵，要不要到里间去聊一下?”有一次，那马子泫然欲泣地对老派说：“我有了，你要负责。”吓死他了，这真是跳进黄河洗不清啊。还好后来真的生了，那婴孩一看就是个黑人的混血儿，他才松了一口气。那时他是真喜欢这马子。那时他在杂志社当编辑，有个老头发现他酒量好，谈吐也不俗，老喜欢找他喝两杯高粱，两人坐着干喝，老头也不多话。有次老头拿了一公文袋的东西给他，说是自己这一生的罪孽，不想有天倒下，落入乱七八糟的人手中，就想交给他，请他帮忙保管。老派回家略翻看一下，魂差点没吓掉，要知道那时候还是戒严年代，那一袋子里，照片、文件、一些类似股票的单据，全是当时高层见不得人的秘密，或是某个人们觉得高风亮节的长者的告密信，任何一件都是要起腥风血雨的啊。老派说那时二十来岁，揣着这袋宝贝，觉得人生仿佛到了尽头，将永远活在这灰稠稠不能说的秘密之中了。那时也是错信了人性，他不敢把这袋秘件放在自己家里（那年代还真是影影幢幢，相信会有一群精干的黑衣人，哪天就登门翻抄你家，那是死无葬身之地），他便把这袋公文拿去那 PUB（田园），藏在楼上那马子的一处堆满收藏黑胶唱片的储藏室里。没想到这女人聪明啊，贼啊，不知怎么，哪次给她翻出来，也没告诉老派。

大概过了一年多吧，这马子把老派和朋友投资的一笔钱、账目不清，可能移转给她的哥哥，大家撕破脸，当时也迷糊暧昧的，某次喝酒，其中一个哥们摔酒瓶说要告了。老派醉醺醺假借上楼休息，在那些唱片堆里，怎么翻也找不到那袋，老头托交给他的秘密档案。当即他觉得毛发乍立，想自己真的一世聪明，却败死在女人手上。下楼他还是故作镇静，嘻嘻哈哈，但等过两天再来，这“田园”已拉下铁门，人去楼空！

后来的事他也是整件事过去，才有个轮廓。这马子竟然透过不同的管道，包括记者、军情单位的人，还有一些乱七八糟牛鬼蛇神多半是吹嘘的黑帮人士，兜售这批要命的文件。其实可以这么说，他老派在那两三个月，其实脖子上架着剔刀，身上被绑串了炸药，就等着什么时候惨死了。这时这马子和她黑人男友，碰到一个坏透的家伙，军情局的一个坏东西，把这袋文件揽下了，给他俩出个馊主意，说他可以出面勒索这老派，拿出两百万买回这袋炸药。否则扩散出去，他也是一个死。不想这马子毫不念旧情，横了心真和这个军官合作。还好那时老派有一个老大哥，军中官衔不高，但是在帮的，帮里地位颇高。也是凑巧和那个要勒索老派的家伙，一个场合一道喝酒，听他说了这事。他不动声色，告诉他这事已闹开了，上头已经在盯这包文件在谁手上了，也就是说这军官自己已身陷极大险境，说得他满头大汗。他说："这样吧，我估计老派这人拿不出这么大一笔数，我这有笔十万，你别嫌少，这事就在我们手上，赶快踩熄了，万一烧大了，可能真的兄弟你命都没了。"那军官也是脸青一阵白一阵，又抬价了一番，但老派这老大哥真的是义人，他拿存折给对方看，自己户头真就十万加几个零头。说起来一九八几年，十万也是好大一笔数啊。

这事就这样神鬼搬运，在老派根本不知道的状况下搞定了。据说那混账军官只分给那马子五千块，她和黑人男友当然不依，他就翻脸骂了他们一顿，说这事上头在查了，劝他俩也别待在台北，赶快拿了钱到台东去避避风头吧。另一方面，那老哥有一天把老派约去家里，拿出那一公文信箱，劝诫了一番交友要小心的话，然后在阳台，当面用个铁盆点火烧了。

我当时听老派说这故事，心想怎么这么熟啊？后来才想起，这不是《儒林外史》里遽公孙、家仆拐走丫环，乌二先生仗义解难的故事吗？

这让我对于老派，产生了一种印象：很像从一架沾满油墨的庞然大物、错綮紊乱的排字版上，撕下一张薄纸，上头拓印着同样曲折不见光的密密麻麻的故事。那个"田园"马子、黑人、从中以他人之生死捞一票的混账军官，可能真的都是他生命中曾遭逢过的险事。但为何个人的生命史，时空背景已是几百年后的台北人，人心那难测、纠缠、编织的形态，仍像从一本古典小说里写的奸险要婊翻印下来的。是这个文明，有一个像中央控制室的群组模型吗？所有的小人儿，几百年后，就算会打排挡踩油门驾驶汽车，穿上西服皮鞋，喝起威士忌或海尼根，使用智慧型手机、ATM或悠游卡，在网路订机票看电影，但最后男女关系、经济关系、死生关系，他们仍照着那看不见的操控悬丝，或是诈骗；或是讲出情深义重的话其实转身就抹脸；或是一种沾到不能说的秘密，可能会丧命的极深的恐惧；那些权力夹层中可以帮你关说、解祸，或是扩大你的罪、恫吓你、榨挤你的那些灰影子……这些都没有改变过，跳着一样的傀偶群戏，还是和《儒林外史》里的那些古装的人名，产生同样光影错切、搭手借位、纠缠在一起的故事啊。

这些老头，在我印象中空气中喷洒着湿淋淋的酒精醚味，瞎灯暗火中用筷子翻捡那些布上碎葱蒜辣椒、红红绿绿掩映的腴白鱼肉，喷着烟，泪眼汪汪，他们像博物馆里图解的物种演化史，但其实那演化的剧烈变貌，只发生在这短短的六七十年间。诈骗、被负弃、如何在一种必然死灭的困局中脱险而出，某种秘密发生，只有当事者心领神会的，和一种缠缚而上要将你吞噬的千丝万缕海葵触须斗争，那印记在脑中的恐惧公式……每一个个体，看上去皮松发秃，其实都是通过庞大数据各种变幻莫测诈骗牌阵的幸存者、成功生存者。他们的脑袋，如果可以做解剖、数据输出、投影，那可是比上万只同时在翻转的魔术方块还要五彩缤纷、眼花撩乱。

那段日子，老派又介绍我认识了各式各样的怪人，其中有一个老太太，你可看得出她年轻时长得非常美，她讲话非常优雅，但又有一种似乎受过军事训练的铿锵有劲，咬字清晰，不像一般老百姓变成的老太太，那是某个时代特有的，嗯，譬如说广播电台的播音员。我把这个想法告诉她，她笑得非常开心，她说，我是个退休中文教师啊，不过你小子观察力真的厉害，我少女时期住在金门，有一段时间确实是在军方广播电台，对对岸的军人和大陆同胞，念那些“心战喊话”“自由之声”的广播稿。

为什么她少女时期住在金门呢？因为她父亲是一位将军啊，当时驻防在金门。那时她念书都在金门的一所小学啊，晚上是和两位女老师住在教员宿舍里，那两个女老师都是马来西亚华侨，其实也是二十出头离乡背井的大姑娘，夜里宵禁，绝不能有一丝火光，当时两边还互相炮击，那炮弹像长了眼睛一样，夜里摸黑那两女老师抱着她睡，全在偷哭。这于是说起她父亲的故事。她父亲当年曾是缅甸战役中国远征军里的一员，总之，当时腊戌、密支那失败后被日军攻下，滇缅公路被截断，英国军队早全撤至印度，缅甸战场剩下杜聿明的第五军和第六十六军孙立人的新三十八师。老蒋是要杜聿明把剩余几万远征军带回中国战场，杜聿明这个庸才，计划带领这四万人穿越“野人山”丛林，回到云南，但孙立人不听令，他带他的新三十八师跑去印度了。很不幸的，他父亲是在杜聿明部下的第五军里。那场穿越野人山的荒诞行军，入山前四万多士兵，出来时只剩几千人。那像是进入一个噩梦里，年轻的士兵被山洪冲入深谷，被蚂蝗、蚂蚁布满全身，遭到野人袭击，或毒蛇猛兽猎杀，主要还是饿死，缺乏粮食，他们吃皮鞋、皮带、野草、树皮，最后不敌瘴疠，全身浮肿，大着肚子死去。尸骨遍地，哀鸿满谷。那个恐怖悲惨，真的像好莱坞拍的那些什么《魔戒》里的地狱军团，这些军人，之前是拿枪、刺刀和日本军的山炮、机枪互相驳火战斗，他们可都是在死神的瞪视和眨眼间冲锋的勇士，但那一场多天的野人山穿越，像被遗弃到世界之外的，那个变态导演的恐怖大杂烩电影里。眼前事物的形态颠倒旋转，他们在藤蔓悬挂的昏暗中，喝着悬浮着孑孓的山泉，之后拉稀不止，高烧昏谵，腿脚布满水蛭，用刺刀杀之不尽，大批的弟兄被黑蚊覆面叮咬，之后脸上皮肤渗出绿色汁液；一觉醒来，身边躺着的，是一具一具白骨，那些个头像甲虫的蚂蚁，一夜之间就把眼珠、内脏、皮肉吃光了；许多人承受不了这种比地狱还恐怖的折磨，或跳崖或饮弹自尽。

曾经经历过这样疯狂、死亡行军的幸存者，即使幸运走出那魔山，回到人世，如她父亲，那内心原本的文明秩序，恐怕也已疮痍毁坏。但她父亲那一辈人极其可怜，归建部队后，可能没两年就被调往徐州、蚌埠。打那场数百万人在旷野上混乱追击、屠杀，在战壕里哆嗦、逃跑、迷失方向的经典大战。没有机会住进疯人院，或是让人写一本像《2666》那样的小说。好像地表上的罗盘消失了，所有人身着军服，两眼空茫，在星空下，偶尔撕裂暗黑的炮火，匍匐在麦田里，不知道这个梦境是前几个梦境又变形、褶缩？如果我们这些小人儿，只是一张赌桌上洒乱的麻将牌、筹码，那似乎围桌在上方打牌的神祇们，都已烂醉，或是疯了？

我们搭着那辆公车，在黄昏的市区里颠荡着，我想起这是好久不曾经验的漫漫长途，夕照的玫瑰色光辉反射在街道旁整幢大楼所有的窗上，有一种好像我们的公车经过的是一座火灾之城，所有的建筑内部都有大火闷烧，只是被那些玻璃窗封隔住的印象。这样的光线幻流，使得车厢内座上两两坐着的人们，脸庞没入一种灰暗的模糊里，像梦中的下水道里的铁铸动物。这时我身旁的胖女孩说："啊，这种光线，好像我们颠晃了一整夜，现在像是太阳初生，清晨的光啊。"确实这个夏天的日照实在像核爆一样，即使是黄昏的余晖，也是灼热难耐，此时的这随着公车在街道转弯、旋转的玫瑰金光辉下，栉比鳞次的楼房、店家、行人，确有一种清晨的凉爽。

老派和几位女士，还有西特林，他们站在车厢的前方，或抓着直杆，或举手吊着上方的拉环，他们都有一种说不出的腼腆，可能都是很多年没这么和一群人一道搭公车吧？我和胖女孩坐在最后一排座位。胖女孩是老派找来其中一位女士的女儿。我们都是要去看老派说的那个地下室。虽然这公车好像刺猬在机关箱里打转，除了每站停下司机揿下开车钮那气阀门发出"契——"的声音，大部分时候就是引擎的低频音吭吭吭吭，一种机械运转的背景声，但窗外的街景，似乎它在这样的回纹针式的兜转，也慢慢到了城市的边缘了！

我注意到老派和西特林，像是很专注地聊着什么。从我这边望去，只看得到老派的四分之三侧脸（有一部分还被他抓着上方横杆的右手臂遮去了），还有西特林的后脑勺。他们会聊些什么呢？我记得在搭车前，我们一群人走在骑楼，老派和我一道，当时他和我说起很多年前，在台南发生的一起诈骗案，那是一个小镇邮局，先是在下午他们接到一通"卫生局"打来的电话，说会派人来帮邮局员工打预防针。到了大约四点半吧，来了两个穿白色医师袍的人员，人着一箱针剂，邮局局长还把柜台前等候寄挂号的三四个人，催促其他同事帮忙处理掉，同时放下铁门，可能是怕这样一轮职员打针下来，清点账目下班时间会太晚。然后大家排队抬起手腕让那两个“卫生局”医生打针。

老派说，那哪是什么预防针，全邮局的人都昏迷了，这两个大盗舒惬轻松的，把邮局里一千多万搬上外头他们的车，扬长而去。等这些邮局里的宝贝蛋们此起彼落扶着头醒来，保险库早已是空的了。老派说，这是真的发生过的事，一九八几年吧，你上网去查还查得到。

我身旁的胖女孩突然说：“很多时候，你想了解对方的时候，那些故事的细节就好听得不得了，像花瓣一层层翻开，愿意去了解那其中幽微隐蔽的因果。但你不想知道对方的时候，这个视窗就关闭，什么屁都不是了。”

我吓了一跳，不确定她是对我说话，上一瞬我的眼睛还空洞注视公车前方，正在交谈的老派和西特林，脑中浮想联翩的是，好像宇宙三大定律其中一条：“只是因为和平、怕冲突的天性。”我几乎就要联想到那些屠宰场里安静温和被输送带送进绞盘的鸡啊鸭啊，突然转头一瞥，似乎视觉的尾弧掠过女孩那丰满的胸部，随着公车沉闷的晃动，形成一种让我脸红的波浪。

“对不起，”我说，“我没听懂你的意思。”

女孩说：“我读过你在大陆那个网站写的一篇文章，写你去参观美术馆的展览，展览的内容是那位自杀死去的小说家。但我看到下面的留言，全是疯狂谩骂，说写这种文章的人，为什么不去自杀算了。”

我说：“我倒是从来不会去看那些留言。”

“另外你写的那篇，用雷蒙·卡佛的小说《一件很小，很美的事》[1]，帮你那个导演说话的文章，下面也留了超出你平常文章多许多的回应，也全是一面倒的憎恨诅咒，操你祖宗八代。我听说这些人是所谓的水军，像淋巴和白血球，只要认定了谁是威胁、是敌人，会大数量的扑拥而上，他们未必真的发生了阅读，而是一种单向度、一种水坝泄洪的流体力学。我也会想：万一他们是真的愤怒呢？他们的内心是真的像他们的留言，对你有那像一间钢铁盖成，没有任何对外窗的密闭厂房般的仇恨？”

“这确实是我不了解的。”

“但我妈说你是个‘真正的小说家’。”

“其实我想写一个故事，像索尔·贝娄的《洪堡的礼物》，讲三〇年代美国芝加哥，那时是一座暴发户之城，纸醉金迷、欲望横流，诗人、剧作家、小说家，可能是上流社会的主角，拥抱大胸脯金发美人，开着超跑，同时和无良律师、诈骗犯、黑帮分子、掮客、赌棍混在一起，又有费兹杰罗那种对富豪世界的炫目与幻影，又有一种所有人全挤眉弄眼在唬烂、诈骗的粗俗，但那可是热腾腾的、人体扭缠在一起的某个时代的繁华与堕落。我想写一个台北版的《洪堡的礼物》，台北的偷、拐、抢、骗，我多着迷那些，当然我们这座城市现在不行了，金晃晃的钱好像全在某个秘密年代流光了，有点资产的小地主，保守、谨慎、多疑，没有做梦或冒险的天赋；聪明的脑袋全像巨石遗迹底座草丛里，大型恐龙还称霸时的早期小哺乳类，他们只能在脸书每天贴那些又不会伤害世界的小文

1 *A Small, Good Thing*，或译为《一件有益的小事》。

章；广告（这可是我们这时代，诈骗的芭蕾舞台）是一个最廉价的泡影，一个大叔开了一间“时光面馆”，里头遇到的各种让人低回、感伤、一瞬惘然的小故事，不然就是 7-11 里的荧幕播放着清新干净得不行的女孩儿，在世界各地背包旅行，喝着六十五元咖啡；再来就是满街抓宝可梦的踟蹰者、低头奔跑者、梦游者，夜晚那道路尽头的博物馆台阶上，站着上千个人，每人脸上一圈薄光，如痴如醉，手上抓着一小枚金属，你若是站在他们对面，是不是会悚然觉得是墓里跑出来的幽灵，《尸速列车》[1] 里被感染的活尸？”

“但我也在抓宝可梦啊。”胖女孩说。

我问她：“你母亲怎么评价老派这个人？”

胖女孩说：“老派？她说老派是个重感情的人。还是我记错了，她说过老派这人，若不是心肠太软，倒是个狠角色？我母亲看人颠三倒四的，有时很感性，有时很刻薄，说不准的。”

但后来胖女孩的母亲跑来坐在她的另一边，也许她是担心，这个中年人对她这个怪女儿，胡说些什么不该说的。但她对胖女孩说：“你可别对叔叔说些没礼貌的话啊。人家是个大作家。”这一切都在一种延续的颠荡中进行。这种场面我印象中好像遇过，母亲是个风情万种的美人，女儿是个怪咖。女儿对母亲充满说不出的怨恨、不耐，而母亲无限宽容——张爱玲和她妈不就是这种组合？——我恍惚记得曾在哪个夜晚，老派的酒摊上，这女人两颊绯红、醉眼迷离，对老派发嗔：“你就只会说，你心里根本没搁着我。”说得老派挠痒难挨、心疼不已，捧起她的手轻轻拍着：“我

1 《부산행》，大陆通译《釜山行》。

老派的心就是个破公寓，就是放不下你，全扔光回收那其他沙发啊、柜子啊，就只塞着你啊。”但另一次，老派清醒的状态，他对我说起这女人：“这娘们厉害啊，我是听人说的，原来在北投那有一大片地，是个老太太的，这原本有一家人租在这地上的一幢屋子里，后来这男主人的同事得了肺结核，好心介绍这同事和他娇弱的小妻子，住到另一幢房子。没半年那同事病死了，就剩一对小母女可怜见的，老太太也心疼这年轻寡妇，后来房租也不收了，当自己女儿和小孙女，晚餐也招呼她们到自己这边来吃。有一天老太太过世了，她的儿孙们一看那地契，我的天！整大片地，那上头几幢房子，不知什么时候，全过户到这小寡妇的名下了。连当初照顾他们，她死去老公的同事，一家人也被勒令搬离。打了几年官司还是这娘们赢。她现在身家十几亿啊。你说在《西游记》里，什么白骨精、蜘蛛精、铁扇公主啊都不是，那可是连佛祖的灯油灯芯都偷吃的母耗子精啊。”

但这时在这颠晃的公车最后排，隔着那胖女孩一种蒸腾的婴儿香气，女人问我：“你说老派这次这个神秘兮兮的什么计划，靠不靠谱啊？”

我看着公车前方，老派和西特林还聊得欢，车厢中挨挤站立的人们，那种梦中《食薯者》脸孔、轮廓、肩背全没入暗影的印象，但只见老派的嘴咧开笑着，车窗外已是一片入夜的光影。

我突然想：眼前这一切，这辆行驶中的公车内部的人们，好像J的某部小说的情境，不过，他写的是行驶中的火车就是了。所以包括我，这公车里的人都是将死之人，只是他们不知道这是死亡之前的哪段时光？难怪说不出地有一种温柔与哀感。我几个月前，在那个美术馆里，那个年轻艺术家的展区里，拿起那老式电话话筒，里头是J的留声：“第一次的送行，你感到那种仪式性的完成，送一次很好；但若是第二次的送行，我就觉得很恐怖啦……”老实说我不是很懂这整句话的意思，像之前身旁这胖女孩说的什么“你想了解对方的时候，所有细节都涌出，你不想知道对方的时候，就什么都关闭，无法再得其门而入”之类的，好像乍听都懂，但仔细一想，所有的意义都漂浮散架，我完全不理解那些话是什么意思？或如老派有一次在酒醉后，像夜枭嚎哭，让我毛发直竖，一种古怪的唱腔，念了一段奇怪的话：“他们在旷野彳亍／找不到方法建立关系／像零散的骨骸／所以他们只能彼此诈骗／那至少有一些空洞的蛛丝把他们缠绕”。这些兜转回旋的句子，会让我发生混淆，譬如：“第一次的诈骗，你感到那种仪式性的完成，但第二次（或一直次方成长的第N次）的诈骗，我就觉得很恐怖啦。”我感觉到老派找到一种类似基因图谱实验室里那些科学家，或是唐卡绘师，一种由诈骗牌阵层层叠高，又像鱼刺四面八方分射出去的技术，为的是要补那个只有他和我心领神会的那个巨大的破洞（在我的鸡鸡上！）。很像电影里的攻城场面，数以万计的小人儿，像蝼蚁，像扑火飞蛾，他们推着巨大的攻城车，前头的巨尖锥，堆满柴薪，淋满燃油，往那城门撞去，漫天飞矢、城上士兵扔下的巨石、滚烫沥青，那些小人儿在火里哔咧尖叫，终于那攻城车将包着铜皮、厚重木头的城门撞破一个大洞。城里头的这些蝼蚁般的人们，要推上第二座轮式城门，要怎么补那个破洞呢？如果有一种从反方向铺撒过来，无数编织成的小鱼钓的细索，将每一个踩踏同类、头颅被烧得缺凹冒烟、眼珠发出墨色光辉的这些挤附在那尖锥攻城车旁的小人儿，勾住他们的肩胛骨，让那撞击破门之力，停止一段时间；或某种液态合成快干胶剂，一种塑钢土，从巨洞的内侧补上，但那个洞太大了，要怎么在那火矢乱飞、长戟乱戳，且大家伙仍不断撞击的状况，将那么大量的修补溶剂从城楼淋下？或者是，这一个“洞之洞”，反物质的概念，在那破裂感、撕碎感、死灭、痛苦的黑暗空无中，再造一个“第二次的破洞”。

或者是，如同普鲁斯特在《追忆逝水年华》的最后，那些像夜暗河流沿岸树丛黑影中栖息的点点流萤，那些贵族沙龙上的将军、伯爵、贵妇、金发美女、畅论高谈战争时局或哲学的世家青年，那些衣香鬓影，各自说着恋情史或哪个名人的八卦丑闻的脸孔，但时间的风让这些脸孔像沙雕，崩塌、剥落、变形，这些印象混淌在一起。

“……由于个性在一部作品里是用大量的印象塑造起来的，它们取自许多少年、许多教堂、许多奏鸣曲，用于构成一位少女、一座教堂、一首奏鸣曲，我写这本书的时候，是不是能像弗朗索瓦丝做那盘得到诺布瓦先生高度评价的胡萝卜焖牛肉那样，加上那么多精选的肉块就可以使肉冻内容丰富了呢？”“他们祝贺我用显微镜发现了那些真理，其实恰恰相反，我用一台天文望远镜才隐隐瞥见一些实在很小的东西，之所以小是因为它们距此遥远，它们每一个都是一个世界。就在我求索伟大法则的地方，人们称我是细枝末叶的搜集者。”

这些鼻子、脸颊、下巴的细微崩陷，但描绘他们或那些嘈嘈低语的人，自身在一种时间的融解、死亡之将临，这一切像攥紧的线头，一放手那绳丝连接的蛛网缚住的傀偶小人们将全散架、垮落一地……那种奇异的焦虑和亢奋，譬如在这辆轰轰（说不出是一种寂静或嚣闹）行驶暮色中的公车里，所有人无论坐在座位上，或拉着顶端的钢条站着，他们的肩、脑勺，都有一种说不出的浑圆、松垮、梦境中的疲惫或忧伤，他们可能被他们自己都不知道的，从普鲁斯特到现在，那一百年的时代的焚风吹袭着，剥解着，像砂纸磨玻璃瓶的肚腹那样，变成这种集体挨坐、颠晃，也不发出牢骚的泥塑菩萨的影幢之感。如果普鲁斯特来观测他们，会发现那是被炸毁的教堂，破裂解体的风琴呜咽破洞完全不成奏鸣曲，被奸污而无法平反的少年少女。在这辆公车上，我认出几位曾在老派的啤酒屋燠热、酒精喷散之夜，说了他们悲惨或浮华人生故事的老人；我还认出有一个是前阵子，那批被肯亚[1]递送到大陆的一百多个电信诈骗犯，当时跳出来说要帮他们打国际官司的律师；还有一位，戴着鸭舌帽、口罩、墨镜，隐约认出是那个前一阵新闻闹很大，说是到泰国请佛牌、养小鬼、弄尸油，魅惑几十个少女和他性交的过气谐星……

这种时候，我就感到胯下的那个破洞，一阵阵像浪潮打上的剧痛。我不知道老派是怎么兜拢这些元素，好像一个窑炉的灶门掀开，烈焰浓烟乱窜，拿铁铲掏出的瓷偶，每一尊都烧爆裂绽、歪嘴豁唇、斜眼缺耳，全是失败品。也许这公车上的每个人，身体的某

1 即肯尼亚。

处部分，都有一个和我一样痛不可言的破洞？

网路上有个笑话（编这个笑话的人实在是个天才，但它也终像昙花一现，在网路的时间之流，枯萎歪堕）说：李宗瑞（很多年后的读者可能要为之作注，他是在夜店用迷药掺入调酒，将数十个夜店小模、美女，甚至明星迷昏，带回家奸淫的神鬼淫棍）、谢依涵（她就是轰动一时的“妈妈嘴”命案的女主角，外形清纯，在这间咖啡屋，用安眠药掺入咖啡，迷昏一对老夫妻，然后以一己之力，将他们拖至河边树林，用刀杀了）、郑捷（这就不用多介绍）、魏应充，被关在同一间牢房。先是郑捷拿出刀来，说：“要不要我帮各位切个水果？”其他三人害怕靠后；这时谢依涵说：“不如我帮大家泡一人一杯咖啡？”另三人都说谢谢、谢谢，不用了；这时李宗瑞端着一杯调酒，说：“这位正妹，要不要哥请你喝杯酒哇。”谢依涵连忙推拒。这时牢房送来便当，除魏应充外，其他三人都吃了，然后都口吐白沫、两眼发青，全中毒了。这时魏应充大笑说：“姜是老的辣，这间监狱的厨房，用的是我家做的毒油啊。”

我想象老派会说，这也就是个观测的视角，如果这是好莱坞那些编剧，譬如很多年前的《空中监狱》，或 *The Speed*，或现在韩国那部《尸速列车》，这一辆行驶中的公车，有着各组不同的诈骗者，他们都隐没在一般乘客的轮廓，都在观察这个空间里的其他人，等待机会。你以为他们都只是表情茫然在一种无意识的时间流逝中晃荡着吗？不，诈骗者的时间流速和其他人不同，他们的内心有个节拍器在来回颤跳。像细细的锚钩，必须漂散出去，环场绕行，找到可能的镶嵌勾抓，把零散的漂浮碎片组合起来。如果是好莱坞电影，可能连开着车的司机，都是那个前阵子带了几瓶汽油藏在驾驶座下面，喝得醉醺醺想把整辆车撞毁焚烧的自杀客。

这时，那个母亲站起来，走到前面几排的座位，在一个似乎她相识的男子旁坐下，于是好像我和胖女孩又可以安静聊天了，我感觉这个聪明的女孩和她母亲之间，应该可以建立一整书柜的佛洛伊德派的情意结论文，但感谢我们这个时代有 iPhone——那小小一枚灵魂碑石，当那母豹般的母亲挨近时，这怪咖胖女儿就将她的整副大脑移转进那发光的小笏皮，眼睛发直、耳朵塞上蓝牙耳机。她母亲一离开，我就看她抠出耳机，像一只干瘪折叠收好的幼儿游泳池，又充气饱满。我说："你妈是个非常感性的女人。"

但这胖女孩突然像鬼片里，某个角色被鬼上身，脸孔骤变阴惨凄厉，她从牙缝里发声说："你是真的不记得了，还是你真的很会装？"

我说："啊？"

"是不是？只要有人对你发动突袭，你就会变成一个无害的瓠瓜的模样，无可奈何地笑着，其实你脑中在大数据换算着：这个神经病要怎么哄她？我想你不记得我了，但我是那个瘦竹竿男孩的女友，你还记得他吗？"

我想起来了，她说的那个"瘦竹竿男孩"，是有一年我到台北郊区一所有着空旷草地，简直像个牧场的大学，开了一年的创作课，那堂课不算学分，所以到后来，教室中坐着听课的学生，只剩下零落小猫两三只。这个瘦竹竿男孩，是其中一直坚持来上课，且每次下课，他都跟在我身边，随着我穿过那牧场般的一整片空旷绿草地，我叼着烟，急急地赶去大学后门搭车，他则两眼燃烧着光焰，追着问我，关于杜斯妥也夫斯基、卡夫卡、大江、巴尔加斯·略萨、波赫士……这些大小说家的小说的一些问题。老实说，我内心颇感动这样怪异的一种关系，我觉得我们好像塔克夫斯基电影画面中，某一对在狂风、旷野行走的老人和年轻人啊。这年轻人当然也拿了他写的小说请我帮忙看看，那是一篇很像大江小说风格的短篇，一群常聚在一个河堤边篮球场打球的青少年，他们之间发生的某次像梦游般的斗殴，可能其中一个同伴还被铁管打死了。我记得我当时好像是告诉他，这篇小说去投文学奖，是绝不会得奖的，但若是卡夫卡、齐格非[1]、波拉尼奥，他们二十多岁时，来投我们台湾这些文学奖，也不会得奖的啦。我告诉他，他是写小说的料，我至今还没收过小说的徒弟，如果他不嫌弃，我想就收他做我的小说学生。他当然两眼发光，非常激动。我不确定是否是我们疾走其上，那似乎旋转的、从鞋下踩着的蜷缩、枯黄的硬草茎，到满眼像航海者晕船的整片疯魔的绿色，让我产生了某种鲁宾逊漂流记的孤独感。

但后来我就没再去那大学了，好像是过了三四年吧，这个男孩在脸书后台写信给我，似乎他遭遇了一连串的不幸，他的父亲原本开了间工厂，后来这个产业开始衰退萧条，他父亲听信一个朋友的话，投了大笔的资金到大陆一个新厂，结果被倒了。这时他又生了一种脊椎的怪病，类似渐冻人，而且后来他的肛门出了问题，还动了大手术换了人工肛门。身体的状况让他休学了，他也三四年没法再像从前那样疯狂地阅读和写作了。现在他连出门都不能去太远的

1 Siegfried Lenz，大陆通译西格弗里德·伦茨。

地方，因为人工肛门还在适应。他家的气氛也很糟，他父亲把他们最后的那幢房子卖了，全家搬去一个小公寓，他父亲把那三千多万房屋款投入股市，结果全被蒸发。他现在还去跟一个神父学意大利文，他想有一天读艾可[1]和卡尔维诺的意大利原文小说……

胖女孩说："想起来了吗？我男友可是像崇敬父亲那样爱着你。即使他后来掉进那么悲惨的状况，他都还是记得你在那什么鬼的一片枯荒草原上对他说的，他是你唯一的小说徒弟。但后来几乎你在各处的演讲、那些小书店的座谈，他再怎么艰难，也辗转赶去听，但在那样的场合，每次演讲结束你就匆匆走了，即使有次他带着我在书店门口堵你，你也是呵呵笑着敷衍两句。后来他知道像他这样，被你私下摸头说'你是独一无二的天才'的年轻作家，有好几个，大家私下给你个绰号，叫'滥好人'。好像这些被你盛赞过的天才们，像邦迪亚上校的十七个私生子，额头都有一烟灰抹上的十字徽纹，但他们全变成倒霉鬼、不幸者、畸零人，他们既肚烂你说谎症患者到处说这个也是天才、那个也将来不得了。但他们最底层又坚信，你对他们其中那个说的那个预测或祝福，是灵光乍现，只有那次是真的……"

那时，我匆匆忙忙，在和其他梦游者般的人群身体擦碰着，从那火车某一节车厢后侧的窄门挤上车，那个脚下的触感，从月台踩上一像漂浮物的失重幻觉，如此清晰。可能也是我那失魂落魄的身体，在那时刻，唯一如钢琴节拍器"摈嗒"声的最内在，最清楚的

1　Umberto Eco，大陆通译翁贝托·埃科。

感知。

因为列车已在开动，窗外的景色像印象画派的绿色糊团那样流动着，但我的眼睛并未看着窗外，而是盯着眼前那窄窄的车厢甬道。我艰难地在那些也在移动中找自己的座位的女人、小孩，或是穿着制服的车厢服务员女孩，她们挡住的这走道内移动。我手中的车票写着“27E”，但这节车厢是“8 车”，也就是我得再穿过好几节，这样像过场戏的，其他人的头在我腰部水平的座位里，他们像婴孩那样蠕动着，从包里拿出书本，或低头滑着手机，或捏着一些包装着零食的塑胶袋发出窸窣声，感觉像一家人出来野餐。我在那中央的甬道穿行着，眼球的焦距不断变化，我会看到一格一格座位里不同的脸，有的人会一瞬和我对视，有的则没抬起头，任着那脸像裸体被我快速扫描过去。人类的脸真是各式各样。偶有一两个正妹的脸会像发光体，让我扫过的眼睛，被那构图的光子电到，想停下多解析、暂留，那漂亮的眼梢、睫毛、鼻翼、嘴唇或下巴，但没办法，我的身体仍在这挤满上百位陌生人的密闭空间里，保持一种前进、走动，找寻位置的状态。那极难得的美丽的脸，便会像浮水印，在我脑中的视觉暂留和我其实已走到让她在我脑后的身体位置，形成一种感知分裂。一种遗憾又幸福的想流泪的感觉。

我穿过至少两节这样的，似乎是商务舱的车厢（椅垫是红色绒布，其中一节还有推着小推车的女列车员在帮大家斟咖啡），这时列车仍在高速飞行着，不，行驶着。但之后我走到第十二车厢的尾端，发现它就是这列车的最后一节。我可以看到甬道尽头那小舷窗（而不是一扇打开可以通往下一节车厢的自动门），看到后头快速消失的景色，以及那条磁浮轨道。

这是怎么回事？我上错车了？

这是一辆并没有拉着那么多列车箱的高速火车，并没有我手中票卡写的那节“27 车”。也许我买的并不是这样的高速火车的车票，但我立刻想，不，恰好相反，我内心的着急，代表我买的正是从我上车的车站，到台北，只需半小时，中途无停靠站的最快速列车。但我脚下站着的这列飞驶的火车，此刻已慢慢减速、广播报出这一个停靠站，只是许多个小站其中一个名字。于是我匆忙下车，待列车开走后，我才发现自己犯了更大错误。事实上我原本该搭的那列高速火车，根本不会在这月台停靠，事实上它跑的原本就是另外一个封闭，和这混杂了对号快、通勤列车、慢车的铁轨，完全不同的另一条轨道。

我发现月台挤满了人，可能是连续假日收尾后，买不到票却急于搭上车返回台北的人潮。空气中一种蒸腾的汗腥。

这个车站往月台尽头走，奇怪并没有围栅区隔好，铁道旁极近处有老妇坐在一小泥炭炉边用鹅毛扇煽火煮水。一些肮脏的小孩在石砾上的短草上追打嬉玩。一旁有个锈铁盆里积着浮着七彩油光的黑水，我注意到漂浮的一些小黑球，竟是一些被拔掉身躯和翅膀的苍蝇，有一只癞皮狗垂着奶袋伸舌啜饮那水。铁轨则像被兀鹰叼出的动物肠肚的巨大化，以奇异的弧形编织着。

我走回月台，混在人群里。有一对年轻的情侣拿着书来请我签名。他们非常激动、害羞，而我也维持一贯这种场面的腼腆。所以，我是个薄有名气的作家喽？

但很奇妙地，我沿着那小车站（很像猴硐、十分这样的小站）的月台，走下铁轨，没从票口出去，而是沿着那卵石堆高的长长土墩走，之后钻进一片竹林，有一排透天厝，沿着山壁，一旁有些穿胶鞋围着兜裙的老人老妇，蹲着宰杀鱼只，用水冲洗，锅炉蒸笼，阵阵炊烟。这一切不是梦境，而我却好像活在一个即兴的，随时发生预期之外景象的电影之中。我走进一幢里头摆了十来桌宴席的，一幢刚盖好的透天厝。地面还是深灰色的水泥，尚未铺上地砖。很奇妙地，我在其中一桌，看见我的妻子。她的表情像“圣母恸婴图”里那个玛丽亚。我的意思是，她身旁坐着的一些女人，像是以她为中心的一些侍女，或辈分较低的学妹，她们脸上都带着种“安慰者”的慌忧。我拉开其中一张塑胶板凳坐下，我妻子看了我一眼，说：“你怎么现在才来。”

这时我有一种，线路乱接，最后意外却可以让电视画面跑出来的侥幸，松了一口气。我不是上错了火车，临时又跳下在这个原本根本没在脑海中出现的小车站？心里忧急的，不，更近于绝望的，是我将困在这好像要很久才会来一班车的月台，且那拥挤的人群，我看是车来了我也挤不上去啊。好像要耽误了原本急着赶去的哪个地方的哪个约会？搞半天原来是和我妻子约在这吃这个办桌宴客啊。脑袋里也觉得什么卡榫、联结处不大对劲。但真侥幸，怎么我人就恰好坐进这一桌啦。但看那些女人们仍在和我妻子喁喁私语，或她们互换眼神，而我妻子仍是一脸苍白忧悒，似乎发生在她身上的不幸是比我差点错过、没赶上这宴席，要重大许多的事啊？

怎么了呢？桌上放着杯盘狼藉已残缺不全的八彩碗里被扯破而支离破碎的老母鸡的腔腹、浸在那漂着油花、枸杞、甘草、参须的它自己的汤里；各人眼前的碗盘堆满了鲜红的虾壳和砸扁的螃蟹鳖；一些汤汤水水的大盘，已分辨不出原本是什么名称的菜色；有一盘我认出是裹粉炸青蛙；另一盘奇怪是似乎类似猪睾丸的小球；这里头只有一盘炸汤圆是完整的，上头洒了一层金黄色像百合花雄蕊花粉那样的花生粉。

这时有个大肚子的女人，从我们桌旁走过。女人们和妻更剧烈的交头接耳。“就是她，就是她啊。”好像是妻年轻时的情敌（与我无关，是她上一任的男友）。我完全不知这是在时光的哪一处渡口？那个仇怨的情结为何如此强烈？

但我知道这孕妇要从那门后，走去厕所，必须走一段非常险陡的阶梯。遂站起身，那时和妻对了一下目光，她说不出怨恨或哀愁，像瞳晕里的蓝色素，慢慢朝外沿扩散。她说：“好啊，你去。”

那孕妇处于绝对弱势，我看着那屋后沿着山壁蜿蜒而下的极窄的阶梯，仿佛通往极深的渊谷。遂将她背负起来，不理身后诸人，小心地一阶一阶往下踩。女人的大肚子贴在我背脊处，软软的，像背着个轻轻摇晃的水袋。

这总是非常难以说明。

我们围坐着，桌子的中央放着一只小猴子，它的眼球中央晕开像无数金针那样的辐射光圈，但很怪那个配置，使得它的脸露出一种老头的狐疑、不信任的表情。当然这样的对位，让我想起从小听过的，中国人吃“猴脑”的残酷场景：据说他们是把猴子脑壳一半箍锁在圆桌正中的一个洞，猴子的脸、身体、挣扎的手脚就在桌下。所以猴子会看到围着它的一些人类并坐的腿。然后他们在桌面上，用小锯子锯开猴的上半头颅骨，那自成一碗盅，里头塞满的白色、粉红、油亮黄色的脑，就是不用蒸煮、自体温热的美食。他们拿着汤勺，将那活生生的猴脑，匙匙挖舀进自己面前的小碗，开始品尝那个新鲜、绵细、滋味浓郁的豆腐般的仙品。但这故事传递时，那说不出的阴惨恐怖，正在于你想象那桌面下的猴，必然会发出惨绝人寰的尖叫吧？或剧痛（自己的脏器，不，大脑小脑正被人挖走）造成挣扎使桌面震跳吧？难道这种围坐着享用美食，美食本身的痛苦，也设计成进食的趣味之一？

不，不要太快下结论。什么这个文明就是变态残忍的传统。那立刻会有人捍卫回嘴，那法国的A片还有一种对着镜头，将一个美女活生生用各种剪刀、锯子、锉刀、钳子，开膛破肚的类型呢。这个“猴脑宴”的设计，将猴子箍住脑门的方式，怎么就让我想起美猴王的紧箍咒呢？这群人围坐着一汤匙一汤匙挖着猴脑，啧啧品味时，会不会有一个幻觉，他们越过了文明的某条边界，此刻他们自觉化身成玉皇大帝、如来佛祖、太上老君、王母娘娘、观音、二郎神、托塔天王，甚至有个最唯诺小咖的就是唐僧？那一口口咀嚼用舌舔吮的猴脑，咽进咽喉是否就是将这猴子，他翻滚、穿梭所见所记下的文明史，像电脑随身碟那样“灌”进这个吃的人的大脑里。猴子一路冒险，看到的人世苦难、战争、愚痴，或某些人情美好的时刻，那个野性、顽皮，收摄于猴脑里的记忆档，可不是这些仙家官员能凭己力得到的经验值。在电脑网路还没发明，还无法作大数据资讯移转的辰光，怎么办？吃了它的脑！

我们此刻围坐着，桌的中央放着这只小猴子，不，应该是拴着，一条铁链带着铁环拴着它的左脚，铁链穿过桌中央一个圆洞（原本应是插一把露天酒吧的大遮阳伞），垂到地面钉锁在水泥里。

我，老派，西特林，大小姐，胖女孩，胖女孩的母亲，还有许多个夜晚我曾在老派的酒桌上，一面之缘，听过他们故事的老家伙，我们的脸上，都带着薄薄一层惭愧，或羞耻，好像不该这样看着那猴子赤身裸体（他的性器那样坦露着，竟超乎想象的硕大）站在我们脸部同高的水平位置。为了化解那个尴尬，在座的男性，都掏出自己的烟，点火，抽将起来。

老派哈哈干笑一声，说："这就是美猴王吧？"

我想，这真是难以说明。

在座的，我是外省人，我的脑壳如果剖开，里头有一大坨的大脑皱褶，都是记忆着我父亲的故事：永和老家庭院里的梅树、桂花、杜鹃、棕榈、枇杷树、九重葛；父亲光着赤膊在玄关阶梯晒书、拿鸡毛掸子把翻开书册的灰掸去，然后放在那一叠叠书堆中。他的逃难，港口如蛆虫的人群，侥幸能和那些胳膊、扁担、绳绑的皮箱硬角挨挤、登船。他的老家，我的爷爷、奶奶。他跟我们说解放军过江、"南京沦陷"那天的肃杀、恐惧，人人挤在港口想逃。到处都是溃散的国民党军队散兵。然后他逃到定海，那里更是大批的溃败部队，人心惶惶，所有人原来的身份都散碎了。谣言漫天飞。走私烟、米、鸡蛋、面粉……时不时有人被绑去枪毙，但人们更大的焦虑在于身份证明，能否拿到船票。

然后是他死去的那晚。啊可以在丧棚摆板凳开讲，讲他这生的流亡故事，讲个一千零一夜。但另一部分，后来我听到的，我父亲这样的外省人，来到台湾，那流亡颠沛、"失去家国"，成为孤儿，这样从二十岁到七十五岁中风倒下，时间的背面，和他一样口音的人，我不知道是怎样的人，穿着黑衣，在岛上戒严，逮捕那些藏在城市小巷阁楼、市场、学校教职员宿舍、小镇的木屋，甚至山里的不同意他们的人。或是，说着他们听不懂的闽南语的人。然后成为秘密档案里中性的名字，被枪决的人。这个叫作“白色恐怖”的幽灵，以一种说不出的乖异、阴郁，蛰藏在我这样的人的大脑间隙。使一切的故事都带上亮跳的灰影。

这是一个“恐怖箱”的游戏吗？我记得前一晚，我在YouTube上，看到一集那个低俗、流气的家伙的综艺节目，他们摆了四个像水族箱的方玻璃缸，上面和周边三面遮住，只留一面恰可以让电视机前的观众看见那箱里是什么。然后要四个艺人（他们看不见箱里有啥）伸手进那恐怖箱捞出一只乒乓球，这有时间限制。那四个箱子的设计，分别是：一堆死蛇；一个光头家伙嘴里衔着乒乓球；一盒冰冰的粉条；最后一个箱子堆满那种洗碗刷锅的钢丝团。出乎意外的是最后一个要把手伸进钢丝团小球箱的女艺人，她整个崩溃，手一伸进箱内立刻像触电弹出，不断尖叫、泪流满面，你看得出她和其他人的惊吓模样乃为了节目效果之夸张不同，她是真的无法判别手伸进那未知之箱里，那刺刺的、丛聚的、鳞片般冰凉细碎的，是什么东西？后面的一组，恐怖箱里则放着：一箱子电池电力各自在举手的招财猫玩偶；一个戴着洗碗手套的人手（他会乱摸伸进箱内的手）；一坨鸭血；最后是布满了假发，然后在箱内装了小电扇吹那些假发的箱子。果然也是前面的男女艺人都在脸孔扭曲的狂喊尖叫中，终于把他们箱里的乒乓球拿出，但最后一个女生，几度伸手进那风吹头发飘拂的箱内，近乎崩溃、歇斯底里，像心智被摧毁的死刑犯，整个瘫软在那箱口。

我想说的是，在我们这个时代，恐怖被藏身在光纤电缆的巨量讯息传播里，同一个夜晚，我在 YouTube 上，看一个叫马未都的北京老头的视频，他用一种随意漫谈说古董（事实上他这个视频节目，主要就是在漫谈着一些古董文物的知识和讲究）的方式，说着古代酷刑：凌迟、腰斩、五马分尸，乃至赐死自刎……他说这些时，表情平稳闲淡，因为有一种年代久远的对这些皮影戏般古老时光人类在其中荒谬、怪异、残酷，皆被回忆的情感筛滤，变得有种庄重，甚至威严。然后我还会看一个叫《罗辑思维》的视频，那个叫罗胖的主持人启动那些古代“故事”的钟表机括，更是天女散花、漫眼繁华。他说的可多了，但这几晚我特别是看他说南明政权崩溃的原因，那真像数百条皮带缠绑着一架快要散解的蒸汽机，而最后那些皮带悉数断裂，那种缠缚固定住的老机器，终于还是支离破碎地崩解了。

我很难说明这些视频，影影绰绰，在某个夜晚，混杂着让我感到一种人类文明的烟花、噩梦、庞大或虚无的感慨。但那些像玻璃碎片的恐怖意象，比潜意识制造梦境还要规模庞大地摄进我的眼球。

仔细说来，这都是我们这个时代的虚空幻影，就像古代皇帝秋狩围猎，那些骑马带着轻装随从，在落叶纷飞的淡金光辉中疾奔，眼球瞳距的收缩，张弓对着翻窜的梅花鹿或獐子，任何流动的美丽光斑，射出箭镞。我们这时代，所有对恐怖的不祥预感；或逃离危险的欢快；或解构体会一个远大于个人心智规模的战役、政权的崩毁、错误战略的大屠城；卷在其中的那些大名字，各自性格的缺陷，乃共同肉搏形成的残酷、死灭、恐惧、哀愁。这一切都投递在一个网路的 YouTube 上，任何一个人在任何一个晚上，可以像一个疯狂工匠的幻想——像一座城市那么大的琴，它内侧的琴键或簧管——但你好像看见自己的手，以一种视觉不可能的里外错置，伸进自己的头颅，插进自己的大脑，像拨琴弦在上亿条光纤中拨寻。

是的，那就是我们这个时代的“恐怖箱”。

我看着桌子中央的那只小猴子，眼皮低垂，但时或从那细缝偷瞄一下围坐的我们，那像溪流波光粼粼闪闪的眼神，说不出是涣散、阴郁，或无辜。他在恐惧着吧？他在想我们任何一个人的手，会像伸进恐怖箱，什么时候猝不及防伸进他的大脑吗？

然后我的鸡鸡破了，很长的一段时间，我出门前都要先坐在书桌前的靠背椅，撩开裤，替那裂开一枚五十元硬币大小，鲜红还带着淋巴液的鹅口疮，敷上白白凉凉的软膏，像大姑娘绣花那样细致的盖上小纱布，然后用一条条手术胶布将它贴固定。几乎走下我家那公寓楼梯，穿过巷子到大马路，这样一百公尺，就让我痛不欲生。那段时间，我的头脑总是一片晕黑，很像电脑主机遭到病毒侵入。许多个下午，我坐在皮肤科那狭窄黯黑的候诊长条椅，和身边这些不知是身体哪里长疮、皮肤哪里溃烂的哀愁人物，一起等待医师的叫号。那个鸡鸡上的破洞一直无法愈合，好像有一批肉眼不见的金属机械虫，在那洞里像矿工不断挖掘，愈凿愈深。我这样的“裤裆里有一个破洞”弄得自卑、羞辱，梦游般低头重复着把药膏涂上疮口，好像不是为治疗，而像用石膏在填补教堂墙壁的破裂。

怎么说呢？那种“身体轴心空了一个很深的洞”的残障感，

和手部或脚部截肢的不完整感、幻肢感，身体重心偏移的感受不同；也和古代阉人整个男性荷尔蒙分泌中心被切除的尖锐阴郁不同……那个鸡鸡上的洞，很像一个活物，每天都往你不知道那是什么境地的，反物质或黯黑宇宙，那另一个次元，灵活蹦跳地再长大，深入。或许猥亵一点的家伙会这样羞辱我："你就是在一个男人的屌上，又长了一副女人的屄。"于是它好像有对淫荡男子惩罚或报应的意味：上头的那杆鸟枪，总在枪入那些可怜女人被掰开的腿胯，现在好了，让它下方一公分处的睾丸中央，就裂开一个像女人那神秘、创造之源的开口，而且它不断深陷，好像要朝内钻出一个阴道。但不是的，我的感觉是，它很像遥远星宇之外的某种外星文明，他们发明了折叠时空，在虫洞中跳星际飞行的技术，他们总将长途跨星际旅行的出口，远距投到某个星球之上，但可能是——我太幸运了吗——他们将这个穿梭宇宙的虫洞，时空旅行的出口，不偏不倚地投射到我这个地球人类的鸡鸡上。这他妈的你这开在我的额头上（就变二郎神的第三只眼?）或胸口（就变钢铁人?）或肚脐（就变蜘蛛精?）或脚踝（就变阿基里斯?）或背脊（就变有翅翼的雷震子?）都好，但为何那么恰好就开一个小窗洞在我的鸡鸡上?

这件事我还不敢确定。譬如说，有一天，那个地撼天摇，上万艘的三体舰队，或其他更高系文明的侵略者，从我的鸡鸡洞列队而出，你可以想象那就像漫天神佛、金光灿烂从我睾丸的洞，一柱强光投射而出，炸裂迸开，完成虫洞的质能传输，然后宣布占领地球? 或者是，这个不幸的秘密被美国 NASA、国防部、CIA 或传说中的星战计划小组！那些疯狂科学家、星际探险团队知道了，他们会不会把我抓走，将我的鸡鸡破洞当成往几百万光年外的星系投掷探勘太空船的入口？

我带着那小猴子跑跑跑，背后听见老派喊着："别让他跑了！"但其实他们追不上我，老派的喊声只是让这街原本融于黑影和灯泡光晕之界的人们，从那些小店里探出头来，看着我，好像我是随机抢劫的瘪三。那些摇晃晕糊的人，会不会伸手抓我一把，或伸脚绊我一下。但其实我从那阶梯跑下，我意识到这整栋建筑，像个罩子罩住一条时光倒流的破烂十字街，这里原本应是个传统市场，最角落的铺位原本堆摆着铁格鸡笼，里头关着黑、黄、白、棕羽毛斑斓的待宰鸡只；或有一摊应是案上铁钩吊着肢解的猪心、猪肠、血淋淋的猪肋排、或一只腻白还没烧火的猪后腿，案上便放着眯着眼缝的大猪头；或那放着一个个时期的大玻璃糖果罐、饼干盒、塑胶公仔、旧电影海报；有的则堆着大小普洱茶饼、沱茶，或易罐装的台湾老茶。

时间在这里变糊变稠了，我怀里的小猴子，变得奇重无比。我低头看看，他成了一种复视、影绰的形象，像吴哥窟壁画上那些婆罗门和天神的群像里的猴头人身。但一晃眼，还是满脸惊恐、毛茸茸的小猴子。有一只手从那其中一个框格伸出，把我们拉了进去，那像是在无数盘旋鸟群翳遮的乱影中，被拉进一个更昏暗的处所。在这个小格铺里，几乎是脸贴着脸，我看见一个头顶光亮，唯耳际上各有一小块白鬓发，满脸笑意的老头。

他说："这是个好猴子啊。"

破鸡鸡超人大战美猴王

破鸡鸡超人跟着那红袍胖子，穿过一个古代的花园，亭台楼阁、松柏葱郁，远一点的小湖上还停泊着画舫，他们几乎像小跑步那样，在蜿蜒的廊道快走。然后走到一处空旷地，那儿像“小人国世界”排放着一座座缩小比例的中国宫廷建筑木造模型、飞檐峭壁、栩栩似真，每一座模型约半人高。每处细节无不讲究，他突然发现，这些木雕模型，不正是他们所在的这座紫禁城吗？他们刚刚满头大汗穿过那些回廊、所经过的风景，仔细辨识，可以在这木雕群阵中找到。

然后他看到一个穿黄色龙袍的瘦削青年，专注地拿着凿子，在修改其中一幢木雕的瓦檐。

红衣胖子朝着这青年跪下，他也只好跟着跪下。

“启奏皇上，奴才替您，把那可替咱们解气的人带上了。”

那个年轻的“皇上”，继续专注在他的工艺劳作中，理都不理他们。

红衣胖子拿小手绢擦擦额上的汗，好像也没多严格的礼制，自顾爬起身，陪笑地挪到那专注在自己创作的人身旁，小声说：

“王恭厂爆炸案的元凶，奴才已逮捕到案，现收押在内务府，就等皇上亲裁。”

那个年轻皇上，这时开口，声音细细瓮瓮的，感觉比这个胖太监，更像太监。他说：“天要罚朕，是‘来自未来的人’？”

“是。”

“那你倒是跟朕说说，那未来的世界，是怎样的一个境界？”

破鸡鸡超人跟这年轻皇帝，说起蒸汽机的发明、飞机、火车、汽车，他花了些时间讲述电，因之有了电灯、电视、电冰箱、电梯，然后他要讲述后来的世界，动辄五六十层、七八十层高的大楼比比皆是。于是他说起“现代城市”，喔，后来人类发生了两次世界大战，于是他又描述那些杀人武器的演化：坦克、机关枪、战斗机、轰炸机、潜艇、航空母舰，还有集中营和灭掉整个民族的大屠杀。当然这第二次的大战，结束于两颗原子弹，他跟那听得目瞪口呆的爷儿俩描述广岛原爆的景观，蕈状云数十万人瞬间蒸发，所有建筑全像被飓风扫成灰尘，那些金属全被融解成液态。

然后他开始解释电脑的发明，喔，他想起插入讲了一大段电影，电影工业，从卓别林，到好莱坞、西部片、战争片，到楚浮、高达、雷奈、黑泽明、柏格曼，然后《超人》《魔鬼终结者》《ET》《侏罗纪公园》，然后《世界末日》《变形金刚》《X战警》《蝙蝠侠》《蜘蛛人》《复仇者联盟》……接着他开始解释网路的发明，手机进化成智慧型手机，人们活在一个数亿倍于真实世界的网路世界。

他看到那年轻皇帝满脸是泪，那红衣胖子也听得眼歪嘴斜。

然后那年轻皇帝说：“朕即位时，才十四岁，先帝自即位到大薨，不过一个月。所以有所谓‘红丸案’。先帝一生，不受太皇帝喜爱，时时想换去先帝太子之位，扶福王续祧，与朝中大臣对峙，不惜十九年不上朝、不祭庙、不批奏、不出宫。是为“国本之争”。至太皇帝崩，先帝即位，福王之母畏惧惩祸杀身，献六美人予先帝。先帝先有惊悸之症，后又耽溺女色，即帝位三十日而晏驾。朝中大臣，不恤朕与先帝贵妃西李之母子情，将西李逐出乾清宫，并将朕之乳母容嬷嬷逐出宫。此为‘移宫案’。想历代君王，未有如太皇帝与朕，父子这般苦命者。”

破鸡鸡超人只觉得这年轻皇帝，讲得嗡嗡轰轰，咬文嚼字，说不出的暗影、仇恨、恐怖，编织错缕、乱针刺绣，缠缚在一块，那包括他祖父的、他父亲的、他的，阴鸷而苍白的脸，那些鸡鸡歪歪的朝中大臣，好像真有那回事的争辩，那延展而出的江山，明晃晃日照下的田野，那些卑屈可怜劳动着的小人儿子民，那些漕运的盐商、沿海的倭寇、北方千仞墙关外，雪白光辉的后金骑兵……那是一个栩栩如生的世界，但又像被虫子钻满、蛀蚀成一条条孔道的烂苹果。那些大臣们，用雕琢排砌，每个字都有颜色，有内建的机括、意义，如钟表齿轮衔扣，那数以万计的奏折，将天下描述成他们言之凿凿的那个天下。圣上啊您千万不可当那对不起太祖皇帝成祖皇帝的不孝子孙啊。但谁不知他们在宫廷影子的那一面，结党营私、剥削百姓，繁殖自己的族姓和门生。他们就是蛀坏了太祖皇帝留下的那片皇城的虫子。他们让我大明政权，成为没有灵魂、没有影子的躯壳，只有每一处孔窍发出那嘁嘁促促的虫鸣声。

“所以皇上才沉迷于自己木工雕造的模型？作为帝国梦之核心，最明亮干净的原形？”

“梃击案。红丸案。移宫案。他们弄出这些影影绰绰，太皇帝与朕，父子背着甩不掉的魅影。仿佛我们朱家，有一条灭噬自己的遗传基因，历朝皇帝，都像接棒者，每人加上一些毁灭自己的创意：昧于后宫、沉溺炼丹、纵欲贪欢、短命、暴躁易怒、任用权阉、杖杀大臣、暴敛横征，或满脑子灌水喜欢戎胄出征、杀宫女、杀自己兄弟、杀自己子孙……这个王朝的故事，已经被移形换位，像高明赌徒搓牌洗牌给偷换掉了。你想想，你若是我，你想不想抢回重新说这个故事的权力？”

破鸡鸡超人说：“想。”

“但是我们无法找到真实世界与我们梦想中描述的那个极乐世界之间的通路？亭台楼阁、殿宇森森、农田阡陌、行人如织、络绎不绝……破掉的江山，我听说有补锅匠，有修复蚀坏之书画的艺师，有修补刺绣破绽的织工，有把碎缺瓷器嵌回原貌让人看不出弥缝的鬼神技艺，我就想，有没有修补故事这样的人？”

红衣胖子插嘴：“圣上……”

“我听说唐太宗赐玄奘御弟，使其西行，起因即为了修补他的噩梦。因为听说西天之经，可以有一将离散崩解的世界，定着在一最初时光，一切光彩熠熠、笔墨犹新，结构严密之妙法。”

“圣上……”

“王恭厂大爆炸，那个故事的破洞已侵近朕的梦境了。”

破鸡鸡超人在那个黯黑的地底之穴洞见到了美猴王。那里真不是人间之境，很像电影中看过的，地铁轨道再下一层的废弃地下水道；或是一座温泉浴池下方的地窖。红衣胖子手中的鲸鱼油火把，那火光照亮了被铁链缚绑垂挂的美猴王的脸。那真惨酷！他们已把他的眼皮、耳朵、鼻子剪掉了。破鸡鸡超人想：这只是摄影师的作品。譬如那个集中营弃尸槽，堆着上万具赤裸的白色尸体；或是乌克兰大饥荒；西班牙大流感；蒙古草原上一女囚被关在一只木箱里等候慢慢饿死；日本轰炸机炸了上海一处妇幼医院，一个婴孩奇迹地坐在焦黑瓦砾堆……更多的惨酷时光，那些摄影师像第一只苍蝇诧异地飞到那空无一人、无人目睹的场景，像从木板墙壁上凿穿第一个窥视孔。一百多年过去，愈大批的苍蝇嗡嗡嗡飞到失序的死亡现场。人们不那么容易被惊吓了。或者说，那变成一个塞满“感觉”，无数窥视孔的世界。红衣胖子和他的手下们，能想出的虐整威胁他们主子的江山的手法，就是在一完整的人形上凿洞，破坏它本来的形貌，刮下皮肤或外表的一些器官，弄得鲜血淋漓。或是一种经验法则的对“疼痛”的理解：剪开你的皮囊，用铁钳拔掉你一颗颗牙齿、一枚枚指甲盖，让你鬼哭神嚎，在破成碎片的过程，屈服、恐惧、认罪、忏悔。但这实在是缺乏想象力，不，那是一个个体和个体，只能直来直往，一个人能兜在手上的经验，就是他一生能经验的全部。他不知道会有“影分身术”，以无数分离出去的影子，去盛装接收像虫卵繁殖的“全部的感觉”。如果红衣胖子活在后来的这个时代，他的想象力不会局限在，对一具孤独的身躯，施以这些残酷的凌虐。

破鸡鸡超人说：“大圣。”

美猴王说："噢，是你。"

红衣胖子说："你们原来认识。"

破鸡鸡超人说："大圣，你躲到这个时代，你以为曲拗再曲拗的暗影可以让我找不到你。我的搜寻引擎一打开，你就像一颗苹果放在一幅黑布条上那么明显。这些二维人保护不了你的啊。"

美猴王说："我以为这段时光的暗影、密度够大，可以拖缓光速的飞行。"

"大圣，这次你真的算错了。"

"好吧。该死的破鸡超，我真是被这些虫洞旅行解离得好累。"

于是，从那红衣胖子的眼中，他看到那个"来自未来者"变成无数如鹅毛飘坠的大雪，但很怪的是那些雪片是边缘镶了一圈白银的黑色，那个黑，似乎将他眼球习惯的事物景像的立体层次，全无声地吸光。他的眼前塞满了翳影，包括那个被炼在刑柱上的"美猴王"，那个"来自未来之人"，包括他自己，身后的宫殿禁卫军，全变成剪纸剪下的黑影，扁扁薄薄一片，仿佛眼球被摘下，扔到地板，汁液流失，塌瘪成一层薄胶，和原有的整个世界失去联系，独立在没有连续动作的、一张黑纸片里。他想起那被他寸磔的左光斗、杨涟，那些满嘴圣贤之道的东林党人，他一直瞧不起他们，那些啰嗦累叠的奏折，那些像穿了百宫服色、挤眉皱眼的字句；他们瞧不起他不识字，但他们伏案自嗨写的那些豪华文章，每日像尸衣披晒在他的书房儿上，他让那些自小读书的孩儿们，跪着读这些离真实世界好远的奇怪奏折，像戏班舞台上没半个角儿上场，那琴师抑扬顿挫的二黄。皇上啊，这是先皇一生惊悚，交给您的江山哪。那么老的一些老头们，像小娘们哭闹撒娇。他们不知道他到现在，整个人的存在、思维，仍是拿着骰筒盖住的骰子，哗啦哗啦摇甩，不可测地翻跳，摔滚，一揭一掀，北方的袁崇焕，南边的戚继光，谁是豹子，谁是幺瘪，谁搞他，谁在那明晃晃的驿道快马急鞭给他送来情报，这六个各有六种可能的乱数，比那些披披挂挂的奏折，要任意自由、穿梭飞翔在皇上和这个帝国之间的控制心术。但现下眼前，这一切都停止的，黑色镶金的鹅毛大雪是怎么回事呢？那个怪咖，造成王恭厂大爆炸的魔头（现在听这“来自未来之人”说出他的来头，竟是那个说书戏本里的孙悟空），像他曾见过一些道士，用桃木剑刺戟的纸符，在嗡嗡咒语中，凭空自燃——不，要比那强百千倍的光焰，那原本在他眼皮间变成一张黑纸的猴图案，突然像一桶硫磺爆炸那样燃烧成一只光猴。“呔！”然后似乎只有这光猴重新要回时间，虽然像翻书页，不连续，跟一团泥沼沉重的翳影抗搏，但仍变换了几个形态。那像是骰子们在骰子筒里翻跳旋转，没有一粒落停，不可测的神秘时光。但这个“来自未来之人”并没有任何反制，和他与身边之人，停止在那张扁扁的剪纸图画，那张脸带着狐狸的笑意，好像有哪个构件少了？双眼、眉毛、鼻梁、嘴巴，都不缺，但怎么有一种鸡蛋光滑弧形，让人不愉快之感？红衣胖子觉得鼻子呼息的浓稠艰涩感更重了，即使他现在也是一张薄纸，但似乎腔口里的心脏要爆裂了。那光猴的焰火翻跳一明一灭，慢慢像一只垂死挣扎的蛾子。噼啪。噼啪。然后非常怪的，他和他们所处的这个空间，半空中有一些字一列列出现，那也不是用笔书写，也不是刻的，是像骰子弹跳那么快的速度，答答答答出现在空气中。

“你的驱动引擎改过啦？但这个软体程式会不断增殖数列本身，

你跑不动的。”

“你跑到深网的世界啦？看来老孙真的小看你了。但你到底是什么来头？为什么要把老孙彻底删除？这会把所有的记忆档全部清空啊。”

“我也只是一个程式。”

“一个‘孙悟空去死去死’社群的宅男？”

“可能是蔓延窜跑在深网世界的那个‘美猴王’，已经失控了，成为穿越各历史时空的炸弹客，恐攻分子的遮蔽档。我也不知道是谁发明了我……”

冰封

最后一个画面，是台北被冰封住，整片一望无际的冰湖之上，只看见被雪覆盖的大屯山群，还有露出一小截塔尖的一〇一和新光大楼。远处有小小的一列人，跟我一样穿着冰刀靴在滑行，那冰层像琉璃一样，在一种奇异的闪耀光辉后，有一种让人晕眩的螺旋形结晶或玉髓，你会看见下面，那万丈深渊的脚下，一栋栋大楼像果冻里的模型，再往下的街道上，那些车辆前方投出斗篷形的光束。所以这个冰封是在某个晚上，猝不及防的海啸淹没，同时瞬间结冻？你看到许多像冰块里的细泡泡，其实都是被冻住的尸体。那些穿着大衣的女人、老人和小孩。还有整片的绿树，那些叶丛在冰下，像透明水彩晕染出的一团一团色块。你甚至可看到在这片小森林上方，被冻住的飞鸟。事实上，稍微用力观察，会发现每幢楼房的窗前，都洒出一片花瓣也似的玻璃碎片，那被水压挤碎的瞬间就被急冻冰封住，很像眼球将要喷泪之瞬。有一些书本、蛋糕、手机、碗盘、灯具，像撒豆子从不同的裂窗冒出来，但都被冻结在半空。于是我想起我常去的 YABOO 咖啡屋，应该也被冰封在我脚下吧？

我想起很多年前骗过我的那溜冰教练，倒是因为他，让我现在可以在这一片冰原上靠滑冰前进。我甚至可以从这冰层看见下面的加油站、医院、消防队。我想，我的哥们拍出这样的空间，应该是从心底憎恨透了这个文明吧？这样空荡荡的，只听见冰刃的金属在割着冰面的迟钝回音，无法和任何人发生关系和故事啊。我拼命地蹬着脚下的冰靴，感到大腿内侧肌肉像拉门的弹簧，完全被撑开。此刻我在冰面上的时速说不定达到一百公里呢？

这时老派也穿着冰靴，从我后侧疾驶出现。我很诧异他也会滑冰。我们俩现在倒像是在一幢屋梁高挑的博物馆大厅，在那光可鉴人的花岗石地板上滑冰啊。其实整座城市已在我们脚下的晶莹世界里死亡。我觉得很冷，我可以想象不论是死去二十年的 J 写的小说，或那导演拍的电影，都因为某种创伤，让原本我们置身其中的，那些鱼鳞般的繁琐杂沓，各种混淌在一起的臭味，女人鞋底丝袜的汗酸味、小书店那些书页摁上指纹的糨糊味，那些小巷弄后巷排水沟里厨余的臭味……全部变成空洞又干净。有次西特林对我说，人应该是种很臭的玩意吧？你想想我们青少年打手枪射进学校厕所沟式马桶的那些精液，或女人来月经时的那腥味，人不就是这两玩意混成的东西吗？或你想想那尸体的臭味？我想那导演哥们弄出了这样一片“白茫茫真干净”，似乎我鼻翼里的嗅细胞完全不存在了，什么味道都不见了，但就是觉得冷。

老派说："这就是你那导演哥们造船却不航行的理由啊？地球成了冰封雪球？这根本是胡闹。他可能是上维基百科，查了七点五亿年前的那次冰河期，整个地球表面全部被冰川覆盖，日照辐射被白雪皑皑的地面反射回太空。但若真是冰河，那是充满巨大力量的挤压和移动啊，我们脚下所见，不该是这样一座梦中白银之城，而是被冰的推挤力量，全部粉碎啊。"

我说："也许这是所谓的核子冬天啊。也许……那场战争真的发生过了我们什么都不记得？无数蕈状云将一座座城市变成粉尘，上升至大气层，屏蔽了太阳光，这个画面深植在我脑袋里啊。也许我们现在沿着淡水河上方，一路滑冰，穿过关渡平原，我们会看见冰层下上千辆被炸毁的坦克，以及数万具穿着军服、戴着钢盔的尸体。我们从出海口滑出去，说不定就看见翻倒的航空母舰，以及周边十来艘烧焦或折断的护卫舰，但真正形成这冰原上奇观的，是像整批座头鲸尸骸的，延绵至远方的核潜艇，以及身躯较小的十几艘柴电潜艇。当然更远一点的冰层下面，许多军舰也都在更早的战役沉没海底。就像印度的那次核试爆，居然叫'微笑的佛陀'，这名字多美、多变态，多像一切都灰飞烟灭的空寂。也许尺度拉高到超过个体感知的毁灭和灭绝，本质不是恐惧，而是一种平静的傻笑啊。"

老派说："你说得像一大火锅，往里头扔大虾啦，或那种日本帝王蟹啦、冻豆腐或蛋饺鱼饺什么的，所有的甲壳，不是变成艳红，就是灰色，那都是死亡的颜色。这也证明你们这一代人缺乏想象力，让我说，这种等级的冰封全景，不可能是核冬天，应该是像一座喜马拉雅山那么大的彗星或小行星，撞上地球啦，它才可能造成启示录里写的海啸、全部的火山爆发，天空被烟尘遮蔽，所有星星都不见了，以及后来的地球雪球。”

我和老派像在斗嘴一样，但同时脚下一蹬一蹬地滑着冰，我们的眼前，延伸到一片白色烟雾的尽头，都是玻璃镜面那样的，无垠的冰。我们的脚下，是大峡谷般的镜中之城，其实是死灭的时间。这时连我心里都嘀咕，我那个导演哥们，怎么会用这样末日想象力，将那些曾嘁嘁促促说过无数故事给我听的人们，全用冰封印在下面了。我对那些五颜六色、混搅着各种气味的故事怀念不已。但现在那些长满触须、羽毛、鳞片的故事，都只像那些伸长喉咙张开的嘴，喷吐出的一团圆形白雾，然后被冻结在这片银光熠熠的冰层之下。

我记得他刚发生“那件事”时，几个朋友担心他想不开，约了去他家，他果然四五天没吃一口东西，瘦得颧骨突起发亮，两眼深凹。当时有一位朋友和我离开时，在电梯中对我说：“他已经被这个时代废了。”我后来想，历史上这样的被整座锅炉、引擎、运转机械的大工厂抛出外面的“被浪费的人”，何其多矣，韩信、岳飞、于谦、袁崇焕、年羹尧、汪精卫、张学良、孙立人……你说的那些影片，是我鼓励他去拍的。也许整个标题就叫《西游记》。他本来是个了不起的导演啊，但被这整个机械运转抛进了那“不再让你进入时间的小行星带”，一个你身处其中才领会其感受的废弃物漂流群。对了，我记得我们去安慰他那天，座中有一位老导演，或为了将那死灭愤郁的情绪抽离，说起他自己年轻时的故事。不知为何，我此刻对这原为劝慰的故事，记得无比清晰。

他说起他在当“宪兵”时，有一次演习，分成两组：守卫组和攻击组。他们那连是攻击组，那次的司令部设在泰山的“陈诚公墓”。他对连长说他可以独立作战，连长可能觉得这个年轻人猾猾的，便分配给他和另一个麻吉两颗手榴弹，将他们视为牺牲、弃卒、不列入整体战术布局的设计。

第二天是星期天，他买了条土司，将一枚那种德军二战的握柄圆筒手榴弹塞在里头，另买了一篮水果，里头也藏了一颗手榴弹，到台北邮局前。他的朋友是个喇赛高手，很快就把了三个穿制服的高中女生——那个年代，整个台北还非常苦闷、贫穷，周末凡是没有情人的男孩女孩，会跑去台北邮局前的广场晃走，搭讪或等候被搭讪，正常是男生请女生去看个电影，之后去美○○[1]吃个便当，手中的钱也仅只能做到这样——另外他的姐姐在医院当护士，他请姐姐派了一个实习小护士，说是放假，让她来和他碰面，于是他们两个穿便服的阿兵哥，一个护士，三个高中女生，一行人搭公车晃晃荡荡到了“陈诚公墓”山脚下。

他到了以后，听说了那天稍早，他们连里的一批人打扮成老百姓，埋伏在司令官车队会经过的市场，一个卖菜摊下藏着一挺重机枪，用雨布盖着。那司令也很贼，换了不同的车，但整个车队驶来还是很显眼，那批埋伏的弟兄将摊位掀了，扛出机枪架在马路中央，哗整个早市的菜贩、买菜的，全吓得鸡飞狗跳。司令跳下车，大喊：“不算！不算！”说是侵扰到老百姓，这样的狙击算失败了。

1　台湾的西式早餐店店名常以“美”字开头。

他走到那山脚，有一幢公寓，他一抬头就知道他们连上的弟兄躲在四楼其中一间里面，因为整栋楼的纱窗都好好的，只有那一间的纱窗被拆卸了。他们这一伙郊游男女朝入口处靠近，真是层层警戒，十步就一个哨兵，对方也如临大敌。他和小护士走到第一个卫哨，持枪哨兵盘查他们，他说他们只是来郊游。哨兵不准，说今天这里演习，他卢了半天，听到一旁哨所里一个长官说："我看他们老老实实的，应该没什么问题，就只是来玩的吧?"便放他们通行，走到第二个卫哨，听见后方，他那朋友和三个高中女生，正在刚刚的第一卫哨，和士兵起了争执，很怪这次他们不放行了。

接下来的景象，如同电影《绿光》里的山野树林，一片明晃如梦境中的阳光，他们沿石阶梯而上，一旁有片草地，有一排排白铁阶梯座位，司令官和一些高阶军官全在那举行会报，他看到他们连长也在队列中，脸色惨白，大约是他们这边的攻击行动皆告失败。这时他看到两个他连上的弟兄，打扮成警察，从一边斜坡骑上来（后来他才知道他们在警帽下藏着手枪），被哨兵拦下，他们说要赶去那边一所小学，通知一个住宿舍老师，他的亲人过世了，但那哨兵指另一端路，说你们可以走那里，不要经过这，那两个弟兄傻了，只好乖乖将机车转回头。这时又看到一辆吉普车开上来，两个士兵压着一个他们连上另个兄弟，想是另一拨行动也失败了。他和小护士慢慢走台阶到那群军官上方，他不及多想，便从吐司中掏出手榴弹，往司令台那边一甩。然后他拼命往山顶跑（因为这种攻防演习的传统，如果渗透进去的单兵被防守方抓到，那是吊起来一顿痛打），那小护士也花容失色在后头跑。他还不确定自己成功或失败，后来他那带着三个高中女生的哥们说，那时他们趁隙往另一边跑，跑到一竹林边，听到那有几个通讯兵，对着电话机大喊："搞什么东西？司令官被炸了。"这于是证明他甩飞的手榴弹准确地砸中了。

如今想来，那真是个美好的年代。或许是日常生活真的太无聊了。那第一次和他约会的小护士，莫名其妙被他卷进这突击行动，但也不惊不怪，好像就变成他的忠实同伴，跟着他在那山林阶梯乱跑，脸上还带着甜美的笑意，好像这是比看电影、郊游野餐还浪漫许多的约会。

那个司令官可能被这颗从一片绿光飞出来的手榴弹砸懵了，气急败坏，大发雷霆后驱车离开。那时他带着小护士下山，寻到那楼房的四楼，里头七八个弟兄，百无聊赖，坐地打牌。他告诉他们等会司令官的车队会经过，这些白痴连车队之前已进入山区公墓都不知道，他们还把那演习用的手榴弹，尾端绑上一串小鞭炮，等那车队真的开到他们楼下，"快！一定就是那辆！"点燃鞭炮，五六颗手榴弹乱掷而下，真的砸中司令官座车的车顶，噼里啪啦，一旁护卫的小兵跳车卧倒，那司令官气疯了，开门出来大骂："是保护我还是保护你自己的小命啊？"

几个月后，部队移防，他被调去嘉义，连上有个新的弟兄，原本应该是排长的，却没法升，原来就是当时他闯关时，第一个卫哨那哨站里放行他和小护士的军官。这人等于被他害惨了，但他们第一次说上话，这受惩罚的被贬军人说："你那颗手榴弹，真他妈扔得准啊！"

有一些那个年代特有的影像：譬如他说他父亲是"半山"，就是日据时期的台湾人，但伙同一群年轻人潜进大陆，想要加入军队打日本人，在广州时认识他母亲，兵荒马乱也不知是什么情节，两人谈上恋爱，但他们到重庆之后，被那边警察抓起来，认为是日本人派来的奸细，五花大绑游街。之后（对不起他的叙述快转常像默片，人物在沙沙杂频后面快速摆头晃脑）又认定他们是爱国青年，可以吸收进特务学校受训，将来丢回台湾做敌后工作。那个特务训练是男女隔开，他父母填资料时装作两人各自单身，但半年后他母亲肚子就大了。他父亲到后来，还是可以随便用身上药粉调一调，往墙上一挤就爆炸了，他母亲则是学习做春药。之后抗战胜利，他们要被遣回台湾，从重庆搭船到上海，搭了三个月，一下岸到一亲戚家，他母亲要了一脸盆热水，一把梳子，就着水洗头，洗完满满一盆头虱。之后他父亲回台北当刑警，当时发生一件事：他父亲的一个上司，台北市中山区的刑警大队长，有两个老婆（这在当时很正常），有天在家里撞见小老婆偷男人，他就将小老婆杀了，但他说是擦枪走火误射。当然上面有一些查案的程序，但最后这案子被压下，这上司没事。小老婆那边的亲人，或有人在弄出版的，把这事写成一本书，铺到各书报摊，这上司和他父亲有交情，派他父亲去抄查，这书被当作禁书从市面全数收回。他父亲照做了，但心里很过意不去，就辞职带他们一家回嘉义种田。

他父亲因为是警察，常有免费电影票，总带着他去，这所以他从小看过无数电影。很多年后他记起四岁那年，他父亲第一次带他进电影院，所有人都不相信他记得的那些情节。那是一部日本的侦探片，一个脱衣舞娘杀了人，但她是受害而杀人，他还记得男主角带着那女人逃跑，跑进一市场，追捕的警员用扩音器呼叫那男子的姓名，他吓得利用摊贩的物件，遮蔽藏躲。还有结尾，在脱衣舞娘的舞台，所有的舞女戴满漂亮的羽毛，跳着康康舞，这时大批警察来了，要抓女主角走，这些姐妹知道她是冤枉的，各自去堵住不同的门，让女主角独自跳 solo，她穿着一套用香烟锡箔纸做的胸罩和内裤，一边跳那锡箔纸便裂开，台下观众当然想看，所以也加入去挡门，不让警察进来。这时蒙太奇在撞门的警察、堵门的舞娘和观众们，以及台上那女人销魂又悲哀的舞姿，在破门那一瞬，那锡箔胸罩正要掉落，电影在这里 ending。

或者还有日式房舍哩，盛夏时光，那些房间的门框一卸下，整间通的，光从四面八方涌来，他在那木头地板上跑来跑去，他母亲喝斥他，但不知道，这小孩的认知，自己背后跟着四十个女人，那年代有一部片《阿里巴巴与四十大盗》，就是沙漠上一个男的骑马在前，后面四十个披着五彩薄纱的阿拉伯女人，也各骑一匹马奔驰，在那年代，他觉得这场面美不可言。

有一阵他们家搬到台北桥头，他们在二楼，后面一幢楼是“查某间”，他从他们家的窗台，恰好就看到下面她们的浴室。有好长的时光，他就趴在那窗，一边捏黏土，一边看着下头那些腴白流动，盥洗中的女体。有一次，他把手伸出窗外，摸着一条电线，整个在触电的状况手像被粘住了，拔不开，那真的像电影里演的喜剧桥段，他弟弟大喊着想要拉他，也被电击，昏倒在一旁。对面楼下人们指指点点，有个老伯拿一根竹竿，往楼梯要冲上二楼，想从对面用竹竿来戳他，结果跑太急，从楼梯滑下去，连带五六个人都被撞摔下楼，整个就像是卓别林的电影。

老派说：“他那件事，不是已经过去好多年了？”

“他后来沉迷于造船，一种小型的单桅帆船。我想一开始他是对陆地产生一种类似恐慌症的厌弃，他可能对所有在陆地上有关的一切——包括城市、高速公路、电线杆、电波发射台、医院、军营，甚至所有在陆地上走动的人，也就是这些人类在陆地上建立的一切文明——他都想逃离。所以他可能想象一种漂流在大海的状态。有一次他跟我说，其实世界上有许多人在大海上航行，都是用这种帆船（很小的推进器，只用于离港时），那完全是和孤独、极严酷的生存条件、残酷美丽的大海搏斗，随时会丧命的生活方式。有一些传奇人物，后来就在航行中消失了。有时是你在调整帆布时被阵风击落下海，这些老手通常会有个遥控器，落海之瞬要将船舵打死，让它绕着圈子。但若是坠海之瞬昏迷了，没按下那遥控器，船就直直离开你愈行愈远，那在大海之中，只有死路一条。”

老派说：“你好像太被他的故事魅惑，这不就和那些攀登珠峰，或是穿越罗布泊沙漠，或是驾驶轻航机穿越太平洋的冒险家，只有一个想法：找死？”

我说：“不，他后来跟我说的，像在梦境中爬行，那着迷疯魔的，反而是造船这件事。”

“造船？”

“是的，他自己一个人造，他先要在基隆那边的海边，弄一个简陋船坞，主要是，现在都有 3D 绘图软体，先要木模，将这模壳内部，刨平、补土、打磨、上蜡；预留主机或尾轴的管孔，铺上塑胶袋，将一种帮浦塑胶管埋在里头，丢进许多玻璃纤维的小块，然后抽真空，灌进树脂。干了以后就有一个玻璃纤维的船体。”

“听起来还好啊。”

“不，他在这个环节迷失了。他一直以为，这把液态如胶水的东西灌进那个他用 3D 绘图软体测绘出来的木头槽模里，那最后结硬成形的，那透明如冰雕的一个像牛舌的东西，不是船，而是船的过渡形体。那怎么是船呢？它只是一个要把船生产出来的梦境，真正的船应该在这个简陋的形体上，再长出更精微的形体。”

“他觉得他造出来的这些船，不，船的过渡形态，没有办法在海上航行？”

“是的。”

老派说：“你想说什么？你或是你哥们拍的那些影片，或你们的人生，都是一些用橡胶管灌进一个空洞里的胶水，然后永远成为不了船，而只是船的某种过渡的形态？”

我跟老派说，我曾经认识一对大哥大姐，他们对我非常好，一些饭局总带上我，那些饭桌上的人们各个都非寻常之人，他们讲起宋代的造纸，或唐朝骑兵穿的轻铠甲，说的都是历历在目，就仿佛藤蔓枝叶都在眼前，听得我抓耳挠腮。我那时总觉自己坐在一些仙界之人中间。有时我会去买些零食啊瓜果的，就挂在他们家门前，像小动物对它不理解的神明，不知怎么表达它的爱意。但后来他们不知怎么了，非常不喜欢我了，在一些场合相遇，看到我，脸上便露出极不耐烦的神情，甚至我从不同的人那里辗转听到他们说我的坏话。一开始我弄不清自己是做错了什么事？是在哪一次得罪了他们？我可真是手足无措、神魂颠倒啊。有一次我遇到另一个长辈，也是曾经在那大哥大姐的饭局认识的，他说：你怎么变这个模样？以前我记得你是连说笑话都发着一种光辉啊。他说得让我哭了起来。后来我便想：可能不是我有问题，是那大哥大姐有问题吧？

我开始回想一些从前他们应对人事说过的话，或某些表情，我发现好像跟我以前认知的不太一样。也许他们是充满心机之人？权谋之人？这很像一个原本播放影像的程式，突然出现了个裂口，于是跑出来许多大数据，原本所是的那些人和人之间的联结，突然每一个动作都要用那大数据来运算。他们在我心中突然变得非常复杂、言行不一的人。这样的莫名的裂解后的重启大数据运算，使我后来不再相信人和人之间的感情。所有人对你充满善意，向你展现那美丽的灵魂形貌，说些情深意切的话，从头必然有像一整个屋子轧轧运算的庞大线路和电晶体，他一定都有隐秘而错缠的演算。包括一个美丽的女人，一个可怜的家伙，一个对你着迷的人，必然都有一套背后运算的曲折路径。有了这个想法之后，我发觉人和人的关系，不是在一个小圈子、一个办公室，或一个朋友圈，它必须放上网路上那千奇百怪你其实并不认识的人，那像整座雨林里上千万只昆虫，透明的薄翼在哗哗振动，人和人之间的关系，或是你是个什么样的人，是透过这么庞大的、细碎的运算，被感受到。有时我在脸书贴一篇文章，下面有一些我不认识的人留言攻击我，没有理由的恶意，我可以立刻按进脸书的后台设定，将这些人封锁。如此他再看不到我，我也看不到他。这一切只是庞大运算中非常小的一道程式，而非全景。不是你整个人的价值与对方整个人的爱情或厌弃。

老派说：所以你的意思是，你们这一辈的人，就沉迷于造船，但不航行了？

我说：我有时走在我那旧公寓的楼梯，我正要出门，我可以从楼梯间的窗格看到对面的老房子的屋顶，周边的树一片绿光盈满，那时我会想：为什么我的心这么痛呢？是什么东西把我本来的某些感觉挖掉了？我正要走出去的这个世界、巷弄、街道，远远近近的行人，似乎没有东西来威胁我或伤害我，但是，为什么我有一种想起“曾经有什么”就忍不住流泪的感觉呢？

我们走在这样的城市里，然后感觉到世界像那些小草上的水珠，快速地被蒸发掉。我也试图对抗这种“大批的消失”，在脸书上每天贴一则短文，但那个蒸发仍不留情地发生。好像我身边前后左右上下，每一颗小水珠里头包着的一段故事，一个耸人听闻的事件，一群人坐那儿繁文褥节地说话吃饭，都以肉眼可见的速度化为烟气，嗤地消失。我几乎记不起来一个月前发生的事了，那时我坐在一个饭局，座中有个小姑娘对我们说起，现在有一个社会结构的问题，就是许多当兵的，他们是这个社会典型的“漂流儿童”！父母都到大城市去打工了，这小孩就被扔在农村或小镇，一开始可能还有个爷爷奶奶养着，爷爷奶奶过世了，也不见那父母出现，于是这小孩便像野猫野狗自己在那无人理会的状况下，像孤魂那样长大。这样的小孩，他也没有爱的学习，也没有管道知道更多世界在发生的事。

但这一切说着说着，立刻又像颗小水珠被蒸发了。

这都是不久以前的事，现在那些像夜宴图、像陶庵梦忆的那些洒着光焰、女人后颈飘出的茉莉甜香、那些巷弄人家墙沿冒出的紫藤花、黑瓦苔痕上踮着脚走的黑白猫，那些脏污狭仄挨挤在一起的假古董假茶假佛像的小铺，那些永远可以说出让你惊骇故事的老头，或那些咖啡屋烘烤咖啡店飘出的焦糊香，那些因为复古流行剪了从前戒严时代初中女生的短发，但因为穿了露出颈项的白洋装，显得那么美丽的女孩，那些二手小书店，他们穷困不已，却或收藏着精装俄文版全套普希金，或是清代、日据时代台湾地图而臭屁不已。还有一个叫武哥的壮汉，一脸刀疤、眼似铜铃，活像鲁智深现身现代，据说他以前是跑伊拉克战争的战地记者，后来他总坐在永康街一家街角的咖啡屋外面，像个里长，我每经过，他便拉我到他的破车旁，掀开后车盖，拿出一些你也不知为何他车里有这些东西：鲔鱼罐头、什么传奇般的豆腐乳、日月潭的红茶，或肉松……硬塞给我。或是一家不起眼的牙医诊所，那牙医每次都和我谈宇宙场论，谈反物质、反空间，或是佛教的唯识与如来藏……这一切现在都被冰封在我脚下那冻止的时间了。

有一段时间，我很爱在 YouTube 上看大陆的一种“赌石”的纪录片，他们到缅甸的某个小城，那里有上万家的翡翠店铺，里头堆着或大如人头，或大如一只小猪那样的原石，那些缅甸人的脸上都飘移着一种诈欺和阴郁的流光，那些石头动辄上百万，买石的人拿着小手电筒照着那些石头粗粝皱褶的外层，他们会说一些术语，什么水头啊，绺裂啊，这里一道灰质吃进去啊，怕会变种啊，里头虽然有色但可能脏啊，非常细微的，从一个石头的外沿，推敲、盘算、猜测它里头的色彩、种类，那种悬疑、口干舌燥的气氛，像把女人用棉被裹着，让你猜里头的胴体是个风流美人，还是个丑妇。

然后他们将赌定的那颗石头，在一极简陋的工厂，找专门的切石人，用一种大圆转锯边喷水边切开那原石。切石时那锯齿会喷出火星。许多次我看到那切开石头的剖面，像水彩颜料盘的漩混，有糖蜜色，有脏脏的墨绿，有整片柔净的紫色，有时则是一片淡淡的深到里头的绿色。但那些颜色都像冷冻库里结冻的猪肉或死鱼或乌贼，它们好像都在一种尸体的状态。然后有时这些赌石人会激动地喊：“赚了，赚了，这整个水头。”有时赌石人会沮丧地发现里头虽然是满翠的种，但却像冰裂纹一样，全是碎裂。

这时我觉得我脚下的那厚厚冰层，就像一颗无比巨大的翡翠原石的剖面：嫣红奼紫、花青鹅黄、撒花云斑、黛蓝湖绿、飞金泥金酒金，但全是像一层极厚的梦境的玻璃。想到切开这颗原石的人，他想看见什么呢？我脑中怎么冒出这样一堆句子：“玉阶生白露，夜久侵罗袜。却下水晶帘，玲珑望秋月。”

我曾去过这些地方

“我小时候有人帮我算命，说这孩子命里犯水，很容易溺死在水边。这还真的，我大约六七岁时，有一个冬天，和我们那区全部的小孩，都在结冰的湖面上玩滑冰，或是木箱上绑两铁条当雪橇车，让我哥拉着跑。总之，那个冰啊，结得也不是很均匀，靠岸这一大片，厚的像大理石地板，怎么蹬啊跳啊都没事。但靠湖心处的，有些冰层下头结得并不扎实。但有些大孩子是真的玩花式滑水，他们滑行的范围特大，但好像总能不靠近那，像有条隐形的线画着的危险区。我那时啊，也不知怎么了，远远看着一只鸟，蛮大的鸟，头伸进冰层里死了，像个雕像。我就好奇，歪歪趄趄走过去，慢慢离开人群。那些小孩的声音远了。就在手将要触到那鸟羽毛还栩栩如生的一刻，哗啦我脚下裂开一个窟窿，我整个掉进去。很难描述那个过程，我水性算好的，但那可是零下十度的冰水啊，在那十分钟或五分钟，我觉得我是在‘死’的境界里。岸那端的同伴没有人发现我这儿出了事。我独自在那挣扎啊，张口吐出喝下去的水啊，浮着、手死命扒那裂洞的边沿，一滑下去，往下沉，就是一片静幽幽，周遭全黯只有我这有一道光束的水底世界，我心脏都被回收血液的低温冻得缩起来，发疼啊。我一直恐惧地自言自语：‘我要死了。我要死了。’事实上，我们那小城，每年冬天，都一定会有几个小孩，在这样冰上玩儿的时候，掉下去，人就没了。”

“后来呢？”我问，但旋即后悔，听这种故事最傻逼的，就是问“后来”；如果那时她挂了，那现在是谁在跟我说这故事呢？

“后来我也不知是什么神奇力量，总之我竟然自己爬回那冰上。原本靠岸边那群小孩，我的玩伴，全不见了，没个人影。大约是有人发现我不见了，一害怕全跑回家了。我在那死而复生——感觉那湖下有个吃小孩的魔鬼，已经一口把我吞下了，味道太差又吐回来——的冰面跪着喘回了口气，走回岸上，又不敢这样回家，被大人打死了。我就这样全身湿漉漉的，一直发抖，在那小城的工厂旁啊，人家的门口啊，晃着。那个天气很怪，是有阳光的，但气温是零度上下。我就那样把衣服风干、晾干，才敢回家。回去后发烧躺了一个礼拜啊。”

“真好听。”我说。那时，我以为，我每回在大陆，遇上一个哥们，喝个两杯，都可以听到这么一段如梦似幻的故事。

“我们那小城啊，九〇年那段时间，一些砖造的工厂，像刘慈欣写的《乡村教师》里的那样，天空总是灰蒙蒙的，可能全城八成的妇女，全在那些砖造房里的工厂鞣皮啊、缝线啊。那时咱们城最高的建筑地标呢，是栋人民医院，它医院后方有个池塘。那池塘呢，可能医院里一些过期药剂啊、清洁剂啊什么的，全往那池里倒，臭不可闻。那个臭，是化工剂料强酸的臭，不是厨余鱼肉蛋白质腐蚀的臭。当时也有不少妇女，可能年轻女孩被男人骗了，也可能是妓女没小心怀上了，跑去这唯一一间医院打胎。那是违法的。但那医院，或说那年代，也没个处置这些打掉的死婴的流程或有人来收什么的。他们就把它们倒进那池塘里，那些死婴会像皮球撑饱了气，浮在黑呼呼的水面上。好像也没人当回事。时间久了，被蛆吃了里头的内脏，可小骨架也塌了散了，就剩一坨小人形的深褐色的皮。我们小孩那时也不懂，找了根长竹竿，去池塘里捞啊戳啊，刺起一枚那样塌瘪的小死婴皮，就举在竹竿顶端，像举着旌旗那样大街上嬉笑追逐。现在想来，觉得真恶心。”

那算我从二〇一一年左右，开始有机缘到北京的第一次还第二次吧？距这之前最后一次到北京（和新婚妻子的蜜月旅行），一九九六年，中间隔了十五年。也是我第一次认识、遇见大陆这边的“文化人”：出版社的、文化记者，或南边某间大学的老师，他们同时也都是作家，年纪约小我几岁，或小十几岁。我搞不太清楚状况，但感觉好像“出书”这一块，在大陆，正兴兴轰轰，充满传奇和可能性。事实上他们做了许多事，翻译了许多对我来说不可能的国外哪个大名作家的小说或哲学书，这在他们来说，好像也气定神闲。我被找去一家叫“湖广会馆”的餐厅包厢，他叫了一整桌油光潋滟的菜。他对我介绍这当初是李鸿章为照顾两湖两广读书人，进京赶考时，不需在车马颠簸后还忧烦人生地不熟，吃住皆有个照应；他拿着一瓶酒，说这正是李鸿章家乡的名酒；他介绍着那一道道有着古代感的名菜，它们各自的身世和讲究……那让我恍惚，觉得此情此景，是我童年记忆里父亲那辈人的做派。在台北，到我这辈，基本上极难得有这样的杯觥交错，圆桌攀叙一些老辈的风流逸事，或一桌人低声暗着脸，说起政局风向，一些可靠的消息，谁谁上了哪个位置，而他又是谁谁谁的人，嘁嘁窣窣，阴阳乾坤。同时夹菜、咀嚼、剔鱼骨、饮茶、敬酒。眼神整桌巡梭，适宜时说个与进行话题呼应之笑话。我们好像都习惯在咖啡屋或酒馆聚会像洋人那样在背景音乐中小方桌哈啦了。感觉在某个时光，就失去了这样的吃大圆桌应酬的教养了。或那辰光整个大陆，都在一富起来的初启年代，生意实在太好，感觉各包厢都坐满了人，端菜的服务员女孩哪道重头戏的菜一直没上，主人非常焦虑地催了几次，最后还是没上，他们就非常认真地发火了。“怎么回事呢？不是，刚刚就是你这位姑娘，一个小时前了呗？这太离谱了嘛！”就连那样在餐馆被怠慢，被不尊重，那个怒气地撑起，必须亮一趟唱功台词，这都像我记忆里的父辈。

有一次，在一个酒馆，听几位已在大陆“跑”（这个词怪怪的，同义字应该是“发展”）了许多年的哥们，说起种种像《天方夜谭》那样不可思议的事。

有说，几年前真的在北京发生的事，在一条也算闹区（譬如香港尖沙咀啦，或台北的永康街口）的街角，有一天，这个店面被黄胶带围起来，有工人来施工、装潢，约搞了一个月，招牌挂上，是一家也很有名的银行分行。簇新的柜台、后面穿着制服的年轻女柜员，背后跳着世界各国汇率的液晶灯箱，经理、襄理、各自在堆满文件的桌上忙着，数钞机的哗哗声，电脑抽牌叫号的声音，门口的保安警卫，侧边壁面上四台 ATM 提款机，坐在等候椅上的那些大娘大爷们。总之就是像雷诺瓦画作如果有一幅“北京 ×× 街口的银行大厅”，就是那个景象。

大约两个月后，有个礼拜一，要去银行办存票或转账的居民，到了这银行门口，欸，铁门拉下。又过了几天，还是像鬼屋没有半个人影。报了警，一查，这家 ×× 银行说根本没有这个点的这个分行。也就是说，这两个月，栩栩如生，包括经理、柜员们、警卫、温柔笑着拿纸杯装水给你帮你办大笔外币定存的小姑娘……全是分工的演员，他们是一整个诈骗集团的成员。据说这一案，他们吸金卷款了几亿人民币。根本没处追回这些像《聊斋》一般，幻化成一缕烟的狐神花鬼。

说实话，这正是标准的卡夫卡城堡，没有比这更卡夫卡了。在卡夫卡的《城堡》里，有一段，就是土地测量员 K，为了想靠近某个城堡里的官员，只是为了弄清楚自己在这迷宫里漂浮的位置，他刻意去把官员的前情妇，想从她那里探听到更多关于城堡的中心是怎样运作的细节。但这一切反而愈在随机的，所有人版本不同的描述中，愈复杂难理解。情妇说的，情妇的弟弟说的，房东太太说的，村长说的，甚至最后话题的争吵，缠绕着 K 这人的品德、黑暗面打转。K 的内在逐渐崩解，似乎连两个孩子般的助手，都可能是背叛他、监视他、阻止他想窥知城堡内部运作这念头的，“城堡那边派来的人”。卡夫卡的伟大，在于其笔下的人，像一群被拔去翅翼的苍蝇，困在一盆胶状的培养皿中，没头没脑挣扎，碰触别的苍蝇。被剪去的，正是人和人最基本的信任。

这件事是怎么发生的？是在何时发生的？那个叫“信任”的苍

蝇翅翼，是哪些人在什么状态下，把它从所有人身上拔掉了？

我和他们在包厢里喝酒，我感觉他们是一群疯子，像从电影《龙门客栈》里某个场景切割出来的，每个人身后都有一团迷雾的怪咖。其中一个瘦子，是个小说家，我读过他的短篇，非常厉害。但他坐在大圆桌一角，低头读他的书，完全不理人。他们说他以前是个乡村小警察。另外一个胖胖的小说家，他们说他是个麻醉师。真的假的！我像个土包子那样惊呼着。觉得他们是掰出来骗我的。“其实我在台湾的工作是洗尸体的。”他们哈哈大笑，既包容又友爱，但每张在那灯光下棱角阴影的脸，都有一种说不出的沉郁。是以笑容和那即兴接力，说出来让全桌人脸像花朵绽放的笑话，那都有一种流动在多一层的宣纸、或夹壁、或家具腿木头纹理的，一闪的悲伤。我们用小瓷杯分吃着一坛温过的绍兴，非常顺口，于是吃光一坛再放上一坛。后来我发现他们里头的头儿，一个光头，他妈年纪还小我两岁。我便吃起豆腐喊他弟弟。

他们互相抛眼，嬉笑胡说，以及那些胡说的内容，都让我震动。当然我表面上不动声色，装着和他们一样的英雄好汉，见过世面。譬如那个瘦子小说家同时是个编辑，每日去办公室上班都穿得像个流浪汉，于是这光头（身份应是他们的主管）和他打赌，只要瘦子持续穿一个月西装，他就认输。赌注是五千块人民币。那瘦子果然穿着那身西装，说已穿了三个礼拜，臭死了，再撑一个礼拜，他就要领那笔钱啦。似乎他们什么都赌，赌国足在世界杯亚洲资格赛的进球，或输赢；赌德州扑克；有一些我听不懂的，譬如赌罗永浩的“锤子机”如何如何、那时甚且还有人赌莫言的诺贝尔奖领奖致辞会不会提到《聊斋志异》……后来我喝茫了，听他们在赌“中国打伊拉克谁输谁赢”，我说：“他妈的出兵伊拉克了吗?”我以为是战争。他们哄地大笑。原来说的是足球。我说：“那我也下注，当然中国赢。”我根本不懂足球，而事实证明，那场球输了，我在半年后再赴北京时，乖乖给了那瘦子一千元赌金。

他们的酒喝得非常快，那有一种进入醺茫之境，人突然像张爱玲写滚水浇进茶盅里的菊花干，一朵朵又“活过来了”重新绽放。说实话我从大学毕业离开我那群废材哥们后，就没喝那么爽过了。

席间也有个大眼美丽女孩儿，看来也是他们哥们，劝酒起哄不输男子，整个和我脑中内置的，台湾文学挂聚会的文青女孩那森林禽鸟，遮藏闪躲在枝叶间，啁啾或短距离跳跃飞行的残影，或印象，完全不同。有点像一丈青、扈三娘的气势，但也没那么江湖、剽悍，而是一种笑起来像珠光摇晃，酒杯完全不让在场男子一盏一盏往喉咙里倒的明快。

我觉得我是台湾来的土包子。我甚至弄不清他们是有钱人，还是穷鬼。在台北，可能从我这代开始，“专注写小说”意味着走入一条缓慢的，贫穷隧道。我这代的小说家，或比我年轻十岁一代的小说家，聚会时，都带着一种“被世界刮过鳞的鱼”的梦游者气味，在社会阶层中被挤压到，资本主义城市峡谷的边缘，“可能更宅，更孤独在自己的赁租宿舍读书写稿”，而不太有生活本身拍打起的水花。也不会有这样一包厢里枭雄味，或在网路的世界泅游过来的，被一种集体的珊瑚虫或海蟑螂包覆，穿行过的、两眼发亮的疯劲。

后来我不胜酒力，颠颠晃晃走进包厢的厕所里，对着马桶狂吐。然后我打开洗手槽水龙头，清洗着拖出酸味黏丝的口腔，时不时又呕一阵。我的舌头好像肿大成像嘴里含着一只鞋。我对自己说："稳住。不要胡说。你醉了。但要稳住。不要丢人。"

我想我真的是土包子。我从小住在台北隔一条河，叫永和的小镇（那时还没有捷运）。我高中时进城念高中，跟了一群哥们学坏。打架、抽烟、学喝啤酒，知道那些哥们和马子们的事，打撞球、混咖啡屋。后来大学，从别人那知道麦可·乔丹和麦克·杰克逊；知道 Nike 球鞋；到一对留法的教现代诗的老师家，学习他们在沙龙喝红酒、伏特加、白兰地、台湾原住民自酿的小米酒，见到那些神话里跑出来的老诗人，大家喝醉了，疯疯癫癫聊波特莱尔[1]、韩波[2]、普希金、顾城……好像他们是我们的亲人。回到宿舍读着我以为是我的世纪或我的国家的杜思妥也夫斯基、卡夫卡、马奎斯、昆德拉、大江、卡尔维诺；交了女友后，慢慢知道有女孩儿的保养品，像蝴蝶品种那样纷繁的包或衣裳；于是像一条班雅明的拱廊街，那渠沟分岔到我根本不理解的，各种小店里，这个世界琳琅满目的所有不可思议的东西。然后有网路，然后有智慧型手机，这都是我年轻时幻想都想不出来的景观。然后有一天我来到北京这条我不知在哪儿的街上的一家餐厅包厢，"在酒楼上"，喝醉人所有人都影幢摇晃，裂开。他们悠着笑，像大火烧过的金属结构，烟熏焦黑的，手不经意摸到是发烫的。没啥好大惊小怪的。人类历史多少文人的心灵经过繁华风景或恐怖噩梦，也必须习得这样的淡定和自嘲的笑意。

1 Charles Baudelaire，大陆通译波德莱尔。

2 Arthur Rimbaud，大陆通译兰波。

有一年我在北京的琉璃厂吗——那和二〇〇五年后再去北京，譬如烟袋斜街或南锣鼓巷，那些胡同意象的高雅的，设计师的，昂贵的某些白玉、青花瓷片做成白金框缀饰；或西藏风的天珠，青金石，绿松石，狼牙，用银包裹的首饰；或中国风的服装店，相较比较不那么昂贵的手表马克杯笔记本钢笔……完全不同——这些店家，完全像是另一个时空，另一座昔日之城的一条梦中之街，感觉许多老者就在小铺外铺着一条毛毯，上头排列着五颜六色，娇黄霁红蟠桃或牡丹的瓷器，一些字画，老刺绣，黑檀笔筒，那些老者阴郁飘移，似笑非笑的眼神，让我这外行人打从心底就认定全是诈骗的假货，但他们那安然坐在路边小板凳上，让光阴在眼前流晃的自信劲儿，又让你心中怀疑，不定那里头某件看去比所有物件更像破烂的，还真是个宝！总之那就是个诈伪、幻术、传言编织成的旧时光谜阵。反而一些比较正经、有规模的店家，玻璃橱柜里放着价格订死的名砚、扇面、奇石、壶，穿着比较体面的中年人，也不让你讲价，那是一个有学问门槛的品鉴收藏世界，对我反而没有吸引力了。或是一些旧书店，我记忆里那条街，仿佛离乱世离散才一纸窗之隔，这些破瓦烂纸，都还是农民从各乡村，挖出，一牛车一牛车拉来这倒货啊。还都充满光影的纵深，从旧时代掏出的浓郁气味，没有设计的美感，却都是真货。

这样的“昨日之街”后来就不见了。我好像只是恰好在那时间点，闯入一鬼魂们的码头，日头一照，那烟雾消失，那些买卖时光的人，全蒸发了。

我记得我走进一间小铺，卖的全是皮影戏的镂雕皮偶，说是皮偶，其实它们都是一些带着操控绳线的平面，有孙大圣、二郎神、刘关张、水浒人物、有牛马驴羊鸡鼠龙蛇各种动物，非常美。老板娘是一白净的胖妇人，悠然坐在柜桌那读着书，整个有种和我不应交错的平行时空，好像应是上辈人的文气和闲淡。听我口音，问是台湾来的，说台湾小说她读过一些，举了萧丽红、三毛、苏伟贞，这在二〇〇〇最初那几年的北京一条卖古董的老街小店，这真的让我当时惊诧。我在那充满皮革气味的窄空间里，挑了两只皮影戏偶：一只是国剧舞台的孙悟空；一只也是国剧舞台的青衣美人，凤冠花钿，绣披霞袍。这些都是非柜上放的精品，价格以我那年纪来说颇贵。她是非常慎重从一大夹档里，一枚一枚都用报纸包着隔开，让我挑选。说都是驴皮，雕工都是有名气的皮影戏偶师傅啊。

在那更早之前，约一九九六、一九九七年间，我和年轻的妻子，最初几次到大陆，都是钻进这些，不同城市，仿佛湿淋淋鬼魂们挨肩撞膀的"鬼市"，在一种光度特别昏暗，影子都有毛边似的，贫穷年代刚结束，而疯狂的暴富年代还没来临，在那样说不出的浮世哀愁、纷乱，但有缓了半拍的时间感，那些整地摊数百个古代形制的老锁头；或是各种老木箱；我们还曾买过一个皮革做的帽箱，约是民国初年那种洋派人戴的西式有一圈帽檐的呢帽，家里讲究收藏这些帽的一只圆筒；还有个姑娘卖的是古代新娘要出嫁，压在嫁妆木箱最底的衣裙，那都是她们少女时光就开始拿针黹缝啊缝到出嫁那天的压箱宝。我记得妻买了一条粉红镶桃红边的百褶裙。当然还有一些白玉的摊，刺绣小荷包的摊，巧绘了各种旖旎春光的鼻烟壶的摊，真正行家耗尽辨伪学问，摩挲翻看的字画和瓷器摊。那个杀价，完全是像戏台上的血海深仇，要翻脸打人了那样的气势。我记得当时妻看上一小片薄纸包的，就小指指甲那么大小的，苹果绿的翠玉片，老件，那老头开价八千人民币，现在说来那真是便宜了，但我们俩穷年轻人，妻说了个数字“两千五”（那已是我们那次旅途，扣去吃住，全部能凑上的钱）。老头露出个“这太荒唐”的冷笑，我们于是转身就走，走到已是那整条古物市集要出去大马路的尾了，那老头追过来，把我们拉回去，愤愤地说好了卖给你们了。然后他说了一句：“你这小姐眼睛太毒，你小心生的儿子没屁眼。”他说这么恶毒的话，妻却笑得眼睛都眯了。那表示，挖到这摊的真货，且杀价杀到贴骨头了。

还有一次，也是二十年多前的事啦，那是我第一回到南京见大陆大哥，我和新婚妻子住在秦淮河畔夫子庙那一区，我记得那里有一些古董小店，我们愣头愣脑进去逛了，如前面写的，那些老板像是旧时代冒出来的人，像《儒林外史》书里的旧书店老板。我记得我看上一枚小指甲大小的羊脂白玉，翻来覆去看，那色泽就是对，一看是个老件。我乱开了一个不可能的低价，跟老板说我台湾来的，交个朋友吧？那像《儒林外史》书里跑出来的老板，也神秘笑着同意了。当晚我在旅馆房间书桌上，一种贪了别人太大便宜的心虚，把玩着那枚羊脂白玉，跟妻说这沁色，怎么看都是老白玉啊。一失手它掉落在桌上，但奇怪的是它弹了起来。那一瞬间我知道那老头儿卖给我的，根本连块石头都不是，它是枚他妈橡胶啊。

我很难说清我在此际，回忆那光影暗魅的昨日之街，那行人如鬼，而塞在各框格店铺里的各种玩意儿，又全是一些不存在时光，不存在之人的蜕物，那时以我和年轻的妻，我们其实都是穷年轻人，但我们迷迷糊糊闯进的“大陆”，和现在这个超现代、昂贵、大城市景观的国度，好像是它还在一全身被破烂缚缠的忍术挣脱的怪物，我们恰好撞见它甩卖那些古老，与全球化资本主义物神无关，纯粹就是老祖先们身躯剥下的鳞片、指甲，就形成一个觑眯昏暗，层叠迷障的时光码头。

我曾去过那许多地方，但我什么都不记得啦。

有一次，在宁夏南边的，在那石窟山壁的陡险阶梯间回旋，有一个小女孩跟着我们，说只要五块钱，她可以带我们导游。那次我们那个团的全陪，是个不温暖的家伙，他警告大家不可以给这些人钱（确实在那荒漠中的石窟山下，四处可见穿得破烂的当地老老少少，都追着或一团或三两个的游客，同样是烈日晒成的枣红脸，抱歉笑着低哝着“要导游否?”），那会造成他们这里的人成为一种“寄生虫的循环”。当时我心里想：那你的行业不是这种循环，更大的一种形态吗？后来我和年轻的妻不理他的屁话，请了这小女孩当我们的导览。但她其实满静的，只是像小山羊蹦跳在那高陡的阶梯，告诉我们该看哪一窟，该从哪处迷宫的入口进去。后来天色慢慢昏暗，我们在停车场集合后，不记得这旅行团哪位女士提议：咦，小妹妹，你要不要让我们送一程回你家啊。好哇，女孩开心地同意。但我们的小巴，在那我记忆中像月球表面一片荒瘠，起伏的土丘间绕，没有任何植被。那师傅在唯一的蜿蜒小路上行着车，过了颇一会问坐他旁边座位的那小女孩：“这对不对啊?”那女孩儿安静地说：“对。”一开始这些台湾大姐姐会找话逗她，叫什么名字啊？怒孤雁。啊？什么？我到现在，二十年过去了，还一闪那么清晰女孩口中吐出的她名字的发音：怒。孤。雁。后来拿纸笔请她写下："奴姑燕"。可能是维族名字的发音吧？问她爸爸妈妈呢？家里还有什么人啊？每天你都自己跑来这石窟当向导啊？她都乖静腼腆地回答。但后来慢慢大家都被一种车窗外流过，那慢慢进入晚霞暗影浸没，瑰丽又荒凉的时空震慑，而沉默了。我们经过车程颠簸的时间（可能开了有二十分钟），换算这小女孩每天，自己一个，从家里走多长的路，到那石窟；之后又走多长的路回家？应该加起来走三小时跑不掉吧。女孩的头发脏脏灰灰的，莫说是她这样六七岁的小孩，连个大人走在那样的恶土地上，都会有一种"天地不亲"，人如此渺小可怜的恐惧感吧？

那时约是一九九六、九七，我三十岁了，之前的小说阅读时光，大约也认真读过汪曾祺、阿城、李锐、韩少功、莫言、贾平凹、张承志的一些，他们写土地，人就像是土地的泥巴捏出来的小偶，那么可怜的能有的一切全是从那地平线一片黄秃秃的土地掘点长点。天宽地阔，时间在这里毫不珍贵，人的自我感或也不珍稀。后来读了V. S. 奈波尔[1]的《在自由的国度》[2]，我好像反而能感受在那么大空阔地面上，开着随时会抛锚的车，在公路上跑的，你会被路"吃掉"的，不论沙漠、黄土地，那么长而疲惫的车程。那些无言的山丘，好像累积了太长历史，人们在其上移动的故事，常是杀戮、饿殍、灾荒、异族被划进现代国家版图的，说不出的忧悒。那是我的"中国想象"，一种和在台北，父亲带我们去那些后来开始出现衰败气味的外省老头开的馆子，从小听父亲讲的那逃难故事，他们这样的人所逃离、失去的原乡；或我们那年代念的历史地理课

1 V. S. Naipaul，大陆通译奈保尔。

2 *In a Free State*，大陆通译《自由国度》。

本，那个每处故事环节之差异，裂解开来，像神灯巨人暴窜出完全不同景观的公路电影的启程。我们的车在深夜终于要进入包头市之前，在一段山路遇到一个超现实奇景，我们眼前，或侧边可见那较上面的整个山路，像宫崎骏电影《风之谷》中的王虫，一路列队行驶着数百台一模一样的卡车，白灼的车灯串连着前辆这样甲虫般形体的卡车黑影。我们的小巴师傅说：这些是“煤老大”，全是运煤卡车，他妈的他们是最大的帮派，在这里跑车的谁都不要惹他们。我们曾在呼和浩特往包头的那一段笔直公路，感觉一旁的阴山，灰蓝色的山影，开了六七小时，那山还是鬼魅地，形状不变地列在北边。车子唰地急弯开，公路中央一个人被撞死了，大大的肚子腆向苍澈明亮的天空，就像累了那样率性睡在路当中。我们的车驶过，从后窗看那躺着的人影黄土烟尘渐远。这师傅拿出那年代还很少见大只的大哥大报警。讲第几段几公里处，“欸，欸，应该是死了”。

另一年我和一杂志社的摄影师到西宁，我们先在兰州待一晚，然后搭火车进青海。原先想象的高原反应啥的都没有（倒是那年几个月后真正进拉萨，才领教了高原反应的可怕），那时是盛夏，但按旅游书写的，到了日月山顶那段，真的是要穿上大衣，随着绳散开的彩色经幡，那确实有在台湾冬日上高山前的气压和紧张。但说实话，许多年过去，因为这趟旅程是对台湾一杂志的旅游版，摄影师简直进入一“摄影师们的圣地”，因之我记忆中仍残留着的，便是这样跟着摄影师之眼，四处赶场的，山巅上风吹猎猎的彩色经幡；或塔尔寺那些戴面具的马头明王祭，那些年轻藏僧；或匍伏在地磕长头的藏族老妇。我记得的，怎么就像没去过，但在白银闪光的电影、旅游影片、照片，上头的印象一般。透明的空气，饱满的光照，甚至后来到了青海湖畔，看到那数以千计的水鸟，造成眼球撩乱繁错之美，那个让胸臆深处抽口冷气的大，好像也符合“即使没到过青海，但脑中想象的青海，就该是那么银亮无边”之印象。

主要是我们租的那辆吉普车师傅很有意思，他是河南人，但在西宁跑车载人入藏，在这条公路跑十几年了。因为我们到了西宁，我才从资料看到，往都兰去会有一处“吐蕃王陵”群，临时跟台湾的杂志社通电话商量改路线，这师傅开口要跑都兰的话，要加四千人民币。我不知十年前和现在对这样一笔钱数目的感受，有多大变化，但当时我们和他像要打起来那样地争吵。主要是我们的感受性，无法换算成在那段空旷公路上跑，燃烧汽油的价格。这师傅觉得我们非常怪，从西宁一路往西，跑到都兰，那几乎就要到格尔木了，那之后就是他们这种跑车人进藏，一路海拔上升，经过天人之界的可可西里，到唐古拉山口，所有人跑到那样的远距，都是要准备血液含氧不足，脑中出现空幻之景，皮肤说不出冰冷，的入藏行程。没有人跑到都兰，再回程近七八百公里回西宁。对他来讲，那就是傻 B 烧汽油。他一路跟我们哈啦这类事，说有一年他载到几个黑老大，神头鬼脸的，一路问他哪儿可以买到枪，几个人交谈间故意讲些他们曾经干过的狠事。他想他们是要搭白车了吧？过了格尔木，他就一路飙车，通常进藏，他们会在哪个小镇停一停，缓一缓，让人体习惯那海拔的陡升。但那回他故意一路上行，最后入夜停在一小镇（我忘了他说的地名），那伙人全蔫了，趴在车边吐，哀求他快带他们进拉萨。总之他说的全是这类事。

但我现在回想，觉得当时那照着地图，胡乱想象就划定的那段师傅眼中傻B之路，非常值得。当时我私心是为了正在写的长篇《西夏旅馆》，想跑一趟当年让李元昊几度惨败的吐蕃王朝的陵墓群，想抓那种诡魅，高原中骑兵军在一种空气甚至身体存在感都无比稀薄的光中奔跑的感觉。但真到了都兰，车子开进一片荒凉的“陵墓群”，那景象大失所望，一口口被盗墓者挖开的洞，像个死去巨人对着蓝天张大了嘴，而那嘴里惨不忍睹，全被拔光牙，裸露一个个窟窿。当地一个临时请来带路的地方文物工作者，跟我们说，那时这一带农民盗墓啊，是全村租好几辆挖土机啊，用炸弹炸开，挖土机乱挖，当时只知道挖出来的金器值钱啊，那些吐蕃贵族墓藏的丝绸啊，画帛啊，被乱扔在这些瓦砾荒土上。嚣张到这地步。总之，眼前只是一片荒枯的寂静山丘，好像这一片区域，连土地下的神灵，或历史的时间幻觉之类，都被死亡穿透了，抽空了，干涸了。

但就是从西宁到都兰，再从都兰奔回西宁，那段公路之景，我想可能此生我再不会有幸收摄，经历，那么美的公路电影的播放了。后来我也去过西藏，也从拉萨往藏东，一路看珠峰山脉美不可言的山棱，但也没有青海这段路，那么像在另一颗星球，或像是我们这一辆车，其实是在一玻璃雪花球里旋转着的幻觉。我记得那公路在一些灰绿色的山峦间盘旋，那些天空的颜色，草原的颜色，整片山丘密密麻麻牦牛群的颜色，都像有一层薄薄玻璃覆住，一种奇异的析光，透明感。有时我们把车停在路旁，摄影师爬上那些绿色小丘顶拍照，我坐在车轮边抽烟，觉得这一片秘境，安静到，可以听见那上百只牦牛，集体咀嚼草茎，那原本极细微的声响，组合而成的巨大和声。我想描述那无边无际的青海公路印象，很不搭地想到“村上春树”或“夏卡尔[1]”，因为那同样有一种内部什么细琐结构或钟表机械的什么，被摘除掉的儿童印象。好像上帝画画到世界的尽头，其他的颜料都用尽了，只剩天空的亮蓝，和灰绿，绒绿这几种色料，于是就把这一片画得特别干净。

在一片这样空阔绿草原的公路，摄影师发现了一个藏帐，前头坐着两个藏人，似乎在晒太阳喝酒，这画面在旅行版上多么美！他要师傅停了车，拿着大炮筒照相机，下去啪啦啪啦照了几张。一边友善地对他们招手，谁想到其中一个穿着迷彩破军外套的，歪歪倒倒朝我们走过来，嘴里叨叨骂着什么，然后拉开车门上了我们车后座。那原本一路吹嘘他弄蔫这入藏公路多少黑老大的师傅，这时却毫无气势，只是大声喊：“这是要干啥？你上我车干啥？”我上了车，挤在这是否我们拍照激怒他的黑红脸军装牧民身旁，他嘴里碎句不成话，浑身酒味。他还乱喊“爸爸”。这时摄影师也回上车（他坐前座），那另一个伙伴跟在车外，一脸抱歉地笑，要拖他朋友下车。我没想到我们的反应如此笨拙，摄影师也乱了，吼师傅说：“你开车啊，我们耗这怎办？”“他在我车上我怎办？”后来我从口袋掏出两包红塔山，塞进那哥们口袋，又塞了一百人民币，把他往外推：“好啦，兄弟，下回再找你喝酒。”这时我发现他的身骨那么瘦嶙，他下车后，那原先温和的伙伴还要凑进车，我又塞了另一包烟给他。我们师傅才踩满油门，往前冲去。那时你觉得整片大地，除了那些羊群，只有我们这五个人类啊。

---

1 Марк Шагал，大陆通译夏加尔。

另外一次，我从苏州往南京搭的的士车上，师傅是个苏州人，年龄与我相仿，一九七〇年次的，健谈且文气。说起他小时候，家附近有个老太太，先生是国民党的军医，四九年把她撂下，自己跟部队跑去台湾，这女人后来就疯了。她疯也不是武疯子，文文静静的，好像家里还剩着那些旗袍啊，唉啊有的都破的不行，冬天她也还穿那些旗袍，单薄地不得了。卖一些烂掉的水果啊，折点纸箱纸盒啊，很贫苦地过日子。重点是她这人有一点怪，她不接受施舍的，我母亲看了觉得可怜，其实那时大家也穷，但这女人你觉得她哪天自己一人就饿死冻死病死，在那大杂院边间的小破房。要我拿床旧棉被过去，欸她不要，拿回来还我们。有邻居拿碗馄饨汤去分她，她又整碗不碰，拿回来还人，人家嫌她脏，整碗就倒掉了。后来我们家就搬走了，但我想她应该是死了，唉，也不晓得发生过什么事。那时候，连我们苏州这说鱼米之乡啊，都饿死人啊。许多人饿到没东西吃啊，卖小孩啊，两捆毛线就把一孩子卖了，这还奢侈的，有的就是买小孩的人，请这父母到街上哪饭馆，一人吃碗热汤面，这样就当成交咧。太久没吃到东西咧。那个时候，人好像都疯咧。我都亲眼见到过“民兵交枪”那场面，那时候讲，全民皆兵，这些军队里的枪都流到民间，不同派的人马互相攻击，这都像军队在打巷战互相开枪射杀啊。我父亲就亲眼见过，他们厂里，有一个人，是神枪手，当年是部队里射击队的。他们就让他爬上去一个水塔，我们那时都有那种盖很高一个水塔，他躲在上头，身上披那棉花蘸水，干了变硬，有点防弹衣的意思，他拿把枪在上头，连着射杀了对方来的四五个人，就像电影演的那种狙击手，他枪法准啊。结果对方也去派来一个神枪手，躲下面的房子二楼窗后，瞄着他，等他一把那沾水棉被掀开，啪答一枪就把他打下来。他摔下来其实还没死，哇那伙人全上来，拿那种弯刀啊，把他剁碎啦。我父亲说，第二天都还没人敢收尸，连手臂都那么一截扔马路上。

那师傅说，他那个小区有许多这样的男人，反正当初老住处，或有地，被拆迁了，政府补偿他几套房，自己住一套，剩的租出去。或那也不是他的房，是他父母的。然后每天无所事事，到棋牌室打麻将，白天就喝得醉醺醺的。然后今天赢钱就请一起打牌的去吃顿好的，输了呢，就跟着那赢钱的，混在一伙也去吃人家请的。欸这样过日子他也可以。有的呢，搞好几个女人，这种是按说我们路上遇到，说难听点是姘头吧，每次旁边怎么是个不一样的女人，我们不好意思把头撇开，他还喊我，欸好像这是个很炫耀的事。他们互相还较劲，你找个漂亮的，我下回找个更漂亮的；你找个三十岁的，我再找个更年轻、十八岁的。这变一种风气咧。你说他们也不是顶有钱的人，但就这样混日子。

我坐在后座听着这师傅说着他的故事，我们的车像艘小太空船在夜空安静地航行，这些年来大陆，觉得他们的高速公路好像比我几十年记忆中我那岛屿的高速公路，更像一需要铺展在那么空旷无际的大地上的，人类的航道，车子那么像在一静止状态中飘浮着，但黑暗包围的车内空间的荧光仪表板，电子数字亮着，我们正以时速一百三十公里的速度疾驶。我觉得他的故事，他这个人，整个可以写成一本像《繁花》或《春尽江南》那样的小说，但我终只能像这许多次来大陆，在这样奇异地从某城到某城的这两三小时车程，一个奢侈，但无法追探更多的聆听故事时光。他终只能是某个萍水相逢之人，像黑夜烟花冉冉绽放，一个个蒙太奇画面，让我听得抓耳挠腮，他个人小小的生命史。但我无法听到，或知道更多了。

前一晚在苏州的晚宴上，听着两位（我内心颇尊敬的）前辈，说着大陆各地的羊，其中一位笑着说："在大陆，羊是这样，你说到河南啊、安徽啊、东北啊、内蒙啊、宁夏啊、湖南啊……各省，哪个小县城，他们会自抑、谦虚，说咱们这地方文化不行，发展不行，说自己地方的短处。但一说到羊，那可是，没有一个地方不神乎其神的夸自己在地的羊肉，是全中国最好的羊，这花样多了。"他们且聊起跟各省人喝酒的可怕，哪些场面、如何活命，或也说曾喝过哪儿的啥么酒，是真天上才堪有的那仙琼哪。也聊起各省的美女，唉这话题总让我听得真像眼瞳被夜空狮子座流星雨的璀璨、迷离、魔幻给灼伤了。

而这次从苏州绕去南京，恰是在台湾，出门前一个月，听到南京大哥打电话给我母亲说：他的大儿子几个月前，跳楼自杀了。我母亲便要我，无论如何去南京看望一下大哥。老实说我心里也慌着，我在家里，从小是老幺，也真没那经验，撑着一个长辈的角色。南京大哥也是个老人了，我去到江心洲，辈分上，许多三十多岁的骆家年轻人，都要喊我"小叔爷"啊。这真像那电影《地心引力》，飘浮在地球轨域之外的一架人造卫星，可以接收到各种电台传来的频道，切换不同的讯号、流行乐、地球上各式各样的人们的互寻温暖的声音，各地发生的灾难、战争新闻、足球赛或NBA的赛况、哪一国飞机坠机了，又有几十万的难民被挡在德国或法国或匈牙利这种国家的边境。但你眼前，是那么巨大、发出蓝宝石的光辉，盘卷着白色的云层因此像一球薄荷冰淇淋的，那么不真实的地球。

有一次我到杭州，他们安排我在一艘船上演讲，那艘船是在京杭大运河上的两个码头跑，可能是想重演当年宋代大运河上航行的情景。我当时缺乏这一趟航行的思古幽情预设的想象，糊里糊涂想象那就像在我这十几年“打书生涯”，在各种小书店里谈创作的小景框小讲区，只是它（这个想象的小咖啡屋、小书店）是在河流上跑罢了。

这个设计，我觉得挺有些马奎斯长篇《爱在瘟疫蔓延时》[1]的结尾，阿里萨和费娥米纳这对暌违了五十年的老情人，在那条内陆河上跑着，过去的一生皆历历如绘在这样的航行中，像透明薄光的幻灯片，在流动中被召唤、重叠、百感交集。我觉得这特浪漫。

那主办人前一天，提示我，因为这是在杭州，看我的演讲能否围绕着“白娘子和雷峰塔的故事”，和这个景致有关联。

“谁？”我一时没弄明白。

“白娘子啊，白素贞啊，我们中间有一段，经过的河道，会眺望到雷峰塔啊。看您能不能说些有关的典故。”

“好，没问题。”我说。

那晚我在旅馆里，脑中约略跑了一轮可能的题材。我是这么想的：白蛇传基本上是个人妖恋、变形记、动物变态成人形而无法得到人间情爱的忧郁故事。于是我想了几个和这“变形记”相关的桥段，遂安心睡去。

但第二天上船后，我发现我的想象和眼前那空间的气氛，好像有误差。它不是个我习惯的“咖啡屋或小书店空间”，船舱内座位

---

1 *El amor en los tiempos del cólera*，大陆通译《霍乱时期的爱情》。

的排置，有点像电视剧中战国主公和群臣的酒宴，我坐前方主桌，来宾们分据两侧的桌位，我们的桌上都放着一杯精致青花瓷盖碗茶的西湖龙井，一些果脯和小甜点碟。游船的引擎声和舷侧被水波拍击的响声极大，舷窗外是河岸风光，我们看去可能是天际线被各大楼楼盘切断，间错一些淡灰的小山，但主办的那位女士会不断地提点，在古代这里是什么所在，是什么历史景点。湖光山色在我们四周，像电影播放着。来宾们也不是我习惯的小书店文青，是一些年纪和我相近或较我年长的大叔大婶。他们脸上都带着悠闲、明亮的郊游流光。我应该不是拉住大家专注力的进行一场，关于“变形记或人兽恋”的演讲；应该在这轻轻晃动的明亮河上空间，说些历史掌故、穿插一些短笑话、思古之幽情地说说白蛇传。

但我当时脑袋没转过来，就切进了原本准备的讲稿之中。

我先讲了小说中，一些关于“动物变形成人类，或人类变形成动物”，那个移形过渡的换日线，半人半兽的暧昧状态（其实这是我喜欢的题材，想想火影忍者的漩涡鸣人，那恐怖巨大的查克拉，源自被他父亲封印在他腔腹里的九尾妖狐啊）。我讲起一部爱斯基摩人的动画片《男孩变成熊》[1]。一个小男孩在婴儿襁褓时，被一只母北极熊闯入他们的冰屋抱走。他的人类母亲悲痛欲绝，陷入忧郁。另一边，那头母熊把他当一只小熊那样照顾，同时训练他“如何成为一只成熊”：如何捕捞冰下的鱼、如何猎杀海豹、如何孤独在雪原上生存、如何躲避人类猎枪的搜捕。他把北极熊的母熊当自己的妈妈，把另一只小熊当自己妹妹。有一天，恐怖的事情发生

1 *Drengen der ville gøre det umulige*，大陆通译《想做熊的孩子》。

了，他的人类父亲（骑着一台雪地摩托车）终于找到了他，而且射杀了那头母熊。把他带回家。那之后是个悲惨的认知混乱的过程：这男孩认为自己是头熊，无法重新融回人类的生活，他的父母在寻回失去的爱子之后，发现他们面对一更无能为力处理的“失去”：他们的孩子已长成一青少年的外形，但内在是一头北极熊，最后他们怕他跑掉，还用铁链拴着他。而在另外的场合，男孩遭遇人类青少年同伴的霸凌羞辱、在混乱中他意识进入“北极熊模式”，把那些青少年全重创痛击。然后他奔跑回空旷的雪原，他像一洞窟里的山神祈求，想变成真正的熊。那神祇说出一古老的，人类男孩变成熊的考验：一，你要承受海洋里最残酷的激流。二，你要承受雪原上毁灭一切的暴风。第三个最难，你要忍受最痛苦的，天地之间无可依凭的孤独。如果能通过这三个考验而还活着，那就可以蜕变成一头熊。第一关男孩差点被溺死，是海中的鲸因古老的传统，救了他。第二关，男孩差点被那飓风扯碎，是雪原上的牦牛，因古老的祖先训示，而排列成墙，护挡住他。最后一关，是这种“变形记”最美，也最让人虚无畏惧的一段，在那巨大的孤独里，属于人类的最后一点灵光，分崩离析，像穿过死荫之境，男孩终于变成一头北极熊了。

我发觉船上的听众们，在这样原本预设进入“古代中国时光河流”的船舱内，被我讲的内容，弄得颇困惑。我又讲了墨西哥小说家卡洛斯·富恩特斯的《奥拉》，极美的一篇穿梭那疑形换影之缝的小说。透过历史素材，死去老将军的札记、日记、信件，这个年轻历史学家困在一幢殖民时期的颓圮老豪宅中，发现那个精灵般的美人儿奥拉，其实是那委托他写亡夫老将军传记的老太婆，那关于她自己青春美丽时期的执念，最后非常魔幻地发生的时光吊诡的“变形记”（我努力拉回：那在中国，就是白蛇传的欲力啊）……

我隐约发现我串连这几个“变形记”，其实后面有一个“当代所谓中国人，其实灵魂的内在，早经过了过去一百年来，那整个西方，或‘现代’，像钻地机穿凿、炸开里头难辨其原貌的，各种羞辱、伤害、要让自己变成不是自己，或有一天发现想变回自己……那一切的镶嵌、碎片插在我们的内在各处。我们现在的船是机械动力，我们看到的河岸风景其实已是全球化所有城市的楼盘地产商的地貌，我们口袋有手机、我们喝着这盖碗茶，但真实的感性，想象，其实是已经变形了的这个现代的时间分格、商品环伺、移动的便利、所有媒体的讯息残影闪烁在我们脑前额。我们可能更接近能体悟白娘子的困苦，而非许仙或法海的稳定自我感吧……”

我感到气氛变得僵固，一种说不出的迷惑与尴尬。船这时到了回返点的一处码头，暂停泊让大家下去拍照。我自己站在船尾抽烟，为自己说不出地将这一航程，带进一稠状昏暗的叙事情境而生闷气。但那些大叔大婶是些非常好的人，他们先三三两两在我身边拍照，然后和我攀谈。跟我聊这杭州种种个人的经历，打烟给我，说我怎么这么年轻，原本听名字以为是个老头。还抓小孩来和我合照……

图书在版编目（CIP）数据

匡超人 / 骆以军著 . -- 上海 : 上海文艺出版社，
2020
ISBN 978-7-5321-7620-5
Ⅰ . ①匡… Ⅱ . ①骆… Ⅲ . ①长篇小说—中国—当代
Ⅳ . ① I247.5
中国版本图书馆 CIP 数据核字 (2020) 第 062247 号

匡超人
骆以军 著

发 行 人：陈 徽
出 品 人：肖海鸥
选题策划：后浪出版公司
出版统筹：吴兴元
编辑统筹：朱 岳 梅天明
责任编辑：刘志凌
特约编辑：王介平
装帧制造：墨白空间 · 陈威伸
营销推广：ONEBOOK

书 名：匡超人
作 者：骆以军
出 版：上海世纪出版集团 上海文艺出版社
地 址：上海绍兴路 7 号 200020
发 行：上海文艺出版社发行中心发行
上海市绍兴路 50 号 200020 www.ewen.co
印 刷：北京盛通印刷股份有限公司
开 本：889 × 1194 1/32
印 张：15
字 数：392,000
印 次：2020 年 6 月第 1 版 2020 年 6 月第 1 次印刷
I S B N：978-7-5321-7620-5/I.6065
定 价：68.00 元